Februar in der Provence: Es wird langsam Frühling, die Mandelbäume blühen – und Capitaine Roger Blanc wird nach Les Baux gerufen. In einem düsteren Tal unterhalb der berühmten Burgruine liegen die Carrières de Lumières, ein aufgegebener Steinbruch, in dem nun Kunstausstellungen gezeigt werden. Während eines Besuchs wurde ein Mann ausgeraubt und brutal ermordet. Wie sich zeigt, war das Opfer, Patrick Ripert, Privatdetektiv. Der wohlhabende Besitzer eines Mandelhofs in der Nähe hatte ihn erst wenige Tage zuvor engagiert, weil ein Bild aus seiner umfangreichen Sammlung gestohlen worden war. Wie hängen die beiden Fälle miteinander zusammen? Blanc findet heraus, dass Ripert heimlich noch ganz andere Nachforschungen angestellt hat, und stößt auf ein grausames Verbrechen: Vor sieben Jahren wurde eine ganze Familie ausgelöscht, es war eines der blutigsten Dramen der französischen Kriminalgeschichte. Der Mörder ist damals in der Provence untergetaucht – und nie wieder hat jemand eine Spur von ihm gefunden. Bis jetzt. Als ein weiterer Mord geschieht, wird klar, dass Blanc dem Täter sehr nahe gekommen sein muss ...

Cay Rademacher, geboren 1965, ist freier Journalist und Autor. Seine Provence-Serie umfasst neun Fälle, zuletzt erschien ›Geheimnisvolle Garrigue‹ (2022). Bei DuMont veröffentlichte er auch seine Romane aus dem Hamburg der Nachkriegszeit: ›Der Trümmermörder‹ (2011), ›Der Schieber‹ (2012) und ›Der Fälscher‹ (2013). Außerdem erschienen die Kriminalromane ›Ein letzter Sommer in Méjean‹ (2019) und ›Stille Nacht in der Provence‹ (2020). Cay Rademacher lebt mit seiner Familie bei Salon-de-Provence in Frankreich.

CAY RADEMACHER

SCHWEIGENDES LES BAUX

Ein Provence-Krimi
mit Capitaine Roger Blanc

DUMONT

Von Cay Rademacher sind bei DuMont außerdem erschienen:

Der Trümmermörder	Verlorenes Vernègues
Der Schieber	Geheimnisvolle Garrigue
Der Fälscher	Stille Sainte-Victoire
Mörderischer Mistral	Unheilvolles Lançon
Tödliche Camargue	Rätselhaftes Saint-Rémy
Brennender Midi	Ein letzter Sommer in Méjean
Gefährliche Côte Bleue	Stille Nacht in der Provence
Dunkles Arles	Nacht der Ruinen
Verhängnisvolles Calès	

Eine Leseprobe von ›Geheimnisvolle Garrigue‹ finden Sie am Ende des Buches.

MIX
Papier | Fördert
gute Waldnutzung
FSC
www.fsc.org FSC® C083411

Das bei der Produktion dieses Buches entstandene CO_2 wurde durch die Finanzierung von Klimaschutzprojekten kompensiert: climate-id.com/17531-2110-1001/de

2. Auflage 2025
DuMont Buchverlag, Köln
Alle Rechte vorbehalten.
Die Nutzung dieses Werks für Text- und Data-Mining im Sinne von § 44b UrhG behalten wir uns explizit vor.
© 2021 DuMont Buchverlag GmbH & Co. KG,
Amsterdamer Straße 192, 50735 Köln, info@dumont-buchverlag.de
Umschlaggestaltung: Lübbeke Naumann Thoben, Köln
Umschlagabbildung: © LademannMedia-ALS / Alamy Stock Foto
Satz: Angelika Kudella, Köln
Gesetzt aus der Sabon
Druck und Verarbeitung: CPI books GmbH, Leck
Gedruckt auf säurefreiem und chlorfrei gebleichtem Papier
Printed in Germany
ISBN 978-3-8321-6625-0

www.dumont-buchverlag.de

Savourons ces courtes délices;
Disputons-les même au zéphyr,
Epuisons les riants calices
De ces parfums qui vont mourir.
Alphonse de Lamartine

Der Tote im Steinbruch

Die Hügel der Alpilles ragten vor Capitaine Roger Blanc auf wie eine Festung, hinter der sich das Böse verbarg. Er schüttelte den Kopf, um diese düsteren Gedanken gleich wieder zu vertreiben; es fehlte noch, dass er nach mehr als zwanzig Dienstjahren bei der Gendarmerie plötzlich abergläubisch wurde. Es war zwar Freitag, der Dreizehnte – doch es war ein 13. Februar, und das bedeutete in der Provence: Der Frühling war da. Alles hier ist schön, sagte er sich, und ich bilde mir diesen finsteren Unsinn bloß ein, weil ich weiß, dass irgendwo in diesen Hügeln ein Toter auf mich wartet.

Blanc fuhr mit Lieutenant Marius Tonon und Sous-Lieutenant Fabienne Souillard in einem alten Mégane über die Route Départementale 27A. Die Federung des Streifenwagens ächzte in jeder Kurve, und obwohl sie die Fenster heruntergelassen hatten, hielt sich in den Sitzpolstern noch immer der säuerliche Geruch des betrunkenen Schlägers, den die Kollegen vom Nachtdienst ein paar Stunden zuvor verhaftet hatten. Blanc hatte die Sirene ausgeschaltet, das Blaulicht jedoch angemacht, was eigentlich auch überflüssig war, denn an diesem frühen Vormittag hatten sie die Landstraße fast für sich allein. Sie fuhren durch eine sanft ansteigende Ebene, Olivenhaine zu beiden Seiten, so weit das Auge reichte. Das Laub der Bäume war dunkelgrün, außer dort, wo die Strahlen der tief stehenden Sonne die kleinen Blätter trafen und sie wie Silberpapier leuchten ließen. Der Boden zwischen den schwarzen Stämmen war geharkt, krümelige, rötlich schimmernde Erde, es hatte seit Tagen nicht mehr geregnet. Zwischen den Baumwipfeln machte Blanc im Vorbeifahren flüchtig Dächer und Mauern aus, ockerrot, braungelb: versteckte uralte Häuser mitten in den weiten Hainen. Zwischen den Oliven wuchsen hier und da Mandelbäume; sollte es dabei ein Muster geben, konnte Blanc es jedenfalls nicht erkennen. Sie standen in voller Blüte, Wolken in Weiß und Rosa mitten in einem Meer aus Grün, die erste Blütenpracht des Jahres, die fröhliche Botschaft: Der Winter ist vorüber.

Marius hatte, gegen die Vorschriften, das Autoradio angestellt. *Radio Camargue* spielte den Song einer Sängerin, deren Stimme sich wahnsinnig jung anhörte, ein Lied, das man jetzt überall vernahm, und Blanc schien der einzige Kerl in der ganzen Provence zu sein, der weder den Titel kannte noch wusste, wie die Interpretin hieß. Dann kamen Nachrichten: Die Seuche in Wuhan. Sie brachten nun täglich Zahlen von Infizierten und Toten, und in den Alpen und im Département Oise mussten ein paar Pechvögel, die sich bei Chinareisenden angesteckt hatten, ebenfalls in Quarantäne.

»Arme Schweine«, kommentierte Marius. »Ausgerechnet jetzt, wenn es endlich warm wird, müssen die zu Hause bleiben.«

»Mir ist das irgendwie unheimlich«, sagte Fabienne. »Gestern war dieses Virus in Asien, heute in den Alpen – wer weiß, wo es morgen ist.«

Blanc schwieg. Fabienne hatte eine Fehlgeburt erlitten, und er wusste, dass sie es demnächst wieder mit einer künstlichen Befruchtung probieren würde. Seine Kollegin wirkte tough und unbesiegbar, doch sie machte sich seither Sorgen bei jedem Husten.

Die Route Départementale stieg nach ein paar weiteren Minuten Fahrt steiler an, die Reifen quietschten in den scharfen Kurven, weil Blanc nicht vom Gas gehen wollte. Aus der Ferne hatten die Alpilles dunstig-blau geschimmert, die Hügel hatten weich gewirkt und waren unmerklich in den Himmel übergegangen. Aus der Nähe jedoch erkannte Blanc weiße und gräuliche Felsen, die Dutzende Meter schroff aufragten, bis sie in Kappen aus Kiefernwäldern und Garrigues-Gestrüpp verschwanden. Auf einem der höchsten Gipfel thronte die Ruine der Burg von Les Baux: zernarbte Mauern, Fensterhöhlen, Gewölbe, ein eckiger Turm, aufgerissen, als hätte ihn einst ein Blitz gespalten. Die Burg war aus demselben Stein gefügt wie der Fels. Es sah so aus, als hätte ein wahnsinniger Künstler eine fantastisch große Festung vor Urzeiten aus dem Berg herausgemeißelt, denn man konnte fast nicht erkennen, wo der natürliche Stein endete und wo der von Menschenhand gemauerte begann.

»Ich war zuletzt mit meinen Kindern hier, als sie noch in der Grundschule waren«, sagte Marius. »Irgendwann im vergangenen Jahrhundert.«

»Das hört sich an, als hättest du persönlich noch ein paar Ritter und Troubadoure angetroffen«, spottete Fabienne. »Ich habe die Ruine mit Roxane im vorigen Sommer besucht. War allerdings keine gute Idee, die Autos der Touristen parkten bis runter zu den Olivenhainen. Wir mussten den ganzen Berg neben dem Straßengraben hochmarschieren und waren schon genervt, als wir endlich oben angekommen waren. Dann haben wir eine halbe Stunde an der Kasse angestanden. Später wollten wir etwas essen, und die kleine Stadt unterhalb der Burg besteht ja praktisch nur aus Restaurants. Aber überall haben uns die Kellner bloß ausgelacht, als wir fragten, ob wir ohne Reservierung einen Tisch haben könnten.«

Blanc warf einen Blick auf die Seitenstreifen. Tatsächlich waren auf den Asphalt der Landstraße schon Hunderte Meter vor Les Baux Parkbuchten gemalt, vor Felsen und Olivenbäumen standen Parkscheinautomaten. Er hatte schon gehört, dass sich in Les Baux die Reisenden aus aller Welt drängten, weshalb er nie Lust dazu verspürt hatte, diesen Ort zu besuchen. Doch an einem Freitag im Februar noch vor zehn Uhr morgens war die Straße frei. Erst kurz vor der Burg rollten sie an ein paar geparkten Wagen, zwei Wohnmobilen und einem großen weißen Reisebus mit niederländischem Kennzeichen vorbei. Blanc bog nach rechts in eine schmale Straße ein, die von Felswänden zu beiden Seiten fast erdrückt zu werden schien. *Val d'enfer* las er auf einem Schild.

Das Höllental.

Sie hatten ihr Ziel erreicht.

Blanc fuhr jetzt im Schritttempo. Kein anderes Auto war zu sehen. Die Felsen ragten zwanzig, dreißig Meter neben der Straße auf und kappten das Sonnenlicht. Im Halbdunkel wirkten die Brocken, als würden sie sich bewegen: Drachen, Feen, Grimassen, schiefe Hexenhäuser, eine Fabelwelt aus Stein glaubten die Menschen des Mittelalters dort zu erkennen.

»Unheimlicher Ort«, murmelte Blanc.

»Die Leute haben sich über dieses Tal schon immer die seltsamsten Geschichten erzählt«, erwiderte Marius. »Hier hat nie jemand leben wollen. In Les Baux, das ja. Aber hier: nein. Obwohl der Mistral in Les Baux mörderisch wüten kann, schlimmer als sonst irgendwo in der Provence, während du in diesem Tal geschützt bist.«

»Roxane und ich haben im Internet recherchiert, nachdem wir hier waren«, ergänzte Fabienne. »Meine Lieblingsgeschichte ist die Legende von Abd al-Rahman, dem Emir von al-Andalus.«

»Die Schatzgeschichte kenne ich auch!«, rief Marius. »Als ich klein war, habe ich hier mal einen Tag lang jeden verdammten Stein umgedreht.«

»Der Emir soll aus Spanien gekommen sein, um die Provence zu plündern«, fuhr Fabienne fort. »Doch irgendwann wurde er von christlichen Rittern geschlagen. Auf seiner Flucht hat er die gigantische Beute irgendwo im Val d'enfer versteckt – und da ruht sie noch heute. Wie aufregend.«

»Ist da was dran?«, fragte Blanc.

Seine Kollegen lachten.

Blanc trat auf die Bremse. Hinter einer Kurve hatten einige mit Maschinenpistolen bewaffnete Gendarmen die Straße gesperrt. Auf einem Parkplatz standen ein paar Streifenwagen und der helle Kleintransporter der Kriminaltechniker. Drei Uniformierte und zwei Frauen in weißen Ganzkörperschutzanzügen gingen auf eine Felswand zu und schienen dann plötzlich darin zu verschwinden.

»Dann wollen wir uns die Scheiße mal ansehen«, sagte Marius.

Der Alarm war vor etwas mehr als einer Viertelstunde in der Station von Gadet eingegangen. Sie wurden in die Carrières de Lumières gerufen, die »Steinbrüche des Lichts«. Auch die kannte Blanc bislang nur vom Hörensagen: alte Steinbrüche im Val d'enfer, die in eine Art Kunstmuseum verwandelt worden waren und wo man Riesenfotos berühmter Bilder auf die Felswände projizierte. Blanc stellte sich eine Grube vor, in der man eine Diashow installiert hatte – so ähnlich wie das, was stolze Hobbyknipser vor vielen Jahren nach dem Sommerurlaub in ihren Wohnzimmern vorgeführt hatten, nur größer. Er hatte bislang keinen Grund gesehen, sich so ein altmodisches Spektakel freiwillig anzutun. Die Carrières de Lumières hatten an diesem Tag um neun Uhr geöffnet, und wenn man der ersten Meldung glauben durfte, waren auch schon einige Dutzend Besucher dort gewesen. Einer dieser Besucher war mitten im Steinbruch tot aufgefunden worden.

Eine junge Beamtin – *mon Dieu*, dachte Blanc, inzwischen waren die jüngsten Kolleginnen jünger als seine Tochter Astrid – winkte sie auf einen kleinen Parkplatz auf der linken Straßenseite, wo sich eine Lücke in der Felswand auftat. Ein Mann wartete dort auf sie. Er schüttelte Blanc die Hand, kaum dass er den Mégane verlassen hatte, fast so, als wollte er ihn mit einem Händeschütteln aus dem Wagen zerren.

»Gut, dass Sie so schnell gekommen sind! Ich bin Maurice Pavy, der Direktor von Carrières de Lumières. Wir sind wirklich schockiert. So schrecklich. Wer hätte gedacht, dass hier jemals ...«

»Ihnen gehört der Steinbruch?«, unterbrach Blanc den Redestrom. Dann stellte er sich und seine beiden Begleiter vor. Pavy war klein gewachsen und dick, aber die Bewegungen seiner Hände waren erstaunlich schnell. Einer dieser fülligen Männer, die flink geblieben waren, vermutete Blanc, ein Mann in seinen Fünfzigern, der lange Sport getrieben, aber irgendwann vor seiner anderen Leidenschaft kapituliert hatte: dem guten Essen. Perfekte Glatze, die Kopfhaut glänzte wie poliert, dichter schwarzer Vollbart, ohne ein einziges graues Haar. Blauer Kaschmirpullover, dunkelblaue Hose, doch darunter hohe hellbraune Timberland-Trekkingschuhe. Ein Mann, der sich gern elegant kleidete, aber viel draußen unterwegs sein musste.

Pavy lächelte wehmütig. »Ich wünschte, der Steinbruch würde mir gehören«, antwortete er. Seine Stimme war angenehm voll, ohne laut zu sein. »Der Steinbruch ist heute lukrativer als zu der Zeit, als man hier wirklich noch Steine gebrochen hat. Aber ich bin nur ein Angestellter von *Culture Espace*. Es ist ein privates Unternehmen, das im Auftrag von Gemeinden Denkmäler verwaltet. Ich bin der Regionaldirektor für Les Baux und kümmere mich um die Carrières de Lumières und«, er deutete mit einer unbestimmten Geste die Straße, die sie gekommen waren, hoch, »auch um die Burg von Les Baux. Die betreut *Culture Espace* nämlich ebenfalls.«

»Ich wünschte, ich würde Ihre Kultureinrichtungen unter angenehmeren Umständen kennenlernen«, sagte Blanc.

»Das wünschte ich auch. Folgen Sie mir bitte.« Pavy drehte sich um und überquerte die Straße. Unten in der Ebene zwischen den Olivenhainen war es schon mild gewesen, vielleicht fünfzehn, sechzehn Grad. Doch in der engen Schlucht hier oben war es noch so kühl, dass Blanc sich seine Lederjacke zuzog. Der Asphalt war an manchen Stellen dunkel vom Tau, die Felsen sandten Kältewellen aus, in der Luft lag Pinienhauch: Oberhalb des Tals, auf den Kämmen der Alpilles, badeten die Wälder bereits in der Sonne, ein leichter Wind wehte ihren Duft bis zu ihnen hinunter. Sie näherten sich einer lotrechten Felswand, in die eine Spalte hineingehauen worden war. Hineingesägt, korrigierte sich Blanc in Gedanken. Die Öffnung war relativ schmal, doch ungewöhnlich hoch und mit so auffallend geraden Kanten, dass sie nur Menschenwerk sein konnte. Als hätte jemand den Stein sorgfältig weggeschnitten, um ein überdimensioniertes Tor in den Berg einzufügen. Pavy führte sie an einigen Kassenhäuschen vorbei, in denen kein Angestellter mehr saß, das eingeschaltete Display der Apparate aber verriet, dass sie noch bis vor Kurzem besetzt gewesen sein mussten. Und erst dann erkannte Blanc, dass die Carrières de Lumières gar keine Grube irgendwo im Val d'enfer waren, wie er gedacht hatte – sondern eine monströse Höhle.

Pavy hatte ein schweres, schwarzes Stofftuch angehoben, hinter dem sich eine Stahltür verbarg. Nachdem sie hindurchgegangen waren, stand Blanc in einer Welt wie aus einer anderen Zeit: eine Höhle, so weit wie eine Kathedrale. Im Licht versteckter Halogenspots schimmerte der Stein grau, weiß oder hellgelb. Die Wände waren gerade, Ecken waren scharf herausgeschnitten; im Näherkommen sah er jedoch Hunderte kleine Narben im Stein, Sägespuren, Meißelhiebe, Risse. Hoch über ihm war ein Gesicht in den Felsen geritzt worden, ein grinsender Mann, dessen Proportionen falsch waren, fast wie bei einer Kinderzeichnung. Blanc bildete sich einen Moment lang ein, dass ihn diese steinerne Fratze verhöhnen würde. Zu seiner Rechten führte eine in den Felsen geschlagene, breite Rampe zu einer Art Balkon über dem Höhlenboden hinauf. Zur Linken zweigte ein Gang ab, breit wie eine Autobahn, der sich nach Dutzenden

Metern in der Dunkelheit verlor. An manchen Stellen war der Fels zu Pfeilern herausgeschnitten worden, die die Last des über ihnen liegenden Berges trugen, es mussten Tausende Tonnen sein. Diese Pfeiler, schätzte Blanc, waren vielleicht zehn Meter hoch und genauso breit. Er fühlte sich beklommen. Ihm war, als wäre er in eine archaische Grabkammer eingedrungen, eine Pharaonengruft, ins Pyramidenhafte vergrößert. Die Luft war kalt, abgestanden und schmeckte nach Steinstaub.

»Beeindruckend, nicht wahr?«, meinte Pavy. Er hatte seine Stimme gesenkt, so als zieme es sich nicht, hier laut zu sprechen. »Selbst mich überwältigt der Anblick, jedes Mal wenn ich eintrete, und dabei bin ich fast täglich hier.«

»Das muss uralt sein«, murmelte Fabienne.

Pavy schüttelte den Kopf. »Nur ungefähr zweihundert Jahre. Das war einmal der *Carrière des Grands Fonds*, einer von mehreren Steinbrüchen in diesem Tal der Alpilles. Arbeiter haben hier Blöcke von zwei Kubikmetern aus dem Kalkstein gesägt.«

»Und sich manchmal einen Spaß erlaubt?« Blanc deutete auf die Fratze hoch über ihren Köpfen.

Pavy nickte. »Jeder Mensch ist ein Künstler. Na, jedenfalls hat man die Blöcke anschließend im Freien zu handlichen Formaten zersägt und fortgeschafft. Praktisch alle alten Häuser der Region sind aus dem Kalkstein von Les Baux gemauert worden.« Er deutete auf Sägespuren an einer Wand. »1935 wurde der Steinbruch aufgegeben, weil sich der Abbau nicht länger lohnte. Man brauchte einfach zu viele Arbeiter. Stahl und Beton waren billiger. Danach kümmerte sich jahrelang niemand mehr um diese Höhle.«

»Hier könnte man Fantasyfilme drehen«, sagte Blanc.

Pavy verzog sein Gesicht. »Nicht Fantasy, *mon Capitaine,* sondern Kunst! Jean Cocteau hat 1959 im Steinbruch *Le Testament d'Orphée* gedreht.« Der Direktor deutete auf den breiten

Gang, der sich im Dunkeln verlor. »Am anderen Ende zeigen wir die hier spielenden Szenen in einer Art Felsenkammer.«

Er führte sie jedoch nicht dorthin, sondern auf die Rampe zu ihrer Rechten. »Seit 1977 ist der Steinbruch eine Galerie, wenn Sie so wollen. Seither läuft hier Jahr für Jahr ein neues Kunstprogramm. Wir projizieren Meisterwerke berühmter Maler in Riesengröße auf die Wände. In der letzten Saison haben wir van Gogh gezeigt. Normalerweise schließen wir Anfang Januar, wenn die Winterferien vorbei sind, und bereiten mehrere Wochen lang eine neue Show vor, die Anfang März startet. Doch die letzte Show mit van Gogh war unglaublich populär, mehr als siebenhunderttausend Besucher, und wir mussten noch Interessenten abweisen, weil einfach nicht mehr Menschen in den Steinbruch hineingepasst hätten. Deshalb haben wir uns dazu entschlossen, die Vorstellung ausnahmsweise auch im Februar für eine Woche zu zeigen. Die Leute lieben das. Zumindest bis heute. Ich kann nur hoffen, dass dieses ... dieses Unglück niemanden abschreckt.«

»Wir werden unsere Ermittlungsergebnisse nicht mit den Touristen teilen«, versprach Blanc, der diese Sorgen schon viel zu oft gehört hatte: Ein Verbrechen war dann schrecklich, wenn es das Geschäft verdarb.

»Wir werden bereits weniger chinesische Besucher haben als in der letzten Saison, fürchte ich«, fuhr Pavy fort. »Seit dort diese seltsame Grippe ausgebrochen ist, stornieren ganze Reisegruppen ihre Besuche in Les Baux.«

»Den Tag, an dem keine Touristen mehr durch Les Baux streifen, werden Sie und ich nicht erleben«, beruhigte ihn Marius.

Sie hatten den Balkon erreicht. Zwischen zwei Pfeilern sah Blanc auf die Höhle hinunter, dann atmete er tief durch und richtete den Blick zum Balkonboden. Auf dem staubigen Felsen lag der Tote.

Kriminaltechniker hatten schon mehrere mobile Scheinwerfer um die Leiche herum aufgestellt; die Kabel liefen über den Boden bis zu den Wänden, in denen geschickt versteckte Steckdosen eingelassen waren.

»Sie können nahe herangehen, *mon Capitaine*«, sagte eine der maskierten Kolleginnen von der Kriminaltechnik, »wir haben den Boden um die Leiche schon abgesucht. Da ist nichts: kein Fußabdruck, keine Zigarettenkippe. Passen Sie nur auf, dass Sie nicht ins Blut treten.«

Blanc nickte. Der Tote war ein kräftiger Mann, mittelgroß, schwarze, kurze Haare, plumpe, dicht behaarte Hände, seine Augen waren weit aufgerissen, als hätte er in seiner letzten Sekunde am fernen Höhlendach irgendetwas Schreckliches erblickt. Er war in einen weiten dunkelblauen Lodenmantel gehüllt, elegant und etwas altmodisch und eigentlich schon zu warm für diese Jahreszeit, zumindest in der Provence. Darunter trug er eine ebenfalls dunkelblaue Stoffhose und schwarze Lederschuhe, Kleidung, die eher zu einem normalen Museumsbesuch gepasst hätte und nicht in diesen alten Steinbruch. Vermutlich hatte der Unbekannte einen schwarzen Rollkragenpullover an, doch sicher konnte Blanc sich da nicht sein, denn das, was am Hals aus dem Mantel ragte, war nicht mehr eindeutig als Rollkragen zu identifizieren – es waren bloß noch Stofffetzen, die in Blut klebten.

Dem Mann war die Kehle durchtrennt worden.

Blanc betrachtete den Schnitt, eine bogenförmige Linie fast vom einen Ohr bis zum anderen. In seiner Ausbildung hatte er Fotos von Mordopfern gesehen, denen die Kehle durchgeschnitten worden war, aber in all den Jahren hatte er sich noch nie um einen derart schlimm zugerichteten Toten kümmern müssen. Er spürte, wie eine Welle der Übelkeit in ihm aufstieg, und hörte, wie Fabienne hinter ihm scharf einatmete. Vielleicht der Schock. Oder eine unbewusste Reaktion, so als wollte sie sich versichern, dass sie selbst noch problemlos einatmen konnte. Der Schnitt musste sehr tief sein, aus der Wunde war unfassbar viel Blut ausgetreten; circa sechs Liter zirkulierten in jedem Menschen, aber das hier sah aus, als wären sechzig Liter aus dem Körper geströmt. Neben Hals und Brustkorb hatte sich eine weite rote Lache über den Felsboden gebreitet. Sie war noch nicht ganz trocken. Trotzdem war der Unbekannte, vermutete Blanc, nicht verblutet – er musste erstickt sein. Der Schnitt hatte Schlagadern und Kehlkopf durchtrennt, und der Sauerstoffverlust hatte wahrscheinlich schneller zum Tod geführt als der Blutverlust.

Blanc betrachtete die Hände des Toten genauer. Blut überall. Die Rechte lag auf der Brust, dicht unter dem Hals, die Linke ruhte ebenfalls angewinkelt zwischen Kopf und Schulter auf dem Steinboden. Die eleganten Schuhe waren verdreckt, der Staub auf dem Boden daneben von den Sohlen zerkratzt.

»*Putain*«, murmelte Marius. Er war neben Blanc getreten und starrte auf den Toten. Die drei Gendarmen gingen nun in die Hocke und beugten sich über die Leiche. Der Eisengeruch des Blutes vermischte sich mit dem Hauch eines teuren Rasierwassers, in das sich der Mann eingehüllt hatte. Fabienne sog die Luft schon wieder scharf ein.

»Du solltest durch den Mund atmen, nicht durch die Nase« riet ihr Blanc. »Vielleicht ist der Täter von hinten gekommen«, erklärte er dann und deutete auf die Wunde. »Ein rascher Schnitt quer durch den Hals. Grausamer Schmerz, aber kein Geräusch. Das Opfer bricht zusammen, greift sich mit beiden Händen an die Kehle, die Beine zucken.«

»Wie lange?«, fragte Fabienne. Sie war blass geworden.

Marius zuckte mit den Achseln. »Kommt darauf an, ob er vor dem Angriff gerade ein- oder ausgeatmet hatte, schätze ich. Eine Minute? Zwei? Dann verlor er das Bewusstsein, seine Hände sanken vom Hals – und er war tot.«

»Zwei Minuten …«, murmelte Fabienne.

»Und niemand hat ihn gehört«, ergänzte Blanc. »Mit durchgeschnittener Kehle konnte er nicht mehr schreien.«

Blanc richtete sich wieder auf und blickte in die Höhle. Wie groß dieser verdammte Steinbruch war. Zwei Minuten. Bevor das Opfer auch nur tot war, hatte der Mörder schon wieder irgendwo hinter einem Pfeiler oder im anderen Gang verschwunden sein können. Oder vielleicht hatte er es sogar schon bis nach draußen geschafft.

»Wir müssen alle verhören, die sich heute Morgen im Steinbruch aufgehalten haben«, befahl er. »Besucher, Mitarbeiter, einfach alle.«

Pavy räusperte sich verlegen. »Alle, die noch da sind, *mon Capitaine*. Wir haben diesen, diesen …«, er war nur bis auf vier, fünf Schritte an den Toten herangetreten, »diesen Unglücklichen erst nach der Vorstellung gefunden. Ein Wärter hat den Schrei einer Besucherin gehört und ist hinzugeeilt. Doch während der Vorstellung kommen andauernd neue Besucher hinein und«, er hüstelte verlegen, so als glaubte er, dass das irgendwie seine Schuld sei, »nun ja, viele gehen auch während einer Vorstellung hinaus. Die Vorstellung läuft, dann flammen kurz die Lichter zur Pause auf, und die Vorstellung beginnt wieder. Es ist eine endlose Schleife. Die Besucher kommen und gehen, wann sie möchten. Das fällt niemandem auf. Ich weiß nicht, wie viele Besucher die Carrières de Lumières verlassen haben, bevor wir den Toten entdeckten.«

»Der Mann ist also während einer Vorstellung getötet worden«, vergewisserte Blanc sich. »Während alles dunkel war? Wie ist das möglich? Und wie lange dauert so eine Vorstellung?«

»Wenn Sie es wünschen, dann zeige ich es Ihnen.« Pavy hob die Hand und winkte einen Mitarbeiter heran. Blanc gab einigen Uniformierten ein paar Hinweise.

Kurz darauf wurde alles schwarz.

Plötzlich flutete von überall Musik durch die Höhle, irgendetwas Klassisches. Farbschlieren wurden von Projektoren auf Wände und Fußböden geworfen, es war, als würde man in die tausendfach vergrößerten wilden Pinselstriche eintauchen. Auf einmal schimmerten in diesem bunten Chaos van Goghs Selbstporträts auf, auf jedem Pfeiler ein anderes. Blanc fühlte sich, als würden ihn die Augen des wahnsinnigen Malers von überall anstarren. Die Musik wechselte, Jazz nun, Häuser und Brücken leuchteten im Steinbruch, so groß, als könnte man durch van Goghs Bilder spazieren gehen. Später erklangen Opernarien, und Schriftzüge aus van Goghs Briefen liefen über Wände und Boden. Zu Smetanas *Die Moldau* blühten gelbe und orangefarbene Sonnenblumen auf dem Stein, blaue Irissträuße, ein Zweig mit Pfirsichblüten, so monumental, dass man sich wie ein Insekt fühlte, das um diese Blumen schwebte. Der Nachthimmel über der Rhône, deren gemaltes im Sternenlicht funkelndes Wasser durch irgendeinen Projektionstrick wie echtes Flusswasser dahinzuströmen schien. Am Ende leuchteten gelbe Weizenfelder im Steinbruch, darüber ein dräuender Gewitterhimmel, in den sich nach und nach ein Schwarm Krähen ergoss. Die dunklen Vögel schienen durch die Höhle zu fliegen, eine Krähe wurde größer und größer – und dann war alles schwarz.

Als die Scheinwerfer aufflammten, atmete Blanc tief durch. Krähen, Todesboten. Er fragte sich, ob der Ermordete in seinen letzten Augenblicken möglicherweise genau das gesehen hatte.

Erst nach und nach legte sich seine Verwirrung. Er analysierte die Lage: Die Vorstellung hatte mehr als eine Viertelstunde gedauert. Die Bilder wurden von Dutzenden versteckter Projektoren an die Wände geworfen, ohne Unterlass flimmerten Farben auf den Steinen. Die Höhle selbst war in Regenbogenlicht getaucht, bunte Schleier schienen mitten im Raum zu stehen, der Wechsel der Motive erzeugte manchmal die Illusion, als würden sich die Felsen bewegen oder in flirrender Luft auflösen.

Die Polizisten, die in den Carrières de Lumières standen, hatten während der Vorstellung wie kleine Schattenrisse gewirkt, schwarze, beinahe zweidimensionale Geister, winzig neben den Bildern; die Höhle schien noch einmal doppelt so hoch gewesen zu sein wie zuvor.

Perfekt, dachte Blanc erschaudernd, das hier war perfekt für einen Mord.

Der Täter musste sein Opfer ausgespäht haben, während der Steinbruch in der Pause zwischen zwei Vorführungen durch Scheinwerfer erhellt wurde. Wenn man wusste, wo die Person stand, die man töten wollte, dann reichte das diffuse Licht während einer Vorstellung aus, um sich unbemerkt an das jetzt nur noch schemenhaft erkennbare Opfer zu schleichen. Wenn man dann rasch von hinten herankam und zustieß, fiel das niemandem auf: ein Schatten, der mitten im Geflimmer verschwand, nichts sonst. Und die Musik übertönte jeden anderen Laut, ganz sicher auch das Röcheln eines Sterbenden.

»Wir haben einhundert computergesteuerte Projektoren verbaut und ebenso viele Lautsprecher. Alles ist mit Glasfaserkabeln verbunden und perfekt synchronisiert. Die Leute lieben das«, erklärte Pavy nun schon zum zweiten Mal. »Wir haben jedes Jahr Hunderttausende Besucher. Noch nie ist etwas passiert.«

»Irgendwann ist immer das erste Mal«, brummte Blanc.

Einer der Schatten, den er während der Vorstellung im unteren Bereich des Steinbruchs bemerkt hatte, kam nun über die Rampe auf sie zu: Fontaine Thezan. Die Gerichtsmedizinerin trug eine ihrer extravaganten Brillen und hatte sich in einen roten Mantel gehüllt. Als sie ihm ihre Wange zum Begrüßungskuss bot, atmete Blanc den vertrauten Duft von Marihuana ein – und einen Hauch Schweiß. Fontaine Thezan hatte Ringe unter den Augen, die auch ihre große Brille nicht ganz verbergen konnte. Ob sie die letzte Nacht gar nicht geschlafen hatte?

Zum ersten Mal, seit Blanc sie kannte, wirkte die Gerichtsmedizinerin erschöpft.

»Ich freue mich, dass Sie so schnell gekommen sind«, begrüßte er sie. Dann setzte er leise hinzu: »Fühlen Sie sich gut?«

»Besser als mein Patient«, erwiderte Fontaine Thezan kühl und betrachtete das Opfer. »Danke der Nachfrage. Sie lassen mich ein paar Augenblicke allein, ja?«

Ohne seine Antwort abzuwarten, beugte sie sich zum Toten hinunter, streifte sich Gummihandschuhe über und begann, die Leiche behutsam zu betasten.

Blanc wusste, dass Marius bei Leichenuntersuchungen nicht gern zusah, deshalb winkte er ihn zu sich. »Geh bitte nach draußen und überzeug dich, dass alle Personen, die in der Höhle waren, auch wirklich noch auf uns warten. Ich will auf keinen Fall, dass sich jemand davonstehlen kann.«

Marius nickte erleichtert. »Ich fange mit der Befragung an.«

Blanc und Fabienne warteten danach geduldig, bis Fontaine Thezan ihre erste vorläufige Untersuchung abgeschlossen und sich die Gummihandschuhe abgestreift hatte. Die Gerichtsmedizinerin steckte sich eine Mentholzigarette an und ignorierte Pavys missbilligenden Blick. »Der Schnitt war so tief, dass die Klinge bis auf den vorderen Halswirbel gedrungen ist«, begann sie.

»*Mon Dieu*«, flüsterte Fabienne. Sie sah aber nicht länger blass aus. Irgendwann gewöhnte man sich an den Anblick der Toten.

»Vermutlich hat sich der Täter dem Opfer von hinten genähert und einen raschen, tiefen Schnitt von links nach rechts durch den Hals gezogen. Sie suchen also einen Rechtshänder, *mon Capitaine.*«

»Einen Rechtshänder mit einem Kampfmesser oder einer Machete«, murmelte Blanc. »Wenn die Wunde bis auf die Halswirbel geht ...«

Fontaine Thezan schüttelte den Kopf. »Das schaffen Sie auch mit einem guten Küchenmesser. Deshalb werden ja fast die Hälfte aller Tötungsdelikte mit dem Messer verübt: Jeder hat ein solches Mordwerkzeug im Haus.«

»Weitere Verletzungen?«, fragte Blanc.

Die Gerichtsmedizinerin schüttelte abermals den Kopf. »Nicht, soweit ich das bei der ersten Beschau feststellen konnte: kein Hämatom am Kopf, keine weiteren Stichwunden. Genau weiß ich das selbstverständlich erst, nachdem er bei mir auf dem Tisch gelegen hat.«

»Hat er sich gewehrt?«, wollte Fabienne wissen.

»Vermutlich nicht. Seine Hände sind zwar voller Blut, aber das kommt alles aus dem Hals, als er sich im Todeskampf an die Kehle fasste. Die Hände selbst zeigen keine typischen Abwehrverletzungen. Als ich den Körper auf die Seite gedreht habe, habe ich das in seiner Manteltasche ertastet.« Sie reichte Blanc eine dünne Plastikschutzhülle, in der ein französischer Führerschein steckte.

Blanc verglich das Bild mit dem Gesicht des Toten. »Das ist unser Mann«, verkündete er und las die Daten vor: »Patrick Ripert. Achtunddreißig Jahre alt. Der Führerschein ist vor zwanzig Jahren in der Gemeinde Montmorillon ausgestellt worden.«

»Nie gehört«, sagte Fabienne.

»Postleitzahl 86500«, fuhr Blanc fort. »Das ist das Département Vienne. Irgendwo in Aquitanien. Muss Hunderte Kilometer von hier entfernt sein.«

»Ein Tourist«, vermutete seine Kollegin.

»Monsieur Ripert muss längst nicht mehr da gewohnt haben, wo er einst den Führerschein gemacht hat. Vielleicht lebt er inzwischen irgendwo in der Provence. Lebte er«, korrigierte er sich.

»Ich überprüfe das«, erwiderte Fabienne und hatte bereits ihr iPhone in der Hand. »Aber ich muss raus. In der Höhle habe ich keinen Empfang.«

Blanc blieb mit Fontaine Thezan noch ein paar Augenblicke schweigend neben der Leiche stehen. »Darf ich?«, fragte er dann.

»Nur zu.«

Er streifte sich Gummihandschuhe über und tastete den Toten sorgfältig ab.

»Seltsam, nicht wahr?«, bemerkte die Gerichtsmedizinerin, nachdem er sich wieder aufgerichtet und die Handschuhe ausgezogen hatte. Sie blickte scheinbar gelassen auf das Mordopfer, aber Blanc kannte sie inzwischen gut genug, um zu sehen, dass etwas sie störte.

»Ja«, bestätigte er. »Ripert hat seinen Führerschein in der Manteltasche – aber nichts sonst. Keine Brieftasche, kein Geld, kein Handy, keine Schlüssel. Ohne Kreditkarte und Telefon ist man doch heute nackt. Und ohne Auto kommt man kaum bis zu diesem Steinbruch.«

Fontaine Thezan deutete auf die feinen Lederschuhe des Opfers. »Er wirkt jedenfalls nicht so, als sei er einen langen Weg zu Fuß gewandert.«

»Jemand muss Ripert ausgeraubt haben«, vermutete Blanc.

Vor den Carrières de Lumières verabschiedete er sich von Fontaine Thezan. Die Sonne war inzwischen so hoch gestiegen, dass ihr Licht endlich bis ins Val d'Enfer fiel. Es war warm und windstill, die Tauflecken waren längst verdampft, irgendwo in dem Wald über ihnen zwitscherten Spatzen. Bei Tageslicht sah er, wie blass die Ärztin war. Er zögerte kurz. »Wollen Sie nicht …?«

»Mir geht es wirklich ausgezeichnet«, unterbrach sie ihn nüchtern. »Schicken Sie einen Beamten nach Salon, der bei der Leichenöffnung dabei ist. Heute Abend haben Sie meinen Bericht auf dem Schreibtisch. Viel Erfolg bei der Jagd, *mon Capitaine*.«

Blanc sah ihr nach und ließ dann den Blick über den Parkplatz schweifen. Die Gendarmen hatten die Menschen, die in den Carrières de Lumières gewesen waren, in kleine Gruppen aufgeteilt, um sie zu befragen. Manche Kollegen machten sich Notizen, andere hatten ihre Handys als Aufnahmegeräte eingeschaltet. Vielleicht dreißig Besucher, schätzte er, darunter einige Kinder. Dazu noch etwa zehn Frauen in Blusen mit dem Aufdruck von *Culture Espace*, vermutlich die Damen an der Kasse und im Souvenirshop. Und vier junge Männer im schwarzen Outfit eines Sicherheitsdienstes. Blanc musterte die Menge und fragte sich, ob irgendjemand dort auffallend nervös wirkte. Oder ob ein Kerl darunter war, dem er es zutraute, einem Mann die Kehle durchzuschneiden. Absurd. Die Leute waren aufgeregt und unruhig, aber das war angesichts der Umstände ja auch verständlich. Im Übrigen wirkten sie jedoch harmlos.

Fabienne trat zu Blanc. »Patrick Ripert hat eine eigene Website«, sagte sie und hielt ihm ihr Handy hin. »Er ist Kunstdetektiv.«

»Klingt wie aus einem Roman von Agatha Christie.«

»Klingt nach ziemlich gutem Einkommen«, erwiderte Fabienne, »zumindest wirkt es auf seiner Website so, als hätte Monsieur Ripert nicht auf jeden Cent achten müssen. Ripert ist tatsächlich in Montmorillon aufgewachsen, aber schon als junger Mann nach Paris gegangen, um Kunstgeschichte zu studieren, und da wohnt er bis heute, behauptet er zumindest in der Vita auf seiner Seite. Irgendwie – seine Website bleibt da ziemlich vage – hat er schon als Student angefangen, für reiche Klienten nach vermissten Kunstwerken zu fahnden. Er sucht nach Bildern und Skulpturen, die bei Einbrüchen gestohlen worden sind oder bei Erbschaftsstreitigkeiten verschwinden oder die irgendwann von den Nazis geraubt wurden und seither verschollen sind. Wenn man seiner eigenen Darstellung glauben darf, dann gelingt es ihm ziemlich häufig, vermisste Werke aufzuspüren.«

»Was hat so ein Spezialist in einer Höhle verloren, in der Van-Gogh-Dias über die Wände laufen?«

»Keine Ahnung. Vielleicht ist er ja wirklich als Tourist in die

Provence gekommen. Vielleicht arbeitet er hier aber auch für einen seiner Klienten. Noch habe ich nicht mal herausgefunden, wo er in der Region abgestiegen ist. Wir werden Stunden, vielleicht Tage brauchen, bis wir alle Hotels und Ferienhäuser überprüft haben.«

Blanc seufzte. »Wen muss ich informieren? Hatte Ripert Familie?«

Fabienne schüttelte den Kopf. »Du musst vermutlich niemandem dein Beileid aussprechen. Soweit ich das überblicke, gibt es weder Ehefrau noch Kinder. Auch keine Ex-Frau. Ob es eine Freundin oder einen Freund gibt, weiß ich nicht, in seiner Pariser Wohnung ist er jedenfalls alleine gemeldet. Und seine Eltern scheinen schon lange tot zu sein. Vielleicht hat er irgendwo Geschwister oder andere Verwandte, aber auch das wird uns einige Zeit kosten, bis wir das wissen.«

»Vorstrafen?«

»Nein. Ripert ist bei mehreren Prozessen als Zeuge oder Sachverständiger aufgetreten. Bei allen Gerichtsverfahren ging es um verschwundene Kunstwerke, die er wiedergefunden hatte. Sonst gibt es da nichts. Er war nie in Gewaltverbrechen verwickelt, nie in Familienstreitigkeiten, Beleidigungen, politische Sachen, Finanzaffären, nicht mal in Verkehrsdelikte. Das schließe ich zumindest aus den Einträgen in der Datenbank der Gendarmerie. Denn außer seiner Website findest du wenig über ihn im Internet, er war weder bei Facebook noch sonst einem sozialen Netzwerk, er taucht auf keiner Nachrichtenseite auf, und Google weiß auch nicht viel mehr über ihn, als dass er eben ab und zu vor Gericht ausgesagt hat.«

»Ein diskreter Mann.«

»Ein Privatdetektiv halt.«

Blanc dachte nach. »Hat Ripert denn auf seiner Website wenigstens eine Kundenliste veröffentlicht? Referenzen? Irgendjemanden, den wir nun befragen können?«

»Leider nein. Über die Prozesse, bei denen er ausgesagt hat, werden wir sicherlich an ein paar Namen kommen, aber auch das wird ...«

»... dauern«, vollendete Blanc. »Leider sollten wir uns besser beeilen.« Er winkte Marius hinzu und erklärte den beiden, dass das Opfer vermutlich ausgeraubt worden war. »Möchte wissen, warum«, sagte er.

Aus den Augenwinkeln sah er, dass unter den Menschen, die auf dem Parkplatz warteten, plötzlich Unruhe ausbrach. Ein Mann schrie etwas, stieß einen Gendarmen vor die Brust, dann wurde er von zwei anderen Beamten zu Boden geworfen und mit Handschellen gefesselt. Die junge Beamtin, die Blanc vorhin an seine Tochter erinnert hatte, eilte auf ihn zu, ihre Wangen waren vor Aufregung gerötet. »*Mon Capitaine!*«, rief sie. »Wir haben den Täter!«

»Das können Sie mir auch leise sagen, Brigadier«, er sah auf das Namensschild an ihrer Uniform, »Brigadier Solange.« Sie eilten hinüber.

Die Gendarmen hatten den Mann inzwischen vom Boden aufgerichtet und zerrten ihn mit. Seine Hände waren auf dem Rücken gefesselt. Er bedachte Blanc mit einem finsteren Blick. Dunkle Augen, dunkle, zu einem Zopf gebundene Haare, olivenfarbene Haut, kleiner, aber sehniger Körper. Ein Gitane, dachte Blanc. Hunderte Gitanes zogen durch die Provence, campierten auf Plätzen, die ihnen die Gemeinden zur Verfügung stellten, oder wild am Rand irgendwelcher Schnellstraßen und Müllkippen. Gitanes, »Zigeuner«, tausend Vorurteile hallten sofort durch seinen Kopf. Lass dich nicht irremachen, ermahnte er sich. »Was ist passiert?«

Brigadier Solange reichte ihm eine Brieftasche aus schwarzem Leder. »Die haben wir bei diesem ... diesem Monsieur entdeckt.«

Blanc öffnete die Brieftasche. Einige Geldscheine. Münzen.

Zwei Kreditkarten und eine *Carte d'Identité* – alle Dokumente waren ausgestellt auf Patrick Ripert.

»Wie heißen Sie?«, fragte Blanc und starrte dem Mann in die Augen. Er hatte nicht vor, sich von diesem stechenden Blick einschüchtern zu lassen.

»Finden Sie es selbst heraus. Warum soll ich euch Flics die Arbeit abnehmen?«

»Je länger wir arbeiten, desto länger bleiben Sie unser Gast.« Blanc lächelte dünn.

Die Lippen des Mannes zuckten, so, als ob er etwas sagen wollte, es aber im letzten Moment bleiben ließ. Er war noch jung, nicht einmal Mitte zwanzig, doch Blanc glaubte, dass er nicht zum ersten Mal von einem Gendarmen verhört wurde. »Ich heiße Manuel Bonati«, murmelte er schließlich.

»Wo wohnen Sie?«

»Mal hier, mal dort.«

»Warum waren Sie in den Carrières de Lumières?«

Bevor der junge Mann antworten konnte, trat einer der Gendarmen vor. »Wir haben nicht nur *eine* Brieftasche bei diesem Typen gefunden.« Er reichte ihm einen durchsichtigen Plastiksack, in dem mehrere Geldbörsen, Autoschlüssel und Handys lagen. »Ein Taschendieb«, fuhr der Beamte fort, »der sich in der Dunkelheit während der Vorstellungen an die Touristen heranmacht.«

Blanc nickte. »*D'accord.* Zeigen Sie den Beutel allen Leuten auf dem Parkplatz. Die Besucher sollen ihre Wertsachen identifizieren. Vielleicht wissen die meisten noch nicht einmal, dass sie bestohlen worden sind. Nehmen Sie die Angaben der Geschädigten auf. Und wenn es Wertsachen gibt, die niemand für sich reklamiert, dann bringen Sie die zu mir zurück.«

Der Gendarm salutierte, winkte die junge Kollegin zu sich und machte sich daran, die Besucher zusammenzurufen.

Blanc wandte sich wieder dem Verhafteten zu. Er hatte die

Anweisungen absichtlich so gegeben, dass Bonati alles hatte mit ansehen und anhören können. »*Alors*«, begann er, »so, wie ich das sehe, gibt es jetzt zwei Möglichkeiten für Sie, Monsieur Bonati. Entweder geben Sie zu, dass Sie ein Taschendieb sind, oder …«

»Ich habe die Sachen auf dem Parkplatz gefunden!«, rief der Mann. »Beweisen Sie erst einmal, dass das nicht so war!«

»… oder ich verhafte Sie jetzt wegen Mordes an Monsieur Patrick Ripert. Ripert liegt mit durchgeschnittener Kehle im Steinbruch. Seine Brieftasche haben wir bei Ihnen gefunden. Das reicht für lebenslänglich.«

»Ich war das nicht!« Bonatis Augen waren nicht länger stechend, sein Blick flackerte unruhig hin und her, fokussierte schließlich Fabienne, so als erhoffte er sich von der jungen Beamtin mehr Verständnis. »Das können Sie mir doch nicht anhängen.«

»Es wird mir ein Vergnügen sein, Ihnen das anzuhängen«, erwiderte Fabienne kühl, und man musste sie schon so gut kennen wie Blanc, um herauszuhören, dass sie in Wahrheit nicht einen Augenblick an Bonatis Schuld glaubte.

Der Mann schluckte, starrte wieder zu Blanc, dann auf seine Füße, als stünde die Lösung für sein Dilemma auf seinen alten Turnschuhen. »*D'accord*«, gab er schließlich zu. »Ich habe ein paar Typen ausgenommen. Das ist so einfach hier, die Leute sind selbst schuld.«

»Als Sie Monsieur Ripert …«, Blanc suchte nach dem richtigen Wort, »erleichtert haben, wo stand er da?«

»Auf dieser Galerie, von wo aus man in die ganze Höhle sehen kann. Wenn die Leute da oben stehen, dann haben sie alle Bilder im Blick und achten nicht auf jemanden, der von hinten an sie herankommt.«

»War Monsieur Ripert allein?«

»Ja. Da war niemand in zehn Schritte Umkreis. Das überprüfe

ich vorher, damit mich keiner bei der Arbeit ertappt. Aber ich schwöre: Der Typ war quicklebendig, als ich mit dem fertig war. Ich brauche nur ein paar Sekunden, dann bin ich schon wieder weg. Ich habe dem nicht mal ein Haar gekrümmt!«

»Als der Alarm losging nach der Vorstellung, wo waren Sie da?«

»Hinten in der Felsenkammer, wo sie diesen bescheuerten alten Film zeigen. Ich habe da einer Frau die Handtasche geöffnet. Plötzlich schrien alle herum, die Lichter gingen an, die Security-Leute sind gekommen und dann die Flics. Ich habe es nicht mehr bis zum Ausgang geschafft. Und weil es hell war und alle herumrannten, konnte ich meine Beute auch nicht mehr wegwerfen. *Merde,* wer kann den so etwas ahnen?!«

Blanc bedeutete einem der Beamten, die den jungen Gitane verhaftet hatten, näher zu kommen. »Haben Sie bei diesem Mann ein Messer sichergestellt oder irgendeinen anderen scharfen Gegenstand?«, fragte er leise.

Der Gendarm hüstelte verlegen. »Leider nein, *mon Capitaine.*«

»Leider?«

Jetzt hustete der Mann richtig. »Nun ja, das hätte die Ermittlung doch erleichtert, oder nicht?«

Blanc erwiderte nichts und ging zu einer der Kriminaltechnikerinnen. »Haben Sie ein Messer gefunden, das hier irgendwo weggeworfen worden wäre?«

»Dann hätten wir Sie doch sofort informiert!« Die Frau schien ehrlich empört zu sein, dass ihr Vorgesetzter ihr eine so unprofessionelle Arbeit zutraute.

»Selbstverständlich«, murmelte Blanc, »Entschuldigung.« Er wartete, bis der Beamte, der den Besuchern die gestohlenen Gegenstände zeigte, seine Runde beendet hatte. In dem Plastiksack lagen noch ein Handy und ein Autoschlüssel, die niemand für sich beansprucht hatte. »Haben Sie das auch Monsieur

Ripert gestohlen?«, fragte er den Gitane und hielt den Beutel hoch.

Bonati zuckte mit den Achseln. »Ich habe ihm sein Handy aus der Tasche gefischt und einen Schlüssel auch, glaube ich. Ich kann mich nicht mehr genau erinnern. Aber keine Ahnung, ob es das war, was Sie mir vor die Nase halten. Die Dinger sehen im Dunkeln alle gleich aus.«

Fabienne streifte sich Plastikhandschuhe über und holte das Smartphone aus dem Beutel. Sie strich einmal über den Bildschirm. »Passwortgeschützt«, verkündete sie. »Ich werde einige Zeit brauchen, bis ich das gehackt habe.«

Blanc nickte. »Wir nehmen es trotzdem zu den Beweisstücken. Vermutlich ist es ja Riperts Handy.« Dann baute er sich vor Bonati auf. »Sie sind verhaftet!«, erklärte er laut.

»Weswegen?«

»Diebstahl.«

Bonati grinste erleichtert und ließ sich widerstandslos zu einem Streifenwagen führen.

»Ist das nicht ein bisschen voreilig?«, brummte Marius, als der Mann außer Hörweite war.

»Du bist nicht hundertprozentig überzeugt?«, fragte Blanc zurück.

»Es geht hier nicht um mich. Wir haben einen Mann mit durchtrennter Kehle. Und einen Zigeuner, der diesen Mann bestohlen hat. Die Frage, warum man Bonati nur als Dieb verhaftet hat und nicht als Mörder, wird man morgen in der Zeitung stellen.«

»Und im Netz«, ergänzte Fabienne. »Die Kommentare dazu kann ich mir jetzt schon ausmalen.«

Blanc zuckte mit den Achseln. »Vorurteile ersetzen keine Ermittlungen. Bonati war hier, um seine Opfer auszunehmen. Warum sollte ein kleiner Taschendieb einem Mann den Hals durchschneiden? Und mit welcher Waffe hätte er das tun sollen? Außerdem hat er nach dem Diebstahl von Riperts Sachen weitergemacht. Als der Alarm losging, war er im hintersten Teil des Steinbruchs, am weitesten weg vom Ausgang. Wenn er Ripert wirklich getötet hätte, dann hätte er sich doch sofort aus dem Staub gemacht, bevor der Mord aufgefallen wäre.« Blanc schüttelte den Kopf. »Nein. Riperts Mörder ist noch frei.« Er deutete zum Parkplatz. »Und vermutlich ist es auch keiner von den anderen, die wir befragt haben. Der Täter ist uns durch die Maschen geschlüpft. Der war schon fort, bevor irgendjemand die Leiche entdeckt hatte.«

»Na«, sagte Marius spöttisch, »dann musst du nur noch die Untersuchungsrichterin von deiner Theorie überzeugen.«

»*Allô, Madame le Juge?*« Blanc hatte sich ein paar Schritte von seinen Kollegen entfernt und drehte ihnen den Rücken zu. Es musste ja niemand seine Gesichtszüge studieren, während er mit seiner ehemaligen Geliebten telefonierte.

»*Mon Capitaine,* was kann ich für Sie tun?«

Blanc hielt einen Moment den Atem an, als er ihre vertraute Stimme hörte. Aveline Vialaron-Allègre, Untersuchungsrichterin in Aix-en-Provence, Ehefrau des mächtigen Staatssekretärs im Innenministerium, von allen Flics gefürchtet – nur von einem nicht, der so leichtsinnig gewesen war, eine hoffnungslose Affäre mit ihr einzugehen. Eine Affäre, die noch nicht allzu lange erloschen war. Er nahm sich zusammen und blieb förmlich; war ja doch möglich, dass einer der Kollegen das Gespräch hören könnte. Er berichtete ihr von dem Mord und dem jungen Taschendieb, den sie verhaftet hatten.

Er hörte, wie Aveline an einer Zigarette sog. Sie schwieg einen Moment lang. Vielleicht hatte sie noch mehr von ihm erwartet? Vielleicht ganz andere Sätze? Absurd. Als sie endlich antwortete, war sie so kühl wie meistens. »Ermitteln Sie in alle Richtungen. Sie haben freie Hand. Aber, *mon Capitaine*«, wieder ein kurzes

Zögern, »Ihnen ist schon klar, dass dieser Fall politische Implikationen hat?«

Blancs Puls ging hoch, allerdings nicht aus Liebe und Leidenschaft. »Politische Implikationen« – das war nicht schwer zu übersetzen: Im Midi wählte fast die Hälfte der Menschen den Front National, der sich jetzt Rassemblement National nannte, was aber nichts anderes war als neue Schminke auf einer alten Partei. Weit rechts und nicht gerade freundlich zu den Gitanes. »Zigeuner schlitzt französischem Touristen die Kehle auf« wäre die Schlagzeile, die der RN aus diesem Fall machen würde. Und Avelines Gatte, Staatssekretär Jean-Charles Vialaron-Allègre, war durchaus sensibel für die Stimmung am rechten Rand der Wählerschaft. »Politische Implikationen« bedeutete deshalb: Gendarmerie und Justiz mussten die Lage jederzeit unter Kontrolle haben, und wenn verflucht noch mal der Mörder nicht schnell überführt werden würde, dann wäre es für Vialaron-Allègre besser, Bonati zum Schuldigen zu erklären, als niemanden.

»Ich kümmere mich um Indizien, nicht Implikationen«, antwortete Blanc frostig.

»Genau aus diesem Grund erinnere ich Sie an die Implikationen«, entgegnete sie, und nur weil Blanc sie so gut kannte, hörte er heraus, dass sie nicht ganz so gelassen war, wie sie sich gab. »Ein Taschendieb landet normalerweise nach vierundzwanzig Stunden Untersuchungshaft vor einem Schnellrichter«, fuhr sie fort. »Doch im Fall von Monsieur Bonati werde ich ein ordentliches Gerichtsverfahren beantragen. Das dauert länger, und so können wir ihn einige Tage in Untersuchungshaft behalten. Es wäre hochgradig peinlich für uns, wenn Sie in nächster Zeit doch noch Indizien dafür fänden, dass Bonati der Mörder ist, dieser Mann aber in der Zwischenzeit untergetaucht wäre.«

»Sobald ich mehr weiß, melde ich mich wieder bei Ihnen, *Madame le Juge*.«

»Ich kann es kaum erwarten, wieder von Ihnen zu hören.« Aveline hatte aufgelegt, bevor Blanc darauf noch etwas erwidern konnte.

Blanc verbrachte den Rest des Tages im Val d'Enfer. Die Kollegen der Spurensicherung benötigten noch Stunden, um das zerklüftete Gelände um die Carrières de Lumières abzusuchen – ohne Ergebnis. Über dem Eingang zum Steinbruch hing eine Überwachungskamera, doch die war, wie Direktor Pavy kleinlaut gestand, seit fast einem Monat defekt. Im Ort Les Baux selbst waren ebenfalls diskret einige Kameras angebracht. Blanc hatte Marius zur dortigen *Mairie* geschickt, um die Aufnahmen auszuwerten, in der schwachen Hoffnung, dass Ripert dort vielleicht irgendwo gefilmt worden sein könnte, womöglich gar in Begleitung eines anderen Menschen. Vergebens. Ripert, so schien es, war am Tag seines Todes nicht im Dorf gewesen. Sie hatten schließlich einen Wagen entdeckt, der auf einem Parkplatz dreihundert Meter jenseits der Carrières de Lumières abgestellt worden war, in den der Autoschlüssel passte. Auf der Heckscheibe des schwarzen Nissan Micra klebte der Name eines großen Autoverleihers. Das Fahrzeug selbst war abgeschlossen und unbeschädigt, nichts deutete darauf hin, dass jemand sich an ihm zu schaffen gemacht hätte. Trotzdem nahmen ihn sich die Kriminaltechniker vor. Bevor sie ihn ins Labor abschleppten, durchsuchten sie schon einmal das Handschuhfach und stießen auf einen Mietvertrag: Ripert hatte den Wagen vor vier Tagen am TGV-Bahnhof von Aix-en-Provence übernommen, nachdem er im Schnellzug aus Paris angereist war.

Fabienne rief bei der Firma an und erfuhr, dass Ripert den Wagen übers Internet für zwei Wochen reserviert hatte. Als er ihn abgeholt hatte, war er allein gewesen. Kein Angestellter erinnerte sich an irgendein außergewöhnliches Zeichen, keine Eile, keine Angst, keine Unhöflichkeit; Ripert sei ein ganz normaler Kunde gewesen. Aber er hatte keine Adresse in der Provence angegeben, nur seine Handynummer als einzige Kontaktmöglichkeit. Als Fabienne diese Nummer wählte, summte das Smartphone im Plastikbeutel. »Jetzt weiß ich wenigstens, dass ich das richtige Handy hacke«, erklärte sie.

Lange nachdem der Leichenwagen davongefahren war, nachdem er Pavy entlassen und die meisten Kollegen nach Hause geschickt hatte, setzte sich Blanc endlich in den alten Mégane. Es stank noch immer aus den Polstern. Marius saß neben ihm, Fabienne hatte sich erschöpft gegen die Rückbank gelehnt. Blanc zögerte zu starten, aber seine beiden Kollegen beschwerten sich nicht über die unnütz vertickenden Sekunden. Sie starrten alle auf die Felswände. Die Sonne stand inzwischen tief. Schatten verschluckten die Steine, schwarze Tinte, die sich langsam über die Felsen ergoss. Im Zwielicht schien sich der Berg zu bewegen, weil sich die soliden Formen auflösten, weil Farben und Umrisse ineinanderflossen. Löcher verwandelten sich in Augen, Risse in grinsende Münder, und Blanc glaubte, dass ihn ein Dutzend Fratzen höhnisch anblickte. Höllental, sagte er sich, *eh merde*. Er startete endlich den Wagen und gab mehr Gas als nötig.

Mandelblüten

Am Samstagmorgen joggte Blanc noch vor Sonnenaufgang durch den Wald hinter seiner Ölmühle. Die immergrünen Eichen und die Fichten standen so dicht beisammen, dass er das Gefühl hatte, er würde in eine schwarze Wand hineinlaufen. Das Unterholz war satt vom Tau, sodass seine Füße rasch so nass waren, als würde ihn sein Weg durch Pfützen führen. Er achtete nicht darauf und beschleunigte seine Schritte. An manchen Stellen ragten Steine oder eisenharte Baumwurzeln ein paar Zentimeter weit aus dem weichen Boden, doch er hatte diese Strecke inzwischen oft genug zurückgelegt und stolperte nie. Zuerst dachte er an nichts, er liebte es, sich den Kopf freizulaufen. Doch plötzlich schrie irgendwo in einem Wipfel über ihm eine Eule. Ein Schrei … In seinem Geist sah er wieder Riperts schreckliche Wunde. Vielleicht war der Mord nicht einfach bloß brutal, sondern auch symbolisch gemeint? Eine durchgeschnittene Kehle, damit Ripert nie wieder schrie, nie wieder etwas sagte – nie wieder etwas verriet?

Später duschte Blanc und zog sich um, gönnte sich aber keine Zeit mehr für ein Frühstück, sondern stürzte bloß einen Espresso hinunter. Er war um acht Uhr in der Station von Gadet und nickte Marius zu, der ihm eine Tüte Croissants über den Schreibtisch schob, eine Tüte, die, den Fettspuren auf dem Papier nach zu urteilen, noch kurz zuvor mit deutlich mehr Gebäck gefüllt gewesen war.

»Bist du schon lange hier?«, fragte Blanc verwundert, weil sein Kollege eigentlich kein Frühaufsteher war, schon gar nicht am Wochenende.

»Erst seit fünf Minuten. Aber die Croissants haben so verdammt gut geduftet, dass ich mich nicht beherrschen konnte. Ich habe die Dinger praktisch inhaliert.«

Fabienne kam herein und schwenkte eine Rose. »Die hat mir meine Liebste geschenkt!«, rief sie. Als darauf keine Reaktion erfolgte, blickte sie die beiden entgeistert an. »*Mon Dieu,* es ist Valentinstag!«

»Na und?«, brummte Marius.

»Was soll das denn heißen? Du schenkst deiner Frau eine Blume, ein Herzchen aus Stoff, Reizwäsche, was weiß ich. Und wenn du keine Frau hast, dann schenkst du das halt der Frau, von der du hoffst, dass sie deine Frau wird, wenn du verstehst, was ich meine.« Sie starrte Blanc und Marius an, schließlich schüttelte sie den Kopf. »Ihr habt vergessen, dass heute Valentinstag ist, stimmts?«

»Man kann sich nicht alles merken«, murmelte Blanc. Er hätte zudem nicht einmal gewusst, wem er eine Rose schenken sollte, aber das musste er ja nicht auch noch kundtun.

»Na schön, ihr Vollblutromantiker«, seufzte Fabienne, »zurück zum Job.« Sie legte ihnen einen Zettel auf den Tisch, bevor sie sich das letzte Croissant griff. »Die Adresse von Riperts Hotel«, erklärte sie kauend. »Die Kollegen vom Nachtdienst hatten keinen Erfolg. Wie es scheint, hat die eine Hälfte der Hotels in der Provence überhaupt keinen Nachtportier mehr, zumindest außerhalb der Saison. Und die andere Hälfte hat Nachtportiers, die keinen Zugriff auf die Daten ihrer Gäste haben. Wir mussten warten, bis die Rezeptionen ordentlich besetzt waren.«

Blanc las die Notiz vor: »Domaine de Manville.«

Marius pfiff durch die Zähne. »Das kenne ich, aber nur von außen: fünf Sterne, Golfplatz, Spa, Feinschmeckerrestaurant. Ripert hatte Stil, das muss man ihm lassen.«

»Ich habe es schon gecheckt«, ergänzte Fabienne. »Das Hotel liegt in der Ebene unterhalb von Les Baux. Gerade mal zweieinhalb Kilometer von den Carrières de Lumières entfernt. Der Mann hätte zu Fuß dahin gehen können, aber wahrscheinlich wollte er seine schicken Lederschuhe schonen.«

»Oder er war mit seinem Mietwagen vorher schon woanders«, erwiderte Blanc. Er hatte auf seinem Schreibtisch den Bericht der Kriminaltechniker über den Nissan entdeckt, den Ripert gemietet hatte: keine Auffälligkeiten. Aber in den vier Tagen, die Ripert das Auto gefahren hatte, hatte er mehr als sechshundertfünfzig Kilometer zurückgelegt. »Monsieur Ripert ist viel unterwegs gewesen.«

Fabienne nickte. »D'accord. Ich gebe Kennzeichen und Wagenbeschreibung an die Autobahngesellschaft des Départements durch. Vielleicht hat ihn ja eine Péage-Station gefilmt.«

»Ripert kann seine Provencereise jedenfalls nicht zum Familienbesuch genutzt haben«, ergänzte Marius. »Ich habe die halbe Nacht am Computer und am Telefon verbracht. Er hat tatsächlich seine ganze Kindheit und Jugend in dieser Kleinstadt und die letzten zwanzig Jahre seines Lebens in Paris gewohnt. Dort und in Montmorillon leben etliche Familien mit diesem Namen, doch ich habe nirgendwo einen Hinweis auf einen Partner, auf Kinder oder Geschwister eines Patrick Ripert gefunden. Der einzige Mensch, der Ripert kannte, war die Sekretärin seiner Detektei. Ich habe heute Morgen mit ihr telefoniert. Sie war schockiert, als ich ihr die Neuigkeit eröffnet habe, aber sie ist auch nicht gerade in Tränen ausgebrochen. Sie wusste nicht einmal, dass ihr Chef in der Provence war, behauptete aber, dass es häufig vorkam, dass Ripert mehrere Tage verschwand, ohne ihr Bescheid zu sagen. Als ich sie nach Angehörigen, Freunden oder wenigstens Bekannten von Ripert gefragt habe, hat sie ziemlich lange nachgedacht und mir dann keinen einzigen Namen nennen können. Der Typ war entweder ein Einzelgänger, oder er hat alle Menschen, die ihm nahestehen, sehr gut vor fremden Blicken verborgen.«

Blanc erhob sich und nickte seinen Kollegen zu. »Dann wird es Zeit, dass wir dieses Hotel mal von innen kennenlernen.«

Eine gute Dreiviertelstunde später standen sie am Empfang der Domaine de Manville. Das Hotel war ein zweistöckiges, großes altes provenzalisches Landgut, die Wände in einem warmen Gelbton verputzt, die Fensterläden blau, gepflegter Park, ein riesiger Wintergarten, der sich über den Speiseraum wölbte, ein Schwimmbad im Innenhof. Die Luft schmeckte nach Frühling, der Himmel war makellos; Blanc spürte einen Moment die Sehnsucht, diesen stillen Luxus zu genießen, sich hier verwöhnen zu lassen, ein romantisches Wochenende zu zweit in diesem Refugium zu genießen – außer dass es niemanden gab, mit dem er dieses Wochenende hier hätte verbringen können. Er straffte sich und präsentierte seinen Gendarmerie-Ausweis am Tresen.

Eine schöne, junge Frau, deren Namensschild auf ihrer Bluse sie bloß als »Natasha« auswies, betrachtete das Dokument. Sie war so professionell, dass ihr freundliches Lächeln nur für einen Sekundenbruchteil entgleiste, als sie erkannte, dass da keine gewöhnlichen Gäste vor ihr standen. »Was kann ich für Sie tun, *mon Capitaine?*« Sie klang fröhlich, ihre Stimme hatte einen ganz leichten osteuropäischen Einschlag. Ihre hellblauen Augen jedoch waren wachsam.

»Unser Besuch hat nichts mit Ihnen oder Ihrem Haus zu tun«, versicherte Blanc und stellte auch seine beiden Kollegen vor. Wo auch immer Natasha herkam, es war offenbar ein Land, in dem man sich vor Ordnungshütern fürchtete. »Es geht bloß um einen Ihrer Gäste, der gestern leider«, er wog seine Worte sorgfältig ab, »ums Leben gekommen ist.«

»Oh.« Natasha schlug die Hand vor den Mund, wie es zweitklassige Schauspielerinnen tun würden, nur wirkte es bei ihr echt. Schockiert, dachte Blanc, weil sie so plötzlich mit dem Tod konfrontiert wurde, aber auch erleichtert, weil es tatsächlich nicht um sie ging.

»Monsieur Patrick Ripert«, fuhr er fort. »Er war doch Gast in Ihrem Haus?«

»Seit fünf Tagen, ja. Er hat sein Zimmer für zwei Wochen reserviert. Sein Schlüssel hängt hier. Er ist gestern Abend nicht zurückgekommen, aber manchmal reisen die Gäste durch die Provence, treffen Leute und, nun ja …«

»Machen Sie sich keine Vorwürfe«, beruhigte sie Marius. »Sie sind ja nicht die Gouvernante Ihrer Gäste, Natasha. Würden Sie uns freundlicherweise Monsieur Riperts Zimmer öffnen?«

»Selbstverständlich.« Sie kam aus dem Empfangsbereich heraus. »Würden Sie mir bitte folgen?« Natasha stolzierte über den Flur wie ein Mannequin über den Laufsteg. Sie gingen ihr hinterher, Fabienne schob sich zwischen Blanc und Marius und schaffte es mit einer geschickten Bewegung, gleichzeitig ihren linken Ellenbogen in Marius' und ihren rechten Ellenbogen in Blancs Rippen zu rammen. »Ich bin Telepatin. Ich höre, was ihr denkt«, zischte sie.

Marius seufzte. »Wir sind geschiedene Flics. Du kannst uns wenigstens ein bisschen Vergnügen gönnen«, antwortete er genauso leise.

Blanc räusperte sich. »Haben Sie Monsieur Ripert einmal in Begleitung gesehen?«, fragte er laut.

Natasha drehte sich im Gehen um und schüttelte den Kopf. »Monsieur Ripert ist ein stiller Gast. War es.« Sie errötete. »Höflich, freundlich, ein Kunde ohne Extrawünsche. Er kam morgens gegen acht Uhr zum Frühstück in den Speiseraum und verließ kurz darauf unser Haus. Abends kehrte er zurück und aß in unserem Restaurant. Bis auf gestern Abend.«

»Sie können sich gut an Monsieur Ripert erinnern«, stellte Fabienne fest.

»Ich erinnere mich an alle Gäste, das gehört zu meinem Beruf.« Natasha lächelte. »Außerdem ist noch Nebensaison, und in den letzten Tagen haben viele chinesische Touristen abgesagt, Sie wissen ja, warum. Das Hotel ist jedenfalls halb leer. Da fällt es nicht sonderlich schwer, sich Gesichter zu merken. Hier, bitte.« Sie öffnete ihnen eine Tür und ließ sie eintreten.

Das Zimmer war groß, sauber, still. Ein Doppelbett, Schreibtisch, Stuhl, alles in einem Stil, der zugleich modern und wie aus der guten alten Zeit wirkte. »Warten Sie bitte draußen«, sagte Blanc zu der Angestellten und zog sich Gummihandschuhe über. Marius' und Fabiennes Hände steckten bereits in blauem Kunststoff.

Sie durchsuchten das Zimmer rasch und systematisch. Marius nahm sich das angrenzende kleine Badezimmer vor, Fabienne den Schrank, Blanc den Schreibtisch und die Kommode neben dem Bett. Es dauerte nur wenige Minuten.

»Zahnbürste, Rasierer, Deo, das Übliche«, verkündete Marius und kam wieder aus dem Bad. »Keine Drogen, keine Medikamente, nichts, was da nicht hingehört.«

»Das kann ich auch vom Schrank sagen«, ergänzte Fabienne. »Schicke Klamotten. Monsieur Ripert hielt Ordnung. Alle Sachen sind sauber auf den Regalen gestapelt. Und selbst seine Schmutzwäsche hat er gefaltet auf das unterste Regal gelegt. Ich habe nachgezählt: vierzehn Boxershorts. Er hat seinen Wagen für vierzehn Tage gemietet, er hat vierzehn Unterhosen dabei, der Typ wusste genau, wie lange er in der Provence bleiben wollte.«

»Hast du Badehosen gefunden?«, fragte Blanc.

Fabienne schüttelte den Kopf. »Nein. Wieso?«

»Das Hotel ist ein Spa, aber deswegen war Monsieur Ripert offenbar nicht hier.«

»Die Domaine de Manville ist das erste Haus am Platz. Deshalb war er hier. Ripert hat irgendwas in Les Baux zu tun gehabt«, vermutete Marius.

»Gut möglich.« Blanc deutete auf den Schreibtisch. »Kein Reiseführer. Keine Eintrittskarten. Keine Stadtpläne, keine Kamera. Er war auch kein Tourist.«

»Das hat man heute alles auf dem Handy«, erwiderte Fabienne und rollte mit den Augen. »Doch du hast vermutlich trotzdem recht. Im Schrank sind auch keine Wanderschuhe oder Funktionskleidung. Nur Klamotten, die du zu Geschäftsterminen trägst, nicht zum Vergnügen.«

Marius deutete auf den Notizblock mit der Aufschrift des Hotels auf dem Schreibtisch und dem Bleistift daneben. »Versuch es mit dem ältesten Trick der Welt«, riet er.

Blanc schraffierte mit dem Bleistift das oberste Blatt, doch glaubte er nicht, dass dabei eine Notiz zum Vorschein kommen würde, die Ripert auf das oberste, nun fehlenden Blatt geschrieben und die sich auf das nächste Blatt durchgedrückt hatte. Zu seiner Überraschung erkannte er in der Schraffur nach und nach zwar tatsächlich kaum ein Schriftzeichen, aber doch ein Muster: Jemand musste Pfeile, Striche und Zahlen notiert haben. Ein Pfeil nach rechts, eine »50«, eine »250«, Linien, dann doch winzige Buchstaben, in einer klaren kleinen Handschrift: »a. g.«, »a. d.«, mal hier, mal dort auf dem Blatt.

»Habt ihr irgendeine Idee?«, fragte Blanc.

»Ich habe keine Ahnung, was das sein soll«, gestand Fabienne.

»Wenn eine Frau nicht weiterweiß: immer einen Mann fragen!«, erwiderte Marius und fing sich den zweiten Ellenbogenstoß ein. Trotzdem lächelte er triumphierend. »Das ist eine Wegbeschreibung«, verkündete er. »Ripert hat telefoniert, jemand hat ihm am Telefon erklärt, wie er zu einem bestimmten Ort kommt. Die Zahlen sind Distanzen, die Pfeile verraten, wann er abbiegen soll, auch ›a. g.‹ und ›a. d.‹ bedeuten nichts anderes, ›à gauche‹ und ›à droite‹, ›nach links‹ und ›nach rechts‹.«

Blanc pfiff anerkennend. »Das könnte hinkommen.«

»Warum hat Ripert dann nicht einfach die Adresse aufgeschrieben und den Rest seinem Navi überlassen?«, fragte Fabienne, sie war noch immer leicht verstimmt über Marius' Spruch.

»Weil das Ziel offenbar nicht ganz so einfach zu finden ist. Hol doch mal dein Wunderhandy raus.«

Fabienne seufzte, legte ihr iPhone auf den Schreibtisch und öffnete die Navigations-App. Der Pfeil wies auf die Position des Hotels.

»So«, sagte Marius zufrieden. »Und jetzt fahren wir die Karte mal virtuell ab, indem wir den Anweisungen folgen. Wenn Ripert so getickt hat, wie wir alle ticken, dann hat er seine Notizen von links oben nach rechts unten geschrieben. Also arbeiten wir an deinem Navi die Anweisungen in derselben Reihenfolge ab.«

»Das ist schwachsinnig«, murmelte Fabienne, doch sie fing an, mit dem Zeigefinger die Karte zu bewegen. »Fünfzig Meter die Straße entlang«, sagte sie, »dann rechts … links … zweihundert Meter … wieder rechts …« Ihre Stimme verlor sich. Als sie die Angabe des letzten Zeichens umgesetzt hatte, blickte sie auf und starrte Marius an. »Entweder bist du genial, oder wir machen uns gleich ziemlich lächerlich.« Ihre Fingerkuppe zeigte genau auf ein Haus, das an einem unmarkierten Zufahrtsweg etwas abseits einer Route Départementale lag – nicht weit von Les Baux entfernt.

»Dann fahren wir doch da mal hin und sehen uns das Haus an«, sagte Blanc grinsend.

Sie brauchten nur wenige Minuten, bis sie eine große Bastide im Tal unterhalb von Les Baux erreicht hatten. Sie hielten kurz an einem offenen Tor und blickten auf das Anwesen. Das zweistöckige Haus war vielleicht hundert oder zweihundert Jahre alt und offenbar über Generationen hinweg erweitert worden, denn an das Haupthaus schloss sich ein Anbau an und noch einer und noch einer, und irgendwann war auch vorn eine Art

Wintergarten ergänzt worden. Das Gebäude hatte deshalb die Form eines großen »Z«, und doch wirkte es nicht zusammengestückelt. Die Wände waren alle im selben hellen Gelb verputzt und wurden von einem perfekt gepflegten Dach aus ockerfarbenen *Tuiles* überwölbt, den traditionellen provenzalischen Dachschindeln. Die Tür- und Fensterläden waren graublau gestrichen, die meisten standen offen. Vor dem Haus erstreckte sich ein Platz mit geharktem weißem Kies, mittendrin eine alte Platane, die im Sommer sicherlich erfrischenden Schatten spendete, zu dieser Jahreszeit aber noch völlig kahl war. Die knotigen Äste warfen ein wirres Schattenmuster auf einen geparkten weißen Nissan Leaf, der mit einem Kabel an eine an der Hauswand montierten Ladestation angeschlossen war. Hinter dem Platz öffnete sich der Blick auf einen großen, gepflegten Garten, links und rechts eingefasst von drei Meter hohen Hecken. Der Garten reichte dreißig Meter weit bis zur lotrechten Felswand eines Berges der Alpilles. Jenseits der linken Hecke erstreckte sich ein Hain, in dem ausschließlich Mandelbäume wuchsen, eine weiße, duftende Wolke, die auf zahllosen Baumstämmen vier, fünf Meter über dem roten Erdboden schwebte.

»Warum wohne ich nicht in so einer Hütte?«, fragte Marius und pfiff durch die Zähne. »Warum fahre ich nicht so ein Auto? Warum habe ich nicht so einen Garten?«

»Weil du den falschen Arbeitgeber hast«, erwiderte Blanc. In seiner Zeit als Korruptionsermittler in Paris hatte er etlichen herrschaftlichen Anwesen einen Besuch abgestattet – allerdings mit einem Durchsuchungsbefehl, und manchmal gehörten diese Anwesen am Ende seiner Ermittlungen nicht mehr den Menschen, die für ihn am Anfang der Ermittlungen die Türen geöffnet hatten. Er ließ das Seitenfenster hinunter und beugte sich hinaus, bis er das Namensschild aus Messing neben der Klingel am Tor lesen konnte: Féraud.

»Der Name kommt mir irgendwie bekannt vor«, murmelte er

und dachte dabei an seine Pariser Zeit, doch wollte ihm nicht einfallen, wo er diesen Namen schon einmal gelesen oder gehört hatte.

Als der Mégane knirschend auf dem Kies des Platzes zum Stehen kam, trat ein Mann aus der Haustür und sah sie besorgt an. Nichts Ungewöhnliches, fand Blanc, jedermann wurde unruhig, wenn die Gendarmerie bei ihm auf den Hof fuhr. Sie stiegen aus und stellten sich vor.

»Charles Féraud«, erwiderte der Mann, »ich bin erfreut, Sie zu sehen.« Doch man konnte ihm unschwer ansehen, dass das Gegenteil zutraf. Blanc schätzte ihn auf Anfang sechzig, er war füllig, klein, hatte weiche Gesichtszüge, rosige Haut, dünne braune Haare, deren verbliebene Strähnen er sich quer über die Glatze gekämmt hatte. Seine Augen waren auffallend hellblau, und noch auffallender war die Designerbrille davor, denn ihre Fassung aus vergoldetem Metall war unterschiedlich geformt: rechts ein eckiges Glas, links eines in ovaler Form, was sein Gesicht irritierend asymmetrisch wirken ließ – so als sei es rechts schwerer als links. Er trug ein rosafarbenes Hemd, eine schilffarbene Hose und weiße Leinenschuhe. Ein Mann in Pastelltönen. Kultiviert, wohlhabend. »Sie sind der Hausherr?«, fragte Blanc.

»Meine Frau ist der Herr im Haus«, antwortete Féraud und lachte etwas gezwungen. »Mein Name steht nur im Grundbuch. Was kann ich für Sie tun?«

Blanc zog eine Kopie von Riperts Führerschein aus der Tasche. »Kennen Sie diesen Mann?«

»*Mon Dieu*«, murmelte Féraud, »Monsieur Ripert ist doch nicht etwa irgendetwas zugestoßen?«

Blanc wechselte rasch einen Blick mit seinen Kollegen. »Wir sollten diese Unterhaltung drinnen fortführen«, schlug er vor.

»Wo Sie sich hinsetzen können«, ergänzte Marius und lächelte freundlich.

Féraud führte sie in einen großen Salon. In der Luft schwebte ein Hauch von kaltem Tabak. Eine sicher drei Meter hohe Decke, die von schwarz gestrichenen, über die Jahre vernarbten Holzbalken getragen wurde, Wände aus Natursteinen, ein Boden aus alten roten Fliesen. Eine Wand wurde komplett von einem weiß lackierten Bücherregal ausgefüllt, die obersten Reihen konnte man nur erreichen, wenn man eine auf Schienen montierte Leiter dorthin schob. An den anderen drei Wänden hingen, über dem Kamin, neben den Fenstern, überhaupt ohne eine für Blanc erkennbare Ordnung, Dutzende Bilder unterschiedlicher Größen, manche in verschnörkelten Goldrahmen, andere in modernen, schlichten Rahmen, wieder andere ungerahmt. Ölbilder, Aquarelle, Blanc besah sie flüchtig: Zypressen, Häuser, das Meer, Lavendelfelder – die meisten schienen provenzalische Motive zu zeigen, dazwischen ein, zwei Porträts. Er blickte noch einmal auf das imposante Regal: Kunstbücher vom Boden bis zur Decke.

»Setzen Sie sich doch bitte«, sagte Féraud und deutete auf vier englische Clubsessel vor dem Kamin. Das Leder knarzte, als Blanc sich niederließ, es fühlte sich weich unter seinen Händen an und duftete so, wie Leder duften sollte, alt, gediegen, gemütlich. Doch kaum hatte er sich zurückgelehnt, musste er auch schon wieder aufstehen, um eine Frau zu begrüßen, die durch eine Tür, die irgendwo ins Innere des Anwesens führte, auf sie zukam.

»Meine Gattin Sonia«, stellte Féraud sie vor und übernahm auch gleich die Vorstellung der Gendarmen. Er hat sich alle unsere Namen und Dienstränge gemerkt, registrierte Blanc, ein Mann, der wachsamer war, als sein exzentrisches Äußeres das vermuten ließe.

»Was führt Sie zu uns?«, sagte Sonia Féraud statt einer Begrüßung. Sie schüttelte ihnen auch nicht die Hände. Ihre Stimme zitterte leicht, so als erwarte sie das Schlimmste. Sie war mindestens fünfzehn Jahre jünger und fünfzehn Zentimeter größer als ihr Ehemann: lange blonde Haare, in denen die ersten grauen Strähnen kaum auffielen, helle Haut, hohe Wangenknochen, blaue Augen. Sie trug ein altes weinrotes Sweatshirt, Jeans, grüne Croqs; an den Gummischuhen klebte Erde, weshalb Blanc vermutete, dass sie vielleicht gerade aus dem Garten kam, auch wenn er sie dort nicht gesehen hatte. Allerdings hing eine Lesebrille an einer dünnen Kette um ihren Hals.

»Monsieur Ripert ist gestern Morgen gestorben«, begann er ohne weitere Vorrede. »Er wurde ermordet.«

Féraud und seine Frau wechselten einen raschen Blick. Er war blass geworden, sie hatte unwillkürlich die Hände zu einer abwehrenden Geste vor die Brust gehoben. Blanc studierte ihre Gesichtszüge: Schock, Unverständnis, Angst auch. Doch er hätte schwören können, dass beide im allerersten Augenblick, nachdem er ihnen diese Nachricht enthüllt hatte, noch eine andere Reaktion gezeigt hatten: Erleichterung. So als hätten sie bei der Ankunft dreier Gendarmen eine ganz andere, vielleicht noch viel schrecklichere Offenbarung erwartet. Blanc musste wieder an seine Zeit als Korruptionsermittler denken.

Sonia fischte eine zerknitterte Packung Camel aus einer Tasche ihrer Jeans und zündete sich eine Zigarette an. Ihre Hände zitterten leicht. »Ich habe Kopfschmerzen«, war das Erste, was sie schließlich von sich gab.

Ihr Mann nickte beflissen und verließ den Salon. Nach ein paar Augenblicken kam er mit einem Glas Wasser wieder, in das er ein weißes Pulver schüttete. Sie nahm das Glas, ohne ihm zu danken, ohne ihn auch nur anzublicken, und trank es in einem Zug leer.

Marius räusperte sich. »Die Umstände sind unerfreulich«, begann er und erzählte ihnen in wenigen Worten, wann, wo und wie Ripert gestorben war, blieb aber vage, als es darum ging, wie sie bei den Ermittlungen auf die Férauds gestoßen waren. »Sie kannten Monsieur Ripert?«, schloss er bloß.

Charles Féraud seufzte. »›Kennen‹ ist übertrieben. Wir haben ihn vor ein paar Tagen engagiert.«

»Als Kunstdetektiv?«, fragte Fabienne. Féraud nickte. »Kommen Sie.« Er führte sie zur Wand neben dem Kamin und deutete auf einige Ölbilder, jedes ungefähr so groß wie ein DIN-A4-Blatt. Blanc sah eine Hafenszene: Ein Mann, offenbar ein Matrose oder Fischer, der dem Betrachter den Rücken zuwandte, stand auf einem kleinen Kai unter einer südlichen Sonne. Neben ihm war ein altes, farbenfroh gestrichenes Holzboot auf Balken gestellt. Im Wasser schwammen Jachten und Fischerkähne, der Himmel war blau und weit. Ein anderes Bild zeigte ein provenzalisches Mas, das entfernt dem Anwesen ähnelte, in dem er gerade stand, im Hintergrund eine bläulich schimmernde Bergkette, die vielleicht die Alpilles darstellen sollte, im Vordergrund weiß und rosa hingetupft drei Mandelbäume in voller Blüte. Blanc war kein Kunsthistoriker, doch für seinen möglicherweise wenig raffinierten Geschmack waren diese Bilder schön; er mochte die Motive, und vor allem mochte er die Farben, denn es waren genau die Farben, die er jeden Morgen sah, wenn er aus der Tür seiner alten Ölmühle trat.

»Wissen Sie«, fuhr Féraud fort, »ich bin eigentlich kein großer Kenner. Aber diese Motive haben es mir angetan.« Er deutete mit ausholender Geste auf alle Bilder im Salon. »Ich bin wahrscheinlich der größte Sammler der Werke von Adry Novoli.«

»Auch wenn Sie mich jetzt möglicherweise für einen Barbaren halten: Ich habe diesen Namen noch nie gehört«, erwiderte Marius. Fabienne hatte nichts gesagt, aber ihr Smartphone gezückt. Blanc konnte sich denken, dass sie gerade dabei war, die Künstlerin zu googeln. Er beschränkte sich darauf, unverbindlich zu lächeln und darauf zu warten, was ihm Charles Féraud noch zu berichten hatte.

»Adry Novoli stammte aus einer Familie wie aus einem Film von Pagnol«, fuhr ihr Gastgeber fort. »Sie wurde 1940 als Adrienne Alberici geboren, das sechste von zehn Kindern einer italienischen Einwandererfamilie in Marseille. Sie war eigentlich Schneiderin und hat sich das Malen selbst beigebracht. Sie hat Hunderte Bilder gemalt, die meisten zeigen provenzalische Motive. Als sie 1996 starb, war sie inzwischen eine lokale Berühmtheit geworden, hatte Ausstellungen in kleineren Galerien, die Leute haben ihre Bilder gekauft, man kann sagen, sie war etabliert. Ich habe sie zufällig persönlich bei einer Vernissage kennengelernt, als ich zum ersten Mal geschäftlich in der Provence zu tun hatte, das ist eine halbe Ewigkeit her, mein Kunde damals war ein Sammler ihrer Bilder. Als ich mich vor sieben Jahren dazu entschloss, selbst von Paris in die Provence zu ziehen, habe ich, wiederum zufällig, gleich in meiner ersten Woche in einer Galerie ein Bild von Adry entdeckt. Ich habe mich an früher erinnert – und seither sammle ich ihr Œuvre.«

»Und was hat das mit Monsieur Ripert zu tun?«, fragte Blanc.

Féraud deutete auf eine Stelle an der Wand. Blanc sah dort einen Nagel und begann zu verstehen. Féraud nickte betrübt. »Ein Bild fehlt«, erklärte er. »Seit ungefähr einer Woche.« Er zog ein großes Smartphone aus der Hosentasche, wischte über den Screen und zeigte Blanc und seinen Kollegen ein Foto von einem Bild, das an dieser Stelle der Wand gehangen hatte: Es war das Porträt eines jungen blonden Mädchens, es blickte den Betrachter nicht an, sondern hatte die Augen scheu abgewendet, ihre Haare fielen ihr wie ein dünner Schleier vor das Gesicht. Das Mädchen saß auf einem Stuhl und hielt einen Zweig mit Mandelblüten in den feingliedrigen Händen.

»Adry Novoli hat auch Porträts geschaffen«, fuhr Féraud fort. »Aber wesentlich weniger als Landschaftsbilder. Sie sind rar.« Er zoomte den unteren rechten Bereich des Bildes größer, bis sie die Signatur der Malerin lesen konnten, daneben eine Jahreszahl: 1990. »Sechs Jahre vor ihrem Tod. Adry hat, als sie schon an Krebs erkrankt war, Menschen porträtiert, die sie kannte, Verwandte, Freunde, Nachbarn. Ich …«, er zögerte, »… finde dieses Porträt sehr anrührend.«

»Und jetzt ist es fort«, stellte Fabienne fest und deutete auf den Nagel. Sie hatte ihr iPhone inzwischen wieder eingesteckt und betrachtete noch einmal interessiert das Porträt auf dem Bildschirm des Handys.

»Genau so ist es«, bestätigte Féraud. »Einfach fort, das trifft es gut. Ich bin vor einer Woche morgens in den Salon gekommen – und da war das Bild weg. Das ist mir sofort aufgefallen. Aber niemand hatte bei uns eingebrochen. Es fehlte auch sonst nichts im Haus, kein anderes Bild, kein Schmuck, kein Geld, nichts. Nur dieses Porträt.«

»Und deshalb haben Sie Monsieur Ripert engagiert?«, fragte Marius.

»So ist es. Ich habe zuerst meine Frau und die Kinder gefragt.«

»Du hast uns verhört«, korrigierte sie ihn missgelaunt.

»So schlimm war es nicht, mein Schatz. Vielleicht hatte ja jemand das Bild versehentlich herunterfallen lassen, und jetzt lag es irgendwo mit kaputtem Rahmen herum, was weiß ich. Doch alle sagten, es sei ihnen nicht einmal aufgefallen, dass das Porträt fehlte. Also habe ich mich bei alten Freunden in Paris erkundigt, wie gesagt, eigentlich bin ich ja gar kein großer Sammler und kenne mich nicht gut aus. Ein Freund hat mir Monsieur Ripert empfohlen, er hatte exzellente Referenzen. Also habe ich ihn engagiert. Er ist vor fünf Tagen angekommen. Monsieur Ripert hatte von Adry Novoli gehört, aber bis dahin hatte er noch nie ein Bild von ihr im Original gesehen. Er bat mich, ihm eines leihweise zu überlassen. Ich habe ihm ein kleines Ölbild von einem provenzalischen Bauernhof mitgegeben, das bei mir im Büro hing, es ist nicht größer als eine Postkarte. Monsieur Ripert hat gesagt, er wolle so tun, als würde er dieses Werk verkaufen, um damit Sammler oder Galeristen anzulocken, die sich für Adry Novoli interessieren. Vielleicht, so hat er behauptet, würden wir in diesem Kreis denjenigen finden, der auch für den Diebstahl des Porträts verantwortlich ist.«

Blanc wechselte einen raschen Blick mit Fabienne und Marius. Sie hatten weder bei Ripert selbst noch in seinem Hotelzimmer oder im Mietwagen dieses kleine Ölbild gefunden. »Senden Sie mir doch bitte das Foto vom verschwundenen Bild aufs Handy«, bat Blanc und reichte Féraud seine Visitenkarte. »Und auch, falls Sie es haben, ein Foto von dem kleinen Bild, das Sie Monsieur Ripert überlassen haben.«

Ihr Gastgeber bearbeitete sein Smartphone. »*Voilà*«, sagte er nach wenigen Augenblicken. »Sie haben beide Fotos.«

»Hatte Monsieur Ripert noch weitere Ideen, um nach dem Porträt zu suchen?«, wollte Marius wissen.

»Das weiß ich nicht. Er hat versprochen, Nachforschungen anzustellen, ich weiß aber nicht, was genau er damit meinte. Monsieur Ripert hat mir nur gesagt, er würde mich informieren, sobald er irgendetwas zum Verbleib des Bildes herausfindet. Nach unserem ersten Treffen habe ich ihn nicht mehr gesehen. Aber ich weiß, dass er mit seinen Nachforschungen begonnen hatte.«

»Woher wissen Sie das?«, hakte Blanc nach. »Haben Sie telefoniert? Hat er Ihnen Mails geschickt?«

Féraud schüttelte den Kopf. »Nein, Monsieur Ripert hatte angefangen, Leuten das ausgeliehene Bild zu zeigen und sie dabei unauffällig zu befragen. Leute aus, wie soll ich das sagen? Leute aus meinem Umfeld. Und die wiederum haben mit mir darüber gesprochen. Viele waren sehr erstaunt, als urplötzlich ein vermeintlicher Verkäufer von Adrys Werk bei Ihnen auftauchte. Na, jedenfalls wissen manche Menschen hier, dass ich Novolis sammle, also wurde ich immer wieder darauf angesprochen.«

»Haben Sie den Diebstahl angezeigt?« Fabiennes Ton ließ Blanc bereits die Antwort auf ihre Frage erahnen. Vermutlich hatte sie auch das gerade mit dem Smartphone überprüft.

»Nein«, gab Féraud denn auch etwas verlegen zu. »Die Sache ist, nun ja, etwas delikat. Niemand hat hier eingebrochen. *Alors,* wer kann das Bild also entwendet haben?« Er blickte seine Frau an, als erhoffte er sich, dass sie die Frage beantworten würde.

Doch Sonia Féraud schwieg, und es war Blanc nicht ganz klar, ob aus Höflichkeit, weil sie ihrem Mann die Erläuterungen überlassen wollte, oder eher aus Desinteresse am Bild und seinem Schicksal oder aus noch einem anderen Grund. Also räusperte sich Féraud und beantwortete seine Frage selbst. »Das kann doch nur jemand aus der Familie oder jemand von unseren Freunden getan haben! Niemand sonst war hier, niemand sonst wusste auch nur, dass dieses Bild existiert. Deshalb habe ich gehofft, dass ich diese Affäre mithilfe eines professionellen Fahnders gewissermaßen privat aufklären könnte, verstehen Sie? Monsieur Ripert sollte sich in meiner Familie und unter unseren Freunden umhören, diskret. Und erst wenn er etwas herausgefunden hätte, dann vielleicht …« Er ließ den Satz in der Luft hängen.

Blanc nickte scheinbar verständnisvoll. »Obwohl es dabei ein gewisses Missverhältnis zwischen Preis und Leistung gibt, nicht wahr?« Er erinnerte sich an Anwesen, die er damals durchsucht hatte, an Picassos an den Wänden oder an einen Warhol oder einen Richter. »Monsieur Féraud, seien wir ehrlich: Adry Novoli mag eine wundervolle Malerin gewesen sein, aber sie war nicht Michelangelo. Wir wissen, dass Monsieur Ripert seine Reise in die Provence auf vierzehn Tage angesetzt hatte. Vierzehn Tage Honorar, vierzehn Tage Spesen – ich weiß nicht, wie viel Sie Monsieur Ripert zahlen mussten, aber es wird auf jeden Fall mehr gewesen sein, als ein Bild dieser Künstlerin wert ist. Ihr finanzieller Schaden wäre deutlich geringer, wenn Sie den Diebstahl einfach ignoriert hätten, statt den Kunstdetektiv einzuschalten.«

»Es geht doch nicht ums Geld!«, ereiferte sich ihr Gastgeber. Er deutete auf den Nagel und senkte unwillkürlich die Stimme. »Die Familie, verstehen Sie? Oder enge Freunde ... Niemand sonst war hier, niemand sonst hätte das Bild mitnehmen können. *Mon Dieu,* wir haben an den fraglichen Tagen nicht einmal die Putzfrau oder den Gärtner auf dem Anwesen gehabt! Wir hatten in letzter Zeit auch keine Handwerker im Haus, niemanden! Es muss jemand aus unserem engsten Kreis sein. Und würden Sie nicht auch Geld dafür ausgeben, um herauszufinden, wer von Ihren Verwandten oder Freunden Sie bestohlen hat, *mon Capitaine*?«

»Darüber habe ich noch nicht nachgedacht«, antwortete Blanc ehrlicherweise.

»Außerdem ...«, Féraud zögerte lange, atmete tief durch und hob seine Hände, als wolle er sagen: Was solls? »Außerdem scheint mir dieser Diebstahl so ... so gezielt zu sein.« Er wies wieder auf die Bilder. »Adry Novoli hat hauptsächlich Landschaften gemalt, die Provence in ihrer Schönheit. Dafür ist sie in der Region auch bekannt geworden, nicht für ihre wenigen Porträts. Und nur ein einziges Mal hat sie ein Porträt geschaffen, bei dem ihr Modell einen blühenden Mandelzweig hält.«

»Ich gestehe, ich kann Ihnen nicht ganz folgen«, sagte Blanc.

Féraud zeigte ihnen wieder das Bild auf seinem Handy. »Mandelblüten sind ein Symbol für Liebe und Jungfräulichkeit«, erklärte er. »Auch van Gogh zum Beispiel hat Mandelblüten gemalt. Adry Novoli hat einst bei diesem jungen Modell wahrscheinlich genau das symbolisieren wollen, sie wollte ein noch unberührtes, vielleicht verliebtes Mädchen darstellen. Für die Künstlerin hatte der Mandelzweig diese gewissermaßen klassische Bedeutung. Für mich hingegen sind Mandeln mein Leben! Deshalb habe ich gerade dieses Bild so geliebt. Und deshalb glaube ich nicht, dass es ein Zufall ist, dass man mir ausgerechnet dieses kleine Bild gestohlen hat.«

Blanc ging ein Licht auf. »Die Mandelbäume draußen …«

»Genau«, unterbrach ihn Féraud eifrig. »Sie blühen nicht nur, um mein Auge zu erfreuen, sondern auch meine Brieftasche.« Er lachte kurz auf. »Kommen Sie!«

Einige Augenblicke später wanderten sie durch den Mandelhain. Die Luft war schwer vom Duft der Pflanze, fast meinte Blanc, die Nüsse zu schmecken, wenn er einatmete. Ihm fiel auf, dass Fabienne sich unruhig umblickte, so als suche sie etwas. »Alles in Ordnung?«, flüsterte er.

»Mir geht es blendend. Ich muss nur nachher mal was checken. Erkläre ich dir später.«

Die Bäume waren fünf, sechs Meter hoch, schätzte Blanc, jeder Stamm mindestens einen halben Meter breit, die graubraune Rinde war fest und dick. »Sie haben vorhin gesagt, dass Sie vor sieben Jahren in die Provence gezogen sind«, sagte er zu Féraud, »aber diese Bäume sind doch sicher deutlich älter.«

»Etwa dreißig Jahre«, bestätigte er. »Ich habe in einer Baumschule große Exemplare gekauft und hier mit Baggern einsetzen lassen.«

»Das muss ein Vermögen gekostet haben«, meinte Fabienne.

»Mandelbäume werden bis zu achtzig Jahre alt. Sie werden ihre Kosten wieder reinholen, glauben Sie mir.«

»Sie kennen sich mit finanziellen Dingen ganz gut aus«, bemerkte Marius und klang dabei, als sagte er das beiläufig.

»Ich war in Paris Creative Director einer großen Werbeagentur. Da verdient man sehr viel Geld, aber irgendwann kommt der Punkt, an dem man sich fragt, warum einen der liebe Gott eigentlich auf die Welt gesandt hat. Um PR-Kampagnen für eine neue Margarinemarke zu entwerfen, kann das alles sein?« Er lachte. »Wenn Sie so wollen, war ich der typische Pariser Schnösel, der zu Geld gekommen ist: Irgendwann hatte ich das Leben in der Metropole satt und dachte, ich ziehe in die Provence und fange noch mal von vorne an – aber diesmal richtig! Nur dass die meisten Pariser Schnösel im Süden Oliven anbauen oder sich ein Weingut zulegen. Meine Frau stammt aus der Provence. Sonia war es, die mich auf die Idee mit den Mandeln gebracht hat.« Er lächelte seiner Gattin zu, doch die wirkte eher, als wäre es ihr unangenehm, dass ihre Rolle bei dem Umzug in die Provence erwähnt wurde.»Ich stamme doch nicht aus der Provence«, widersprach sie. Sie wandte sich Marius zu, vielleicht weil sie ihn für den verständnisvollsten der drei Gendarmen hielt, die so unvermutet bei ihnen aufgetaucht waren.»Mein Vater war bei der SNCF. Er ist mal für ein paar Jahre in den Midi versetzt worden, als ich noch ein kleines Mädchen war, das ist alles. Aber seither habe ich die blühenden Mandelbäume nie vergessen, sie sind für mich das Zeichen geblieben, dass der Frühling kommt.«

Marius nickte, sagte aber nichts. Féraud ignorierte das Unbehagen seiner Frau, griff nach einem niedrigen Ast des nächststehenden Baums und zog ihn so weit herunter, dass Blanc und seine Kollegen Einzelheiten erkennen konnten. Der Duft wurde noch intensiver.

»Als ich ganz jung war, habe ich mal eine Zeit lang ein Parfum mit Mandelduft benutzt«, sagte Fabienne. »Irgendwas von Guerlain.«

»Einige der großen Pariser Parfumhersteller gehören zu unseren Kunden«, bestätigte Féraud stolz. Die Blätter waren dunkelgrün und glänzten wie gewachst. Er tippte mit einem Finger auf eine der zahllosen Blüten. Alle waren fünfblättrig, erkannte Blanc, und kleiner als die Innenfläche seiner Hand. »Darin, *Madame et Messieurs,* versteckt sich ein Vermögen!«, rief Féraud, dann ließ er den Ast zurückschnellen. »Seit vier Jahrtausenden werden Mandeln angebaut«, fuhr er fort, und seine Stimme hatte dabei einen ehrfürchtigen Klang angenommen. »Noch in den Fünfzigerjahren blühten in der Provence Mandelbäume auf zwölftausend Hektar. Zwölftausend! In der Saison wurden die Preise der Nüsse täglich auf dem Cours Sextious in Aix-en-Provence ausgehandelt, das war gewissermaßen das Zentrum des globalen Handels mit Mandeln.«

»Mein Vater hat mir davon erzählt«, warf Marius ein. »Ich glaube, ich habe in irgendeinem alten Fotoalbum sogar Bilder, die er mal vom Mandelmarkt auf den Straßen von Aix gemacht hat.«

»Mandeln haben viel mit Oliven gemeinsam«, sagte Féraud. »Sie wachsen im gleichen Boden, gedeihen unter derselben Sonne, man muss sie nie gießen, nie düngen und wirklich selten Gift spritzen. Für beide Bäume braucht man aber Geduld. Mandeln tragen erst fünf Jahre nach dem Einpflanzen Früchte und wie Oliven danach nur jedes zweite Jahr. Aber«, er hob die Hände, »anders als Oliven haben Mandeln immer mehr an Wert verloren. Für gutes Olivenöl zahlen sie heute teilweise mehr als für guten Champagner. Aber Mandeln knabbern die Leute, ohne auch nur einen Gedanken daran zu verschwenden. Es hat sich einfach nicht mehr gelohnt, sie anzubauen. Sie sind seit den späten Fünfzigerjahren beinahe aus der Provence verschwunden. Aber das ändert sich jetzt wieder. Endlich!« Er lächelte triumphierend. »Mandeln sind der Markt der Zukunft!«

Blanc begriff langsam, dass dieser Pariser Werber nicht etwa in die Provence gezogen war, um dank seines Vermögens in der Sonne zu faulenzen, im Gegenteil: Féraud hatte hier investiert wie andere Geldgeber in ein Start-up im Silicon Valley. Wagniskapital, volles Risiko, die Hoffnung auf einen Riesenprofit. Doch ausgerechnet Mandeln? Einen Moment lang fand Blanc das lächerlich, aber dann dachte er, dass es im Grunde weniger lächerlich war, sein Geld in Land und Bäume zu investieren als in irgendwelche Apps. »Der Mandelanbau lohnt sich also wieder?«, vergewisserte er sich.

Féraud deutete mit lässiger Geste auf sein Anwesen. »Sie haben ja gesehen, dass es sich lohnt. Auf zwei Drittel unseres Hains bauen wir Ferragnès an, das ist eine sehr süße Variante. Der Rest sind Ferraduel, flache Nüsse, ideal für Dragées. Ich versichere Ihnen: Es lohnt sich. Wir expandieren. Wenn irgendwo in der Region ein Grundstück frei wird, dann kaufe ich es und pflanze weitere Mandelbäume an.« Er deutete auf einige graublaue Holzkisten, die auf schmalen Stützen in einer weit auseinandergezogenen Reihe zwischen den Bäumen standen. »Das sind Bienenstöcke. Es braucht nämlich Bienen, um im Frühjahr die Mandelblüten zu bestäuben – und Sie wissen, wie es weltweit um die Bienen steht. Unser Hain ist gewissermaßen ein Naturschutzgebiet für diese fleißigen Tiere. Deshalb ernten wir ab September nicht nur unsere Mandeln, wir produzieren auch noch unseren eigenen Honig, den wir über einige lokale Händler vertreiben.«

Fabienne nickte anerkennend. »Der Biohonig, den Roxane und ich immer kaufen, kostet inzwischen mehr als zwölf Euro pro Glas. Das ist auch teurer als Champagner.«

»Wenn Sie einen gut gepflegten Mandelhain in der Provence besitzen, Madame, dann ist das inzwischen so, als würden Sie auf einer Ölquelle hocken: Das Geld sprudelt nur so!«

»Und jetzt hat Ihnen jemand ein Bild mit einem Mandelzweig gestohlen«, sagte Blanc trocken.

»Das kann kein Zufall sein, das sehen Sie doch jetzt auch ein, oder?« Férauds Enthusiasmus war verpufft. »Irgendwie ist das …«, er suchte nach dem richtigen Wort, »… bedrohlich. Ich bin seit sieben Jahren hier. Vier Jahre lang haben die neu gesetzten Mandelbäume nicht getragen. Vorletztes Jahr gab es endlich die erste große Ernte. Und diesen Frühling, wenn die Bäume gerade wieder in Blüte stehen und uns eine neu, gute Ernte versprechen, verschwindet das Bild mit dem Mandelzweig. Ich kann mir nicht helfen: Auf mich wirkt es so, als wollte mir jemand drohen. Als würde mir jemand ein Zeichen geben, dass er an meine Existenz will. Deshalb habe ich ein Vermögen ausgegeben, um Monsieur Ripert zu engagieren. Und jetzt ist Monsieur Ripert tot. Auch das kann kein Zufall sein, *mon Capitaine.*«

»Wir ermitteln in alle Richtungen«, erwiderte Blanc vorsichtig, doch im Geheimen gab er Féraud recht: Vielleicht hing das alles zusammen. Und falls das so war, dann ging es bei diesem Verbrechen womöglich um ziemlich viel Geld. »Monsieur Féraud«, fuhr er fort, »wer gehört denn zu Ihrer Familie und kennt das Bild? Und wer von Ihren Freunden weiß davon?«

»Unsere Kinder haben ganz sicher nichts damit zu tun!«, warf Sonia Féraud ein. »Und anders als Charles glaube ich auch nicht eine Sekunde, dass einer unserer Freunde etwas so Schreckliches getan haben könnte!«

Blanc fragte sich, ob Madame Féraud mit dem »Schrecklichen« den Mord an Ripert meinte oder den Diebstahl des Bildes. »Wenn sie nichts damit zu tun haben, dann ist es ja nicht schlimm, dass wir sie befragen«, erwiderte er gelassen.

»Tun Sie, was Sie tun müssen«, sagte Féraud. »Nach dem Tod von Monsieur Ripert kann ich diese Affäre sowieso nicht länger diskret behandeln.« Er atmete tief durch. »Unsere drei Kinder leben bei uns auf dem Hof. Sie sind alle erwachsen, aber, *eh bien,* wir haben Platz, und Sie wissen ja, was man heutzutage als junger Mensch an Miete für seine erste Bleibe zahlen muss. Wir haben zwei Söhne: Bruno ist unser Ältester und wird hoffentlich einmal diesen Hof übernehmen. Baptiste weiß noch nicht genau, was er einmal beruflich machen wird, er hat noch Zeit. Und unsere Tochter Dorothée ...« Seine Stimme verklang. Er wirkte, als wollte er zu einer langen Erklärung ansetzen, doch dann bemerkte er den Blick, den ihm seine Gattin zuwarf, und er hob nur mit einer halb entschuldigenden, halb verlegenen Geste die Hände und ließ sie wieder sinken. »Nun, wenn bei Dorothée eines sicher ist, dann dies: Unser Mädchen interessiert sich kein bisschen für Mandeln.« Er räusperte sich. »Dann sind da noch unsere Freunde. Thierry Bazin ist gewissermaßen unser Nachbar. Er wohnt in Les Baux. Ein Arzt, den wir schon seit unseren Pariser Jahren kennen und der ungefähr zum gleichen

Zeitpunkt wie wir in den Süden gezogen ist. Ein Freund der ganzen Familie; als die Kinder noch klein waren, haben sie ihn ›Onkel Thierry‹ gerufen. Dann haben wir häufiger Anthony de Romanet zu Gast, ein ehemaliger Lehrer unseres jüngeren Sohnes. Nicht direkt ein Freund, aber … nun ja, wir kümmern uns um ihn.«

»Was bedeutet das?«, fragte Fabienne.

»Sie werden es sehen, wenn Sie ihn befragen«, antwortete Féraud ausweichend. Dann verlor sich seine vorübergehende Verlegenheit wieder, als er fortfuhr: »Und der beste Freund, den wir in der Provence gewonnen haben, ist Nounour!« Féraud sah, dass Blanc den Namen, wie alle, die er bislang genannt hatte, auf seinem Block notieren wollte, und wedelte schnell mit der Hand. »Nein, nein! Nounour ist nur sein Spitzname. Wie heißt er eigentlich richtig mit Vornamen?« Er blickte Sonia fragend an, doch die starrte nur finster irgendwo Richtung Horizont, als sei sie immer noch wütend, dass man ihre Kinder und Freunde in diesem Zusammenhang nannte.

»Maurice, jetzt ist es mir wieder eingefallen!«, rief Féraud. »Maurice Pavy.«

»Der Direktor der Carrières de Lumières?!« Blanc ließ seinen Notizblock sinken und blickte Féraud verblüfft an.

»Genau. Er wohnt auch bei Les Baux und …«

»Moment, Monsieur Féraud«, unterbrach ihn Blanc. »Wusste Monsieur Pavy, dass Sie einen Kunstdetektiv engagiert hatten? Kannte er Ripert? Hat er ihn womöglich bei Ihnen gesehen?«

»Nein, soweit ich weiß, nicht. Wie gesagt: Unsere Freunde wissen weder von dem Diebstahl noch von dem Detektiv.«

Blanc blickte Sonia Féraud an, die immer noch am fernen Himmel auf etwas starrte, das offenbar interessanter war als diese Unterhaltung. »Und Sie, Madame? Glauben Sie auch, dass Monsieur Pavy nichts von Monsieur Riperts Rolle weiß?«

Sie bequemte sich dazu, ihm ins Gesicht zu sehen. »Es war

ganz allein Charles' Idee, Ripert zu engagieren. Wenn Sie mich fragen: Das war den ganzen Aufwand nicht wert, und Riperts Tod hat garantiert nichts mit diesem Bildchen zu tun. Jedenfalls haben selbst die Kinder und ich erst im letzten Augenblick von Ripert erfahren. Charles und er haben die Einzelheiten des Auftrags unter sich ausgemacht. Wir haben diesen Herrn nur einmal kurz bei uns gesehen, nur wenige Minuten. Unsere Freunde wissen nichts von Ripert, schon gar nicht Nounour.«

»Wo waren Sie und Ihre Kinder gestern Morgen zwischen neun und zehn Uhr?«, fragte Marius.

»Was soll das?«, ereiferte sich Sonia Féraud. »Verdächtigen Sie etwa einen von uns? Glauben Sie wirklich, jemand von uns könnte …«

»Es ist doch bloß eine simple Frage, Madame«, versicherte Marius liebenswürdig. »Und ich erwarte darauf nicht mehr als eine simple Antwort.«

»Der Lieutenant hat recht, *ma Chérie*«, sagte Féraud. »Ich war gestern mit Bruno, unserem Ältesten, im Mandelhain und habe mich um die Bäume gekümmert. Wir haben bei Sonnenaufgang angefangen und bis zum Mittagessen durchgearbeitet.«

»Und Sie, Madame?« Fabienne blickte Sonia Féraud an.

»Ich war in meinem Atelier.« Sie deutete auf ein Fenster im letzten Anbau der Bastide. »Ich habe Wachsbilder gemacht.«

»Wachsbilder?«

»Ich erhitze verschiedenfarbigen Wachs und appliziere ihn auf die Leinwand. So entstehen abstrakte Bilder.«

»Es ist das Hobby meiner Frau«, ergänzte Féraud und klang dabei ein ganz klein wenig herablassend.

»Und Ihre anderen beiden Kinder?«, fragte Blanc rasch, bevor sich daraus ein Ehekrach entwickeln konnte.

Féraud rieb sich verlegen die Hände. »Samstagmorgen noch vor zehn Uhr … Nun, normalerweise sind weder Baptiste noch Dorothée um diese Zeit schon wach. Andererseits, *eh bien*, gehen die beiden ihre eigenen Wege. Ehrlich gesagt, ich weiß nicht, wo sie waren.«

»Auf ihren Zimmern, wo sonst?«, fauchte Sonia Féraud.

Blanc schrieb alles mit. »Und Ihre Freunde? Monsieur Pavy war in den Steinbrüchen. Wissen Sie zufällig, was die anderen beiden gemacht haben?«

»Das müssen Sie Thierry und Anthony schon selbst fragen. Sie waren nicht bei uns.«

»Apropos fragen: Können wir Ihre Kinder jetzt sprechen?«

Féraud hüstelte. »Baptiste und Dorothée sind wohl nicht hier.«

»Wo sind sie?«

»Wie gesagt: Sie gehen ihre eigenen Wege. Vielleicht sind sie zum Abendessen wieder da. Vielleicht auch nicht.«

»Können Sie uns wenigstens die Handynummern der beiden geben?«

Féraud diktierte sie ihnen. »Unser Ältester ist hier.« Er deutete auf ein kleines, aus grob zurechtgehauenen Steinen gemauertes Haus am Ende des Gartens, direkt vor der Felswand. »Bruno wohnt dort.«

»Das sieht aus wie ein Geräteschuppen«, entfuhr es Fabienne.

»Es ist ein richtiges Haus, Madame«, erklärte Féraud indigniert. »Ob Sie es glauben oder nicht: Unser Sohn neigt von Natur aus zu einer gewissen Askese. Er selbst will dort leben.«

»Dann wollen wir ihn doch mal befragen«, sagte Blanc.

Das Haus bestand nur aus einem einzigen Raum, der einer Mönchszelle glich: Bett, Tisch, Stuhl und ein Bauernschrank bildeten die ganze Einrichtung; als einziger Schmuck hing tatsächlich ein Kreuz an der Wand. Am Tisch saß ein Mann, der so tief in irgendwelche Papiere versunken war, dass er ihr Eintreten zunächst nicht einmal bemerkte. Er war klein gewachsen, aber muskulös, seine kurzen schwarzen Haare wurden an den Schläfen schon grau; er hatte die schwieligen, kräftigen Hände eines

Landarbeiters, doch in diesem Moment hielt er einen Druckbleistift in der Rechten, während seine Linke auf einem altmodischen Taschenrechner lag. Als er die Ankömmlinge endlich bemerkte, stand er auf, Verwirrung zeichnete sich in seinem sanftmütigen Gesicht ab. »Vater«, sagte er.

Blanc kam dem Senior zuvor. »*Bonjour*, Monsieur Féraud«, sagte er und hielt dem Mann seinen Gendarmerie-Ausweis hin. Er stellte sich vor und blickte sich dabei um. Der Raum war viel zu eng für sie alle. Er gab Marius und Fabienne ein Zeichen. »Wartet draußen. Und Sie bitte auch«, setzte er an Féraud gewandt hinzu. Die Mutter musste er nicht dazu auffordern, Sonia Féraud war einige Schritte vor der Hütte stehen geblieben, als wäre sie eine Quarantänestation, der sie nicht zu nahe kommen wollte.

»Es geht bloß um eine Zeugenaussage«, begann Blanc, nachdem er mit Bruno Féraud allein war. Der Mann wirkte auf ihn wie ein verschrecktes Lamm; er wollte ihn nicht unnötig in Unruhe versetzen, daher setzte er sich auf den einzigen anderen Stuhl im Haus, damit Bruno Féraud nicht länger den Kopf in den Nacken legen musste, um zu ihm aufzublicken. Er berichtete ihm so knapp wie möglich von Riperts Tod – und stellte dabei fest, dass Bruno Féraud den Namen zwar kannte, aber, trotz seiner womöglich recht sensiblen Natur, nicht sonderlich schockiert über die Nachricht war. »Ich weiß nicht, warum mein Vater Monsieur Ripert extra aus Paris hat kommen lassen«, erwiderte er und wurde gleich darauf rot. »Also, ich meine, ich weiß natürlich, warum mein Vater es getan hat: weil das Bild des blonden Mädchens verschwunden ist. Doch ich an seiner Stelle wäre einfach zur Gendarmerie gegangen, das ist doch Ihre Aufgabe, nicht wahr?«

Blanc nickte bloß.

»Hat Riperts Ermordung etwa mit dem Auftrag meines Vaters zu tun?«

»Möglicherweise.«

»Das ist … schrecklich«, vollendete er den Satz, als hätte er eigentlich etwas anders sagen wollen. »Ich interessiere mich nicht für Kunst und kenne die Sammlung meines Vaters kaum. Ich meine, ich sehe die Bilder selbstverständlich täglich«, er war schon wieder verlegen geworden, »aber mir bedeuten sie nichts, ich achte kaum auf sie. Dass ein Bild fehlt, habe ich zum Beispiel gar nicht bemerkt. Erst als mein Vater es sagte und mir die Stelle an der Wand zeigte, ist es mir aufgefallen.«

»Ihr Vater hat angedeutet, dass jemand aus ihrer Familie oder aus dem Freundeskreis das Bild gestohlen haben könnte. Deshalb hat er Monsieur Ripert engagiert.«

Bruno schüttelte den Kopf. »Das glaube ich nicht. Und was soll das mit Riperts Ermordung zu tun haben?«

»Das frage ich mich auch.« Blanc seufzte. »Wo waren Sie gestern Morgen zwischen neun und zehn Uhr?«

»Im Mandelhain, mit meinem Vater. Wir haben ein paar Bienenstöcke versetzt und nach dem Rechten gesehen. Es gibt immer etwas zu tun, wenn man auf dem Land arbeitet.«

Auf dem Land arbeitet, ja … Blanc fragte sich, was ein Mann wie Bruno Féraud beruflich gemacht hatte, als die Familie noch in Paris wohnte. Er wirkte auf ihn halb wie ein Bauer, halb wie ein Einsiedler – er konnte ihn sich schwer in der Millionenmetropole vorstellen. Laut fragte er: »Bringen die Mandeln denn wirklich so viel ein, dass Sie davon leben können?« Er wollte Bruno nicht verraten, dass der Senior bereits von den Verdienstmöglichkeiten gesprochen hatte.

Bruno Féraud nickte eifrig, plötzlich kam Leben in ihn. Er tippte mit dem Finger auf die Papiere. »Ich gehe gerade ein paar Kalkulationen für eine *Casserie* durch.«

»Für eine was?«

»Eine Anlage, um Mandeln automatisch aufzubrechen.« Er wühlte in seinen Papieren, wedelte mit einem Zettel und kümmerte sich nicht darum, dass Blanc den Text darauf so nicht lesen konnte. »Sehen Sie: Nach dem Niedergang der Mandelproduktion in der Provence wurde Kalifornien zum größten Herstellerland der Welt, achtzig Prozent der globalen Ernte stammen aus diesem Staat. Aber dort verbrauchen manche Täler mit Mandelbäumen mehr Wasser als die Stadt Los Angeles insgesamt! Und seit 2010 wird Kalifornien von Trockenheit geplagt und von diesen schrecklichen Bränden ... Das ist unsere Chance! Mein Vater hat das früh erkannt. Allerdings ist er nicht der Einzige. Der ehemalige Wirtschaftsminister Arnaud Montebourg hat zum Beispiel 2018 die *Compagnie des Amandes* gegründet. Er will auf zweitausend Hektar Mandeln anpflanzen. Dafür investiert er fünfzig Millionen Euro.«

»Fünfzig Millionen?!«, staunte Blanc.

»Die Provence war nicht nur früher ein altes Mandelanbaugebiet, hier sitzen auch einige der größten Kunden für diese Nüsse. Denken Sie an die Süßigkeiten wie die berühmten Calissons von Aix. Oder an die Kosmetikindustrie, *L'Occitane* etwa nimmt jährlich tonnenweise Mandeln ab. Die Frage ist nur: Wer macht das Rennen? Wer wird als Erster so groß, dass er die Kalifornier ersetzen kann? Zum Beispiel kann man den Großkunden die Mandeln nur verkaufen, wenn sie bereits geknackt sind. Eine *Casserie* lohnt sich aber erst, wenn man mindestens zwanzig Tonnen Mandeln pro Jahr ernten kann.«

Blanc versuchte, sich zwanzig Tonnen dieser kleinen Nüsse vorzustellen. »Dafür sind Hunderte Bäume nötig«, schätzte er.

»Tausende. Mein Vater bewirtschaftet jetzt fünfundzwanzig Hektar. Das ist das Minimum, um mit einer eigenen *Casserie* rentabel zu sein.«

»Eine goldene Zukunft liegt vor Ihnen.«

»*Eh bien*«, Bruno Féraud strich sich durch die Haare, »Sie kennen das sicher: Jeder Landwirt ist ein Pessimist. Entweder regnet es zu wenig, oder es regnet zu viel, oder wenn es doch mal genau die richtige Menge regnet, dann ist es zu kalt oder zu heiß oder zu windig oder zu windstill.« Er deutete auf die Papierberge, unter denen sein Schreibtisch kaum auszumachen war. »Diesel wird immer billiger, das macht unsere Transporte günstiger, und das ist gut. Aber ich kann mich nicht freuen, weil urplötzlich unsere asiatischen Kunden Bestellungen annullieren. Was hat denn ein Virus mit Mandeln zu tun – wer denkt denn an so etwas?«

»Wie viel verdienen Sie denn so im Jahr?«

Bruno Féraud druckste herum.

»Ungefähr?«, drängte Blanc.

»Ein paar Hunderttausend Euro.« Er hatte die Hand unbewusst wieder auf den Taschenrechner gelegt. »Vielleicht kaufen wir demnächst noch ein paar Hektar dazu«, ergänzte er leise.

Ein paar Hunderttausend im Jahr, dachte Blanc, und dieser Typ wohnt in einer Mönchszelle. »Warum leben Sie nicht drüben im Mas?«

Bruno Féraud wurde rot wie ein Schuljunge. »Ich, *eh bien,* ich mache mir nicht viel aus materiellen Dingen. Ich lebe gern hier draußen. Im Sommer schlafe ich sogar im Freien, unter den Mandelbäumen. Das ist für mich Freiheit. Das kann man sich mit Geld nicht kaufen.«

Blanc bedankte sich. Als er schon an der Tür war, wandte er sich noch einmal um. »Monsieur Féraud, wie alt sind Sie?«

»Ich bin dieses Jahr vierzig geworden.«

Blanc hätte Bruno Féraud zehn Jahre älter geschätzt. Aber selbst mit vierzig konnte er kaum der Sohn von Sonia Féraud sein. »*Au revoir*«, sagte er und trat ins Freie.

»Das war es fürs Erste«, sagte Blanc. Sie verabschiedeten sich von den Férauds und fuhren vom Hof. Blanc erzählte Fabienne und Marius von seinem Gespräch mit Bruno. Statt direkt den Weg zurück nach Gadet zu nehmen, bog er an der Ausfahrt rechts ab und fuhr auf einer schmalen Landstraße am Mandelhain entlang. Fünfundzwanzig Hektar. Blanc verstand zum ersten Mal wirklich, was der Ausdruck »Blütenmeer« bedeutete. Zu ihrer Rechten leuchteten die Baumwipfel bis zum Rand der Alpilles. Ihr Duft wehte zu ihnen ins Auto hinein. Plötzlich trat er auf die Bremse und starrte auf den Hain. Zwischen den Bäumen stand, ein Stück von der Route Départementale entfernt, aber mit einem kiesbestreuten Weg bis dorthin, eine jener modernen Scheunen, die Blanc schon oft in der Provence gesehen hatte. Ein Bauwerk mit einem Geripppe aus grau lackierten Stahlträgern, das mit Porotonsteinen zugemauert worden war, das Dach bestand aus Fertigteilen. Blanc liebte die alten Schuppen aus Natursteinen und mit schiefen Dächern, und er fragte sich, ob die modernen Landwirte jenen Sinn für Ästhetik, den ihre Vorfahren besessen hatten, komplett verloren hatten. Oder ob man früher Steinschuppen genauso hässlich gefunden hatte wie heute Porotonbauten und ob vielleicht in zwei, drei Jahrhunderten Besucher der Provence sich in sentimentalen Bewunderungen ergehen würden, wenn sie solche Baracken erblickten.

Das Schiebetor des Schuppens stand offen. Blanc hatte im Vorbeifahren einen alten grünen Traktor erkannt, daneben standen ein paar landwirtschaftliche Geräte, deren Funktion er nicht kannte. Doch er hatte gebremst, weil hinter dem Traktor poliertes rotes Metall leuchtete – viel zu auffällig, viel zu sauber für diesen Schuppen. »Das sehen wir uns an«, sagte er.

Sie stiegen aus dem Streifenwagen und gingen den Feldweg die wenigen Meter bis zu dem Gebäude. Hinter dem Traktor parkte ein feuerrot lackierter Mercedes-AMG GT. Marius pfiff durch die Zähne. »Warum fahre ich nicht so ein Auto?«

»Was mich viel mehr interessiert: Wer fährt dieses Auto?«, erwiderte Blanc. Er dachte an den elektrischen Nissan Leaf vor dem Hof, ein moderner Wagen, wie er zu einem Mann wie Charles Féraud passen könnte. Bruno wirkte auf ihn, als würde der am liebsten gar nicht Auto fahren. Also Sonia Féraud? Oder eines der anderen Kinder? Auf jeden Fall war es ein sündhaft teures Coupé. Vielleicht hunderttausend Euro wert? Auf einem Hof, der, nach fünf Jahren Durststrecke, zum ersten Mal ein paar Hunderttausend Euro abgeworfen hatte? Und warum stand es nicht vor der Bastide, sondern in einem Schuppen, so als wollte man es verstecken? »Möchte wissen, auf wen diese Karre zugelassen ist«, murmelte er und zog seinen Notizblock aus der Jackentasche.

»*Mon Dieu,* bist du oldschool!«, rief Fabienne, zückte ihr iPhone und fotografierte das Nummernschild. »Ich schicke das Bild Barressi. In ein paar Minuten sind wir klüger.«

Als sie schließlich über die Route Départementale Richtung Gadet fuhren, war es Marius, der das nachdenkliche Schweigen brach. »Seltsame Familie«, meinte er. »Irgendwie passt da einiges nicht zusammen. Das fängt schon mit dem Ehepaar an. Ich weiß, dass es kleine, dicke Männer gibt, die auf schlanke, große Frauen stehen, die sie mindestens um zwei Köpfe überragen. Solche Frauen sind für die wie Trophäen; die Typen sind stolz auf ihre Eroberung und zeigen das auch. Aber Charles behandelt seine Sonia mit einer gewissen Herablassung. Und sie wirkt, als wäre sie am liebsten weit weg von dem Ort, an dem ihr Mann sich gerade aufhält.«

»Immerhin sind sie noch verheiratet. In diesem Auto sitzen Typen, die es nicht so weit gebracht haben«, brummte Blanc.

»Trotzdem hat Marius recht«, sprang ihm Fabienne bei. »Ich fand Madame Féraud irgendwie zugleich kalt und nervös. Als kümmerte sie sich nicht wirklich um ihre Familie oder die Bilder oder diesen Mandelhof und als hätte sie irgendetwas zu verbergen.«

»Vielleicht war es ihr nur peinlich, dass wir mitbekommen haben, dass sie nicht die Mutter von Bruno ist«, meinte Blanc. »Charles Féraud ist sechzig oder sogar noch etwas älter, seine

Frau ist höchstens Mitte oder Ende vierzig – unmöglich, dass sie Brunos Mutter ist. Es muss eine frühere Madame Féraud gegeben haben.«

»Und der Sohn aus dieser ersten Verbindung lebt draußen in einer Art Hundehütte, während der Rest der netten Familie in einer Batiste residiert«, ergänzte Marius.

»Angeblich freiwillig.«

»Das ist das, was er dir gesagt hat.«

»Auf jeden Fall gibt es hier zu viele Zufälle für meinen Geschmack«, sagte Blanc. »Charles Féraud zieht von Paris in die Provence und macht hier zwei Sachen: Er legt sein Geld in einem Mandelhain an. Und er investiert in Bilder einer ziemlich unbekannten, längst verstorbenen Malerin. Doch ausgerechnet ein Bild mit einem Mandelzweig wird ihm gestohlen. Daraufhin engagiert er einen Privatermittler. Der wird ermordet – und zwar ausgerechnet in den Carrières de Lumières, deren Direktor Maurice Pavy ist, der wiederum einer der wenigen guten Freunde der Férauds ist.«

»Wobei Charles Féraud ihn zum Kreis jener Verdächtigen zählt, die ihm das Bild gestohlen haben könnten«, ergänzte Marius.

Fabiennes Handy klingelte. Sie sah auf das Display. »Barressi, *voilà*, so schnell geht das!« Sie stellte das iPhone auf Freisprechen und nahm den Anruf an.

»Der Mercedes-AMG ist auf einen gewissen Baptiste Féraud zugelassen«, verkündete der Brigadier. »Ich habe noch ein bisschen nachgeforscht. Baptiste Féraud ist fünfundzwanzig Jahre alt und hat den Wagen vor einem Monat geleast. Das ist insofern ungewöhnlich, als er auf dem Leasingvertrag als Beruf ›arbeitslos‹ angegeben hat. Trotzdem hat das Autohaus den Vertrag akzeptiert. Vielleicht hat er irgendwelche Sicherheiten angegeben.«

Blanc und seine beiden Kollegen nickten nachdenklich. Sie dachten alle an das verschwundene Bild – aber war das nicht absurd? Welcher Autohändler würde so ein Bild als Sicherheit für ein Sportcoupé akzeptieren?

»Da ist noch was«, fuhr Barressi fort. »Die Leute von der Autobahngesellschaft haben sich bei uns gemeldet. Der Mietwagen von Monsieur Ripert ist an keiner ihrer Péage-Stationen in der Region gefilmt worden. Er muss die vielen Kilometer also auf kleineren Straßen zurückgelegt haben.«

Mittags aßen sie im Le Soleil in Gadet. Der Besitzer hatte ein paar Tische nach draußen an den Rand des Marktplatzes gestellt, von wo aus man auf die Touloubre blicken konnte. Das Wasser blitzte in der Sonne, und tatsächlich schwebten schon Wolken winziger Eintagsfliegen über dem Bach. Es war beinahe zwanzig Grad warm und damit nicht kälter als im Innern des Restaurants, einem finsteren, umgebauten Gewölbe in einem Haus aus dem 19. Jahrhundert. »Lasst uns draußen bleiben«, sagte Marius und steuerte einen der wenigen noch freien Tische an. »Das wird mein erstes Mittagessen unter freiem Himmel in diesem Jahr.«

Die Kellnerin brachte ihnen die Speisekarte und eine Karaffe Wasser. Früher hatte sie Marius zusätzlich ungefragt einen Viertelliter Rosé hingestellt, doch Blanc hatte ihr irgendwann diskret zu verstehen gegeben, dass sein Kollege nun trocken war. Sie blickte Marius seither so mitleidig an, als wäre er, wenn er mit Blanc und Fabienne im Restaurant aß, in der Hand skrupelloser Geiselnehmer.

»Ich habe noch ein wenig nachgeforscht«, sagte Fabienne, nachdem sie bestellt hatten. »Charles Féraud ist tatsächlich in der Werbebranche tätig gewesen. Du findest im Netz immer noch ein paar Einträge, er scheint ziemlich erfolgreich gewesen zu sein. Zumindest hat er 2010 und 2011 irgendwelche Kreativpreise gewonnen. Über eine frühere Ehe habe ich hingegen nichts gefunden. Wer auch immer die Mutter von Bruno Féraud ist, sie war nicht offiziell mit dem Alten verheiratet. Seinen Mandelhof hat er hingegen online gestellt, du kannst direkt bei ihm Mandeln kaufen.« Sie schob Blanc und Marius ihr iPad über den Tisch und deutete auf die Website. »Die Fotos sind exzellent, die ganze Aufmachung ist gut. Entweder hat er das selbst gemacht, oder er hat einen Profi damit beauftragt, sieht auf jeden Fall perfekt aus.«

Blanc wischte über die Seite und zoomte ein paar Bilder größer. Es gab Aufnahmen vom Haus, aber nur von außen. »Niemand kann im Internet sehen, dass Féraud Bilder von Adry Novoli in seinem Haus hat.«

»Nicht auf dieser Seite.« Fabienne rief einen anderen Eintrag auf. »Aber auf einer anderen kommt man der Sache schon näher: Vor zwei Jahren hat es in Eyguières in den Les Ateliers Agora, einer kleinen Galerie, eine Ausstellung zu Adry Novoli gegeben. Féraud hat einige Bilder aus seinem Besitz zu dem Zweck ausgeliehen und für den Ausstellungskatalog auch einen Text geschrieben, der online ist und in dem er seine Sammelleidenschaft für diese Malerin beschreibt. Wenn du geduldig genug bist, um bei Google auf die dritte Seite der Trefferliste zu gehen, dann kannst du also schon wissen, dass er etliche Werke von Adry Novoli besitzt. Allerdings klicken neunzig Prozent der Nutzer schon Googles zweite Trefferseite nicht mehr an.« Sie nippte an ihrem Wasserglas und lächelte. »Und wenn du gar auf die *vierte* Trefferseite gehst, dann stößt du auf den Eintrag einer Selbsthilfegruppe von Krebskranken. Féraud hat dort vor einigen Jahren einen Gastvortrag gehalten. Er hat als noch ziemlich junger Mann, kurz nach der Hochzeit und ein paar Monate nachdem er seinen ersten leitenden Job bei einer Werbeagentur angetreten hatte, Leukämie bekommen. Er glaubte schon, sein Leben sei vorbei, kaum dass es richtig begonnen hatte, aber dann hat ihn irgendeine neuartige Chemotherapie gerettet. Er hat die Kranken in seinem Vortrag ermutigt, die Hoffnung niemals aufzugeben.«

Marius kratzte sich am Kopf. »Das erklärt vielleicht, warum Féraud in die Provence gekommen ist. Wenn du schon einmal dem Tod von der Schippe gesprungen bist, dann hast du weniger Angst vor einer Pleite. Du bist eher bereit, was zu riskieren, zum Beispiel in Paris alles aufzugeben, um im Süden Mandeln anzubauen. Aber ich sehe nicht, was seine frühere Krankheit mit dem Diebstahl des Bildes von diesem jungen Mädchen zu tun haben könnte.«

»Da wir gerade über Mädchen sprechen ...« Fabiennes Grinsen war noch breiter geworden. »Sonia Féraud hat eine Facebook-Seite. Sie postet ziemlich viel, hauptsächlich Fotos von ihren Wachsbildern. Die sehen übrigens gar nicht so schlecht aus. Na, jedenfalls gibt es auch ein paar Angaben über sie selbst dort: Sie ist achtundvierzig Jahre alt, in Aquitanien geboren, hat an der Sorbonne Jura studiert. Allerdings hat sie, laut unseren Datenbanken, nie für den Staat gearbeitet, weder als Richterin oder Staatsanwältin noch bei der Polizei oder bei Behörden. Sie ist bei keinem Gericht Frankreichs je als Anwältin akkreditiert gewesen. Und du findest im ganzen Netz nicht eine Seite irgendeines Unternehmens, die sie mal erwähnen würde. Das ist zwar kein endgültiger Beweis dafür, dass Sonia Féraud nie irgendwo gearbeitet hat. Aber sie hat auch gepostet, dass sie bereits als Zweiundzwanzigjährige geheiratet hat. Charles ist fünfzehn Jahre älter als sie. Wenn du mich fragst: Sonia Féraud ist direkt von ihrer Studentenbude in das Luxusapartment eines reichen Typen gesprungen. Du hast recht, Marius: eine große, blonde Trophäe für einen kleinen, dicken Mann.«

»Das nennt man ein bequemes Leben«, erwiderte Marius.

»Und nun ist sie in der Provence ...« Fabienne bearbeitete ihr iPad. »Einmal hat sie ihrem Vater via Facebook Geburtstagsglückwünsche mit alten Fotos von einem Eisenbahner geschickt – also stimmt vermutlich ihre Angabe, dass er bei der SNCF gewesen ist. Und vermutlich stimmt es dann auch, dass ihr alter

Herr in die Provence versetzt wurde. Nur«, sie senkte die Stimme, »ich glaube nicht, dass es zu der Zeit war, als Sonia, wie sie behauptete, ›ein kleines Mädchen‹ war – sondern ein paar Jahre später!«

Blanc ging ein Licht auf. »Das Mädchen mit dem Mandelblütenzweig!«

»Ganz genau.«

»Das ist doch Unsinn!«, rief Marius.

Fabienne schüttelte den Kopf. »Als Charles Féraud uns ein Foto des Bildes gezeigt hat, fand ich das Mädchen schön: das Gesicht, den Kopf, die Haare, die Hände. Ein schönes Mädchen, dachte ich, vielleicht siebzehn, achtzehn Jahre alt, die Haare verbergen das Gesicht zur Hälfte, irgendwie unnahbar. *Eh bien.* Doch ich fand das Bild von Anfang an nicht nur sexy, ich habe mich auch, wie soll ich das sagen? Irgendetwas war komisch dabei. Es hat sich angefühlt, als würde das Mädchen mich die ganze Zeit anblicken, obwohl man doch ihre Augen hinter den Haaren gar nicht sehen kann. Deshalb war ich so verwirrt, Roger. Doch irgendwann an diesem Morgen hat es mich getroffen: Das Mädchen *blickt* mich an! Aber nicht das Mädchen auf dem Bild – sondern das echte Mädchen, nur dreißig Jahre später.«

»Sonia Féraud«, murmelte Blanc.

»Die uns die ganze Zeit so seltsam angestarrt hat. So als ob sie etwas zu verbergen hätte. *Sie* ist diejenige, die auf dem Bild verewigt worden ist. Sie war als Jugendliche in der Provence, Adry Novoli hat da noch gelebt, es könnte also hinkommen. Vielleicht geht es bei diesem Diebstahl gar nicht um den Mandelzweig und was wir uns alles dabei denken. Sondern es geht um Sonia Féraud.«

»Wofür du nicht den geringsten Beweis hast«, brummte Marius. »Das Mädchen auf dem Bild und Sonia Féraud sind beide schlank und blond, *d'accord,* aber wer sagt dir, dass die Malerin damals nicht die junge Claudia Schiffer gepinselt hat? Hätte

Charles Féraud uns das nicht gesagt, wenn es ein Jugendporträt seiner Frau wäre?«

»Vielleicht weiß er es nicht?«, entgegnete Fabienne. »Er hat gesagt, er sammelt Adry Novolis Werke erst seit sieben Jahren. Das Bild ist dreißig Jahre alt. Vielleicht weiß er gar nicht, dass er ein Porträt seiner Frau an der Wand hängen hatte. Und vielleicht hat Sonia Féraud es ihm auch nie gesagt, warum auch immer.«

»Und jetzt hat man Charles Féraud symbolisch seine Frau gestohlen – und er ahnt es nicht einmal«, sagte Blanc.

Mörder halten sich nicht an Jahreszeiten

An jedem Sonntag gegen zwölf Uhr mittags gab es in Gadet eine kleine Völkerwanderung. Die Kirchenglocken läuteten zum Ende der Messe, und gleich darauf drängten ein paar Dutzend Gläubige in ziemlich unreligiöser Hast aus dem Portal von Saint Pierre. Sie eilten über den ungepflegten Platz vor dem Gotteshaus. Ungefähr die Hälfte von ihnen steuerte die drei Bars an, um sich die besten Tische unter der Sonne zu sichern. Die andere Hälfte fiel in eine der beiden Boulangerien ein, um Baguettes zu erstehen, bevor alles leer gekauft war. Blanc besorgte sich seine Vorräte für den Sonntag deshalb normalerweise während der Messe, wenn Gadet noch in himmlischem Frieden ruhte. Doch er war an diesem Morgen mit seinem Hund Jacques länger als gewöhnlich durch den Wald gejoggt. Jeder Atemzug hatte nach Pinien geduftet. Flugzeuge hatten mit ihren Kondensstreifen abstrakte Muster in den Himmel gezeichnet, Kreuze, Parallelogramme, sogar Dreiecke. Das hatte ihn mit Fernweh erfüllt, und da er nicht reisen konnte, musste er wenigstens laufen. Nun bezahlte er für seine Extrarunde allerdings damit, dass er sich vor der Bäckerei mitten in der Schlange der Gläubigen wiederfand. Er zählte ab, wie viele Baguettes noch im Korb hinter der Bäckerin steckten, zählte die Kunden vor ihm und versuchte zu schätzen, wie viele Brote wohl jeder von ihnen kaufen würde. Könnte knapp werden. Als er endlich an der Reihe war, sicherte er sich zwei Baguettes und das allerletzte Pain au Chocolat. Die ältere Dame, die direkt hinter ihm stand, durchbohrte ihn dafür mit einem sehr unchristlichen Blick.

Auf der Gendarmerie-Station holte er sein Opinel-Messer

aus der Tasche und teilte das Pain au Chocolat in drei Teile, sodass Fabienne und Marius auch etwas davon hatten. »Dafür habe ich mir eine Feindin fürs Leben gemacht«, erklärte er feierlich.

»Solange du nur eine Feindin im Leben hast, kannst du gut schlafen«, erwiderte Marius kauend.

Bei einem Mordfall war es keine Frage, dass sie den Sonntag auf der Station verbrachten. Für Blanc und Marius war das nicht weiter schlimm, sie hätten sowieso nicht gewusst, was sie den ganzen Tag in ihren leeren Häusern hätten tun sollen. Fabienne hingegen war frisch verheiratet, wollte mit ihrer Frau ein Kind haben und hatte wahrscheinlich noch viele andere Pläne. Ein Haus fürs Familienglück, zum Beispiel, sagte sich Blanc, der die recht triste Mietwohnung des jungen Paares kannte. »Du kannst dir ruhig den Nachmittag freinehmen«, bot er ihr an.

»Das mache ich auch. Roxane und ich wollen nach Les Baux. Heute ist der letzte Tag der Sondervorstellungen in den Carrières de Lumières, an dem sie noch einmal die Van-Gogh-Bilder zeigen.«

»Das ist nicht dein Ernst!«, rief Marius.

Sie zuckte mit den Achseln. »Warum nicht? Pavy hat die Erlaubnis bekommen, den Steinbruch wieder zu eröffnen, nachdem die Kriminaltechniker ihren Job erledigt haben. Und mir haben die Bilder gefallen, trotz des gruseligen Toten zu unseren Füßen. Ich dachte, das schaue ich mir mit Roxane noch einmal an. Danach gehen wir auf die Burg. Und dann holen wir das Essen nach, das wir beim letzten Mal versäumt haben. Diesmal haben wir einen Tisch reserviert!«

»Sei bloß vorsichtig«, mahnte Blanc.

Sie lächelte »Du musst dir wirklich keine Sorgen machen. Erinnere dich an das, was Pavy gesagt hat: Sie hatten mehr als siebenhunderttausend Besucher in den Carrières de Lumières. Und nur einem einzigen ist etwas passiert. Da ist es ja selbst in

Gadet auf dem Markt gefährlicher. Niemand wird sich an zwei Kampflesben vergreifen, die sich eine Prise van Gogh reinziehen.«

»Das hast du aber schön formuliert«, meinte Marius. »Wenn *ich* so etwas sage, dann rammst du mir dafür den Ellenbogen in die Rippen. Ich habe übrigens einen blauen Fleck.«

»Den hast du dir auch verdient. Ich hole uns Kaffee, um deine Schmerzen zu lindern. Du kannst schon mal den Computer hochfahren. Ich habe heute Morgen nämlich bereits ein bisschen länger gearbeitet als ihr beiden Schlafmützen.«

Fünf Minuten später flimmerten Namen, Zahlen, Daten in verwirrend zahlreichen Listen über den Monitor. Fabienne betrachtete die Zeichen so stolz, als bildeten sie ein Kunstwerk, das sie selbst geschaffen hatte. »Ich habe Riperts Handy gehackt«, erklärte sie ihren Kollegen. »War nicht so schwer.«

»Klar«, brummte Marius verdrießlich, »das sieht alles ganz einfach aus.«

Sie lachte bloß und deutete auf einige Angaben. »Hier ist Riperts Anrufliste, seitdem er in der Provence angekommen ist«, erklärte sie, »alle aus- und eingehenden Gespräche. So viele sind es übrigens nicht. Dann hast du hier die Kontakte. Hier die Mails, die er versendet oder bekommen hat. Und hier die Liste der Suchanfragen bei Google und der Internetseiten, die er angesteuert hat. Ich hätte gern auch noch ein Bewegungsprofil erstellt, aber Ripert hat die Geolokalisation seines Handys deaktiviert.«

»Schade«, sagte Blanc und dachte an die sechshundertfünfzig Kilometer, die das Opfer vor seinem Tod mit dem Wagen zurückgelegt hatte.

»Ripert hat im Internet ziemlich gründlich nach Sonia Féraud sowie den drei Kindern geforscht. Er hat auch die drei Freunde Thierry Bazin, Anthony de Romanet und Maurice Pavy gecheckt. Férauds Ehefrau und die Kinder hat er mit seinem Handy nicht angerufen und sie ihn auch nicht. Die drei

Freunde hat er hingegen sehr wohl telefonisch kontaktiert, meist waren es kurze Gespräche.«

»Da hat sich Ripert vielleicht als Sammler ausgegeben, so wie er es Féraud erklärt hat«, vermutete Blanc.

»Kann sein. In der Liste der von Ripert besuchten Websites taucht jedenfalls ein Facebook-Eintrag von Pavy auf, aus dem ganz klar hervorgeht, dass auch der Direktor der Carrières de Lumières ein Sammler von Adry Novolis Bildern ist.«

Marius pfiff durch die Zähne. »So ein Zufall …«

»Ich weiß nicht, ob die anderen beiden Freunde von Charles Féraud sich ebenfalls für die Malerin interessiert haben, ich glaube es eher nicht. Ich habe nichts zu Bazin oder de Romanet im Zusammenhang mit Adry Novoli gefunden, Ripert hat im Netz nichts entdeckt, und er selbst hat mit jedem der beiden Männer jeweils nur ein kurzes Telefonat geführt.«

»Bazin und de Romanet waren nicht an dem vorgeblichen Sammler von Novolis Werk interessiert«, warf Blanc ein.

»Pavy vielleicht schon – mit dem hat Ripert nämlich mehrmals gesprochen. Und er hat ihm das Foto des kleinen Ölbildes aus Férauds Arbeitszimmer gemailt und im dazugehörigen Text behauptet, es wäre sein Bild und er würde es gerne verkaufen. Das war am Abend vor seinem Tod. Pavy hat darauf allerdings nicht geantwortet.«

»Aber Pavy und Ripert waren am nächsten Morgen beide in den Carrières de Lumières«, bemerkte Marius.

»Und nicht nur sie. Ich habe mir heute Morgen auch noch ein paar andere Datenbanken vorgenommen, ich hatte einfach einen guten Lauf. Zum Beispiel habe ich die Banken abgeklopft. Es gibt nämlich Kassenbelege für diejenigen, die ihre Eintrittskarten mit Kreditkarte bezahlen. Bingo! Thierry Bazin muss demnach am Morgen des Mordes ebenfalls in der Ausstellung gewesen sein, zumindest ist mit einer auf seinen Namen ausgestellten Kreditkarte ein Ticket gekauft worden. Du findest seinen Namen allerdings *nicht* auf der Liste der Besucher, die wir am Tattag vernommen haben. Er muss vorher schon verschwunden sein.«

Blanc klopfte seiner Kollegin auf die Schulter. »Das fängt an, mir Spaß zu machen.«

»Der Spaß geht noch weiter.« Fabienne lächelte dünn und deutete auf einige Telefonnummern. »Ripert war mindestens so schlau wie wir: Er hat nämlich bei dem Autohaus angerufen, bei dem Bruno Féraud sein Coupé geleast hat. Über diesen teuren Wagen hat er sich also auch gewundert. Falls er aus dieser Sache allerdings irgendwie klüger geworden ist als wir, dann habe ich darauf keinen Hinweis in seinem Handy gefunden. Schließlich hat er sich noch bei einer gewissen Valéria Chevilliet gemeldet. Ich habe sie gegoogelt: Sie hat eine Galerie in Miramas-le-Vieux. Dort bietet sie Werke lokaler Künstler an – unter anderem die von Adry Novoli. Wie es aussieht, hat sie die größte Auswahl an Bildern der Malerin, die du noch auf dem freien Markt kaufen kannst. Ripert hat mit ihr telefoniert, danach haben er und Valéria Chevilliet Mails gewechselt. Das liest sich so, als hätten sie sich auch mindestens einmal persönlich getroffen, aber einen endgültigen Beweis dafür habe ich nicht.«

»Dann werden wir Madame Chevilliet besuchen«, sagte Blanc.

»Schon gebucht. Ich habe sie angerufen, aber ihr am Telefon nicht viel verraten. Ihre Galerie ist am Sonntag geöffnet. Sie erwartet uns heute Nachmittag.«

»Das reicht an Ermittlungsergebnissen für einen Vormittag!«, rief Marius zufrieden. »Lasst uns in die Mittagspause gehen.«

»Da ist noch etwas«, sagte Fabienne und hob die Hand. Sie wirkte plötzlich ein wenig unsicher. »Ripert hat am Tag vor seinem Tod – genau um acht Uhr fünfzehn und um zwölf Uhr einundfünfzig – noch zwei Anrufe getätigt.«

»Nämlich?«, fragte Blanc.

»Mit der Gendarmerie-Station in Gadet. Der Typ hat mit einem von uns telefoniert.«

Zehn Minuten und einige Fragen im Kollegenkreis später stand Brigadier Sylvain in Blancs Büro. Sylvain war jung, blond und würde niemals in seinem Leben einen Bart tragen. Doch hinter seinem schüchternen Wesen und seinem Babygesicht verbarg sich einer der klügsten jüngeren Beamten, die Blanc kannte. Sylvain, so hatte sich herausgestellt, hatte den ersten Anruf entgegengenommen.

Blanc erklärte ihm mit wenigen Worten, was sie erfahren hatten. »Was hat Monsieur Ripert gewollt?«, fragte er schließlich.

Sylvain zuckte mit den Achseln. »Dieser Herr hat behauptet, er sei Privatdetektiv. Und er hat gefragt, ob wir Baptiste oder Dorothée Féraud kennen.«

»Kennen?«

»So hat sich Monsieur Ripert ausgedrückt, ja. Ob einer der beiden bei uns Gendarmen bekannt ist.«

»Was haben Sie geantwortet?«

»Dass es gegen die Vorschriften ist, einfach so irgendjemandem am Telefon solche Auskünfte zu geben. Ripert hat es dabei dann bewenden lassen.«

»Haben Sie ihn gefragt, warum er in dieser Sache ausgerechnet in Gadet angerufen hat?«

»Nein.« Sylvain zögerte und wippte von einem Fuß auf den anderen.

»Nur zu«, ermunterte ihn Blanc, »sagen Sie, was Sie auf dem Herzen haben.«

»Die Namen Baptiste oder Dorothée Féraud sagten mir gar nichts«, gab der Brigadier zu. »Aber ich fand den Anruf so seltsam, dass ich, nachdem ich diesen Herrn abgewimmelt hatte, in unseren Unterlagen nachgesehen habe. Über Dorothée Feraud habe ich nichts gefunden. Aber über ihren Bruder ...« Er hüstelte. »Vor sechs Jahren ist Baptiste Féraud einmal von der Police Nationale in Salon-de-Provence im Zusammenhang mit einem Gewaltverbrechen vernommen worden. Ich weiß nicht, was es war, aber offenbar hat man ihn kein zweites Mal mehr einbestellt. In Baptiste' Vorstrafenregister findet sich jedenfalls keine Verurteilung wegen eines Gewaltdelikts. Er ist allerdings einmal mit einer geringen Menge Cannabis erwischt und zu einer Bewährungsstrafe verurteilt worden.«

Blanc fragte sich, ob sich Ripert tatsächlich für diese alte Gewalttat oder die banale Drogensache interessiert hatte, und falls ja: Was hatte das mit seiner Ermordung zu tun? Zugleich hatte er jedoch den noch beunruhigenderen Eindruck, dabei irgendetwas anderes, etwas Entscheidendes zu übersehen. Ihm wollte aber partout nichts einfallen. »Wissen Sie etwas von Riperts zweitem Anruf etwa viereinhalb Stunden nach dem ersten?«

»Ein zweiter Anruf?«, wunderte sich Sylvain. »Ich hatte an dem Tag Telefondienst bis zwölf Uhr, danach war ich in der Mittagspause. Jeder Anruf in der Zentrale wird dann automatisch auf allen Apparaten der Station angezeigt, und irgendein Kollege geht halt dran. Ich habe keine Ahnung, wer den zweiten Anruf entgegengenommen hat. Und das kann man leider auch nicht zurückverfolgen.«

»*Merci beaucoup*, Brigadier, Sie dürfen wieder gehen«, sagte Blanc leicht resigniert. Es wäre auch zu einfach gewesen, das alles mit einer Befragung zu klären. Aber er hatte das Gefühl, dass das, was ihn so beunruhigte, ausgerechnet etwas mit jenem zweiten Anruf zu tun hatte.

Fabienne verabschiedete sich in ihren freien Nachmittag. Marius wollte, wie er das vage nannte, »ein paar Besorgungen machen« und versprach, gegen fünfzehn Uhr wieder auf der Station zu sein. Blanc hatte keine Lust, mittags allein in einem Restaurant zu hocken, und außerdem würde Jacques sich freuen, wenn er mit ihm eine unverhoffte zweite Runde durch die Wälder ging. Als er zu seiner alten Ölmühle zurückkehrte, begrüßte ihn der riesige Hund denn auch mit dem Maximum an Enthusiasmus, zu dem er fähig war: Er stemmte sich von der liegenden in die stehende Position, spitzte die Ohren und wedelte im Zeitlupentempo mit dem Schwanz. Jacques war ihm vor einigen Wochen zugelaufen, ein Tier, das auf dem evolutionären Sprung vom Wolf zum Hund näher beim Wolf hängen geblieben war, dabei aber irgendwie das Temperament eines Bären im Winterschlaf mitbekommen hatte. Blanc kraulte ihn am Hals und wanderte los. Er brauchte keine Leine – die wenigen Leute, denen er gewöhnlich im Wald begegnete, machten einen weiten Bogen um ihn, sobald sie das Tier an seiner Seite erblickten.

Vögel sangen das fröhliche Konzert eines unsichtbaren Chors, in den Kronen der Eichen und Pinien so gut versteckt, dass er nicht einen einzigen Federball entdeckte. In den roten sandigen Boden waren Dutzende spitzhufige Spuren eingedrückt, sein Nachbar Serge musste irgendwo seine Ziegenherde durch das Unterholz treiben. Die ersten Blumen wagten sich hervor, hellblaue, weiße und gelbe Punkte zwischen Rosmarinsträuchern und Fenchel. Blanc atmete einen Hauch von Blütenduft ein, und die Luft fühlte sich auf den Wangen an wie eine zärtliche Berührung. Zwischen einigen Ginsterbüschen war das Erdreich aufgewühlt worden, als wäre dort eine Tellermine hochgegangen: Blanc fragte sich, was die Rotte Wildschweine, die seit ewigen Zeiten hier ihr Revier hatte, ausgerechnet zwischen den Büschen gesucht hatte. Doch nicht Pilze im Februar? Wurzeln? Insekten?

Er hörte ein Schnauben, drehte sich um und freute sich mehr, als er sich eingestehen wollte: Paulette Aybalen. Seine Nachbarin ritt, wie immer ohne Sattel, auf einem ihrer drei Camargue-Pferde. Sie hatte ihre langen schwarzen Haare zu einem Zopf geflochten, trug Stiefel, Jeans und ein rot-schwarz kariertes Flanellhemd und hätte damit genauso gut nach Wyoming gepasst wie in die Provence. Sie war Krankenschwester und arbeitete in Salon-de-Provence, verbrachte aber jede freie Minute auf dem Rücken ihrer Pferde. Paulette sprang von ihrem Hengst und streichelte Jacques über den mächtigen Kopf. Sie gehörte zu den wenigen Menschen, die keine Angst vor ihm hatten, und das aus gutem Grund: Alle Vierbeiner fühlten sich automatisch zu ihr hingezogen. Schließlich küsste sie Blanc zur Begrüßung auf die Wangen. »Schön, dass du dich auch hier herumtreibst.« Paulette wusste längst, wo er die meisten seiner Wochenenden verbrachte.

»Ich muss nachher noch zur Station zurück«, erwiderte Blanc ein wenig schuldbewusst.

»Man kann sich auch mal einen Tag freinehmen. Es wird Frühling, falls du das noch nicht bemerkt hast.«

»Mörder halten sich nicht an Jahreszeiten.«

Sie gingen nebeneinander über den Waldweg, Hund und Hengst folgten ihnen gemeinsam, als würden sie das jeden Tag tun. Sie plauderten eine Zeit lang über alles und nichts, und das fühlte sich gut an, dachte Blanc. Schließlich erzählte er ihr sogar von seinen Ermittlungen, vom verschwundenen Bild der Malerin, doch nicht zu viele Details, keine Namen der Beteiligten; eigentlich durfte er solche Informationen gar nicht herausrücken, aber er kannte Paulette inzwischen so gut, dass er ihr vertraute.

»Klingt so, als würdest du in nächster Zeit nicht oft zu Hause sein«, kommentierte sie, und Blanc glaubte, Enttäuschung herauszuhören. »Soll ich mich um Jacques kümmern?«

»Nur im Notfall. Ich werde mich bemühen, jeden Abend zu zivilisierten Zeiten zurückzukommen«, versprach er.

»Ich mache mir ein bisschen Sorgen um meine Töchter«, gestand sie unvermittelt.

Paulettes ältere Tochter studierte in Aix-en-Provence, die jüngere war die Woche über in einem Internat – und ihrem geschiedenen, zu Gewaltausbrüchen neigendem Ex-Mann war von einem Richter verboten worden, sich Paulette oder den Kindern auf weniger als zehn Kilometer zu nähern. Aber man musste kein Psychologe sein, um zu wissen, dass sich manche Männer nicht um solche Auflagen scherten. Deshalb sah Blanc abends hin und wieder bei Paulettes Haus vorbei, rein dienstlich, redete er sich ein. »Hat dir etwa dein Ex gedroht?«, fragte er.

Sie blickte ihn einen Moment lang verwirrt an, dann hob sie abwehrend die Hand. »*Mon Dieu,* nein! Der ist seit der Abreibung, die du ihm verpasst hast, nie wieder hier aufgetaucht. Ich denke an dieses Coronavirus. Wenn das an der Uni herumgeht oder gar im Internat ...«

»Wir haben die Lage im Griff«, versicherte Blanc, zugleich beschlich ihn aber zum ersten Mal ein böses Gefühl. Paulettes Sorgen gingen ihm näher als die Nachrichten im Radio. Er dachte an seine Tochter Astrid in Paris und seinen Sohn Eric in Quebec und daran, was er wohl von der Provence aus würde machen können, wenn dort das Virus wüten sollte. Nichts. »Alles ist bestens«, wiederholte er, »wir leben ja nicht mehr im Mittelalter.«

»Die Chinesen auch nicht.« Paulette schwang sich wieder auf den Rücken des Hengstes. »Ich muss mich beeilen. Die anderen beiden Pferde stehen noch auf der Koppel und haben sicher schon Hunger«, erklärte sie.

Da merkte Blanc, dass nicht allein die Tiere Hunger hatten. Er hatte sich eigentlich noch irgendwo eine Pizza besorgen wollen, aber dafür war es nun zu spät. »Ich muss auch gleich nach Gadet zurück«, sagte er. Doch als seine Nachbarin den Strick nahm, der ihr als Zügel diente, hob er die Hand. »Wir sollten uns mal wieder zum Essen verabreden«, schlug er vor.

Paulette lächelte. »Wann du willst. Am besten zwischen zwei Verbrechen. Du weißt ja, wo ich wohne.« Sie drückte dem Pferd die Fersen in die Flanken und stob davon.

Blanc sah im Geiste immer noch ihr Lächeln, als der Wald Ross und Reiterin schon längst verschluckt hatte.

Die Galerie in der Geisterstadt

Nachmittags machten sich Blanc und Marius im Streifenwagen auf den Weg nach Miramas-le-Vieux. Während der Fahrt hingen beide ihren Gedanken nach und schwiegen. Sie rollten gemächlich über eine Route Départementale, kaum ein anderes Auto war auf der Straße, Eichenwälder zu beiden Seiten, hin und wieder ein Bauernhof, eine Koppel, auf der einige Pferde grasten. Blanc dachte wieder an Paulette. Er dachte überhaupt ziemlich häufig an sie in diesen Wochen, und er kannte sich gut genug, um zu wissen, was das bedeutete. Sich in die Nachbarin zu verlieben hatte den unbestreitbaren Vorteil, dass man sie häufig sah. Das konnte aber auch schnell zum Nachteil werden. Was, wenn Paulette sich gar nicht für ihn interessierte? Oder wenn sie nach ihrer katastrophalen Ehe keine Beziehung mehr eingehen wollte? Oder was, wenn sie eine Affäre begannen, sich dann aber wieder trennten? Sie wohnten Haus an Haus und würden sich jeden Tag über den Weg laufen. *Merde,* sagte sich Blanc, Paulette und ich haben beide schon ein paar Kilometer auf dem Tacho, wir werden schon wissen, was wir tun. Das Problem war, dass er eigentlich nicht wusste, was er tun sollte. Gemeinsam essen, dachte er, erst einmal lade ich sie mal wieder zum Essen ein, und dann sehen wir weiter.

Sie fuhren an Saint-César vorbei, wo Marius in einem kleinen Stadthaus wohnte. Blanc warf seinem Freund und Kollegen aus den Augenwinkeln einen flüchtigen Blick zu. An welche Frau er wohl dachte? Ob er Pläne für die Zukunft hatte, zumal jetzt, da er endlich seine Trinkerei besiegt hatte? Sie sprachen nicht viel über ihr Privatleben, und wenn, dann eher in Andeutungen oder ironischen Witzen. Blanc wusste nicht einmal, ob es überhaupt eine Frau in Marius' Leben gab, deren Lächeln nicht aus seinen Gedanken verschwinden wollte.

Schließlich lag das Ziel vor ihnen: Miramas-le-Vieux war eine einst von seinen Bewohnern aufgegebene, zur Hälfte in Ruinen liegende mittelalterliche Stadt auf einem Felssporn am Nordufer des Étang de Berre. Schon von Weitem sah Blanc die an vielen Stellen verfallenen, doch immer noch imposanten Burgmauern. Die Festung wirkte wie ein dunkles Monster, das sich auf der Kuppe des Hügels breitgemacht und den Häusern keinen Platz mehr gelassen hatte. Die Häuser klebten deshalb an den steilen Hängen unterhalb der Festung; der Hügel trug einen Kragen aus ockerroten Dächern und gelb oder weiß verputzten Wänden. Fabienne hatte ihnen beschrieben, dass Valéria Chevilliets Galerie ganz oben zu finden war, im Schatten der Burgmauer und von der Straße im Tal aus nicht zu sehen. Die einzige Zufahrtsstraße die Anhöhe hinauf – eher eine Gasse als eine richtige Straße – war durch eine Schranke gesperrt, die mit einem Vorhängeschloss gesichert war. Blanc parkte den Streifenwagen am Fuß der Anhöhe auf einer Art Parkplatz, eine öde Fläche mit nacktem, unebenem Felsboden neben der Route Départementale. Hier standen schon etliche Autos. Paare, junge Leute, Familien flanierten durch die Gasse und verschwanden zwischen den Häusern. Miramas-le-Vieux war vor einigen Jahren noch ein gänzlich vergessener Ort gewesen, doch inzwischen hatten einige Lebenskünstler ein paar Ruinen restauriert. In jahrhundertealten Häusern waren Restaurants und Eiscafés eingezogen; der Blick von ihren Tischen aus reichte im Süden über den Étang de Berre bis ans Mittelmeer und im Norden bis zu den gezackten Kämmen der Alpilles. An einem sonnigen Sonntagnachmittag wie diesem kamen Ausflügler aus dem ganzen Département hierher.

Jenseits der Schranke entdeckten sie zu ihrer Linken eine steile

Treppe, die den Hügel hinaufführte: *Escalier des Soupirs,* »Seuf-zertreppe«.

»*Putain*«, fluchte Marius, »das nenne ich doch mal einen ehr-lichen Namen.«

Blanc ließ seinem Kollegen Zeit, sich die zahllosen Stufen hochzuquälen, es eilte ja nicht. Er blickte auf die Burgmauer, die sich drohend über ihren Köpfen vor den Himmel wölbte. Die Steine schimmerten gelblich im Licht, es gab keine Zinnen mehr, der obere Rand formte eine unregelmäßig gezackte Linie, so als hätte einst ein Riese den Mauerkranz wie einen Papierstreifen abgerissen. Er fragte sich, ob es einfach die Zeit war, die hier ihr Werk tat, oder ob irgendeine Katastrophe diesen Ort heimge-sucht hatte. In der Festung öffnete sich ein großer gotisch ge-wölbter Bogen, vermutlich das letzte Überbleibsel des Burgtores, das längst verwittert war. Blanc sah, dass jenseits dieses Durch-gangs grob in den Felsen gehauene Stufen den Hügel noch weiter hinaufführten. Er beschloss, seinem bereits keuchenden Kolle-gen, der seinen Blick starr auf die nächsten Stufen und seine Linke auf einem stählernen Geländer in der Mitte der Treppe hielt, besser nichts von dem zweiten Anstieg zu erzählen.

Als sie endlich zwischen den Burgmauern standen, holte Ma-rius ein nicht mehr ganz sauberes Taschentuch aus seiner Jeans und wischte sich über die Stirn. »Mit diesem Trick machen die Restaurants hier ein Vermögen«, stieß er zwischen schweren Atemzügen hervor, »wenn du erst einmal oben angekommen bist, dann hast du so viel Hunger, dass du dich durch die ganze Speisekarte frisst.«

Die Mauern umschlossen eine große, ziemlich freie Fläche. Vermutlich hatte hier früher ein Turm gestanden, ein Palast, eine Kapelle, ein Pferdestall und was sonst noch zu einer Burg ge-hörte, doch davon waren nur noch ein paar Stümpfe geblieben. Nur schräg gegenüber der durch das Tor hochführenden Stein-treppe stand ein kleines, restauriertes mittelalterliches Haus.

Aus der linken Wand ragte noch der Rest eines Kreuzrippenge-
wölbes in den Himmel; vielleicht hatte neben diesem Gebäude
einst eine Kirche gestanden. In einer Nische leuchtete eine moderne, mit Grünspan überzogene Bronzeskulptur, Kopf und
Oberkörper einer jungen Frau. Sie hatte ihr Gesicht vom Betrachter leicht schräg abgewandt, als sei sie schüchtern, und die
Arme über die Haare gehoben. »Guy Salomon, Sculpteur Plas-
ticien, 1934 – 2007« stand auf einer kleinen Plakette unter dem
Kunstwerk.

»Hier sind wir richtig«, sagte Blanc und blickte Marius an.
»Bist du präsentabel?«

»Früher hätte ich gesagt: Lass uns erst einmal einen trinken
gehen. Nüchtern sein ist scheiße, wenn du keine Kondition hast.«

»Wir können noch fünf Minuten draußen in der Sonne warten. Es ist warm hier.«

»Mach dir um mich keine Sorgen. Die Galeristin wird mich
für Jean Reno halten.«

Blanc öffnete die Tür. Die Galerie bestand aus mehreren
kleinen Räumen. Bei der Renovierung musste ein Teil des Fuß-
bodens entfernt worden sein: Von einem Zimmer aus führte
eine Treppe aus Stahlblech tief hinunter in ein Kellergewölbe.
Auf einem Sockel über der Treppe standen mehrere Bronze-
köpfe, von denen einer Blanc irgendwie bekannt vorkam: ein
bärtiger Mann mit gewaltigem Schnauzbart und kantigem Gesicht, ein Kopf wie ein Ziegelstein. Nietzsche, fiel ihm schließlich ein. Als er noch verheiratet gewesen war, hatte ihm Geneviève einmal eines seiner Werke in die Hand gedrückt: *Ecce
homo – Wie man wird, was man ist,* was vielleicht als Anspie-
lung gemeint gewesen war, aber wie so vieles, was seine Frau
tat, hatte er auch das nicht richtig verstanden. Er fragte sich,
ob der wuchtige Schädel des wahnsinnigen deutschen Philoso-
phen von der Hand desselben Künstlers geformt worden war,
der die schöne junge Frau an der Fassade geschaffen hatte. An

einer Wand neben der Büste hingen Bilder, deren Stil ihm bekannt vorkam: Adry Novoli.

»Sie müssen Capitaine Blanc sein!« Eine Frau kam aus dem Kellergewölbe und stieg die Treppe zu ihnen hinauf. Sie war hochgewachsen und schlank, ihre Nase war auffallend groß und gerade, ihre lockigen, langen Haare leuchteten feuerrot. Sicher gefärbt, dachte Blanc und atmete den Hauch eines teuren Parfums ein, als er ihr die Hand schüttelte und Marius und sich vorstellte. Valéria Chevilliet blickte ihn aus dunklen Augen an, sie war dezent geschminkt und hatte die markante, beinahe männliche Stimme einer starken Raucherin. Ihr Körper war in ein blau und rot gefärbtes, weites, irgendwie indisch wirkendes Gewand gehüllt. Er schätzte sie auf Ende vierzig.

»Ihre Kollegin wollte mir am Telefon nicht verraten, was Sie zu mir führt«, sagte die Galeristin. »Sie sagte nur, dass Sie sich für einen meiner Künstler interessieren.«

»Für eine Künstlerin«, erwiderte Blanc und deutete auf die Bilder. Er berichtete ihr von Ripert, erwähnte andeutungsweise seine Nachforschungen nach einem verschwundenen Bild von Adry Nololi und schloss seine Erzählung mit dem brutalen Ende in den Carrières de Lumières.

»Setzen Sie sich doch bitte«, sagte Valéria Chevilliet und deutete auf einige Korbstühle in der Ecke des Raums. Sie hatte die Fassung bewahrt, war aber um eine Nuance blasser geworden. Blanc vermutete, dass sie von Riperts Tod noch nichts erfahren hatte – dabei hatte *La Provence* den spektakulären Mord auf der Titelseite der Sonntagsausgabe gebracht. (Mit mehr als bloß einem versteckten Hinweis darauf, dass die Gendarmerie in dieser Sache einen Gitane verhaftet hatte.)

»Es tut mir leid, dass Sie diese schreckliche Nachricht durch mich und so unvorbereitet erfahren mussten«, sagte Blanc.

»Das ist doch nicht Ihre Schuld. Außerdem kannte ich Monsieur Ripert nicht besonders gut.«

»Aber Sie kannten ihn?«, fragte Marius.

»Ja, er war ein Mal hier, vor sechs oder sieben Tagen. Ich erinnere mich nicht genau an das Datum, aber an unser Gespräch. Es ging um Adry Novoli. Was für ein seltsamer Zufall, habe ich gedacht, denn ich bereite gerade eine Sonderausstellung mit ihren Bildern in der Chapelle des Pénitents Blancs vor. Das ist heute ein kleines Kunstzentrum für wechselnde Ausstellungen. In Les Baux.«

Blanc lehnte sich überrascht zurück. Ausgerechnet da … Ein seltsamer Zufall, in der Tat. »Wann wollen Sie die Ausstellung eröffnen?«

»In zwei Wochen.«

Marius räusperte sich. »Warum hat Monsieur Ripert Sie besucht?«

»Möchten Sie die offizielle Version hören oder lieber das, was ich denke?«

Blanc lächelte zum ersten Mal. Er fing an, Valéria Chevilliet zu mögen. »Zuerst die offizielle und danach Ihre Version, Madame.«

»Also schön.« Sie holte aus irgendeiner versteckten Tasche ihres weiten Gewandes eine Packung Marlboro und ein schmales goldenes Feuerzeug hervor und bot ihnen ebenfalls eine Zigarette an. »Rauchen Sie?« Als Blanc und Marius ablehnten, zögerte sie kurz. »Aber Sie gestatten es mir?«

»Selbstverständlich«, sagte Blanc. Er mochte Zigarettenqualm nicht besonders, aber die Galeristin sollte ihre Geschichte so entspannt wie möglich erzählen können.

»Monsieur Ripert hat mich eines Tages kontaktiert«, begann sie. »Ein Anruf, danach ein, zwei Mails. Er sagte, er habe ein Bild von Adry Novoli zu verkaufen, nichts Besonderes, ein kleines Werk, aber immerhin. Er hätte gehört, sagte er, dass ich mich gewissermaßen um das Werk der verstorbenen Künstlerin kümmere. Das ist nicht falsch. Mein Mann war Maler und

Bildhauer. Als er vor sechs Jahren starb, habe ich dieses Haus gekauft, es war eine Ruine. Ich habe eine Galerie eingerichtet, zuerst für die Werke meines Mannes. Es war anfangs nicht einfach, als Witwe, allein in dieser Ruinenstadt. Doch wie das so ist: Nach und nach klopften Künstler an meine Tür, dazu Sammler und Erben. Also habe ich, ohne dass ich das eigentlich so geplant hatte, weitere Maler und Bildhauer in meiner Galerie aufgenommen. Auch Adry Novolis Witwer hat mir vor fünf Jahren alle ihre Werke anvertraut, die er noch in seinem Besitz hatte. Seither hängen sie bei mir, hin und wieder verkaufe ich eines, und jetzt organisiere ich erstmals eine Sonderausstellung ihres Œuvres.« Sie nahm einen tiefen Zug. »Jedenfalls kam Monsieur Ripert irgendwann hier vorbei, zeigte mir sein kleines Bild und fragte, ob ich daran interessiert sei. Ich bot ihm an, es auf Kommissionsbasis bei mir auszustellen, dass ich ihm aber nicht garantieren könne, so bald einen Käufer dafür zu finden. Wie gesagt, es handelte sich um ein wenig spektakuläres Bild. Monsieur Ripert bedankte sich und versprach, sich die Sache durch den Kopf gehen zu lassen und mich wieder zu besuchen. Was er aber nicht getan hat, ich habe nichts mehr von ihm gehört – bis zu Ihrem Besuch, *Messieurs*. Das ist die offizielle Geschichte.«

Blanc ermunterte sie mit einer Geste. »Und jetzt die inoffizielle.«

Die Galeristin drückte den Zigarettenstummel in einem großen Marmoraschenbecher aus. Der Zahl der mit Lippenstiftspuren versehenen Kippen nach, die bereits darin lagen, rauchte sie mehr als eine Packung am Tag. »Nun«, begann sie wieder, »ich hatte den Eindruck, dass Ripert gar kein Kunstwerk verkaufen wollte und dass das Bild, das er mir präsentierte, nur ein Vorwand war, um mich aufzusuchen. Ich glaube, er ist ein Kollege von Ihnen.«

»Kollege?«, fragte Marius verblüfft.

»Ein Polizist.«

Valéria Chevilliet gefiel Blanc immer besser. »Ripert war kein Kollege – aber eine Art Privatdetektiv«, verriet er. »Was hat Ihr Misstrauen erregt?«

»Monsieur Ripert hat nicht besonders ausführlich nach potenziellen Käufern für sein kleines Bild gefragt, so als wäre er gar nicht wirklich daran interessiert, das Werk zu verkaufen. Er hat zum Beispiel nie nach dem Preis gefragt, für den ich es veräußern würde. Das ist doch meist das Erste, was Leute wissen wollen, wenn sie ein Kunstwerk zum Verkauf anbieten: Wie viel kriege ich dafür?« Valéria Chevilliet lächelte melancholisch. »Als ob Geld für Kunst entscheidend wäre … Nun ja. Monsieur Ripert jedenfalls hat nicht über den Preis gesprochen, sondern fragte mehr oder weniger direkt nach Sammlern von Adry Novolis Werken. Wer kauft diese Bilder? Wer sind meine Kunden? Er wollte sogar wissen, ich erinnere mich genau an diese Formulierung: ›Wer würde für eines ihrer Bilder mehr als das Übliche tun?‹ ›Tun‹, nicht ›bezahlen‹ hat er gesagt. Das ist schon seltsam, oder nicht?«

»Madame Chevilliet, wir können Ihnen ein paar Dinge erklären«, sagte Blanc und berichtete von Riperts Auftrag, von Charles Féraud und dem verschwundenen Bild.

Die Galeristin nickte nachdenklich, sie hatte schon wieder eine Zigarette zwischen den Lippen und betätigte das Feuerzeug. »Das erklärt einiges. Charles Féraud ist in der Tat ein guter Kunde von mir, wenn auch ein sehr einseitiger. Er sammelt ausschließlich Novolis.«

Blanc zeigte ihr das Foto des verschwundenen Werks auf seinem Handy. »Haben Sie es ihm verkauft?«

Sie betrachtete es eingehend und schüttelte dann den Kopf. »Nein. Das habe ich nie zuvor gesehen. Ich habe im Laufe der Jahre höchstens zwei oder drei Porträts von Adry Novoli verkauft. Die wenigen Bilder von Menschen, die sie geschaffen hat, waren zumeist von Anfang an in Privatbesitz. Sie hat nur Leute gemalt, die sie kannte, und sie hat diese Bilder oft sogar an ihre Modelle verschenkt und gar nicht auf dem Kunstmarkt angeboten. Das macht ihre Porträts so rar.«

Marius nannte ihr die Namen der Familienmitglieder und der Freunde Férauds. »War irgendjemand von ihnen an Adry Novoli interessiert?«

»Nounour Pavy hat manchmal ein kleines Bild der Künstlerin gekauft, manchmal auch ein Werk anderer Maler. Er ist ein Kenner, ein Sammler, jemand, der nicht ganz so ausschließlich auf das Œuvre eines einzigen Künstlers fixiert ist. Bruno Féraud hat seinen Vater zwei- oder dreimal in die Galerie begleitet, ich hatte aber nie den Eindruck, dass er sich zu einem echten Sammler entwickeln wird, er ist zu desinteressiert. Er hat sich immer bloß gelangweilt umgesehen und schien froh zu sein, wenn er wieder durch die Tür nach draußen verschwinden konnte. Thierry Bazin kommt manchmal zu mir, aber er kauft wirklich selten etwas. Meist plaudern wir nur über Kunst – oder über meine Wehwehchen, Thierry ist schließlich Arzt.« Sie lachte kurz auf. »Und die anderen, na ja …« Die Galeristin hob entschuldigend die Schultern. »Wir können nicht alle Kunst sammeln, *mon Capitaine.*«

»Sie haben die anderen nie gesehen?«

»Doch, selbstverständlich, ich sehe alle hin und wieder. Erst letzten Donnerstag habe ich eine Vernissage gegeben, da waren sie da: die Férauds, Doktor Bazin, Nounour Pavy. Ich kenne Thierry Bazin ziemlich gut, allerdings nicht in erster Linie aus der Galerie. In gewisser Weise kenne ich ihn sogar besser als Féraud und die meisten anderen Sammler. Obwohl Thierry eigentlich im Ruhestand ist, behandelt er noch Patienten – hauptsächlich Maler, Fotografen und Literaten, die sich in der Provence niedergelassen haben. Vielleicht hofft Thierry, dass er so selbst zu einem Helden der Kunstgeschichte wird, ähnlich wie einst Doktor Gachet bei van Gogh und den Impressionisten.«

Sie lächelte wieder, offenbar hatte sie für den Arzt einiges übrig. »Jedenfalls ist Thierry für manche Künstler zu so etwas wie ihrem Hausarzt geworden, und auch ich gehe zu ihm, wenn mich mal irgendwo etwas zwickt.«

In diesem Moment ging die Tür auf, und ein Mann kam in die Galerie, dem Blanc alle paar Wochen einmal über den Weg lief: Lukas Rheinbach. Ein deutscher Maler, der in einem versteckt im Wald gelegenen Haus nahe Caillouteaux wohnte, nur zwei, drei Kilometer von Blancs Ölmühle entfernt. Er war Anfang vierzig, seine langen wallenden Haare und sein Piratenbart leuchteten in einem Rot, das im Gegensatz zu dem von Valéria Chevilliet echt war. »Monsieur Reinbaque!«, rief er – er würde den komplizierten fremden Namen niemals richtig aussprechen können. »Was führt Sie hierher?«

»Was führt einen Künstler in eine Galerie? Eine Ausstellung!«, erwiderte Rheinbach stolz. Er begrüßte Valéria Chevilliet mit Wangenküssen und die beiden Gendarmen mit Handschlag.

Blanc gelang es, sein Erstaunen zu verbergen, denn alles andere als freundliches Interesse wäre unhöflich gewesen. Lukas Rheinbach lebte eigentlich davon, dass er kitschige provenzalische Landschaften malte, die bei einem großen deutschen Spielzeughersteller als Vorlagen für Puzzles verwendet wurden. Nicht gerade das, was Blanc in dieser Galerie für moderne Kunst als Ausstellungsobjekte erwartet hätte.

Rheinbach schien seine Gedanken trotzdem erraten zu haben und lächelte schief. »Ich kann auch anders, *mon Capitaine*«, erklärte er geduldig. »Sie werden es sehen. Darf ich Ihnen eine Einladung zur Vernissage schicken?«

Valéria Chevilliet hatte dem Wortwechsel erstaunt gelauscht. »Sie kennen sich?«

»Capitaine Blanc hätte mich beinahe mal verhaftet.«

»Wie romantisch.«

»Sagen wir so: Es waren ein paar unvergessliche Tage.«

Die Galeristin deutete auf die Wand, an der die Werke Adry Novolis hingen. »Während der Sonderausstellung werden diese Bilder in der Chapelle des Pénitents Blancs zu sehen sein. Auf der frei gewordenen Fläche werde ich derweil einige Arbeiten von Monsieur Rheinbach präsentieren. Ich kenne seine Puzzlebilder«, sie lächelte nachsichtig, »doch ich versichere Ihnen, dass Monsieur Rheinbach tatsächlich besser malen kann. Abstrakter. Moderner. Eigenwilliger. Sie sollten wirklich zur Vernissage kommen. Lassen Sie mir doch Ihre Visitenkarten da, ich schicke Ihnen eine Einladung. Würden Sie uns jetzt bitte entschuldigen? Ich muss mit Monsieur Rheinbach ein paar organisatorische Fragen klären.«

»Selbstverständlich«, erwiderte Blanc und erhob sich. »*Merci beaucoup.*«

Marius und er waren schon an der Tür, als Valéria Chevilliet rief: »Mir ist noch etwas eingefallen.«

»Ja?«

»Von den Leuten, die Sie gerade erwähnt haben, war doch noch jemand da, das muss mindestens zwei Wochen her sein: Dorothée Féraud. Sie hat behauptet, dass sie ihrem Vater einen Gefallen tun will und sich deshalb für Adry Novoli interessiert. Genau so hat sie es formuliert. Sie hat sich die Bilder eine Zeit lang angesehen, aber dann doch keins gekauft.«

»Wieso tut sie ihm einen Gefallen, wenn sie die Bilder ansieht?«

»Ich weiß wirklich nicht, was die junge Dame damit meinte. Sie ist, nun ja, recht eigenwillig.«

»Was hat sie sonst noch gesagt?«, fragte Blanc.

»Nichts. Ich hatte andere Kunden in der Galerie und konnte mich deshalb nicht lange mit ihr unterhalten. Als sie gegangen ist, hat sie mir nur noch zum Abschied einen Gruß zugewinkt, mehr nicht.«

»Ich lade dich auf ein Eis ein«, verkündete Marius, nachdem sie die Galerie verlassen hatten.

»Eis im Februar?«

»Wann sonst? Im Sommer ist es hier zu voll. Le Quillé ist das berühmteste Eiscafé in der ganzen Region.«

Le Quillé befand sich in einem großen, alten Haus schräg gegenüber der Galerie. Vor dem Café lag eine kiesbestreute Terrasse im Schatten einer gewaltig ausladenden Kiefer. Marius hatte recht: Die meisten Tische waren selbst an einem Sonntagnachmittag im Februar von jungen Leuten aus den umliegenden Städten besetzt, und manche kamen, ihrem Dialekt und ihrem lauten Auftreten nach zu urteilen, sogar aus Marseille. An einem Tisch saßen vier asiatisch aussehende junge Frauen, alle mit weißen Chirurgenmasken vor dem Gesicht. Blanc fragte sich, wie man damit ein Eis essen wollte – und warum, zum Teufel, jemand, der aussah, als würde er gerade aus dem OP kommen, überhaupt in einem Eiscafé saß. Die Terrasse reichte bis zur Kante, an der das Plateau in die Tiefe abfiel. Auch hier standen noch Reste der Burgmauer, doch viel niedriger als über dem alten Torbogen. Eine Familie räumte gerade ihre Plätze an einem Tisch direkt neben dem alten Festungswall, und Blanc und Marius setzten sich rasch. Die alten Steine schimmerten im Nachmittagslicht. Sie blickten auf den Étang de Berre. Unter dieser Sonne glänzte das Wasser wie geriffeltes Gold; die mit Pinien bewachsenen Hügel von Istres waren Scherenschnitte. Weit hinter der Anhöhe ragte ein Schornstein auf, ein winziger hellbrauner Strich lag über der Himmelslinie. In Wahrheit war es das riesige Stahlwerk von Fos am Mittelmeer, und die federleichte Wolke war nichts anderes als Smog. Ein Flugzeug durchschnitt den Himmel, die Lampen an den Flügelspitzen blinkten, das Fahrwerk war schon ausgefahren, und das Grollen der Triebwerke drang leise bis zu ihnen. Ich mag das, dachte Blanc und war selbst erstaunt, mittelalterliche Dörfer auf Hügeln, Burgruinen, Eichenwälder, Olivenhaine, das goldene Wasser, der weite Himmel – und mittendrin Stahlwerke, Eisenbahnlinien, Gewerbegebiete und der Flughafen von Marignane, Schönheit und Hässlichkeit gingen ineinander über; die Region um den Étang de Berre kam ihm vor wie eine schöne Frau, die sich weder vom Alter noch von Narben unterkriegen ließ.

Die Kellnerinnen im Le Quillé waren allesamt jung und eine hübscher als die andere. Er bemerkte, wie Marius zwei Frauen betrachtete, die sich im Schatten der Kiefer für einen Moment ausruhten und lachend miteinander redeten. »Sie könnten deine Töchter sein«, warnte er seinen Kollegen.

»Du weißt gar nicht, wie recht du hast. Meine Tochter Jeanne hat mal in den Semesterferien hier gejobbt, das ist auch schon wieder zwei, drei Jahre her.«

»Wenn du dich unbedingt in Miramas-le-Vieux verlieben willst, dann würde ich an deiner Stelle noch mal in die Galerie gehen.«

»Valéria Chevilliet?!«

»Warum nicht? Sie ist schön und klug.«

»Also genau das, was ich nicht bin.« Marius machte eine wegwerfende Handbewegung, lachte dabei aber. »Vergiss es. Irgendwann findet dieser Deckel auch wieder einen passenden Topf.«

Sie bestellten, und bald darauf brachte ihnen eine Kellnerin Blancs Eiscafé in einem Glas, das so groß war wie eine Wasserflasche. Marius hatte ein After-Eight-Eis bestellt, eine turmhohe Kreation aus Schlagsahne, Schokolade und giftgrünem Eis, das betörend nach Pfefferminz duftete.

»*Mon Dieu*«, murmelte Blanc, als er das sah.

»Wenn du hier ein Eis isst, kannst du dir das Abendessen sparen. *Bon appétit!*«

Blanc hatte vor hundert Jahren das letzte Mal in einem Eiscafé gesessen, mit seinem Sohn Eric, als der im schwierigen Alter gewesen war. Eric hatte einen Lehrer beleidigt und war für einen Nachmittag vom Unterricht suspendiert worden. Die Schulleitung hatte Blanc angerufen, und er hatte, weil er gerade im Dienst gewesen war, notgedrungen mit einem Streifenwagen vorfahren müssen, was für ziemliches Aufsehen gesorgt hatte. Eric hatte ihm, sobald sie im Auto saßen, erklärt, dass der Lehrer zuvor einen seiner Mitschüler vor versammelter Klasse lächerlich gemacht hatte. Blanc war stolz auf seinen Sohn gewesen, dass er den Mund aufgemacht hatte, und war mit dem Streifenwagen mitten in Paris bei einem Eiscafé vorgefahren, um ihn zu belohnen. Er hätte so etwas häufiger tun sollen. Jetzt lebte Eric irgendwo in Kanada, und Blanc wusste nicht einmal genau, was er da tat oder ob er je vorhatte, vielleicht mal wieder nach Europa zurückzukehren. Es war besser, nicht daran zu denken.

»Was hältst du von dem, was die Galeristin berichtet hat?«, fragte er.

»Wir sollten ein paar Sachen weiterverfolgen«, erwiderte Marius, bevor er sich einen weiteren Löffel Eis hineinschaufelte. »Dorothée Feraud zum Beispiel hat die Galerie nie besucht, aber ein paar Tage bevor ihrem Vater ein Bild gestohlen wird, kreuzt sie dort auf und betrachtet Adry Novolis Werke. Um ihrem alten Herrn ›einen Gefallen zu tun‹. Wir müssen sie fragen, was sie da zu suchen hatte.«

»Dafür müssen wir sie erst einmal finden. Selbst ihre Eltern scheinen ja nicht zu wissen, wo sie sich herumtreibt. Wenn sie nicht bald auftaucht, müssen wir sie zur Fahndung ausschreiben, fürchte ich. Thierry Bazin und Maurice Pavy müssen wir uns nächste Wochen ebenfalls vornehmen«, ergänzte Blanc. »Beide waren in den Carrières de Lumières, als Ripert ermordet wurde. Und Bazin ist uns durch die Lappen gegangen.«

»Valéria Chevilliet behauptet, dass sich Bazin um die Kunst nicht besonders kümmert.«

»Was bloß bedeutet, dass er selten oder nie Bilder in ihrer

Galerie kauft. Aber für die Welt der Künstler scheint er sich schon zu interessieren.«

In diesem Moment fiel ein Schatten auf ihren Tisch: Lukas Rheinbach. »Darf ich mich zu euch setzen?«

»Selbstverständlich!« Blanc hatte es vorhin vor der Galeristin für besser gehalten, den Maler zu siezen, doch tatsächlich duzten sie sich schon seit einiger Zeit. Rheinbach zog einen Stuhl heran und bestellte einen Weißwein. Als Marius kurz darauf das in der Sonne funkelnde Weinglas sah, wurden seine Augen größer, dann wandte er seinen Blick rasch wieder dem Eis zu.

»Herzlichen Glückwunsch zur Sonderausstellung«, sagte Blanc.

Rheinbach strahlte. »Ich kenne Valérias Galerie schon länger, und wenn ich Geld hätte, würde ich dort auch etwas kaufen. Aber erst vor ein paar Wochen habe ich mir ein Herz gefasst und bin unangemeldet mit einer Mappe meiner Arbeiten bei ihr aufgekreuzt. Ich kann immer noch nicht richtig glauben, dass sie mir diese Chance gibt.«

»Würdest du mir was auf die Serviette malen?«, bat Marius. »Irgendwas. Wenn du erst einmal berühmt wirst, sichert das meine Rente.«

Rheinbach hob abwehrend die Hände, doch dann holte er tatsächlich einen Kugelschreiber aus seiner Hemdtasche und warf ein paar Striche auf die Serviette. Blanc blickte ihm über die Schulter. Die Skizze einer Kellnerin. Unfassbar, wie einfach das bei ihm wirkte.

Marius pfiff leise. »Kann man Servietten rahmen?«

Rheinbach lachte, als er ihm das Papiertuch über den Tisch schob. »Ich würde an deiner Stelle noch warten, bis ich mir das rahmen lasse. Die Ausstellung ist zwar meine große Chance, als Künstler endlich ernst genommen zu werden, aber niemand garantiert mir, dass es wirklich ein Erfolg wird und sich ein paar Sammler für meine Sachen interessieren. Valéria Chevilliet hat in der Szene zwar einen exzellenten Ruf, und einige ihrer Künstler sind inzwischen ziemlich gut im Geschäft. Aber ihre Galerie hat sie einst mit den Werken ihres verstorbenen Mannes eröffnet – und der ist so erfolglos geblieben, dass ihn auch heute noch niemand kennt. Wenn Valéria es nicht einmal bei ihrem eigenen Mann geschafft hat, dann ist eine Ausstellung bei ihr also noch längst keine Garantie auf den großen Durchbruch.«

»Vielleicht hast du Glück«, ermunterte ihn Blanc. »Immerhin hast du im richtigen Augenblick die richtige Galeristin gefragt. Sie präsentiert die Bilder von Adry Novoli in Les Baux.«

Rheinbach nickte. »Die Kapelle liegt mitten im Ort, nur ein paar Schritte unterhalb der Burg. Der Eintritt ist kostenlos, ich weiß nicht, wie viele Besucher da täglich hineingehen, aber es werden wohl Hunderte sein. Valéria wird ein gutes Geschäft machen. Schade, dass Adry Novoli schon tot ist und davon nicht mehr profitiert, so eine Ausstellung ist wie ein Sechser im Lotto.«

»Die Preise ihrer Bilder werden anziehen?«, fragte Blanc.

»Sie werden explodieren.«

Blanc und Marius wechselten einen Blick. »Seit wann wird diese Ausstellung geplant?«, fragte Marius.

Rheinbach hob die Schultern. »Keine Ahnung. Normalerweise plant man so etwas ein halbes Jahr im Voraus oder noch länger. Die Plakate und Flyer dazu sind aber erst vor Kurzem gedruckt worden, und im Internet wird die Veranstaltung auch noch nicht lange angekündigt. Erst seit zwei, drei Wochen wird dafür überall geworben.«

Später verabschiedeten sie sich von dem Maler und brachen auf. Blanc brachte Marius nach Gadet zurück und fuhr danach weiter nach Salon-de-Provence. Er hatte eine SMS von Doktor Thezan bekommen, ihr Bericht war fertig. Sobald die Sonne versunken war, erwies sich der Frühling als Illusion. Noch waren die Nächte klar und kalt und gehörten ganz dem Winter. Das Krankenhaus lag mitten in der Stadt, ein großer Klotz aus den Siebzigerjahren, der schon bessere Zeiten gesehen hatte. Die Rampe zum Parkplatz war ein verwinkelter Hinderniskurs, angelegt in einer Zeit, als Autos einen halben Meter schmaler waren als heute. Der Weg vom Parkplatz zum Eingang war schlecht beleuchtet. Vor der Glastür stand eine etwa vierzig Jahre alte Frau in Jogginganzug und rauchte. Es war Blanc nicht klar, ob sie eine Mitarbeiterin in ihrer Pause oder eine Patientin war. Drinnen war niemand zu sehen, aber er kannte den Weg.

Im kühlen Saal der Gerichtsmedizin wartete Fontaine Thezan allein auf ihn, ihre Assistenten hatte sie offenbar schon nach Hause geschickt. Blanc setzte zum Sprechen an.

»Wenn Sie mich noch einmal fragen, ob ich mich gut fühle, zücke ich mein Skalpell«, warnte ihn die Ärztin, bevor er ein Wort herausgebracht hatte. Also schwieg Blanc und sah sie an.

Sie holte eine Mentholzigarette aus der Tasche ihres weißen Kittels, zündete sie an und nahm einen tiefen Zug. »Ich habe Ihnen ja mal erzählt, dass meine Eltern bei einem Unfall gestorben sind«, erklärte sie. Sie klang erstaunlich gelassen. »Dieser Unfall fand an einem Februarabend statt, und sie wurden auch im Februar beerdigt. Seit meiner Kindheit bin ich deshalb froh, wenn dieser Monat vorüber ist. Zum Glück ist der Februar der kürzeste Monat. Befriedigt das Ihre Neugier, *mon Capitaine?*«

»Ich bin nicht neugierig, sondern bloß besorgt.« Es war ihm etwas peinlich, dass Fontaine Thezan ihm ein so unerwartetes Geständnis machte, aber er fühlte sich zugleich auf eine seltsame Art geehrt, dass sie es ihm anvertraute.

»Sie müssen nicht besorgt sein. Es gibt Menschen, denen geht es bedeutend schlechter als mir. Wenn ich Ihnen einen zeigen darf?« Sie hob das Tuch an, unter dem Riperts Körper verborgen gewesen war. Seine Augen waren geschlossen, die Gesichtszüge nicht länger vor Todesqual verzerrt. Blanc fragte sich, wie die Rechtsmedizinerin das hinbekommen hatte. Sie hatte auch die Halswunde vom Blut gereinigt, allerdings machte das ihren Anblick kaum weniger grauenhaft.

»Über die tödliche Verletzung kann ich Ihnen nicht mehr verraten, als ich Ihnen schon nach der ersten Untersuchung gesagt habe: ein tiefer Schnitt durch so ziemlich alles, was im menschlichen Hals lebensnotwendig ist. Monsieur Ripert hat eine weitere, unbedeutende Verletzung erlitten, ein kleines Hämatom am Hinterkopf, hervorgerufen vermutlich durch den Sturz auf den harten Boden des Steinbruchs, nachdem ihm die Kehle durchschnitten wurde. Ansonsten war er ein Mann mit gerade noch befriedigendem Gesundheitszustand, ohne bereits gravierende Probleme zu haben: leichtes Übergewicht, beginnende Arthrose in den Schultergelenken, und wäre er nicht gestorben, hätte ihm früher oder später ein Arzt geraten, mehr Sport zu treiben. Seine Blut- und sonstigen Werte sind nicht perfekt, aber unauffällig. Ripert nahm keine Drogen, im Blut habe ich eine winzige Menge Restalkohol festgestellt, wahrscheinlich hatte er am Abend zuvor mehr als ein Glas Wein zum Essen, aber betrunken war er nicht.«

»Ein Mann wie du und ich«, murmelte Blanc.

»Nicht ganz.« Fontaine Thezan zog das Tuch wieder über das Gesicht des Toten und drückte ihre Zigarette in einem Aschenbecher aus. »Als Monsieur Ripert auf dem Seziertisch lag, haben wir ihn entkleidet und dabei routinemäßig noch einmal alle Kleidungsstücke durchsucht. In einer Manteltasche haben wir das hier gefunden.«

Fontaine Thezan reichte ihm eine kleine stählerne Petrischale, in der ein verschlossenes Plastikröhrchen lag. Blanc sah genauer hin. In dem Röhrchen steckte ein Wattestäbchen. »Das sieht aus wie eins der Dinger, mit denen ich früher die Ohren meiner Kinder sauber gemacht habe«, scherzte er.

Die Ärztin schüttelte den Kopf. »Mit solchen sterilen Wattestäbchen entnimmt man Speichelproben aus dem Mund. Für einen DNA-Test.«

Die versteckte Festung über Les Baux

Am Montagmorgen informierte Blanc seinen Chef über die Fortschritte der Ermittlungen. Commandant Nicolas Nkoulou blickte nachdenklich auf die Fotografien des Tatorts. Der Anblick von Riperts blutüberströmter Leiche schien ihn nicht sonderlich zu schockieren. »Er ist extra aus Paris angereist«, murmelte er bloß.

Blanc wusste, dass Nkoulou davon träumte, in der Hauptstadt Karriere zu machen. Sein Chef maß jedem und allem aus Paris besondere Bedeutung zu. Blanc räusperte sich. »Irgendetwas stimmt hier nicht«, sagte er. »Inzwischen haben wir ein paar Informationen zu den Fällen bekommen, die Ripert gewöhnlich bearbeitet hat. Da geht es um verschwundene Rembrandts oder ganze Sammlungen byzantinischer Ikonen. Normalerweise sucht so jemand wie er nach Objekten mit Millionenwert und berühmten Einzelstücken. Ripert kassierte ein paar Prozent vom geschätzten Wert als Provision, wenn er erfolgreich war, also haben ihn nur wertvolle Werke interessiert, denn nur dann hat er gut verdient. Féraud scheint ihn hingegen mit einem Garantiehonorar in die Provence gelockt zu haben: Ripert würde viel Geld bekommen, ganz egal, ob er Erfolg hatte oder nicht.«

»Und das bei einem nahezu unbekannten Bild«, ergänzte Nkoulou. »Und als er erst einmal hier ist, fährt er Hunderte von Kilometer umher. Seinem Auftraggeber aber hat er kaum ein Ergebnis präsentiert. Vielleicht hat Monsieur Ripert im Süden etwas ganz anderes gemacht?«

Blanc nickte nachdenklich. »Diesen Verdacht habe ich auch schon gehabt: Ripert nutzt Férauds Auftrag bloß als Vorwand, um in der Provence in einem anderen Fall Nachforschungen anzustellen. Fragt sich bloß, was das für ein Fall sein könnte.«

»Genau das ist womöglich der Grund, warum er ermordet
wurde. Es hat vielleicht gar nichts mit den Férauds und ihrem
verschwundenen Porträt zu tun.« Nkoulou nahm seine makellose goldgefasste Brille ab, holte ein makelloses weißes Taschentuch aus einer Uniformtasche und putzte umständlich die bereits makellosen Gläser. »Möglicherweise verfolgen Sie eine
ganz falsche Spur, *mon Capitaine,* wenn Sie sich auf das Bild
konzentrieren. Sie sollten Ihre Ermittlungen auf Ripert fokussieren. Und Sie sollten sich beeilen. Wenn das Coronavirus erst
einmal hier ist, dann werden wir genug zu tun haben, um die
öffentliche Ordnung zu sichern. Dann wird sich niemand mehr
für einen toten Kunstdetektiv interessieren.«

»Wir sind ja nicht in China, so schlimm wird es schon nicht
werden.«

»Es wird schlimmer werden, glauben Sie mir.« Nkoulou setzte seine Brille wieder auf und blinzelte ihn an. »*Mon Capitaine,*
da, wo ich herkomme, hat man leider etwas mehr Erfahrung mit
Seuchen als in Europa. Also beeilen Sie sich.«

Als Blanc kurz darauf in seinem Büro Marius und Fabienne
gegenübersaß, war er nicht allerbester Laune. »Der Commandant ist aus irgendeinem Grund nicht zufrieden mit unseren
Ermittlungen. Wir kommen zu langsam voran für seinen Geschmack. Und er meint, dass wir in eine Sackgasse gerannt
sind.« Er berichtete von Nkoulous Theorie – nicht jedoch von
seiner Warnung vor dem Virus, denn er wollte seine Kollegin
nicht unnötig beunruhigen.

Fabienne seufzte. »Ich sage so etwas aus Prinzip ungern, aber:
Möglicherweise hat unser Chef recht.«

»Möglicherweise«, bestätigte Blanc widerwillig. Dann erzählte er von seinem Besuch bei Fontaine Thezan und zeigte seinen
Kollegen die Hülle mit dem Wattestäbchen, die sich inzwischen

in einem kleinen verschlossenen Plastikbeutel befand. »Vielleicht ist auch das ein Indiz für Riperts eigentlichen Job in der Provence – aber wofür genau?«

Marius kratzte sich am Kopf. »Warum? Vielleicht wollte Ripert mit einem DNA-Test nach dem Bild von Adry Novoli fahnden. Wir nehmen nach jedem Einbruch ja auch routinemäßig DNA-Proben.«

»Der Mann war aber kein Flic«, erwiderte Blanc. »Der war ein Privatdetektiv, der vorgeblich ein unbedeutendes Bild gesucht hat. Was will der mit einem DNA-Test anfangen? Das scheint mir in der Tat ziemlich absurd zu sein.«

»*D'accord*«, meinte Fabienne. »Ich forsche nach und telefoniere mit ein paar Kollegen in Paris. Vielleicht finde ich heraus, ob Ripert noch einen anderen Auftrag angenommen hatte. Oder warum der Mann mit einem Genteststäbchen in der Hosentasche herumgelaufen ist.«

Marius stand auf. »Ich mache mich auf die Suche nach Dorothée Féraud.«

»Gut«, sagte Blanc. »Und ich kümmere mich um die Freunde der Familie.«

Als Erstes wollte sich Blanc noch einmal Maurice Pavy vornehmen. Pavy war in den Carrières de Lumières, als Ripert ermordet wurde. Pavy war der Einzige auf seiner Liste, der neben Féraud auch Bilder von Adry Novoli sammelte. Und Pavy hatte ihm bei der ersten Befragung nichts davon gesagt, dass der Arzt Thierry Bazin den Steinbruch ebenfalls an jenem fatalen Morgen besucht hatte. Ob Pavy ihn gar nicht kannte? Unwahrscheinlich. Beide waren mit Charles Féraud befreundet. Und Bazin wohnte in Les Baux, einem Ort, in dem nur ein paar Hundert Menschen lebten.

Als er jedoch vor den Carrières de Lumières angekommen war, fand er den Parkplatz beinahe verlassen vor. Die Kassenhäuschen waren geschlossen. Blanc sah sich um. Er entdeckte einen Wachmann, der im Schatten eines Felsens saß und den Bildschirm seines Handys studierte. Er trat auf ihn zu und wies sich aus.

Der Mann des privaten Security-Dienstes erhob sich. Er war jung, schwarz und bewegte sich so geschmeidig wie ein erfahrener Kampfsportler. Seine Stimme war leise, und er war außerordentlich höflich. »Ich bedaure, *mon Capitaine,* aber Monsieur Pavy ist nicht im Steinbruch. Sie sehen es ja: Wir haben geschlossen, die Sondervorführungen sind vorbei. Es sind ein paar Techniker drinnen, die sich um das Programm der nächsten Saison kümmern. Aber der Direktor ist im Oppidum des Bringasses.«

»Nie gehört.« Blanc fürchtete, dass ihm eine stundenlange Irrfahrt bevorstand, bis er dieses Oppidum gefunden hatte, was immer das sein mochte.

»Das kennt niemand, aber das wird sich vielleicht bald ändern. Es ist eine uralte Ruine, aus der Römerzeit oder so etwas. Vielleicht wird der Chef sie auch zu einer Touristenattraktion machen. Sie versteckt sich fast direkt hinter dem Steinbruch. Ich zeige Ihnen den Weg.«

Der Wachmann führte Blanc ein paar Meter neben dem Eingang zu einer Stelle, an der ein Riss im Felsen klaffte, als wäre er mal bei einem Erdbeben zersprengt worden. Geröll und Dreck bedeckten stellenweise den Boden der Spalte, es ging steil nach oben.

»Keine Sorge«, versicherte der junge Mann. »Sie müssen nur die ersten Meter über die Steine klettern. Oberhalb der Felsspalte stoßen Sie im Wald auf einen Pfad, dem Sie einfach ein paar Minuten folgen müssen. Sie können die Ruine gar nicht verfehlen.«

Blanc bedankte sich und blickte in die aufgesprengte Wand. Das Höllental. Steinbrüche. Der verschwundene Schatz eines Emirs. Und nun auch noch eine versteckte Ruine aus uralter Zeit. *Eh merde.* Er fing an zu klettern. Auf dem Boden glänzte noch Tau; der nackte Fels war an manchen Stellen so rutschig wie feuchte Kacheln. Die Spalte verbreiterte sich nach wenigen

Metern, sie wirkte wie das Bett eines trockengefallenen Sturzbaches. Eine tote Pinie lag quer über dem Weg – die Barriere zu einem verbotenen Reich. Pinien und Kiefern hatten mit ihren Wurzeln Felsspalten erweitert, der Wind rauschte in den Wipfeln. Vögel zwitscherten über Blancs Kopf, doch er konnte keinen sehen. Tatsächlich fand er sich nach einer anstrengenden, aber kurzen Kletterpartie auf einem Pfad wieder, der sich zwischen Ginsterbüschen und Bäumen schlängelte. Zu seiner Rechten ragte ein Felsen über einen Abgrund, wie ein Balkon ohne Geländer. Von dort blickte er auf Les Baux: Burg und Dorf lagen an diesem Morgen unter einem weiten grauen Himmel, Wolken waren vom Wind nach oben gewirbelt worden wie Wellen einer Brandung, die über die Alpilles rollte, Wellen, die sich an den Zinnen der Burg zu Brechern aufwarfen. Irgendwo im Tal bellte ein Hund. In Les Baux schlug eine Glocke die Stunde, auch ihr Klang wehte bis zu Blanc hinüber. Es war magisch und irritierend zugleich. Seine Augen meldeten ihm, dass Burg und Dorf Hunderte Meter entfernt vor ihm aufragten, doch in seinen Ohren klangen die Geräusche so nah, als stünde er dort irgendwo in einer Gasse. Hinter den Mauern von Les Baux ging der Blick weit über Crau und Camargue, das flache Wasser des riesigen Sumpfes glänzte unter einem Fächer von Sonnenstrahlen wie leuchtendes Glas. Aus den Oliven- und Mandelhainen zu Füßen der Alpilles kräuselten sich die grauen Spiralen von Laubfeuern, Blanc glaubte, einen Hauch von bitterem Qualm zu riechen.

Er stieg den Pfad weiter hinauf, bis er eine kleine Anhöhe erreicht hatte. Zwischen Gestrüpp und weißlich schimmernden Felsen meinte er, eine Art Mauer zu sehen, war sich aber zunächst nicht sicher. Doch schließlich wurde der Wald lichter. Blanc stand plötzlich vor einem eckigen Graben, der quer zum Pfad in den Felsen gehauen worden war, eindeutig uraltes Menschenwerk. Nur ein schmaler Grat war stehen gelassen worden; er querte den Graben wie eine Zugbrücke aus Stein. Dahinter erhob sich eine aus Felsbrocken geschichtete Mauer, vielleicht noch anderthalb oder zwei Meter hoch, an manchen Stellen war sie kollabiert, und die Steine waren als Lawine bis in den Graben niedergegangen.

Blanc schritt über den Grat und durch eine Maueröffnung, dann hielt er überrascht inne: Vor ihm erstreckte sich ein Felsplateau, groß und rechteckig wie ein Marktplatz, auf allen Seiten ummauert. Im wie poliert wirkenden Steinboden glänzten weiße Muschelschalen, die aussahen, als wären sie erst gestern in den Felsen gesunken. In der Mitte der Fläche erhoben sich drei Sockel, vielleicht hatten einst Denkmäler hier gestanden. Blanc sah runde Löcher daneben, dazu flach aus dem Stein gemeißelte Wasserbecken, drei in den Felsen gehauene Stufen, die zu einem Felssporn hinaufführen. Er war wie ein natürlicher Turm. Der Gipfel, auf dem sich die Ruine versteckte, war höher als der von Les Baux. Blanc sah die Burg unter sich. Dutzende, Hunderte Besucher kletterten, trotz der noch ziemlich frühen Stunde, über die Ruinen. Hier dagegen war Blanc allein.

Beinahe allein.

Er entdeckte einen Schatten neben einer Mauerstelle, an der eine Pinie aus einem Felsspalt gewachsen war. Pavy kniete dort und schien irgendetwas an der Mauer zu betrachten.

»*Bonjour!*«, rief Blanc. Er wollte den Direktor, der ganz in seine Beobachtungen vertieft war, nicht unnötig erschrecken.

Pavy blickte überrascht auf, sah sich um, erkannte ihn und hob zur Begrüßung müde die Rechte. Er wirkte nicht, als wäre er besonders erfreut.

»Was machen Sie hier?«, fragte Blanc im Näherkommen.

Pavy erhob sich und schüttelte ihm die Hand. »Ich verschaffe mir einen ersten Eindruck vom Zustand der Mauern und versuche grob zu überschlagen, was es uns kosten würde, diese Ruine zu stabilisieren. Die Denkmalschützer würden uns sicher strenge Auflagen machen.«

»Ich sehe nicht, dass dieses Denkmal bis jetzt von irgendjemandem geschützt wird«, erwiderte Blanc. »Das scheint mir ein ziemlich vergessener Ort zu sein.«

»Aber schön, nicht wahr?« Pavy deutete mit weit ausholender Geste über das Plateau. »Bislang führt nur ein Ziegenpfad hier hoch, und beinahe niemand kennt den Ort. Die Ruinen sind mehr als zwei Jahrtausende alt, sie wurden von einem der ursprünglich hier lebenden gallisch-ligurischen Stämme angelegt. Wussten Sie, dass die Menschen in der Bronzezeit Gräber in den Felsboden gemeißelt haben?« Er deutete auf die Vertiefungen, die Blanc für Becken gehalten hatte. »Aber weil der Stein so hart war, mussten die Gräber flach und klein sein – also hat man die Toten im Freien aufgebahrt, bis alles Fleisch verwest war. Dann hat man nur die Gebeine bestattet, das war platzsparender.«

»Höllental«, murmelte Blanc.

»Geschäftsidee«, erwiderte Pavy und zuckte gleichmütig mit den Achseln. »Sie sehen ja selbst, was für ein fantastisches Panorama diese Ruinen bieten. Und dann noch diese Gräber … Das Tal der Könige in Ägypten und die römischen Katakomben ziehen ja auch Tausende Touristen an. Die Leute sind fasziniert von alten Toten.«

»Ich kümmere mich um die Toten von heute. – Haben Sie diese alten Mauern entdeckt?«

Pavy schüttelte den Kopf. »Archäologen kennen das Oppidum schon länger. Und die Bauern erst recht. Aber niemand kümmert sich wirklich um den Ort, außer mir. Ich bin nicht verheiratet, habe keine Kinder – für mich sind Ruinen so etwas wie meine Babys. Ich hege und pflege sie, bis sie groß und erwachsen geworden sind. Wie Les Baux.« Pavy lachte etwas gezwungen, fand Blanc, und er fragte sich, ob »nicht verheiratet« bedeutete: »nie verheiratet« oder »nicht mehr verheiratet«.

»Was haben Sie vor?«, wollte er wissen.

»Wenn wir die Anlage sichern und vernünftige Wege von

den Carrières de Lumières bis hier hinauf anlegen, dann könnte *Culture Espace* diesen Ort zu einer weiteren Touristenattraktion machen.« Er atmete tief durch. »Aber deswegen sind Sie sicher nicht bis zu mir hochgeklettert, *mon Capitaine*.«

»Wir haben bei unseren Ermittlungen ein paar Dinge herausgefunden, die ich gern mit Ihnen abklären möchte, Monsieur Pavy.«

»Nur zu.« Das klang etwas gezwungen optimistisch.

»Zuerst einmal möchte ich wissen, warum Sie uns verschwiegen haben, dass Thierry Bazin am Morgen von Riperts Ermordung in den Carrières de Lumières gewesen ist.«

Pavy riss die Augen auf. »Thierry war da? Unmöglich, dann müsste ich ihn gesehen haben.«

Blanc musterte den Manager und schwieg. Es gab kaum eine wirkungsvollere Verhörtechnik als einen stummen Flic. Das machte jeden nervös, selbst den unschuldigsten Zeugen. Und Pavy war nun eindeutig nervös. Andererseits: Blanc hatte irgendwie das Gefühl, dass er ihm die Wahrheit erzählte. »Sie kennen doch Monsieur Bazin gut?«, vergewisserte er sich.

»Selbstverständlich. Thierry, Sonia, Charles und ich treffen uns ziemlich häufig. Wissen Sie, die Leute hier bleiben am liebsten unter sich. Wenn man neu in die Provence kommt, dann ist es gar nicht so einfach, Freundschaften zu schließen.«

Blanc nickte. »Das ist mir auch schon aufgefallen«, meinte er trocken.

»*Eh bien*. Sonia und Charles kannten Thierry schon aus ihrer Pariser Zeit, und sie sind im gleichen Jahr in den Midi gezogen wie er. Und so wie ich. Ich komme eigentlich aus Montmorillon. Ich habe dort das Museum für alte Bücher und Drucktechniken aufgebaut. Dann hat mich jemand von *Culture Espace* angesprochen und mir das Angebot gemacht, mich um deren Monumente in Les Baux zu kümmern. Ein gut bezahlter Posten, und so bin ich hier gelandet, obwohl ich bis dahin niemanden in der

Provence kannte. In Les Baux bin ich Sonia, Charles und Thierry über den Weg gelaufen, so groß ist der Ort ja nicht. Wir waren alle Fremde aus dem Norden, und, nun ja, seither treffen wir uns regelmäßig bei einem von uns zum Abendessen.«

Montmorillon, dachte Blanc, dort war Riperts Führerschein ausgestellt worden, dort hatte er mindestens bis zu seinem achtzehnten Lebensjahr gewohnt. So groß konnte diese Stadt doch auch nicht sein. »Kannten Sie Monsieur Ripert aus Ihrer Zeit in Montmorillon?«

Pavy blickte ihn schon wieder erstaunt an. »Was stellen Sie für Fragen, *mon Capitaine*? Nein. Ich habe Monsieur Ripert nie zuvor gesehen, lebend, meine ich.«

Blanc zeigte auf seinem Handy ein Foto von Riperts Führerschein, das er gemacht hatte. »So sah er zu Lebzeiten aus, auf dem Bild ist er allerdings noch einige Jahre jünger als zum Zeitpunkt seiner Ermordung.«

Pavy schüttelte den Kopf. »Ich wusste nicht einmal, dass er in Montmorillon wohnte. Und an dem Morgen seines Besuchs habe ich kein Wort mit ihm gewechselt.«

Blanc nickte und kritzelte etwas in seinen Notizblock. Er würde die Vergangenheit von Ripert und Pavy überprüfen müssen, um festzustellen, ob sich ihre Wege nicht doch gekreuzt hatten. »Monsieur Ripert hat drei Tage vor seinem Besuch in den Carrièrers de Lumières mit Ihnen telefoniert«, sagte er dann.

Pavy starrte ihn verwirrt an. »Ich schwöre Ihnen, ich kenne diesen Mann nicht.«

»Es ging um ein Bild von Adry Novoli.«

Der Manager blieb noch ein paar Sekunden lang verwirrt, dann dämmerte es ihm. »Ich hatte einen seltsamen Anruf«, murmelte er. »Das war … dieser Herr?«

»Was hat Ihnen Monsieur Ripert gesagt?«

»Nun, zumindest nicht seinen Namen. Jedenfalls erinnere ich mich nicht daran. Er habe gehört, so sagte er mir am Telefon, dass ich ein Sammler von Adry Novolis Bildern sei, und behauptet, er wolle mir ein kleines Ölbild der Künstlerin verkaufen. Ich habe ihn abgewimmelt. Erstens bin ich an Geschäften mit Unbekannten grundsätzlich nicht interessiert, zweitens hatte ich keine Zeit. Ich hatte keine Ahnung, dass es derselbe Mann ist, der ...« Seine Stimme verlor sich.

Blanc fragte sich, ob Pavy bloß überrascht war, das zu hören. Oder ob er glaubte, dass er nun irgendwie in Schwierigkeiten steckte. Er berichtete ihm davon, dass Charles Féraud ein Bild vermisste und Ripert engagiert hatte – allerdings vermied er es, Pavy zu erzählen, dass Charles Féraud durchaus seine Freunde in Verdacht hatte. »Wussten Sie, dass Monsieur Féraud ein Werk von Adry Novoli fehlt?«

Pavy schüttelte den Kopf. »Charles hat uns nichts davon gesagt. Ist er zur Gendarmerie gegangen? Ermitteln Sie auch in der Sache?«

Blanc ignorierte die Fragen. »Ihnen ist bei Ihren Besuchen im Haus der Familie Féraud nicht aufgefallen, dass ein Bild fehlte? Immerhin sammeln Sie auch Werke der Künstlerin.«

Pavy winkte ab, als wäre es ihm ein wenig peinlich. »Die Bilder von Adry Novoli sind, sagen wir: Folklore. Ich habe ein paar Bilder, weil sie die beste Malerin aus der Region war, in der ich nun mal lebe. Ich wollte ein bisschen Lokalkolorit an den Wänden meines Hauses haben. Aber eigentlich sammle ich abstraktere Werke, vor allem Bronzeskulpturen. Ich bin nicht so ein Fanatiker wie Charles. Er hat an der Malerin irgendwie einen Narren gefressen.«

»Sie sind Kunde in der Galerie von Valéria Chevilliet.«

»Dort auch, ja. Es gibt in der Provence aber noch ein paar Galeristen mehr, die anfangen zu lächeln, wenn ich in ihren Laden komme.«

»Madame Chevilliet organisiert eine Ausstellung mit Werken von Adry Novoli in Les Baux.«

»Ja, in der Chapelle des Pénitents Blancs. Wir sind einer der Sponsoren. *Culture Espace* übernimmt einen Teil der Druckkosten für den Flyer zur Ausstellung, dafür prangt unser Logo irgendwo auf dem Dokument.«

»Die Ausstellung wird die Bilder beim Publikum bekannter machen. Und teurer.«

Pavy zuckte mit den Achseln. »Und wenn schon: Sie werden niemals eine Million Euro für ein Bild von Adry Novoli bezahlen müssen.«

»Sondern wie viel?«

Pavy überlegte kurz. »Einige Tausend Euro vielleicht. Wenn es hoch kommt: wenige Zehntausend.«

Wenige Zehntausend Euro, dachte Blanc. Für Sammler wie Pavy mochten das lächerliche Dimensionen sein, Folklore. Er aber kannte Leute, die für solche Summen zu Mördern geworden waren. Blanc zeigte Pavy das Bild auf dem Display seines Handys. »Ich habe gehört, Porträts sind in ihrem Œuvre selten. Wäre so ein Bild eines der Werke, die besonders teuer werden könnten?«

Überraschenderweise wurde Pavy plötzlich nervös. »*Das* Bild ist Charles gestohlen worden?«

»Sie erinnern sich daran?«

»*Eh bien,* ja. Das habe ich mir tatsächlich einmal länger angesehen. Es ist … sehr intensiv.«

»Intensiv?« Blanc betrachtete das kleine Kunstwerk auf dem Bildschirm. Dann beschloss er, einen Schuss ins Blaue zu wagen. »Eine schöne junge Frau«, sagte er und bemühte sich um einen möglichst gleichmütigen Ton. »Man könnte fast denken, es ist ein Porträt der jungen Madame Féraud.«

»Sonia?!« Pavy räusperte sich. »Wie kommen Sie denn darauf?«

»Es ist nur so ein Gefühl.«

»Ich wusste gar nicht, dass Gendarmen nach Gefühl ermitteln.

Aber, nun ja, in der Tat, das könnte man denken. Es gibt eine gewisse Ähnlichkeit, jetzt, wo ich mir das Bild gewissermaßen mit Ihren Augen ansehe. Aber soweit ich weiß, trägt dieses Porträt keinen Titel.«

»Wird sein Wert also steigen, oder nicht?«

Pavy schüttelte entschieden den Kopf. »Nein. Adry Novolis Landschaftsbilder werden immer bedeutender bleiben als die Porträts. Für die Porträts interessiert sich kaum jemand.«

»Irgendjemand offenbar schon. Und für Monsieur Féraud scheint gerade dieses Bild eine besondere Bedeutung zu haben.«

»Da müssen Sie Charles fragen, warum das so ist.«

Worauf du dich verlassen kannst, dachte Blanc. Er machte sich eine Notiz, dass er das Verhältnis von Pavy zu Charles und Sonia Féraud genauer unter die Lupe nehmen musste. Er hatte das Gefühl, dass Pavy ihm irgendetwas verschwieg. Und er glaubte, dass Pavy vielleicht doch schon sehr viel länger wusste oder zumindest ahnte, dass Sonia Féraud das Modell des Porträts sein könnte.

»Kommen wir noch mal zu Doktor Bazin«, sagte er. »Warum sind Sie so sicher, dass er am fraglichen Morgen nicht im Steinbruch war?«

»Ich stand die meiste Zeit am Eingang, wir hatten ein technisches Problem mit einer unserer Kassen. Und wir hatten zwar schon einige Dutzend Besucher zu dieser frühen Stunde, aber so viele waren es denn doch nicht, mein Freund wäre mir sicherlich aufgefallen. Außerdem hatte Thierry keinen Grund, diese Vorführung zu besuchen, er hat unsere Van-Gogh-Ausstellung schon mindestens zweimal während der regulären Besuchszeiten gesehen, irgendwann im vergangenen Frühsommer, wenn ich mich nicht irre.«

Blanc schickte Fabienne eine SMS mit der Bitte zu überprüfen, ob Bazin zur von Pavy genannten Zeit mit seiner Kreditkarte Tickets gekauft hatte. Dann verabschiedete er sich von dem Direktor und machte sich an den Abstieg. Seltsame Zufälle, dachte er. Ripert und Pavy und ihre Herkunft aus Montmorillon. Ripert und Pavy am selben Morgen in den Carrières de Lumières. Und Thierry Bazin vielleicht auch – oder vielleicht auch nicht. Und welche Rolle spielte Sonia Féraud in dieser Affäre, falls sie denn überhaupt eine Rolle spielte?

Auf der Rückfahrt im Auto klingelte sein Handy. Marius. »Dorothée Féraud ist wie vom Erdboden verschluckt«, meldete er.

»Ein Verbrechen?«

»Ihre Eltern glauben das nicht.« Marius räusperte sich. »Seltsame Familie. Ich war zuerst bei den Férauds, aber die Tochter hat sich dort seit Tagen nicht mehr sehen lassen. Schließlich ist die Mutter damit herausgerückt, dass Dorothée auch eine eigene kleine Wohnung hat. Weißt du, wo? In Saint-César, fast bei mir um die Ecke! Ich habe sie noch nie im Ort gesehen, nicht auf dem Markt oder in einer der Bars oder sonst wo. Na, jedenfalls bin ich dorthin gefahren. Das ist so etwas wie die Quartiers Nord von Saint-César, Marseille im Kleinen: Da leben die Leute ohne Jobs und die alleinerziehenden Mütter, die von ihren Mackern niemals einen Cent Unterhalt sehen, und in den Treppenhäusern wird gedealt. Warum sucht sich eine junge Frau, deren Familie auf einem Gutshof lebt, ausgerechnet eine Bleibe in so einem Viertel? Das wäre eine der Fragen, die ich ihr gern stellen würde, wenn ich sie denn treffen könnte. Sie war aber nicht da. Ich habe bei ein paar Nachbarn geklingelt. Die wenigen, die überhaupt aufgemacht haben, haben behauptet, sie hätten Dorothée seit Tagen nicht gesehen. Also habe ich wieder die Férauds angerufen und sie gefragt, ob sie eine Vermisstenmeldung aufgeben wollen, damit wir offiziell nach ihrer Tochter suchen können.«

»Doch sie wollten nicht«, riet Blanc.

»Die wollten so etwas von nicht, das kannst du dir gar nicht vorstellen. Der Vater tat regelrecht empört. Behauptete, Dorothée Féraud ist erwachsen, sie kann machen, was sie will, und sie verschwindet immer mal wieder für einige Tage. Sie ist dann bei irgendwelchen Freunden, und das ist alles ganz harmlos, und wir sollen nicht nervös werden. *Putain,* Féraud hat sich angehört, als sei *ich* der überbesorgte Vater, der sich um seine Tochter Gedanken macht, und er müsste mich beruhigen und in die Realität zurückholen!«

Blanc schlug frustriert auf das Lenkrad. Es stimmte, was Féraud behauptet hatte: Ein erwachsener Mensch konnte in Frankreich tun und lassen, was er wollte. Wenn Dorothée ein paar Tage nicht auffindbar war, dann war das ihre Sache. Deshalb allein durften sie die junge Frau nicht im ganzen Land zur Fahndung ausschreiben. »Gibt es auf der Station jemanden, der uns helfen könnte?«

»Von den jungen Leuten ist Brigadier Sylvain der Einzige, der aussieht, als könnte er lesen und schreiben.«

»Schick ihn nach Saint-César. Er soll die Wohnung unauffällig observieren. Wenn Dorothée Féraud auftaucht, soll er uns alarmieren. Dann fahren wir hin und befragen sie. Und sollte sie eine ganze Woche lang verschwunden bleiben, dann haben wir vielleicht Grund genug, um offiziell nach ihr zu suchen, auch wenn ihre Eltern das nicht wollen.«

»Dafür musst du Madame Vialaron-Allègre informieren. Sie muss das genehmigen.«

»Ich weiß.« Blanc hoffte, dass Dorothée wieder auftauchte, bevor er mit Aveline würde reden müssen.

Später saß Blanc in Fabiennes Büro. Sie deutete erschöpft auf den Computermonitor. »Nichts«, sagte sie, »gar nichts. Ich bin die letzten Fälle von Ripert durchgegangen. Bedeutende Kunstwerke, es ging um Millionen, manchmal kam es zu Prozessen. Doch niemals ging es dabei um irgendwelche DNA-Spuren. Ich habe bei unserem Labor angerufen und bei den Kriminaltechnikern in Paris. Niemals hat sich Ripert bei Gendarmerie oder Police Nationale nach DNA-Spuren erkundigt oder Genanalysen oder was auch immer. Ich habe keine Ahnung, was er mit diesem verdammten Wattestäbchen vorhatte.«

»Bist du durch?«

Sie schüttelte den Kopf. »Ich nehme mir noch die älteren Ermittlungen von Ripert vor und versuche, irgendwelche Leute ans Telefon zu kriegen, die schon mal etwas mit ihm zu tun hatten: Klienten, Anwälte, wen auch immer. Aber ehrlich gesagt: Ich habe keine große Hoffnung, dass uns das weiterbringt. Vielleicht trug der Typ ein Wattestäbchen in der Hosentasche, weil er sich zwischendurch den Schmalz aus den Ohren holen wollte, und wir sind die größten Idioten der Provence!«

Blanc legte ihr eine Hand auf die Schulter. »Ripert ist ermordet worden. Dafür muss es irgendeinen Grund geben. Und den werden wir früher oder später finden.«

»Apropos früher oder später: Weil mich die Recherchen in Paris so frustriert haben, habe ich mich zwischendurch um deine SMS gekümmert und noch mal Thierry Bazins Kreditkartendaten gecheckt. Bingo. Er hat tatsächlich im Mai und im Juni vergangenen Jahres Eintrittskarten für die Carrières de Lumières gekauft.«

»Pavy hatte also recht.«

»Und doch weiß ich nicht, ob der Kerl dir die ganze Wahrheit gesagt hat.« Fabienne grinste verschwörerisch. »Nenn es weibliche Intuition: Als ich die Daten von Bazins Besuchen hatte, da habe ich mir die Belege aller Kreditkartenzahlungen in den Carrières de Lumières für diese beiden Tage angesehen. Bei Bazins erstem Besuch habe ich nichts Auffälliges entdeckt. Doch am Tag seines zweiten Besuchs musste ich gar nicht lange suchen. Nur zwei Minuten nach Thierry Bazin hat jemand, den wir gerne kennenlernen würden, ebenfalls eine Eintrittskarte gekauft: Dorothée Féraud.«

Freunde der Familie

Am Dienstag fuhren Blanc und Fabienne wieder nach Les Baux, sie hatten sich bei Doktor Thierry Bazin angekündigt. Marius war in Saint-César, um Brigadier Sylvain bei der Observation von Dorothée Férauds Wohnung abzulösen. Die Luft war klar, aber nicht mehr so warm wie in den vergangenen Tagen. Es war, als überlegte sich der Winter, ob er noch einmal zurückkehren sollte. Sie parkten den Streifenwagen am Rand der Route Départementale und legten die letzten Meter zu Fuß zurück. Vor der mittelalterlichen Stadt lag ein moderner gepflasterter Platz, auf dem eine Reihe bunt lackierter Stahlskulpturen im Sonnenlicht glänzte. Sie folgten den modernen Kunstwerken bis zu einer gewundenen Gasse, die quer durch den Ort führte. Die meisten Häuser waren restauriert worden, zu beiden Seiten warben Restaurants mit Schildern für sich: *Salle climatisée – Formule Midi – Terrasse avec vue*. Es waren schon ziemlich viele Besucher unterwegs, und selbst zu dieser morgendlichen Stunde sah man durch die Fenster, dass in manchen Restaurants bereits die Hälfte aller Tische besetzt war. Einige Gäste trugen Gesichtsmasken.

»Das ist gruselig«, flüsterte Fabienne.

»In den Nachrichten sagen sie, dass jungen Menschen, werdenden Müttern und Kindern in China nichts passiert«, sagte Blanc. »Mal abgesehen davon, dass es uns in der Provence sowieso nicht erwischen wird.«

»Von wegen. Ich habe im Netz gelesen, dass ausgerechnet in der Provence die Pest noch einmal ausgebrochen ist, als sie überall sonst bereits verschwunden war. Das war Siebzehnhundertschlagmichtot, ist noch gar nicht so lange her, wenn man mal darüber nachdenkt.«

»Damals gab es aber noch keine Antibiotika.«

»Die helfen dir sowieso nicht gegen Viren.«

»*Mon Dieu*, Fabienne!« Blanc blieb stehen und nahm sie in den Arm. »Nichts wird geschehen, niemand wird krank, weder Roxane noch du. Du wirst wieder schwanger werden. Du wirst eine wundervolle Mutter sein. Alles wird gut.«

»Du hörst dich optimistischer an als mein Gynäkologe.« Sie lächelte tapfer.

Blanc blickte auf die Uhrenanzeige seines Handys. »Wir sind ein paar Minuten zu früh dran«, sagte er, um seine Kollegin abzulenken. »Lass uns zu dieser Kapelle gehen, in der die Bilder von Adry Novoli präsentiert werden sollen.«

Mitten in Les Baux kamen sie an Ruinen vorbei, als sei hier mal ein Haus ausgebombt worden. Es standen praktisch nur noch die Außenmauern, das Dach fehlte, die Steine wirkten wie von Säure zerfressen. Durch ein leeres Fenster fielen Sonnenstrahlen bis auf die Gasse. Über dem Fenster war eine Inschrift in die Wand gemeißelt: »POST TENEBRAS LUX – 1571«.

»Hinter dem Schatten das Licht«, übersetzte Fabienne. »Dass sie im Innern so viel Licht haben würden, weil ihr Haus kein Dach mehr hat, hätten sich die Leute damals sicherlich nicht gedacht.«

Blanc blickte sie überrascht an. »Du kannst Latein?«

Sie seufzte. »Ich war mal eine richtige Kirchgängerin. Als ganz junges Ding bin ich sogar mit Halstuch und Gitarre auf Pfadfinderzeltlager gegangen, wenn du verstehst, was ich meine. Ich war so sehr bei der Sache, dass ich lateinische Bibelzitate auswendig gelernt habe. Damit kam ich mir irgendwie weise vor.«

»Ich bin überrascht.«

»Ich kann es mir heute auch nicht mehr richtig erklären. Lag vielleicht daran, dass sich meine Eltern haben scheiden lassen, als ich zwölf Jahre alt war. Oder vielleicht habe ich in dem Alter zum ersten Mal gemerkt, dass ich auf Mädchen stehe, und wollte mich mithilfe vom lieben Gott und allen Heiligen davon heilen. Es hat dann ein paar Jahre gedauert, bis ich begriffen habe, dass es weder bei meinen Eltern noch bei mir etwas zu heilen gibt. Na, jedenfalls bin ich bis heute bibelfest geblieben, wenn schon nichts anderes. ›Hinter dem Schatten das Licht‹ steht im Buch Hiob, Altes Testament, richtig oldschool.«

Blanc blickte noch einmal zum leeren Fensterkreuz hoch. Er fragte sich, warum man in Les Baux alle Gebäude renoviert hatte, nur dieses eine mitten im Zentrum nicht. Sie gingen rechts an der Ruine vorbei und gelangten auf einen kleinen Platz am Rand des Felsens, auf dem Les Baux thronte. Sie blickten auf das Tal, in dessen Zentrum der Mandelhof der Familie Féraud lag. Niemand war dort zu sehen. Am Platz erhob sich eine düstere alte Kirche, deren Schiff wohl irgendwann im Mittelalter in die ansteigende Felswand hineingebaut worden war. Im rechten Winkel zu ihr stand ein zweites, kleineres helles Gotteshaus. Dort war eine weiße Steinplakette, die an eine Grabplatte erinnerte, an die Wand geschraubt worden. In großen Lettern stand darauf: »CHAPELLE DES PENITENTS«.

Das Portal stand offen. Als sie eintraten, hielt Blanc überrascht inne. Alle Wände waren bis zum Dachgewölbe hoch bemalt, eine Orgie in Blau und Ocker. Ein Künstler – dem Stil nach zu urteilen ein moderner Künstler – hatte Fresken mit biblischen Motiven gemalt. Blanc sah die Heilige Familie, vor der Schäfer knieten. Nur spielte sich die Szene nicht im Stall zu Bethlehem ab, sondern in einer Höhle, die den Grotten im Höllental neben Les Baux ähnelte. Ein paar Touristen fotografierten mit ihren Handys, andere studierten etwas in einem Reiseführer. Am Ende der Kapelle war eine Stellwand aufgebaut worden. Ein Mann in einem Arbeitsoverall richtete einen Scheinwerfer darauf aus und folgte dabei den Anweisungen von Valéria Chevilliet.

Blanc begrüßte die Galeristin und stellte Fabienne vor. »Sie organisieren bereits die Ausstellung?«

»Wir machen heute nur eine Lichtprobe. Später werden wir ein Dutzend Stellwände aufstellen, an denen die Bilder hängen sollen. Adry Novoli muss mit den Fresken von Yves Brayer konkurrieren. Wir müssen ihre Werke gut in Szene setzen, sonst werden sie vor diesen Riesenbildern mickrig wirken. Sind Sie schon mit Ihren Ermittlungen weitergekommen?«

»Wir ermitteln in alle Richtungen.«

»Sagen Gendarmen das nicht immer, wenn sie vollkommen ratlos sind?«

»Unterschätzen Sie uns nicht«, warnte Fabienne.

Der Techniker räusperte sich und deutete auf einen Scheinwerfer. »Bitte entschuldigen Sie mich«, sagte Valéria Chevilliet und wandte sich ab.

Blanc und Fabienne verließen die Kapelle. Fabienne studierte ihr iPhone, um herauszufinden, wo genau sich das Haus von Thierry Bazin befand. Sie traten durch einen düsteren Torbogen auf eine steil ansteigende Gasse.

»Du magst Madame Chevilliet nicht?«, fragte Blanc, während sie über das schmutzige Pflaster gingen.

»Hat man mir das angemerkt? Sie ist nicht mein Typ.«

»Sie könnte noch eine wichtige Zeugin werden, falls der Mord doch etwas mit den Bildern von Adry Novoli zu tun hat. Außerdem habe ich Marius ermuntert, sie mal privat zu treffen. Er ist schon so lange geschieden.«

»*Mon Dieu,* versprich mir, dass du niemals eine Dating-App programmierst! Deine Vorschläge sind der Killer. Hier ist Bazins Haus.«

Es stand auf der rechten Seite der steilen Gasse und war ziemlich groß. Auf den ersten Blick wirkte es ein wenig ungepflegter als andere Gebäude: Der Putz der Fassade war an vielen Stellen mürbe geworden oder ganz abgefallen und gab Reihen grob zurechtgehauener grauer Steine frei – Steine, vermutete Blanc, die einst irgendwo aus dem Val d'Enfer geholt worden waren. Doch als er genauer hinsah, erkannte er ein modernes Sicherheitsschloss in der uralten, aus rot lackierten Eichenbrettern gezimmerten Tür, einen Bewegungsmelder unterhalb der gusseisernen Lampe über dem Eingang und eine unter den vorspringenden Dachschindeln versteckte Überwachungskamera, die wahrscheinlich nicht bloß die Tür, sondern auch die Gasse mehrere Meter um das Haus herum im Fokus hatte. Er drückte auf einen Klingelknopf aus Messing.

Ihnen öffnete ein Mann, den Blanc auf etwa fünfzig Jahre schätzte – fünfzig Jahre, von denen er jeden einzelnen Tag sehr gesund verbracht hatte. Thierry Bazin war beinahe eins neunzig groß und breitschultrig, seine grauen Haare waren lockig und lang, sein Kinn markant, die Nase lang, die Augen leuchteten stahlblau. Er trug eine helle Leinenhose und ein dunkelgrünes Polohemd, dessen Kragenknöpfe offen waren, sodass sie einen Blick auf seine behaarte Brust freigaben. Wie ein Film-Beau aus den Siebzigerjahren, dachte Blanc. Er hatte zuvor ein paar Erkundigungen über Doktor Bazin eingezogen: Er war in Paris ein sehr erfolgreicher plastischer Chirurg gewesen, bevor er sich vor sieben Jahren in der Provence niedergelassen hatte. Er fragte sich, ob sich Schönheitschirurgen selbst operierten oder ob dieser Kerl einfach gute Gene hatte.

»Kommen Sie herein«, begrüßte der Arzt sie. Seine Stimme war angenehm warm; als er lächelte, bildeten sich Fältchen um seine Augen wie zwei Fächer.

Blanc und Fabienne schüttelten ihm die Hand, danach traten sie in einen kleinen, weiß verputzten Flur. Der Gang war eng und wirkte fast wie ein Warteraum. An der linken Wand waren gusseiserne Kleiderhaken angeschraubt, jeder Haken hatte die Form eines Tiers – ein Gecko, eine Katze, eine Zikade –, an manchen hingen Jacken. Deren Säume berührten die Lehnen einiger alter Stühle, Antiquitäten, schätzte Blanc, die in einer Reihe an der Wand standen. Ihnen gegenüber sah er eine Kommode aus Nussbaum, auf der ein Autoschlüssel mit der Raute von Renault lag und daneben eine weiße Tranxène-Packung. Er wunderte sich, warum Bazin ein solch starkes Beruhigungsmittel ausgerechnet neben einem Autoschlüssel herumliegen ließ, sagte aber nichts dazu. Sie folgten ihrem Gastgeber bis in einen Salon, der mit wenigen Möbeln – Klassische Moderne und ein, zwei alte Stücke – karg, aber geschmackvoll eingerichtet war. Eine gläserne Schiebetür öffnete den Blick auf einen ummauerten kleinen Garten, in dem ein Dutzend Rosen schulterhoch wuchsen, eine versteckte Oase, die kein Besucher von Les Baux hier vermuten würde.

Bazin schien zu ahnen, was Blanc durch den Kopf ging. »Im Sommer laufen eine Million Besucher durch die Gassen, und ich sitze nur zehn Schritte von ihnen entfernt zwischen meinen Rosen, aber niemand ahnt es«, erklärte er. »Das hat mich vom ersten Augenblick an für dieses Haus eingenommen. Man ist mittendrin und doch versteckt. Bitte setzen Sie sich.« Er deutete auf zwei Stühle aus Stahlrohr und schwarzem Leder.

Ihr Gastgeber öffnete eine in der Seitenwand eingelassene Holzschiebetür und blickte in einen Nebenraum, von dem Blanc nicht viel mehr erkennen konnte, als dass er sehr hell war. »Bist du fertig?«, fragte Bazin. »Gut.« Er zog die Flügel ganz auseinander.

Ein Mann fuhr mit einem Rollstuhl ins Zimmer, er mochte Ende vierzig sein, doch sein Gesicht war hager und verhärmt, sodass er möglicherweise auch älter war. Seine grauen Haare trug er zum Pferdeschwanz gebunden, er hatte das breite Kreuz eines langjährigen Rollstuhlfahrers. Er trug ein rot-schwarzes Flanellhemd und Jeans, seine Füße steckten in großen, auffallend bestickten Cowboystiefeln – so als wollte der Mann mit Absicht den Blick auf seine nutzlosen, dünnen Beine lenken.

»Anthony de Romanet«, stellte ihn Bazin vor.

»Sie müssen nicht aufstehen, ich stehe ja auch nicht für Sie auf«, wehrte er ihre höfliche Geste ab und begrüßte sie mit erhobener rechter Hand, was halb aussah, als würde er sie segnen, und halb wirkte wie ein faschistischer Gruß.

»Welche Überraschung, Sie hier zu sehen«, sagte Blanc. Einer von den Männern, die ihm Féraud als Freunde und zugleich Verdächtige genannt hatte. »Das erspart uns eine Fahrt.«

»Ich habe mit Charles gesprochen, nachdem Sie sich telefonisch angekündigt hatten, *mon Capitaine*«, erklärte Bazin. »Und auch mit Nounour Pavy. Wir sind ungefähr im Bilde: das verschwundene Porträt, Monsieur Ripert, der Mord … Nachdem ich Ihre Nachricht bekommen habe, habe ich Anthony zu mir eingeladen, dann können wir diese Angelegenheit bei einem einzigen Gespräch hinter uns bringen.«

»Mal sehen, ob es bei einem einzigen Gespräch bleibt«, fiel Fabienne ein. Blanc merkte, dass sie auch diese beiden Männer aus irgendeinem Grund nicht übermäßig sympathisch fand. Er bedauerte zwar auch, dass Bazin und de Romanet vorab vom Diebstahl und von den Ermittlungen des Privatdetektivs erfahren hatten, das ließ sich aber nun nicht mehr ändern. Er warf ihr einen warnenden Blick zu: nicht provozieren lassen! Bazin und de Romanet waren ja nur Zeugen, mehr nicht. Noch jedenfalls.

»Doktor Bazin«, begann er, »Sie kennen Charles Féraud schon lange?«

»Seit unserer Pariser Zeit, ja. Ich weiß gar nicht, wie viele Jahre es schon sein mögen, wir waren noch ziemlich jung, als wir uns auf einer Party über den Weg gelaufen sind. Charles war in der Werbebranche. Ich hatte mich gerade als Schönheitschirurg selbstständig gemacht. Wir hatten gemeinsame Bekannte: Kollegen von ihm aus der Werbung, die bei mir auf dem OP-Tisch gelegen haben.« Er schüttelte in nostalgischer Erinnerung den Kopf. »Wir sind ungefähr zur gleichen Zeit in die Provence gezogen, aber ganz unabhängig voneinander. Jeder hat seine eigenen Pläne gemacht, und wir haben zufällig entdeckt, wie ähnlich sie waren. Na, und seit wir hier sind, ist der Kontakt noch enger geworden. Wir sind ja gewissermaßen zusammen im Exil.«

»Sie praktizieren noch?«

»Eigentlich bloß inoffiziell. Oh«, er hob die Hand und lächelte charmant, »nicht dass Sie denken, ich würde Einnahmen verheimlichen, ich bin ein ehrlicher Steuerzahler! Aber Sie sehen es ja: Ich habe kein Praxisschild über der Klingel. Eigentlich bin ich in den Süden gegangen, um mal eine Zeit lang nichts zu tun. Um nachzudenken. Um vielleicht Rosen zu züchten. Die Sache war die: Ich hatte in meinem Metier in unglaublich kurzer Zeit unglaublich viel Geld verdient. Aber irgendwann stellt man sich die Frage, ob das der Sinn des Lebens ist, Nasen zu richten und Brüste zu vergrößern. Doch während ich noch in der Provence darüber nachdachte, wie ich die zweite Hälfte meiner Erdenjahre verbringen wollte, klopften die ersten Patienten an. Bekannte aus meiner Pariser Zeit, die auch im Midi wohnen. Ich habe Charles Aznavour noch gekannt. Ich war bei Jean Reno in Eyguières. *Eh bien,* nach und nach wurde ich zu einer Art Allgemeinarzt der Künstler hier, der Maler, Filmschaffenden, Autoren. Irgendwann habe ich mir gesagt: Das ist es, was der liebe Gott mit mir vorhat! Ich heile Künstler.«

»Da werden Sie ja demnächst viel zu tun bekommen, mit diesem Virus …« Fabienne bemühte sich, das leichthin zu sagen, fast wie ein Scherz, doch man sah ihr an, dass sie eigentlich eine ärztliche Einschätzung haben wollte. Eine *beruhigende* ärztliche Einschätzung.

Bazin nickte denn auch bedächtig. »Das Coronavirus ist wie die Grippe. Es wird bedauerlicherweise Opfer geben, wie bei jeder Krankheit, aber Sie machen sich ja wahrscheinlich auch nicht jeden Winter Sorgen vor der Grippe, Madame.«

»Natürlich nicht«, wehrte Fabienne ab. »Danke, Doktor.«

Blanc dachte an seine Kinder und war beruhigt. Er blickte sich im Raum um. An den Wänden hingen einige schlicht gerahmte Schwarz-Weiß-Fotografien, vor allem Porträts sehr junger Frauen. Auf einem Beistelltisch stand eine kleine Bronzefigur, eine grazile nackte Frau mit erhobenen Armen. Nirgendwo ein Bild, das aussah, als hätte Adry Novoli es gemalt. »Sind Sie darüber auch selbst zum Künstler geworden?«

»O nein. Als Schönheitschirurg ist man in gewisser Weise Bildhauer, aber vermutlich ist es nicht das, was Sie meinen.«

»Sammeln Sie?«

»Klassische Fotos. Ansonsten werde ich hin und wieder von einem Patienten statt mit Geld mit einem Kunstwerk bezahlt, die meisten verschenke oder verkaufe ich aber rasch wieder. Ich habe einfach nicht genug Platz für alles.« Er deutete auf die Bronzefigur. »Die habe ich allerdings behalten, weil sie mir gefiel. Sie ist ein Geschenk von Charles.«

»Ich nehme an, Sie kennen auch die anderen Mitglieder der Familie Féraud ganz gut?«

Bazin lehnte sich in seinem Stuhl zurück. Zum ersten Mal wirkte er nicht mehr so entspannt. »Nun«, begann er zögernd, »Sonia ist natürlich auch schon seit Jahren eine enge Freundin von mir. Die Kinder hingegen kenne ich nur so gut, wie man die Kinder von Freunden halt kennt.«

»Das verstehe ich nicht.«

»Ich will damit sagen, ich bin nicht der Patenonkel der Kleinen.«

Blanc verbarg seine Überraschung. Er erinnerte sich, dass Charles Féraud behauptet hatte, seine Kinder hätten ihn »Onkel Thierry« genannt. »Die Kinder der Férauds sind erwachsen.«

»Das haben Sie gesagt.« Bazin blickte Blanc spöttisch an. »Kennen Sie die Kinder?«

»Nicht alle«, gab Blanc zu. »Noch nicht.«

»*Eh bien.* Bruno ist in der Tat erwachsen. Der Junge ist so gravitätisch, manchmal denke ich, der ist älter als ich! Aber die beiden jüngeren sind bloß volljährig, aber nicht erwachsen, wenn Sie verstehen, was ich meine. Baptiste ist ein Faulpelz und ein Hitzkopf, das typische Muttersöhnchen.«

»Und Dorothée?«

»Sie ist ...«, Bazin wog seine Worte ab, »... eigenwillig. Sehr charmant. Hat aber auch ein sehr ungezähmtes Wesen.«

»Und Sie, Monsieur de Romanet?«, fragte Fabienne. »Kennen Sie Charles Féraud und seine Familie schon lange?«

»Erst seitdem er in die Provence gezogen ist. Ich wohne in der Nähe. Ich habe Charles über Thierry kennengelernt. Wir spielen zusammen Fußball.«

Fabienne sah ihn verwirrt an.

»Das war ein Scherz«, brummte de Romanet. »Wenn es einem so geht wie mir, dann fährt man entweder irgendwann mit dem Rollstuhl ins Wasser, oder man wird zynisch. Etwas anderes bleibt einem ja nicht übrig.«

»Genau genommen«, ergänzte Bazin rasch, als wollte er verhindern, dass sein Freund weitersprach, »kannte Anthony zuerst Charles, aber nur flüchtig. Ihr seid ja beinahe Nachbarn. Über Charles hat er mich kennengelernt, und er ist darüber einer meiner Patienten geworden. Und als mein Patient hat er wiederum die Familie Féraud nach und nach besser kennengelernt.«

»Ich bin wahrscheinlich der einzige Nichtkünstler in deiner Patientenkartei«, sagte de Romanet.

»Was ist Ihr Beruf?«, wollte Fabienne wissen.

»Gar keiner, ich bin Frührentner. Aber bis zu meinem Unfall war ich Lehrer am Lycée Viala-Lacoste in Salon-de-Provence. Eine gute Privatschule, aber die Gebäude stammen zum Teil noch aus dem vorletzten Jahrhundert. Da kommt man mit dem Rollstuhl in keinen Klassenraum. Die Rente reicht gerade so zum Leben.«

»Können Sie uns etwas zu Sonia und den Kindern sagen?«

»Noch weniger als Thierry, fürchte ich. Mit Sonia werde ich wohl nie warm werden. Es scheint ihr jedes Mal peinlich zu sein, wenn sie mich sieht. So als wäre mein Rollstuhl eine Art Ausschlag. Bruno ist in Ordnung: freundlich, hilfsbereit, hat immer ein nettes Wort übrig. Aber er ist auch ein Eigenbrötler, man kriegt ihn leider nur selten zu Gesicht, wenn man bei den Férauds zu Besuch ist. Und die beiden jüngeren Kinder? Die sieht man eigentlich nie.«

»Monsieur Ripert hat sich bei Ihnen beiden gemeldet?«, wollte Blanc wissen.

Bazin und de Romanet wechselten einen raschen Blick, so als wollte jeder den anderen auffordern, als Erster zu antworten. Oder als wollten sie sich bei irgendetwas absprechen.

»Das stimmt«, gab der Arzt schließlich zu. »Ein Monsieur mit diesem Namen hat irgendwann bei mir angerufen. Das fand ich schon seltsam, meine Nummer steht nicht im Telefonbuch, und ich habe mich gefragt, wo er die wohl herhat. Ripert hat mich gefragt, ob ich an einem Bild von Adry Novoli interessiert sei. Das fand ich noch seltsamer. Ich habe ihm gesagt, dass ich Novolis Werk nicht sammle, und ihm stattdessen Valéria Chevilliets Galerie genannt, um ihn abzuwimmeln.«

»Haben Sie sich je mit Ripert getroffen?«

»Ja. Er stand dann einfach vor meiner Tür, letzten Montag war das, glaube ich. Hartnäckiger Mann, aber irgendwie anregend.«

Blanc blickte ihn erstaunt an. »Wie meinen Sie das?«

»Monsieur Ripert hat mir das Bild gezeigt, als er mich unangemeldet besuchte. Ein kleines Werk, nicht nur was das Format angeht, sondern auch die Qualität – es hat mich wirklich nicht interessiert. Aber wir kamen darüber ins Plaudern, und ich habe festgestellt, dass er einige der Fotografen kennt, die ich sammle. Nicht nur deren Werke, sondern die Meister selbst. Aus Paris. Ich habe ihm deshalb einige Bilder aus meiner Kollektion gezeigt;

er wusste ein paar Dinge über sie, von denen selbst ich noch nie gehört hatte. Er ist wohl mindestens eine halbe Stunde geblieben. Aber«, Bazin lachte, »ich habe ihm trotzdem nicht sein kleines Adry-Novoli-Bild abgekauft. Und danach habe ich ihn nicht mehr gesehen.«

Fabienne blickte den Rollstuhlfahrer an. »Und Sie, Monsieur de Romanet?«, forderte sie ihn schließlich auf, weil er partout nichts sagte.

De Romanet atmete tief durch. »Ich habe keine Ahnung, was der Kerl von mir wollte«, sagte er schließlich. »Er hat mir am Telefon dieselbe Geschichte aufgetischt wie Thierry, nämlich dass er mir ein Bild verkaufen wollte. Ich habe ihn ausgelacht und gefragt, ob er mal meinen Rentenbescheid sehen möchte. Aber er hat nicht lockergelassen und einfach weitergeredet. Ich habe keine Ahnung, wie er es hingedreht hat, aber plötzlich hat er mich nach meinem Unfall gefragt.«

»Dem Unfall, dem Sie Ihre Behinderung zu verdanken haben?«

»Verdanken ist gut!«, rief de Romanet.

Fabienne wurde rot. »So war das nicht gemeint. Ich …«

»Schon gut. Aber es stimmt: Bevor ich das überhaupt recht begriffen habe, hat Ripert angefangen, mich nach meinem Unfall auszufragen. Wann, wie, warum, er wollte Details wissen. Ich habe ihm klargemacht, dass ich nicht gerne darüber rede, schon gar nicht mit einem Unbekannten. Dann habe ich aufgelegt, und er hat auch kein zweites Mal angerufen.«

»Und Sie haben Monsieur Ripert nie persönlich getroffen?«, hakte Fabienne nach.

De Romanet schüttelte bloß den Kopf.

»Haben Sie eine Idee, warum er Sie nach dem Unfall gefragt hat?«

»Nein, und darüber möchte ich auch gar nicht weiter nachdenken. Ich möchte überhaupt so wenig wie möglich an den Unfall denken.«

Fabienne errötete schon wieder und nickte. »Verstehe«, murmelte sie. Dann blickte sie Bazin an. »Waren Sie am vergangenen Samstagmorgen in den Carrières de Lumières?«

Der Arzt schüttelte verwirrt den Kopf. »Wie kommen Sie denn darauf?«

»Sie haben mit Ihrer Kreditkarte ein Ticket zur Ausstellung gekauft.«

Bazin war ein paar Sekunden lang sprachlos. Dann schien er plötzlich etwas zu begreifen. »Meine Kreditkarte ist mir letzten Donnerstag gestohlen worden!«

Blanc sah ihn misstrauisch an. »Davon wissen wir nichts.«

»Weil ich das bis heute auch nicht wusste. Am Wochenende bin ich nicht ausgegangen, am Montag haben sowieso alle Geschäfte zu. Heute Morgen wollte ich beim Bäcker mit der Karte zahlen und habe gemerkt, dass sie fehlt. Ich habe sie sofort sperren lassen und den Diebstahl angezeigt. Da ich am Wochenende und am Montag zu Hause geblieben bin und ich am vergangenen Mittwoch noch mit der Karte an der Tankstelle bezahlt habe, vermute ich, dass sie mir am Donnerstag gestohlen wurde.«

Am Tag vor dem Mord, dachte Blanc, was für ein Zufall. Fabienne hatte bereits ihr Handy am Ohr und telefonierte mit einem Beamten der Station in Gadet. Nach ein paar Augenblicken bedankte sie sich und beendete das Gespräch. »Ihre Anzeige ist tatsächlich heute Morgen bei uns eingegangen, Doktor Bazin. Gerade dann, als wir auf dem Weg zu Ihnen waren. Deshalb hatten wir noch nichts davon gehört.«

Noch ein seltsamer Zufall, sagte sich Blanc. »Wo waren Sie am Donnerstag, Doktor Bazin? Wo könnte Ihre Karte gestohlen worden sein?«

»Ich war an diesem Tag nur einmal fort, in Miramas-le-Vieux. Ich war auf einer Vernissage in der Galerie von Valéria Chevilliet.«

Nachdem Blanc den Männern seine Visitenkarte gegeben und sie gebeten hatte, ihn anzurufen, falls ihnen noch etwas einfiele, waren sie durch den Ort zurückgegangen. Es war inzwischen Mittag geworden – und so saßen Fabienne und Blanc in einem der Touristenrestaurants von Les Baux: Au Porte Mages, ein uraltes Haus mit einer ummauerten Terrasse. Über deren rückwärtigen Bereich spannte sich ein Stahlgitter, das aussah, als hätte es jemand auf der Baustelle eines Wolkenkratzers mitgehen lassen. Auf dem Gitter wucherten Weinranken, die den Platz im Hochsommer sicherlich schön schattig hielten. Im Februar allerdings war dieser Schatten nicht unbedingt ideal – doch das hatte den Vorteil, dass sie dort auch ohne Reservierung einen Tisch bekamen, sie mussten bloß ihre Jacken anbehalten. Blanc studierte die Speisekarte. Er hatte Fabienne eingeladen und realisierte nun, dass ihm ein ziemlich teures Arbeitsessen bevorstand.

Seine Kollegin grinste. »Ich war neulich mit Roxane hier, ich weiß genau, wie du dich jetzt fühlst. Wir nehmen die Pâtes au Pistou, dann bleibt dir noch Geld übrig, um mir danach einen Espresso zu spendieren.«

»Klingt wie ein Angebot, das ich nicht ablehnen kann«, seufzte Blanc und bestellte. »Was hältst du von den beiden Typen?«, fragte er. »Du bist vorhin nicht gerade vor Bewunderung zerflossen.«

»Ich bin mir selbst nicht ganz im Klaren über die Kerle«, erwiderte Fabienne und nippte an ihrem Wasserglas. »De Romanet ist mir zu zynisch. *D'accord,* er sitzt im Rollstuhl, und das ist schrecklich, aber, verdammt, das ist doch nicht meine Schuld! Ich hatte die ganze Zeit den Eindruck, der wartet nur darauf, dass ich was Peinliches oder Ungeschicktes sage, um es mir dann unter die Nase zu reiben.«

Blanc lächelte. »Was eine sehr clevere Strategie in einem Verhör ist«, erklärte er. »Am Ende haben wir uns gar nicht mehr getraut, ihm weitere Fragen zu stellen, aus Angst vor dem nächsten Fettnäpfchen. Zum Beispiel wissen wir immer noch so gut wie nichts über seinen Unfall.«

»Und Bazin ist für meinen Geschmack zu perfekt«, fuhr Fabienne fort. »Groß, gut aussehend, charmant, selbstbewusst, freundlich, gebildet und vermutlich auch noch ziemlich reich. Solche Männer gibt es einfach nicht in echt. Irgendetwas ist immer faul.«

»Glaubst du ihm die Geschichte von der verlorenen Kreditkarte?«

»Nicht eine Sekunde.«

»Pavy hat allerdings behauptet, er habe Thierry tatsächlich am fraglichen Tag nicht in den Carrières de Lumières gesehen.«

»Keine Ahnung, warum er gesagt hat, dass Bazin nicht im Steinbruch war. Vielleicht hat er ihn tatsächlich einfach übersehen. Oder er verheimlicht uns etwas.«

Blanc blickte nach oben. Die Blätter filterten die Sonnenstrahlen, auf der Terrasse war das Licht grün und gebrochen wie in einem Aquarium. Es war gerade noch so warm, dass sie es, in ihre Jacken gehüllt, gut aushalten konnten. »Wenn Bazin verheimlichen will, dass er an diesem Morgen im Steinbruch war – warum hat er dann sein Ticket nicht einfach bar bezahlt? Jeder, der mal einen Fernsehkrimi gesehen hat, weiß, dass wir bei den Ermittlungen Kreditkartendaten einsehen. Keine Karte, keine Spur.«

»Vielleicht hat er trotzdem nicht daran gedacht. Oder er wusste zu dem Zeitpunkt, als er die Eintrittskarte gekauft hat, noch gar nicht, dass er später seinen Besuch verheimlichen wollte.«

»Nur mal angenommen …«, sagte Blanc, »seine Geschichte stimmt doch: Die Karte ist ihm in der Galerie gestohlen worden.« Er schlug seinen Notizblock auf. Der Arzt hatte ihm vorhin noch aus dem Gedächtnis die Namen der Gäste genannt, an die er sich erinnern konnte. Die meisten sagten Blanc nichts.

Von den Personen der aktuellen Ermittlung fand er, selbstverständlich, Valéria Chevilliet auf der Liste wieder. Und Bazin hatte behauptet, dass Charles und Sonia Féraud sowie alle ihre drei Kinder bei der Vernissage dabei gewesen waren. »Theoretisch könnte doch einer der Férauds die Karte gestohlen und am nächsten Tag damit das Ticket gekauft haben. Damit würde er seine eigene Spur verwischen und zugleich den Verdacht auf Bazin lenken.«

»Pavy hat aber auch keinen der Férauds erwähnt. Hätte einer von ihnen die Kreditkarte gestohlen, um damit den Eintritt zu bezahlen, wäre Pavy das doch aufgefallen.«

»Vorausgesetzt, Pavy hat uns das nicht verschwiegen.«

Der Kellner brachte ihnen die Nudeln, die herrlich nach Basilikum und Knoblauch dufteten. Blanc merkte, wie hungrig er war, er hätte nichts dagegen gehabt, wenn die Portion doppelt so groß ausgefallen wäre. Fabienne rührte hingegen nur lustlos im Essen. »Warum hast du Bazin vorhin eigentlich so leicht vom Haken gelassen? Du hast ihn nicht weiter nach seinem Verhältnis zu Dorothée Feraud befragt. Immerhin beweisen die Kreditkartendaten ja, dass er mit der Tochter im Sommer schon mal in den Carrières de Lumières gewesen ist.«

»Bazin soll nicht ahnen, dass wir das wissen. Erstens habe ich nicht die geringste Vorstellung, was das mit dem Mord zu tun haben könnte. Und zweitens müssen wir unbedingt zuerst Dorothée Féraud vernehmen. Wir müssen einen Eindruck von ihr bekommen. Vielleicht ist Bazin ja nur ein netter Mann, der die Tochter eines guten Freundes auf eine Kunstausstellung begleitet hat. Aber vielleicht ist das Verhältnis der beiden auch, nun ja, komplizierter.«

»Bazin vögelt die Tochter seines besten Freundes?«

»So kann man das auch ausdrücken.«

Fabienne hatte jetzt doch gemerkt, wie gut die Nudeln schmeckten. Sie aßen eine Zeit lang schweigend, bis sie irgendwann die Gabel hob und mit einer Geste vage in die Richtung deutete, in der irgendwo Bazins Haus stehen musste. »Noch mal zu dem Arzt«, sagte sie. »Sein Salon war wirklich nicht überladen. Kein Kitsch. Aber auch kein persönlicher Krimskrams, keine Familienfotos. Dafür die Schwarz-Weiß-Fotos an den Wänden. Nur Frauen. Sehr junge Frauen.«

»Und auf einem Tisch steht die Bronzeskulptur einer jungen Frau.«

»Einer nackten jungen Frau.«

»Der Mann ist Schönheitschirurg. Es ist normal, dass er sich für schöne Menschen interessiert, sonst hätte er nach zehn Jahren Medizinstudium ja auch Blinddärme operieren können.«

»Mit Brüsten verdienst du vermutlich auch deutlich mehr als mit Blinddärmen. Bazin interessiert sich für junge Frauen, und er interessiert sich für Geld. Vielleicht ist es das, was ich an ihm nicht mag.«

»Du interessierst dich auch für junge Frauen und für Geld.«

»Bazin und ich sind uns zu ähnlich, das ist es.« Fabienne zog ihr Smartphone aus der Tasche. »Ich gucke mal, was sich über den Typen herausfinden lässt. Du kannst uns ja inzwischen Espresso bestellen.«

»Jeder tut das, was er am besten kann.« Blanc winkte den Kellner herbei.

Während er seinen Espresso trank, beobachtete er Fabienne. Seine Kollegin war ganz in ihr Handy vertieft. Er musste über den Tisch langen und ihr die Tasse praktisch in die Hand drücken, sonst wäre ihr Kaffee kalt geworden. Gedankenverloren stürzte sie ihn in einem Zug hinunter. »Ich wusste, dass mit dem Kerl irgendetwas nicht stimmt«, murmelte sie schließlich.

»Hat er Vorstrafen?«

»Nein, aber er hätte welche verdient, wenn es nach mir ginge.« Fabienne lehnte sich zurück und tippte auf das Display. »Es hat bei der Police Nationale in Paris mal eine Anzeige gegen Bazin gegeben, von einer seiner Patientinnen. Die Frau hat ausgesagt, dass sie in Bazins Praxis ambulant an der Nase operiert worden ist. Nach dem Eingriff musste sie noch ein paar Stunden im Aufwachraum liegen, bevor sie nach Hause gehen durfte. Die Frau war alleinerziehende Mutter, ihre halbwüchsige Tochter hat während der ganzen Zeit im Warteraum der Praxis gesessen. Zu Hause hat die Tochter der Mutter gestanden, dass Bazin, kaum dass er aus dem Operationssaal raus war, sich der Zwölfjährigen ›unsittlich genähert‹ hatte, so heißt es im Protokoll. Deshalb ist die Mutter zur Polizei gegangen.«

»Und dann?«

»Das Verfahren wurde ohne weitere Begründung eingestellt.«

»Es gab nicht einmal Ermittlungen? Ist Bazin wenigstens vorgeladen worden?«

Fabienne lachte bitter. »Roger, das war in der Zeit, als der Autor Gabriel Matzneff dreizehnjährige Mädchen vergewaltigt und danach Bücher darüber geschrieben hat. Die *Bobos* von ganz Paris waren hingerissen von diesen ›dekadenten Frivolitäten‹, der Schriftsteller war ein Star in ihren Salons. Und deshalb ist auch Matzneff lange nichts passiert.«

»Wann ist die Anzeige erstattet worden?«

»Vor ungefähr siebeneinhalb Jahren.«

»Es gab die Anzeige. Das Verfahren wurde eingestellt. Aber Bazin ist trotzdem kurz darauf aus Paris verschwunden und hat sich in der Provence niedergelassen. Das ist doch schon mal was. Vielleicht hat sich der Typ davongemacht, als er merkte, dass ihm der Boden in der Hauptstadt zu heiß wurde.«

»Du hast recht«, erwiderte Fabienne, »noch ein Grund mehr, uns Dorothée Féraud vorzunehmen: Vielleicht kann sie uns verraten, was es mit Bazin und den jungen Mädchen auf sich hat.«

»Das gestohlene Porträt zeigt übrigens auch ein junges Mädchen«, murmelte Blanc nachdenklich.

»Noch ein seltsamer Zufall, nicht wahr? Wie die gestohlene

Kreditkarte. Und wie der Besuch von Anthony de Romanet, der spontan zu Bazin kommt, damit wir unsere Ermittlungen schneller beenden können.«

»In ein Haus, das nicht gerade rollstuhlgerecht ist. Es wäre für de Romanet sehr viel einfacher gewesen, bei sich zu Hause auf unseren Besuch zu warten. Es muss ihm ziemlich wichtig gewesen sein, die Unterhaltung zwischen Bazin und uns mitzukriegen. Lass uns das nachholen, was wir uns vorhin nicht getraut haben: Recherchieren wir seinen Unfall.«

»Ich könnte übrigens einen zweiten Espresso vertragen. Der erste war beinahe kalt.«

»Selbst schuld, aber ich habe noch hundert Euro in der Tasche, das reicht gerade eben für zwei weitere Espresso in diesem Restaurant.«

Fabienne lächelte. Diesmal trank sie ihre Tasse rechtzeitig aus, denn ihre Nachforschungen hatten nicht lange gedauert. »Wir haben de Romanet im Computer der Gendarmerie«, verkündete sie. »Bei ›Unfall‹ und ›Rollstuhl‹ denkst du doch, dass er mit dem Motorrad oder Auto verunglückt ist oder beim Skifahren oder so etwas. Von wegen. De Romanets Unfall war in Wirklichkeit schwere Körperverletzung, wenn nicht versuchter Mord. Er ist vor etwa sechs Jahren abends aus der Schule gekommen. Es war der Tag der Zeugniskonferenzen, die Lehrer haben lange zusammengesessen. Du kennst die Straße vor Viala-Lacoste in Salon: eng, still, nach Anbruch der Dunkelheit ist da kaum noch was los. De Romanet verabschiedete sich von einigen Kollegen und ging ein paar Schritte die Straße zu seinem geparkten Auto hinunter. Genau dort ist er überfallen worden, vier Männer haben ihn mit Eisenstangen zusammengeschlagen. De Romanet hat niemanden erkannt, alle trugen schwarze Hoodies und hatten sich Tücher vor die Gesichter gebunden. Sie haben ihn nicht ausgeraubt, und das Opfer hat ausgesagt, dass sie ihn nicht einmal angesprochen haben – er kam beim Auto an, und wie aus dem Nichts haben sie sich wortlos auf ihn gestürzt. Es ist bis heute nicht mal klar, ob er seinen Angreifern zufällig begegnet ist oder ob sie ihm hinter seinem Wagen aufgelauert haben. Jedenfalls wäre de Romanet wohl gestorben, wenn nicht einer seiner Kollegen etwas gehört und die Straße hinuntergelaufen wäre. Und wenn nicht das Krankenhaus bei der Schule praktisch um die Ecke wäre. So ist er schon ein paar Minuten nach dem Überfall operiert worden. Aber sein Rückgrat konnten auch die Ärzte nicht mehr flicken.«

»Hat man je einen Verdächtigen verhaftet?«

»Nein. Die Kollegen der Police Nationale haben damals Himmel und Hölle in Bewegung gesetzt. Ein Lehrer, der mitten in Salon-de-Provence vor seiner eigenen Schule halb tot geschlagen wird, du kannst dir denken, dass ihnen nicht nur der Bürgermeister Feuer unterm Hintern gemacht hat. Aber sie haben bis heute nichts Konkretes vorzuweisen: kein Motiv, keine Verdächtigen, einfach nichts. Es hat natürlich auch nicht geholfen, dass de Romanet selbst so gut wie gar nichts zum Überfall ausgesagt hat: ein paar Vermummte, und er kann sich auch nicht erklären, warum die ihn totschlagen wollten. Die Kollegen haben ihn seinerzeit nicht besonders intensiv befragt, ein Opfer, das im Rollstuhl sitzt – ich weiß jetzt, wie sich so ein Verhör anfühlt.«

»Und auf einmal kommt ein Kunstdetektiv aus Paris, der keine Hemmungen hat, de Romanet nach diesem angeblichen Unfall zu fragen«, sagte Blanc und drehte die leere Espressotasse auf dem Unterteller. »Das alles kann doch nichts mit dem verschwundenen Bild zu tun haben.«

»Aber vielleicht mit dem DNA-Test? Irgendeinen Grund muss Ripert doch gehabt haben, so ein Teströhrchen bei sich zu tragen.«

Ein Sohn und sein Hobby

Blancs altes Nokia summte. Auf dem Display erschien die Nummer von Charles Féraud.

»Mein Sohn Baptiste ist vorhin angekommen«, sagte er. »Er war mit einigen Freunden für ein paar Tage an der Côte d'Azur, ohne Sonia und mir etwas davon zu sagen. Baptiste ist ein, *eh bien,* spontaner Mensch. Ich weiß nicht, wie viele Tage er zu Hause bleiben wird. Sie sollten die Gelegenheit nutzen, solange er bei uns ist.«

Blanc bedankte sich und beendete das Gespräch. Er sah Fabienne an. »Das erlebe ich auch nicht alle Tage, dass ein Vater die Gendarmen drängt, den eigenen Sohn zu verhören.«

»Nette Familie.«

Blanc zahlte, sie verließen das Au Porte Mages. Fabienne blinzelte in die Sonne. »*Merci.* Beim nächsten Mal lade ich dich ein.«

»Nicht nötig«, wehrte Blanc ab. »Ich kann mich noch ganz gut daran erinnern, was man als Sous-Lieutenant verdient. Und außerdem …« Er räusperte sich.

»Außerdem was, Capitaine Roger Blanc?« Fabienne klang, als wüsste sie ganz genau, was er sagen wollte.

»Die künstliche Befruchtung in Spanien, das wird doch ein kleines Vermögen kosten, oder nicht?«

Fabienne blieb stehen und musterte ihn. »Selbst meine Eltern interessieren sich einen feuchten Dreck dafür. Mein Vater würde keinen Cent für das Kind zweier Lesben geben, und meine Mutter hat mich deswegen schon enterbt. Doch ausgerechnet mein Vorgesetzter macht sich Gedanken um meine Familienplanung?«

»Irgendjemand muss es ja tun.«

Fabienne hakte sich bei ihm unter, etwas, was sie noch nie getan hatte. »Was hältst du davon, wenn du mich adoptierst?«

»Das meinst du nicht ernst.«

»Du musst nicht gleich rot werden, das ist ja nicht unsittlich. Und keine Sorge, ich meine das nicht ernst. Ich wollte dir nur damit sagen, dass es guttut, wenn man weiß, dass sich andere Menschen Gedanken um einen machen.«

Sie sprachen nicht viel, während sie die kurvenreiche Straße bis ins Tal und zum Mandelhof der Férauds fuhren. Diesmal parkte der rote Mercedes-AMG neben der Platane, so vulgär und deplatziert wie ein eingeölter Bodybuilder in einem geschmackvoll eingerichteten Wohnzimmer. Blanc pfiff durch die Zähne. »Letztes Mal stand die Karre noch im Schuppen. Wenn Baptiste Féraud damit zur Côte d'Azur gefahren ist, dann …«

»… bedeutet das, dass er erst nach unserem ersten Besuch auf dem Mandelhof dorthin aufgebrochen ist«, vollendete Fabienne. »Der Sohnemann war im Haus, als wir das erste Mal hier waren, aber er hat sich nicht blicken lassen.«

Charles Féraud begrüßte sie; er musste am Fenster gestanden und den Streifenwagen an der Einfahrt gesehen haben, denn er kam heraus, noch bevor Blanc den Motor abgestellt hatte.

»Ich führe Sie zum Zimmer meines Sohnes«, sagte er.

»Weiß Baptiste von unserem Besuch?«, fragte Fabienne.

»Ich habe es ihm gesagt.«

»Wird er uns denn auch empfangen?«

»Er ist jedenfalls noch hier.«

Charles Féraud geleitete sie am Salon vorbei in ein Treppenhaus. Auf den Stufen glänzten alte rote Fliesen. Die Wände waren weiß gekalkt. Mehrere kleine Ölbilder hingen hier, Blanc kannte die Künstlerin schon. Er betrachtete sie im Vorübergehen: Landschaften, keine Porträts.

»Machen Sie Fortschritte?«, fragte Féraud, der ihnen voranging. »Thierry hat mich angerufen. Sie waren heute Morgen bei ihm.«

»Was hat er Ihnen gesagt?«, wollte Blanc wissen.

»Oh«, Féraud machte eine unbestimmte Geste, »Thierry fürchtet, dass er Ihnen keine große Hilfe war. Er hat mir erzählt, dass ihm die Kreditkarte gestohlen wurde. Ärgerlich, so etwas, wirklich ärgerlich.«

Blanc fragte sich, ob in Férauds letzter Bemerkung so etwas wie Ironie mitgeschwungen hatte. Ob ihn dieser Diebstahl misstrauisch machte? Oder war das wirklich nur eine Floskel? »Wir konnten auch schon mit Monsieur de Romanet sprechen«, erwähnte Blanc wie nebenbei.

Falls ihn diese Nachricht jedoch verwunderte, ließ sich Féraud das nicht anmerken. Er nickte bloß. »Anthony ist regelmäßig bei Thierry, um … nun ja, nach so einem Unfall gibt es vermutlich immer irgendetwas zu untersuchen.«

Sie gingen einen Flur im ersten Stock entlang bis zu einer weiß gestrichenen Holztür. Féraud klopfte, wartete aber nicht auf eine Antwort, sondern drückte die Klinke herunter. Mitten im Raum stand ein Mann, breitbeinig, wachsam, so als würde er schon seit einiger Zeit nichts anderes mehr tun, als auf sie zu warten. Ein Fenster war zum Hof hin geöffnet – Baptiste Féraud musste den Streifenwagen schon gesehen haben. Er war mittelgroß und schlank. Doch als er ihnen nun zwei Schritte entgegenkam, bewegte er sich wie ein Raubtier; der Typ ist kräftig und schnell, dachte Blanc. Baptiste Féraud war dunkel: dunkle Augen, dunkle Haut, schwarze Haare, an den Seiten rasiert, ein schwarzer, sorgfältig auf wenige Millimeter gestutzter Bart um den Mund. Auf seinen Hals war rechts ein Skorpion tätowiert, es war nur das halbe Tier zu sehen, denn er trug einen weiten gelben Hoodie, eine schwarze Trainingshose von Olympique Marseille und schwarze, mit neongrün glänzenden Strichen verzierte Sportschuhe von Nike, die vermutlich ein Vermögen kos-

teten. Er hatte sich einen schwarzen ledernen Bauchbeutel um-
geschlungen, wie sie die Dealer in den Quartiers Nord von
Marseille trugen, um Shit und Koks zu transportieren, weshalb
sie bei den Kids groß in Mode waren. Kids … fuhr es Blanc
durch den Kopf. Baptiste Féraud war fünfundzwanzig Jahre alt,
aber er kleidete sich wie ein noch nicht ganz der Pubertät ent-
wachsener, zorniger Teenager.

Auch sein Zimmer passte dazu: An einer Wand hing ein riesiger Flachbildfernseher, auf dem Boden davor lag eine Play Station 4. Die Poster an den anderen Wänden verherrlichten Rap-
per und Spieler von Olympique Marseille. Auf einem Schreibtisch
stand ein geöffnetes Apple Powerbook, davor lagen Hefte und
Dutzende bekritzelte Zettel, es wirkte, als hätte hier bis vorhin
ein Schüler Hausaufgaben gemacht.

»Was wollen Sie von mir?«, begrüßte Baptiste sie mürrisch.

»Erfreut, Sie zu sehen«, erwiderte Blanc freundlich, stellte
sich vor und streckte die Hand aus.

Der Sohn starrte die Rechte ratlos an, er hätte sie wohl gern
provoziert, doch zögerte er, die dargebotene Hand zu ignorieren.
Schließlich gab er ein Grunzen von sich, schlug ein und schüttelte anschließend auch Fabienne die Hand.

»Ich bin dann mal unten im Salon. Falls Sie mich brauchen«,
sagte Charles Féraud, und sein Tonfall machte nur zu klar, dass
er hoffte, dazu würde es nicht kommen.

Baptiste entspannte sich ein wenig, nachdem sein Vater verschwunden war. »Der Alte hat mir erzählt, was passiert ist«,
meinte er. »Aber mich interessieren seine blöden Bilder nicht.
Und diesen Schnüffler, Ripert, habe ich nie gesehen. Ich kann
Ihnen nichts dazu sagen.«

»Ihnen ist nicht aufgefallen, dass ein Bild fehlte?«, fragte Fabienne.

Er lachte bloß höhnisch auf und schüttelte den Kopf.

»Kannten Sie Monsieur Ripert?«

»Wie gesagt: nie gesehen. Hören Sie, ich wusste weder, dass ein Bild fehlt, noch, dass mein Alter einen Privatdetektiv engagiert hat. Ist das nicht krass? Ich meine, haben Sie schon mal jemanden kennengelernt, der einen Privatdetektiv beauftragt?« Er räusperte sich. »Klar, Sie sind Flics. Sie kennen sicher solche Typen. Ich aber nicht. Aber mein Vater, der macht so was. Ist typisch für ihn.«

»Wieso ist das typisch für Ihren Vater?«, wollte Blanc wissen.

»Na ja, das war doch kein Picasso. So einen Schinken können Sie in der Provence in jedem Laden kaufen. Dafür muss man doch nicht einen Schnüffler kommen lassen. Aber der Alte hat halt immer gerne alles unter Kontrolle. Wenn Sie mich fragen: Dem geht es nicht um das kitschige Bild, sondern um Bestrafung. Das Bild ist ihm scheißegal. Aber dass es jemand gewagt hat, ihm etwas wegzunehmen, das regt ihn maßlos auf.«

»Was machen Sie beruflich, Monsieur Féraud?«, fragte Blanc.

»Was soll denn dieser Mist? Das hat doch nichts mit Ihren Ermittlungen zu tun.«

»Da bin ich anderer Meinung. In diesem Haus ist ein Kunstwerk gestohlen worden. Draußen vor diesem Haus steht ein schickes geleastes Auto. Ein sehr teures Auto, von jemandem, der im Vertrag angegeben hat, dass er arbeitslos ist.«

»Was soll das denn werden? Wer hat Ihnen das alles verraten? Mein Vater? Wollen Sie mir etwa irgendeinen Scheiß anhängen? Oder hat mein Alter Sie auf mich gehetzt?«

»Ich wüsste bloß gerne, woher Sie das Geld für Ihr Auto haben.«

Blanc sah, wie sich die Kiefermuskeln auf den hageren Wangen Baptiste Férauds abzeichneten wie zwei zum Zerreißen gespannte Seile. Er schluckte so heftig, dass sein Adamsapfel auf und ab hüpfte, der Skorpion am Hals bewegte seine Scheren und wirkte so irritierend lebendig, dass Blanc unwillkürlich ein Schauder durchfuhr.

»Ich mache Geschäfte, *d'accord*?!«, antwortete er schließlich gepresst.

»Welche Art von Geschäften?«

»Das muss ich Ihnen nicht sagen.«

»Monsieur Féraud«, sagte Fabienne freundlich, und man hörte ihr an, dass sie trotz seines schroffen Verhaltens durchaus Sympathien für ihn hatte. »Wir haben ein paar Erkundigungen eingezogen: Sie haben das Lycée ein Jahr vor dem Baccalauréat geschmissen. Sie haben keine Ausbildung. Sie wohnen bei Ihren Eltern. Aber Sie fahren ein Hunderttausend-Euro-Auto. Sollen wir einen Kollegen anrufen, der mit einem Drogenspürhund einmal durchs Anwesen geht?«

Baptiste starrte Fabienne an. Blanc hatte die Hand unauffällig auf den Griff seiner SIG-Sauer gelegt, die er unter der Lederjacke trug. Doch nach zwei, drei schier endlos wirkenden Sekunden entspannte sich der junge Mann und lächelte. Er schien sich dazu durchgerungen zu haben, Fabienne ebenfalls nett zu finden. »Ich mag Hunde«, sagte er grinsend, »aber nicht solche Hunde.«

»Dann lassen Sie uns besser über Bilder plaudern«, schlug Fabienne vor. »Sie sagen, dass Ihnen nicht aufgefallen ist, dass das Porträt fehlte. Wann haben Sie es denn erfahren?«

»Nachdem meinem Vater das aufgefallen ist. Er hat sich fürchterlich aufgeregt und uns nach dem Bild befragt. So als würde er einen von uns verdächtigen.«

»Würden Sie jemandem aus ihrer Familie einen Diebstahl zutrauen?«

»Quatsch!«

Irgendetwas in Baptiste' Stimme ließ Blanc aufhorchen. »Wir sind unter uns«, versicherte er und lächelte gewinnend. »Nichts, was Sie hier sagen, ist offiziell. Es gibt kein Protokoll. Sagen Sie es uns einfach, falls Sie doch«, er wog seine Worte sorgfältig ab, »bei irgendjemandem ein ungutes Gefühl haben.«

»Ungutes Gefühl, eh?« Baptiste lachte höhnisch auf. »Fragen Sie doch mal meinen Bruder! Den heiligen Bruno! Fragen Sie doch den mal, ob er was zu verbergen hat. Mehr sage ich nicht.«

»War Bruno an dem Tag, als Ihr Vater das Verschwinden des Bildes bemerkte, im Haus?«

»Ja. Wir waren alle da. Mutter, Dorothée, Bruno. Vater hat uns eine Predigt gehalten. Er hat eine Stunde lang geschimpft, das war schon peinlich. Nounour war ja da.«

Blanc und Fabienne wechselten einen überraschten Blick. »Monsieur Pavy war am Tag, an dem Ihr Vater das Verschwinden des Bildes auffiel, in Ihrem Haus?«, hakte Blanc nach.

»Nein, nicht im Haus. Er stand im Hof, da, wo jetzt der Mercedes parkt. Nounour ist öfter bei uns. Keine Ahnung, ob er da gerade angekommen war oder ob er schon eine Zeit lang auf dem Hof herumgestanden hat; ich war bis zur Predigt des Alten in meinem Zimmer und habe ihn nicht gesehen. Vater wusste offenbar auch nicht, dass Nounour da war. Als er uns seine Standpauke gehalten hat, habe ich zufällig aus dem offenen Fenster gesehen und Nounour entdeckt. Der war ganz still, als wäre es ihm peinlich. Und dann ist er auch ganz leise wieder gegangen. Nounour muss gedacht haben, dass wir alle irre sind: eine solche Szene wegen eines dämlichen kleinen Bildes!«

Blanc dachte nach. Davon hatte Pavy ihnen nichts erzählt. »Hat Monsieur Pavy gesehen, dass Sie ihn beobachtet haben?«

»Ich glaube nicht.«

»Wo ist Ihre Schwester zur Zeit?«, fragte Fabienne.

»*Mon Dieu*, den Job kann ich Ihnen nicht abnehmen. Niemand weiß, wo sich Dorothée herumtreibt.«

»Dorothée war immerhin auch dabei, als Sie mit der ganzen Familie am vergangenen Donnerstag in der Galerie von Madame Chevilliet waren«, bemerkte Fabienne.

Baptiste sah sie einen Augenblick verwirrt an. »Ja, warum fragen Sie? Valéria ist eine Freundin von den Alten. Aber sie ist trotzdem irgendwie, na, in Ordnung. Es gab an dem Abend irgendwas zu feiern, eine Ausstellung oder Vernissage oder was weiß ich, jedenfalls wollte Vater, dass wir dabei sind. Warum nicht?, habe ich mir gedacht. Und Dorothée ist gerne da, wo es Champagner gibt. Und andere Sachen.«

Andere Sachen …, dachte Blanc. Er nahm sich vor, die Kollegen von der Drogenfahndung nach Dorothée Féraud zu befragen. Er ging bis zum Schreibtisch und betrachtete flüchtig die um das Notebook verstreuten Papiere. Dann stutzte er. Verbrechen. Der ganze Schreibtisch war voller Verbrechen.

Zeitungsartikel über spektakuläre Morde und Entführungen steckten in durchsichtigen Schnellheftern, kleinere Beiträge waren in die Seiten von Schulheften hineingeklebt, am Rand und darunter standen nahezu unleserliche Notizen in einer winzigen Handschrift. Blanc las einige Schlagzeilen: *Affaire Nordahl Lelandais, Affaire Salameh, Les Disparues de Perpignan …*

Baptiste gab sich plötzlich nicht länger aufreizend selbstbewusst. Er trat hinzu, verlegen schob er ein paar Ordner hin und her. »Das ist ein Hobby von mir«, erklärte er ungefragt.

»Ein Hobby?«

»Das mache ich schon, seit ich sechzehn bin. Keine Ahnung, warum. Ein Kumpel von mir sammelt die Metallkappen von Champagnerflaschen. Das ist ja auch verrückt, wenn man sich das mal überlegt. Ich finde halt ungelöste Verbrechen gut. Ich schneide Artikel über Verbrechen aus und hefte sie ab. Und manchmal, wenn ich nicht einschlafen kann, überlege ich mir, wer es wohl gewesen sein könnte. Oder wo das vermisste Opfer liegen könnte, solche Dinge. So etwas wie ein Krimi im Kopf, besser als Netflix.«

Blanc nahm den zuoberst liegenden, besonders voluminösen Schnellhefter in die Hand: *L'Affaire Philippe Loubet de Bayle.* »Eine alte Geschichte«, sagte er.

»Aber man hat den Typen nie gefunden.«

»Worum geht es?«, fragte Fabienne, die näher gekommen war.

»Philippe Loubet de Bayle hat vor einigen Jahren seine Familie massakriert«, erklärte Baptiste. »Ein total unauffälliger Typ, der eines Tages seine Frau und seine drei Kinder erschießt und danach verschwindet. Er hat mit seiner Kreditkarte bei einer Bank in der Provence noch einmal Geld abgehoben, seitdem gibt es keine Spur mehr von ihm. Den Fall fand ich immer besonders krass. Manche glauben, der Mörder hat sich von hier aus nach Spanien abgesetzt und dann weiter nach Südamerika. Andere vermuten, der versteckt sich in einem Kloster im Midi. Ich meine ja, der Typ hat sich umgebracht und wollte nicht gefunden werden. Manchmal gehe ich in die Alpilles und suche nach seinen Überresten. Wäre doch cool, wenn man den endlich findet.«

»Und dann?«, fragte Blanc erstaunt.

»Dann poste ich das auf Instagram.«

Blanc legte den Ordner so behutsam weg, als könnte er explodieren. Nichts anmerken lassen, sagte er sich, lass dir jetzt bloß nichts anmerken! Er unterhielt sich einige weitere Minuten mit Baptiste Féraud: noch ein paar Detailfragen, die Ermahnung, sich zu melden, falls ihm noch etwas einfallen sollte, und hier sei die Visitenkarte, das Übliche. Dann verabschiedeten sie sich.

»Den Weg nach draußen finden Sie sicherlich auch allein«, sagte Baptiste erleichtert und schloss die Zimmertür, sobald sie auf dem Flur standen.

»Ein Babykiller«, murmelte Fabienne. »Einerseits ist dieser Typ unreif wie ein Kind. Andererseits kann ich mir schon vorstellen, dass der einem die Kehle aufschlitzen würde, wenn man ihn provoziert.«

»Ich hatte den Eindruck, du magst ihn.« Sie unterhielten sich flüsternd, während sie den Flur hinuntergingen. Blanc wusste nicht, ob dieses Haus Ohren hatte.

»Tue ich auch, irgendwie. Er wirkt wie eine verlorene Seele

auf mich. Man kann nicht gerade behaupten, dass er seinem Bruder ähnelt.«

Blanc blieb im Treppenhaus stehen. »Je nachdem, wie du es betrachtest: Bruno lebt wie ein Mönch in einer Zelle. Baptiste lebt wie ein ewiger Teenager in diesem Zimmer. Normal ist das in beiden Fällen nicht.«

»Und die Tochter haben wir noch nicht mal zu Gesicht bekommen. Nennt man so etwas ›dysfunktionale Familie‹? Die Eltern schienen mir eigentlich mehr oder weniger normal zu sein, zumindest Charles Féraud. Sonia ist ja auch nicht gerade die charmanteste Frau der Provence.«

»Zumindest scheint es in der Familie häufiger Krach zu geben. Wenn ich Baptiste richtig verstanden habe, hält der Vater hin und wieder mal eine ›Predigt‹.«

»Der Sohnemann behauptet auch, dass Pavy unfreiwilliger Zeuge der letzten Predigt war. Wenn das stimmt, dann …«

»… dann hat Pavy gelogen. Er hat ausgesagt, dass er nichts vom Diebstahl des Bildes wusste, bis wir mit den Mordermittlungen angefangen haben. Wenn er aber am Tag des Diebstahls schon draußen gelauscht hat – was Charles Féraud offenbar nicht wusste –, dann war Pavy sehr wohl informiert. Der Herr Direktor weiß auf jeden Fall mehr, als er uns glauben macht.«

»Wir müssen ihn uns noch einmal vornehmen.«

Sie gingen weiter bis zum Salon. Der Raum war allerdings leer, Charles Féraud hatte sein Versprechen nicht gehalten. Sie fanden auch sonst niemanden im Haus und traten auf den Hof.

»Da ist noch etwas«, Blanc flüsterte noch immer, obwohl sie nun draußen waren. »Das ist mir vorhin aufgefallen, ich wollte mir aber nichts anmerken lassen. Baptiste' seltsames Hobby …«

»Spektakuläre Verbrechen, warum nicht? Das hat nichts zu sagen. Im Fernsehen senden sie dazu auch rauf und runter Reportagen. Es gibt mehr Hobbydetektive, als du denkst, Roger, sogar welche mit tätowiertem Skorpion am Hals.«

»Ganz oben auf dem Stapel der Schnellhefter lag aber ausgerechnet eine Sammlung zur *L'Affaire Philippe Loubet de Bayle*. Das ist sieben Jahre her, da warst du noch nicht mal auf der Gendarmerie-Schule. Ich dagegen kann mich noch dunkel daran erinnern, auch wenn ich nie etwas damit zu tun hatte. Es war in der Tat ein großes Rätsel, was aus dem Mörder geworden ist, wir haben damals in der Gendarmerie alle davon etwas mitbekommen und uns Gedanken gemacht. Weißt du, in welcher Stadt Philippe Loubet de Bayle seine Familie ausgelöscht hat?«

»Gib meinem iPhone drei Sekunden, und ich sage es dir.«

»Es war in Montmorillon.«

Fabienne sog scharf die Luft ein. »Das ist doch der Ort, in dem Pavy ein Museum geleitet hat, bevor er in die Provence kam? War das nicht sieben Jahre her?«

»Und in Montmorillon ist auch Patrick Ripert aufgewachsen – der Ermordete, in dessen Tasche wir ein Stäbchen für eine DNA-Probe gefunden haben. Noch so ein seltsamer Zufall, nicht wahr?«

Der Heilige in der Hütte

»Was machen wir nun?«, fragte Fabienne.

Blanc hörte Lärm über sich, ein Orchester aus verstopften Trompeten am Himmel. Er blickte auf und sah Kraniche, die in einer keilförmigen Formation Richtung Norden flogen. Der Winter war endgültig vorbei. Er lächelte. Kraniche gehörten zu den Bildern seiner Kindheit. Er erinnerte sich, wie ihn sein Vater manchmal aufgeregt hinausgescheucht hatte, wenn die Zugvögel im November gen Süden und im Februar oder März wieder nach Norden über das Dach ihres Hauses geflogen waren. Er fragte sich, ob Philippe Loubet de Bayle seinen Kindern je Kraniche gezeigt hatte. »Wir müssen mehr über diesen schrecklichen Fall erfahren«, antwortete er. »Er ist ungelöst; ich erinnere mich noch, dass man in ganz Frankreich nach dem Täter gefahndet hat. Wir müssten alle Informationen im Computer finden.«

»Wir könnten auch mit einem der Kollegen in Montmorillon sprechen.«

»Ja, wir rufen dort an. Und erst wenn wir die Details kennen, nehmen wir uns Pavy und Baptiste Féraud in dieser Sache vor. Loubet de Bayle konnte verschwinden, obwohl ihn jeder Flic des Landes gesucht hat. Wenn der junge Féraud oder Pavy – oder Ripert – irgendetwas damit zu tun haben, dann müssen wir sehr behutsam vorgehen. Wir dürfen niemanden scheu machen, dürfen kein Misstrauen erregen. Vielleicht kommen wir so dem Mysterium auf die Spur. Oder alles stellt sich bloß als Zufall heraus, und wir verschwenden unsere Zeit.«

»Apropos verschwendete Zeit: Wenn wir schon einmal hier sind, wollen wir nicht nachsehen, ob Bruno Féraud in seiner

Hütte ist? Sein Bruder hat ihn ja nicht direkt wegen irgendetwas denunziert, aber ich wüsste schon gerne, warum der heilige Bruno dann doch nicht ganz so heilig sein soll.«

Blanc nickte. »Gute Idee. Gehen wir durch den Mandelhain.«

Sie hatten erst wenige Schritte unter den blühenden Bäumen gemacht, als sie innehielten. Mitten im Weg standen auf stelzenförmigen Beinen vier graue Holzkästen, aus denen es summte, als stünden sie unter Starkstrom. Wenn man genauer hinsah, erkannte man aus einigen Metern Abstand winzige schwarze Schatten, die in Kreisen um die Kästen rasten oder in den Baumkronen verschwanden.

»Meinst du, Bienen stechen, wenn wir ihren Stöcken zu nahe kommen?«, flüsterte Fabienne.

»Ich habe keine große Lust, das auszuprobieren«, erwiderte Blanc genauso leise. Er wusste nicht einmal, ob die Insekten ihn überhaupt hören konnten, und falls ja, ob ihnen das nicht total gleichgültig war. Aber auch das wollte er nicht ausprobieren. Er blickte sich um und hoffte, irgendwo Charles Féraud zu sehen. Vergebens. »Wir umgehen die Stöcke in einem großen Bogen«, fuhr er fort. »Ich weiß nicht, wie weit Bienen fliegen. Aber wenn wir ihren Stöcken nicht zu nahe kommen, ignorieren sie uns vielleicht.«

»Und wenn nicht?«

»Dann laufen wir, und der Langsamere von uns beiden kriegt die Stiche ab.«

»Klingt wie ein beschissener Plan für mich. Du bist der Marathonmann.«

»Ich spendiere dir eine kühlende Salbe.« Blanc grinste und deutete nach rechts. »*D'accord.* Wir versuchen es mit einem Umweg und ignorieren die Biester. Dann werden sie uns hoffentlich auch ignorieren.«

Womit er recht hatte. Die Bienen summten in den Bäumen, es klang wie ein Hochspannungsnetz. Sie sahen Insekten, die wie wahnsinnig von Blüte zu Blüte flogen, so als würden sie Aufputschmittel saugen. Die beiden Menschen, die unter ihnen behutsam zwischen den Baumstämmen hindurchgingen, schienen sie nicht einmal zu bemerken. Trotzdem atmete Blanc erleichtert durch, als das Gewimmel weniger wurde und er das kleine Steinhaus am Ende des Hains erblickte. Die Tür stand offen. Sie traten ein – niemand war da. Fabienne tippte Blanc an die Schulter. »Ich höre was«, flüsterte sie.

Sie gingen um das Häuschen herum. Bruno Féraud kniete auf einer mehr als zwei Meter durchmessenden kreisrunden Betonplatte, die in den Erdboden eingelassen war. Solche massiven Deckel hatte Blanc beim Laufen durch die Wälder der Provence schon hin und wieder gesehen: Es waren Abdeckungen riesiger unterirdischer Zisternen, in denen Wasser für die Feuerwehr gesammelt wurde, damit man die allsommerlichen Brände besser bekämpfen konnte. Féraud hatte im Zentrum der Betonscheibe eine kleine Eisenplatte angehoben und führte gerade einen langen Holzstab ein. Er hatte sie nicht bemerkt. Sie beobachteten ihn. Er zog den Stab nach wenigen Augenblicken wieder hinauf. Jetzt erkannten sie, dass er wie ein riesiger Zollstock mit Zentimeterangaben markiert war. Bis zu einem gewissen Niveau war das Holz vom Wasser verdunkelt worden.

»Wie ist der Pegelstand, Monsieur Féraud?«, fragte Blanc.

Der Angesprochene fuhr ruckartig herum und hätte beinahe den Messstab in die Zisterne gleiten lassen. Er fing ihn im letzten Moment wieder auf. Er war rot geworden, erhob sich und klopfte sich den Staub aus den Hosenbeinen. »Kein Grund zur Sorge«, antwortete er, sah aber aus, als würde er sich sehr wohl Sorgen machen.

Vielleicht aber nicht um das Wasser, dachte Blanc. »Wir würden Ihnen gerne noch ein paar Fragen stellen«, erklärte er.

»Ich schraube bloß noch den Deckel der Zisterne zu«, erwiderte Bruno Féraud. Umständlich hantierte er an der kleinen

Stahlkappe – zu umständlich. Der will Zeit zum Nachdenken schinden, vermutete Blanc. »Von der Blüte bis zur Ernte braucht man fünfzehntausend Liter Wasser für ein Kilogramm Mandeln«, fuhr Féraud fort. »Und Sie wissen ja, dass man sich in der Provence nicht auf den Regen verlassen kann. Das da«, er tippte mit der Fußspitze auf den Zisternendeckel, »ist unsere Ernteversicherung.«

»Wie viel bekommen Sie für ein Kilogramm Mandeln?«, fragte Fabienne.

»Dieses Jahr sieht es gut aus bislang, elf Euro vielleicht oder sogar etwas mehr.«

Blanc pfiff durch die Zähne. Elf Euro und fünfzehntausend Liter Wasser pro Kilogramm …

Baptiste Féraud nickte. »*Mais oui*. Das rechnet sich nur, weil der Regen gratis ist. Deshalb muss man vorsorgen. Zisternen kosten aber viel Geld, die kann sich längst nicht jeder Mandelbauer leisten. Mein Vater nennt so etwas ›Wettbewerbsvorteil‹. Immerhin scheinen wir dieses Jahr eine Sorge weniger zu haben. Während der Mandelblüte darf es keinen Frost mehr geben, sonst ist die ganze Ernte gefährdet. Uns steht ein milder Frühling bevor, ich hoffe, der Frost bleibt uns erspart. Haben Sie vorhin die Kraniche gesehen?«

»Ein schöner Anblick«, pflichtete ihm Blanc freundlich bei, doch dann erstarb sein Lächeln. »Wir sind aber nicht hier, um mit Ihnen über Zugvögel zu sprechen, Monsieur Féraud.«

Bruno räusperte sich. »Was wollen Sie wissen?«

»Wann genau haben Sie erfahren, dass das Bild verschwunden ist?«

»An dem Morgen, als mein Vater es bemerkt hat. Er hat die Familie zusammengerufen.«

»Und niemanden sonst?«

»Nein«, erwiderte Bruno Féraud erstaunt, »wen hätte Vater denn noch dazurufen sollen?«

Blanc blickte Fabienne kurz an und schüttelte kaum merklich den Kopf. Der ältere Sohn schien Pavy nicht bemerkt zu haben. Und Blanc würde dessen Anwesenheit jetzt nicht erwähnen.

»Waren Sie dabei, als Ihr Vater Monsieur Ripert engagiert hat?«, fragte Fabienne.

»Nein. Davon habe ich erst ein paar Tage später erfahren.«

»Wie?«

Bruno Féraud kratzte sich verlegen am Kopf. »Ich bin auch so etwas wie der Buchhalter der Familie, verstehen Sie? Mein Vater ist der Visionär. Er hatte die Idee mit den Mandeln. Er verhandelt mit Kunden oder mit den Bauern, wenn er weitere Hektar Land dazukaufen will. Aber das tägliche Rechnen mit Einnahmen und Ausgaben ist nicht seine Sache. Und, nun ja, Monsieur Riperts Engagement hat sich auf unserer Ausgabenseite schnell bemerkbar gemacht. Da habe ich nachgefragt.«

»Und Ihr Vater hat Ihnen daraufhin Riperts Aufgabe erklärt?«

»Ja. Riperts Job hat uns eine Stange Geld gekostet. Ich kann meinen Vater aber verstehen«, setzte er hastig hinzu. »Das Porträt bedeutet ihm viel. Und so einen Diebstahl muss man doch aufklären, nicht wahr?«

»Eine Anzeige bei der Gendarmerie wäre Sie billiger gekommen.«

Bruno Féraud blickte in den Himmel, als suchte er dort Kraniche oder eine Erleuchtung. »Das habe ich meinem Vater auch gesagt. Aber er hatte wohl seine Gründe.«

»Wussten Ihre Geschwister von Riperts Engagement?«, wollte Fabienne wissen.

»Ich glaube nicht. Mein Vater hat Baptiste und Dorothée von Anfang an klargemacht, dass er Himmel und Hölle in Bewegung setzen will, um dieses Bild wiederzukriegen. Aber darüber, wie er das tun wollte, hat er sich ausgeschwiegen. Ich glaube, keiner von uns dreien hat Monsieur Ripert überhaupt je gesehen. Mir ist er ja nur aufgefallen, als ich die, *eh bien,* beachtlichen

Honorar- und Spesenrechnungen sah. Und danach musste ich meinem Vater versprechen, es keinem Menschen zu sagen.«

»Und Ihre Mutter? War die informiert?«

»Das weiß ich wirklich nicht.«

»Was ist denn Ihre ganz persönliche Vermutung?«, mischte sich Blanc wieder ein. »Wer hat das Bild gestohlen?«

»Ich verdächtige niemanden.«

»Aber irgendwelche Gedanken müssen Ihnen dazu doch durch den Kopf gehen.«

Bruno Féraud sah sich um, als fürchte er, die Bienen könnten ihn belauschen.

»Das bleibt unter uns«, versicherte Fabienne. Sie war fast fünfzehn Jahre jünger als Bruno Féraud, aber es gelang ihr, diesen Satz mit mütterlicher Güte auszusprechen. »Sie können uns vertrauen«, fuhr sie fort.

»Ich … *eh bien*.« Er brachte ein gequältes Lächeln zustande. »Sie haben ja das Foto des Bildes gesehen: das Porträt eines hübschen Mädchens. Und der Mandelzweig ist das Symbol der Jungfräulichkeit. Dieses Mädchen auf dem Bild ist also wirklich *sehr* jung. Und, nun ja …« Er hustete verlegen. »In unserem Bekanntenkreis … aber eigentlich ist das absurd …. vergessen Sie es …«

Blanc ging ein Licht auf. »Doktor Bazin? Sie würden Doktor Bazin diesen Diebstahl zutrauen?«

»Das haben Sie jetzt behauptet! Ich …«

»Da ist was dran«, unterbrach ihn Fabienne. »Die Skulptur der nackten Tänzerin in seinem Salon. Die Fotos an den Wänden. Die Geschichte aus Paris mit der Tochter der Patientin. Kennen Sie Thierry Bazin gut?«

»Nein, nein«, wehrte Bruno Féraud ab. »Eigentlich erst seit ein paar Jahren.«

Blanc starrte ihn an. »Sie sind vierzig Jahre alt. Ihr Vater und Thierry Bazin behaupten, dass sie alte Freunde sind seit ihrer Pariser Zeit. Sie müssen ihn doch schon, wie lange? Zehn, zwanzig, vielleicht dreißig Jahre kennen?«

»Nun, ich«, er machte mit den Händen eine hilflose Geste, als würde er sie am liebsten irgendwo verstecken. »Ich lebe schon sehr lange hier. Paris hat mir nie gefallen. Ich bin in den Süden gezogen, sobald ich achtzehn war. Ich habe mich hier ... durchgeschlagen. So sagt man das wohl. Erst als mein Vater den Rest der Familie in die Provence geholt hat, bin ich wieder zu ihm gezogen. Deshalb habe ich Monsieur Bazin auch erst hier kennengelernt. Nicht sehr gut, wir sind nicht befreundet«, setzte er rasch hinzu.

»Aber gut genug, um zu wissen, dass Bazin die Bilder junger Frauen mag«, kommentierte Fabienne.

»Ich war ein-, zweimal bei ihm im Haus.«

Blanc blickte ihm in die Augen. »Den anderen Freunden Ihres Vaters würden Sie einen Diebstahl hingegen nicht zutrauen?«

»Monsieur de Romanet kann das Bild auf keinen Fall gestohlen haben. Es hing viel zu hoch an der Wand, als dass jemand im Rollstuhl es hätte abnehmen können.«

»Und Monsieur Pavy?«, fragte Blanc. »Immerhin sammelt er auch Bilder von Adry Novoli.«

»Ach, Nounour ...« Plötzlich lächelte Bruno Féraud. Er schien Pavy zu mögen. »Nounour ist so oft bei uns, der gehört praktisch schon zur Familie. So etwas würde er nie tun!«

»Und Ihre Geschwister? Würden Ihre Geschwister so etwas tun?«

Die Gesichtszüge des ältesten Sohnes verdüsterten sich. »Ich habe kein besonders enges Verhältnis zu Baptiste oder Dorothée, das ist wahr. Aber mir ist nie aufgefallen, dass sie sich je für Kunst interessiert hätten.«

»Aber vielleicht für Geld?«, meinte Fabienne. »Sie sind der Buchhalter der Familie. Sagen Sie uns, ob einer der beiden in finanziellen Schwierigkeiten steckt.«

»Ich bezog mich dabei auf das Vermögen meines Vaters und den Hof. Die Angelegenheiten meiner Geschwister gehen mich nichts an.«

»Ihr Bruder fährt einen auffälligen Sportwagen. Haben Sie sich nie gefragt, woher er das Geld dafür hat?«

»Autos interessieren mich nicht.«

»Ganz ehrlich, Monsieur Féraud: Haben Baptiste oder Dorothée je Gelder aus dem Betriebsvermögen abgezweigt?« Blanc lächelte sein Sie-können-mir-alles-anvertrauen-Lächeln.

»Nie! Das hätte Vater nie erlaubt, er ist in finanziellen Dingen sehr streng. Und mir wäre so etwas aufgefallen. Auch ich hätte das nicht erlaubt.«

Sie verließen die Hütte und kamen unbeschadet an den Bienenstöcken vorbei wieder bis auf den Hof. Blanc hatte schon die Tür des Streifenwagens geöffnet, als er hinter einer verglasten Tür des hintersten Anbaus eine Bewegung wahrzunehmen glaubte. Da war eine Gestalt. Jemand, der sie beobachtete? Er glaubte, blonde Haare hinter den spiegelnden Scheiben zu erkennen, und einen Moment lang hoffte er, endlich der mysteriösen Tochter der Familie gegenüberzutreten.

»Wir haben noch was zu erledigen«, flüsterte er Fabienne zu. Dann ging er mit energischen Schritten zum Anbau und riss die Tür auf. »*Bonjour*, Madame Féraud«, rief er, überrascht und ein ganz klein wenig enttäuscht.

Die Hausherrin verharrte längst nicht mehr hinter der Tür, sicherlich hatte sie Blanc und Fabienne auf sich zugehen sehen. Sie stand in der Mitte eines hohen, hellen Raumes, der vielleicht einmal ein Pferdestall gewesen war. Jetzt war nicht bloß die breite Doppeltür verglast, auch in das schräge Dach waren zwei große Veluxfenster eingesetzt, durch die Sonnenlicht hineinflutete. Es war ihr Atelier, erkannte Blanc. In der Mitte stand ein breiter Holztisch, dessen Platte aus einem einzigen alten Eichenbrett gefertigt war. Das Holz glänzte, so als wäre es mit irgendeiner Chemikalie getränkt. Es duftete aber angenehm hier, irgendwie erinnerte ihn das an Weihnachten. Blanc brauchte einen Moment, bis er den Geruch erkannte: heißes Wachs. Als er näher kam, sah er, dass auf dem Tisch eine auf einen Rahmen gespannte Leinwand lag. Sie glänzte kobaltblau. Goldene und silberne Ornamente lagen darauf. Blanc sah noch genauer hin: Es war keine Illusion, es waren tatsächlich feine Linien, die in abstrakten Formen auf den blau glänzenden Untergrund geklebt zu sein schienen.

»Das sind Ihre Wachsbilder?«, rief Fabienne erstaunt.

Sonia Féraud trug ihre Lesebrille diesmal auf der Nase, sie war in einen alten mit Farbklecksen gesprenkelten Jogginganzug gekleidet. Sie blickte Fabienne einen Moment lang erfreut an, offenbar überrascht, dass diese junge Gendarmin etwas mit ihrer Kunst anfangen konnte, dann verrieten ihre Züge wieder Misstrauen. Und Angst, dachte Blanc, als hätten sie sie gerade bei irgendetwas ertappt.

»Ich trage heißes Wachs auf Leinwände auf. Das verleiht den Bildern einen gewissen dreidimensionalen Effekt«, erklärte Sonia Féraud. »Ich habe diese Technik vor einiger Zeit dank Nounour kennengelernt. Er hatte mit Wachskünstlern eine Sonderausstellung in Les Baux organisiert.«

»Sie stellen auch aus, Madame?«, fragte Blanc höflich.

»Nein.« Sie klang, als würde sie am liebsten ein »noch nicht« hinzusetzen, es aber dann doch besser bleiben lassen. »Sie sind doch sicherlich nicht hier, um meine Bilder zu bewundern, *mon Capitaine.*«

»Der Zufall führt uns zu Ihnen.« Das war ja streng genommen auch nicht gelogen. »Wir hatten Gelegenheit, Ihren Sohn zu befragen.«

»Und vermutlich sind Sie jetzt nicht klüger als zuvor. Baptiste hat nichts mit dieser leidigen Affäre zu tun.«

»›Leidige Affäre‹ ist aber ein ganz schöner Euphemismus für einen Mord«, warf Fabienne ein.

Sonia Féraud schnaubte bloß. »›Affäre‹ trifft es ganz gut, glauben Sie mir. Es geht doch hier bloß um ein kleines Bild. Monsieur Riperts ...«, sie zögerte, »... bedauerliches Hinscheiden hat damit garantiert nichts zu tun.«

»Ich wünschte wirklich, ich wäre da so sicher wie Sie«, murmelte Blanc. »Haben Sie eigentlich das verschwundene Bild gemocht, Madame?«

Sonia Féraud nahm die Brille ab. Vielleicht, fuhr es Blanc durch den Kopf, hoffte sie unbewusst, dass er sie nicht mehr so genau erkennen konnte, wenn auch sie nicht mehr klar lesen konnte. »Das Bild war schon ... anrührend. Auf jeden Fall ziehe ich die wenigen Porträts von Adry ihren Landschaftsbildern vor.« Sie deutete mit nonchalanter Geste auf das Wachsbild. »Sie sehen es ja: Ich bevorzuge abstrakte Kunst. Adrys provenzalische Bauernhöfe, Olivenhaine und Fischerhäfen scheinen mir doch arg konventionell zu sein. Ehrlich gesagt habe ich nie verstanden, warum Charles daran einen Narren gefressen hat. Die Porträts hingegen ...« Ihre Stimme verklang.

»Wissen Sie, wer das blonde Mädchen mit dem Mandelzweig war?«, fragte Blanc. Aus den Augenwinkeln bemerkte er, wie Fabienne die Luft anhielt.

Sonia Féraud schüttelte rasch den Kopf, ein wenig zu rasch, fand Blanc. »Nein. Sie haben vielleicht schon gehört, dass Adry nie auf den Porträts vermerkte, wen sie gemalt hat.«

»Seit wann war dieses Werk im Besitz Ihrer Familie?«, wollte Fabienne wissen. Sie ließ sich nichts anmerken, klang nur mäßig interessiert.

»Seit ungefähr sieben Jahren. Es war eins der ersten Bilder, die mein Mann gekauft hat, nachdem wir in die Provence gezogen sind.«

»Hat deshalb gerade dieses Bild Monsieur Féraud so viel bedeutet?« Blanc lächelte. »Bitte verzeihen Sie unsere Indiskretion, aber Ihr Gatte hat der Familie nach Aussage Ihres Sohnes eine regelrechte Strafpredigt gehalten. Er schien außerordentlich wütend zu sein.«

Sonia Féraud wedelte verächtlich mit der Hand. »Charles kann es auf den Tod nicht leiden, Geld zu verlieren. Selbst wenn es ein paar Euro sind, die in Form eines kleinen Ölbildes an der Wand hängen. Er hasst Verluste. Er wäre bei jedem anderen Werk genauso in die Luft gegangen, glauben Sie mir.«

»Hat außer Ihnen und Ihren Kindern noch jemand seine Strafpredigt gehört?«, fragte Fabienne.

»Zum Glück nicht!« Sonia Féraud atmete tief durch. »Sehen Sie: Charles und ich haben manchmal unsere … unsere Differenzen.« Sie lachte nervös auf. »Ich meine: Welches Ehepaar hat die nicht? Aber wir tragen unsere Meinungsverschiedenheiten glücklicherweise nicht vor Publikum aus, wenn Sie verstehen, was ich meine.«

»Ist es zwischen Ihnen und Ihrem Gatten auch wegen Bruno mal zu Meinungsverschiedenheiten gekommen?« Bei Blanc klang das so, als plauderte er über eine Belanglosigkeit. »Bruno ist doch nicht Ihr Sohn, nicht wahr?«

Sonia Féraud wirkte einen Moment lang so, als würde sie ihn gleich beschimpfen, nahm sich dann aber mühsam zusammen. Sie hielt einen Moment lang ein Wachsbild in der Hand, bevor sie fortfuhr. »Sie sollten sich um das verschwundene Bild kümmern, *mon Capitaine*. Nicht um die Familienangelegenheiten anderer Leute. Das eine hat mit dem anderen nichts zu tun.«

»Verstehe.« Blanc verabschiedete sich mit einer angedeuteten Verbeugung und ließ Fabienne zur Tür vorgehen. Als er selbst schon halb im Freien stand, drehte er sich noch einmal um, als sei ihm gerade etwas eingefallen. »Erreiche ich Sie immer auf dem Mandelhof, Madame? Falls ich noch Fragen habe. Oder arbeiten sie tagsüber anderswo?«

»Das hier ist meine Arbeit«, erwiderte Sonia Féraud und deutete stolz auf das Wachsbild.

Sie fuhren zurück. Blanc ließ den Fuß vom Gas, was bei ihm nicht sehr häufig vorkam. Sie hatten die Seitenscheiben geöffnet, und die hereinströmende Luft duftete nach Mandeln. In großer Höhe musste ein heftiger Wind toben, von dem man am Boden nichts merkte: Wolkenbänder wurden über den Himmel geschoben, sie wirkten wie zerrissene Fahnen. Eine Wolke war größer und sah aus wie ein vom Wasser glatt geschliffener weißer Stein. Die tief stehende Sonne ließ ihre Oberfläche gelb und ihre Unterseite violett leuchten. Blanc zuckte erschrocken zusammen, als ein schrottreifer alter Volkswagen GTI den Mégane auf der engen Straße so dicht überholte, dass die beiden Rückspiegel beinahe gegeneinandergekracht wären. Eine Sekunde lang wummerte Rap aus den geöffneten Fenstern des Volkswagens bis zu ihnen hinein. Im anderen Wagen saßen drei junge Schwarzafrikaner, einer zeigte ihnen den gestreckten Mittelfinger und lachte. Als ihr Auto vor dem Streifenwagen wieder in die Spur einscherte, erkannte Blanc, dass er hinten kein Nummernschild trug.

»Das sollte wohl eine Mutprobe sein«, kommentierte Fabienne empört. »Sollen wir die Typen festnehmen? Der GTI ist vielleicht schneller als unsere Karre, aber wenn wir ein paar Minuten dranbleiben, dann fällt deren Auto ganz von alleine auseinander, die Kiste ist noch älter als unsere. Wir müssen sie dann bloß einsammeln.«

»Oder sie knallen auf der Flucht gegen einen Baum und sind tot.« Blanc winkte ab. »Man trifft sich immer zweimal. Ich will lieber in aller Ruhe über diesen verdammten Fall nachdenken.«

»Der heilige Bruno …«, murmelte Fabienne. »Was, glaubst du, wollte Baptiste damit andeuten, dass Bruno was zu verbergen hat? Dass Bruno als junger Mann Paris verlassen und sich hier verkrochen hat? Oder etwas ganz anderes, was wir noch nicht wissen?«

»Bruno kann einfach nicht Sonias Sohn sein, dafür ist er zu alt. Hast du bemerkt, dass ich Sonia Féraud vorhin bloß gesagt habe, dass wir mit ›Ihrem Sohn‹ geredet haben? Da hat sie nicht geantwortet: ›Welchen Sohn meinen Sie?‹ Sie hat sofort über Baptiste gesprochen – als sei nur er ihr Sohn, und der andere würde für sie gar nicht existieren, nicht mal als Stiefsohn. Und auch Bruno selbst spricht immer nur von seinem Vater: ›Erst als mein Vater den Rest der Familie in die Provence gebracht hat, bin ich wieder zu ihm gezogen.‹ ›Mein Vater‹, nicht ›meine Eltern‹. Andererseits: Als Bruno achtzehn Jahre alt war, da kann Sonia Féraud durchaus schon mit Charles verheiratet gewesen sein, was wiederum die Flucht des Sohnes in den Süden erklären könnte. Seine beiden Geschwister sind ja auch viel jünger als er. Vielleicht hat er sich nicht *in Paris* unwohl gefühlt, sondern *in dieser Familie*: als überflüssiges Kind. Oder als lebende Erinnerung an eine verflossene Ehefrau, peinlich für Charles und Auslöser für Sonias ewige Eifersucht. Madame Féraud spricht ja auch nicht gerade gerne über ihn.«

»Du bist der Beweis für Seelenwanderung. In einem früheren Leben musst du Sigmund Freud gewesen sein.«

Blanc lachte. »Sonia Féraud macht Wachsbilder. Hübsche Sachen, und sie ist auch stolz darauf. Aber sie hat offenbar noch nie eine Ausstellung gehabt. Verkauft sie diese Dinger? Ist das ihr Beruf? Oder ist das bloß ein Hobby?«

»Das kannst du bei Kunst vielleicht nicht immer auseinanderhalten.«

»Gut möglich. Aber sie kann sich ihre Leidenschaft nur leisten, weil ihr Ehemann das Geld nach Hause schafft. Mithilfe seines Sohnes Bruno, der aber leider nicht ihr Sohn ist.«

»Was erklären würde, warum Sonia nicht gut auf beide zu sprechen ist, aber die Sache notgedrungen akzeptiert. Macht sie eine Szene, setzt man sie womöglich vor die Tür. Und dann heißt es: *Adieu,* Wachsbilder! Zumal dieser Charles Féraud vielleicht ein ziemlich fieser Haustyrann ist. Er scheint einen Kontrollwahn zu haben. Zumindest, was seine Bilder angeht.«

»Apropos Bilder«, meinte Blanc nachdenklich. »Sonia Féraud behauptet zwar, dass sie nicht das Modell des Porträts war. Aber sie hat über die Malerin gesprochen, als hätte sie sie gut gekannt, so nach dem Motto: Adry würde dies tun ... Adry würde jenes nicht tun ... Stets mit dem Vornamen. Ich meine: Würdest du über ein Bild von Picasso behaupten: ›Da hatte Pablo aber einen wirklich guten Tag‹?«

Fabienne grinste. »Ich bin mir mittlerweile absolut sicher, dass Sonia auf dem Bild verewigt wurde. Ich habe nur keine Ahnung, warum sie uns das nicht sagt. Ist doch nicht schlimm, im Gegenteil. Vielleicht will sie nicht, dass ihr Mann das erfährt? Sie hat gesagt, dass Charles Féraud Geldverluste ›auf den Tod nicht leiden kann‹. Auf den Tod ... *eh bien.* Aber dieser Diebstahl hat angeblich garantiert nichts mit dem Mord zu tun.«

»Diese Familie hat mehr Geheimnisse, als ich anfangs dachte. Wird Zeit, dass wir ein paar von ihnen lüften. Schau doch mal nach, was wir über Bruno Féraud haben.«

»Nichts«, verkündete Fabienne, nachdem sie eine Zeit lang ihr Smartphone studiert hatte. »Sein Vorstrafenregister ist jungfräulich, er ist niemals bei Gendarmerie und Police Nationale registriert worden. Dass er nicht bei Facebook oder Instagram ist, überrascht einen nicht, nachdem man einmal bei ihm in der Hütte war. Selbst Google kennt ihn praktisch nicht. Es gab vor zwei Jahren einen Artikel in *La Provence* über Charles Féraud, als der seine erste Mandelernte eingefahren hat. Im Text kommt sein Sohn nicht vor. Aber daneben ist ein Foto von alten weißen Männern vor jungen weißen Mandelbäumen, und da findest du ihn: ›Bruno Féraud, Dritter von rechts‹, sagt die Bildunterschrift. Das ist ungefähr alles.«

»Auch nichts über die Mutter? Die echte, meine ich.«

»Irgendwo wurde er ja geboren, und dort können wir bei der *Mairie* einen Blick ins Geburtsregister werfen. Aber der Typ ist vierzig Jahre alt, und bei seiner Geburt war noch nichts digital. Mit meinem Handy kommen wir nicht weiter.«

»Das ist schon seltsam«, murmelte Blanc. »Bruno Féraud wirkt auf mich beinahe wie ein Mann, der sich verstecken will. Diese Hütte am Ende des Mandelhains. Überhaupt nichts über ihn im Internet. Als würde er illegal hier leben.«

»Vielleicht wollte er eigentlich Mönch werden und durfte nicht. Manche Menschen sind gerne allein.«

»Ich bin vielleicht paranoid, aber hör mir einen Moment zu und sag mir, was du von meiner Spinnerei hältst: Bruno Féraud ist gar nicht Charles' Sohn – sondern Philippe Loubet de Bayle! Nein, sag jetzt noch nichts! Der Mörder, dessen letzte Spur sich in der Provence verloren hat. Deshalb verkriecht er sich in dieser entlegenen Hütte. Deshalb sammelt Baptiste Féraud, der irgendetwas ahnt, alle Nachrichten über diesen halb vergessenen Fall. Und dann kommt Patrick Ripert hier an, reiner Zufall: Charles Féraud engagiert ihn als Kunstdetektiv. Aber Ripert hat seine Jugend in Montmorillon verbracht, genau da, wo Loubet de Bayle gemordet hat. Deshalb musste er sterben: Ripert hat Bruno Féraud alias Philippe Loubet de Bayle enttarnt! *Voilà,* jetzt darfst du etwas sagen.«

»Du bist total paranoid«, erwiderte Fabienne trocken. »Erstens gibt es dafür absolut kein Indiz. Und zweitens übersiehst du eine Kleinigkeit: Warum sollten Charles Féraud, seine Frau und die beiden anderen Kinder einen Mann decken, der seine Familie massakriert hat, indem sie ihn für ihren Sohn beziehungsweise Bruder ausgeben? Das ergibt überhaupt keinen Sinn. Mal abgesehen davon, dass doch niemand in der Nähe eines solchen Monsters ruhig schlafen könnte.«

»Er wohnt nicht im Haus, sondern in der Hütte.«

»Trotzdem lebt er auf dem Hof. Du müsstest doch ständig Angst haben, dass er dich killt. Das passt nicht.«

»Das sind gute Argumente«, gab Blanc zu. »Bruno ist ein seltsamer Vogel, und er wirkt so sanft auf mich. Trotzdem werde ich das Gefühl nicht los, dass mit ihm irgendetwas nicht stimmt.«

»Nicht nur mit dem heiligen Bruno. Jetzt hörst du mir zu und sagst mir, ob ich paranoid bin«, entgegnete Fabienne. Sie zählte an den Fingern ab. »Erstens: Das Bild verschwindet. Zweitens: Charles Féraud engagiert daraufhin Patrick Ripert, der ein sehr erfahrener Ermittler ist. Drittens: Ripert schaut sich das Foto vom Bild an, erkennt ein junges Mädchen – und stößt bei seinen Recherchen schnell auf Thierry Bazin, den Freund der Familie und einen der Männer, die auch sein Auftraggeber Charles Féraud bereits verdächtigt. Viertens: Ripert erfährt, dass sich Bazin stärker für junge Mädchen interessiert, als das Gesetz erlaubt. Fünftens: Bazin ist am Freitagmorgen *doch* in den Carrières de Lumières gewesen, die Geschichte mit der gestohlenen Kreditkarte hat er uns nur aufgetischt, um uns in die Irre zu führen. Im Steinbruch tötet er Ripert, bevor der den schmutzigen Skandal aus Pariser Zeiten aufdecken kann. Immerhin ist Bazin Chirurg: Der weiß, wie man jemandem den Hals durchschneidet.«

»Du bist total paranoid«, erwiderte Blanc, doch er klang nicht hundertprozentig sicher. Seine Kollegin hatte einen Punkt – es gab kein Indiz, das ihre Version auf Anhieb entkräftete. Es gab allerdings auch keinerlei Beweis dafür, dass diese Geschichte stimmte. »Was ist mit Pavy?«, fiel ihm dann ein. »Pavy war an dem Tag im Hof, als der Diebstahl bemerkt wurde, hat es uns aber verschwiegen. Wie passt das zu einer angeblichen Abrechnung zwischen Ripert und Bazin? Mit denen hat er doch nichts zu schaffen, oder?«

»Ich habe mir Pavys Vergangenheit mal vorgenommen«, erklärte Fabienne. »Es stimmt, was er sagt: Pavy hat sein Leben lang in Montmorillon gewohnt und das dortige Museum geleitet, bis ihn *Culture Espace* abgeworben hat. Ripert hat bis zur Volljährigkeit ebenfalls in diesem Ort gelebt. Beide sind auf dieselbe Schule gegangen, so viele gibt es in Montmorillon auch nicht: Collège und danach Lycée Jean Moulin – du findest auf deren Website sogar noch alte Klassenfotos und ein paar Einträge mit den beiden, allerdings nie gemeinsam. Denn Pavy ist fünfzig Jahre alt, Ripert war achtunddreißig – zwölf Jahre Unterschied! Als Ripert auf das Collège kam, war Pavy schon mit dem Lycée fertig. Womöglich sind die sich in der Stadt hin und wieder über den Weg gelaufen, aber sehr wahrscheinlich ist das nicht. Ich habe es gecheckt: Montmorillon hat knapp sechstausend Einwohner, ziemlich klein, aber eben doch kein Dorf mehr.«

»Gibt es irgendeine Verbindung von Ripert oder Pavy zum Fall Philippe Loubet de Bayle? Wurde einer von ihnen zum Beispiel als Zeuge befragt?«

»Nicht dass ich wüsste. Als die Morde verübt wurden, hat Ripert längst in Paris gelebt. Und Pavy ist ein paar Tage nach dem Verbrechen weggezogen, um seinen neuen Job in der Provence anzutreten.«

Blancs Nokia klingelte. Brigadier Barressi. Er stellte den Apparat auf Freisprechen, damit Fabienne mithören konnte.

»*Mon Capitaine*«, meldete der junge Beamte mit vor Stolz zitternder Stimme. »Ich habe etwas für Sie.«

»Schießen Sie los.«

»Ich konnte an keiner Péage-Station in der Provence eine Aufnahme von Ripert auftreiben. Das hat mir einfach keine Ruhe gelassen. Also habe ich mir gedacht, vielleicht ist Ripert woanders auf eine Autobahn gefahren – und Treffer! Ripert hat im Département Gard eine Autobahn genommen, und das ist auch gar nicht so verwunderlich. Er ist von Les Baux aus nach Nîmes gefahren, vermutlich über die Landstraße bei Arles oder Beaucaire, so viele Kilometer sind das nicht. In Nîmes hat er die A9 genommen, in Orange ist er auf die A7 abgebogen – und die hat er erst in Lyon Sud verlassen.«

»Lyon?!«, rief Blanc verblüfft. »Was hatte er dort zu suchen?«

»Das weiß ich nicht – aber ich weiß vielleicht, wo er gesucht hat. Lyon ist riesig, überall stehen Überwachungskameras. Doch nur eine einzige hat Riperts Wagen aufgenommen: im Viertel Minguettes der Gemeinde Vénissieux, das ist noch in den Vororten. An der Avenue du 11 Novembre 1918 ist der Mietwagen letzten Donnerstag gefilmt worden.«

»Am Tag vor Riperts Ermordung«, sagte Blanc.

»Genau. Das ist nur ein paar Hundert Meter hinter der Autobahnausfahrt am Péage Lyon Sud. Viel weiter kann Ripert nicht gefahren sein, sonst wäre er auch woanders aufgenommen worden. Genau an dieser Straße steht eines der bekanntesten Krankenhäuser Lyons, Les Portes du Sud. Ich habe dort angerufen: Sie haben ihn nicht als Patienten behandelt, und die Überwachungskamera am Haupteingang hat ihn auch nicht aufgenommen. Aber«, Barressi machte eine Kunstpause, »dieses Krankenhaus ist riesig. In einem Nebengebäude ist ein privates medizinisches Labor untergebracht, Méditec Biologie Médicale. Ich habe auch dort gefragt, ob Ripert da gewesen ist, aber niemand wollte mir am Telefon Auskünfte geben, solange der Chef des Labors nicht da ist. Er ist bis morgen auf einem Kongress. Dann sollten wir noch einmal anrufen.«

»Warum glauben Sie, dass Ripert ausgerechnet dieses Labor besucht haben könnte?«

»Méditec ist eines der größten Speziallabore in ganz Südfrankreich. Sie arbeiten für Gendarmerie und Police Nationale, für Krankenhäuser, Richter und Anwälte – und für Privatkunden. Sie sind auf DNA-Tests spezialisiert.«

Eine alte Bekannte

Am nächsten Vormittag tranken Blanc, Marius und Fabienne einen Espresso in der Unic-Bar in Gadet. Der Patron hatte eine Art Terrasse angelegt, indem er einfach ein paar Plastiktische und -stühle auf den Bürgersteig bis knapp an den Rinnstein gestellt hatte. Immer wenn ein Auto vorbeifuhr, was zum Glück nicht allzu häufig geschah, glaubte Blanc einen Augenblick lang, dass es gleich mitten zwischen den Gästen parken würde. Es roch nach Diesel und Kaffee, aus dem Innern der Bar schepperte *Radio Camargue,* und die Sonne stand schon so hoch, dass die Fassaden der Häuser, die die Straße säumten, gelb leuchteten – ein bisschen laut, ein bisschen gewöhnlich, sehr gemütlich, er fühlte sich wohl. Nebenan trug eine junge Floristin Blumentöpfe aus ihrem Laden ins Freie und stellte sie dort auf eiserne Regale: Rosen, Tulpen, irgendwelche weiß-rosafarbenen Pflanzen, die er nicht kannte. Die kahlen Äste der Platanen am Straßenrand waren voller knopfgroßer Beulen: Bald würden dort die Blätter sprießen und dem Städtchen Schatten spenden.

»Schon seltsam, dass wir überhaupt nichts über Bruno Féraud gefunden haben«, sinnierte Fabienne, während sie Zucker in den Espresso rührte. »Ich habe gestern noch die *Mairies* aller zwanzig Arrondissements von Paris angerufen und auch die der Gemeinden in der Banlieue: Nirgendwo ist ein Bruno Féraud in einem Geburtsregister eingetragen.«

»Es gibt in Frankreich noch andere Städte als Paris«, spottete Marius gut gelaunt.

»Ja – aber sein Vater war vor vierzig Jahren im fünften Arrondissement gemeldet, und zwar allein. Wer immer die Mutter ist, sie kann nicht mit ihm in Paris gelebt haben. Und Bruno übrigens auch nicht, auch wenn er uns etwas anderes weismachen wollte. Er war nämlich nie irgendwo in der Hauptstadt gemeldet.«

Blanc schüttelte den Kopf. »Keine vorschnellen Schlüsse. Wenn die Eltern nicht verheiratet waren, dann hat er wahrscheinlich den Namen der Mutter getragen. Da kannst du lange suchen. Vielleicht hat er erst in der Provence den Namen des Vaters angenommen.«

»Das würde erklären, warum wir so wenig über ihn im Netz finden.«

»Ob Ripert vielleicht deshalb einen DNA-Test machen wollte?«, fragte Marius in die Runde. Er hatte zum Kaffee noch einen Citron pressé bestellt und schlürfte ihn so genüsslich, wie er früher um diese Tageszeit seinen ersten Pastis geschlürft hätte. »Der Mann war Privatdetektiv, und vielleicht war er doch nicht nur auf Kunst spezialisiert. Vielleicht hat er noch einen zweiten Auftrag angenommen, von irgendjemandem, den wir noch nicht kennen. Vielleicht sollte er bei den Férauds oder deren Freunden einen Vaterschaftstest vornehmen oder so etwas.«

»In ein paar Stunden reden wir mit dem Direktor des Labors in Lyon«, erwiderte Blanc. »Der wird uns eventuell weiterhelfen. Womöglich hat Ripert ja doch bloß gehofft, den Dieb des Bildes über eine DNA-Spur zu identifizieren.«

Fabienne blickte skeptisch drein. »Ich habe noch einmal darüber nachgedacht: Charles Féraud hat mehr oder weniger deutlich gesagt, dass er entweder seine Familie oder seine Freunde verdächtigt. Und von denen wirst du DNA-Spuren überall in seinem Haus finden, die sind ja ständig da. Was hätte Ripert also bei seinen Ermittlungen mit einem Gentest anfangen sollen?«

»Irgendwie drehen wir uns im Kreis«, meinte Marius. »Wir …«
Da dudelte Musik aus der Brusttasche seines geblümten Hemds, Jean-Jacques Goldman, *Je te donne*. Ein alter Mann am Neben-

tisch hob sein Rosé-Glas und prostete ihm anerkennend zu. »*Putain*«, murmelte Marius und zog sein Handy heraus, »das ist Sylvain.« Er lauschte, dann blickte er Blanc und Fabienne an und hob den Daumen. »*Merci beaucoup*, gute Arbeit, Brigadier!«

Blanc hatte bereits den Rest seines Espressos hinuntergekippt und war aufgestanden. »Sylvain hat Dorothée Féraud gesehen?«

»Sie ist gerade nach Hause gekommen. Sylvain sagt, wir sollen einen Eimer Kaffee mitbringen. Das Mädchen sieht nicht so aus, als könnte es sich noch lange auf den Beinen halten.«

Saint-César war eine abgelegene Kleinstadt am Étang de Berre: ein Fischerhafen, ein bescheidener Jachthafen, eine mittelalterliche Kirche, die dringend renoviert werden müsste, samstags Markt und ein paar Tausend Einwohner. Doch selbst hier war, warum auch immer, irgendwann in den Siebzigerjahren eine Miniaturversion der Quartiers Nord entstanden, ein Hochhausviertel am Stadtrand, ein Getto für Arme, Einwanderer und Arbeitslose. Nur dass bei den Hochhäusern in Saint-César schon nach dem vierten Stockwerk Schluss war, auf dem schluchtartigen Platz zwischen den beiden einzigen Gebäuderiegeln keine ausgebrannten Autowracks standen und ein moderner Spielplatz angelegt worden war, direkt am Straßenrand und schattenlos, aber immerhin. Daneben hatte Brigadier Sylvain geparkt. Er saß in seinem Privatwagen, einem weißen, seit Monaten nicht gewaschenen und schon etwas verbeulten VW Polo, der in dieser Umgebung nicht sonderlich auffiel. Blanc hatte seine beiden Kollegen in seinem Espace mitgenommen, und das war ein Auto, das selbst in diesem Viertel nicht einmal gestohlen werden würde, wenn man die Fahrertür offen stehen ließe.

Sylvain stieg aus dem Wagen, als er sie bemerkte. Der junge Brigadier war in Zivil, dunkle Stoffhose, weißes Hemd und ein Blouson in einer Farbe, von der Blanc nicht recht wusste, ob das noch als Olivgrün galt oder schon als Braun. Sein Gesicht war rosig, er trug eine altmodische Stahlbrille und wirkte so harmlos wie einer der Zeugen Jehovas, die manchmal sonntags an Blancs Tür klopften, um ihm Gottes Wort zu verkünden. Nur wenn man genau hinsah, erkannte man die Beule, die der Schulterhalfter seiner Pistole in den hässlichen Blouson drückte.

»Dorothée Féraud wohnt in einem kleinen Apartment im zweiten Stock«, erklärte er und zeigte auf einen bestimmten Balkon. »Ich habe sie beobachtet und gesehen, wo sie die Vorhänge aufgezogen hat.« Der Beton des Hochhauses musste vor ein paar Jahren in einem Ockerton gestrichen worden sein, die Farbe war schon wieder verblichen und an einigen Stellen abgeblättert, doch gerade dieser warme, leicht verfallene Ton nahm dem Gebäude etwas von seiner Brutalität. An manchen Geländern hingen Töpfe, in denen schon Geranien blühten, auf anderen Balkons flatterte Wäsche an Ständern, oder man sah Fahrräder, Liegestühle, Grills, alte Fernseher und allerlei Sperrmüll herumstehen. Nur der Balkon von Dorothée Féraud war leer.

»Dann wollen wir mal«, sagte Blanc.

»Ich hoffe, wir müssen keinen Arzt dazurufen«, meinte der Brigadier. »Die junge Dame sah wirklich nicht gut aus. Ein Wunder, dass sie es heil bis hierher geschafft hat.« Er deutete auf einen neuen roten Renault Clio auf dem Parkplatz. »Sie ist Schlangenlinien gefahren, als sie mit dem Wagen ankam. Und sie hat ziemlich lange gebraucht, um auszusteigen.«

Das Schloss der Eingangstür musste schon vor langer Zeit aufgebrochen worden sein, sie kamen ohne Probleme ins Treppenhaus. Die meisten Briefkästen waren ebenfalls aufgestemmt und leer, an keinem klebte mehr ein Namensschild. Niemand kam ihnen entgegen, als sie die Stufen im Eilschritt nahmen. Es stank nach Erbrochenem, sie sahen aber nichts. Über den Flur im zweiten Stock wehte arabische Popmusik, es war nicht klar, aus welcher Wohnung. Sie suchten vor Dorothée Férauds Tür vergebens nach einer Klingel und klopften schließlich an. Es dauerte lange, bis sie endlich hörten, wie jemand von innen den Riegel zurückschob.

»Oh *merde*!«, entfuhr es Blanc, als die Tür aufschwang.

Dorothée Féraud war zweiundzwanzig Jahre alt, hatte ihr Vater gesagt, sie sah jedoch zugleich jünger und älter aus: mager, blond, blass, eigentlich hübsch. Doch ihr ausgezehrter Leib steckte in einer unfassbar dünnen schwarzen Jeans, als wäre die Hose über ein Skelett gestreift worden. Ihr Oberkörper verschwand in den weiten Falten eines viel zu großen schwarzen Hoodies. Ihre Haare glänzten fettig, Stirn und Wangen wurden von einigen Pickelnarben zerfurcht.

Blanc kannte diese Frau.

Der Name Féraud hatte vom ersten Moment an ungute Assoziationen in ihm geweckt. Jetzt fluteten sie auf ihn ein: Dorothée Féraud war im letzten Dezember von einer Streife verhaftet worden, nachdem sie in der Nähe von Saint-César im Drogenrausch ihr Auto gegen einen Baum gesteuert hatte. Alle Gendarmen hatten seinerzeit verzweifelt nach einem entführten Mädchen gesucht, der neunjährigen Noëlle, und niemand hatte sonderlich auf ein Junkiemädchen geachtet, das zwei Kollegen aufgelesen und zum Ausnüchtern in eine Zelle gesperrt hatten. Blanc hätte sie wahrscheinlich komplett vergessen, wenn er damals nicht zufällig mit angesehen hätte, wie sein Chef Commandant Nkoulou beim Anblick von Dorothée Féraud fassungslos erstarrt war. Und wie er sie kurze Zeit später und ohne einem seiner Beamten ein Wort zu sagen, einfach wieder laufen gelassen hatte. Blancs Gedanken überschlugen sich. Nkoulou hatte diese junge Frau offenbar nicht nur ohne Verfahren davonkommen lassen, er musste auch jeden Eintrag ihrer Verhaftung gelöscht haben, denn sonst hätten sie irgendetwas über sie im Computer der Gendarmerie gefunden.

Dorothée Féraud fokussierte ihren Blick mühsam auf Blanc. »Ich habe Sie schon mal irgendwo gesehen«, nuschelte sie.

»Das fällt mir auch gerade auf«, brummte Blanc und zeigte ihr seinen Dienstausweis. »Wir möchten uns gerne mit Ihnen unterhalten. Nicht auf dem Flur.«

»Ich muss mich sowieso hinsetzen.« Sie schwankte, wohl nicht nur vor Müdigkeit, als sie die Gendarmen hereinließ. Über einen kurzen Gang kamen sie in eine Wohnküche, die erstaunlich sauber war. Kein Staub auf dem Wohnzimmertisch, kein dreckiges Geschirr in der Spüle, und Blanc musste blinzeln, weil die Fensterscheiben so klar waren, dass die Sonnenstrahlen ungefiltert in das Zimmer fluteten. In der Luft hing der Hauch eines Joints, überlagert von irgendeinem süßlichen Geruch, vielleicht von einem billigen Luftbefeuchter, vielleicht auch von einem Medikament, so etwas wie einem Hustensaft für Kinder. Sie ließ sich auf ein graues Stoffsofa fallen, es wirkte schon beinahe so, als würde sie kollabieren.

Fabienne ging wortlos in die kleine Küche und suchte ein paar Augenblicke in den Schränken herum. Dann setzte sie Wasser auf und bald zog der Duft starken schwarzen Tees durch das Zimmer.

Blanc, Marius und Sylvain hatten sich derweil auf drei Sesseln gegenüber von Dorothée Féraud niedergelassen. Sie hielt die Augenlider mühsam offen, doch es war nicht ganz klar, ob sie überhaupt noch voll bei Bewusstsein war. Blanc warf seinem Freund und Kollegen einen raschen Blick zu und flüsterte: »Erkennst du sie?«

Marius nickte bloß.

Fabienne kam mit einer großen dampfenden Tasse an, setzte sich neben Dorothée Féraud aufs Sofa und zwang sie mehr oder weniger dazu, den Tee zu trinken. Danach wurden ihre Augen etwas klarer. Während sie noch langsam zu sich kam, musterte Blanc sie. Wie mochte die Tochter von Charles und Sonia Féraud bloß so auf die schiefe Bahn geraten sein? Wann? Wie verzweifelt mussten ihre Eltern sein? War das vielleicht der eigentliche Grund, warum sie Paris verlassen hatten, um ihre Tochter aus dem Sumpf der Großstadt zu ziehen? Vor sieben Jahren war Dorothée fünfzehn gewesen. Genau das Alter, in dem jemand abrutschen kann. Ihm fiel Riperts Anruf auf der Gendarmerie-Station ein – ob er Informationen über Dorothée Féraud hatte einholen wollen? Ob er irgendwie erfahren hatte, dass sie vor zwei Monaten dort verhaftet worden war? Aber wie, wenn selbst bei der Gendarmerie die Unterlagen darüber verschwunden waren? Und warum hätte Ripert sich nach ihr erkunden sollen? Vermutete er, dass sich die Tochter mit dem Diebstahl eines Kunstwerks ihre Drogen finanzierte? Nach dem wenigen, das er im Dezember erfahren hatte, fürchtete Blanc eher, dass Dorothée für ihre Sucht nicht gestohlene Bilder verkaufte, sondern ihren Körper.

»Mademoiselle, wir möchten mit Ihnen über das Bild sprechen, das Ihrem Vater gestohlen worden ist«, begann Blanc.

Sie starrte ihn einen langen Moment an, dann lachte sie auf, beinahe hysterisch. »*Mon Dieu,* deswegen kreuzen Sie hier auf?! Ich dachte, dass …« Sie sprach nicht weiter.

»Sie dachten was?«, fragte Marius freundlich.

»*Eh bien,* ich bin ja nicht immer ein braves Mädchen. Ich habe schon befürchtet, Sie wollen mich verhören, weil ich eine Dummheit begangen habe.« Sie gluckste und wirkte für einige magische Sekunden wieder wie ein kleines, zufriedenes, ein bisschen freches Kind.

»Dorothée«, sagte Fabienne, »ich darf Sie doch Dorothée nennen? Wir nehmen keine Blutprobe, *d'accord?* Uns interessiert keine von Ihren Dummheiten, sondern nur das Bild.«

»Dann sind Sie die Einzigen anderen außer meinem Vater, die sich für diesen Kitsch interessieren.«

»Sie wissen aber, dass das Bild gestohlen wurde?«, mischte sich Sylvain ein.

Sie hob gleichgültig die Schultern. »Papa hat uns angeschrien wie dieser verrückte Unteroffizier aus dem Film – wie hieß der noch, na, egal. Danach bin ich jedenfalls abgehauen. Manchmal halte ich es dort wirklich nicht mehr aus. Dann verkrieche ich mich hier in meiner Bude.«

Du mich auch, dachte Blanc, der langsam die Geduld verlor. »Mademoiselle, Sie sind nicht direkt nach dem Vortrag Ihres Vaters hierhergefahren. Sie waren seit Tagen nicht in Ihrer Wohnung.«

»Seit Tagen? Wirklich? Wie die Zeit vergeht.« Dann schien sie plötzlich aufmerksamer zu werden. »Woher wissen Sie, dass ich seit Tagen nicht hier war? Überwachen Sie mich?«

»Ja«, erwiderte Marius und klang dabei so, als würde er ihr damit ein Kompliment machen.

Fabienne blickte Blanc an und formte mit ihren Lippen einen lautlosen Satz: *Sie weiß es nicht.*

Blanc erzählte ihr also behutsam, dass ihr Vater Ripert engagiert hatte – und auch von Riperts Ermordung in den Carrières de Lumières, ohne allerdings die blutigen Details zu erwähnen. Falls diese Informationen Dorothée Féraud jedoch schockierten oder auch nur verwunderten, so gelang es ihr sehr gut, das zu verbergen. »Pech für diesen Typen«, erwiderte sie nur, als Blanc fertig war. »Ich habe ihn nie gesehen.«

»Sie waren am letzten Donnerstagabend, also einige Tage nach der Standpauke Ihres Vaters, mit Ihrer Familie bei einer Vernissage in der Galerie von Valéria Chevilliet in Miramas-le-Vieux«, sagte Marius in väterlichem Ton. »Sie sind also doch bis dahin bei Ihren Eltern geblieben?«

»Na gut, ja«, gab sie widerwillig zu. »Na und?«

»Aber Sie haben Monsieur Ripert nicht gesehen? Obwohl Ihr Vater ihn kurz nach dem Diebstahl engagiert hat?« Blanc verriet ihr nicht, dass Charles Féraud anfangs niemandem aus seiner Familie vom Detektiv erzählt hatte. Er hoffte, Dorothée Féraud zu verunsichern, wenn sie glauben sollte, dass alle im Bilde waren, nur sie nicht.

Doch sie spielte nur gleichmütig mit der Tasse. »Denken Sie wirklich, Papa würde mich dazuholen, wenn er Gäste empfängt?«

»Und etwa zwei Wochen zuvor haben Sie ebenfalls die Galerie besucht. Um, wie Sie Madame Chevilliet sagten, ›ihrem Vater einen Gefallen zu tun‹«, sagte Blanc.

»Habe ich wirklich so einen Mist gesagt?«

»Welchen Gefallen wollten Sie ihm denn tun?«, fragte Fabienne.

Sie zuckte mit den Achseln. »Papa will halt immer, dass ich mich für irgendetwas interessiere. Für seine Mandeln. Oder für ein Studium.« Sie kicherte, als sei das ganz besonders albern. »Und damals hat er mir in den Ohren gelegen mit seiner Kunst. Ob ich mich nicht mal um Bilder kümmern will, später, wenn ich groß bin.« Sie grinste und schüttelte den Kopf. »Wenn ich mir ein Bild an die Wand hängen will, suche ich mir eins aus dem Netz und drucke es aus. Kommt aber nicht gerade häufig vor.« Sie deutete auf die kahlen Wände. »Aber Papa zahlt mir Taschengeld, also bin ich in die Galerie, als er mich darum bat. War aber nicht besonders spannend.«

Blanc wechselte mit seinen Kollegen Blicke: Niemand glaubte ihr ein Wort. Es würde allerdings schwer sein, ihr eine Lüge nachzuweisen.

»Was haben Sie nach der Vernissage am Donnerstag gemacht, Dorothée? Und wo waren Sie von Donnerstagabend bis heute?«, wollte Fabienne wissen.

»Sie glauben doch nicht ernsthaft, dass ich diesem Ripert den Hals durchgeschnitten habe?«

»Beantworten Sie einfach meine Frage.«

»Das ist aber gar nicht so einfach.« Sie schien ernsthaft nachzudenken. »Ich war von Donnerstagabend bis heute Morgen in

Marseille. In einer Villa im Viertel Roucas-Blanc. Die Straße weiß ich wirklich nicht mehr.«

»Was hatten Sie in dieser Villa zu suchen?«, wollte Blanc wissen, obwohl er die Antwort schon ahnte.

»Na, was wohl? Irgendwie muss ich ja Geld verdienen.«

»Wie hieß Ihr Freier?«, fragte Sylvain nüchtern.

Dorothée Féraud seufzte. »Die Kerle sagen mir doch nicht ihre Namen, zumindest nicht die echten! Die interessieren mich auch nicht. Es war ein älterer Mann, der mich Donnerstagabend in einer Bar am Vieux Port aufgabelt hat, Typ einsamer Witwer, verstehen Sie?« Sie starrte nach draußen und schien dabei zu vergessen, dass sie nicht allein in ihrer Wohnung saß.

Blanc räusperte sich. »Was ist mit diesem Witwer?«, fragte er und erinnerte sie an ihre Anwesenheit.

»Was?« Sie kam wieder zu sich. »Na, er hat mich zu seiner Villa mitgenommen. Mann, das war beinahe wie ein Sechser im Lotto! Ich musste nur ein bisschen nett zu ihm sein, dafür hat er gut bezahlt, und ich durfte dort für ein verlängertes Wochenende wohnen. Das Haus hatte sogar einen Pool im Keller! Erst heute Morgen hat er mich in seinem dicken Mercedes zu meinem Wagen zurückgefahren, den hatte ich in der Nähe vom Gare Saint-Charles geparkt. Im Auto des Alten habe ich geschlafen, die Karre war so bequem wie eine Sänfte, darum weiß ich auch nicht genau, wie wir von seinem Haus zum Bahnhof gefahren sind. Auf dem Rückweg aus Marseille habe ich in den Quartiers Nord angehalten. Der Alte war ja nett und hatte alles in seiner Villa, aber keinen Stoff. Das habe ich gerade nachgeholt, tut mir leid, ich hoffe, Sie verhaften mich jetzt nicht.«

»Nicht deswegen«, brummte Marius

»Jetzt möchte ich gerne pennen, wenn Sie nichts dagegen haben.«

»Noch habe ich etwas dagegen«, erklärte Fabienne ungerührt. Sie hatte ihr iPad hervorgeholt. Auf dem Bildschirm erschien der

Stadtplan von Roucas-Blanc. »Zeigen Sie mir wenigstens ungefähr, wo diese Villa steht. Sie werden ja wohl nicht schon beim Losfahren auf der Garagenauffahrt eingeschlafen sein.«

»Der Mann hatte sogar eine Doppelgarage, das weiß ich noch.« Dorothée Féraud verdrehte die Augen. »Ich konnte aber noch nie eine Landkarte lesen, ich verwechsle sogar immer links und rechts.«

»Sie sind klüger, als Sie denken. Versuchen Sie, sich zu erinnern: Konnten Sie das Meer sehen? Oder einen Boulevard? Notre-Dame-de-la-Garde? Ging die Sonne auf der linken Seite der Terrasse auf oder auf der rechten? Sind Sie mit dem Mann ziemlich schnell aus dem Viertel hinausgekommen? Oder mussten Sie erst durch viele kleine Straßen kurven?«

»Viele Straßen, das war mitten im Viertel«, murmelte Dorothée Féraud. Sie schien sich konzentrieren zu wollen und starrte lange auf den Touchscreen. Dann tippte sie auf eine bestimmte Stelle. »Da stand das Haus. Oder vielleicht in der Nebenstraße. Oder in der anderen Nebenstraße. Aber auf jeden Fall irgendwo in diesem Bereich.«

Fabienne machte einen Screenshot und lächelte. »So finden wir Ihren Witwer«, verkündete sie. »Ich hoffe, dass er Ihre Geschichte bestätigt. Dann haben Sie nämlich ein Alibi. Sonst nicht.«

»Kommen wir noch einmal auf den Tag zurück, an dem Ihr Vater Ihnen gesagt hat, dass ein Bild fehlt«, bat Blanc. Er sprach jetzt drängender, denn er sah, dass Dorothée Féraud gleich vom Sofa kippen würde. »Wer war noch da?«

Sie blinzelte und atmete durch. »Darf ich noch einen Tee haben?« Fabienne stand auf und füllte die Tasse auf. Blanc fragte sich, ob Dorothée Féraud nur Zeit gewinnen wollte oder ob sie wirklich hoffte, mit dem Getränk länger durchzuhalten. »Meine Mutter war da«, erklärte sie schließlich. »Also, nicht gleich am Anfang. Aber sie ist irgendwann dazugekommen. Sie interessiert sich sowieso nicht für Papas Bilder. Wobei, gerade dieses Bild war schon irgendwie ihr Lieblingsbild. Ich glaube, *Maman* war wütend, dass es fehlte. Aber eher wütend auf meinen Vater. Na, egal, die beiden sind sowieso ständig wütend aufeinander. Bruno und Baptiste waren auch da. Bruno hat wie immer zu allem, was Papa von sich gab, Ja und Amen gesagt. Baptiste hat gar nicht richtig zugehört, dem war das alles so was von egal.«

»Und sonst?«, hakte Blanc nach, als sie einzunicken drohte.

»Sonst was?« Dorothée Féraud öffnete wieder die Augen und blickte ihn an, als fragte sie sich, wie zum Teufel er in ihre Wohnung gekommen war. »Sonst war niemand da. Und sonst ist auch nichts passiert. Nach seiner Standpauke sind wir alle wieder gegangen, während Papa alleine vor dieser blöden Wand stand und den Nagel anstarrte, an dem das Bild gehangen hat.«

Sie erhoben sich. »Vielen Dank, Mademoiselle«, sagte Blanc. »Wenn Sie wieder … arbeiten, dann sagen Sie uns vorher, wo wir Sie erreichen können.«

»Sie sind ja naiv«, stöhnte Dorothée Féraud.

»Wir ermitteln in einem Mordfall und müssen Sie eventuell noch einmal als Zeugin vernehmen«, erklärte er geduldig. »Und wenn Sie sich nicht zu unserer Verfügung halten, dann verhaften wir Sie.« Das war ein Bluff, aber er glaubte nicht, dass Dorothée Féraud ihn durchschaute. Er wartete einige Sekunden, bis sie die Drohung verdaut hatte, schließlich fuhr er freundlicher fort: »Begleiten Sie uns bitte bis zur Tür. Ich will hören, dass Sie hinter uns abschließen. So kann niemand in Ihre Wohnung eindringen, während Sie sich erholen. Sicher ist sicher.«

Dorothée Féraud folgte ihnen taumelnd bis in den Flur. An einem Haken dort hing ihr Autoschlüssel. Die Renault-Raute. Irgendwo hatte Blanc die erst vor Kurzem gesehen … Bei Bazin auf der Kommode an der Tür. Es gab Millionen Renaults. Aber ein Autoschlüssel auf einer Packung Tranxène …

»Kennen Sie Doktor Bazin gut?«, fragte er.

»Thierry? Klar, der ist der beste Freund meines Vaters.«

»Sie waren letzten Sommer mit ihm in den Carrières de Lumières.«

Sie warf ihm einen überraschten Blick zu. »War ich das? Stimmt, jetzt, wo Sie es sagen, fällt es mir wieder ein. Woher wissen Sie das? Und was geht Sie das überhaupt an?«

Blanc ignorierte ihre Fragen. »Warum waren Sie da?«

»Warum geht man wohl dorthin? Um sich Bilder anzusehen natürlich!«

»Und warum sind Sie mit Doktor Bazin gegangen?«

»Er ist ein Freund der Familie. *Mon Dieu,* ich bin müde!«

»Ist Doktor Bazin Ihr Arzt?«

»Das geht Sie gar nichts an.«

»Waren Sie in den letzten Tagen noch einmal in den Carrières de Lumières?«

»Ich habe es Ihnen doch schon gesagt: Ich war in Marseille.«

»Wann haben Sie Doktor Bazin das letzte Mal gesehen?«

»Keine Ahnung. Muss ein, zwei Wochen her sein.« Zum ersten Mal schwang ein neuer Ton in ihrer Stimme mit, wie ein ganz leicht verstimmtes Musikinstrument: Angst. »Ich muss mich jetzt wirklich hinlegen«, murmelte Dorothée Féraud und schob sie zur Tür hinaus.

»*Putain!*«, fluchte Marius laut, als sie im Espace saßen. Sie ließen den Brigadier in seinem Polo vorausfahren, es war nicht länger nötig, die Wohnung zu überwachen.

»Ich wollte vorhin nicht zu viel sagen«, erklärte Blanc, »solange Sylvain dabei war.«

»Ist das ein Männergespräch, oder darf ich auch erfahren, was los ist?«, mischte sich Fabienne vom Rücksitz aus ein.

Blanc erzählte ihr, was er über Dorothée Féraud wusste.

»*Sie* ist die Freundin vom Chef?!«, rief Fabienne fassungslos.

»Nkoulou ist wie viele Jahre älter? Fünfzehn, sechzehn Jahre, der könnte ja schon beinahe ihr Vater sein! Und ausgerechnet unser überkorrekter Oberflic soll etwas mit einer Tussi haben, die im Vollrausch ihr Auto gegen einen Baum knallt? Einem Junkie? Einer Pro… Das glaube ich einfach nicht.«

»Dorothée Féraud ist *Madame Carton*. Das glaubt uns niemand. Eigentlich schade«, brummte Marius. Seit Monaten lief unter allen Kollegen eine Wette: Jeder hatte zehn Euro in einen Schuhkarton gesteckt, und wer als Erster herausfand, ob der Commandant eine Freundin hatte, und falls ja: wer sie war, der gewann das Geld. *Madame Carton à Chaussures* hatte jemand die Unbekannte deshalb einmal genannt, woraus im Laufe der Zeit *Madame Carton* geworden war.

»Das dürfen wir niemandem verraten«, bestimmte Blanc.

»Im Karton sind mindestens zweihundert Euro drin«, erwiderte Marius und seufzte.

»Roger hat aber recht«, pflichtete ihm Fabienne bei. »In der Gendarmerie laufen noch ziemlich viele konservative Typen herum. Ich habe es ja schon schwer genug, weil ich eine Frau geheiratet habe. Aber ich bin nur ein kleiner Sous-Lieutenant, und meine Roxane raucht nicht mal Zigaretten. Nkoulou hingegen ist viel zu schwarz und hat viel zu schnell Karriere gemacht für den Geschmack mancher Kollegen. Wenn die erfahren, dass ein Commandant der Gendarmerie ein Verhältnis mit einer drogensüchtigen Gelegenheitsprostituierten hat, werden sie das im Internet veröffentlichen oder was auch immer ihnen sonst noch an üblen Tricks einfällt.«

»Das ist nicht alles«, ergänzte Blanc düster. »Es kann nur Nkoulou gewesen sein, der alle Dokumente über Dorothée Férauds Verhaftung gelöscht und die Ermittlungen unterschlagen hat. Wenn *das* herauskommt, kann er sich einen neuen Job suchen, und das war es dann mit seinem Beamtenstatus.«

»Du musst den Chef trotzdem informieren«, meinte Marius.

»Der wartet wahrscheinlich schon auf meinen Anruf.« Blanc seufzte. »Als ich Nkoulou das erste Mal berichtet habe, dass Charles Féraud in den Mordfall Ripert verwickelt ist, hat er mich schon ganz seltsam angeguckt. Und er hat sogar versucht, uns auf eine andere Spur zu setzen. Der wusste genau, dass wir früher oder später Dorothée ins Visier nehmen würden, und wahrscheinlich hat er da schon befürchtet, dass sich irgendjemand an ihr Gesicht erinnern könnte.«

»Was wirst du dem Commandant sagen?«, fragte Fabienne. »Du kannst ihm doch schlecht verraten, dass seine Freundin wahrscheinlich ein Alibi für den Mord hat, weil sie am fraglichen Vormittag in Marseille bei einem Freier war.«

»Wenn ich das richtig einschätze, weiß Nkoulou ganz gut, wie Dorothée ihr Geld verdient – und wofür sie es ausgibt.«

»Weiß der Himmel, warum er dann was mit ihr hat!«, rief Marius.

»Ich kenne noch andere Männer mit verhängnisvollen Affären«, erwiderte Blanc und starrte angestrengt nach vorn, obwohl die Route Départementale vollkommen frei war. Sie rollten über einen Kreisverkehr und dann am Pont Flavien vorbei. Es war eine Brücke, die römische Baumeister vor zwei Jahrtausenden über die Touloubre geschlagen hatten, eine elegante Konstruktion aus exakt gemeißelten Steinen. An beiden Ufern standen sogar noch die filigranen Steinbögen, die die Zuwege zur Brücke überwölbten. Vier Skulpturen geduckter wütender Löwen bekrönten die Bögen. Anderswo hätte man um ein solches Monument einen goldenen Zaun errichtet. Doch hier war die moderne Route Départementale nur hundert Meter daneben über den Bach geschlagen worden, sodass der Pont Flavien so deplatziert wirkte wie ein Kunstwerk, das man zur Verzierung auf einem Rastplatz aufstellte. Immerhin verhinderte diese lieblose Inszenierung, dass Touristenscharen das antike Monument und damit Saint-César überfluteten.

Fabienne schlug ihm aufmunternd auf die Schulter. Sie war ungefähr im Bilde über Blancs gescheiterte Affäre. »Willst du Nkoulou denn erzählen, dass wir seine Kleine von der Liste der Verdächtigen streichen können?«

»Im Gegenteil.« Blanc atmete durch. »Erstens müssen wir klären, welches Verhältnis sie zu Thierry Bazin hat und ob das bei unseren Ermittlungen irgendeine Rolle spielt.« Er berichtete von dem Autoschlüssel und der Packung starker Beruhigungsmittel im Flur des Arztes. »Und zweitens hat Dorothée Féraud behauptet, dass sie Ripert nie gesehen und nie etwas von ihm gehört hat. Aber später hat sie dich empört gefragt, ob du etwa glaubst, dass sie Ripert den Hals durchgeschnitten habe. Dieses Detail haben wir ihr allerdings gar nicht verraten – woher weiß sie also, wie der Mann ermordet wurde?«

Die Mittagszeit war vorüber, als sie in Gadet auf die Gendarmerie-Station zufuhren: Blanc trat überrascht auf die Bremse. Ein verbeulter weißer Lastwagen stand auf dem Besucherparkplatz, und drei Männer waren dabei, eiserne Gestänge eines Gerüstes abzuladen, das sie vor der Fassade aufbauten.

»Was machen die denn hier?«, rief Marius.

»Ich werde es gleich wissen«, erwiderte Blanc, »die drei Männer sind enge Freunde von mir.« Matthieu Fuligni war der optimistischste Mensch, den Blanc je getroffen hatte, Ende zwanzig und schon kahl werdend, er hatte ihn noch nie anders als in dreck- und mörtelbespritzten alten Klamotten gesehen. Fuligni und vor ihm sein Vater hatten schon ungefähr die Hälfte von Blancs alter Ölmühle geflickt. Sie schüttelten sich die Hände, Blanc mochte den Bauunternehmer, auch wenn er sich ihm gegenüber stets ein wenig so fühlte wie ein Patient beim Arzt.

»Sie werden mich einfach nicht los«, sagte Fuligni. Auch seine beiden rumänischen Arbeiter, die weiterhin Gerüstteile abluden, winkten ihm zu wie einem guten Bekannten.

»Was soll das werden?«, fragte Blanc, der sich schon jetzt vor der Antwort fürchtete.

»Ein öffentlicher Auftrag, für einen Handwerker ist das so etwas wie ein Jackpot.« Fuligni strahlte. »Wir sollen die Fassade renovieren, Risse ausbessern und solche Dinge. Vor allem aber sollen wir sie neu streichen. Von diesem Orange bekommt man ja auch Augenkrebs, unglaublich, was die Leute in den Siebzigern an die Wände geschmiert haben.«

»In welcher Farbe werden Sie die Fassade streichen?«, erkundigte sich Marius.

»Ein zartes Rosa, das wirkt wärmer.«

»Und wie«, brummte Marius verdrießlich.

Blanc war die Fassadenfarbe total egal, er sah sie ja nicht, wenn er drinnen arbeitete. Aber er ließ sich von Fulignis gnadenlosem Optimismus wider besseres Wissen mitreißen. »Werden Sie auch die alten Klimaanlagen wechseln?«, fragte er hoffnungsvoll.

Fuligni lachte herzlich, als sei das ein gelungener Scherz. »Das ist ein öffentlicher Job«, erklärte er gönnerhaft, »den wir vor der nächsten Wahl erledigt haben müssen. Damit Gadet ein bisschen hübscher aussieht. Wie es hinter der Fassade zugeht, interessiert keinen Wähler.«

»Gendarmen sind auch Wähler«, protestierte Fabienne.

»Schreiben Sie eine Petition an den Innenminister«, riet Fuligni. »Entschuldigen Sie mich, ich muss weitermachen. Bis zum Abend soll das Gerüst stehen.«

Sie betraten die Station. Blanc ließ seine Kollegen am Kaffeeautomaten zurück. Er straffte sich, holte tief Luft und machte sich dann auf den Weg den Flur hinunter zu Nkoulous Büro. Als er den Raum betrat, erblickte er ein weit offen stehendes Fenster. Draußen balancierte einer der rumänischen Arbeiter auf einer Planke und fixierte ein mindestens zweieinhalb Meter langes Stahlrohr in einer Halterung. Der Mann grinste ihn an.

Blanc räusperte sich. »*Mon Commandant,* darf ich Sie kurz sprechen?«

Nkoulou wies auf den Besucherstuhl vor seinem Schreibtisch. »Setzen Sie sich.«

»Wir sollten besser das Fenster schließen.«

Nkoulou sah Blanc an, dann das Fenster. Er stand auf und schloss die beiden Flügel, seine Geste war so behutsam, als fürchtete er, das ganze Gebäude könnte explodieren, wenn er zu heftig am Fenstergriff drehte. Er setzte sich wieder, sein Gesichtsausdruck so unbewegt wie immer, nur das Lid über seinem linken Auge hatte angefangen zu zucken. »Schießen Sie los, *mon Capitaine.*«

Blanc berichtete so nüchtern wie möglich von dem, was sie an diesem Vormittag erfahren hatten. Sein Vorgesetzter lauschte ihm bis zum Ende seines Vortrags, ohne eine einzige Bemerkung zu machen. Nur das Zucken über seinem Auge wurde heftiger. Als Blanc geendet hatte, breitete sich Stille im Raum aus. Von draußen hörten sie einen metallischen Schlag, als zwei Eisenrohre des Gerüstes gegeneinanderknallten; Fuligni rief irgendetwas, doch die Scheiben dämpften den Ton, sodass sie die Worte nicht verstehen konnten. Nkoulou begann, mit den Fingern auf seiner peinlich sauberen Schreibtischplatte zu trommeln, merkte, was er tat, und zwang sich, die Hände unbeweglich auf dem Tisch ruhen zu lassen.

»Ich wusste, dass Sie irgendwann damit bei mir aufkreuzen würden«, murmelte er schließlich. »Auch Ripert ist Dorothée und mir irgendwie auf die Spur gekommen.«

Blanc ging ein Licht auf. »Riperts zweiter Anruf auf der Station! Er hat mit Ihnen gesprochen!«

»Ein Zufall, weil mittags die meisten Kollegen Pause machen und irgendjemand den Anruf annehmen musste. Ripert hat dann aber behauptet, dass er sich sowieso zu mir durchstellen lassen wollte und es gut sei, dass wir direkt miteinander sprechen. Er wollte mir nicht sagen, wie er herausgefunden hat, dass ich Mademoiselle Féraud … unterstützte. Aber er hat mich unverblümt gefragt, ob ich als ihr ›Freund und Begleiter‹ etwas von dem Diebstahl wüsste. Und ob nicht möglicherweise Dorothée selbst das Bild gestohlen haben könnte. Der Mann war wirklich impertinent. Ich habe ihm sehr klargemacht, dass die junge Dame nichts mit dieser Sache zu tun hat. Danach hat er sich kein weiteres Mal bei mir gemeldet.«

»Und Sie?«, erlaubte sich Blanc nachzufragen. »Haben Sie noch einmal mit Ripert gesprochen? Oder mit Dorothée über Ripert?«

»Mit Ripert nicht.« Nkoulou zögerte. »Nach dem Mord habe ich Mademoiselle Féraud allerdings einmal angerufen, um sie über die Ermittlungen zu informieren.«

Deshalb ist sie für ein paar Tage verschwunden, dachte Blanc. Und deshalb wusste sie auch, wie Ripert ermordet wurde. »Das ist nicht gerade im Sinne der Vorschriften«, sagte er.

Nkoulou ignorierte den Vorwurf. »Wer weiß noch von dieser Geschichte?«, fragte er.

»Lieutenant Tonon und Sous-Lieutenant Souillard«, erklärte Blanc. »Brigadier Sylvain hat Dorothée Féraud im Dezember in die Zelle geführt. Ich weiß nicht, ob er sie wiedererkannt hat, er hat sich bei dem Gespräch nichts anmerken lassen. Aber er weiß ganz sicher nicht, dass Sie die junge Dame«, er räusperte sich, »privat kennen.«

»Souillard ist eine unserer Besten«, sagte Nkoulou leise, »ich halte außerordentlich viel von ihr und denke, dass sie diskret ist. Lieutenant Tonon hingegen …« Er seufzte. »Nun, sagen wir: Er scheint einen zweiten Frühling zu erleben, seine Leistungen sind seit einigen Wochen mehr als zufriedenstellend. Aber Sie wissen auch, dass er schon schwierigere Phasen durchgemacht hat.«

»Sie können ihm vollkommen vertrauen«, versprach Blanc.

Nkoulou atmete tief durch, erhob sich und lief auf und ab durch das Büro. »*Bon*. Ermitteln Sie weiter, wie Sie es für richtig halten, *mon Capitaine*. Holen Sie sich Unterstützung, wann immer Sie sie brauchen und von wem auch immer Sie sie haben wollen – nur nicht bei Mademoiselle Féraud. In allen Dingen, die diese Dame betreffen, ermitteln ausschließlich Sie und Ihre beiden Kollegen. Und sollte es irgendwie möglich sein: dann sogar nur Sie allein. Verstanden?«

»Vollkommen, *mon Commandant*.« Blanc erhob sich. Er war schon an der Tür, als Nkoulou die Hand hob.

»Wissen Sie«, sagte er mit leiser Stimme, »ich habe Dorothée kennengelernt, da war sie gerade sechzehn und erst vor Kurzem in der Provence angekommen. Bei einer Drogenrazzia in Arles habe ich sie das erste Mal gesehen. Die meisten Dealer und ihre Kunden sind uns damals entkommen, die kannten jeden Winkel in dem Gebäude. Nur sie nicht. Dorothée ist mir wortwörtlich in die Arme gelaufen.«

Mon Dieu, da war Dorothée noch minderjährig, dachte Blanc. Er war schockiert, peinlich berührt und wusste nicht recht, was er darauf erwidern sollte. Eigentlich müsste er seinen Chef anzeigen, aber dann würde er ihm die Karriere und womöglich das ganze Leben ruinieren. Er wollte erst einmal hören, was er zu sagen hatte. »Süchtige sind nie ganz sie selbst«, erwiderte er schließlich. »Die Drogen machen sie zu rücksichtslosen Egoisten. Sie nutzen jeden Menschen aus, um an ihren Stoff zu kommen, sie können nicht anders.«

Sein Chef nickte betrübt. »Das hat man uns schon auf der Gendarmerie-Schule beigebracht. Und Sie müssen mich nicht so entsetzt anstarren, ich weiß selbst sehr gut, wie alt Dorothée war und wie die Gesetze sind. Aber das ist die Theorie. Die Praxis, das ist ein verängstigtes junges Mädchen, das einem plötzlich in die Arme läuft und mit großen Augen anblickt. Ich schwöre Ihnen, dass ich lange nichts als väterliche Gefühle für sie hegte.

Dorothée wirkte so verletzlich, und ich, *eh bien,* ich habe keine Familie. Erst später, da war sie schon zwanzig, habe ich in ihr nicht länger ein Mädchen gesehen, sondern eine Frau. Aber wir«, Nkoulou räusperte sich verlegen, »wir teilen nicht das Bett. Diese Wohnung in Saint-César ... Nun, ich habe sie Dorothée schon vor einigen Jahren besorgt. Der Mietvertrag läuft auf meinen Namen, ich mache dort hin und wieder Ordnung, und ich bin es auch, der jeden Monat zahlt.«

»Das müssen wir, glaube ich, nicht in den Ermittlungsunterlagen erwähnen«, sagte Blanc und war froh, als er das Büro endlich verlassen konnte.

Am frühen Abend saß Blanc allein an seinem Schreibtisch. Er hatte Marius und Fabienne zu einem zeitigen Dienstschluss gedrängt, damit sie die frühlingsmilden Abendstunden genießen konnten. Er hatte ihnen zuvor nur verraten, dass Nkoulou die Eröffnungen über Dorothée Féraud »sehr professionell aufgenommen« hatte, und ihnen erklärt, wie sie ermitteln durften. Das private Drama dahinter behielt er für sich. Wahrscheinlich war er der einzige Beamte auf der Station, der davon wusste, sogar der einzige Gendarm im ganzen Land. Nkoulou hatte keine Freunde in der Truppe. Dorothée war jetzt erwachsen, doch er hatte nicht den Eindruck, dass sie Nkoulou anzeigen wollte, im Gegenteil: Sie schien von diesem seltsamen Arrangement zu profitieren. Blanc wünschte, auch er wäre ahnungslos geblieben.

Er verdrängte diese Gedanken und rief bei Méditec Biologie Médicale in Lyon an. Er hatte Glück: Der Chef des Labors war inzwischen wieder da. Er meldete sich als Jean-Louis Sanmarco, seiner Stimme nach zu urteilen, schätzte Blanc, war er noch ziemlich jung. Er stellte sich vor und fragte nach Ripert.

»Monsieur Ripert war letzten Donnerstag bei uns, ich erinnere mich«, bestätigte Sanmarco. »Wissen Sie, wir haben nicht allzu viele Privatkunden, und die, die wir haben, machen einen

Termin aus und zahlen mit Kreditkarte. Ripert ist einfach bei uns aufgekreuzt und hat bar bezahlt.«

»Wofür?«

»Er wollte einen Gentest durchführen lassen. Einen Abgleich. Er wollte eine DNA-Probe mit einer älteren Probe vergleichen lassen.«

Blanc horchte auf. »Was für eine ältere Probe?«

Sanmarcos Stimme wurde etwas undeutlich, es hörte sich an, als ob er sich ein Kaugummi zwischen die Zähne schob. »Das weiß ich nicht«, nuschelte er. »Ripert hat nur gesagt, dass er eine neue Probe nehmen will. Wenn er sie hätte, würde er sie bei uns vorbeibringen, und wir sollten analysieren, ob sie identisch ist mit einer Probe, die bereits in irgendeiner Datenbank abgespeichert ist. Er wollte aber nicht sagen, um welche Probe oder welche Datenbank es sich handelt, er hat nur versichert, dass wir darauf problemlos Zugriff hätten. Wir haben den Vertrag gemacht, er hat bezahlt, und wir haben ihm ein Set zur Probenentnahme mitgegeben. Das war das letzte Mal, dass ich ihn gesehen habe.«

»Wann wollte Ripert denn wiederkommen?«

»Am Freitagnachmittag, Moment.« Man hörte, wie Sanmarco auf einer Computertastatur tippte. »Um fünfzehn Uhr hatte er einen Termin.«

Aber ein paar Stunden davor ist er ermordet worden, dachte Blanc. »Kam Ihnen Monsieur Ripert irgendwie ungewöhnlich vor bei Ihrem Treffen? Wirkte er unruhig oder gehetzt, besorgt?«

Sanmarco ließ sich einen Augenblick Zeit mit der Antwort. »Schwer zu sagen bei einem Mann, den man das erste Mal sieht«, erwiderte er. »Ich weiß ja nicht, wie er sonst ist. Aber, ja, er schien mir etwas, wie soll ich sagen? Aufgeregt zu sein. Nicht direkt wütend oder ängstlich, aber doch angespannt. So als wäre dieser Test extrem wichtig für ihn. Er hat den doppelten Preis bezahlt, damit wir die Analyse anderen Tests vorziehen. Die Regierung hat uns beauftragt, Coronavirus-Tests durchzuführen, bei uns kommen jetzt jeden Tag ein paar neue herein. Aber Ripert war das egal, er wollte das Ergebnis so schnell wie möglich haben. Hätte er die Proben am Freitagnachmittag abgegeben, hätten wir ihm die Resultate spätestens am Montagabend mitteilen können. Er wollte aber nicht, dass wir sie ihm telefonisch oder per Mail zukommen lassen. Er wollte sie sich am Montag persönlich abholen. Wirklich tragisch. Glauben Sie, dass der Mord an Monsieur Ripert etwas mit diesen Tests zu tun hat?«

»Das weiß ich nicht«, antwortete Blanc, was ja auch der Wahrheit entsprach. Aber tief im Innern war er beinahe schon überzeugt, dass diese DNA-Tests sehr wohl etwas mit Riperts grausamem Ende zu tun hatten.

Ein Mörder verschwindet spurlos

Blanc hatte einen Teil der letzten Nacht damit verbracht, seine alte Leica und die dazugehörenden Objektive mit einem kleinen Staubpinsel zu reinigen, alle Funktionen zu überprüfen und schließlich einen frischen Schwarz-Weiß-Film einzulegen. Den Fotoapparat hatte er sich gekauft, als es ihm noch in Paris gut ging, dann hatte er ihn irgendwann vergessen. Vor ein paar Monaten erst hatte er ihn wiederentdeckt. Ihm kam diese altmodische Kamera wie eine Brücke zwischen seiner Vergangenheit und der Gegenwart vor oder wie eine Flaschenpost mit einer einzigen Botschaft: Es geht wieder aufwärts. Außerdem machte es seinen Kopf frei, sich eine Zeit lang nur mit diesen präzisen mechanischen Apparaten zu befassen und nicht mehr an einen Mann mit durchtrennter Kehle zu denken. Er hatte deshalb nur wenige Stunden geschlafen, die aber tief und traumlos.

Am nächsten Morgen trafen sie sich im Büro von Blanc und Marius. Blanc informierte seine Kollegen über das, was ihm der Laborleiter von Méditec Biologie Médicale erzählt hatte.

»Ich war gestern Abend mit Roxane in Marseille«, berichtete Fabienne anschließend. »Das Wetter war so gut, wir wollten am Vieux Port essen gehen. Vorher waren wir aber noch in Roucas-Blanc. Schickes Viertel. Ich habe einfach bei der ersten Villa in der Straße, die mir Dorothée Féraud angegeben hat, geklingelt. Eine nette ältere Dame hat mir geöffnet. Ich habe sie gefragt, ob sie einen verwitweten Mann in der Nachbarschaft kennt, der einen Mercedes fährt. Bingo! Sie hat uns nur vier Häuser weiter geschickt, zu einem großen modernen Bungalow mit Doppelgarage. Da hatte ich schon ein ziemlich gutes Gefühl. Ein

Monsieur Hugues Dubois war da, er ist, schätze ich, ungefähr siebzig Jahre alt, ein sehr kultivierter Herr. Er war etwas, sagen wir: überrascht, als ich ihm meinen Gendarmerie-Ausweis unter die Nase gehalten habe, aber hat sich danach nicht mehr lange geziert. Dubois hat Dorothées Geschichte teilweise bestätigt. Er hat sie tatsächlich Donnerstagabend mitgenommen, sie ist das Wochenende über geblieben. Die Kleine hat also ein Alibi für den Tag von Riperts Ermordung. Allerdings musste sie aus der Villa verschwinden, bevor Dubois' Putzfrau kam – und die kommt jeden Montagmorgen um zehn Uhr. Das bedeutet, Dorothée ist bereits am frühen Montag aus Marseille aufgebrochen.«

»Und sie ist erst Mittwochmorgen in ihrer Wohnung aufgetaucht«, sagte Marius. »Ihre Geschichte hat also ein Loch von achtundvierzig Stunden.«

»Ich muss die ganze Zeit an diese Packung Beruhigungsmittel bei Bazin denken«, murmelte Blanc. »Bazin steht auf sehr junge Frauen. Er und Dorothée Féraud haben mit ziemlicher Sicherheit mindestens einen gemeinsamen Ausflug gemacht. Der Kerl ist Arzt. Vielleicht besorgt sie sich bei ihm ihren Stoff? Und nicht, wie sie uns weismachen wollte, in den Quartiers Nord?«

»Ich habe gestern, nachdem wir das Haus verlassen haben, Dorothées Clio fotografiert.« Fabienne zeigte ihnen die Aufnahme auf ihrem Handy. »Man kann das Nummernschild klar erkennen. Les Baux ist ein Touristenort, da stehen garantiert ziemlich viele Überwachungskameras. Sollte sie tatsächlich bei Bazin gewesen sein, hat vielleicht irgendeine Kamera den Clio zur fraglichen Zeit registriert. Ich rufe in der *Mairie* an.«

»Tu das«, sagte Blanc. »Die werden sicher ein paar Stunden oder sogar Tage brauchen, um das nachzuprüfen. Währenddessen können wir uns endlich den alten Fall Philippe Loubet de Bayle in Montmorillon vorzunehmen.«

Kurz darauf flogen Fabiennes Finger über die Tasten, Blanc und Marius standen hinter ihr und sahen zu. Sie hatte sich in RESOGend eingeloggt, der Datenbank der Gendarmerie. Alle Ergebnisse von Kriminaltechnikern zu noch nicht abgeschlossenen Fällen, alle Ermittlungsunterlagen, sogar die dazugehörigen internen E-Mails waren dort mit ein paar Klicks abrufbar.

Fabienne stieß einen leisen Pfiff aus. »Was für eine Horrorgeschichte! Dieser Kerl wird sogar bei Interpol mit einer *Notice Bleue* gesucht!«

Philippe Loubet de Bayle hatte schon lange vor der Tat einen bizarren Lebenslauf gehabt, nach allem, was die Kollegen in Montmorillon zusammengetragen hatten. Sein Vater war ein Adeliger, der die Familie früh verlassen hatte. Seine Mutter war danach in die Bretagne gezogen und hatte dort eine Sekte gegründet, in der sie ihren wenigen Anhängern den baldigen Weltuntergang prophezeite. Der junge Philippe Loubet de Bayle war in der Sekte und später bei verschiedenen Verwandten aufgewachsen. Er hatte als Erwachsener trotz dieser Kindheit zunächst ein scheinbar vorbildliches Leben geführt: Seine zwei Jahre jüngere Frau Martine war Lehrerin am Lycée, das Paar hatte drei Kinder im Teenageralter, Christian, Laure und Nicolas. Als die Kinder noch klein waren, hatte die Familie ihre Ferien mehrmals in der Provence verbracht – stets im Umland von Les Baux.

Loubet de Bayle hatte sich als Unternehmer versucht, mal hatte er ein Start-up gegründet, das Banküberweisungen sicherer machen sollte, mal ein Beratungsbüro für die regionale Tourismusbranche eröffnet. Alle Vorhaben waren jedoch stets irgendwann gescheitert, vor sieben Jahren hatte er Schulden in Höhe von fünfzigtausend Euro gehabt, die ein Gerichtsvollzieher eintreiben sollte.

Dann, so hatten es die Kollegen in Montmorillon später mühsam rekonstruiert, geschahen merkwürdige Dinge: Mitte März kaufte sich Philippe Loubet de Bayle einen Karabiner und Munition und übte damit auf einem privaten Schießstand. Zugleich erstand er in verschiedenen Baumärkten der Umgebung Zement, Schaufeln, vier Zehn-Kilogramm-Säcke Kalk und mehrere große Plastiktüten. Am 3. April sahen Zeugen das letzte Mal die Ehefrau Martine und die beiden jüngeren Kinder Laure und Nicolas. Sie aßen zusammen mit ihm in einem Restaurant.

Am nächsten Morgen rief Philippe Loubet de Bayle in der Schule an und entschuldigte sowohl seine Frau als auch die Kinder: Sie seien krank. Zugleich rief er den ältesten Sohn Christian an, der in einem Internat lebte, und sagte ihm, er solle nach Hause kommen, weil seine Mutter einen Fahrradunfall gehabt habe. Zeugen sahen Christian an jenem Abend in Montmorillon und danach nie mehr.

Als der Gerichtsvollzieher am 5. April an der Tür klingelte, um Philippe Loubet de Bayles Schulden einzutreiben, öffnete niemand. Für die Nacht vom 6. auf den 7. April buchte Philippe Loubet de Bayle ein Einzelzimmer im Formule-1-Hotel in Arles unter einem falschen Namen, zahlte aber mit seiner Kreditkarte, was im Hotel offenbar niemandem auffiel. Eine Überwachungskamera filmte ihn und auf dem Parkplatz auch sein Auto, einen alten weißen Pontiac Trans Sport. Am 7. April hob Philippe Loubet de Bayle an einem Geldautomaten in Saint-Rémy fünfzig Euro ab – und seither fehlte von ihm wie auch von seinem Auto jede Spur.

Nachbarn, die sich wunderten, dass sie so lange niemanden mehr von der Familie gesehen hatten, alarmierten Mitte April die Gendarmerie. Im Garten des peinlich sauber aufgeräumten Hauses entdeckten sie eine frisch betonierte Terrasse. Im Beton fanden sie, mit Kalk bestreut und eingewickelt in Plastiksäcke, die Leichen der Frau und ihrer Kinder und sogar die beiden Labradorhunde der Familie. Alle waren mit Karabinerschüssen in den Kopf regelrecht hingerichtet worden.

Seit dem Verbrechen waren mehr als neunhundert Hinweise bei der Gendarmerie eingegangen – nie jedoch war man Philippe Loubet de Bayle auf die Spur gekommen. Die meisten Fahnder glaubten inzwischen, dass der Mörder sein Auto in irgendeine Schlucht der Alpilles gefahren und sich in den Bergen umgebracht hatte.

Blanc starrte auf die Fotos der Opfer, es waren Familienschnappschüsse. Eine schöne Frau. Drei heitere Teenager. Er fragte sich vergebens, was in jemandem vorgehen mochte, der solchen Menschen einen Karabiner an den Kopf setzte und abdrückte. »Philippe Loubet de Bayle war zweiundvierzig«, sagte er. »Wenn er heute noch lebt, muss er neunundvierzig Jahre alt sein. Haben die Kollegen seinerzeit seine DNA-Spur sichergestellt?«

Fabienne klickte ein wenig herum. »Ja. Er hat sein Haus gründlich sauber gemacht, aber nicht gründlich genug. Seine DNA ist in der Datenbank.«

»Saint-Rémy ist kaum zehn Kilometer von Les Baux entfernt«, sagte Blanc nachdenklich. Dann griff er nach seinem Handy. Sanmarco von Méditec Biologie Médicale hob nach dem dritten Klingeln ab. »Hat Ihr Labor Zugriff auf RESOGend?«, fragte Blanc.

»Nicht auf alles, *mon Capitaine*. Nur auf die Datenbank mit den DNA-Spuren. Wir analysieren ja oft genug im Auftrag der Gendarmerie Proben und vergleichen sie.«

Blanc bedankte sich und beendete das Gespräch. Er sah seine Kollegen an. »Seltsam, nicht wahr?«

»Seht euch das an!«, rief Fabienne plötzlich. Sie hatte das Foto der ermordeten Ehefrau größer gezoomt. Martine Loubet de Bayle. Unter dem Foto standen ein paar Daten: Familie, Geburtsdatum, Geburtsort, Geburtsname. Geburtsname …

»*Putain!*«, fluchte Marius.

»Ich fasse es nicht«, murmelte Blanc.

Martine Loubet de Bayle war eine geborene Ripert. Ihre Eltern waren längst gestorben, zum Zeitpunkt ihrer Ermordung lebte nur noch ein neun Jahre jüngerer Bruder.

Patrick Ripert.

Blanc schaltete an seinem Telefon die Freisprechanlage ein, damit Marius und Fabienne mithören konnten, und rief bei der Gendarmerie in Montmorillon an, doch es dauerte eine ganze Weile, bis er jemanden am Apparat hatte, der sich noch an Details der Bluttat erinnerte. Der Fall war zwar ungelöst, und deshalb wurde offiziell weiterermittelt, doch inzwischen gab es so viele andere Verbrechen aufzuklären, dass längst keine Sonderkommission mehr daran saß. Nur eine Beamtin bearbeitete nebenher den alten Vorgang. »Capitaine Muriel Thanh«, meldete sie sich, »Sie haben etwas zum Fall Loubet de Bayle, Kollege?« Ihre Stimme hatte einen ungemein sanften Klang. Doch Blanc sagte sich, dass eine Beamtin, die seit sieben Jahren einen Vierfachmörder jagte, verteufelt hart sein musste. In wenigen Worten klärte er sie über den Tod Patrick Riperts auf – und warum er nun in Montmorillon anrief.

»Ich erinnere mich an ihn«, sagte Muriel Thanh nachdenklich. »Patrick Ripert hat zur Tatzeit bereits länger in Paris gelebt, wir haben ihn deshalb gar nicht erst als Zeugen für die Morde selbst vernommen. Ripert ist aus der Hauptstadt angereist, sobald seine Schwester vermisst wurde – das war noch bevor wir mit Spürhunden die Leichen unter der Terrasse entdeckt haben. Es war ein Schock für ihn, als wir die Toten fanden, er musste sie identifizieren, und wir mussten ihn danach für zwei Tage ins Krankenhaus bringen, bis er wieder einigermaßen auf den Beinen war. Er hat sehr an seiner Schwester gehangen und auch an den Neffen und der Nichte.«

»Und an seinem Schwager?«, warf Fabienne ein.

»Da wird es interessant. Ripert hat zu Protokoll gegeben,

dass er Philippe Loubet de Bayle kaum kannte. Er war bei der Hochzeit eingeladen und auch ein-, zweimal im Haus des Ehepaares gewesen, aber er mochte laut seiner eigenen Aussage den Schwager nicht. Er hielt ihn für einen Aufschneider, für unseriös, für, ich erinnere mich noch an seine genauen Worte, ›irgendwie falsch‹. Er hat sich mit seiner Schwester und deren Kindern vor allem dann getroffen, wenn die ihn in Paris besucht haben, ohne Philippe Loubet de Bayle. Er hatte den Schwager vor der Tat angeblich seit vier oder fünf Jahren nicht mehr gesehen.«

»Hat Ripert von einem Ehekrach oder gar Drohungen berichtet?«

»Das nicht. Er fürchtete, dass seine Schwester an einen Betrüger und Hochstapler geraten war, der sie finanziell ruinieren würde, und außerdem hatte Ripert immer den Eindruck, dass Loubet de Bayle eine Art Doppelleben führte – ohne dass er uns allerdings sagen konnte, was das denn für ein Leben sein sollte, mit wem, wo, warum. Bis zu diesem Augenblick war Ripert, ich hoffe, Sie verzeihen mir diese Formulierung, ein gewöhnlicher Hinterbliebener, wie Sie sie sicherlich auch schon häufig nach Verbrechen gesehen haben: am Boden zerstört und mit Aussagen, die einem weiterhelfen, aber auch nicht so richtig. Doch nach einer Weile bemerkte ich, dass Ripert anders war: Der ließ nicht locker.«

»Nicht locker?«, hakte Blanc nach.

»Über die Jahre kreuzte er immer wieder bei uns in Montmorillon auf. Er fragte, ob wir weitergekommen wären. Er machte uns Vorschläge, wo wir suchen sollten. Er schien mir, *eh bien,* irgendwie besessen davon zu sein. Ich glaube, er hat auch selbst nach dem Mörder gesucht, auf eigene Initiative und ohne dass er uns darüber informierte.«

»Er glaubte also, dass Philippe Loubet de Bayle noch lebt?«, fragte Marius.

»Oh, das glaube ich auch!«, rief Capitaine Thanh. »Das war keine Affekttat. Der Mörder hat sein Verbrechen über Wochen geplant und unbarmherzig ausgeführt, geradezu minutiös. Bedenken Sie: Er hat den ältesten Sohn gebeten, nach Hause zu kommen, *nachdem* er bereits dessen Mutter und die beiden jüngeren Geschwister getötet hatte. Er muss ihm etwas vorgespielt haben, als der in Montmorillon ankam. Das ist schon extrem kaltblütig. Jede Wette, dass er nicht nur den Mord, sondern auch seine Flucht genau geplant hat. Philippe Loubet de Bayle wollte untertauchen und ein neues Leben beginnen – und das ist ihm leider auch gelungen.«

»Bis jetzt«, erwiderte Blanc. »Aber vielleicht wird sich das bald ändern …«

Nachdem er sich bedankt und aufgelegt hatte, starrte Blanc wieder das Foto auf dem Computerbildschirm an. Martine Loubet de Bayle. Patrick Ripert. Eine gewisse Ähnlichkeit zwischen ihnen konnte er erkennen, jetzt, da er um die Zusammenhänge wusste. Und die andere Ähnlichkeit ist die, dass beide Geschwister einen gewaltsamen Tod gestorben sind, dachte er bitter. »Wer tut so etwas bloß?«, murmelte er.

»Derselbe Täter«, brummte Marius. »Wenn du meine Theorie hören willst: Ripert kommt in die Provence, weil das sein Job ist, er soll für Féraud ein verschwundenes Bild wiederfinden. Doch bei seinen Nachforschungen stößt er mehr oder weniger zufällig auf eine Spur von Philippe Loubet de Bayle, den Mörder seiner Schwester, den er schon so lange wie ein Besessener sucht.«

»Nicht bloß eine Spur«, unterbrach ihn Fabienne eifrig. »Ripert will einen DNA-Test machen und bestellt bei dem Labor in Lyon einen Vergleich zu Loubet de Bayles gespeicherter DNA. Das bedeutet doch, dass Ripert bei seinen Recherchen hier jemandem begegnet ist, den er für Philippe Loubet de Bayle hielt.«

»Offenbar war er sich dessen aber nicht sicher«, mutmaßte Blanc. »Hätte Ripert ihn eindeutig identifiziert, dann hätte er uns alarmiert oder meinetwegen auch Selbstjustiz geübt. Den DNA-Test wollte er machen, weil er sich eben nicht sicher war.«

»Er hatte seinen Schwager selten getroffen und die letzten vier oder fünf Jahre vor dessen Verschwinden gar nicht mehr«, sagte Marius. »Und seither sind noch einmal sieben Jahre vergangen. Ripert muss jemandem begegnet sein, den er für den um elf oder zwölf Jahre gealterten Philippe Loubet de Bayle gehalten hat, zumindest hatte er diesen Verdacht.«

Fabienne holte das Foto des Mörders auf den Bildschirm, dazu eine Personenbeschreibung der Polizei von Montmorillon. Eins siebzig groß, schlank, kurze braune Haare, grüne Augen, keine Brille, keine Zahnplomben, keine Operationsnarben, ein Durchschnittsgesicht, ein Durchschnittskörper.

Blanc ging im Geiste die Personen durch, die ihnen bislang bei den Ermittlungen begegnet waren. Manche konnten vom Alter her Philippe Loubet de Bayle sein, die meisten aber nicht. Niemand sah dem Mörder ähnlich. Und doch hatte er das beunruhigende Gefühl, dieses Gesicht erst vor Kurzem schon einmal gesehen zu haben …

»Macht es bei euch Klick?«, fragte er.

Seine Kollegen schüttelten die Köpfe.

»Nie gesehen«, verkündete Fabienne.

»Das wäre ja auch zu einfach«, meinte Marius. »Halb Frankreich hat damals nach diesem Kerl gesucht. Der war auf allen Sendern und in allen Zeitungen. Der wird doch als Allererstes sein Äußeres verändert haben, längere Haare, eine große Brille, einen Bart, was weiß ich.«

»Warum hat Baptiste Féraud eine solche Obsession für diesen Fall?«, sinnierte Blanc.

»Es könnte banal sein«, erwiderte Marius vorsichtig. »Es gibt Tausende Menschen, die sich für spektakuläre Verbrechen interessieren. Baptiste hatte auch Ordner mit anderen ungelösten Fällen auf seinem Schreibtisch. Vielleicht sammelt der wirklich bloß Morde wie andere Leute Briefmarken.«

»Wenn sich Philippe Loubet de Bayle in der Region versteckt, dann ist ihm möglicherweise auch Baptiste schon mal zufällig über den Weg gelaufen«, spekulierte Fabienne. »Der Mörder lebt seit Jahren in der Provence, niemand erkennt ihn, weil er Namen und Äußeres geändert hat. Aber Ripert, der Bruder des Opfers, der würde ihn erkennen, denn der sucht seit sehr langer Zeit nach ihm. Und Baptiste, dessen Hobby spektakuläre Verbrechen sind, würde ihn vielleicht auch erkennen.«

»Sollte Philippe Loubet de Bayle Ripert die Kehle durchgeschnitten haben, weil der ihm auf die Spur gekommen ist, dann könnte das bedeuten, dass auch Baptiste Féraud in Lebensgefahr schwebt«, schloss Blanc.

Die nächsten Minuten verbrachten sie damit, die Telefone zu bearbeiten. Baptiste antwortete nicht auf seinem Handy. Sie erreichten ihn aber schließlich in seinem Elternhaus. Blanc war erleichtert, seine Stimme zu hören, zugleich rasten seine Gedanken. Er war sich längst nicht sicher, welche Rolle Baptiste Féraud in all dem spielte, deshalb wollte er ihm nicht verraten, was sie soeben erfahren hatten und vermuteten. Andererseits sollte man ihn doch irgendwie warnen, meinte er.

»Mein Anruf hat nichts mit unserem Fall zu tun«, log er und klang dabei so überzeugend, dass Fabienne, die alles mithörte, in spöttischer Anerkennung den Daumen hob. »Aber uns hat vorhin eine Kollegin aus Montmorillon kontaktiert. Sie ermitteln dort noch immer im Fall Philippe Loubet de Bayle. Die Kollegin hat sich nach einem Detail erkundigt, wir konnten ihr nicht wirklich weiterhelfen. Doch dabei habe ich mich an den Ordner auf Ihrem Schreibtisch erinnert. Haben Sie etwas Neues gefunden, das Sie uns vielleicht doch mitteilen wollen?«

»Sie fragen ja Sachen«, spottete Baptiste. Er klang nicht im

Mindesten beunruhigt oder misstrauisch. »Wie gesagt: Ich suche das Auto, das ist der Schlüssel zum Fall. Dieser alte Pontiac Trans Sport hat eine Kunststoffkarosserie, wussten Sie das? Der rostet also nicht weg. Außerdem ist das ein ziemlich seltener Typ. Ich werde diesen Wagen früher oder später finden.«

»Wollen Sie nicht Philippe Loubet de Bayle selbst finden?«, fragte Blanc. »Wenn er hier untergetaucht ist, könnte es doch sein, dass Sie ihn zufällig irgendwo sehen.«

»*Mais non!*«, wehrte Baptiste Féraud ab. »Den muss ich nicht suchen, der läuft nirgendwo mehr herum. Die Kerle, die ihre Familien auslöschen, machen danach auch mit ihrem eigenen Leben Schluss, das können Sie doch überall nachlesen. Wenn ich erst einmal diesen verdammten Pontiac gefunden habe, dann kann die Leiche von diesem Kerl auch nicht mehr weit sein.«

»Sie sollten trotzdem aufpassen, man kann nie wissen. Sollte der Mörder noch leben, wird er es nicht gerne sehen, wenn jemand herumschnüffelt. Und ich muss Ihnen nicht erst lange klarmachen, wie gefährlich dieser Mann ist.«

»Wenn er heute noch gefährlich ist, dann müsste er ein Zombie sein. Philippe Loubet de Bayle ist schon seit sieben Jahren tot, das können Sie Ihrer Kollegin von mir ausrichten.«

Abends kam der Mistral über die Provence, aber er kam wie ein zerstreuter, müder Besucher, der von vornherein nicht lange bleiben will. Blanc hatte das schon manchmal erlebt. Der eisige Nordwind, der vom Montblanc das Rhônetal hinunterblies und den Midi meistens tagelang heimsuchte, blieb hin und wieder bloß für ein paar Stunden. In den Böen wehte er mit fünfzig, sechzig Stundenkilometern, halb so heftig wie sonst und nicht stark genug, dass Bäume entwurzelt wurden und Dachschindeln davonflogen. Die Luft schmeckte nach dem Frost der Alpen, doch es war nicht wirklich kalt. Als die Sonne unterging, leuchteten die Wolkenfetzen wie ein rotes Flammenmeer am Horizont.

Blanc machte Feuer im Ofen, damit seine alte Ölmühle über Nacht nicht auskühlte. Er versorgte Jacques, der nach dem Fressen wieder vor die Tür trottete und sich im Windschatten eines Platanenstammes niederließ. Nur die Spitze seiner Schnauze ragte hervor und in den Wind; Blanc fragte sich, welche alpinen Gerüche der Mistral wohl bis zu ihm trug. Wölfe und Adler in entlegenen Hochtälern? Rinder in einem Stall? Tannenwälder?

Blanc sah sich in seiner Küche um. Auf einmal konnte er den Gedanken nicht mehr ertragen, schon wieder allein zu essen. Er griff zum Handy, zögerte, dann fasste er sich ein Herz und rief seine Nachbarin an. Paulette hob ab und war ziemlich überrascht, dass er sie spontan zum Abendessen einlud – aber er hörte ihr an, dass sie nicht unglücklich darüber war.

Eine gute halbe Stunde später sah seine Küche ganz anders aus: Auf dem Herd dampfte eine Daube Provençale in einem riesigen verbeulten Topf, den Paulette mitgebracht hatte, wie auch in weiser Voraussicht die meisten Zutaten. Sie warfen Rindfleischstücke hinein, Tomatensoße, Zwiebeln, Karotten, Thymian, Knoblauch, Oliven, Öl, eine getrocknete Orange und Lorbeerblätter von dem Strauch, der in Paulettes Garten wuchs. Dazu kippte Blanc eine Flasche Rotwein von Bernard in den Topf, aus der zweiten schenkte er seiner Nachbarin und sich ein. Als die Daube köchelte, bereiteten sie roten Reis aus der Camargue vor, schnitten frisches Baguette, stellten Käse heraus.

»Eigentlich muss die Daube noch viele Stunden lang kochen«, sagte Paulette. »Aber das wird schon gehen. Und wir machen so viel, dass du morgen noch mal was davon hast, du musst sie nur aufwärmen, dann schmeckt sie noch besser.«

»Noch besser als jetzt?« Blanc wollte es nicht glauben. Es duftete so köstlich, dass ihn bei jedem Atemzug schwindelte. Warum konnte das nicht jeden Abend so sein?

Beim Essen später redeten sie über Gott und die Welt. Bloß nicht über den Job, ermahnte sich Blanc, und nicht über Paulettes gewalttätigen Ex-Mann; einmal nicht über die Probleme dieser Welt sprechen, die mochten draußen an den Fensterläden rütteln wie der Mistral, im Haus aber war es warm, und im Ofen knackten die Holzscheite. Allerdings kam Paulette von sich aus irgendwie – er wusste selbst nicht, wie genau – auf Adry Novoli zu sprechen.

»Sie hat hier ganz in der Nähe gewohnt, mit ihrem Mann, wusstest du das nicht?«, sagte sie, als sie schon das Brot zum Käse brachen. »In einem alten, ziemlich verwinkelten Haus, nur ein Stück weit die Straße hoch.«

»Du hast Adry Novoli gekannt?«

»Als Teenager. Ich habe immer hier gewohnt, der Hof hat meinen Eltern gehört. Adry war eine Nachbarin. Ich habe ihr häufig zugesehen, wenn sie auf einer der Weiden ihre Staffelei aufgestellt hat, um die Hügel zu malen.«

»Hast du Werke von ihr?«

»Drei.« Paulette lächelte. »Ein kleines Ölbild mit einem provenzalischen Mas, und im Hintergrund leuchten die Alpilles. Dann habe ich ein Stillleben, eine Vase mit Mohnblumen. Du wirst es sehen, du bist noch nicht lange genug hier: Im Mai blüht der Mohn zwischen den Olivenbäumen im Hain des alten Durand, oben an der Route Départementale. Adry hat Mohn geliebt, im Mai hatte sie immer einen Strauß auf der Fensterbank in ihrem Atelier.«

»Du warst auch in ihrem Atelier?«

»Stundenlang. Ich habe ihr mal Modell gesessen. Das ist übrigens das dritte Bild, das ich von ihr besitze: ein Porträt von mir. Sie hat es mir zum sechzehnten Geburtstag geschenkt.« Paulette errötete, schüttelte den Kopf, als sei sie über sich selbst verwundert. »Kannst du dir das vorstellen? Ich als Muse einer Malerin? Das Porträt hängt bei mir im Schlafzimmer, das muss niemand sehen. Wenn ich das in den Salon oder in die Küche hänge, dann betrachtet das jeder, und ich komme mir wie eine Angeberin vor, als würde ich damit prahlen, dass mich eine Künstlerin wie Adry Novoli gemalt hat.«

»Darauf kannst du doch auch stolz sein«, erwiderte Blanc. »Ich würde es mir gern mal ansehen.« Paulette war ungefähr so alt wie Sonia Féraud, überlegte er, und wenn seine Nachbarin als junges Mädchen gemalt worden war, dann müsste doch ungefähr zur selben Zeit … Er nahm sein Handy aus der Tasche und zeigte ihr das Foto des verschwundenen Kunstwerks.

»Das ist Sonia!«, rief Paulette überrascht. »Sonia Jarre.«

»Jarre?«

»Ja. Die Familie Jarre ist irgendwann nach Salon gezogen, der Vater war bei der Eisenbahn oder so etwas. Sonia war ein paar Jahre lang in meiner Klasse, in Viala-Lacoste. Wir waren nicht wirklich befreundet, aber wir kannten uns, wie man sich so kennt auf der Schule. Sie war ein ziemlich verwöhntes Mädchen, die Eltern waren reicher als meine, zumindest hatte Sonia immer mehr Taschengeld als wir anderen. Außerhalb der Schule haben wir uns eigentlich nie getroffen – nur in Adrys Atelier; ich erinnere mich noch, da sind wir uns hin und wieder über den Weg gelaufen. Adry hat ein paar Bilder von Sonia gemalt, sie hatte tolle blonde Haare, und du weißt, wie verrückt die Italiener nach Blondinen sind, selbst die Italienerinnen. Einmal habe ich gesehen, wie Sonia Modell saß, genau für dieses Bild mit dem Mandelblütenzweig. Das ganze Atelier hat danach geduftet.«

Nun musste Blanc doch mit den Details seiner Ermittlung herausrücken – zumindest mit so vielen, dass er Paulette erklärte, wie er auf dieses Bild und auf Sonia Féraud gestoßen war.

»Féraud heißt sie heute also«, sagte seine Nachbarin. »Ich wusste, dass sie geheiratet hat, nachdem sie nach Paris gezogen war, ich glaube, sie war sogar die Erste aus unserer Klasse, die unter die Haube gekommen ist. Aber ihren Namen kannte ich nicht, oder wenn doch, dann hatte ich ihn wieder vergessen.«

»Sie hat mir gegenüber behauptet, dass sie nicht weiß, wen dieses Porträt zeigt. Warum hat sie mich wohl angelogen?«

Paulette blickte ihn überrascht an. »Sonia war immer … nun, sagen wir: Bescheidenheit war nicht ihre herausragende Eigenschaft. Sie war stolz, dass sie so oft für eine echte Malerin Modell sitzen durfte, sie hat das überall herumerzählt. Ich habe keinen Schimmer, warum sie das jetzt verschweigt.«

»Kennst du ihren Mann Charles?«

»Ich glaube nicht, dass ich den je gesehen habe. Der Name sagt mir jedenfalls nichts. Sonia und ich hatten, wie gesagt, nicht viel miteinander gemein. Und nach dem Baccalauréat haben wir uns aus den Augen verloren. Sie hat an der Sorbonne Jura studiert, glaube ich.«

»Die Férauds wohnen seit sieben Jahren in Les Baux. Mit ihren Kindern.«

»Ich bin Sonia aber nie wieder begegnet. Camille, eine alte Freundin von mir, hält über Facebook Kontakt zu ungefähr allen ehemaligen Klassenkameraden. Sie ist so etwas wie das gute Gewissen unserer alten Klasse, sie versorgt uns mit Informationen über die Ehemaligen, Klatsch und Tratsch, du kennst das sicher. So habe ich mitbekommen, dass Sonia wieder hierhergezogen ist und zwei Kinder hat.«

»Die Férauds haben drei Kinder.«

»Drei? Hat Sonia etwa noch mal Nachwuchs bekommen?«

»Die Jüngste ist schon zweiundzwanzig. Die älteren Brüder sind Mitte zwanzig und vierzig.«

»Vierzig?!« Paulette sah ihn an. »Sonia ist fünfundvierzig.«

»Ich weiß«, seufzte Blanc. »Dieser Bruno Féraud ist ein Mysterium für uns. Ich habe keine Ahnung, wer seine Mutter ist. Kannst du mir denn wenigstens etwas zu Sonias beiden Kindern berichten?«

»Nicht viel, fürchte ich. Camille hat einmal angedeutet, dass Sonia Probleme mit ihrer Tochter hat, aber mehr nicht. Von dem Sohn habe ich immerhin den Namen behalten: Baptiste. Und gerade fällt mir etwas ein: Ein Baptiste Féraud ist auch in Viala-Lacoste zur Schule gegangen, er war allerdings nicht in den Klassen von Agathe und Audrey. Die beiden haben mir aber mal von ihm erzählt, es gab da nämlich vor einigen Jahren eine üble Geschichte. Der Klassenlehrer von Baptiste ist eines Abends nach der Schule von ein paar Kerlen halb tot geschlagen worden. Er sitzt seither im Rollstuhl. Niemand weiß bis heute, wer das getan hat. Aber damals gingen unter den Schülern Gerüchte um, dass Baptiste Féraud irgendwie in die Sache verwickelt gewesen sein soll. Deine damaligen Kollegen haben aber offenbar nie etwas herausgefunden. Ich erinnere mich noch daran, weil Agathe und Audrey so schockiert waren.«

»Dieser Lehrer war Anthony de Romanet?«, fragte Blanc zur Sicherheit nach.

»Ich glaube, so hieß er. Ein Adelsname, ja.«

Blanc lehnte sich zurück und schloss kurz die Augen. Anthony de Romanet, ein Freund der Familie Féraud. Ein Unfall, der in Wahrheit ein Überfall gewesen war. Und ein Mann, der bei der Befragung behauptet hatte, dass er Baptiste so gut wie gar nicht kannte – obwohl er mal sein Klassenlehrer gewesen war. Wer weiß, welches düstere Geheimnis die beiden noch miteinander verband.

Freitag, 20. Februar – eine Woche war seit dem Mord verstrichen, und Blanc wusste nicht einmal zu sagen, ob er mit seinen Ermittlungen vorangekommen war oder ob er sich nicht hoffnungslos in einem Netz aus alten Verbrechen, seltsamen Zufällen und dunklen Familiengeheimnissen verstrickt hatte, lauter Mysterien, die aber vielleicht gar nichts mit Riperts Tod zu tun hatten. Er saß seit dem Morgen in seinem Büro und dachte nach. Es war noch sehr früh; er liebte diese Morgenstunde, und er war allein oder zumindest beinahe allein: Von draußen hörte er das Knacken von Balken und das Scheppern von Eisenrohren, und manchmal huschte ein Schatten am Fenster vorbei. Fuligni war mit seinen Arbeitern dabei, die Fassade für den Anstrich zu präparieren. Sie tunkten große Schwämme in Blecheimer und wischten damit eine blaue Chemikalie auf den alten Putz. Durch die Fensterritzen kroch ein Gestank wie aus einer Raffinerie. Das muss doch giftig sein, dachte Blanc, aber Fuligni und seine Leute trugen weder Gesichtsmasken noch Handschuhe. Fuligni blickte einmal durch die Scheibe, grinste und hob den Daumen. Blanc winkte zurück und tippte auf seine Nasenspitze. Der Bauunternehmer deutete auf seine Armbanduhr und machte ein Zeichen: Noch zwei Stunden, dann wären sie mit dem Auftrag der Chemikalie fertig.

Zwei Stunden, *eh merde*. Blanc glaubte, noch den Duft von Paulettes Haut in der Nase zu haben, und den hätte er gerne noch länger behalten. Er hatte seine Nachbarin gestern Abend zum Abschied geküsst, auf jede Wange, ganz keusch, wie sich gute Freunde zum Abschied küssen. Wir sind gute Freunde, sagte er sich, nur gute Freunde und nichts als gute Freunde. Das Telefon klingelte und schreckte ihn auf. Er sah auf das Display des Tischapparats: Avelines Nummer im Gericht von Aix-en-Provence. Er atmete tief durch, bevor er abhob.

»*Madame le Juge,* was kann ich für Sie tun?«

»Ich tue etwas für Sie, *mon Capitaine*: Ich erinnere Sie daran, dass Sie einen Häftling haben.«

Blanc hörte, wie sie an ihrer Zigarette zog. Ihre Stimme jagte ihm noch immer einen Schauder durch den Leib. Nimm dich zusammen, ermahnte er sich. »Einer meiner Kollegen hat Manuel Bonati mehrmals verhört.«

»Ein junger Brigadier frisch von der Gendarmerie-Schule.«

»Sylvain, ja. Ich halte viel von ihm, und diese Verhöre sind gewissermaßen ein Training für spätere Aufgaben. Bonati ist geständig, Sylvain hat ihm mehr als zwanzig Diebstähle nachweisen können. Das reicht, um ihm den Prozess zu machen.«

»Für die Diebstähle. Sie sind aber ganz sicher, dass er nichts mit dem Mord zu tun hat? Wollen Sie ihn denn gar nicht persönlich verhören?«

Blanc versuchte, so neutral wie möglich zu klingen. Bloß keine Ungeduld verraten oder gar Wut. Aveline war furchterregend klug, selbstverständlich wusste sie, dass der junge Gitane nichts mit Riperts Tod zu schaffen hatte. Diese Frage, überhaupt dieser ganze Anruf diente nur dem Zweck, sich abzusichern. Sollte ein Journalist oder ein hohes Tier in Paris oder gar ihr verfluchter Mann je genauer wissen wollen, warum man den Gitane so glimpflich hatte davonkommen lassen, dann konnte sie von nun an immer darauf verweisen, dass sie bis zum letzten Moment auf Ermittlungen bestanden hatte. »Ich übernehme die Verantwortung«, erklärte er in festem Tonfall. »Bonati gehört als Dieb vor Gericht gestellt, aber das ist auch alles.«

Eine winzige Pause. Vielleicht, hoffte Blanc, wollte Aveline jetzt etwas Persönliches sagen. Doch dann klang ihre Stimme so selbstsicher und gelassen wie immer. »Schön, *mon Capitaine*. Ich werde den Prozess vorbereiten. Bonati wird aus Gadet in die Haftanstalt Luynes verlegt, bis es so weit ist. Es war wie immer ein Vergnügen, mit Ihnen einen Fall zu lösen.«

»*Madame le Juge?*«

»Ja?«

»Ich werde auch den anderen Fall lösen. Den Mord an Ripert.«

»Da bin ich mir ganz sicher. Es wird uns alle sehr freuen.« Sie legte ohne ein weiteres Wort auf – und Blanc fragte sich vergebens, wen sie mit »uns alle« gemeint hatte.

Fabienne kam ins Büro und legte ihnen den Ausdruck eines etwas unscharfen Fotos auf den Schreibtisch. Ein roter Renault Clio stand auf einem Parkplatz, rechts unten im Bild waren Datum und Uhrzeit aufgedruckt. »Das Bild stammt vom Film einer Überwachungskamera in Les Baux – einem ziemlich langweiligen Film. Es ist Dorothée Férauds Wagen, und er steht auf einem Parkplatz von Montagmittag bis Mittwochmorgen, ohne sich auch nur ein Mal bewegt zu haben. Auf den ersten Filmsekunden siehst du Dorothée, wie sie aus dem Auto steigt, auf den letzten Sekunden kommt sie zurück. Ansonsten: nichts. Ich habe bei Ermittlungen schon spannendere Momente erlebt, als diesen Film zu analysieren.«

»Haben andere Kameras Dorothée Féraud zu Fuß erfasst? Sieht man, wo sie hingegangen ist?«, fragte Blanc.

Fabienne schüttelte den Kopf. »Leider nein. Es gibt keine anderen Aufnahmen von ihr. Ich habe überprüft, wo in Les Baux Kameras stehen und welche Bereiche sie abdecken. Es wäre möglich, dass Dorothée vom Parkplatz aus ungefilmt bis zu den Carrières de Lumières gegangen ist. Sie könnte sich auch irgendwo in die Garrigue geschlagen haben und über die Hügel gewandert sein. Sie könnte theoretisch von dort sogar das Haus ihrer

Eltern erreicht haben. Aber wir denken natürlich alle zuerst an Thierry Bazin. Treffer! Es ist nämlich auch problemlos zu schaffen, vom geparkten Clio bis zum Haus dieses schleimigen Schönheitschirurgen zu gehen, ohne ein Mal von einer Kamera bemerkt zu werden.«

»Montagmittag bis Mittwochmorgen …«, murmelte Blanc. »Das könnte bedeuten, sie war im Haus des Arztes, als wir Bazin und de Romanet dort befragt haben. Womöglich hat sie uns sogar belauscht.«

Marius kratzte sich am Kopf. »Vergiss nicht, dass die Kleine seit sieben Jahren bei Les Baux lebt. Sie kennt dort sicherlich noch mehr Menschen. Und sie kennt jeden Stein. Sie nimmt Drogen, hat schon Ärger mit den Flics gehabt – vermutlich achtet Dorothée Féraud sehr viel genauer auf Überwachungskameras als normale Bürger. Ich wette, sie weiß ganz genau, auf welchen Wegen sie durch dieses Städtchen gehen muss, um unentdeckt zu bleiben. Seien wir ehrlich: Wir wissen jetzt bloß, dass ihr Clio drei Tage in Les Baux geparkt hat. Wo sie in der Zeit war, das wissen wir immer noch nicht.«

»D'accord«, gab Blanc zu. »Keine falschen Schlussfolgerungen.« Er berichtete den beiden Kollegen, dass Paulette bestätigt hatte, dass Sonia Féraud tatsächlich das Modell des Porträts war, auch wenn diese es leugnete. Anschließend informierte er sie über de Romanets Schicksal. »Der Lehrer hat uns also angelogen«, schloss er. »Der Mann kennt Baptiste Féraud sehr wohl und ziemlich gut. Und der Junge hat bei diesem Überfall womöglich irgendeine mehr als dubiose Rolle gespielt.«

»Wäre Baptiste einer der Angreifer gewesen, dann wäre de Romanet wohl kaum ein Freund der Familie«, sagte Fabienne nachdenklich.

»Kümmert euch bitte um den Überfall. Seht nach, was wir dazu haben. Ob es Verdächtige gegeben hat oder brauchbare Zeugenaussagen. Ob irgendwo in den alten Akten der Name

Baptiste Féraud auftaucht.« Blanc erhob sich. »Ich habe eine Verabredung zum Mittagessen.«

Fabienne schnippte mit den Fingern. »Also doch, fast eine Woche nach dem Valentinstag, aber immerhin! Mit einer Frau?«

»Es ist nicht so, wie du denkst.«

»Wie ernst ist es denn schon? Was wirst du der Dame bei eurem Rendezvous schenken? Seid ihr noch bei Schokoladenherzen? Oder bist du schon beim Negligé?«

»Ich bringe der Dame unsere Ermittlungsunterlagen mit«, erwiderte Blanc. Und das war kein Scherz.

Er hatte sich mit Doktor Fontaine Thezan in einem Restaurant an der Fontaine Moussue in Salon-de-Provence verabredet, ein kleiner Scherz, mit Fontaine an der Fontaine. Es war ein alter Brunnen auf einem kleinen Platz mitten in der Stadt, eigentlich kaum mehr als ein breites Rohr, das aus einem Steinbecken ragte und aus dem oben Wasser quoll. Doch da ihm einige große Platanen Schatten spendeten, war dem Brunnen über die Jahre ein meterdicker Mantel aus Moos gewachsen, er sah aus wie ein gewaltiger Champignon in grünem Pelz. Da keine Frostgefahr mehr bestand, hatte jemand von der Stadtverwaltung wieder Wasser in den Brunnen gelassen. Die Lichtstrahlen, die durch das Gewirr der Platanenäste drangen, wurden als winzige Blitze von den Tropfen reflektiert, es sah aus, als regnete es Diamanten aus dem Moos. Le Café des Arts neben der Fontaine Moussue war weder ein Café, noch hatte es besonders viel mit Kunst zu tun – ein einfaches Restaurant, das Blanc zufällig entdeckt hatte, als er kurz nach Weihnachten mit seiner Tochter Astrid durch Salon gebummelt war. Hier konnte man Cordon bleu oder Crevetten auf Reis essen, und selbst wenn alle Plätze besetzt waren, hatte die Besitzerin noch ein Lächeln für jeden Gast übrig. Es standen schon einige Tische draußen auf dem Platz. Blanc entdeckte einen, dessen polierte Platte in einem Sonnenstrahl glänzte. Er setzte sich dorthin und genoss für einen Moment die Wärme auf seinem Gesicht.

Am Rand des Platzes, dem Restaurant gegenüber, führte der Cours Carnot entlang, eine schmale Straße, die sichelförmig einmal um das mittelalterliche Zentrum von Salon führte. Geschäfte säumten seine Bürgersteige, kleine Boutiquen vor allem, und nun erst, viel zu spät, entdeckte Blanc überall noch nicht wieder abgebaute Dekoration zum Valentinstag, rote Herzen, rote Rosen, roter Kitsch und lachende Paare. Er hätte wirklich an Paulette denken sollen … Fontaine Thezan kam über den Bürgersteig, in einem eleganten Mantel, enger schwarzer Jeans und hohen Stiefeln, die Augen hinter einer ihrer extravaganten Sonnenbrillen aus den Sechzigerjahren verborgen. Er winkte ihr zu, um auf sich aufmerksam zu machen, und fragte sich, wie viele ihrer jüngeren Liebhaber ihr wohl zum Valentinstag ein Geschenk gemacht und ob sie sich das auch gut überlegt hatten: Sie wirkte nicht so, als würde sie eine kitschige Gabe verzeihen.

»*Mon Capitaine,* ich freue mich über Ihre Einladung«, begrüßte sie ihn, als sie sich zu ihm setzte. »Und ich bin neugierig auf Ihre Hintergedanken.«

»Ich habe keine Hintergedanken.«

»Das würde mich aber sehr wundern. Wenn mich ein Gendarm einlädt, dann geht es immer um einen Fall. Kein Flic würde uns Gerichtsmediziner je freiwillig zum Essen einladen. Für sie sind wir Leute, die vom Hauch des Todes umweht sind.«

Blanc lächelte und merkte wieder einmal, wie sehr er Fontaine Thezan mochte. Sie sah erholter aus als vor einer Woche. »Bei Ihnen nehme ich nun wirklich nicht den Hauch des Todes wahr, Doktor.« Eher den Hauch von Marihuana, aber das behielt er besser für sich.

Sie schob sich die Sonnenbrille ins Haar und warf ihm einen nachsichtigen Blick zu, weil sie wohl ahnte, was ihm durch den Kopf gegangen war. »Immerhin haben Sie das Talent, sich die schwierigen Fälle aufzuhalsen. Sie haben mich noch nie gelangweilt.«

Blanc nahm es als ein Kompliment, das wahrscheinlich noch nicht allzu viele Männer aus ihrem Mund gehört hatten. »Lassen Sie uns die Sonne und das Essen genießen und über Sachen plaudern, die nichts mit Krankenhäusern oder Gendarmerie-Stationen zu tun haben«, schlug er vor. »Erst beim Espresso werde ich über den Fall reden, und ich verspreche Ihnen: Es wird illegal.«

Fontaine Thezan zog eine Augenbraue in die Höhe. »Das klingt wie ein Angebot, das ich nicht ablehnen kann.«

Sie aßen Lammspieße und Pommes frites, und Blanc wurde nur für einen kurzen Moment wehmütig, weil ihn das an zahllose Mittagessen mit seinen damaligen Kollegen in Pariser Bistros erinnerte, in jener ihm schon so fern vorkommenden, doch eigentlich noch gar nicht so fernen Zeit, als er noch ein allseits geachteter Korruptionsermittler mit berechtigten Karrierehoffnungen gewesen war. Irgendwie kam das Gespräch mit Fontaine Thezan auf Musik. Blanc, dessen Geschmack bei den großen Rockern der Siebzigerjahre hängen geblieben war, hörte staunend zu, als ihm die Ärztin auf ihrem Handy einen Song vorspielte.

»Gefällt Ihnen das Lied? ›Kènia‹ von Rokia Traoré.«

»Ja. Klingt sehr afrikanisch.«

Sie lächelte. »Rokia Traoré ist eine Musikerin aus Mali. Ich habe sie das erste Mal gehört, als ich mit *Médecins Sans Frontières* in Afrika war, direkt nach dem Abschluss meines Studiums.«

»Sie waren als Rechtsmedizinerin auf dem Schwarzen Kontinent?«

»Es gibt dort Staaten mit einem erhöhten Bedarf an Rechtsmedizinern.«

»Haben Sie Kriege miterlebt?«

»Ich habe die Folgen der Kriege erlebt. Sie wissen doch, *mon Capitaine*, wir Pathologen kommen immer dann ins Spiel, wenn alles vorbei ist. Hier wird es genauso sein.«

»Hier? Wie in Afrika?« Blanc wollte es nicht glauben. »Was meinen Sie?«

»Die chinesische Seuche, die auf uns zurollt wie ein Tsunami. Ärzte sind Surfer – wir können die Welle schon sehen, während alle anderen noch am Strand in der Sonne liegen.« Fontaine Thezan zeigte mit einer Handbewegung auf das Restaurant, den Platz vor dem Brunnen, den Boulevard. »Bald wird das alles menschenleer sein, *mon Capitaine*, genauso wie in Wuhan.« Sie blickte ihn für einen kurzen Moment traurig an, dann straffte sie sich und deutete auf die Kellnerin, die ihnen zwei Tassen brachte, Grüntee für sie und Espresso für Blanc. »Jetzt bin ich gespannt auf Ihr illegales Anliegen.«

Blanc räusperte sich und erzählte ihr, was er und seine beiden Kollegen über den Fall Philippe Loubet de Bayle herausgefunden hatten. Und er berichtete von Patrick Riperts Vorhaben, einen DNA-Test zu machen. »Wir wissen leider nicht, wessen DNA er testen lassen wollte«, schloss er. »Aber ich vermute, dass Ripert bei seinen Ermittlungen zum verschwundenen Bild mehr oder weniger zufällig auf die Spur des verschollenen Mörders seiner Schwester und deren Kinder gestoßen ist. Und es könnte sehr gut sein, dass dieser Mörder in den Carrières de Lumières wieder zugeschlagen hat, um seine Enttarnung zu verhindern.«

»Eine interessante Hypothese«, gab Fontaine Thezan zu, »doch was soll an Ihren Ermittlungen illegal sein?«

»Mein nächster Schritt«, erwiderte Blanc. »Ich möchte ein paar Spuren nachgehen. DNA-Spuren.« Er machte eine kurze Pause, bevor er fortfuhr: »Philippe Loubet de Bayle verschwindet vor sieben Jahren in der Provence, nachdem er seine Familie ausgelöscht hat, und zwar ganz in der Nähe von Les Baux. Charles Féraud kommt vor sieben Jahren mit seiner Familie hierher, ebenso wie Doktor Thierry Bazin. Maurice Pavy übernimmt vor sieben Jahren den Posten von *Culture Espace* – zuvor war er in Montmorillon, dem Ort des Dramas der Familie Loubet de Bayle. Alle leben in Les Baux oder nahebei. Seltsame Zufälle, nicht wahr?«

Die Rechtsmedizinerin steckte sich eine Mentholzigarette an, inhalierte genüsslich und lehnte sich zurück. Sie schob die Sonnenbrille wieder vor die Augen, ihr Gesicht wurde Blanc zum Rätsel. Hatte er sie nun beeindruckt, oder sollte er bloß nicht sehen, dass sie das für totalen Unsinn hielt? »Vielleicht sind die Zufälle nicht so seltsam, wie Sie glauben, *mon Capitaine*«, sagte sie schließlich kühl. »Erinnern Sie sich an die große Wirtschaftskrise von 2008: Arbeitslosigkeit, Pleiten überall, die Leute mussten ihre Häuser verkaufen und ihre Ersparnisse auflösen; es kam einem doch vor, als wäre ganz Frankreich bankrott. Es hat Jahre gedauert, bis wir wieder aus der Krise kamen – das war, wenn ich mich recht entsinne, vor ungefähr sechs, sieben Jahren. Da haben die Menschen wieder angefangen, Häuser zu kaufen, Jobs zu wechseln, an die Zukunft zu glauben. Es ist vielleicht kein Zufall, dass diese Männer, die vermutlich alle ehrgeizig sind und ihre Träume haben, ausgerechnet vor sieben Jahren den Schritt gewagt haben, hierherzuziehen und gewissermaßen neu anzufangen. Außerdem sind das doch Männer mit einem Vorleben, das Sie überprüfen können: ein Manager, ein Arzt, ein Kulturdirektor, die tauchen doch vor sieben Jahre nicht plötzlich aus dem Nichts auf.«

»Das habe ich natürlich überprüft«, entgegnete Blanc. »Féraud hat in Paris bei einer großen Werbeagentur Karriere gemacht, Bazin hatte eine Praxis dort, Pavy hat in Montmorillon ein Museum geleitet, das ließ sich alles leicht bestätigen. Aber was ist, wenn ein Mörder, der seine Taten so raffiniert und skrupellos plante wie Philippe Loubet de Bayle, auch das geplant hat: Er bringt einen der Männer um, die in die Provence gezogen sind, und übernimmt dessen Identität? Maurice Pavy, zum Beispiel, hat weder Frau noch Kinder, er lebt allein. Es könnte doch sein, dass der echte Pavy tatsächlich aus Montmorillon fortgezogen ist – aber in der Provence ermordet wurde, wo Loubet de Bayle dann seinen Namen annimmt.«

»*D'accord*, bei Pavy wäre das möglich. Féraud und Bazin kennen sich jedoch schon seit ihrer Pariser Zeit, denen kann keiner die Identität unbemerkt geraubt haben. Außerdem hat Féraud Frau und Kinder.«

»Frau und Kinder, ja …«, murmelte Blanc. Er winkte den Kellner heran und bestellte eine zweite Tasse Tee und einen zweiten Espresso. Die Sonne war inzwischen so weit gewandert, dass ihr Tisch bereits zur Hälfte im Schatten der Platane lag. Er stand auf, hob ihn an und stellte ihn einen Meter weiter wieder ins Licht, aber es war klar, dass sie nicht mehr lange die warme Mittagssonne genießen konnten. »Zur Familie Féraud: Es ist auffällig, dass Baptiste, einer der Söhne, ausgerechnet Zeitungsartikel zum Fall Philippe Loubet de Bayle aufbewahrt und ausgesagt hat, dass er den Mörder sucht – allerdings dessen sterbliche Überreste, denn er vermutet, dass Loubet de Bayle Selbstmord begangen hat. Dann ist da noch der ältere Bruder, Bruno: Er kann nicht Sonia Férauds Sohn sein. Wir finden keine Spur von ihm, die älter ist als sieben Jahre. Er taucht vor sieben Jahren in der Provence auf – wie aus dem Nichts. Bruno behauptet, vierzig Jahre alt zu sein – aber was ist, wenn er neunundvierzig ist? Das ist das Alter von Philippe Loubet de Bayle, wenn er heute noch leben sollte. Er wirkte auf mich, als könnte er so alt sein.«

»Aber warum sollte Charles Féraud ihn als seinen Sohn ausgeben? Warum sollten Sonia, Baptiste und Dorothée ihn als Familienmitglied ausgeben?«

»Jetzt kommen Sie ins Spiel«, erwiderte Blanc lächelnd. »Alle diese Argumente würde mir auch die Untersuchungsrichterin vorhalten. Sie würde deshalb niemals DNA-Tests anordnen. Ich ermittle ja noch nicht einmal offiziell im Fall Loubet de Bayle, es kümmert sich fast niemand mehr um dieses alte Verbrechen außer einer einzigen Kollegin in Montmorillon, Hunderte Kilometer von der Provence entfernt.«

Zum ersten Mal seit längerer Zeit lächelte Fontaine Thezan wieder. »Deshalb wollen Sie die DNA-Tests heimlich machen? *Das* ist selbstverständlich absolut illegal.«

»Ich würde gern Proben von Charles Féraud, Bruno Féraud, Maurice Pavy und Thierry Bazin nehmen, ja – und sie mit der DNA-Spur von Philippe Loubet de Bayle abgleichen. Nur um sicherzugehen. Falls sich kein Treffer ergibt, dann weiß ich wenigstens, dass ich einer falschen Fährte folge.«

»Und ich soll Sie mit den Test-Sets versorgen und die Analysen für Sie durchführen?«

»Wen sonst könnte ich fragen?« Der Kellner kam und brachte die Getränke. Blanc wartete, bis er außer Hörweite war, bevor er leise fortfuhr: »Sie müssen mir bloß ein paar von diesen Wattestäbchen besorgen, ich komme so oder irgendwie anders an die Proben. Dann gebe ich sie Ihnen. Sie analysieren doch sowieso täglich DNA, es wird niemandem auffallen, wenn Sie ein paar Proben mehr durch den Computer jagen.«

»Sie sind ja ein Experte«, spottete Fontaine Thezan, doch man hörte ihr an, dass sie anfing, Spaß an der Sache zu haben. »Selbstverständlich habe ich Zugriff auf den FNAEG. Im *Fichier National Automatisé des Empreintes Génétiques* sind fast drei Millionen Datensätze gespeichert: Gewalttäter und Terroristen, unidentifizierte Tote, verschollene Personen. Wenn Sie mir die DNA-Proben der Verdächtigen geben, könnte ich sehr rasch überprüfen, ob einer von ihnen Philippe Loubet de Bayle ist – oder irgendjemand sonst, der in den letzten Jahren verschwunden ist.«

»Würden Sie das tun?«

»Ich könnte noch mehr für Sie tun.« Die Rechtsmedizinerin

trank einen Schluck Tee, setzte die Tasse ab und schob ihre Sonnenbrille wieder ins Haar. Ihre Augen blitzten. »Man kann mit der DNA nicht bloß einen Menschen nahezu eindeutig identifizieren, sondern aus dieser Spur auch manche Eigenschaften herauslesen. Ich kann aus dem menschlichen Genom das Geschlecht des Betreffenden feststellen, ich weiß ungefähr, auf welchem Kontinent er geboren ist, ich kenne seine Haut- und Augenfarbe, kann aus der Spur herauslesen, ob jemand glatzköpfig ist oder nicht, kann sogar die ungefähre Zahl seiner Sommersprossen im Gesicht abschätzen. Diese genetischen Marker sind bereits seit Längerem bekannt. Doch es gibt darüber hinaus *Visage*, ein Projekt von zehn europäischen Polizeiorganisationen. Rechtsmediziner und Kriminaltechniker experimentieren damit, aus einer einzigen DNA-Spur ein Phantombild zu erstellen.«

»Ich bringe Ihnen eine Speichelprobe oder eine Hautschuppe, und Sie sagen mir, wie der Unbekannte aussieht?«, vergewisserte sich Blanc erstaunt.

»So ungefähr. Das Verfahren ist noch nicht ausgereift, und deshalb dürfen wir es bei Ermittlungen nicht anwenden. Aber die ersten Ergebnisse sind, sagen wir: verblüffend.«

Blanc strich sich nachdenklich über die Haare. »Sogar wenn sich also jemand durch plastische Chirurgie total verändert hat, dann ...«

»... würde mir seine DNA verraten, wie er vor der Operation ausgesehen hat. Selbst wenn also keiner Ihrer Verdächtigen Philippe Loubet de Bayle ist, ja selbst wenn ihre DNA überhaupt nicht unter den drei Millionen Datensätzen auftaucht – selbst dann könnte ich Ihnen sagen, ob jemand unter ihnen irgendwann einmal sein Äußeres medizinisch verändert hat.«

»Das heißt: Sie machen mit?«

»Wenn ich gleich ins Krankenhaus zurückkehre, schicke ich Ihnen einen Kurier vorbei, der Ihnen so viele Test-Sets bringt, wie Sie wollen. Vielen Dank für die Einladung, *mon Capitaine*.«

Gespenster der Vergangenheit

Blanc arbeitete Papierkram auf. Nachmittags verabschiedete er sich unter einem Vorwand aus der Gendarmerie-Station und machte sich auf den Weg zum Mandelhof der Familie Féraud. In seiner Jackentasche waren mehrere Röhrchen mit Wattestäbchen und verschließbare Probenbeutel versteckt, die ihm ein Mitarbeiter von Fontaine Thezan vorbeigebracht hatte. Außerdem hatte er ein Paar Gummihandschuhe mitgenommen. Blanc hatte Marius und Fabienne nichts von seinem Vorhaben erzählt. Féraud, Bazin und Pavy waren, jeder auf seine Art, durchaus mächtige und selbstbewusste Männer. Falls die Sache aufflog, würden sie sich womöglich Anwälte nehmen und ihm die Hölle heißmachen. Es war besser, er zog seine Kollegen nicht mit hinein.

Die Sonne stand schon im Westen, Wolkenschleier trieben gemächlich über den Himmel, während sie sich langsam orangerot färbten. Hoch über ihm türmten sich die Mauern und Dächer von Les Baux auf. Ein halb zerstörter Burgturm trug eine riesige rote Flagge, die träge im schwachen Südwind flatterte. Die Eichenkronen auf den Hügeln waren schon so dunkel, dass sie beinahe schwarz erschienen, die Mandelblüten auf dem Feld leuchteten hellrot im späten Nachmittagslicht. Blanc hatte das Fenster des Mégane heruntergelassen und atmete die Luft tief ein, die süß und salzig schmeckte, nach Mandeln duftete und ein wenig nach der Camargue, die sich südlich von hier über viele Kilometer hin bis zum Mittelmeer erstreckte. Draußen zwitscherten die Vögel so laut, als müsste jeder einzelne hier und heute einen Partner finden und mit dem Nestbau beginnen.

Blanc fuhr auf bloßen Verdacht zum Anwesen, er hoffte, Charles und Bruno Féraud anzutreffen und irgendwie heimlich an ihre DNA-Spuren zu kommen – wie genau, das wusste er selbst noch nicht. Als er auf den Hof rollte, sah er Bruno und Baptiste auf Korbstühlen unter der Platane sitzen. Neben ihnen Anthony de Romanet in seinem Rollstuhl. Die drei Männer tranken ein hellgelb leuchtendes Getränk aus großen Gläsern, Pastis vielleicht oder eine harmlose Zitronenlimonade; der ehemalige Lehrer schaffte es, eine glimmende Zigarette im Mundwinkel zu behalten, während er sein Glas leerte. Die drei Männer bemerkten den Streifenwagen, keiner hob die Hand zum Gruß.

Blanc stieg aus dem Auto. Bruno war der Einzige der Gruppe, der aufstand, um ihm entgegenzugehen. Er schüttelte ihm die Hand. »Haben Sie Neuigkeiten für uns, *mon Capitaine*?«

»Leider noch nicht. Ich bin bloß hier, um ein paar Punkte zu klären. Es dauert wahrscheinlich nicht lange. Ist Ihr Vater zu sprechen?«

»Er ist nach Aix-en-Provence gefahren, aber er sollte bald zurückkommen. Bis dahin müssten Sie mit uns dreien vorliebnehmen. Darf ich Ihnen einen Citron Pressé anbieten?«

Blanc wollte schon höflich ablehnen, als ihm eine Idee kam. »Sehr gerne«, erwiderte er.

Bruno Féraud brachte ihm ein Glas. Blanc nippte, es schmeckte herrlich sauer und nach Sommer und Müßiggang. Baptiste war aufgestanden und hatte de Romanet die bis beinahe auf den Filter heruntergerauchte Zigarette aus dem Mund genommen und in einem Aschenbecher ausgedrückt. Er tat das behutsam und zugleich mit der routinierten Selbstverständlichkeit von jemandem, der so etwas fast täglich machte. Baptiste hatte nichts mehr von der Attitüde des Straßendealers. Für Blanc war es, als blickte er in ein Paralleluniversum: Er sah den jungen Mann, wie er hätte werden können, wenn nicht irgendetwas in seinem Leben fundamental falsch gelaufen wäre, und fragte sich, was das wohl gewesen sein mochte. Die beiden beachteten ihn kaum. Erst nachdem Baptiste aus einer Ledertasche, die an der Rückseite des Rollstuhls hing, eine neue Zigarette geholt, sie de Romanet gegeben und ihm ein Feuerzeug gereicht hatte, wandte er sich Blanc zu. »Haben Sie etwas dagegen, wenn wir uns verabschieden? Wir wollen eine Runde drehen.«

»Mit dem Auto? Oder«, Blanc wollte beinahe sagen »zu Fuß«, fand das dann aber geschmacklos und sagte rasch: »Wollen Sie auf dem Hof bleiben?«

»Wir genießen die Sonne unter den Mandelbäumen, solange es noch warm ist.«

»*Bien*. Ich habe nur ein oder zwei Fragen an Sie. Ich treffe Sie dann später.« Blanc lächelte und sagte das sehr freundlich; er hatte sich diesen Gesichtsausdruck und den Tonfall schon als junger Gendarm angeeignet: Er war dann überaus höflich, und zugleich klang es doch wie eine Drohung.

Baptiste brummte Unverständliches, de Romanet, der sich nicht die Mühe machte, die Zigarette aus seinem Mund zu nehmen, nickte bloß. Der junge Mann schob mühsam den Rollstuhl an. Die schmalen Räder knirschten im Kies und hinterließen Spuren in den weißen Steinen. Die beiden verschwanden langsam zwischen den Mandelbäumen.

»Monsieur de Romanet ist häufig bei Ihnen zu Gast?«, fragte Blanc.

Bruno zuckte gleichmütig mit den Schultern. »Anthony wohnt bei seiner Schwester Lucie, nicht einmal fünf Minuten mit dem Auto die Landstraße runter. Wenn man auf dem Land lebt, dann bedeutet das beinahe schon Tür an Tür. Er ist ein guter Nachbar.«

»Ihr Bruder kümmert sich bewundernswert um ihn.«

Bruno lachte kurz und freudlos auf. »Baptiste ist eigentlich nicht gerade die Hilfsbereitschaft in Person. Doch seinen alten

Lehrer betreut er wie Mutter Teresa, weiß der Himmel, warum. Aber Sie sind wahrscheinlich nicht bis zu uns hinausgefahren, um Mutter Teresa zu bewundern.«

»Wir haben endlich Ihre Schwester sprechen können, Monsieur Féraud.«

»Ah«, stieß Bruno bloß hervor. Dann griff er nach seinem Glas und nahm einen tiefen Schluck. »Dorothée führt ein«, Bruno suchte nach dem passenden Wort, »sehr eigenständiges Leben.«

»So kann man das auch nennen. Unterstützen Ihre Eltern diesen Lebensstil?«

»Ich weiß nicht, was Sie damit meinen.« Bruno kratzte sich nervös mit der rechten Hand am linken Unterarm, merkte, was er tat, und ballte die Hand zur Faust.

»Sie haben mir selbst gesagt, dass Sie der Buchhalter der Familie sind. Ich nehme an, Ihre Schwester benötigt erhebliche Summen, um Ihre Sucht zu finanzieren. Sie sind doch darüber im Bilde, dass sie ein Drogenproblem hat, oder nicht?«

»*Ein* Drogenproblem ist noch eine Untertreibung. Nennen Sie mir irgendeine Droge, und ich sage Ihnen, dass meine Schwester damit ein Problem hat.« Bruno seufzte. »Ja, es stimmt«, gab er dann zu. »Mein Vater überweist ihr zu jedem Monatsersten eine vierstellige Summe auf ihr Konto. Meistens hebt Dorothée das Geld noch am gleichen Tag in bar ab.«

»Reicht diese Summe?«

Bruno blickte ihn empört an. »Woher soll ich das wissen? Ich nehme keine Drogen, ich kenne die Preise nicht.«

»Bittet Ihre Schwester denn nicht hin und wieder um noch mehr Geld?«

»Ja, ständig. Papa zahlt ihr aber zum Glück nicht noch mehr.«

»Wissen Sie, ob Dorothée sich anderweitig Geld für ihre Bedürfnisse beschafft?«, fragte Blanc.

Bruno schlug die Augen nieder. »Keine Ahnung«, murmelte er,

aber Blanc merkte ihm an, dass er sehr wohl wusste, wie seine Schwester ihr Geld verdiente.

»Haben Ihre Eltern denn nie versucht, ihre Tochter aus diesem Sumpf zu ziehen?«

»Dorothée hat damit schon früh angefangen, noch auf dem Collège in Paris, zumindest hat sie mir das später mal so gesagt. Papa hatte damals immer so viel zu tun, er hat davon wahrscheinlich zunächst wenig mitbekommen. Seit wir in der Provence leben, drängt er sie zum Entzug. Als sie noch keine achtzehn Jahre alt war, hat er sie sogar einmal mehr oder weniger mit Gewalt zu einer Therapie gezwungen. Aber Sie sehen ja, was das genützt hat.«

»Und Ihre Mutter?«

»Ach die«, sagte Bruno, als sei er überrascht, dass man überhaupt nach ihr fragte. »Meine Mutter lebt ihr eigenes Leben.«

»Ist sie hier? Kann ich sie sprechen?«

»Sie ist nicht hier, und ich weiß auch nicht, wann sie zurückkommt. Oder wo sie gerade ist.«

»Hat Ihre Schwester schon einmal etwas aus dem Haus mitgehen lassen, um ihre Sucht zu finanzieren?«

»Sie meinen, ob Dorothée das Bild gestohlen hat?« Bruno schüttelte den Kopf. »Verstehen Sie mich bitte nicht falsch, ich weiß, dass meine Schwester keine Heilige ist. Und ich würde im Haus auch nicht Geld irgendwo offen herumliegen lassen. Aber ein Ölbild von Adry Novoli? Können Sie sich vorstellen, dass Dorothée damit zu einem Dealer geht? Oder dass irgendein Hehler so etwas annimmt? Nein, das interessiert meine Schwester nicht.«

Blanc nickte und dachte nach. Der Citron Pressé war wirklich wunderbar. Das Gezwitscher war leiser geworden, irgendwann waren wohl auch liebestrunkene Vögel erschöpft. Die Sonne berührte die Gipfel der Alpilles, die so blau schimmerten, als würden sie sich gleich im Himmel auflösen. Nur noch ein paar Minuten, schätzte er, dann würde das Tal im Schatten versinken. Bald war der richtige Zeitpunkt gekommen, um seinen kleinen Plan in die Tat umzusetzen. »Wie gut kennt Ihre Schwester Doktor Bazin?«, wollte er wissen.

Bruno hob in einer gleichgültigen Geste die Hände. »Thierry ist praktisch unser Hausarzt. Ob er Dorothée schon mal ins Gewissen geredet hat, weiß ich nicht. Aber über ihren Zustand ist er sicher gut informiert. Er hat alle aus der Familie schon oft untersucht. Außer mich«, setzte er mit einem Anflug von Stolz hinzu, »ich bin nie krank.«

Die Sonne versank hinter einem Gipfel. Der Schatten wanderte jetzt quer über den Hof auf sie zu. Blanc wartete noch ein, zwei Augenblicke, bis er die Platane umspülte. In dem Moment, als es dunkler wurde, erhob er sich – und stieß das Knie absichtlich gegen den kleinen Tisch. Gläser stürzten auf den Kies und zerbrachen auf den Steinen, die Karaffe mit dem Rest des Citron Pressé fiel um, ihr Inhalt ergoss sich über den Stuhl, auf dem Baptiste gesessen hatte.

»Pardon«, rief Blanc, »wie ungeschickt von mir! Warten Sie, ich helfe Ihnen!«

Bruno war aufgesprungen, um nicht ebenfalls etwas von dem herabtropfenden Getränk abzubekommen. Dann griff er nach der Karaffe, bevor sie vom Tisch rollen konnte. Blanc hatte sich da schon auf den Boden gekniet und klaubte Glassplitter aus dem Kies. Es war bereits dämmrig unter dem Tisch. Rasch und unauffällig zog er zwei kleine Plastikbeutel aus der Jackentasche und stülpte sie über Teile von Brunos und von Baptiste' Glas. Er hoffte, dass brauchbare DNA-Spuren an ihnen hafteten. Die meisten Fragmente sammelte er dann in einem Papiertaschentuch und legte sie auf den Tisch. Ihm war spontan der Gedanke gekommen, sich auch de Romanets Genspur zu holen, sicher ist sicher. Doch das Glas des Lehrers war von der gegenüberliegenden Tischseite gestürzt.

»Ich bin wirklich sehr ungeschickt«, entschuldigte er sich. »Ich bin einfach zu groß gewachsen für die Tische und Stühle dieser Welt.«

Bruno lächelte nachsichtig. »Sie glauben gar nicht, wie viel Geschirr in diesem Haus schon zerschmettert worden ist. Machen Sie sich bitte keine Mühe. Der Schaden ist ja schon beseitigt.« Tatsächlich hatte er die Karaffe noch rechtzeitig wieder hingestellt – und er hatte die Splitter von de Romanets Glas eingesammelt, unerreichbar für Blanc.

»Wenn Sie mich bitte entschuldigen würden«, sagte Bruno und griff auch nach dem Taschentuch mit den Splittern, die Blanc eingesammelt hatte. »Ich werfe das im Haus in den Müll, bemühen Sie sich nicht. Und dann muss ich wirklich noch ein paar Rechnungen schreiben. Sie sollen noch vor dem Wochenende raus.«

»Verstehe«, erwiderte Blanc. Er hoffte, dass die beiden Plastikbeutel mit dem Glas seine Jackentasche nicht allzu auffällig ausbeulten. »Ich will Sie nicht länger aufhalten, *merci beaucoup*. Ich denke, ich werde Ihren Bruder im Mandelhain auch allein finden.«

»*Au revoir, mon Capitaine.*«

»Ach«, sagte Blanc, der sich schon halb weggedreht hatte. »Es handelt sich bloß um eine Formalie, mehr nicht, und eigentlich ist es auch ganz unerheblich. Aber Sie wissen ja: Wir sind Beamte, und da muss alles seine korrekte Form haben. In unseren Ermittlungsunterlagen müssen alle Personendaten vollständig verzeichnet sein. Ich nehme doch an, dass Madame Féraud Ihre Stiefmutter ist? Sie ist nur fünf Jahre älter als Sie.«

Bruno starrte ihn an. Seine Hände zitterten plötzlich. »*Et alors?*«, brachte er schließlich heraus, man konnte es kaum hören.

»Wer ist Ihre leibliche Mutter, Monsieur Féraud?«

Bruno blickte zu Boden. »Ich habe sie …«, er zögerte, »nie

kennengelernt. Ich bin bei meinem Vater groß geworden. Und dann später mit seiner Frau, die für mich schon wie eine Mutter ist, irgendwie.«

»Aber den Namen Ihrer Mutter werden Sie doch kennen?« Blanc fragte das ganz freundlich, so als sei das nicht sehr wichtig, ein lästiger Punkt, den es abzuhaken galt.

»DuPont. Marie DuPont.«

Blanc hatte seinen Notizblock hervorgezogen und tat so, als würde er das aufschreiben.

»Aus ...«, Bruno Féraud druckste verlegen herum, »... aus Paris. Irgendwo aus Paris, ja.«

Marie DuPont aus Paris, dachte Blanc, aber klar doch. Er fragte sich, ob Bruno die echte Identität seiner Mutter kannte und ihm – aber warum bloß – diesen sicherlich falschen Allerweltsnamen nannte. Oder ob er tatsächlich nicht mehr über seine leibliche Mutter wusste als einen erfundenen Namen. So oder so: Er würde schon noch herausfinden, was es mit Bruno Férauds Vergangenheit auf sich hatte.

Der Himmel leuchtete, als würde hinter den Bergen die Welt brennen. Die Alpilles bildeten eine dunkle Mauer vor einem roten und orangefarbenen Glühen. Im Zenit, hoch über den geborstenen Mauern von Les Baux, sank der Himmel in ein samtiges Violett. Im Mandelhain kamen ihm Baptiste Féraud und Anthony de Romanet entgegen, die Zigarette des älteren Mannes glühte im Halbdunkel unter den Ästen. *Mon Dieu,* wie viele Kippen qualmt dieser Mann am Tag?, wunderte sich Blanc. Er fragte sich, ob das noch eine normale Sucht war oder nicht schon eher Selbstmord auf Raten. Auf dem trockenen Erdboden zwischen den Bäumen kam der ehemalige Lehrer etwas besser zurecht als auf dem Kies des Hofs; er drehte mit seinen kräftigen Händen die Räder stoßartig weiter, sodass er in kurzen ruckartigen, irgendwie zornig wirkenden Bewegungen vorankam. An einigen Stellen waren allerdings kleine Steinstufen in den Weg eingelassen, bei deren Überwindung ihm Baptiste helfen musste.

»Monsieur de Romanet, bei der ersten Befragung haben Sie ausgesagt, dass Sie Baptiste Féraud kaum kennen – dabei war er Ihr ehemaliger Schüler, der sich, wie ich sehe, auch noch sehr aufmerksam um Sie kümmert.«

Anthony de Romanet blickte Blanc aus zusammengekniffenen Augen an, weil ihm der Rauch seiner Zigarette ins Gesicht geweht wurde. Schließlich bequemte er sich dazu, den Glimmstängel aus dem Mund zu nehmen. »Ich wüsste nicht, was das mit Ihren Ermittlungen zu tun hat, *mon Capitaine.*«

»Ich tue das gern«, sagte Baptiste rasch, als hätte er Angst, dass die Befragung eskalieren könnte. »Ich war ein Versager in der Schule. Kein Bock, Lehrer sind Arschlöcher, ihr könnt mich alle mal. Sie kennen das sicher. Ich habe es nicht mal bis zur Zulassung zum Baccalauréat geschafft. Doch Monsieur de Romanets …«, er zögerte, »… Unfall war für mich eine Art Elektroschock. *Mon Dieu,* direkt vor unserer Schule! Ich habe mich irgendwie geschämt. Und seither helfe ich ihm. Nicht dass Monsieur de Romanet meine Hilfe wirklich bräuchte«, setzte er hastig hinzu, »er kommt auch sehr gut alleine zurecht.«

»Meine Frau hat mich verlassen, als ich durch den Unfall zum Krüppel wurde«, erklärte de Romanet, und man hörte ihm an, dass die Teilnahmslosigkeit, mit der er das sagte, nur vorgetäuscht war. »Meine Freunde sind nach und nach nicht mehr zu mir gekommen. Die meisten meiner Kollegen haben mich nicht ein einziges Mal im Krankenhaus besucht, obwohl die Schule fast gegenüberliegt. Ich bin zum Einsiedler geworden. Am Ende haben es nur noch meine Schwester und Baptiste mit mir ausgehalten. Na ja, und Baptiste' Familie toleriert mich, sogar dann, wenn ich mit meinem Rollstuhl schwarze Gummispuren auf den alten Fußbodenfliesen im Salon hinterlasse.« Er lachte hart auf.

Blanc betrachtete den zynischen Mann. Er fragte sich, warum

alle, selbst de Romanet, von einem »Unfall« sprachen, wenn es doch ein Überfall gewesen war. Glaubten sie wirklich, dass er darüber nicht Bescheid wusste? Aber warum hätten sie ihn darüber im Unklaren lassen sollen? Oder war das eine Art Euphemismus, ein Unfall, etwas Unvermeidliches, ein blindes, gemeines Schicksal – und nicht ein hinterhältiger, brutaler, anonymer Angriff, bei dem man sich ja bis heute fragen musste, wer das getan hatte und warum. Womöglich waren solche Fragen fast so zermürbend für die Psyche wie die Behinderung selbst. Er beschloss, nicht weiter nachzubohren, obwohl er sich auch sehr darüber wunderte, dass ein Drop-out wie Baptiste ausgerechnet bei einem ehemaligen Lehrer zum barmherzigen Samariter mutiert war. Ob Baptiste bei diesem »Unfall« vielleicht doch eine Rolle gespielt hatte? Und ihn nicht Hilfsbereitschaft, sondern schlechtes Gewissen antrieb? Er würde ihn sich noch einmal vornehmen, wenn de Romanet nicht dabei war.

»Als ich Sie das erste Mal in Ihrem Zimmer aufgesucht habe«, sagte er an den Sohn gewandt, »lag auf Ihrem Schreibtisch ein Dossier zum Fall Philippe Loubet de Bayle. War das wirklich bloß ein Zufall?«

»Das sagte ich Ihnen doch schon.« Sie waren aus dem Schatten des Mandelhains gekommen. Baptiste Féraud musste die Griffe des Rollstuhls wieder packen, um ihn durch den Kies zu pflügen. Am gegenüberliegenden Ende des Hofes, dicht neben dem Tor, parkte ein metallic grüner Citroën Berlingo. Blanc vermeinte, hinter der spiegelnden Frontscheibe die blaue Behindertenplakette zu erkennen.

»Ich helfe Ihnen«, bot er an und begleitete sie Richtung Wagen. »Ich frage deshalb nach, weil Monsieur Ripert der Bruder der ermordeten Martine Loubet de Bayle war.«

Baptiste Féraud blieb abrupt stehen. Er schluckte so schwer, dass der Skorpion an seinem Hals wie verrückt zuckte. »Das wusste ich nicht«, stammelte er schließlich.

»Sie sammeln seit Jahren Informationen über den Fall, aber das ist Ihnen entgangen?«

»Ich habe mich mehr für den Mörder interessiert«, gestand Baptiste. »Wer er war. Was er getan hat. Wie er alles geplant hat. Wohin er verschwunden sein könnte. Die Namen der Ehefrau und der Kinder kenne ich, aber … Ripert, ja, jetzt, wo Sie mich darauf ansprechen, ich glaube, dass ich mal gelesen habe, dass es der Mädchenname der Frau war. Aber um deren Familie habe ich mich nie gekümmert, warum auch? Und von dort auf den Privatdetektiv zu kommen, den mein Vater engagiert hat … Was hat das überhaupt mit Ihren Ermittlungen zu tun? Sie suchen doch Riperts Mörder, oder? Und den Dieb des Bildes, vielleicht ist das ja ein und dieselbe Person. Aber das hat doch nichts mit der alte Affäre zu tun! Das ist lächerlich.«

»Schieb mich weiter«, brummte de Romanet. »Ich will nicht zwanzig Meter vor meinem Auto verhungern.«

»Mit wem haben Sie über diese, wie Sie es nennen, ›alte Affäre‹ gesprochen? Mit Ihrer Familie? Wissen Ihre Eltern oder Ihre Geschwister etwas von Ihrem Interesse an Loubet de Bayle?«

»Nein, die wissen nie, was ich mache«, sagte Baptiste und packte den Rollstuhl wieder. Der Kies knirschte. Er schob jetzt mit so viel Kraft Richtung Wagen, dass seine Adern an den Schläfen anschwollen. Der will de Romanet jetzt loswerden, oder mich, vermutete Blanc.

»Von meiner Familie interessiert sich niemand für mein Hobby.«

»Und Sie?«, fragte Blanc de Romanet. »Interessieren Sie sich dafür?«

»Ich weiß nicht, worüber Sie reden. Diesen Namen, Loubet de Bayle, den habe ich mal irgendwo gehört, vermutlich in den Nachrichten. Das muss aber Jahre her sein.«

»Der Einzige, mit dem ich mal darüber gesprochen habe, ist Nounour«, sagte Baptiste.

Blanc nickte. »Monsieur Pavy stammt ja auch aus Montmorillon.«

»Genau. Das hat er mal eines Abends erwähnt, als er bei uns eingeladen war. Ziemlich am Anfang, als wir ihn gerade kennengelernt hatten. Da habe ich ihn beim Hinausgehen im Flur abgefangen und darauf angesprochen. Das hat mir aber nicht viel gebracht. Er kannte die Familie Loubet de Bayle gar nicht. Und er wusste über diese Sache weniger als ich. Danach haben wir das Thema nie wieder angeschnitten, soweit ich mich erinnere.«

Aber damit wusste Maurice Pavy, dass sich hier jemand für das Verbrechen interessiert, jemand, der sich mit einer gewissen Besessenheit damit befasst, dachte Blanc.

Sie standen nun neben dem Citroën. De Romanet warf die Zigarettenkippe fort, öffnete die Fahrertür und hievte sich mit einem Schwung vom Rollstuhl auf den Sitz, er brauchte Blancs Hilfe nicht. Baptiste hatte hinter seinem ehemaligen Lehrer gewartet und faltete nun mit geübten Handgriffen den Rollstuhl innerhalb weniger Sekunden zusammen. Er schleppte das Bündel bis zum Heck und öffnete die Klappe, um es im Wagen zu verstauen. De Romanet ließ bereits den Motor an. In diesem Moment kniete sich Blanc auf den Boden und tat so, als müsste er einen Schnürsenkel seiner Sportschuhe zubinden. Tatsächlich jedoch nahm er mit einem Plastikbeutel die Zigarettenkippe auf.

Noch während er das tat, fiel plötzlich weißes Licht auf ihn. Es kam aus den Scheinwerfern eines Autos, das lautlos auf den Hof gerollt war. Der elektrische Nissan Leaf, Blanc hatte ihn nicht kommen gehört. Charles Féraud saß am Steuer. Blanc verstaute hastig den Beutel. Er fragte sich, ob Charles Féraud gesehen hatte, was er da am Boden getrieben hatte.

De Romanet hupte und fuhr davon.

»Brauchen Sie mich noch?«, fragte Baptiste.

»Sie waren mir eine große Hilfe. Ich werde mich noch ein wenig mit Ihrem Vater unterhalten, *merci*«, erwiderte Blanc.

Charles Féraud stieg aus dem Auto, nickte seinem Sohn zu, der Richtung Mandelhain davonging, und schüttelte Blanc die Hand. »Was gibt es Neues?«

»Ich konnte inzwischen mit allen Personen sprechen, die vielleicht irgendetwas mit dem Verschwinden des Bildes zu tun hatten. Sogar mit Ihrer Tochter.«

»Ah«, machte Charles Féraud, und es klang ganz genauso wie vorhin bei seinem ältesten Sohn. »Begleiten Sie mich doch bitte bis in die Küche. Ich habe Durst.«

Blancs ehemalige Frau Geneviève hatte in ihrer Pariser Zeit leidenschaftlich Einrichtungs- und Designzeitschriften gelesen. Auf deren Hochglanzseiten waren solche Küchen gefeiert worden, wie er sie nun an der Seite seines Gastgebers betrat. Es war ein hallenartig hoher Raum, wuchtige, schwarz gestrichene Holzbalken trugen die Decke. Von dort hingen, an Ketten aufgehängt, schmiedeeiserne Regale herunter, auf denen allerlei Gewürze und ihm rätselhafte Utensilien standen. Die Küche selbst bildete den pure Gegensatz zu den alten Fliesen, den Holzfenstern mit Sprossen, den weiß gekalkten Wänden: eine lange Reihe metallisch schimmernder, industriell wirkender Schränke mit Rauchglasscheiben in den Türen. Blanc sah eine Edelstahlspüle mit gewaltigem Wasserhahn, sie erinnerte ihn an die Spülen neben den Seziertischen in Fontaine Thezans rechtsmedizinischer Abteilung, ein Effekt, den der Designer sicherlich nicht beabsichtigt hatte. Der sechsflammige Gasherd sah aus, als sei er teurer als ein Mittelklassewagen.

»Sie kochen gerne?«, fragte er.

»Als ich in die Provence gezogen bin, habe ich davon geträumt, ja. Ich sah mich schon als eine Art Paul Bocuse, der all die Köstlichkeiten des Midi in seiner Küche zaubert. Aber irgendwie ist es wie in Paris geblieben. Damals hat mir die Werbung keine Zeit dazu gelassen, jetzt sind es die Mandeln. Bruno brutzelt sich draußen gerne was am Lagerfeuer, und meine Frau und die beiden Jüngeren bestellen sich lieber eine Pizza, als stundenlang vor dem Herd zu stehen. Diese Küche ist also hauptsächlich ein Dekorationsstück geblieben. Aber wer weiß? Vielleicht setze ich mir doch noch irgendwann eine Kochmütze auf. Man soll die Hoffnung nicht aufgeben.«

Die Hoffnung nicht aufgeben …, dachte Blanc. Ob das auch für Dorothée galt? »Es tut mir leid, Ihnen das sagen zu müssen, Monsieur Féraud, aber von allen Personen, die ich bislang befragt habe, schien mir Ihre Tochter am wenigsten … nun, am wenigsten psychisch stabil zu sein. «

»Das wächst sich schon noch aus. Dorothée ist noch so jung.«

Glaubt der das wirklich?, fragte sich Blanc im Stillen. Er räusperte sich. »Zumindest kommt Ihre Tochter mit dem Geld, das sie von Ihnen bekommt, offenbar nicht hin.«

»Ich sehe, Sie haben schon mit Bruno gesprochen«, entgegnete Charles Féraud. Er öffnete einen Schrank – die Türen schwangen sanft und lautlos auf – und holte eine Flasche Martini bianco hervor. »Sie auch?«, fragte er und schüttelte dann den Kopf. »Aber nein, wie sagen Fernsehkommissare immer? ›Ich bin im Dienst.‹ Vielleicht ein Wasser?«

»Ihr Sohn hat mich schon gut versorgt, danke«, erwiderte Blanc und sah zu, wie sein Gastgeber ein paar Eiswürfel zum großzügig eingeschenkten Martini gab. Er holte eine Schüssel mit ein paar Zitronenscheiben aus dem amerikanischen Kühlschrank.

»Verdächtigen Sie meine Tochter, das Bild gestohlen zu haben, *mon Capitaine*?« Charles Féraud nahm ein kleines, extrem scharfes Keramikmesser, schnitt eine Zitronenscheibe an und steckte sie auf das Glas.

»Verdächtigen Sie Ihre Tochter, Monsieur Féraud?«

»Es ist nicht fair, eine Frage mit einer Gegenfrage zu beantworten. Aber«, er nahm einen tiefen Schluck und schürzte genüsslich die Lippen, »ich will es nicht hundertprozentig ausschließen. Doch wie ich Ihnen schon anfangs sagte: Ich will das bei niemandem hundertprozentig ausschließen, deshalb habe ich ja Monsieur Ripert engagiert. Ich habe wirklich keinen konkreten Verdacht.« Er aß eine Olive aus einer kleinen Schale und spuckte den Kern achtlos in die Spüle.

»Sie haben Ihrer Familie eine regelrechte Strafpredigt gehalten, nachdem Sie den Diebstahl bemerkt hatten, habe ich gehört«, sagte Blanc.

»Von wem haben Sie das gehört? Na, ist ja auch gleichgültig. Es stimmt. Wer wird schon gerne bestohlen? Und dieses Bild bedeutet mir viel.«

»Wie hat Ihre Familie darauf reagiert?«

Féraud zuckte mit den Achseln. Sein Glas war inzwischen leer. Er wirkte, als wollte er sich nachschenken, besann sich dann aber eines Besseren. »Sonia war wütend. Ob über den Diebstahl oder eher, weil ihr meine kleine Rede vor der versammelten Familie peinlich war, kann ich nicht sagen. Bruno war besorgt. Baptiste, nun ja, sagen wir: Er war nur mäßig interessiert. Und bei Dorothée bin ich mir nicht mal sicher, ob sie wirklich mitbekommen hat, was ich gesagt habe, wenn Sie verstehen, was ich meine.«

Und Pavy erwähnst auch du nicht, dachte Blanc. Verschweigst du ihn mir? Oder weißt du nicht, dass dein Freund Nounour mitgehört hat? Blanc überlegte, ob er irgendwie an Férauds Martiniglas kommen konnte, doch in dieser riesigen klinisch ausgeleuchteten Küche schien es ihm unmöglich zu sein, es unauffällig einzustecken. Und selbst wenn er seinen kleinen Trick von vorhin wiederholte, würde Féraud wohl bemerken, wenn er Glassplitter in eine Plastiktüte steckte. Er musste irgendwie anders an eine DNA-Probe kommen. Der Olivenkern in der Spüle. Er trat beiläufig näher heran. Seine rechte Hand ließ er wie zufällig in seine Jackentasche gleiten, wo er sie – wie er hoffte: von außen unsichtbar – wenigstens ein Stück weit in einen Gummihandschuh zwängte.

»Ich finde, es ist immer besser, wenn man den Menschen geradeheraus die Wahrheit sagt«, meine Féraud nachdenklich. »Selbst wenn man dafür seiner Frau und seinen Kindern eine Szene machen muss. Was raus ist, das kann dich nicht mehr von innen auffressen.«

»Manchmal scheint mir der diplomatische Weg der bessere zu sein«, erwiderte Blanc und bemühte sich, nicht zu auffällig auf den Olivenkern zu starren. Er hielt seine Hand noch immer in der Tasche versteckt.

Féraud lachte auf. »Wissen Sie, wo ich gelernt habe, dass die brutale Wahrheit besser ist als die höfliche Lüge?« Er wartete Blancs Antwort gar nicht erst ab. »Im Krankenhaus. Ich war Anfang zwanzig, als bei mir Leukämie diagnostiziert wurde. Mein Arzt – eine weltberühmte Pariser Koryphäe – hat mir immer Hoffnung gemacht: Das ist nicht so schlimm, wir haben alles im Griff, solche Sprüche halt. Aber ich habe von Anfang an gemerkt, dass es schlimm um mich steht und dass niemand diese Krankheit im Griff hat. Ich konnte mir im Spiegel dabei zusehen, wie ich verfiel, aber dieser Quacksalber hat immer weiter schöne Geschichten zum Besten gegeben. Ich habe es nicht mehr ausgehalten und schließlich den Arzt gewechselt. Ein junger Mediziner, in seiner Zunft war er noch ein Niemand. Der hat mir offen gesagt, dass meine Chancen eins zu zehn stehen, wenn überhaupt, und dass ich diese neue Therapie ausprobieren soll, denn ich hätte sowieso nichts mehr zu verlieren. *Voilà,* vierzig Jahre später stehe ich vor Ihnen in dieser Küche. Und der junge Arzt ist heute Professor und berät sogar die Regierung in Gesundheitsfragen. Sie sehen: Die Lüge führt direkt in den Abgrund, die Wahrheit führt zum Licht.«

Féraud schien nun doch seinen inneren Kampf aufzugeben.

Er bückte sich und holte die Martiniflasche ein zweites Mal aus dem Kühlschrank. In dem Moment, als er sich nachschenkte und anschließend Eis holte, zog Blanc die Rechte aus der Tasche, er hatte die Fingerspitzen irgendwie in den Handschuh gezwängt und klaubte den Kern aus der Spüle. Das Ganze hatte nicht einmal fünf Sekunden gedauert. Die nächsten ein, zwei Minuten verbrachte er damit, seine Beute durch geschicktes Tasten möglichst unauffällig in einen Plastikbeutel zu stecken, während er die ganze Zeit seine rechte Hand wie zufällig in der Jackentasche beließ. Er hoffte, dass er dabei nicht zu bescheuert aussah. Und er hoffte, dass an diesem Olivenkern noch Speichelreste klebten, aus denen Fontaine Thezan die DNA gewinnen würde.

Um Féraud von dem, was er da in seiner Jackentasche tat, abzulenken, befragte er ihn noch ein wenig nach Pavy, Bazin und de Romanet, ohne jedoch irgendetwas Neues über sie zu erfahren – außer vielleicht der Tatsache, dass Féraud denn doch nicht so viel von dem »guten alten Freund Nounour« hielt.

»Pavy ist eher ein Freund meiner Frau«, sagte er mit einem Anflug grimmiger Resignation. »Nounour ermutigt sie, mit ihren Wachsbildern weiterzumachen. Ich fürchte, Sonia hofft sogar heimlich, dass sie mit ihren Hobbybasteleien irgendwann eine Ausstellung in einer von Pavys Kultureinrichtungen erhält, womöglich gar auf der Burg von Les Baux.« Er prostete Blanc mit einer Geste ironischen Spotts zu. »Auf das Talent meiner Frau!«

Blanc hatte den Kern endlich sicher verstaut und seine Rechte vom Gummihandschuh befreit. Er schüttelte Féraud zum Abschied die Hand. »Ich halte Sie auf dem Laufenden.« Sein Gastgeber begleitete ihn bis zur Haustür. Draußen war es inzwischen dunkel geworden. Der Himmel war ein riesiges Tuch aus schwarzem Samt, in das Gott mit einer Nadel kleine Löcher gestochen hatte, durch die weißes Licht funkelte, eine Verheißung absoluter Helligkeit, die jenseits des Himmels erstrahlte. Nur dort, wo der Halbmond glänzte, zogen einige Wolkenschleier über das Firmament, als würden sie von dem Himmelskörper angezogen werden. Auf dem schroffen Gipfel hoch über ihren Köpfen tauchten versteckte Scheinwerfer die Mauern von Les Baux in gelben Schimmer. Es sang längst kein Vogel mehr, die Temperatur war um mindestens zehn Grad gefallen, doch noch immer duftete die Luft nach Mandeln.

»Sie haben es sehr schön hier«, stellte Blanc fest.

»Nicht wahr?«, stimmte ihm Féraud zufrieden zu. »Ich würde mich nicht wundern, wenn eines Nachts Feen aus den Wäldern geschwebt kämen.«

Oder Gespenster, ergänzte Blanc im Geist. »Sagt Ihnen der Name Philippe Loubet de Bayle irgendetwas, Monsieur Féraud?«

Er dachte nach, schüttelte dann den Kopf. »Nie gehört. Warum? Hat dieser Mann irgendetwas mit dem Diebstahl zu tun?«

»Es war nur so ein Gedanke. *Bonne nuit*, Monsieur Féraud.«

Er hat überhaupt nicht auf den Namen reagiert, dachte Blanc, während er zum Streifenwagen ging. Entweder hatte Charles Féraud tatsächlich noch nie von dem Fall gehört. Oder er war ein Mann mit einer außergewöhnlichen Selbstbeherrschung.

Ein ganz gewöhnliches Grab

Samstagmorgen, Blanc fuhr allein nach Les Baux, er hatte an diesem Wochenende sowieso nichts Besseres vor. Fabienne und Marius, hoffte er, genossen ihre freien Tage. Er hatte ihnen von seinen heutigen Plänen nichts erzählt.

Südwind war aufgekommen, Regenwind: Er trieb graue Wolken heran, so niedrig, als könnten sie sich nur noch gerade eben in der Luft halten. Sie stauten sich an den Gipfeln der Alpilles, der Wind schob sie in- und übereinander, blies an manchen Stellen Risse hinein, darüber wölbten sie sich auf, ein schwebendes Gebirge über dem Gebirge. Noch war kein Tropfen gefallen, doch die Vögel hatten ihren Gesang schon eingestellt, saßen mit aufgeplustertem Gefieder auf den Fensterbänken und unter den Dachfirsten von Les Baux und erwarteten geduldig den Schauer. Die Menschen waren optimistischer. Am Wochenende strömten Scharen durch die Stadt; Blanc hörte, wenn er seinem unterentwickelten Fremdsprachengehirn denn trauen konnte, deutsche und niederländische, englische und italienische Worte. Er sah maskierte Asiaten, die Chinesen sein mochten oder Japaner oder Koreaner, deren konzentrierte Blicke zwischen bestimmten Häusern und ihren Smartphones hin und her wanderten, als glichen sie Stein für Stein die Wirklichkeit mit Google Street View ab. Die meisten Fremden waren so gekleidet, als könnte es in Südfrankreich niemals regnen. Die Restaurantbetreiber und die Eigner der Souvenirshops würden ein Bombengeschäft machen, sobald die ersten Tropfen fielen. In der Nische über der Tür eines Geschäfts mit Andenken, das sich im Erdgeschoss eines alten Hauses eingerichtet hatte, wachte die leuchtend blau la-

ckierte Statue der huldvoll lächelnden Madonna von Lourdes –
sehr zur Freude einer Clique junger Skandinavierinnen, die Sel-
fies mit der Madonna machten, als wäre die Mutter Gottes ein
unverhofft aufgetauchter Promi.

Blanc wollte Thierry Bazin in dessen Haus überraschen, doch
daraus wurde nichts. Er traf den Schönheitschirurgen zufällig
auf dem kleinen Platz, der von der Kapelle der Penitents Blancs
(an deren Pforte inzwischen ein Plakat angeschlagen war, das
für die Sonderausstellung mit Adry Novoli warb) und der Kirche
Saint-Vincent begrenzt wurde. Ständig gingen Besucher in die
Kapelle oder kamen von dort hinaus, sie wirkte hell, klar und
einladend. Saint-Vincent hingegen war schmutzig, alt, schroff:
Eine Treppe führte zu einem Portal hoch, dem man schon an-
sah, dass man es nur mit großer Kraftanstrengung öffnen konnte. Die Säulen neben dem Eingang waren verwittert. An der Seite des Kirchenschiffs stand ein eckiger Glockenturm, der so
wuchtig war, als hätte man ihn nur errichtet, um Belagerungen
zu trotzen. Kein Tourist erklomm die von Windböen gepeitsch-
te Treppe – nur der Arzt stand dort, exponiert, er sah auf den
Platz hinunter, als würde er jemanden erwarten. Er war weniger leichtsinnig gekleidet als die Besucher: solide Schuhe, Jeans,
Windjacke, er hatte sich sogar einen langen blauen Seidenschal
um den Hals geschlungen, der aus dem Jackenkragen leuchtete.

»*Mon Capitaine!*«, rief Bazin und tat nicht sehr überzeugend so, als sei er erfreut. »Sagen Sie mir nicht, dass Sie unter
die gewöhnlichen Touristen gegangen sind. Welcher echte Provenzale würde an einem Samstag nach Les Baux kommen?!«

»Ich bin kein echter Provenzale, Doktor. Aber Sie haben
recht: Mich ruft die Pflicht. Und es trifft sich gut, dass wir uns
über den Weg laufen. Erwarten Sie jemanden?«

»Nein, ich genieße nur die Aussicht von der Treppe, das ist
gewissermaßen ein Fixpunkt auf meinem täglichen Spaziergang«,
erwiderte Bazin und lächelte gezwungen. Bevor er noch mehr

sagen konnte, sprenkelten plötzlich zwei, drei, dann Dutzende und schließlich zahllose dunkle Flecken den grauen Stein der Stufen: Regentropfen, die auf dem Boden in winzigen Explosionen zerstieben. Der Schauer setzte ohne Vorwarnung ein, als hätte dort oben jemand eine Brause aufgedreht.

»Kommen Sie!«, rief Bazin, der sich seine Windjacke zum Schutz über den Kopf zog. Sie folgten einer Gruppe aufgeregt lachender italienischer Touristen, die hinter ihrer Fremdenführerin her die Treppen zum Portal von Saint-Vincent hinaufstürmten, hinein ins rettende trockene Kirchenschiff. Blanc fand sich in einem beinahe quadratischen Raum wieder, wuchtige romanische Pfeiler, gewaltige Steinbögen; der Chor war in den Felsen des Berges hineingemeißelt worden. Doch das Licht war seltsam weich, alle Formen wirkten irgendwie unscharf, als schwimme Blanc plötzlich in einem Aquarium. In die Steinplatten auf dem Boden waren moderne Spots eingelassen, deren gelbes Licht das Deckengewölbe anstrahlte. Zugleich fiel blaues Licht von oben durch die schmalen Fenster, deren Gläser von irgendeinem Picasso-Adepten mit kubistischen Heiligenbildern bemalt worden waren. Zusammen ergab diese Lichtmischung einen Effekt wie Sonnenlicht im flachen Wasser. Rechts neben dem Chor stand eine lebensgroße Madonna mit dem Jesuskind auf den Armen in einer nur recht grob in den Felsen gehauenen Nische. Sie war schon ziemlich verwittert, was dieser lieblichen Figur eine archaische Aura verlieh.

»Sehen Sie sich lieber diese Dame an«, meinte Bazin, der Blancs Blick gefolgt war. Er führte ihn in das linke Seitenschiff zu einem Grab. Eine steinerne Adelige lag auf einem gelblich leuchtenden marmornen Kissen, ihre losen Haare wie ein weicher Fächer um ihren schönen Kopf gebreitet. Ihren Vornamen und ihre Lebensdaten konnte Blanc nirgendwo entdecken, doch entzifferte er die Inschrift so weit, dass er erfuhr, hier liege eine Dame aus dem Geschlecht der Familie Manderville.

»Sie ist ein ganz klein wenig zu sexy für eine Tote, finden Sie nicht auch?«, meinte Bazin. »Obwohl sie ihren Gesichtszügen nach nicht mehr ganz jung gewesen sein kann. Aber außerordentlich attraktiv. Ihr Mann muss sie sehr geliebt haben – oder der Bildhauer, der das geschaffen hat.«

»Attraktiver als viele junge Frauen«, bestätigte Blanc und bemühte sich, das möglichst beiläufig klingen zu lassen.

Der Arzt warf ihm einen raschen, wachsamen Blick zu. »Junge Frauen sind die schönsten Geschöpfe, die die Natur geschaffen hat. Sie sind unübertroffen. Auch die größten Anstrengungen eines plastischen Chirurgen könnten nicht das hervorbringen, was der Natur millionenfach mit jungen Frauen gelingt.«

»Was ist für Sie eine ›junge Frau‹? Eine Zwanzigjährige? Ein Teenager?«

»Eine junge Frau halt«, erwiderte Bazin bloß.

»Dient Ihnen denn diese etwas reifere marmorne Dame als Vorbild für Schönheitsoperationen, Doktor?«

Bazin nickte ernsthaft und, wie es Blanc schien, auch erleichtert, dass sie nicht länger über junge Frauen sprachen. »Ich führe jetzt zwar kaum noch solche Eingriffe durch, aber ja, ich orientiere mich an den Meisterwerken der Kunst. Bei jeder Patientin habe ich versucht, nicht einfach nur eine Nase zu verkleinern oder Lippen voller zu machen, sondern ihr Gesicht nach dem Vorbild eines großen Werks der Kunstgeschichte zu gestalten.«

»Damit Ihre Patientin anschließend als Mona Lisa durch Paris laufen konnte?«

»Spotten Sie ruhig, *mon Capitaine*. Haben Sie jemals eine echte Frau gesehen, die der Mona Lisa ähnelte? Ich bin nicht Leonardo da Vinci. Aber vielleicht bin ich immerhin so gut wie dieser Bildhauer.« Er deutete auf das Grab. »Obwohl diese edle Manderville sicherlich schon seit Jahrhunderten tot ist, ist ihre Schönheit so zeitlos, dass auch heute Dutzende, was sage ich:

Hunderte, ja Tausende Frauen bereit wären, etliche Operationen über sich ergehen zu lassen, um ihr zu ähneln. Man darf sich diese Dame durchaus zum Vorbild nehmen.«

»Das Bild, das Monsieur Féraud vermisst, haben Sie sich das auch schon einmal zum Vorbild genommen?«, wollte Blanc wissen. »Ein verträumtes, hübsches blondes Mädchen, auch diesem Ideal würden doch sicherlich manche Frauen nacheifern.«

»Das schon«, gab Bazin zu, »doch das Entscheidende sieht man auf diesem Porträt ja gerade nicht: das Gesicht. Das könnte ich keiner Patientin als Inspiration präsentieren. Sind Sie denn bei Ihrer Suche weitergekommen, *mon Capitaine*?«

»Das hoffe ich, Doktor«, erwiderte Blanc und lächelte liebenswürdig. »Sie sind ja gewissermaßen der Hausarzt der Familie Féraud und ...«

»... unterliege damit der ärztlichen Schweigepflicht.«

»Selbstverständlich. Ich möchte sie auch gar nicht nach medizinischen Diagnosen fragen. Doch wäre ich, sagen wir, für Ihre persönliche Einschätzung dankbar.«

»Schießen Sie los.«

»Glauben Sie, dass Dorothée Féraud ihr Leben noch unter Kontrolle hat?«

Sie waren während des Gesprächs durch das Kirchenschiff geschlendert. Dumpf war das Trommeln der Regentropfen zu vernehmen, es schien Blanc schon wieder schwächer geworden zu sein. Es roch nach Feuchtigkeit und heißem Kerzenwachs, weil die Italiener Dutzende Lichter vor einem Altar entzündet hatten. Manche hatten sich vor dem Bildnis der Muttergottes hingekniet. Auch Bazin schien plötzlich das Bedürfnis nach einer gewissen Stabilität zu verspüren, er hatte angehalten und hielt sich an der Lehne einer Kirchenbank fest. »Wie meinen Sie das? Inwiefern soll Dorothée ihr Leben nicht mehr unter Kontrolle haben?«

»Ich bitte Sie, Doktor«, sagte Blanc freundlich, »man muss

kein Arzt sein, um zu sehen, dass die junge Dame drogensüchtig ist. Sie werden das noch weit besser wissen als ich. Keine Sorge: Ich werde nicht gegen Dorothée Féraud ermitteln – zumindest nicht wegen ihrer Drogengeschichten. Aber ich frage mich, ob die junge Frau nicht ein sehr gutes Motiv hatte, ein Bild zu stehlen: Geld. Und als ihr Vater dann einen Kunstdetektiv eingeschaltet hat, da …«

»Das ist doch Unsinn!«, ereiferte sich Bazin. »Sie wollen doch nicht ernsthaft andeuten, dass Dorothée diesem bedauernswerten Menschen die Kehle durchgeschnitten hat?!«

»Deshalb meine Frage, Doktor: Glauben Sie, dass Dorothée ihr Leben wenigstens noch so weit im Griff hat, dass sie eine solche irrationale, ja wahnwitzige Tat niemals verüben würde?«

»Selbstverständlich glaube ich das!« Bazin lockerte seinen Seidenschal. Ihm schien warm geworden zu sein, obwohl es in der Kirche feucht und zugig war. »Also schön, das kann ich Ihnen ja wohl bestätigen, obwohl ich ihr Arzt bin: Ja, die Kleine nimmt Sachen, die sie besser nicht nehmen sollte. Aber sie macht Fortschritte. Ich meine, es gibt eine berechtigte Hoffnung auf eine Therapie, darauf, dass sie ihre Sucht besiegt. Sie ist keineswegs in dem Stadium, dass sie schon so am Ende und verzweifelt ist, dass sie wirklich alles tun würde. Sie würde nicht einmal einen Diebstahl begehen und erst recht keine Gewalttat. Dafür lege ich meine Hand ins Feuer.«

»Sie sehen Dorothée regelmäßig?«

Bazin zögerte. »Sagen wir: hin und wieder.«

»Wann zuletzt?« Blanc bemühte sich um einen gleichgültigen Tonfall, so als sei diese Nachfrage bloß eine Formalität.

»Lassen Sie mich nachdenken.« Bazin blickte zum Gewölbe empor, er hatte den Schal inzwischen so weit geöffnet, dass er nur noch lose um seinen Hals hing. Nun zog er ihn ganz aus und legte ihn auf die Bank. Kleine Schweißperlen funkelten auf seiner Stirn. Er wollte den gelassenen Mann geben, doch er war kein besonders überzeugender Schauspieler. »Das muss so, na, zwei, drei Wochen her sein, dass ich sie das letzte Mal gesehen habe. Da habe ich sie untersucht. Nein, warten Sie! Und neulich bei der Vernissage in der Galerie von Madame Chevilliet, da sind wir uns selbstverständlich auch über den Weg gelaufen. Aber da haben wir nur kurz miteinander geredet, nichts als Belanglosigkeiten.«

»Aber in den letzten Tagen haben Sie die junge Dame nicht getroffen?« Blanc verspürte eine gewisse hinterhältige Freude, den guten Doktor seine Lüge ein zweites Mal aufsagen zu lassen – denn inzwischen war er ziemlich sicher, dass Dorothée von letztem Montag bis zum Mittwoch im Hause ebendieses schweißnassen Arztes gewesen war. *Junge Frauen sind die schönsten Geschöpfe, die die Natur geschaffen hat,* dachte er, du mich auch. Dorothée war dreiundzwanzig, aber sie war längst nicht mehr so perfekt wie die marmorne Dame Manderville. Er fragte sich, welches Verhältnis dieser Arzt wirklich zu ihr hatte.

»Nein, in den letzten Tagen habe ich sie nicht gesehen«, sagte Bazin. Er räusperte sich und deutete auf das Portal, das von einem älteren Besucher geöffnet wurde, sodass man einen kurzen Blick nach draußen erhaschen konnte. »Der Schauer wird gleich vorbei sein. Ich muss mich langsam auf den Rückweg machen. Es war mir eine Freude, mit Ihnen zu plaudern, *mon Capitaine.*« Er wandte sich zum Ausgang, ohne seine Antwort abzuwarten.

»Wussten Sie, dass Monsieur Ripert der Schwager von Philippe Loubet de Bayle war?«, rief ihm Blanc hinterher, in leichtem Ton, als sei das eine ganz selbstverständliche Information, die er Bazin noch mitgeben wollte. Doch es war eine Art Überfall mit Worten: Wenn Bazin noch nie von dem Fall gehört hatte oder sich zumindest nicht mehr an diese Jahre alte Geschichte erinnerte, dann würde er ihn nun verständnislos anblicken und um Aufklärung bitten. Doch Bazin blieb stehen, als hätte er mitten in der Kirche die Stimme Gottes vernommen. Oder die des Teufels. Er war blass geworden. »Ripert war mit diesem … diesem Mörder verwandt?«

»Sie kennen den Fall?«

Der Arzt brauchte ein paar Augenblicke, um sich zu sammeln. »Philippe Loubet de Bayle war ja damals in allen Nachrichten. Ich erinnere mich noch an die Fotos, die man gezeigt hat, und den Aufruf: Wer diesen Mann sieht, soll sich sofort bei der Polizei melden, so etwas. Und Monsieur Ripert war also …« Er sprach nicht weiter.

»… der Bruder der ermordeten Ehefrau Martine Loubet de Bayle.«

»Aber was hat das mit Ihrem Fall zu tun? Das verschwundene Bild, ich meine …« Bazin starrte ihn mehrere Sekunden lang verwirrt, ja beinahe panisch an. »Sie glauben, dass Ripert *deshalb* ermordet worden ist«, flüsterte er fassungslos.

»Das haben jetzt Sie gesagt, Doktor«, erwiderte Blanc. »Wie kommen Sie so schnell darauf?«

»Nun ja, ich erinnere mich noch, dass man Loubet de Bayles Spur in der Nähe von Les Baux verloren hat. So war es doch, nicht wahr? Und jetzt sagen Sie mir, dass der Schwager eines seiner Opfer hier ermordet wurde, da muss man kein Experte sein, da reicht es doch, hin und wieder einen Fernsehkrimi zu sehen, um solche Schlussfolgerungen zu ziehen.« Er ließ sich schwer auf eine Kirchenbank fallen.

»Fühlen Sie sich nicht gut, Doktor?« Blanc war plötzlich ernsthaft besorgt, dass ihm dieser Mann gleich kollabierend in die Arme sinken würde. Zugleich spürte er, dass er ganz nah dran war: Bazin war erschüttert, weil er den Namen Philippe Loubet de Bayle gehört hatte – so erschüttert, wie es nur jemand sein konnte, der irgendetwas mit diesem Fall zu tun hatte.

»Nein, nein, es geht schon.« Bazin erhob sich mühsam und zwang sich zu einem Lächeln. »Es ist nur dieser Regen. Diese

Kälte. Ich habe diesen Winter lange an einer lästigen Grippe la-
boriert. Wenn es zu anstrengend wird, sackt mein Blutdruck
manchmal immer noch in den Keller. Es geht aber schon wieder.
Ich muss mich zu Hause bloß ein wenig hinlegen, das ist alles.«

»Dann wollen wir mal. Ich glaube, der Regen hat aufgehört.«
Blanc war einerseits beunruhigt über diesen plötzlichen Schwä-
cheanfall, er wollte nicht weiter in ihn dringen, damit er nicht
zusammenbrach. Jedenfalls jetzt noch nicht. Denn andererseits war sein Jagdfieber geweckt, er musste sich dazu zwingen,
sich nichts anmerken zu lassen. Da war etwas! Er wusste noch
nicht genau, was er da hatte, das war keinesfalls eine richtige
Spur, doch er hatte das Gefühl, als hinge da etwas dicht vor seiner Hand und er müsste bloß noch zugreifen, um es zu packen.
Kaum hatte er den Fall Loubet de Bayle erwähnt, hatte sich dieser Mann in ein Nervenbündel verwandelt. Was auch immer sich
dahinter verbarg, er würde dieser Sache auf den Grund gehen.

Und er wusste auch schon, wie.

Er begleitete Bazin aus der Kirche. Die Luft war kalt geworden,
die Stufen glänzten nass, doch es fiel kein Regen mehr. Langsam
gingen sie die Treppe hinunter. Bazin wandte sich nach rechts.
Neben der Kirche stand ein altes Haus, vor dessen vergittertem
Fenster ein türkisfarbener Renault R5 parkte. Offenbar hatte
ausgerechnet der Fahrer dieses Oldtimers einen Schlüssel für alle
Schranken, die Les Baux gegen den gewöhnlichen Autoverkehr
abschirmten.

»Diese Kiste passt irgendwie hierher«, meinte Blanc betont
heiter. »Sie stammt ja beinahe auch schon aus dem Mittelalter.«

»Ja«, erwiderte Bazin zerstreut. Er schien gar nicht richtig
zugehört zu haben und strebte nach Hause.

»Ich habe so einen Wagen mal als Student an der Gendarmerie-Schule gefahren. Sie auch?«

»Nein. Ich fahre BMW, seit ich achtzehn bin. Ich fürchte, ich bin einer von den Fahrern, die bei Ihren Kollegen von der Autobahnpolizei nicht besonders wohlgelitten sind, *mon Capitaine.* Ich muss aber jetzt wirklich nach Hause und mich erholen. *Au revoir.*«

»*Au revoir.*« Blanc blieb am Fuß der Treppe stehen. Bazin war offenbar zu erschöpft oder zu verwirrt, um sich zu wundern, warum er dort zurückblieb. Der Arzt verschwand mit unsicheren Schritten in der Gasse, die zu seinem Haus hinaufführte. Blanc wartete, bis er ihn nicht mehr sah, dann drehte er sich um und stürmte die Treppe wieder hoch. Ein paar Sekunden später war er am Portal. Das Kirchenschiff. Die Bank.

Der Schal.

Der Seidenschal lag noch genau dort, wo Bazin ihn vergessen hatte. Blanc sah sich rasch um. Die italienische Reisegruppe strömte gerade ins Freie, niemand achtete auf ihn. Er holte einen Plastikbeutel aus der Tasche und stopfte den Schal hinein. Auf das Resultat dieser DNA-Probe war er besonders gespannt.

Nachdem er die Kirche verlassen hatte, rief er Maurice Pavy an.

»Sie sind in Les Baux? Kommen Sie vorbei!«, sagte der Direktor von *Culture Espace.* »Ich muss in der Burg ein paar Renovierungsarbeiten beaufsichtigen. Ich hole Sie in fünf Minuten an der Kasse ab.« Falls er über Blancs Bitte, ihn treffen zu wollen, irgendwie beunruhigt war, hörte man ihm das jedenfalls nicht an.

Blanc ging an einem leer stehenden Haus vorbei, dessen Fassade mit Beton und Mörtel geflickt worden war, darüber hatte jemand hellgelbe Ölfarbe gestrichen, die vielerorts längst wieder abgeplatzt war. An einem eisernen Haken hing ein sechzehnzackiger Stern aus kupferfarbenem Metall, der erstaunlicherweise fast wie neu wirkte. Irgendwann hatte jemand eine Inschrift auf die verwitterte Mauer gepinselt, die noch geisterhaft unter den verschiedenen Material- und Farbschichten hindurchschimmerte: *Galeries du Musée*. Er fragte sich, was das für ein Museum gewesen war. Eine Schulklasse rannte an ihm vorbei. Ihm fiel auf, dass er zum ersten Mal Kinderstimmen in den Gassen von Les Baux hörte.

Eine ansteigende, gewundene kleine Straße, eher schon eine Schlucht, führte ihn schließlich zum Burgtor. Auf den letzten paar Dutzend Metern standen keine Häuser mehr, zu beiden Seiten ragten nackte graue Felswände hoch und kappten das durch die Wolken gefilterte trübe Sonnenlicht. Tausende winzige weiße Muschelschalen waren im Stein der Felswände eingeschlossen, vor Urzeiten in einem Ozean zugrunde gegangen, als dies noch Meeresboden gewesen war.

Pavy erwartete ihn am Eingang neben dem Burgtor, diesmal etwas weniger förmlich gekleidet, eine Trekkinghose mit ausgebeulten Taschen an den Oberschenkeln, darüber eine hellgrüne Funktionsjacke. Er winkte mit einem zusammengefalteten Schirm, als er ihn sah. »Météo France sagt für heute keine weiteren Schauer voraus, aber man weiß ja, wie unzuverlässig so etwas sein kann«, begrüßte er ihn.

Blanc, der niemals Regenschirme benutzte, tippte auf seine Baseballcap. »Ich trage mein Vordach mit mir herum.«

Pavy lachte und schüttelte ihm die Hand. »Ich muss gleich wieder hoch zur Tour Sarrasine. Begleiten Sie mich? So bekommen Sie eine Privatführung. Zumindest durch einen Teil der Burg, der alte Kasten ist einfach riesig.«

»Gerne«, erwiderte Blanc. Er hatte die Festung von Les Baux noch nie aus der Nähe gesehen – und außerdem wollte er, dass Pavy sich entspannte. Für den Direktor war das ein Heimspiel, es war seine Burg, er würde vielleicht weniger aufmerksam sein, würde vielleicht Informationen preisgeben, die er sonst aus Vorsicht verschwiegen hätte. Und er würde hoffentlich nicht bemerken, wenn Blanc irgendwie eine gewisse Probe nahm.

Nachdem sie das Tor durchschritten und einige kleine Gebäude – das alte Wachhäuschen, eine bescheidene Kapelle – hinter sich gelassen hatten, gelangten sie auf ein karges, nur noch
sanft ansteigendes Plateau, über das der Südwind ungehindert
strich. Der Felsboden war nass und glatt und von zahllosen
Mulden und Rissen zernarbt, in denen Pfützen glänzten, deren
Oberflächen hin und wieder von Böen gerifelt wurden.

»Dieser Felssporn ist knapp zweihundertfünfzig Meter hoch«,
erklärte Pavy, während er sich den Jackenkragen hochschlug.
»Das klingt nach nichts, doch es ist der letzte Felsen vor dem
Mittelmeer. *Baou* ist übrigens das provenzalische Wort für ›Felssporn‹, daher der Name. Ob Südwind oder Mistral, wir kriegen
hier alles ab.«

Sie waren beinahe die Einzigen, die mit raschen Schritten über
das Plateau gingen, noch war es zu kalt und feucht, als dass
sich schon wieder viele Touristen hierhergetraut hätten. Irgendwie war es geschickten Gärtnern gelungen, an diesem rauen
Ort ein Lavendelfeld anzulegen. Die Pflanzen waren noch win-
terlich kurz geschnitten, ihre schmalen Blätter glitzerten dunkelgrün mit einem Hauch Türkis. Pavy schnäuzte sich und warf
sein Papiertaschentuch in einen Abfalleimer. »Keine Sorge, das
ist nur eine Erkältung«, versicherte er. »Ich habe mich testen
lassen. Wussten Sie, dass ein Viertel meiner Mitarbeiter streikt,
weil sie Angst haben, sich bei einem unserer asiatischen Besucher
anzustecken? Wenn man Angst vor Fremden hat, ist die Arbeit
bei einer Touristenattraktion der falsche Job, finde ich. Aber
versuchen Sie mal, jemandem deshalb zu kündigen.« Er seufzte,
doch Blanc merkte ihm an, dass selbst eine Seuche Pavy nicht
wirklich die gute Laune verdarb. Der Direktor deutete auf einige wuchtige mittelalterliche Kriegsinstrumente aus Holz, die sich
am Ende des Plateaus, wo der Boden schon beinahe eben war,
vor dem grauen Himmel abzeichneten. »Die haben wir nachbau-
en lassen. Die Zimmermänner, die den Auftrag dazu bekamen,

haben sich gefreut wie Kinder, so etwas baut man ja auch nicht jeden Tag. Hier, sehen Sie!«

Trébuchet las Blanc auf einer Infotafel; es handelte sich um eine Steinschleuder, so groß wie ein Kran, sechzehn Meter hoch, zehn Tonnen schwer. Es lagen auch ein paar jener Brocken daneben, die mit diesem Kriegsgerät geschleudert werden konnten. »*Mon Dieu*«, murmelte er, »kein Wunder, dass die Burg in Trümmern liegt.«

»Ach, das ist der Fraß der Zeit, nicht der Krieg. Les Baux war im 12. und 13. Jahrhundert das Ziel der besten Troubadoure. Die Herren von Les Baux haben deren Lieder gefeiert und sie reich beschenkt. Manche haben es dann aber auch bereut. Peire Vidal war der berühmteste Troubadour von allen – bis man ihn im Bett der Burgherrin Azalais erwischte und er Hals über Kopf fliehen musste, um Hals und Kopf nicht zu verlieren.« Pavy erzählte das mit einem so offensichtlichen Vergnügen am Klatsch, als hätte sich der Skandal erst gestern zugetragen. »Die Burgherren hielten sich übrigens für direkte Nachfahren von Balthasar, einem der drei Weisen aus dem Morgenland. Der, so geht die Legende, ist dem Stern von Bethlehem nicht nur bis zur Krippe mit dem Jesuskind gefolgt – sondern noch weiter, bis in die Provence. Deshalb ist der gezackte Stern von Bethlehem das Wappen von Les Baux, Sie sehen ihn hier praktisch überall.«

Hinter den Kriegsgeräten flachte das Plateau ganz ab, und Blanc konnte endlich aus der Nähe einen Blick auf die Burg werfen – es war, als wäre die Festung in der Hälfte zerschnitten worden. Links stand fast nichts mehr, ein paar niedrige Mauern, noch einige weitere Steinschleudern, Lavendelgärten, dahinter nur Luft. Rechts hingegen warfen sich die Trümmer Dutzende Meter auf, ein steinernes Gebirge, gelb, schmutzig weiß, grau, von Flechten überzogen und von Regenschlieren gezeichnet. Die gewaltige Mauer, die man von der Ebene aus schon auf mehrere Kilometer sehen konnte, schnitt einen Teil des Him-

mels ab. Blanc sah massige viereckige Türme, halb eingestürz-
te Gewölbe, Gräben, Torbögen, Pforten, Treppen und Mauern,
überall Mauern, kleine, große, verfallende und intakte, ein
verwirrendes In- und Aufeinander von Wällen, Räumen, Kam-
mern, Gängen. Er versuchte vergebens, sich vorzustellen, wie
Les Baux zu seinen Glanzzeiten ausgesehen haben mochte; die
Ruine wirkte, als sei sie von Fliegerbomben eines sehr modernen Kriegs zerschmettert worden. »Was ist das?«, fragte er und
deutete auf einen Torbogen in der Mauer, hinter dem der Abgrund gähnte.

»Das Tor zum Vallon d'Entreconque«, erklärte Pavy. »Der
Abhang dahinter ist so steil, es gibt nicht einmal einen richtigen
Weg hoch bis zum Tor. Eigentlich wäre die Burg sicherer gewesen, wenn es an dieser Stelle der Mauer gar keine Öffnung gegeben hätte. Aber dieses Tor *sollte* Feinde zum Sturm animie-
ren.« Er deutete auf die verschachtelten Mauern im Innern der
Festung. »Wenn Feinde nämlich gerade dieses Tor stürmten, fanden sie sich danach in einem Labyrinth wieder, in dem die Ver-
teidiger sie von oben aus beschießen konnten – während es von
diesem Labyrinth aus keinen direkten Zugang zur eigentlichen
Burg gab. Das Tor führte in eine Falle, es sollte Feinde anlocken,
die hier vernichtet wurden.«

Pavy hatte leidenschaftlich, ja begeistert gesprochen, doch
Blanc dachte bloß: Les Baux lockt Menschen in einen tödlichen
Irrgarten. Er schüttelte sich unwillkürlich.

Pavy geleitete ihn zu einer unfassbar steilen Treppe, die zur
Mauerkrone hinaufführte. Die Regengüsse der Jahrhunderte hatten in die einst sicher waagerechten Stufen eine tückisch glatte
Rinne geschliffen. Blanc hielt sich an einem modernen Eisenge-
länder fest, um sich hochzuziehen. Oben traf ihn ein Windstoß
wie ein Schlag. Sie kämpften sich bis zum Ende der Mauer und
dort bis auf einen Turm hinauf.

»Der Tour Sarrasine«, erklärte Pavy über das Rauschen der

Windböen hinweg. Er begrüßte zwei Arbeiter, die dort einen Abschnitt des Sicherheitsgeländers erneuerten. In die alte Mauer waren Zeichen eingeritzt, Souvenirs einer Zeit, in der Besucher noch die Muße hatten, stundenlang Botschaften in den Felsen zu kratzen – und es weder Videokameras noch Wachleute gab, die sie daran hinderten. *PL,* las Blanc, *CARO* oder einfach: *1961.* Während sich der Direktor kurz mit den Arbeitern besprach, blickte Blanc in die Ferne. Die Sonne schien jetzt müde durch die Wolkenschleier. Im Osten schwamm der Gipfel der Sainte Victoire wie ein blaues Schiff. Aus den Tälern quoll Dunst hoch, die Alpilles schimmerten dahinter, als wären sie aus Glas, in manchen Tälern leuchteten die Dächer von Gewächshäusern wie Spiegel. Vom Mittelmeer her zogen neue Wolkenbänder auf, weiß und grau zwischen Dutzenden paralleler Kondensstreifen, wie Notenlinien am Himmel für die schwarzen Notenzeichen, die hier und dort erschienen: Taubenschwärme, die aufgeregt aus irgendeiner Ruine aufflatterten und nach kurzem Irrflug wieder hinabstürzten.

Unterhalb des Tour Sarrasine glänzten die regennassen Dächer der Häuser von Les Baux, die sich um den Turm von Saint-Vincent zusammendrängten wie eine verängstigte Herde um ihren Hirten. Die Dächer, die Mauern, das Straßenpflaster, alles schimmerte im gleichen, beinahe farblos wirkenden Gemisch aus Grau und Erdtönen, nur mittendrin leuchtete ein einziger roter Fensterladen. Saint-Vincent schlug die Stunde, der Glockenklang hallte klar bis zur Burg. Und als irgendwo dort unten – Blanc sah nicht, wo – ein Arbeiter eine Bohrmaschine anwarf, klang ihm deren Dröhnen unangenehm im Ohr. Zum Glück war dieser Spuk schnell vorüber.

Pavy gesellte sich wieder zum ihm. »Verzeihen Sie, dass ich Sie warten ließ. Was kann ich für Sie tun?«

»Ich möchte wissen, warum Sie mich angelogen haben«, erklärte Blanc, als fragte er ihn bloß nach der Uhrzeit.

Die Gesichtszüge des Direktors entgleisten für einen Moment. »Ich weiß nicht, wovon Sie reden«, stammelte er.

»Sie haben mir beim ersten Mal gesagt, dass Sie gar nicht wussten, dass Charles Féraud ein Bild gestohlen worden war. Dabei waren Sie in seinem Haus, als er, kaum hatte er den Verlust bemerkt, der versammelten Familie eine Standpauke gehalten hat.«

»Ach das«, erwiderte Pavy gedehnt und irgendwie erleichtert – als hätte er befürchtet, einer ganz anderen Lüge bezichtigt zu werden. Welche das wohl sein könnte, wunderte sich Blanc. »*Bon*, Sie haben mich überführt, ich gestehe alles, *mon Capitaine*.« Der Direktor hatte seine gute Laune schon wiedergefunden. »Ich stand zufällig im Hof, als Charles seine kleine Ansprache hielt. Es fielen ziemlich harsche Worte, und das gegenüber Frau und Kindern, ich war etwas, nun ja, schockiert. Es war mir auch peinlich, das mit angehört zu haben. Ich wollte eigentlich bloß vorbeischauen und hatte noch nicht einmal geklingelt, ich war noch vor dem Haus, niemand hatte mich bemerkt. So bin ich unfreiwilliger Zeuge dieses Krachs geworden. Also habe ich mich diskret zurückgezogen und mit niemandem darüber gesprochen, um keine peinliche Situation aufkommen zu lassen. Deshalb habe ich Ihnen diese kleine Geschichte aufgetischt, es war eine Notlüge gewissermaßen. Sie hätten mich doch sonst gefragt, woher ich von dem Diebstahl wusste, und hätte ich Ihnen dann alles erzählt, *eh bien,* das hätte Charles doch sicherlich irgendwie und irgendwann auch erfahren. Das wollte ich nicht.«

»Monsieur Ripert ist die Kehle durchgeschnitten worden, Sie haben ihn selbst gesehen«, erinnerte ihn Blanc. »Bei Mordermittlungen sollte man keine Notlügen aus freundschaftlicher Diskretion erzählen.«

»Macht mich das etwa verdächtig?« Pavy schien zum ersten Mal ernsthaft verunsichert zu sein.

Blanc ignorierte die Frage. Keine Antwort war in diesem Fall eine beunruhigende Antwort, und Pavy sollte sich ruhig ein paar Sorgen machen. »Kannten Sie Monsieur Ripert wirklich nicht von früher?«

»Das habe ich Ihnen doch schon gesagt. Warum sollte ich ihn kennen?«

»Er stammte ursprünglich aus Montmorillon. Sie haben sogar dieselbe Schule besucht.«

Der Direktor starrte ihn an. »Ich habe ein gutes Namensgedächtnis, aber ich erinnere mich nicht an diesen Namen. Wie hieß der bedauernswerte Herr noch mal mit Vornamen?«

»Patrick. Patrick Ripert.«

Pavy schüttelte den Kopf. »Der kann nicht bei mir in der Klasse gewesen sein.«

»Er war in der Tat viel jünger als Sie. Aber vielleicht erinnern Sie sich wenigstens an den Familiennamen, wenn Sie so ein gutes Namensgedächtnis haben? Familie Ripert, Montmorillon ...«

Pavy riss in plötzlicher Erkenntnis die Augen auf. »*Diese* Riperts?!«

Blanc nickte bloß.

»Über Loubet de Bayle hat damals natürlich die ganze Stadt gesprochen. Ich kannte Martine, aber nur vom Sehen. Sie war, glaube ich, drei Jahre jünger als ich. Auf der Schule waren wir nicht befreundet und später auch nicht. Eigentlich habe ich nie auf sie geachtet, und erst recht nicht auf ihren Mann.« Er seufzte. »Das hätte ich mal besser tun sollen. Nachdem der Mord geschehen war, haben wir uns alle gefragt, wie so etwas bloß möglich war. Ein Mann, der jahrelang in unserer Mitte lebte, und niemand hat etwas geahnt. *Eh bien*, ich bin zu dieser Zeit dann aber in die Provence gezogen und hatte andere Sorgen als diesen schrecklichen Fall. Ripert war also Martines ...«

»... Bruder«, klärte ihn Blanc auf.

Pavy nickte, blickte ihn plötzlich jedoch erstaunt an. »Meinen Sie, das hat etwas mit Ihren Ermittlungen zu tun? Oder warum erzählen Sie mir das?«

»Mich hat bloß der kuriose Zufall interessiert, dass das Mordopfer und ein wichtiger Zeuge aus demselben kleinen Hunderte Kilometer entfernten Dorf stammten«, erwiderte Blanc nicht wirklich wahrheitsgemäß. »Ich hatte gehofft, Sie könnten uns noch etwas mehr zum Opfer erzählen, Monsieur Pavy. Schade, dass es nicht so ist, aber da kann man wohl nichts machen.«

»Gar nichts«, murmelte Pavy, »da kann man gar nichts machen.« Dann straffte er sich. »Ich muss mich jetzt wieder um meine Arbeiter kümmern, *mon Capitaine*. Wenn Sie …«

»Ich finde den Weg allein hinaus, Monsieur Pavy. *Merci beaucoup*.«

Blanc fragte sich, was Pavy ihm verheimlichte. Dieser Mann vermischte in seinen Geschichten Wahrheit und Lüge, doch was war was? Er stieg die Treppe vorsichtig hinunter. Die Stufen waren so uneben und steil, dass ihm die Knie schmerzten, als er endlich unten war. Er sah sich noch einen Augenblick um. Ein etwas niedrigerer zweiter Turm trug einen Flaggenmast, an dem eine rote Fahne flatterte, groß wie das Segel einer Jacht. Er erkannte denselben vielzackigen Stern wieder, der auch vor dem verfallenden Museum hing, der Stern von Bethlehem, der Balthazar zuerst zu einer Krippe und dann zu dieser monströsen Festung geführt hatte. Die Hügelkuppe hinter diesem Turm war von Pinien und Eichen bedeckt. Dort musste irgendwo das Oppidum des Bringasses stehen, jene uralte Ruine, in der er Pavy das letzte Mal getroffen hatte. Doch von ihren Trümmern war von hier aus nichts zu erkennen. Aus der Mauer über seinem Kopf ragte ein mittelalterlicher Wasserspeier, darunter war eine moderne, kugelförmige weiße Überwachungskamera installiert. Blanc versuchte abzuschätzen, ob deren Objektiv bis zum Plateau mit dem Kriegsgerät reichte. Er hoffte nicht. Langsam machte er sich auf den Rückweg, bis er die kurz geschnittenen

Lavendelfelder erreicht hatte. Der Mülleimer. Er zog einen Gummihandschuh aus der Tasche und streifte ihn über die Rechte. Unauffällig blickte er sich um. Keine Touristen in der Nähe. Rasch beugte sich Blanc über den Abfalleimer, es lag bloß ein Papiertaschentuch darin. Zehn Sekunden später war es in einem Plastikbeutel in seiner Jackentasche verschwunden.

Rasch strebte er nun zum Ausgang. Am Burgtor sah er links den Zugang zu einem kleinen, uralten ummauerten Friedhof. Einer plötzlichen Eingebung folgend, ging er hinein, er wusste selbst nicht genau, warum. Es war still hier, nicht ein Vogel sang, kein Besucher verirrte sich in den Schatten der großen Zypressen, die den Gottesacker beschirmten. Blanc hatte alte Friedhöfe immer gemocht, schon als Jugendlicher. Er liebte die Stille und den Duft nach Zypressen und Wacholder. Wenn er verfallende Gräber betrachtete und die kaum noch leserlichen Namen und Lebensdaten las, stellte er sich die Schicksale der Verstorbenen vor, wie sie wohl ausgesehen, welche Berufe sie ausgeübt, welche Reisen sie unternommen, welche Menschen sie geliebt haben mochten. Er schritt an den Gräbern und Grüften entlang, grün vom Moos, manche trugen noch Gedenktafeln aus Marmor oder kleine kitschige Blumensträuße aus lackiertem Porzellan. *Famille Andrau, Famille Deffand, Famille Casenare …*

Vor einem Grab blieb Blanc so abrupt stehen, als hätte ihm jemand einen Schlag verpasst. Es war kaum mehr als eine graue Steinplatte, von Regen und Frost zernarbt und sicher seit Jahren nicht mehr gepflegt. Es standen aber vier irdene Blumentöpfe darauf, aus denen frischer rosafarbener Rhododendron wucherte. Und noch war die Marmorplakette an der Vorderseite dieser letzten Ruhestätte so gut erhalten, dass die mit Gold ausgelegte Inschrift leuchtete: *Famille Blanc.*

Er hatte einen Moment lang den absurden Eindruck, als stände er vor seinem eigenen Grab. Einen Moment lang fühlte es sich so an, als würde sich der Boden unter ihm auftun. Einen Moment lang glaubte er, dass die Zeit nun für immer angehalten war. Dann atmete er durch. Blanc – das war ein Name, den es zigtausendmal gab, womöglich ruhte auf jedem Friedhof Frankreichs eine Familie Blanc. Ein Zufall, dass er dieses Grab ausgerechnet hier entdeckte, mehr nicht. Er verließ den Friedhof rasch, beinahe im Laufschritt. Doch selbst als er längst in seinem alten Espace saß und die Ruine von Les Baux im Rückspiegel verschwinden sah, musste er noch an dieses Grab denken. Vielleicht war das ein Zeichen, sagte er sich. Sein Leben war endlich. Diese Erkenntnis war wirklich banal, vor allem für einen Flic, der doch beinahe täglich mit dem Tod zu tun hatte. Aber womöglich musste er manchmal auf so unerwartete Weise wieder daran erinnert werden. Irgendwann und irgendwo würde auch er unter einer Zypresse der Ewigkeit entgegendämmern. Hoffentlich friedlich, sicher aber ohnmächtig. Wenn man Sachen in Ordnung bringen wollte, dann musste man das rechtzeitig tun. Und Blanc merkte plötzlich, dass er in seinem Leben noch einige Dinge in Ordnung bringen sollte.

Besuch in Saint-César

Blanc fuhr ins Krankenhaus von Salon-de-Provence. In der rechts-medizinischen Abteilung war es so ruhig, als wären auch die Toten ins Wochenende gegangen. Nur Fontaine Thezan war in ihrem Büro und erledigte Papierkram. Blanc präsentierte ihr die DNA-Proben. Er hatte jeden Beutel mit dem entsprechenden Namen beschriftet und berichtete ihr, wie er an die jeweilige Probe gekommen war.

Die Ärztin zündete sich eine Zigarette an und betrachtete die Beutel skeptisch. »Die Proben könnten kontaminiert sein«, gab sie zu bedenken. »Dieses Papiertaschentuch zum Beispiel hat, wie lange – fünf Minuten, zehn Minuten, eine Viertelstunde lang – in einem Mülleimer gelegen? Da könnten alle möglichen Verunreinigungen aufgetreten sein.«

»Es war das einzige Taschentuch im Mülleimer.«

Fontaine Thezan lachte, als wäre das ein gelungener Witz. »Ich sehe, was ich tun kann, *mon Capitaine*. Es wird aber ein paar Tage dauern.«

Als Blanc wieder vor dem Krankenhaus stand, zog er sein Handy heraus und blickte auf das Display: beinahe siebzehn Uhr. Das Licht war schon grau, die Luft wurde kühl. Die Wohnblocks gegenüber des Krankenhauses wirkten unglaublich trist. Er hatte mal wieder keine Zeit für ein Mittagessen gehabt, aber er wollte auch nicht in seine stille Ölmühle zurückkehren und sich ein frühes Abendessen kochen. Vielleicht würde er sich später irgendwo eine Pizza holen, *merde*. Er war unruhig. Das musste dieses verdammte Grab mit seinem Namen sein. Sachen in Ordnung bringen, Dinge erledigen, nichts verpassen. Er hatte das Gefühl, dass er dicht davorstand, einen Mord aufzuklären – und vielleicht sogar fünf Morde. Er spürte, dass er unmittelbar vor einem Durchbruch stand. Aber die Gerichtsmedizinerin hatte ihn dazu verdammt, mehrere Tage zu warten. Er wollte nicht tatenlos bleiben, weil er Angst hatte, dass ihm die Menschen, deren Spuren er verfolgte, aus den Händen gleiten würden. Er musste weitermachen. Er durfte keine Ruhe geben.

Blanc merkte, dass er immer noch auf sein Handy starrte. Er murmelte »Was solls?« und rief Fabienne an.

»Sag bloß, du bist im Dienst?«, begrüßte sie ihn. Ein Hauch Besorgnis schwang in ihrer Stimme mit.

»Wir sollten uns noch mal jemanden vornehmen.«

»Ich weiß ja nicht, wie es bei dir ist, aber ich gehöre zu den Leuten, die samstagabends gerne ausgehen. Ich mag Musik. Ich gehe essen. Ich habe ein Liebesleben.« Sie machte eine kurze Pause, dann seufzte sie theatralisch. »Was ist denn los?«

Blanc lächelte, obwohl er ahnte, dass sie ihn gleich beschimpfen würde. Er erzählte ihr von den illegalen DNA-Proben und seiner Abmachung mit Fontaine Thezan.

»Bist du irre?!«, fuhr Fabienne ihn an.

»Irgendwie muss ich weiterkommen.«

»Irgendwie musst du vor die Wand fahren!« Er hörte, wie sie tief durchatmete. »Roger, du machst so viele bescheuerte Sachen, dass man dich manchmal einfach nur noch in die nächste Zelle sperren möchte.«

»Du selbst hast mir mal Kastration angedroht, wenn ich noch einmal ohne dich ermittle.«

Sie lachte. »*D'accord*, dann ist das also auch noch *meine* Schuld?! Wer weiß denn noch von deiner kleinen Aktion?«

»Niemand außer dir und der Ärztin.«

»Und warum hast du mich jetzt eingeweiht? Du musst doch erst mal warten, bis Doktor Thezan dir die Ergebnisse zusteckt.«

»Ich muss die Zeit nutzen. Ich habe das Gefühl, dass uns sonst wichtige Zeugen oder Verdächtige entkommen, dass sie etwas verstecken, dass sie irgendetwas *tun*. Ich will heute noch etwas durchziehen.«

»Lass mich raten: Es ist illegal?«

»So ungefähr.«

»*Mon Dieu*, du hast noch nicht genug? Was soll es denn sein?«

»Ich will jemanden verhören und dabei eine Wohnungsdurchsuchung machen – ohne richterlichen Beschluss.«

»Und wen willst du überfallen?«

»Dorothée Féraud. Deshalb wäre es mir lieber, wenn eine Frau dabei wäre.«

Der Abendhimmel glänzte silbergrau wie das Gefieder einer Taube über den Hochhäusern von Saint-César. Nach und nach gingen die Lichter in den Wohnungen an, aus den Scheiben leuchtete es weiß oder gelb, oder es flimmerte bläulich von den Fernsehbildschirmen. Blanc sah die roten Glutpunkte der Mieter, die zum Rauchen auf ihre Balkone gegangen waren. Er harrte in seinem Espace aus und beobachtete Dorothée Férauds Apartment. Sie hatte, so schien es, nur eine einzige kleine Lampe angemacht oder eine Kerze, ziemlich trübes, aber warmes rötlich gelbes Licht drang aus ihrer Wohnung. Ein paar Jungen hatten noch auf der Wiese zwischen zwei Blocks Fußball gespielt, doch nun verschwanden sie lachend und sich gegenseitig schubsend in den Treppenhäusern. Er vernahm das vertraute Grollen eines großen Zweizylindermotors, dann sah er ein Motorrad, das langsam auf dem Parkplatz ausrollte. Fabienne hatte sich eine Kette um den Oberkörper geschlungen, deren Glieder so massiv waren, dass sie auch den Anker eines Containerschiffs getragen hätten. Damit und mit einem ebenso massiven Vorhängeschloss kettete sie die Maschine an einen Laternenmast. Während sie auf den Espace zukam, nahm sie den Helm ab und schüttelte ihre Haare. Sie setzte sich auf den Beifahrersitz und küsste Blanc zur Begrüßung auf die Wangen.

»Wir sollten uns beeilen«, begrüßte sie ihn. »Ich mag es nicht, meine Ducati hier zu parken, nicht mal mit dieser Kette. Das sieht mir nach einer Gegend aus, in der teure Motorräder Beine kriegen.«

»Du hättest mit Roxanes Auto kommen können.«

»Roxane fährt ein Cabrio. Das wäre hier noch schneller verschwunden. Trotzdem will ich zuerst wissen, worauf ich mich einlasse, bevor ich mit dir da raufgehe. Warum besorgst du dir nicht einfach einen Durchsuchungsbefehl?«

»Weil wir bei einem offiziellen Einsatz mit mindestens zehn Leuten hier anrücken würden, Gendarmen, Kriminaltechniker, und außerdem würde Madame Vialaron-Allègre genauestens unterrichtet werden wollen. Ich habe Nkoulou aber versprochen, gegen Dorothée Féraud so diskret wie möglich zu ermitteln.«

»Ich opfere meinen Samstagabend mit einer verbotenen Sache, weil unser Commandant eine Affäre mit einer drogensüchtigen Prostituierten hat?« Fabienne schüttelte den Kopf. »Bin ich eigentlich die Einzige in Gadet, die eine normale Beziehung führt?«

»Irgendwann musst du uns mal deinen Trick verraten«, erwiderte Blanc grinsend.

»Was hast du vor?«

»Dorothées Wohnung ist klein. Die Wohnküche, ein Bad, ein Schlafzimmer, du hast sie ja selbst gesehen. Ich setze mich mit ihr in die Wohnküche und stelle ihr ein paar Fragen. Und du stehst unter einem Vorwand auf und durchsuchst so rasch wie möglich die anderen Räume.«

»Ich soll in ihr Schlafzimmer einbrechen?«

»Deshalb sollte das ja besser eine Frau machen.«

Fünf Minuten später saßen Blanc und Fabienne Dorothée Féraud gegenüber auf dem Sofa. Sie hatte zwei große Kerzen angemacht, die auf dem niedrigen Tisch vor dem Sofa flackerten. Sie beleuchteten einen Plastikbecher, in dem noch Rotweinreste klebten, und ein paar Teigkrümel auf der Glasplatte des Tisches. Aus der Spüle der Küche ragte ein zusammengequetschter Pizzakarton, in der Wohnung roch es nach Pizza und Marihuana. Dorothée Féraud war deutlich aufgeweckter als bei ihrem letzten Treffen, ja, sie schien Blanc schon beinahe manisch aufgedreht zu sein.

»Sie haben Glück, dass Sie mich noch hier antreffen. Ich wollte gleich losziehen«, erklärte sie und sprach dabei so schnell, dass er sie kaum verstand. Sie wippte mit ihrem Oberkörper vor und zurück. Sie wirkte jedoch nicht im Mindesten beunruhigt oder misstrauisch angesichts von zwei Gendarmen, die unangemeldet bei ihr aufgekreuzt waren.

Blanc fragte sie noch einmal nach dem Tag, an dem sie durch ihren Vater von dem verschwundenen Bild gehört hatte.

»Das habe ich Ihnen doch schon alles gesagt«, erwiderte sie, aber nicht verärgert, nicht einmal verwundert, eher erheitert darüber, dass Blanc und Fabienne mit dieser Geschichte noch einmal zu ihr kamen. Blanc glaubte, dass sie mit ihren Gedanken nicht ganz bei ihnen war. Andererseits schien sie es auch nicht besonders eilig zu haben, sie loszuwerden. Offenbar war es Dorothée egal, ob sie in fünf Minuten oder erst in einer Stunde loszog, wohin auch immer es sie an diesem Abend trieb.

»Darf ich einmal kurz Ihr Bad benutzen?«, fragte Fabienne und stand auf.

»Klar. Es ist die Tür neben dem Eingang.« Dorothée deutete auf den Flur, achtete aber nicht sonderlich auf Fabienne, sondern blickte Blanc eine Spur amüsiert an. Als Fabienne verschwunden war, beugte sie sich vor und flüsterte: »Sie waren das, mit dem ich schon ein paarmal auf der Station telefoniert habe, als ich eigentlich mit Nicolas sprechen wollte, richtig? Bei unseren letzten Begegnungen war ich nicht so in Form, ich wusste bloß, dass ich Sie kannte, aber nicht genau, woher. Jetzt fällt es mir aber wieder ein. Ich kenne Ihre Stimme. Und Ihr Gesicht auch. Sie waren auf der Station, als mich die Streife abgeliefert hat.«

»Sie hatten einen Autounfall, Mademoiselle.«

Sie kicherte. »Das kann man so sagen. Plötzlich war da ein Baum vor meinem Kühler, ich weiß auch nicht, wo der so plötzlich herkam. Ich hatte damals schon befürchtet, jetzt kriege ich richtig Ärger. Aber Sie hatten ja zum Glück Wichtigeres zu tun.«

»Wir haben ein entführtes Mädchen gesucht«, brummte Blanc. Zum Glück, *merde,* was bildet sich diese Göre eigentlich ein?, dachte er.

Dorothée wurde ernst. »Ich habe das im Fernsehen gesehen. Später, meine ich. Nicolas hat mich laufen lassen. Sind Sie mir deshalb böse?«

»Warum sollte ich Ihnen böse sein?«

»Na, weil Ihr Chef dafür gesorgt hat, dass ich ohne Strafe davonkomme. Nicolas ist so süß. Sind sie deshalb hier? Wollen Sie mir diesmal was anhängen, weil ich beim letzten Mal davongekommen bin? Sind Sie sauer auf mich?« Plötzlich sah sie ihn mit großen Augen und ungeheurem Ernst an. Ganz unvermittelt wirkte sie beinahe wieder wie ein verschüchtertes Kind, das sich fürchtete.

Blanc begann zu ahnen, warum ein Mann wie Nkoulou von dieser jungen Frau offenbar so verzaubert war. So abgebrüht und eine Sekunde später so verletzlich. »Niemand will Ihnen irgendetwas anhängen, Mademoiselle«, versicherte er.

In diesem Moment kehrte Fabienne zurück. Das Erste, was Blanc an ihr auffiel, waren die blauen Gummihandschuhe, die sie sich übergestreift hatte. In ihren Händen hielt sie ein gerahmtes Bild von einem provenzalischen Hof, kaum größer als eine Postkarte. Er erkannte es sofort wieder: das kleine Ölgemälde von Adry Novoli, das Charles Féraud dem Kunstmittler ausgeliehen hatte, damit der sich als Verkäufer tarnen konnte.

»Sie waren in meinem Schlafzimmer!«, rief Dorothée. Sie schien nur halb empört zu sein, so als sei sie immer noch nicht ganz in diesem Raum anwesend. Möchte wissen, was sie heute schon alles genommen hat, dachte Blanc.

»Das Bild lag auf Ihrem Nachttisch«, erwiderte Fabienne kühl.

»Das dürfen Sie doch nicht! Ich werde Nicolas …«

»Mademoiselle«, unterbrach Blanc sie, durchaus höflich, aber etwas im Klang seiner Stimme ließ sie zusammenfahren. Zum ersten Mal schien sie wirklich zu begreifen, was gerade geschah. »Patrick Ripert hatte dieses Bild von Ihrem Vater bekommen«, fuhr Blanc fort. »Dann wurde ihm die Kehle durchgeschnitten. Jetzt finden wir dieses Bild bei Ihnen. Commandant Nkoulou kann bei einem Autounfall und vielleicht sogar bei Ihren Drogengeschichten seine schützende Hand über Sie halten. Aber nicht bei Mord.«

»Ich habe niemanden ermordet!« Dorothées Augenlider flackerten. »Ich brauche erst mal …«

»… eine Tranxène?«, soufflierte Blanc ironisch.

Sie besann sich. »Na, zumindest brauche ich jetzt eine Zigarette.« Sie griff nach ihrer kleinen Handtasche, die neben ihr auf der Sessellehne gelegen hatte, und fischte eine Marlboro heraus. Da ihre Hände zitterten, nahm Blanc ihr die Tasche ab, fand ein Feuerzeug und hielt ihr die Flamme an die Zigarettenspitze. Dabei blickte er unauffällig in die Tasche und entdeckte im Durcheinander eine weiße Packung Tranxène. Genau wie bei Bazin. Sie inhalierte tief und sah aus dem Fenster. Im Wohnblock gegenüber leuchteten jetzt so viele Fenster, dass er beinahe schon mondän wirkte, auf jeden Fall viel weniger schäbig als bei Tageslicht. »Eigentlich schön hier«, murmelte Dorothée unvermittelt.

»Es liegt ganz bei Ihnen, ob Sie diese Aussicht auch morgen noch genießen können«, erwiderte Blanc trocken. Er wechselte mit Fabienne einen raschen Blick. Sie schüttelte kaum merklich den Kopf: Nein, sonst hatte sie nichts bei ihrer Durchsuchung gefunden. Blanc streifte sich ebenfalls Handschuhe über, holte einen großen Plastikbeutel aus der Jackentasche und reichte ihn seiner Kollegin. Sie ließ das Bild vorsichtig dort hineingleiten. Als der Beutel versiegelt war, streiften sie beide ihre Handschuhe ab. Es war, als würden sie mit bloßen Händen auf Dorothée wieder menschlicher, weniger bedrohlich wirken.

»Na schön«, sagte sie, »ich habe das Bild gestohlen.«

»Von Monsieur Ripert?«, fragte Fabienne.

»Von wem sonst?«

»Wann und wie?«, hakte Fabienne kühl nach. Mochten Nkoulou ganz und selbst Blanc mehr oder weniger Dorothées Charme verfallen – sie ließ sich nicht verzaubern.

Dorothée hob die Hand mit ihrer schon halb gerauchten Zigarette in einer Geste, die wohl »Was solls?« bedeuten mochte. »Ich war bei Thierry«, begann sie.

»Bei Doktor Bazin? Wann waren Sie bei ihm?«, wollte Blanc wissen.

»Vorletzten Donnerstag. Gegen Mittag oder am frühen Nachmittag war ich da, ich weiß nicht mehr genau, wann, auf jeden Fall noch vor der Vernissage in der Galerie von Valéria Chevilliet. Jedenfalls war ich bei Thierry, als dieser Mann bei ihm geklingelt hat.«

»Monsieur Ripert?«, fragte Fabienne.

»Ja. Also, ich meine, nein, an dem Tag wusste ich noch nicht, wie er hieß oder wer er war. Ich hatte keine Ahnung, dass Papa ihn engagiert hatte, um nach dem Bild zu suchen. Thierry kannte den Mann auch nicht. Er hat ihn aber reingelassen und in den Salon geführt. Ich habe mich im Zimmer nebenan versteckt und gelauscht. Eigentlich wollte ich das gar nicht, ich habe auch seinen Namen nicht verstanden«, setzte sie rasch hinzu. »Ich wollte nur nicht bei Thierry gesehen werden. Aber die Tür ist so dünn, da habe ich die Stimmen gehört.«

Blanc blickte sie erstaunt an. »Haben sich Doktor Bazin und Monsieur Ripert etwa gestritten?«

»*Mais non!*« Dorothée schüttelte den Kopf. »Sie waren beide ganz freundlich. Ich glaube, die haben sich sogar gut verstanden. Dieser Ripert hat behauptet, er hätte von einem Freund gehört, dass Thierry sich als Arzt um viele Künstler in der Provence kümmert und darüber zu einem Sammler geworden ist. Deshalb wollte er ihm ein Bild anbieten. »Ach das«, hat Thierry darauf bloß geantwortet, als ob er das schon kannte. Ripert hatte einen Aktenkoffer dabei. Ich habe durchs Schlüsselloch geguckt. Ripert hat aus dem Aktenkoffer dieses kleine Bild geholt und es Thierry gezeigt. Der hat es sich lange angesehen. Er schien interessiert zu sein – aber dann doch nicht so interessiert. Er hat abgelehnt und gesagt, dass er die Malerin kennen würde, aber dass er eher andere Kunstwerke sammelt. Dann haben die beiden angefangen, sich über Kunst zu unterhalten. Thierry mag Fotos, und dieser Ripert schien auch ganz schön viel Ahnung davon zu haben. Na, jedenfalls haben die sich bald so angeregt unterhalten, dass ich schon dachte, ich muss hier noch stundenlang in diesem Zimmer hocken. Dabei musste ich mal dringend.« Sie kicherte. »Zum Glück ist Thierry dann aufgestanden. Er hat überall im Haus Fotos hängen, und es stehen Statuen herum. Man muss höllisch aufpassen, dass man nichts umwirft. Na, jedenfalls wollte er Ripert ein paar Werke zeigen, und sie sind in ein anderes Zimmer gegangen. Ich habe mich rasch ins Bad geschlichen. Und als ich zurückkam, waren sie immer noch weg. Irgendwo im ersten Stock, ich habe ihre Schritte gehört. Das Bild, das Ripert verkaufen wollte, war nicht zu sehen. Aber der Aktenkoffer war unverschlossen. Ich habe ihn aufgemacht – *voilà*, da hat mich das Bildchen angelacht. Also habe ich es genommen, den Koffer wieder verschlossen und bin im Nebenraum verschwunden. Ripert ist ein paar Minuten später zurückgekommen und hat sich von Thierry verabschiedet. Er hat nichts bemerkt.«

Fabienne blickte sie skeptisch an. »Warum haben Sie das Bild gestohlen?«

»Na, warum wohl?« Sie rieb Zeigefinger und Daumen gegeneinander. »Ich brauche Geld. Ich hatte davor noch nie an Papas blöde Bilder gedacht, die hingen halt überall herum. Erst als Papa uns wegen des verschwundenen Porträts die Hölle heißgemacht hat, ist mir klar geworden, dass bei uns ja eigentlich Tausende Euro an der Wand hängen. Und plötzlich lag da genau so ein Bild vor mir im Aktenkoffer. Das ist ein Zeichen, habe ich gedacht, du musst zugreifen! Ich brauchte ja nicht mal ein schlechtes Gewissen zu haben, ich kannte diesen Typen doch gar nicht, dem ich das geklaut habe. Wenn ein Fremder bei Thierry aufkreuzt und ihm ein Bild anbietet, dann muss es auch was wert sein. Ich habe es also quasi spontan mitgehen lassen, weil ich gehofft habe, dass ich es später an irgendwen verkaufen kann. Aber bis heute hatte ich noch keine Gelegenheit dazu. Ich meine«, sie machte eine entschuldigende Geste, »die Typen, bei denen ich einkaufe, nehmen nicht gerade Ölbilder in Zahlung. Und andere Interessenten finden sich halt nicht so schnell, wie ich gedacht habe. Man kann ja kein gestohlenes Kunstwerk auf eBay verscheuern, oder? Ich hatte aber gehofft, dass früher oder später einer meiner … meiner Kunden auf Kunst stehen würde und ich das Bild dann loswerden könnte. Wie der Alte aus Marseille zum Beispiel, aber der wollte es leider nicht haben. Deshalb liegt es immer noch hier herum.«

»Haben Sie denn nicht gemerkt, dass es ein Bild Ihres Vaters ist?«, fragte Blanc verwundert.

Sie zuckte mit den Achseln. »Diese Schinken sehen doch alle gleich aus. Woher konnte ich das ahnen? Mein Vater hat sich nur aufgeregt, weil das Porträt des Mädchens fort war. Vom Bild eines blöden Bauernhofs hat er nichts gesagt.«

Fabienne musterte Dorothée genau. Sie bemühte sich um einen möglichst neutralen Gesichtsausdruck, doch Blanc merkte ihr an, dass ihr die Geschichte unglaubwürdig vorkam. »Hat Doktor Bazin später erfahren, dass Sie das Bild gestohlen haben?«

»Ich habe ihm nichts gesagt, er hätte diesen Ripert sonst vielleicht angerufen, ich glaube, die haben Nummern ausgetauscht. Ich habe das Bild in meinen Sachen versteckt, ich hatte eine Tasche dabei, weil ich die Tage vorher in Marseille war.«

»Wie lange sind Sie an diesem Tag denn bei Doktor Bazin geblieben?«, fragte Blanc.

»Na ja, bis zu dieser Vernissage. Wir sind zusammen nach Miramas-le-Vieux gefahren, Thierry hat mich in seinem BMW mitgenommen.«

»Und danach? Wann haben Sie Doktor Bazin das nächste Mal getroffen?« Blanc lächelte. »Erzählen Sie uns ruhig die Wahrheit, Mademoiselle, wir werden auch Doktor Bazin noch einmal dazu befragen und Ihre Angaben miteinander vergleichen«, setzte er mit einer Spur Hinterhältigkeit hinzu.

»Na schön. Am Montag war ich wieder bei ihm, so gegen Mittag. Bis zum Mittwochmorgen«, gab Dorothée zu. »Nach dem Frühstück bin ich gegangen.«

Blanc und Fabienne sahen einander wieder rasch an. Drei Tage bei einem älteren Mann in Marseille. Drei Tage bei Bazin in Les Baux – endlich hatten sie die Bestätigung. »Was haben Sie so lange bei Doktor Bazin gemacht?«, wollte Fabienne wissen, und es war auch klar, welche Antwort sie zu hören erwartete.

»Ich habe abgetrieben.«

Für einige Sekunden war es so still im Raum, dass Blanc zum ersten Mal afrikanische Trommelmusik wahrnahm, die aus irgendeinem fernen Flur oder sogar aus einem Nachbargebäude bis zu ihnen hinüberwehte.

»Abgetrieben?« Fabienne war blass geworden.

Sie zuckte mit den Achseln. »Thierry ist Arzt, oder etwa nicht?«

»Aber wir leben doch nicht mehr im 19. Jahrhundert!«, stieß Fabienne hervor. »Sie hätten doch eine ganz normale Praxis aufsuchen können oder ein Krankenhaus ...«

»Klar, und da hätte ich dann mit meiner Karte der *Sécu* bezahlt, und jeder hätte es gewusst«, unterbrach Dorothée sie eisig.

»Es sollte niemand erfahren?«, vergewisserte sich Blanc. »Sie wollten nicht, dass Ihre Eltern ...«

»Quatsch! Sie wissen genauso gut wie ich, wer davon nichts erfahren darf.«

»Commandant Nkoulou«, sagte Blanc leise und lehnte sich zurück.

»Sehen Sie, Nicolas bezahlt für das hier.« Sie deutete in die kleine, saubere Wohnung. »Und er ist so ... so süß.« Sie errötete tatsächlich für einen Moment. »So eine Abtreibung hätte ihn doch nur, ich weiß nicht, jedenfalls hätte sie ihn irgendwie gestört.«

»Irgendwie gestört«, wiederholte Blanc zornig. »Der Vater Ihres Kindes war vielleicht ...«

»... vielleicht Nicolas? Nein, das ist nicht möglich.« Sie zündete sich eine neue Zigarette an, ihre Hände zitterten immer noch. »Ich will gar nicht wissen, wer der Vater ist, verstehen Sie? Fort damit, und keiner hat einen Schaden, sage ich.«

»Und Doktor Bazin hat dabei mitgemacht?« Fabiennes Stimme klang gepresst. »Womöglich hat er das schon häufiger getan?«

»Nein, hängen Sie Thierry nichts an. Der hat so etwas noch nie getan, zumindest, soweit ich weiß. Jedenfalls ist mir das zum ersten Mal passiert, dass ich schwanger geworden bin. Ich habe ihm erklärt, warum ich nicht zu einem normalen Arzt gehen will und dass ich das Kind eher selber wegmache. Da hat er es schließlich doch getan, damit ich es nicht selbst tun musste.«

»Haben Sie ihn dafür bezahlt?«

»Sie denken an das Bild? Dass das etwas mit allem zu tun hatte?« Dorothée schüttelte den Kopf. »Wie gesagt: Thierry ist ein alter Freund der Familie.«

»Sind Sie sicher, dass dieser ›alte Freund‹ es Ihren Eltern nicht sagt?«, fragte Blanc.

»Ärzte haben doch eine Schweigepflicht, oder? Selbst für so etwas.«

»Bitte entschuldigen Sie uns einen Moment, Mademoiselle«, sagte Blanc.

Er stand auf und bedeutete Fabienne mit einem Nicken, ihm auf den Flur zu folgen. »Geht es dir gut?«, flüsterte er dort.

»Blendend«, log sie.

Er schüttelte den Kopf, aber drängte nicht weiter in sie. »Was machen wir jetzt mit der Kleinen?«

»Dorothée hat in ihrer Wohnung ein Bild versteckt, das zuletzt im Besitz des Mordopfers war. Die Geschichte vom Diebstahl aus Riperts Aktenkoffer nehme ich ihr nicht ab. Das reicht schon für Untersuchungshaft. Eigentlich.«

»Ja, eigentlich«, murmelte Blanc nachdenklich. »Aber wenn wir sie auf die Station mitnehmen, wird Nkoulou das erfahren. Und wenn wir dann dort dieses Verhör wiederholen und protokollieren, dann wird der Chef auch wissen, was Dorothée bei diesem Arzt gemacht hat.«

»Ich könnte kotzen«, gab Fabienne nun doch zu. »Ich versuche die ganze Zeit vergeblich, schwanger zu werden. Heute haben Roxane und ich erfahren, dass der neue Termin für die künstliche Befruchtung wegen dieser dämlichen Seuche verschoben wird. Und da sitzt diese … diese … diese Frau, die ein Kind bekommt, obwohl sie gar keines haben will, erklärt mir, die ich unbedingt eines will und verdammt noch mal keines habe, die erklärt mir, dass … Ich meine: Hast du gehört, was sie eben gesagt hat?! ›Fort damit, und keiner hat einen Schaden.‹ Ich hätte ihr eine runterhauen können.«

Blanc schloss sie für einen Augenblick in die Arme. »Wir dürfen uns nicht von unseren Gefühlen überwältigen lassen«, flüsterte er. »Wir müssen professionell bleiben.«

»Professionell ist gut«, stöhnte sie bitter auf. »Du bist derjenige, der Dorothée mehr oder weniger illegal befragt, weil er Rücksicht auf die Gefühle seines Chefs nimmt. Was ist daran professionell?«

»Hätte ich das geahnt, hätte ich dich garantiert nicht mitgenommen.«

»Schon gut.« Fabienne rang sich ein Lächeln ab. »*Ich* bin professionell.«

»Und ich auch.« Blanc klopfte ihr auf die Schulter. »Du hast recht, ich war ein Idiot. Keine Rücksicht auf Gefühle. Von niemandem. Du fährst jetzt heim zu deiner Frau und amüsierst dich. Es ist Samstagabend, scheiß auf dieses Virus, es wird schon klappen! Und ich nehme Dorothée Féraud zur Station mit und führe verdammt noch mal ein offizielles Verhör. Das Bild geht zu den Kriminaltechnikern, das Protokoll schicke ich an Nkoulou und scheiß auf seine Sentimentalität. Wir können das nicht geheim halten, dafür ist das einfach zu wichtig.«

Eine unverhoffte Spur

Gab es einen trüberen Ort auf der Welt als eine Gendarmerie-Station an einem frühen Sonntagmorgen? Blanc hatte die Nacht am Schreibtisch verbracht, er hielt sich mit Automatenkaffee wach. Draußen zwitscherten die ersten Vögel; die Sonnenstrahlen, die bereits über die Hausdächer auf der anderen Straßenseite kamen, hatten die Farbe von Honig. Das Gerüst von Fuligni vor dem Fenster warf bizarre Schatten quer durch den Raum. Müsste mal wieder Ordnung schaffen, dachte Blanc zerstreut und betrachtete die Zettel und Aktenstapel auf seinem Schreibtisch, die Kugelschreiber mit den längst eingetrockneten Minen und die hoffnungslos verbogenen Büroklammern, und er wusste zugleich, dass er niemals Ordnung schaffen würde. Ein leerer Schreibtisch war bloß das äußere Zeichen für einen leeren Geist.

Er hatte Dorothée Féraud ein paar Stunden lang offiziell befragt, anschließend das Verhörprotokoll geschrieben und im Rechner der Gendarmerie gespeichert. Außerdem hatte er eine Nachricht auf Avelines Anrufbeantworter hinterlassen, damit die Untersuchungsrichterin den Haftbefehl ausstellen konnte. Früher oder später würde Nkoulou das lesen. Die junge Frau saß jetzt in einer Zelle. Blanc hoffte, dass sie ein paar Stunden lang schlief, doch war er sich dessen nicht sicher: Es ging ihr am Ende der Befragung überhaupt nicht mehr gut, denn da hatten schon die ersten Entzugserscheinungen eingesetzt.

Als die Tür ohne vorheriges Anklopfen aufging und der Commandant vor ihm stand, war Blanc denn doch überrascht, dass sein Chef das Protokoll *so* früh bemerkt hatte. Nkoulou war selbstverständlich in Uniform, Blanc konnte ihn sich gar nicht anders als in Uniform vorstellen, doch obwohl jede Bügelfalte wie mit dem Lineal gezogen aussah, wirkte er irgendwie zerzaust. »Sie haben Mademoiselle Féraud festgenommen.« Eine Feststellung, keine Frage.

»Setzen Sie sich doch bitte, *mon Commandant*.« Blanc wies auf einen Stuhl, und als sein Chef widerwillig Platz genommen hatte, reichte er ihm sein Nokia hinüber. Er hatte mit dem Handy ein Foto des in der Plastiktüte steckenden Bildes gemacht, bevor er es zum Labor der Kriminaltechnik gegeben hatte. Das war Routine, wie bei allen Beweisstücken. Der alte Saad Ben-Rouijal gehörte zu den Kollegen, die gern an einem Sonntagmorgen arbeiteten, obwohl er dort unten in seinem Keller nicht einmal das von einem Baugerüst gefilterte Sonnenlicht sah. Er hatte Dorothées Fingerabdrücke genommen und eine DNA-Probe. Die von Ripert lagen im Labor sowieso schon vor. Ben-Rouijal sollte prüfen, ob es auf dem Bild noch andere, womöglich interessante Spuren gab.

»Dieses Kunstwerk haben wir bei Mademoiselle Féraud sichergestellt«, erklärte Blanc. »Ihr Vater hat es …«

»Ich kenne den Stand der Ermittlungen, *mon Capitaine*«, unterbrach ihn Nkoulou. »Deshalb weiß ich auch, dass bei Mademoiselle Féraud kein Durchsuchungsbefehl vorgelegen hat.«

»Ich wollte Mademoiselle Féraud nur noch einmal zu einigen Einzelheiten befragen. Reine Routine eigentlich«, log Blanc. Er hielt es für besser, Fabienne dabei überhaupt nicht zu erwähnen, denn falls es Ärger geben sollte, würde er das allein ausbaden. Er konnte nur beten, dass Dorothée mit Nkoulou später nicht allzu ausführlich über die Umstände ihrer Festnahme sprechen würde. »Es war reiner Zufall, dass ich das Bild in ihrer Wohnung gefunden habe.«

»Die junge Dame hat nichts mit dem Mord an Ripert zu tun«, sagte Nkoulou mit gepresster Stimme.

»Bei allem Respekt, *mon Commandant*: Irgendetwas muss sie damit zu tun haben.«

»Sie hat einen Diebstahl begangen. Ein Verbrechen, keine Frage. Aber doch ziemlich banal, finden Sie nicht auch?«

Blanc überlegte sich seine Antwort genau. Er fragte sich, was sein Chef über die Abtreibung durch Doktor Bazin dachte; er hatte das im Protokoll so sachlich wie möglich formuliert. Was mochte Nkoulou wirklich für die Frau empfinden, die jetzt ein paar Meter den Flur hinunter in einer Zelle hockte? Ob er sich wohl irgendeine Illusion darüber machte, dass er mit Dorothée jemals glücklich werden könnte? »Der Diebstahl mag tatsächlich keine große Sache sein«, erwiderte er schließlich vorsichtig. »Aber mit allem, was Mademoiselle Féraud getan und gesehen hat, bleibt sie in diesem Mordfall doch eine wichtige Zeugin für uns. Wir werden ihr vielleicht weitere Fragen stellen müssen und …«

»Sie wird nicht untertauchen«, sagte Nkoulou kategorisch. »Ich garantiere persönlich dafür. Und ich werde persönlich mit Monsieur Féraud reden. Schließlich ist es sein Bild. Wenn er es wünscht, kann er wegen des Diebstahls Anzeige gegen seine eigene Tochter erstatten. Dann werden wir diesen Fall der Untersuchungsrichterin übergeben. Aber vielleicht zieht es Monsieur Féraud auch vor, diese Affäre diskret zu bereinigen.«

Féraud wäre dann nicht der Einzige, der diese Affäre diskret bereinigen möchte, dachte Blanc, aber irgendwie verstand er Nkoulou auch. »Sie könnten Madame Vialaron-Allègre bitten, Mademoiselle Féraud unter *Contrôle Judiciaire* zu setzen«, schlug er vor. *Contrôle Judiciaire* bedeutete, dass sich Dorothée, solange die Ermittlungen andauerten, im Grunde nur noch in ihrem Apartment und in der kleinen Stadt Saint-César aufhalten durfte. Und dass sie sich regelmäßig auf der Station in Gadet melden musste. Auch Blanc selbst hätte das bei Aveline beantragen können, doch er fühlte sich zu erschöpft, um nach dieser langen Nacht mit seiner ehemaligen Geliebten zu sprechen.

Nkoulou nickte. »Genau das werde ich tun. Mademoiselle Féraud wird sich regelmäßig auf der Station melden – und zwar direkt bei mir, nicht bei einem der anderen Beamten. Wer weiß hiervon?«

»Das Verhörprotokoll steht im Computer«, erwiderte Blanc. »Theoretisch kann das jeder lesen.«

»Die meisten Kollegen werden erst am Montag wieder erscheinen. Und erfahrungsgemäß interessiert sich niemand für die banalen Vorfälle des Wochenendes. Die Leute sind froh, wenn man sie damit nicht behelligt.«

»Ben-Rouijal habe ich allerdings schon damit behelligt. Er hat das Bild unten im Labor«, erklärte Blanc. »Er kennt die Umstände.«

»Aber er ist glücklicherweise niemand, der Klatsch verbreitet. Ich gehe trotzdem in den Keller und erläutere ihm die Lage.« Nkoulou erhob sich. »Sie können Mademoiselle Féraud freilassen.«

»Aber Sie haben doch noch gar nicht die Anweisung von Madame Vialaron-Allègre eingeholt«, protestierte Blanc.

»Betrachten Sie das als erledigt. Es ist nur eine Formalie.«

Nur eine Formalie … Und das aus dem Mund eines Offiziers, dem Formalien über alles gehen, dachte Blanc. Wenn Nkoulou nicht aufpasste, dann würde Dorothée eines Tages seine brillante Karriere zerstören. Er machte sich auf den Weg zur Zelle.

Die junge Frau saß auf der Pritsche, sprang aber auf, sobald der Schlüssel im Schloss kratzte. Sie war noch blasser als sonst. Blanc blickte unwillkürlich auf ihre Hände. Sie hatte sich während der letzten Stunden alle Nägel kurz gekaut.

»Sie sind frei«, erklärte er. »Vorläufig und unter bestimmten Voraussetzungen.« Er erklärte ihr die Bedingungen des *Contrôle Judiciaire*, doch er merkte, dass sie ihm gar nicht richtig zuhörte. Sie strebte schon mit hektischen Schritten zum Ausgang, als wäre die Station unter Wasser und als könnte sie erst draußen einatmen. Blanc fragte sich, wie Nkoulou garantieren wollte, dass sie in den nächsten Tagen da blieb, wo sie bleiben sollte.

Draußen vor dem schäbigen Gebäude der Gendarmerie drehte sie sich noch einmal zu ihm um. Inzwischen stand die Sonne so hoch, dass ihre Strahlen durch die Platanen am Straßenrand fielen. Die Bäume trugen die ersten frischen Blätter, das Licht unter ihren Kronen schimmerte leicht grünlich. »Sind Sie mir böse?«, fragte Dorothée.

»Warum?«, erwiderte Blanc verblüfft. Das waren nicht gerade die typischen Abschiedsworte von Leuten, die eine Nacht in Untersuchungshaft verbracht hatten.

»Weil ich schon wieder freikomme. Nicolas ist …« Sie sprach nicht weiter.

»Sie haben mehr Glück, als Sie …« – verdienen, wollte Blanc sagen, besann sich dann aber eines Besseren – »… als Sie vielleicht denken«, vollendete er. »Sie haben einen Freund, der sich wirklich Sorgen um Sie macht, Mademoiselle. Und der sehr viel für Sie riskiert.«

»Ich weiß. Es wäre besser für Nicolas, er hätte mich nie kennengelernt, aber so ist das nun einmal.« Sie winkte zum Abschied und wirkte für einen Moment wie ein fröhliches junges Mädchen, dann aber ging sie mit langsamen, etwas unsicheren Schritten und leicht gebeugt unter den Platanen davon.

Blanc wartete, bis er sie nicht länger sehen konnte, dann wandte er sich ab und ging zum Eingang zurück. In diesem Moment kam Nkoulou heraus. Der Commandant grüßte ihn nur mit einem Kopfnicken und eilte auf den Parkplatz zu seinem Peugeot 607. Dreißig Sekunden später schoss die metallic schwarze Limousine davon. Blanc sah ihr nach. Nkoulou würde Dorothée irgendwo in den Gassen von Gadet einholen und mitnehmen.

Vielleicht fuhr er sie zurück nach Saint-César, vielleicht aber auch ganz woandershin.

In seinem Büro fuhr Blanc den Computer herunter. Er war todmüde und wollte bloß noch nach Hause fahren und den Rest des Sonntags verschlafen. Da trat Saad Ben-Rouijal ein und schloss behutsam die Tür hinter sich, als fürchte er, dass die wenigen anwesenden Kollegen aufmerksam werden könnten, wenn er zu viel Lärm machte. Er war, schätzte Blanc, schon sechzig Jahre alt, ein hagerer Mann, dessen Brille stets auf dem äußersten Ende der Nasenspitze balancierte, sodass man ihn eher in einem philosophischen Seminar zu Hause wähnte als im Labor der Gendarmerie.

»Was gibt es?«, fragte Blanc. Irgendetwas in Ben-Rouijals Gesichtsausdruck ließ ihn die Müdigkeit vergessen.

»Ich habe an dem Bild neben den Spuren von Dorothée Féraud und Patrick Ripert noch einige Fingerabdrücke und DNA-Anhaftungen gefunden, die ich zunächst keiner Person zuordnen konnte«, erklärte der Kriminaltechniker. Seine Stimme war kratzig, als müsste er eigentlich ständig Halsschmerzen haben. »Das sind vielleicht Spuren von Charles Féraud oder anderen Mitgliedern seiner Familie oder von seinen Freunden. Das könnten wir überprüfen, indem wir deren Proben nehmen. Denn die Daten der Férauds und ihrer Freunde sind nirgendwo im Zentralrechner der Gendarmerie verzeichnet.«

Blanc räusperte sich. »Tun Sie das.« Selbstverständlich wusste Ben-Rouijal nichts von den Proben, die er heimlich gesammelt hatte.

»Am linken Bildrahmen habe ich allerdings eine DNA-Spur gefunden, die im FNAEG sehr wohl einen Treffer ergeben hat – und was für einen!«, fuhr Ben-Rouijal fort und blickte Blanc ernst an. »Sagt Ihnen der Name Philippe Loubet de Bayle noch irgendetwas?«

Blanc lehnte sich zurück. »Mehr, als Sie ahnen«, stieß er hervor.

»Es gibt keinen Zweifel: Philippe Loubet de Bayle hat dieses Bild irgendwann in den Händen gehalten.«

Eine Stunde später war es in Blancs Büro voll. Ben-Rouijal war da, Fabienne, Marius, sogar Fontaine Thezan war sofort zu ihm gefahren, nachdem er sie angerufen hatte. Alle starrten auf das kleine Bild im Plastikbeutel, das auf dem Schreibtisch lag. Blanc hatte inzwischen so viel Kaffee getrunken, dass sich sein Magen anfühlte, als hätte er eine Rasierklinge verschluckt. »Wie könnte die DNA von Loubet de Bayle auf dieses Bild gekommen sein?«, fragte er und blickte in die Runde.

»Wir sollten zuerst Dorothée Féraud dazu verhören«, schlug Marius vor.

»Commandant Nkoulou hat sie heute Morgen freigelassen. Mademoiselle Féraud hat ihr Handy seitdem offenbar ausgeschaltet, man wird bei Anrufen sofort auf die Mailbox weitergeleitet, und man kann es nicht orten. Ich habe Brigadier Sylvain nach Saint-César und Les Baux geschickt: Sie ist weder in ihrer Wohnung noch bei ihren Eltern«, erklärte Blanc. Er hatte auch versucht, seinen Chef zu erreichen, doch Nkoulous Handy war ebenfalls tot. Das verriet er den Kollegen nicht.

»Ich rufe bei ihrem letzten Freier in Marseille an«, bot Fabienne an.

»Und ich bei Bazin«, meinte Marius.

Ein paar Minuten später wussten sie, dass auch die beiden Männer Dorothée nicht gesehen hatten.

»Dann müssen wir erst einmal ohne die junge Dame weitermachen«, meinte Blanc. Er blickte nacheinander Fontaine Thezan und Ben-Rouijal an. »Gibt es irgendeine Möglichkeit herauszufinden, wann diese Genspur auf das Bild gekommen ist?«

Die Rechtsmedizinerin schüttelte den Kopf. »Nein. Die DNA-

Spur kann von gestern stammen oder aber theoretisch auch schon viele Jahre alt sein.«

»Über die Zeit kann eine DNA-Spur durch äußere Einflüsse verschwinden«, ergänzte Ben-Rouijal, »zum Beispiel durch Regen. Aber bei einem Bild, das in einem Haus über viele Jahre mehr oder weniger unberührt an einer Wand hing, kann sich so eine Spur sehr lange halten.«

»Ich habe Charles Féraud bereits angerufen, ohne ihm dabei etwas von der DNA-Spur zu verraten«, informierte sie Blanc. »Dieses kleine Bild gehörte zu den ersten Werken von Adry Novoli, die er nach seinem Umzug in die Provence gekauft hat. Es hing seit beinahe sieben Jahren hinter seinem Schreibtisch. Er selbst hat es über die Zeit kaum noch beachtet. Und da es in seinem Arbeitszimmer hing, kamen auch seine Frau, seine Kinder und seine Freunde nur relativ selten in dessen Nähe, seltener jedenfalls als bei den Bildern, die im Salon oder im Flur hängen.«

»*Alors*«, sagte Marius, »durchdenken wir mal alle möglichen Alternativen.« Er hob seine behaarte Hand und streckte einen Finger. »Erstens: Dorothée Féraud hat das Bild gestohlen. Sie prostituiert sich gelegentlich. Vielleicht hat sie es einem ihrer Freier angeboten – und der könnte der verschwundene Loubet de Bayle sein.«

Blanc nickte. »Daran habe ich auch schon gedacht. Nach ihrer eigenen Aussage hat sie es im Haus von Bazin gestohlen und es danach bloß einem einzigen Kunden angeboten, dem Mann in Marseille. Wir werden zu beiden Männern Streifen schicken, die DNA-Proben nehmen, obwohl der Freier aus Marseille viel zu alt ist, um der untergetauchte Loubet de Bayle zu sein, und Bazin ist zwei Köpfe größer als der Mörder von Montmorillon.«

»*Très bien.*« Marius streckte den zweiten Finger aus. »Zweitens: Philippe Loubet de Bayle hat dieses Bild bereits in der Hand gehabt, bevor Féraud es gekauft hat, also vor mehr als sieben Jahren. Das würde bedeuten: *Bevor* Loubet de Bayle seine Familie ausgelöscht hat und verschwunden ist. Der Kerl hat hin und wieder Urlaub in der Provence gemacht, also wäre das theoretisch möglich.«

Fabienne seufzte. Sie sah müde aus. »Möglich ist das schon«, gab sie zu, »aber das wäre schon ein wahnsinniger Zufall, oder nicht? Adry Novoli war damals schon tot, ihre Werke wurden aber erst später in der Galerie von Valéria Chevilliet ausgestellt. Damals waren die Bilder bei dem Witwer der Malerin eingelagert, sie waren also mehr oder weniger unsichtbar. Wie hätte Loubet de Bayle an eins von ihnen herankommen sollen?«

Marius nickte und streckte den dritten Finger. »Nächste Alternative: Loubet de Bayle hat dieses Bild angefasst, *nachdem* Féraud es gekauft hat. Also innerhalb der letzten sieben Jahre. Also zu einem Zeitpunkt, nachdem er bereits irgendwo in der Provence verschwunden war.«

»Klingt irgendwie wahrscheinlicher«, pflichtete Fabienne ihm bei. »Das passt ja auch zu den anderen mysteriösen Vorfällen: zum Beispiel zu Ripert, dem Bruder der ermordeten Ehefrau, der heimlich einen DNA-Test vornehmen will, aber selbst getötet wird, bevor er es machen kann.«

»Es würde bedeuten, dass Loubet de Bayle sich unerkannt im Umfeld von Charles Féraud bewegt, in seinem engsten Kreis«, meinte Fontaine Thezan. Sie blickte Blanc milde spöttisch an. »Sollten wir deshalb nicht zu Féraud fahren und von ihm und seiner Familie DNA-Proben nehmen?«

»Das werden wir«, sagte Blanc. »Und wir werden auch das Haus nach Spuren absuchen – vor allem die Bilder.«

Als sie das Büro verließen, nahm Blanc die Rechtsmedizinerin unauffällig beiseite. »Wir hätten uns die heimlichen Tests sparen können. Entschuldigen Sie bitte die Unannehmlichkeiten.«

»*Mon Capitaine,* es macht mir Spaß, hin und wieder verbotene Dinge zu tun.« Sie blickte ihn gelassen an. »Außerdem befinden sich die von Ihnen genommenen Proben bereits im

Analysegerät. Bei den offiziellen Proben, die wir heute nehmen werden, liegen die Ergebnisse erst in einigen Tagen vor. Bei den heimlichen schon morgen. Sie gewinnen Zeit – und wer weiß, was das noch wert sein wird.«

Diesmal fuhren sie mit großen Aufgebot zum Mandelhof: mehrere Streifenwagen, Fontaine Thezans alter Jeep und ein unmarkierter Kleintransporter der Spurensicherung. Sie würden so viele DNA-Spuren analysieren müssen, dass Ben-Rouijals Labor allein dafür Wochen brauchen würde. Auf Blancs Bitten hin hatte sich Fontaine Thezan nur zu gerne bereit erklärt, einen Teil der Proben im Krankenhaus von Salon zu untersuchen. Brigadiers stellten sich am Tor und vor der Haustür auf, zwei Männer postierten sich im Mandelhain – wobei sie einen respektvollen Abstand zu den Bienenstöcken einhielten. Vier Kriminaltechniker und Fontaine Thezan betraten in weißen Schutzanzügen das Haus und begannen, Proben zu nehmen. Das müssten die Touristen oben in Les Baux sehen können, dachte Blanc, das war doch mal ein etwas anderes Spektakel. Ein Mann im Schutzanzug stapfte schon bald wieder auf ihn zu, Haube und Maske hatte er abgestreift, sodass er ihn erkennen konnte: Ben-Rouijal.

»*Mon Capitaine*«, sagte der Kriminaltechniker, »ich möchte zusätzlich zu den klassischen DNA-Proben ein neues Verfahren anwenden, das noch im Experimentalstadium ist. Es ist hoffentlich ideal für unseren Fall. Wir können mit diesem neuen Verfahren eine unbekannte DNA-Probe zwar nicht vollständig analysieren, aber sie sehr schnell vor Ort mit einer bereits bekannten DNA-Probe vergleichen. Da wir Loubet de Bayles DNA schon haben, können wir mit dem neuen Test hoffentlich schon innerhalb von wenigen Minuten sagen, ob eine mögliche Spur, die wir im Haus finden, ebenfalls von ihm stammt.«

»Viel Glück bei der Suche«, wünschte Blanc und wandte sich dem Hausherrn zu.

Charles Féraud hatte auf Blancs Bitte hin seine Frau und seine beiden Söhne am Tisch unter dem Baum auf dem Hof versammelt. Blanc hatte ihm schon bei der Ankunft erklärt, wonach sie suchten. Féraud schien über diese Enthüllung verblüfft zu sein, doch nicht sonderlich beunruhigt. Er erinnerte sich erst an den Fall Loubet de Bayle, nachdem ihm Blanc einige Details erzählt hatte, und maß ihm für die Suche nach seinem vermissten Bild keine große Bedeutung bei – offenbar ahnte er nicht, dass sein Sohn Baptiste darüber einen ganzen Aktenordner voller Informationen zusammengetragen hatte. Férauds Aufregung glich eher der milden Aufregung eines Jungen, der begriff, dass er in ein Abenteuer verwickelt wird: Irgendwie war sein Mandelhain mit einem mysteriösen Mordfall verbunden, aber es wirkte auf Blanc nicht so, als hätte Féraud eine Idee, auf welche Weise er damit verbunden sein könnte. Eine Mitarbeiterin der Kriminaltechnik entnahm dem Hausherrn mit einem Wattestäbchen im Mund eine Speichelprobe für den DNA-Test. Danach kam Féraud zu ihm, während der Rest seiner Familie ebenfalls zur Entnahme antreten musste.

»Wo ist Ihre Tochter?«, fragte Blanc.

Féraud verzog den Mund, als hätte das Wattestäbchen einen schlechten Geschmack hinterlassen. »Haben Sie von Dorothée noch keine Probe gemacht? Sie war doch, wie sagt man das? Bei Ihnen in Gewahrsam, oder? Commandant Nkoulou hat mich informiert. Ich werde übrigens selbstverständlich keine Anzeige erstatten.«

»Selbstverständlich«, wiederholte Blanc ironisch. »Sie hat ja praktisch nichts getan.«

Féraud blickte ihn missbilligend an. »Meine Tochter wollte an Geld kommen. Wie wir alle. In der Branche, in der ich früher in Paris gearbeitet habe, haben Menschen noch ganz andere Dinge getan, um an Geld zu kommen – Menschen, denen man am Ende des Jahres dafür Preise verliehen hat. Ich werde mich mit Dorothée zu passender Zeit gründlich aussprechen, wenn alle diese … diese schrecklichen Vorkommnisse aufgeklärt sein werden. Möglichst rasch aufgeklärt werden, möchte ich hinzusetzen, *mon Capitaine.*«

»In der Tat hat Ihre Tochter die Prozedur eines DNA-Tests schon hinter sich. Aber sie steht unter *Contrôle Judiciaire.* Sie darf nicht einfach verschwinden.«

»Ich bin sicher, dass sich Dorothée bloß ein paar Stunden von diesem Stress erholt«, versicherte Féraud. »Ich werde mit ihr über diese peinliche Angelegenheit ein ernstes Wort reden. Wenn sie ausgeschlafen ist, dann meldet sie sich wieder bei Ihnen.«

»Haben Sie denn gar keine Idee, wo sie sich ausschläft?« Fabienne war zu ihnen getreten.

»Nein.«

Diese Antwort kam aber sehr bestimmt und sehr rasch, dachte Blanc. Ein bisschen *zu* rasch. Sollte Dorothée tatsächlich länger als ein paar Stunden verschwunden bleiben, so würde er Charles Féraud unauffällig überwachen. Der Vater würde ihn zur Tochter führen, da war er sicher.

Baptiste Féraud kam als Nächster zu ihnen. Obwohl der Sohn ein privates Dossier zum Fall Loubet de Bayle angelegt hatte, schien ausgerechnet er gelassen, ja beinahe gelangweilt zu sein.

»Interessiert Sie diese dramatische Wendung der Dinge gar nicht?«, wunderte sich Blanc und nahm ihn einige Schritte beiseite, damit sein Vater das Gespräch nicht mithören konnte.

Baptiste machte eine wegwerfende Geste. »Zufall, mehr nicht. Loubet de Bayle muss dieses Bild irgendwann mal während seiner Provence-Urlaube in der Hand gehabt haben. Das ist doch gar nicht so verwunderlich: Adry Novoli war eine bekannte Malerin. Auf ihren Bildern finden Sie sicherlich viele Spuren von Sammlern oder von Leuten, die mal eine ihrer Ausstellungen besucht haben.«

Auch Fabienne blickte ihn erstaunt an. »Woher diese Gewissheit? Haben Sie denn beispielsweise bei Ihren Recherchen herausgefunden, dass Philippe Loubet de Bayle vor den Morden den Witwer von Adry Novoli getroffen hat?«

»Nein«, gab Baptiste zu. »Das ist doch auch vollkommen unwichtig. Ich bin nach wie vor davon überzeugt, dass sich Loubet de Bayle schon vor Jahren umgebracht hat. Sie verschwenden hier Ihre Zeit und bringen unser ganzes Haus in Unordnung.«

»Der Dieb des Bildes hat dieses Haus in Unordnung gebracht«, widersprach sein Vater, der dazu getreten war. Blanc fragte sich flüchtig, wie viel er von der Unterhaltung mitbekommen hatte. »Seitdem ist hier nichts mehr, wie es war.«

»Vielleicht tut uns ein bisschen Unordnung mal ganz gut«, entgegnete Baptiste, ließ sich auf einen Gartenstuhl fallen und schloss demonstrativ die Augen.

Schließlich gesellten sich auch Sonia und Bruno Féraud zu ihnen. Ihnen folgte Marius, der bislang neben der Kriminaltechnikerin gestanden hatte, die für die Proben verantwortlich war. Zu Blancs Überraschung schienen sich ausgerechnet Sonia und Bruno Sorgen zu machen, sie wirkten auf ihn sogar irgendwie schuldbewusst. »Fehlt Ihnen etwas, Madame?«

»Ein Speicheltropfen, den mir Ihr Kollege abgetupft hat, sonst nichts.« Die Hausherrin glich einer schwedischen Schönheit – am Ende eines langen, sonnenarmen schwedischen Winters. Sie war sehr blass, hatte nichts mehr von ihrem mürrischen Wesen, wirkte eher, als fürchtete sie sich vor irgendeinem Unheil.

»Haben Sie je von dem Fall Philippe Loubet de Bayle gehört?«, fragte Blanc.

»Was? Oh, ja, ja, ich habe das damals im Fernsehen gesehen, die Nachrichten waren ja voll damit …«, antwortete sie zerstreut. Was auch immer ihr Sorgen bereitete – das war es offenbar nicht. Was, zum Teufel, war es dann? Blanc dachte über diese Familie nach, über diese ganze seltsame Konstellation.

Und plötzlich hatte er eine Eingebung: Sonia Féraud war die DNA-Spur von Loubet de Bayle in ihrem Haus vollkommen egal. Sie fürchtete sich vor dem Ergebnis ihrer DNA-Probe – und der Proben ihres Mannes und ihrer Kinder … Sie fürchtete sich davor, dass die Gendarmen Verwandtschaftsverhältnisse feststellten oder eben *nicht* feststellten. Sonia Féraud fürchtete sich davor, dass irgendein Labor feststellte, welches Kind in dieser Familie von welchen Eltern stammte und welches nicht.

»Alle Daten der DNA-Untersuchungen bleiben streng vertraulich«, sagte er. »Und sie dienen ausschließlich dazu, einen möglichen Täter zu identifizieren. Alle Analysen, die für den Fall irrelevant sind, werden wieder aus dem Computer gelöscht.«

Sie lächelte gezwungen. »Wissen Sie, *mon Capitaine,* ich war noch sehr klein, als die radioaktive Wolke von Tschernobyl quer durch Europa geweht wurde. Aber ich kann mich noch daran erinnern, wie uns die Regierung im Fernsehen versichert hat, dass die Wolke von Russland bis zum Rhein gekommen ist – aber hinter dem Rhein die Strahlung wunderbarerweise aufgehört hat. Seither befällt mich immer ein tiefes Misstrauen, wenn ich beruhigende offizielle Versicherungen höre.«

Seit seiner Zeit als Korruptionsermittler wusste Blanc zwar, dass rückhaltlose Ehrlichkeit nicht gerade zu den herausragenden Eigenschaften der Pariser Elite zählte. Trotzdem schüttelte er entschieden den Kopf. »Wir speichern nicht wahllos Daten.« Mit einem Anflug von schlechtem Gewissen erinnerte er sich an seine eigenen heimlichen DNA-Proben, aber manchmal heiligte der Zweck eben doch die Mittel, *merde.*

»Darf ich mich zurückziehen?«, fragte Bruno Féraud. »Ich fühle mich ein wenig … müde.« Er deutete auf seine Hütte am Ende des Mandelhains. Auch er sah ziemlich elend aus. Wir wissen so verdammt wenig über diesen Kerl, dachte Blanc. Und wenn er wirklich Philippe Loubet de Bayle ist? Wenn er jetzt seine Enttarnung fürchtet und wieder verschwinden will?

»Gehen Sie nur«, sagte er und setzte mit sardonischem Lächeln hinzu: »Mein Kollege Lieutenant Tonon wird Sie begleiten. Gleich schicke ich Ihnen auch noch einen Kriminaltechniker vorbei. Wir werden natürlich auch in Ihrer Hütte Spuren nehmen müssen.«

»Verstehe«, murmelte Bruno Féraud. Er klang so resigniert, als hätte er soeben seinen Urteilsspruch gehört.

Fabienne beugte sich zu Blanc und flüsterte: »Soll ich nicht auch mitgehen? Marius alleine mit dem …«

»Marius ist ganz gut in Form, seitdem er nicht mehr trinkt«, erwiderte Blanc genauso leise. »Schick den beiden von mir aus noch einen Brigadier hinterher. Am besten Sylvain, der Junge ist härter, als er aussieht. Er soll sich nahe der Hütte im Mandelhain postieren. Und du nimmst einen Streifenwagen und fährst bis zum Schuppen am Ende des Anwesens, wo wir neulich den Sportwagen von Baptiste entdeckt haben. Falls tatsächlich jemand vom Hof wegwill, wird er vielleicht dort aufkreuzen, es führt ein Feldweg vom Haus direkt dorthin.«

»D'accord«, sagte Fabienne. Dann zögerte sie doch kurz. »Glaubst du wirklich, dass wir nah an Philippe Loubet de Bayle dran sind?«

Blanc wollte antworten, da sah er, dass Ben-Rouijal aus dem Haus trat. Er hatte seine Maske abgenommen und hatte genau den gleichen Gesichtsausdruck, den er schon einmal an diesem Tag zur Schau getragen hatte. »Jetzt ja«, flüsterte Blanc.

Der Kriminaltechniker kam auf sie zu. »Wir haben eine zweite Spur von Loubet de Bayle«, verkündete er. »An einem Bild, das genau neben dem Porträt hing, das gestohlen wurde.«

Eine lange, kalte Nacht

Sie blieben noch etwa zwei Stunden auf dem Mandelhof. Die Kriminaltechniker fanden keine weiteren Spuren, die Férauds durften schließlich in ihr Haus zurück. Baptiste verschwand schnell auf seinem Zimmer, Charles und Sonia blieben noch etwas verloren draußen unter dem Baum stehen. Sie wirkten sehr erschöpft. Blanc harrte neben ihnen aus, während die ersten Kollegen davonfuhren. Fontaine Thezan kam auf ihn zu und sagte: »In einigen Tagen haben Sie die Ergebnisse der DNA-Analysen, *mon Capitaine*.« Sie hatte so laut gesprochen, dass das Ehepaar Féraud es hatte mit anhören können. Sie zwinkerte ihm einmal zu, dann drehte sie sich um und ging zu ihrem Jeep.

Blanc schlenderte bis zum Mandelhain, wo er sicher war, außer Hörweite der Hausherren zu sein. Dort rief er Fabienne an. »Ist irgendetwas vorgefallen?«

»Wenn du willst, verrate ich dir, wie viele Bienen in den letzten zwei Stunden vorbeigeflogen sind. Ich habe sie alle gezählt.«

»Komm zum Hof zurück. Bruno Féraud ist die ganze Zeit nicht einmal aus seiner Hütte hervorgekrochen.« Er steckte das Handy fort und holte Marius und Sylvain. »Brigadier«, fragte er, »parkt Ihr alter Polo bei uns neben der Station?«

»Ja, *mon Capitaine*.«

»Gut. Sie fahren mit den Kollegen zurück und kommen dann mit Ihrem Wagen gleich wieder her. Suchen Sie sich irgendwo an der Straße einen Platz, von dem aus Sie diesen Hof unauffällig observieren können.«

»Worauf soll ich achten?«

»Auf alles, Brigadier. Aber ganz besonders auf Bruno Féraud. Sollte er den Hof verlassen, dann hängen Sie sich an seine Fersen und informieren mich sofort.«

»Verstanden, *mon Capitaine*. Mache ich gerne.« Sylvains jungenhaftes Gesicht zeigte für einen Moment die Züge eines Kriegers, dann sah er wieder so harmlos aus wie immer.

Nachdem die meisten Kollegen verschwunden waren, schüttelte Blanc Charles und Sonia Féraud zum Abschied die Hand. »Ich bedauere die Unannehmlichkeiten.«

»Ich auch«, erwiderte die Hausherrin bissig. Sie hatte ein wenig von ihrer alten Aggressivität zurückgewonnen. »Es wäre ein so schöner Sonntag geworden. So erholsam.«

»Das macht doch nichts«, wehrte ihr Gatte ab. »Wenn es Ihre Ermittlungen weiterbringt. Die Gerichtsmedizinerin hat gesagt, dass wir erst in einigen Tagen mit den Ergebnissen rechnen können?«

Warum willst du das wohl wissen?, dachte Blanc. Er lächelte. »Ja, einige Tage oder sogar eine Woche«, übertrieb er. »Vorher können wir kaum etwas unternehmen. Ich halte Sie auf dem Laufenden.«

Kurz darauf saß er mit Fabienne und Marius im Streifenwagen. Marius hatte sich diesmal auf die Rückbank gezwängt, wo er, wie er erklärte, »Schlaf nachtanken« wollte. Dreißig Sekunden nachdem sie den Mandelhof verlassen hatten, übertönte bereits das Schnarchen von der Rückbank den asthmatischen Lärm des alten Mégane, der schon mehr als zweihunderttausend Kilometer auf dem Tacho hatte. Fabienne vergewisserte sich trotzdem mit einem raschen Blick, ob ihr Kollege eingenickt war, dann beugte sie sich zu Blanc und flüsterte: »Was wird jetzt aus deinen illegalen Proben?«

»Sie geben uns einen Vorsprung.« Er erklärte ihr, was er mit Fontaine Thezan abgemacht hatte. »Sollen sich die Férauds ruhig in Sicherheit wähnen. Wenn einer von ihnen tatsächlich untertauchen will, schadet es nicht, wenn er glaubt, dass er ein paar Tage Zeit hat für seine Vorbereitungen.«

»Trotzdem müssen wir bis morgen warten. Was machen wir jetzt?«

»Wir besuchen die Galeristin. Vielleicht kann Valéria Chevilliet uns mehr zu den Menschen verraten, die diese Bilder in Händen gehalten haben.«

Miramas-le-Vieux glänzte unter der tief stehenden Sonne wie ein Les Baux, das die Touristen noch nicht entdeckt hatten. Auf einem Felssporn stand die gewaltige Mauer einer Burg, in deren Ruinen sich aber niemand verirrte. Darunter quetschten sich Häuser an den Hang, von denen die Hälfte verfallen waren. Sie gingen über eine steile Treppe den Hügel hoch, vorbei an stillen Gassen. Tauben flatterten erschrocken von Fensterbänken auf, als sie ihre Schritte hörten. Die untere Hälfte der mindestens zehn Meter hohen Burgmauer war aus gelben Steinen gemauert, die obere aus grauen. Die gelben Steine leuchteten im warmen Abendlicht, die grauen verschluckten es, sodass die Festung aussah, als stünde sie unter einem gewaltigen Schatten. Aber es gab nichts, das Schatten werfen konnte. Die einzigen Wolken zogen in der Ferne über den südlichen Horizont, dort, wo irgendwo das Mittelmeer sein musste. Der gewaltige weiße Amboss eines Cumulonimbus, der langsam vom Wind zerfasert wurde. Schleier wehten aus dem Gewitterwolkenturm, weiß und beinahe schon durchsichtig, nur nahe der Sonne hatten sie eine rostrote oder violette Farbe angenommen und wirkten, als wären sie aus festem Stoff.

Die Galerie lag im Erdgeschoss eines wuchtigen Steinhauses ein paar Dutzend Meter hinter der Burgmauer. In die sorgfältig verfugten Wände waren nur eine Tür und wenige Fenster eingesetzt, die Blanc an Schießscharten erinnerten. Oben ragten fünf übereinandergemauerte, wellenförmige Reihen von Dachschindeln hinaus. Diese Verzierung wirkte so raffiniert, als wäre sie irgendwie aus dem maurischen Spanien bis auf die Krone dieses provenzalischen Dorfes geflogen.

Sie hatten Glück, die Galerie war geöffnet. Valéria Chevilliet saß an einem kleinen alten Schreibtisch und war über Unterlagen gebeugt, als sie eintraten. Sie sah sie verwundert an. »Was führt Sie zu mir?«

Blanc wollte ihr nicht zu viel verraten. Irgendwann würde ein Journalist herausfinden, dass sie eine Spur von Philippe Loubet de Bayle gefunden hatten, man würde sich in den Redaktionen an den alten Fall erinnern und das Verbrechen groß herausbringen. Aber noch hatte sich die Sache nicht herumgesprochen, und er glaubte, dass das ein Vorteil war. »Stören wir Sie, Madame?«

Sie deutete seufzend auf die Papiere. »Die Bürokratie verschont auch die Kunst nicht, *mon Capitaine*. Für die Sonderausstellung muss ich Versicherungsunterlagen durchsehen, Verträge unterzeichnen und ungefähr eintausend Genehmigungsanträge ausfüllen. Man könnte denken, es geht nicht um eine Vernissage in Les Baux, sondern um ein Rockkonzert in Paris. Außerdem fehlen mir jetzt die chinesischen Kunden. Ich muss mit meinem Steuerberater reden, das kostet mich ganz schön Geld.«

»Wir werden Sie nicht zu lange von der Arbeit abhalten«, versicherte Marius in gütigem Ton. Die paar Minuten Schlummer auf der Rückbank des Streifenwagens hatten ihn sichtlich erfrischt.

»Apropos Kunden: Wenn ein Kunde bei Ihnen ein Bild kauft – registrieren Sie dann seinen Namen, Madame?«, fragte Blanc.

»Selbstverständlich. Ich führe für jeden Maler, den ich in der Galerie vertrete, ein bescheidenes Werkverzeichnis, eigentlich kaum mehr als eine Tabelle. Ich verzeichne den Titel eines Werkes und eine grobe Beschreibung, etwa die Größe des Bildes und das Motiv, dazu dann Angaben wie etwa, wann ich das Bild geliefert bekommen habe, wann und zu welchem Preis ich es verkauft habe – und auch, an wen. Jeder Käufer ist verzeichnet, mit Namen und Adresse. Das ist wichtig für die Versicherung oder auch, wenn irgendwo ein Werk auftaucht, von dem man nicht weiß, ob es nicht vielleicht gestohlen oder gefälscht ist.«

»Das heißt, Sie haben eine Liste von allen Käufern der Bilder Adry Novolis?«, vergewisserte sich Fabienne. Blanc sah ihr die Vorfreude darauf an, diese Daten bald in ihrem Computer zu haben.

»Eine Excel-Datei, ja.«

»Würden Sie mir die bitte geben?« Fabienne strahlte jetzt.

»Wenn Sie sich kurz gedulden wollen.« Valéria Chevilliet klappte ein Notebook auf und fuhr es hoch. Ihre Finger flogen über die Tasten, Blanc sah verwirrend viele Tabellen über den Schirm rauschen. »Geben Sie mir Ihre Mailadresse?«, bat die Galeristin.

»Nicht nötig.« Fabienne reichte ihr einen USB-Stick. »Kopieren Sie die Tabelle einfach da drauf.« Ein paar Augenblicke später ließ sie ihn in ihrer Jackentasche verschwinden, und Blanc ahnte, was sie diesen Sonntagabend tun würde.

»Nehmen die Kunden die Bilder eigentlich in die Hand?«, wollte Marius wissen.

Valéria Chevilliet blickte ihn verwirrt an. »Wie meinen Sie das?«

»*Eh bien*, ich habe noch nie ein Bild in einer Galerie gekauft, bitte verzeihen Sie mir meine Ahnungslosigkeit. Ist das so wie in einer Boutique? Der Kunde kommt an, nimmt sich eine Jacke vom Bügel und …«

»Normalerweise betrachtet man die Bilder bloß, man berührt sie nicht.« Sie lächelte nachsichtig. »Doch selbstverständlich nimmt ein potenzieller Kunde, wenn er ernsthaft interessiert ist, das Bild manchmal von der Wand, um es zum Beispiel in einem anderen Licht zu betrachten.«

»Dabei hält er es am Rahmen fest?«

»Natürlich!« Die Galeristin blickte Marius alarmiert an, als fürchtete sie, dass dieser Barbar mit seinen behaarten Fingern gleich über irgendeine Leinwand kratzen würde. »Man vermeidet jeden direkten Kontakt der Hand mit den Farben, um das Werk nicht zu beschädigen.«

»Madame Chevilliet«, sagte Blanc freundlich, »Monsieur Féraud und Monsieur Pavy gehören sicherlich zu ihren besten Adry-Novoli-Kunden. Nehmen diese beiden Herren die Bilder in die Hand?«

»Nun«, sie zögerte und dachte nach, »ich denke, ja. Wenn ihnen ein Werk gut gefällt, dann halten sie es eigentlich auch immer irgendwann in Händen. Aber sie sind sehr behutsam.«

»Behutsam, ja«, murmelte Blanc. »Das glaube ich. Erinnern Sie sich dabei an irgendwelche Auffälligkeiten? Trägt einer der beiden weiße Baumwollhandschuhe, so wie sie Museumsmitarbeiter oder Archivare tragen, oder irgendwelche anderen Handschuhe?«

Sie überlegte wieder längere Zeit, schüttelte dann jedoch den Kopf. »Nein. Die nicht.«

»Die nicht?« Blanc wurde hellhörig. »Wer dann?«

»Nun, auch Bruno Féraud hat zwei- oder dreimal ein Bild von Adry Novoli erstanden. Ich glaube, die Bilder interessierten ihn nur mäßig, aber er hat sie stets im Dezember als Weihnachtsgeschenke für seine Eltern gekauft. Er trug weiße Handschuhe. Ich erinnere mich daran, weil Bruno, nun, Sie verraten das nicht weiter, ja? Bruno ist mit Leib und Seele Landwirt, vor allem mit dem Leib: Seine Hände sind grob und schwielig. Das fällt dann schon auf, wenn sich jemand mit solchen Pranken extradünne weiße Handschuhe überstreift. Er war noch behutsamer mit den Bildern als sein Vater.«

Blanc wechselte einen raschen Blick mit seinen Kollegen. »Vielen Dank für diese Information«, erwiderte er. »Ich habe nur

noch eine kleine Frage: Neulich hatten Sie eine Ausstellungser-
öffnung, bei der auch Doktor Bazin zu Gast war.«

»Thierry? Ja, ich erinnere mich. Er kam mit Charles und Sonia und den Kindern.«

»Doktor Bazin vermutet, dass ihm während dieser Vernissage
seine Kreditkarte gestohlen wurde.«

Valéria Chevilliet blickte ihn betroffen an. »Davon weiß ich
nichts«, sagte sie, und ihre Stimme zitterte leicht. »Ich kann mir
nicht vorstellen, dass einer meiner Kunden … Ich meine, ich
kenne sie fast alle schon seit Jahren. Thierry hat mir außerdem
nichts davon erzählt. Und dann wären doch auch schon längst
Sie oder Ihre Kollegen bei mir gewesen, oder nicht?«

»Wir haben davon auch erst vor Kurzem mehr oder weniger
zufällig erfahren. Vielleicht handelt sich das alles bloß um ein
Missverständnis.« Er schüttelte der Galeristin die Hand. »*Au
revoir.*«

»Da ist noch etwas, jetzt, wo Sie Thierrys Namen erwähnen,
fällt es mir wieder ein«, sagte Valéria Chevilliet, als Marius schon
die Türklinke in der Hand hatte. »Einmal hat Thierry ein Bild
von Adry Novoli gekauft, das muss schon zwei, drei Jahre her
sein. Ich glaube, er hat es auch als Geschenk für jemanden erworben, er selbst hat eigentlich andere Vorlieben. Ich erinnere mich
aber noch, wie erstaunt ich war, denn Thierry hat sich, bevor er
das Bild näher betrachtete, Chirurgenhandschuhe aus Gummi
übergestreift. Ich glaube, er ist bis heute der einzige Kunde, der je
mit solchen Handschuhen in meiner Galerie aufgekreuzt ist.«

Spätabends parkte ein verbeulter weißer Fiat Marea Kombi am
Rand der Landstraße, die zum Mandelhof der Familie Féraud
führte. Marius und Blanc hatten Sylvain abgelöst. Fabienne war
auf der Station in Gadet geblieben, um sich mit der Kundendatei
von Valéria Chevilliet zu beschäftigen. Sie hatte versprochen
anzurufen, sobald sie einen auffälligen Eintrag entdeckte, doch

noch war Blancs Handy stumm geblieben. Er war zu müde gewesen, um zu fahren, weshalb sie Marius' Wagen genommen hatten. Im großen Haus waren längst alle Lichter erloschen. Auf dem Hof flammten in unregelmäßigen Zeitabständen in den Boden eingelassene Spots für mehrere Minuten auf. Sie waren offenbar mit einem Bewegungsmelder gekoppelt, denn jedes Mal sahen sie bloß irgendwo einen Schatten nahe der Umfassungsmauer, wahrscheinlich eine Katze, vielleicht auch einen Fuchs. Aus dem einzigen Fenster der Hütte am Ende des Hains fiel gelbrotes Licht; es schien so, als hätte Bruno Féraud das karge Innere seiner Behausung mit einer altmodischen Petroleumlampe erhellt. Ihn selbst jedoch sah man nie.

»Weck mich, wenn sich was tut«, murmelte Blanc schließlich. Ein, zwei Stunden schlummerte er auf dem Beifahrersitz. Manchmal sackte er in tiefe Schwärze, einer Ohnmacht ähnlicher als Schlaf. Dann wieder suchten ihn Träume heim. Darin vermischten sich das Bild des blonden Mädchens mit dem Mandelzweig und der Hain mit seinen hundert blühenden Bäumen, selbst im Traum roch er Mandelduft. Er träumte auch vom Fahndungsbild Philippe Loubet de Bayles und den Fotos seiner Opfer, eine schöne Frau, drei Teenager, im Schlaf wollte er ihnen etwas zurufen, aber er wusste nicht, was er sagen sollte, und außerdem erkannte er zugleich glasklar, dass es vollkommen sinnlos war. Vollkommen sinnlos … Vielleicht träumte er noch, vielleicht wurde er auch schon langsam wieder wach, jedenfalls wurde ihm nach und nach klar, dass niemand je nach dem Motiv des Mörders gefragt hatte. Welchen Sinn hatte diese Tat gehabt? Jeder Mörder hatte, nach welcher verqueren Logik auch immer, einen Grund für sein Tun. Doch was war es in diesem Fall gewesen? Die Gendarmen hatten seinerzeit bis auf die Minute genau das Verbrechen rekonstruiert, aber warum Philippe Loubet de Bayle es überhaupt begangen hatte, das hatte offenbar nie jemand herausgefunden.

»Warum hat der Kerl seine Familie ausgelöscht?«, murmelte Blanc.

»Wenn ich wach werde, frage ich als Erstes nach einer Tasse Kaffee«, brummte Marius. »Du hast übrigens nichts verpasst.«

Blanc rieb sich die Augen und massierte seinen steifen Nacken. Er fühlte sich nicht gerade erholt. Draußen war es so dunkel geworden wie auf dem Grund des Ozeans. Kein Mond. Das Licht in der Hütte war erloschen. Weit über ihm funkelten einige Sterne, doch die Wolken waren inzwischen vom Mittelmeer herangekommen und hatten am halben Himmel die Sterne verdeckt. Für ein paar Sekunden blendeten ihn zwei weiße Lichtkegel – ein Auto, das über die kurvenreiche Landstraße Richtung Les Baux hinauffuhr. Die Scheinwerfer verschwanden, als hätte der Berg sie verschluckt. Marius hatte die Seitenscheibe ein Stück weit heruntergelassen, ein feuchter, aber nicht sehr kalter Luftstrom zog ins Wageninnere. Südwind.

»Warum hat Loubet de Bayle das getan?«, wiederholte er.

»Er hatte Schulden.«

»Wer steht denn heutzutage nicht in den Miesen? Die wenigen Leute, die überhaupt noch wegen Schulden zur Waffe greifen, richten sie gegen die eigene Schläfe. Aber Loubet de Bayle hat sich wochenlang darauf vorbereitet, seine Frau und seine Kinder auszulöschen. Er hat eine ganze Menge Zeit und Geld darauf verwendet – Zeit und Geld, das er ja genauso gut zur Verringerung seiner Schulden hätte einsetzen können. Nach dem Vierfachmord verschwindet er, das ist offenbar auch gründlich vorbereitet gewesen. Hätte er sich nach der Tat bloß umbringen wollen, hätte es ihm doch egal sein können, ob man seinen Leichnam findet oder nicht.«

»*D'accord*«, gab Marius zu. »Angenommen, die Schulden sind bloß so etwas wie ein Auslöser. Der Kerl hat die Schnauze voll von seinem bisherigen Leben und macht auf radikale Art Tabula rasa. Indem er seine Familie tötet, kappt er sozusagen alle Leinen mit seinem früheren Selbst. Er ist frei. Er kann neu beginnen.«

»Ich frage mich, ob das wirklich ein Neubeginn sein könnte.« Blanc deutete in die Nacht hinaus, Richtung Mandelhof.

»Bruno Féraud?«

»Das denkst du doch auch, oder? Er sagt, er ist vierzig. Das wäre wenige Jahre zu jung, um Philippe Loubet de Bayle zu sein. Aber vielleicht hat er uns angelogen. Wir wissen kaum etwas über ihn. Er taucht vor sieben Jahren in der Provence auf – ungefähr zu der Zeit, als der Mörder von Montmorillon in der Provence verschwindet. Denk doch mal nach: Wir haben keine Information über Bruno Féraud, die älter ist als sieben Jahre. Andererseits: Sieht so eine neue Identität aus? Allein in einer Hütte unter ein paar Bäumen?«

»Und Bruno Féraud sieht auch nicht gerade aus wie Loubet de Bayle auf dem Fahndungsfoto. Die Größe mag hinkommen – aber das Gesicht?« Marius schüttelte skeptisch den Kopf. »Das müsste schon ...« Er sprach nicht weiter.

»Ja genau«, ermunterte ihn Blanc. »Das müsste schon ein plastischer Chirurg operiert haben. Einer wie Thierry Bazin.«

»Der Freund der Familie, der ebenfalls seit Jahren zurückgezogen in der Provence lebt.«

»Valéria Chevilliet ist aufgefallen, dass sowohl Bruno Féraud als auch Thierry Bazin Handschuhe getragen haben. Vielleicht sind die beiden wirklich bloß besonders rücksichtsvoll gegenüber den Kunstwerken. Bazin ist Arzt, der hat wahrscheinlich sowieso immer Handschuhe dabei und ist es auch gewohnt, sie anzuziehen. Aber der ältere Sohn von Féraud? Trägst du immer ein Paar Baumwollhandschuhe mit dir herum?«

»Bruno Féraud ist Bauer. Vielleicht ist jemand, der im Alltag vor allem grobe Arbeiten erledigt, bei filigranen Kunstwerken besonders vorsichtig. Dann denkt man auch an Baumwollhandschuhe.«

»Er könnte trotzdem der Mörder sein«, beharrte Blanc.

»Warum aber sollte Bazin einem Mörder helfen zu verschwinden? Kannte Bazin Loubet de Bayle überhaupt von früher?«

»Wir haben dafür nicht das geringste Indiz gefunden. Das alles ist mir ein absolutes Rätsel«, gestand Blanc. »Ich kann es kaum noch erwarten, die DNA-Ergebnisse zu bekommen.«

»Wir …« Marius sprach nicht weiter. Die Spots im Hof waren aufgeflammt – und diesmal war es eindeutig keine Katze, die sie ausgelöst hatte. Sie sahen eine Gestalt, die aus dem Haus kam. Es wirkte, als würde sie die Tür behutsam hinter sich zuziehen, dann lief sie am Baum vorbei Richtung Tor. »*Putain*«, fluchte Marius. »Wie ist Bruno Féraud von seiner Hütte in das Haus gekommen, ohne dass wir ihn bemerkt haben? Jetzt haut er ab!«

»Nein«, flüsterte Blanc. »Das ist nicht Bruno. Das ist Dorothée.«

Jetzt sahen sie einen winzigen bläulichen Lichtpunkt, der sich zitternd durch die Dunkelheit bewegte – vermutlich die Lampe eines Handys. Ganz kurz beleuchtete sie einmal das Gesicht: Es war eindeutig die Tochter der Férauds. Sie hatte das Tor passiert und sich auf der Landstraße nach links gewandt – sie lief genau auf Blanc und Marius zu. Sie duckten sich, bis sie nur noch gerade eben über den Rand der Seitenscheibe sehen konnten. Falls Dorothée den alten Fiat am Straßenrand überhaupt bemerkte, so achtete sie jedenfalls nicht auf ihn. Sie schritt ziemlich rasch aus, offenbar reichte ihr das bisschen Helligkeit – oder sie war diesen Weg schon so oft gegangen, dass sie ihn auch im Dunkeln fand.

»Was machen wir?«, fragte Marius leise, nachdem sie an ihnen vorbeigelaufen war. »Folgen wir ihr? Vielleicht haut dann Bruno ab, und wir kriegen es nicht mit.«

Blancs Gedanken überschlugen sich. Wo war die junge Frau in den letzten Stunden gewesen? Wie war Dorothée überhaupt unentdeckt in das Elternhaus gekommen? Wann? Wussten ihre Eltern, dass sie da gewesen war? Und wohin wollte sie jetzt? Junkies hatten Erfahrung darin, Flics zu täuschen. Vielleicht ahnte Dorothée, dass sie ihr Haus überwachten? Womöglich steckte sie mit ihrem Bruder unter einer Decke. Vielleicht *wollte* sie gesehen werden? Wollte, dass man ihr folgte – damit Bruno umso sicherer verschwinden konnte?

»Du bleibst hier und behältst den Hof im Auge.« Er fummelte unter dem Wagendach herum, bis er den Lichtschalter der Innenbeleuchtung gefunden und deaktiviert hatte. Dann öffnete er die Beifahrertür, ohne dass das Autolicht aufflammte, und glitt hinaus. »Ich gehe ihr nach«, flüsterte er.

»Pass bloß auf, dass du dir in der Dunkelheit nicht den Hals brichst.«

Blanc folgte dem Lichtpunkt in der Nacht. Er selbst wagte es nicht, sein Handy herauszuholen, aus Angst, dass sie ihn bemerken würde. Er stolperte voran; solange er Asphalt unter den Sohlen spürte, konnte ihm nicht viel passieren. Die Straße führte in Serpentinen bergan. Nach ein paar Dutzend Metern wurde die junge Frau langsamer. Es ging steil nach oben, und die Drogen forderten ihren Preis, vermutete Blanc. Er holte rasch auf, doch vermied er es, Dorothée so nahe zu kommen, dass sie seine Schritte hören konnte. Nach vielleicht zehn Minuten hatte sie Les Baux beinahe erreicht. Eine Reihe schwacher, kaum kniehoher Lampen erhellte Wege neben der Landstraße, aus der Ferne sah es wie ein Dreieck aus Licht an der Seite der Bergflanke aus. Als er in den ersten Leuchtkreis trat, erkannte Blanc, dass diese Lampen Wanderwege markierten, die für ein Auto unpassierbar waren – ein zweiter Zugang zur mittelalterlichen Stadt. Sie gelangten auf einen Weg, der so alt sein musste wie Les Baux selbst, er war mit unregelmäßig zurechtgehauenen Steinen gepflastert, die von Moos überwuchert wurden. Es war kühl und feucht genug, dass Blanc dort, wo der Lichtschimmer hinfiel, Tautropfen im Moos glitzern sah. Er gab acht, dass er Dorothée nicht zu nahe kam und auf der steilen Route nicht ausrutschte. Sie führte ihn zu einem Tor in einer Stadtmauer am Hang, die er bei seinen bisherigen Besuchen nicht einmal bemerkt hatte. Das hölzerne Tor war immer noch massiv und so schmal, dass nur ein Fußgänger es passieren konnte. Es stand offen. Niemand war zu sehen. Dorothée schlüpfte hindurch. Blanc wartete einen Moment, bevor er ihr lautlos folgte. Eine einsame gusseiserne Laterne war an der Innenseite der Mauer befestigt. Die junge Frau eilte durch den Lichtkegel, sie hatte ihre Schritte jetzt wieder beschleunigt. Blanc war von den dunklen Gassen verwirrt und wusste nicht genau, wo in Les Baux er sich befand – bis er plötzlich auf dem kleinen Platz vor der Kapelle der Büßer und der Kirche Saint-Vincent stand. Er hörte das Plätschern aus dem Lavoir, irgendwo fauchten sich zwei Katzen an, ansonsten war es still. Auch Dorothées Schritte hörte er nicht, sie hatte Sportschuhe an. Im trüben Licht einer Laterne sah er nun, dass sie einen kleinen Rucksack dabeihatte. Sie trug Jeans und Sweatshirt, aber keine Jacke. Sie bog in die Gasse ein, die durch ein düsteres Gewölbe führte, jene Gasse, in der Bazins Haus stand. Das Anwesen des Arztes erstrahlte im Licht einer modernen LED-Lampe, wahrscheinlich war es das hellste Haus in diesem Städtchen. Als würde Bazin Dorothée den Weg weisen, dachte Blanc, lief schneller und verkürzte den Abstand zu ihr. Er wollte sie belauschen, wollte hören, was sie dem Arzt sagte, nachdem sie an seiner Pforte geklingelt hatte. Doch Dorothée musste gar nicht klingeln: Sie fischte einen Schlüssel aus einer Tasche ihrer Jeans und war nach ein paar Sekunden im Innern verschwunden. Bazin hatte er nicht gesehen, ja, es war Blanc nicht einmal klar, ob der Arzt überhaupt wusste, dass er soeben eine nächtliche Besucherin bekommen hatte.

Blanc verbarg sich in der Dunkelheit unter dem Gewölbe am Aufgang der Gasse und dachte nach. War Bazin tatsächlich einer von Dorothées speziellen »Freunden«? Möglich, der Arzt fand junge Frauen attraktiv. Andererseits konnte man nicht gerade sagen, dass er ein Freier war, der Dorothée in dieser Nacht aufgelesen hatte. War sie zu einer heimlichen Nachuntersuchung der Abtreibung zu ihm geeilt? Er wüsste wirklich gerne, was sie dort zu suchen hatte. Er musterte das Haus und erinnerte sich an den Garten auf der Rückseite. Keine Chance. Vor der Fassade stehend, konnte er nicht ins Innere spähen, und der Garten war unzugänglich. Ihm blieb nichts anderes übrig, als auszuharren.

Blanc griff nach seinem Handy und rief Marius an. »Ist etwas passiert?«

»Weniger als nichts. Und wie sieht es bei dir aus?«

Er berichtete ihm flüsternd, wo er war. »Es wirkt auf mich nicht so, als würde in dieser Nacht noch viel geschehen«, schloss er.

»Für die langweiligen Jobs gibt es Brigadiers. Wir sollten uns ablösen lassen. Einen Kollegen postieren wir vor dem Hof, einen anderen vor Bazins Haus. So können wir wenigstens noch ein paar Stunden schlafen.«

»D'accord«, erwiderte Blanc und legte auf.

Allerdings musste er in dieser Nacht noch etwas erledigen.

Es dauerte mehr als eine Stunde, bis ihn ein Brigadier, den er noch nie zuvor gesehen hatte, auf seinem Beobachtungsposten unter dem Gewölbe ablöste. »Ich habe Sie nicht gefunden, ich bin mindestens fünfmal an Ihnen vorbeigelaufen«, sagte der junge Beamte – nicht etwa entschuldigend, sondern vorwurfsvoll. *Mon Dieu*, jetzt haben wir die verwöhnten Teenager von heute auch bei uns in der Gendarmerie, dachte Blanc. Dann sagte er sich, dass diese Überlegung auch sein Großvater angestellt hätte. Das musste die Müdigkeit sein. Er nahm sich zusammen und wies den Brigadier ein, zeigte ihm das Haus, beschrieb ihm Dorothée, ließ ihm seine Handynummer da, für alle Fälle.

Marius war ebenfalls abgelöst worden, sein Fiat stand mit rasselndem Motor vor Les Baux. Die Rückfahrt legten sie schweigend zurück, Blanc war dankbar dafür und nickte für ein paar Augenblicke ein. In Gadet wartete er, bis sein Kollege davongefahren war, bevor er seinen eigenen Wagen bestieg. Statt nach Sainte-Françoise-la-Vallée steuerte er ihn jedoch nach Pélissanne, nur ein paar Kilometer entfernt. Es war einmal ein verwunschenes provenzalisches Städtchen gewesen, doch weil das Umland karg, Aix-en-Provence nah und zwei Generationen von Bürgermeistern fortschrittsgierig gewesen waren, hatte sich ein mehrere Hektar großer Teppich aus Neubauvierteln um die alten Häuser von Pélissanne gebreitet.

Blanc kannte Nkoulous Adresse, doch er war noch nie bei seinem Chef gewesen. Die Navigationsapp seines Handys führte ihn bis zu einer staubigen Straße, die sich in einer Kurve einen flach ansteigenden Hügel hochwand. Sie war erst zur Hälfte asphaltiert und noch so schmal, dass er froh um die Nacht war, denn wenn ihm ein Wagen entgegengekommen wäre, hätte er seinen Espace gefährlich nahe an den Graben steuern müssen. Hier standen Laternen so dicht wie Soldaten bei einer Parade, aber ansonsten wirkte das Terrain reichlich unaufgeräumt. Die Bungalows zu beiden Seiten waren teils bezogen, teils noch im Rohbau. Dort, wo einmal Vorgärten blühen sollten, wuchs Gestrüpp zwischen Schutthaufen und kleinen Hügeln aus Bausand. Hinter Nkoulous Hausnummer verbarg sich ein zweigeschossiges, kastenartiges, entschieden unprovenzalisches Gebäude, viel Glas, viel weiß verputztes Mauerwerk, ein umlaufender Balkon mit Stahlgeländer, der an das Deck eines Ozeandampfers erinnerte. Sein Vorgarten war bereits von Unkraut und Baumüll befreit worden, doch mitten auf dem sauber geharkten rotbräunlichen Erdboden stand ein kleiner Bagger. Blanc fragte sich flüchtig, was sein Commandant damit noch ausheben wollte. Ein Schwimmbad? Einen Zierteich? Er atmete tief durch und drückte auf die Klingel.

Nkoulou öffnete ihm nach zwei oder drei Minuten, bemerkenswert ausgeschlafen für einen Mann, den man am Ende der Nacht aus dem Bett gejagt hatte. Er hatte seinen schlanken Leib in einen dunkelblauen seidenen Morgenmantel gehüllt, fast so elegant wie seine Uniform. Sollte er erstaunt sein, einen seiner Offiziere um nicht einmal fünf Uhr morgens vor seiner Tür zu sehen, ließ er sich das nicht anmerken.

»Kommen Sie herein, *mon Capitaine*. Ich mache uns Kaffee.«

»Ich wollte nur eine Meldung machen, *mon Commandant*.«

»Sie schwanken vor Müdigkeit. Kommen Sie herein. Aber vorher waschen Sie sich die Hände.« Er deutete auf ein Plastikfläschchen, das auf einer Ablage der Garderobe direkt neben der Tür stand.

»Was ist das?«, fragte Blanc. Er konnte wirklich nicht mehr klar genug denken.

»Ein Gel zum Desinfizieren der Hände.«

Blanc seufzte und zerrieb ein paar Tropfen zwischen seinen Fingern. »Sie machen sich wirklich viele Sorgen, *mon Commandant*.«

Nkoulou führte ihn in eine Wohnküche, in deren Zentrum ein cremefarbener sechsflammiger Smeg-Herd stand, ein Modell, von dem Blanc glaubte, es schon mal in irgendeinem Hollywoodfilm gesehen zu haben. Seine alten Sportschuhe quietschen bei jedem Schritt auf dem polierten anthrazitfarbenen Steinboden, was in ihm noch den Eindruck verstärkte, er sei ein Prolet, der sich unglücklicherweise in ein Museum für moderne Kunst verirrt hatte. Nkoulou platzierte einen italienischen Espressokocher auf einer Gasflamme. Nach kurzer Zeit zischte die schwarze Flüssigkeit in zwei Tassen und ein wunderbarer Duft füllte den Raum. Sein Chef bot ihm einen Platz auf einem lederbespannten Stahlrohrstuhl an.

Blanc nippte an dem Espresso und fühlte sich sofort besser. »Wir haben Dorothée Féraud wiedergefunden«, sagte er.

»War die junge Dame denn verloren gegangen?« Nkoulou hatte eine Augenbraue gehoben, etwas erstaunt, sehr snobistisch, und es war nicht klar, ob er wirklich verwundert war oder das nur vorspielte.

»Sie war jedenfalls nicht in ihrer Wohnung in Saint-César. Doch vor ein paar Stunden ist sie zufällig wieder auf unserem Radarschirm aufgetaucht.« Er berichtete von ihrer nächtlichen Exkursion.

Nkoulou ließ sich diesmal keine Regung anmerken. »Ich habe die Berichte über Ihre Ermittlungen gelesen«, erwiderte er. »Ich weiß, was dieser Doktor Bazin ausgesagt hat. Und ich habe auch einen Freund in Paris angerufen und ihn gebeten, ein paar Erkundigungen anzustellen. Sagen wir so: Dieser Schönheitschirurg ist nie angeklagt, geschweige denn verurteilt worden. Aber wenn man eine halbwüchsige Tochter hat, würde man die nicht gern mit ihm alleine lassen.«

»Ich habe den Eindruck, Mademoiselle Féraud kann …« – … ganz gut auf sich aufpassen, wollte Blanc eigentlich sagen, doch fiel ihm noch rechtzeitig ein, wie absurd eine solche Aussage bei einer Drogensüchtigen klang. War Sucht nicht geradezu der Beweis dafür, dass man eben nicht auf sich aufpassen konnte? Er war wirklich müde. »Mademoiselle Féraud kann die Gefahr einschätzen«, vollendete er, was wahrscheinlich auch nicht stimmte.

»Sie sollte trotzdem so rasch wie möglich wieder in ihre Wohnung nach Saint-César zurückkehren«, erwiderte der Commandant.

»Bruno Féraud und Thierry Bazin spielen möglicherweise irgendeine Rolle im Fall Loubet de Bayle«, fuhr Blanc fort und fasste zusammen, was Marius und er darüber dachten. »Und Dorothée ist irgendwie mit beiden Männern verbunden. Als Komplizin? Aber bei was?«

»Ich werde persönlich nach Les Baux fahren, Mademoiselle

Féraud aus dem Haus von Doktor Bazin holen und in ihre Wohnung zurückgeleiten.«

»Sie?!« Blanc wurde zu spät klar, dass sein Ausruf schon beinahe respektlos klang. Er fluchte innerlich, denn er hatte geplant, das selbst zu erledigen – so hätte er die junge Frau nach ihrem Verhältnis zu Bazin und ihrem Bruder befragen können. Aber er konnte seinem Chef ja schlecht verbieten, den Job zu erledigen.

»In einer halben Stunde wird es hell. Ruhen Sie sich ein wenig aus.«

Als Nkoulou schon für ihn die Haustür geöffnet hatte, hob er noch einmal die Hand. »Danke, dass sie mich sofort informiert haben, *mon Capitaine*.«

Blanc verabschiedete sich mit einem erschöpften Nicken. Bei Dorothée Féraud würde er mit seinen Ermittlungen nicht länger vorankommen. Zumindest so lange, bis ihm ein Weg einfiel, seinen Chef von dieser Frau fernzuhalten.

Ein konspiratives Dinner

Am nächsten Morgen hämmerten Fulignis Bauarbeiter auf dem Gerüst vor dem Bürofenster. Blanc hatte Kopfschmerzen und fragte sich, wie man einen Höllenlärm veranstalten konnte, wenn man doch bloß eine Fassade streichen musste. Er hatte nur zwei Stunden geschlafen, sein Frühstück hatte aus einem Kaffee und einer Dolipране bestanden, und da er gestern Abend auch nichts gegessen hatte, knurrte sein Magen. Zum Glück war Marius noch nicht da, sonst hätte er sich wohl ein paar Bemerkungen darüber anhören müssen.

Seufzend griff er zum Telefon. Er musste Aveline darüber informieren, dass die Mordermittlungen im Fall Patrick Ripert etwas mit dem Fall Loubet de Bayle zu tun hatten.

»*Mon Capitaine,* was kann ich für Sie tun?« Aveline hatte die Nummer sicherlich auf ihrem Display gesehen. Ihre Stimme klang sehr kühl.

Blanc hatte aus ihren Worten oder ihrem Tonfall früher stets Andeutungen über ihre Beziehung, Spuren ihrer Leidenschaft heraushören wollen. Doch nun zwang er sich, kein Idiot mehr zu sein, der Illusionen nachhing. Er berichtete ihr betont nüchtern von dem, was sie in den letzten zweiundsiebzig Stunden herausgefunden hatten. Seine heimlichen DNA-Proben verschwieg er selbstverständlich. Müdigkeit und Kopfschmerzen halfen ihm, seinen Vortrag so kurz und sachlich wie möglich zu halten.

Die Untersuchungsrichterin schwieg einen Augenblick. Jetzt wägt sie ihre Optionen ab, dachte Blanc, der seine ehemalige Geliebte besser kannte, als sie vielleicht ahnte. Womöglich würde sie gleich fordern, ein ganz neues Ermittlungsteam zusammenzustellen, gar unter einem ranghöheren Offizier, weil der Fall Loubet de Bayle so spektakulär und mithin medienträchtig war. Ihr Gatte, der Staatssekretär, würde vermutlich dazu raten. Doch als sie schließlich fortfuhr, klang sie immer noch so gelassen wie zuvor. »Das bedeutet wohl, dass Sie jetzt noch mehr zu tun haben, *mon Capitaine*. Ich lasse Kopien aller Akten des alten Falls nach Gadet senden. Nehmen Sie sich an Leuten dazu, wen Sie brauchen. Ich werde Commandant Nkoulou entsprechend instruieren.«

»Wie oft möchten Sie über die Fortschritte der Ermittlungen informiert werden? Nur dann, wenn wir etwas Neues haben? Oder täglich, egal, wie der Stand ist?«

»Gar nicht. Ich fahre heute Abend für zwei Wochen in den Urlaub. Ich maile Ihnen die Telefonnummern, unter denen Sie den Kollegen erreichen können, der mich vertritt. *Au revoir*.«

Sie hatte aufgelegt, bevor er antworten konnte. Blanc starrte den Telefonhörer an, bis ihm bewusst wurde, wie dumm das aussah, und er behutsam auflegte. Aveline würde zwei Wochen fort sein. Eigentlich sollte ihm das gleichgültig sein. Es *musste* ihm gleichgültig sein, *merde*, sie hatten nichts mehr miteinander. Und doch … Urlaub, dachte er, wer fährt jetzt in Urlaub? Im Februar herrschte im politischen Paris Hochsaison. Gerade jetzt wurden viele Gesetze und Personalentscheidungen auf den wochenlangen Weg durch die byzantinischen Instanzen der Republik gebracht, damit sie vor der endlosen Sommerpause erledigt waren. Der Staatssekretär konnte doch unmöglich jetzt vierzehn Tage Urlaub nehmen, oder? Blanc rang mit sich. Marius war immer noch nicht da, niemand also, der ihn belauschen konnte. Was solls? Er griff wieder zum Hörer und wählte eine Pariser Nummer.

»Maître Petrarucci? Haben Sie einen Augenblick Zeit für mich?«

»Ich habe keine Zeit, aber ich weiß, dass Sie sich von solchen Details nicht abhalten lassen, *mon Capitaine*.«

Maître Petrarucci, von eingeweihten Flics wie von Schwerkriminellen »Petrocelli« genannt, war gewissermaßen Blancs Anwalt, zumindest hatte er ihm bei seiner Scheidung von Geneviève beigestanden. Vor allem aber hatte Maître Petrarucci furchterregend gute Verbindungen bis in die höchsten Regierungskreise – gleichgültig, wer gerade im Elysée amtierte.

»Es geht schnell, Maître«, versicherte Blanc. »Ich möchte nur wissen, ob Staatssekretär Vialaron-Allègre heute Abend in Urlaub fährt.«

»Ihre alte Nemesis steckt bis zu seinen spitzen Ohren in Arbeit. Im Innenministerium bereiten sie wegen des Coronavirus einige Maßnahmen vor, habe ich gerüchteweise gehört. Einer meiner Klienten wird den Staatssekretär übrigens in drei Tagen treffen. Wie kommen Sie überhaupt auf so eine verrückte Frage? Welcher Politiker macht schon im Februar Urlaub?«

»Vielen Dank, Maître Petrarucci, das war es schon. Einen schönen Tag, und grüßen Sie mir den Staatssekretär.«

»Das meinen Sie nicht ernst, oder?«

»Selbstverständlich nicht.«

Blanc legte auf und starrte aus dem Fenster. Entweder hatte ihn Aveline angelogen, und sie fuhr gar nicht in Urlaub. Vielleicht wollte sie ihn einfach eine Zeit lang nicht sprechen. Oder aber sie hatte die Wahrheit gesagt – aber sie fuhr nicht mit ihrem Gatten in Urlaub. Die Frage war: mit wem dann?

»Du siehst aus wie unser kleines Junkiemädchen nach sechs Stunden Entzug.«

Blanc fuhr zusammen. Er hatte nicht einmal bemerkt, dass Marius eingetreten war.

»Gibt es etwas Neues zu Dorothée Féraud?«, fragte sein Kollege gut gelaunt. Er wirkte ausgeschlafen, als hätte es die Nacht in seinem alten Auto gar nicht gegeben.

»Der Chef persönlich will sie von Bazins Haus nach Saint-César zurückfahren.« Blanc blickte auf die Zeitanzeige seines

Handys und unterdrückte ein Gähnen. »Das heißt, er müsste es eigentlich längst erledigt haben.«

Marius grunzte missbilligend. »Ich hatte wirklich geglaubt, Nkoulou ist ein kluger Mann. Hier.« Er warf eine Tüte mit ofenheißen Pains au Chocolat auf den Schreibtisch. »Du hast wie immer vergessen zu frühstücken, stimmts?«

Blanc war von der Geste gerührt und machte sich dankbar über das Gebäck her. Scheiß auf Avelines Urlaub. Er musste sich irgendwie ablenken – und wie konnte man sich besser ablenken als mit ordentlichen, systematischen und, wenn es denn sein musste, langweiligen Ermittlungen? »Hast du auch was Neues?«, fragte er, obwohl er kaum glaubte, dass sein Kollege schon vor dem Frühstück aktiv geworden war.

»Kann sein, dass ich etwas habe, das uns weiterbringt«, erwiderte Marius zu seiner Überraschung. Er genehmigte sich ebenfalls ein Pain au Chocolat. »Ich habe heute Morgen beim ersten Kaffee einen alten Freund angerufen«, fuhr er fort. »Claude Guindé, einen Kollegen von der Police Nationale, wir sind früher oft angeln gegangen. Er ist jetzt in Bordeaux stationiert. Nette Karriere. Na, jedenfalls hat Claude früher in Saint-César gewohnt, wir waren beinahe Nachbarn, und er hat auf der Wache in Salon-de-Provence Dienst geschoben. Er hat seinerzeit im Fall des verprügelten Lehrers ermittelt, Anthony de Romanet. Ich hatte es völlig vergessen, aber gestern Nacht im Auto ist es mir wieder eingefallen, weiß der Teufel, warum.«

Es klopfte an der Tür, und gleich darauf trat Fabienne ein, ohne auf eine Aufforderung zu warten. Sie warf einen raschen Blick auf den Schreibtisch und hob warnend den Zeigefinger. »Lasst mir ein Pain au Chocolat übrig!« Sie wirkte kaum ausgeschlafener als Blanc.

Er informierte sie über alles, was vorgefallen war, dann fuhr Marius fort. »Anthony de Romanet ist von vier maskierten Gestalten vor der Schule zum Krüppel geschlagen worden. Keine

Zeugen. Er selbst konnte weder ein Gesicht noch eine Stimme identifizieren. Es gab keine Fingerabdrücke.«

»Und auch keine DNA-Spuren?«, fragte Fabienne skeptisch. »War übrigens köstlich.« Sie leckte sich die Fingerspitzen ab, die noch vom Fett des Pain au Chocolat glänzten.

»Nein. Ja. Also, die Sache ist kompliziert: Claude hat am Tatort jede Menge DNA-Spuren gesammelt – und zwar von einigen Schülern des Lycée. Nur: Da sich der Überfall ziemlich genau vor der Schule ereignet hat, besaß die DNA-Spur eines Schülers keinerlei Aussagekraft. Die hätte an jedem beliebigen Tag und zu jedem beliebigen Anlass da hingekommen sein können.«

»Davon stand in den Akten zum Überfall nichts«, warf Fabienne ein.

»Weil es sich um Minderjährige gehandelt hat und niemand je als Verdächtiger geführt wurde, sind die DNA-Analysen niemals offiziell in die Ermittlungsakten aufgenommen worden.«

»Lass mich raten: Eine dieser DNA-Spuren führte aber zu Baptiste Féraud«, sagte Blanc. Er erinnerte sich daran, was Paulette ihm erzählt hatte: dass es unter den Schülern Gerüchte gegeben hatte.

»Genau. Aufgrund der DNA galt er seinerzeit als einer von vier Verdächtigen. Er hat aber, wie die anderen drei auch, alles geleugnet. Und irgendein weiteres Indiz gab es nicht. Claude hat ihn und die anderen Jungen also laufen gelassen. Doch irgendwie hat Baptiste, im Gegensatz zu den übrigen Verdächtigen, danach nicht mehr die Kurve gekriegt. Er war vorher schon kein guter Schüler, aber nun ging es noch einmal so dramatisch bergab, dass er Viala-Lacoste ohne Baccalauréat verlassen musste. Seither hat er keine Ausbildung gemacht und nie einen richtigen Job gehabt, zumindest keinen legalen. Claude vermutet, dass Baptiste dealt, doch sie haben ihn nur ein einziges Mal mit einer so geringen Menge Cannabis erwischt, dass er mit einer Bewährungsstrafe davongekommen ist.«

»Weiß dein Freund, ob Baptiste damals schon von ungelösten Verbrechen so fasziniert war wie heute?«, fragte Blanc.

»Er behauptet: nein. Baptiste hat seine Leidenschaft für ungelöste Verbrechen anscheinend erst entwickelt, nachdem er selbst in ein ungelöstes Verbrechen hineingezogen wurde: den Überfall auf seinen Lehrer. Das ist vielleicht so eine Psychosache. Dazu müsste man mal eine Frau fragen.«

Fabienne zeigte ihm den Mittelfinger. »Das ist nichts mit Psycho, sondern Planung. Meiner Meinung nach studiert Baptiste mysteriöse Fälle, weil er wissen will, wie es die Täter geschafft haben davonzukommen. Angenommen, er war tatsächlich einer der Schläger. Seither muss er ständig fürchten, dass ihm irgendwann irgendwer doch noch auf die Schliche kommen könnte. Wie kann er sich davor schützen?« Fabienne schnippte mit den Fingern. »Indem er sich die Tricks der Verbrecher abschaut, die seit Jahren unerkannt geblieben sind. *Deshalb* studiert er Fälle, in denen man den Täter nie gestellt hat.«

»Sag ich doch«, brummte Marius zufrieden, »man muss nur eine Frau fragen.«

Fabienne rollte mit den Augen. »Ich habe letzte Nacht übrigens noch die Kundendatei der Galeristin durchsucht. Charles Féraud ist tatsächlich der größte Sammler von Adry Novoli, zumindest taucht sein Name häufiger auf als jeder andere. Nummer zwei: Maurice Pavy. Der scheint auch ziemlich regelmäßig zu kaufen, aber längst nicht so viel wie sein Freund. Und auch nicht so teuer, nur kleine Formate. Féraud hat einige der wenigen und vergleichsweise teuren Porträts erstanden, Pavy jedoch keines. Bruno Féraud hat ebenfalls zu verschiedenen Zeiten drei kleine Bilder erworben, Bazin eines – es stimmt also, was uns Valéria Chevilliet über die beiden gesagt hat. Die meisten anderen Kundennamen in ihrer Liste sind dort selten, oft nur ein einziges Mal verzeichnet: Leute aus Paris und den übrigen Gegenden Frankreichs, ein paar andere Europäer, dazu Amerikaner und Asiaten, wahrscheinlich Touristen. Nur wenige Kunden scheinen in der Provence einen Zweitwohnsitz zu haben. Ich habe angefangen zu überprüfen, ob sich hinter irgendeiner dieser Personen in Wahrheit Philippe Loubet de Bayle verbergen könnte. Ich glaube es aber nicht. Meistens passen Alter oder Aussehen überhaupt nicht. Aber um das sicher zu checken, müssten wir alle Kunden gründlich durchleuchten. Das kann Wochen dauern.«

»Wir können ein paar Leute anfordern. Die Untersuchungsrichterin hat es erlaubt«, erklärte Blanc.

»Aha«, sagte Fabienne nur dazu. »Fein. Aber ich glaube, sie werden trotzdem nichts finden. Wir können uns stattdessen die einzige Kundin vornehmen, die mir in dieser Liste noch aufgefallen ist: Sonia Féraud.«

Blanc sah seine Kollegin überrascht an. »Davon haben uns weder sie noch ihr Mann oder die Galeristin irgendetwas erzählt. Hat sie viele Bilder gekauft?«

»Nur eins, ein kleines Ölbild. Laut Titel in der Liste: ›Provenzalisches Mas mit blühendem Mandelbaum‹. Sie hat es an dem Donnerstagabend in der Galerie erworben, als Valéria Chevilliet eine Vernissage veranstaltet hat – die Veranstaltung, bei der alle unsere Freunde dabei waren und während der jemand angeblich Bazins Kreditkarte gestohlen hat.«

Am Nachmittag fuhr Blanc zu seiner Ölmühle in Sainte-Françoise-la-Vallée. Er machte sonst nie so früh Dienstschluss, aber er wollte auf die Ergebnisse der DNA-Analysen warten, bevor er seine nächsten Schritte plante. Jacques lag dösend auf dem staubigen Boden zwischen den beiden Platanenreihen, die zum alten Anwesen führten, und hielt es nicht einmal für nötig, zu seiner Begrüßung aufzustehen. Blanc kraulte ihm den wolfsgleichen Kopf. Die Steine leuchteten gelb in der Sonne, die hölzerne Tür und die Fenster hatte er erst vor wenigen Monaten blau gestrichen, doch war die Farbe schon wieder stumpf geworden, feine Risse zogen sich durch den Lack. Macht nichts, sagte er sich, ein wenig Verwitterung steht dem Haus gut. Mückenschwärme schwebten über der Touloubre. Aus dem Bambusdickicht am Ufer platschte ein Erpel aufs Wasser, wahrscheinlich suchte er Futter für die Ente, die irgendwo versteckt brütete. Der Bach war kaum hüfttief und so klar, dass Blanc die Steine am Grund sah, die von langen Wasserpflanzen umspielt wurden. Einmal glaubte er, zwischen den Brocken einen silbernen Blitz zu sehen, vielleicht eine Forelle oder bloß die Spiegelung eines Lichtstrahls. Schön hier, dachte er und wunderte sich, warum zum Teufel er eigentlich so selten die Zeit fand, einfach nur vor seinem Haus zu sitzen und in die Sonne zu blinzeln. Er holte einen Korbstuhl aus der Küche und stellte ihn draußen so dicht vor die Mauer, dass er die Wärme, die die Steine über Stunden gespeichert hatten, im Rücken spürte. Er hatte sich auf dem Rückweg in Gadet bei der Boulangerie ein Stück Pizza gekauft und sich dazu in der Küche ein Glas mit eiskaltem Leitungswasser gefüllt. Wer brauchte schon drei Sterne bei Michelin, wenn es das hier gab?

Später saß er satt und entspannt auf dem Stuhl und dachte an nichts. Nicht an seine Kinder und nicht an Aveline und schon gar nicht an einen Mann mit durchgeschnittener Kehle und einen anderen Mann, der seine Familie ausgelöscht hatte. Er betrachtete bloß die Muster, die das Sonnenlicht in den Bambus hineinzeichnete. Zen. Irgendwann jedoch bemerkte er einen Schatten am Ende der Platanen. Jacques hob den Kopf, wedelte mit dem Schwanz, stemmte seinen mächtigen Leib in die Höhe und trottete durch die Allee. Paulette kam ihm auf einem ihrer Camargue-Pferde entgegengeritten. Sie sprang lachend vom Rücken des Tieres und begrüßte den Hund. Blanc hatte sich ebenfalls erhoben und kam auf sie zu. Sie küsste ihn auf beide Wangen. »Was machst du um diese Tageszeit hier?«

»Ich musste einmal durchatmen.«

»Hast du endlich einmal Zeit zum Nachdenken?«

»Genau genommen habe ich endlich einmal Zeit, um nicht nachzudenken. Darf ich dir einen Espresso anbieten?«

»Wenn du auch einen Eimer Wasser für Flambeau hast, dann nehme ich die Einladung gerne an.«

Paulette ließ ihr Pferd auf der kleinen Wiese zwischen den beinahe haushohen Oleandern neben der Ölmühle grasen. Blanc holte aus dem Schuppen einen Eimer und füllte ihn am Wasserhahn. Dann brachte er einen zweiten Korbstuhl vor das Haus und brühte zwei Espresso auf.

Seine Nachbarin musterte ihn. »Du siehst, nun ja, irgendwie ruhiger aus. Nicht mehr so … getrieben. Ist irgendetwas passiert?«

»Eigentlich nicht.« Blanc schüttelte verwundert den Kopf. »Ich stecke mitten in Ermittlungen, wie immer. Aber du hast recht. Irgendwie habe ich zum ersten Mal seit Monaten das Gefühl, ich könnte tief durchatmen. Ich weiß auch nicht, warum.«

»Das Gefühl darfst du ruhig länger haben, es steht dir gut. Dein Espresso schmeckt übrigens ausgezeichnet.«

Die nächste halbe Stunde verbrachten sie plaudernd, während sie auf den Bach blickten. Die Ente war verschwunden, stattdessen flogen jetzt Geschwader blauschwarz schimmernder Libellen dort über das Wasser, wo die Strömung von Steinen oder herabgefallenen großen Ästen zu Wirbeln gezwungen wurde. Irgendwann trabte Flambeau zu ihnen und stupste Paulette an der Schulter. Sie seufzte. »Ich muss gehen und mich um die anderen Pferde kümmern.«

Blanc hätte ewig so dasitzen können. Doch er wusste, dass irgendwann die DNA-Ergebnisse kommen würden und er sich wieder mit den Ermittlungen beschäftigen musste. »Meine Auszeit ist auch bald vorbei, fürchte ich.« Er zwang sich zu einem Lächeln und begleitete sie bis zum Ende der Platanenallee. Auf der Weide neben Paulettes Hof stand ein alter Kirschbaum, der weiß blühte. Das erinnerte ihn an den Mandelbaum auf Adry Novolis Bild. Er wollte den Moment, da Paulette ging, noch ein wenig hinauszögern, also erzählte er ihr von dem Kunstwerk und seiner Geschichte. »Wie es aussieht, hat Sonia Féraud in all den Jahren nur ein einziges Bild der Malerin gekauft. Ausgerechnet eines mit einem Mandelbaum darauf. Und ausgerechnet vor ein paar Tagen. Ich habe das Gefühl, das hat etwas zu bedeuten, aber ich komme nicht darauf, was es sein könnte.«

»Vielleicht wird Sonia bloß sentimental?« Paulette schwang sich auf Flambeaus Rücken. »Zu der Zeit, als sie für Adry Novoli Modell gesessen hat, hat die Malerin ihr dafür ein, zwei Landschaftsbilder geschenkt, soweit ich mich erinnere. Zumindest hat sie das mal irgendwann in der Schule herumerzählt. Aber ich glaube, das hat Sonia nicht viel bedeutet, sie hat sich damals wenig aus Kunst gemacht. Adry hat oft in der Gegend von Les Baux gemalt, sie mochte die Alpilles und die alten Gutshöfe mit ihren Olivenhainen und den Mandelbäumen. Vielleicht ist auf diesem Bild ja zufällig genau der Mas zu sehen, auf dem Sonia heute mit ihrer Familie lebt. Und das könnte ihr gefallen haben. Ich meine: Wer wohnt schon in einem Haus, das von einer Künstlerin verewigt worden ist?« Sie lachte auf.

»Vielleicht hat sie es als Geschenk für ihren Ehemann gekauft«, vermutete Blanc.

Da wurde seine Nachbarin ernst und schüttelte den Kopf. »Das glaube ich nicht.« Sie beugte sich zu ihm herunter. »Nachdem wir letztes Mal über Sonia geredet haben, habe ich meine alte Klassenkameradin angerufen. Du erinnerst dich, Camille, die den Kontakt zu allen ehemaligen Schülern hält. Ich habe sie nach Neuigkeiten über Sonia gefragt. Die Freundin klatscht gerne, ich weiß nicht, ob man alles ernst nehmen darf, was sie herumerzählt, aber, *eh bien*, sie meint, dass es um Sonias Ehe nicht zum Besten steht.«

»Um wessen Ehe steht es schon zum Besten?«, murmelte Blanc.

»Man soll die Hoffnung nie aufgeben.« Jetzt lächelte Paulette wieder. »Na, jedenfalls hat meine Freundin behauptet, dass Sonia längst einen anderen Kerl hat. Camille wusste aber angeblich nicht, um wen es sich handelt.« Paulette richtete sich auf dem Pferderücken auf und packte die Leine, die Zaumzeug und Zügel ersetzte. »Wenn du übrigens mal wieder Zeit hast, um auf die Touloubre zu starren, dann sag mir Bescheid. Ich komme gerne und helfe dir dabei, nicht nachzudenken.« Sie drückte Flambeau die Fersen in die Flanken und winkte zum Abschied.

Blanc sah ihr lange nach. Zeit haben. Nicht nachdenken. Er beschloss, Paulette beim Wort zu nehmen.

Er saß noch lange auf dem Stuhl. Jacques war irgendwann davongetrottet, Blanc wusste nicht, wohin. Er würde zurückkehren, wenn die Zeit des Fressnapfs gekommen wäre. Die Touloubre war nicht länger durchsichtig, sondern olivgrün. Die Muster im Bambus hatten sich mit der sinkenden Sonne so weit ausgebreitet, dass schließlich das ganze Dickicht in Dunkelheit gehüllt war. Am Himmel waren Wolken aufgezogen, vom Wind zerzauste Überlebende eines Gewitters, das vielleicht vor ein paar Stunden über dem Mittelmeer niedergegangen war. Sie formten einen großen Wirbel über den Hausdächern am gegenüberliegenden Ufer, der ganze Horizont leuchtete rot, als würde er brennen, und davor standen die Silhouetten zweier Zypressen wie hohe schwarze Messerklingen. Das war alles so unfassbar irreal, dass Blanc es nicht geglaubt hätte, wenn er es nicht mit eigenen Augen sehen würde. Er dachte an Adry Novoli und wie glücklich eine Künstlerin sein musste, dass sie hier leben durfte. Er konnte nicht malen, hatte es nie gekonnt, er hatte nicht einmal als Kind gekritzelt, aber er wollte wenigstens einen kläglichen Abklatsch davon überliefern. Also zog er sein Handy hervor und schoss ein Foto des Himmels, der sich von

Minute zu Minute wandelte. Er teilte es mit seinen Kindern und schrieb darunter: *Vergesst van Gogh: Das Original ist schöner als jedes Bild.*

Dann beschloss er, sich nicht länger der Kontemplation hinzugeben. Er musste wieder an seine Ermittlungen denken. Ob es irgendeine Bedeutung für den Fall hatte, dass Sonia Féraud eine Affäre unterhielt? Sie hatte einen Liebhaber, na und? Andere Frauen hatten auch Liebhaber, Geneviève zum Beispiel, und deshalb war seine Ehe gescheitert, aber dabei war niemandem die Kehle durchgeschnitten worden. Und wenn es doch eine Rolle spielte ... Er versuchte, sich vorzustellen, zu welchem Mann Sonia heimlich ins Bett schlüpfte. Irgendjemand, den Blanc gar nicht kannte möglicherweise. Oder aber Bazin? Attraktiv, gebildet, charmant, wohlhabend, der perfekte Verführer – doch würde er Sonia verführen? Blanc dachte an die Gerüchte über die jungen Frauen in Paris, an die Fotos der jungen Frauen im Haus des Arztes, an Dorothées nächtlichen Besuch. Bazin hatte es auf Frauen abgesehen, die halb so alt waren wie Sonia Féraud. Vielleicht eher Pavy? An dem Tag, an dem Charles Féraud den Diebstahl entdeckt und seine Standpauke gehalten hatte, war der Direktor von *Culture Espace* auf dem Hof gewesen, allerdings hatte ihn kaum jemand bemerkt. Warum wohl? War Pavy mit irgendjemandem liiert? Er trug keinen Ring, hatte keine Familie erwähnt, was natürlich nichts heißen mochte. Blanc bemerkte, dass er immer noch sein Nokia in der Hand hielt. Astrid hatte auf sein Foto reagiert und ihm ein Herzchen geschickt. Von Eric war nichts gekommen. Blanc wählte kurz entschlossen Fabiennes Nummer. »Bist du noch auf der Station? Gut. Kannst du herausfinden, ob Maurice Pavy mit einer Frau zusammenlebt?«

»*Mon Dieu,* warum interessiert dich plötzlich dessen Liebesleben?«

»Es könnte sein, dass er der Liebhaber von Sonia Féraud ist.«

»Wer hat dir das denn gesteckt?«

»Eine«, Blanc musste unwillkürlich lächeln, »eine Informantin.«

Fabienne schnalzte missbilligend mit der Zunge. Blanc hörte das Klappern ihrer Computertastatur. »Unter Pavys Adresse ist keine zweite Person registriert«, verkündete sie. »Und er hat nie geheiratet, zumindest auf keiner *Mairie* in Frankreich. Wenn du willst, checke ich auch noch seine Steuerunterlagen, um zu sehen, ob er eine Partnerin oder Kinder angegeben hat. Das wird aber dauern.«

»Nicht nötig, glaube ich. Danke.«

»Was soll das?«, fragte Fabienne. »Ob Pavy nun mit einer Frau liiert ist oder nicht – er kann doch so oder so Sonias Liebhaber sein. Mal abgesehen davon, dass ich mir ihn kaum als ihren Lover vorstellen will. Und mal abgesehen davon, dass ich nicht sehe, wie uns das bei unseren Ermittlungen weiterbringt, selbst wenn die beiden doch was miteinander haben.«

»Wäre Pavy auch mit einer Frau zusammen, dann wäre seine Affäre mit Sonia Féraud eine unter zwei verheirateten Leuten und wahrscheinlich kaum mehr als ein Seitensprung ohne weitere Konsequenzen. Aber wenn Pavy mit niemandem zusammen lebt, erhofft er sich vielleicht mehr. Vielleicht will er Sonia erobern, will er sie ganz für sich haben.«

»*D'accord*«, erwiderte Fabienne, »ich werde nicht ausgerechnet mit dir über die Motive von Liebhabern verheirateter Frauen spekulieren. Angenommen, es ist so, und Pavy will Sonia für sich haben – na und?«

»Ich erkläre dir jetzt meine Theorie, und du sagst mir, ob sie schwachsinnig ist. Also: Pavy ist Sonia Férauds Liebhaber. Er ist oft bei den Férauds zu Gast, öfter vielleicht, als manche Familienmitglieder ahnen, er kennt das Haus. Pavy kennt sich auch mit den Bildern von Adry Novoli aus, er ist selbst ein Sammler ihrer Werke. So erfährt er irgendwann, dass ein Porträt, ausgerechnet eines, das Charles Féraud besonders schätzt, die junge

Sonia zeigt. Pavy stiehlt das Bild, dafür findet er bei einem seiner Besuche sicherlich eine gute Gelegenheit. So hat er seine Geliebte zumindest symbolisch dem Nebenbuhler geraubt. Charles Féraud, der von der Affäre nichts ahnt, engagiert einen Privatdetektiv, der ihm das Bild zurückbringen soll: Patrick Ripert. Ripert ermittelt, stößt dabei auf den Dieb – und findet dabei auch heraus, dass Pavy der Liebhaber von Sonia Féraud ist. Bevor Ripert mit beiden Neuigkeiten zu Charles Féraud gehen kann, wird er von Pavy für immer zum Schweigen gebracht – und zwar genau in dem Steinbruch, in dem ebenjener Pavy Direktor ist und wahrscheinlich jeden Zentimeter kennt.«

Am anderen Ende der Verbindung blieb es eine Zeit lang still. »*Bon*«, sagte Fabienne endlich, »ich hasse es, das zuzugeben: Aber du bist nicht schwachsinnig. Das klingt nachvollziehbar. Ein bisschen irre, und wir haben selbstverständlich keinen einzigen Beweis, aber doch nachvollziehbar. Nur die Kleinigkeit mit den DNA-Spuren passt da nicht rein: Wieso sollte Ripert einen DNA-Test machen wollen, wenn er Pavy nur als Dieb und Liebhaber der Ehefrau seines Auftraggebers im Visier hat? Und was könnte dieser Ehebruch mit den Spuren von Philippe Loubet de Bayle an den Bildern zu tun haben?«

»Vielleicht nichts«, gab Blanc zu. »Womöglich ist das alles tatsächlich ein unglaublicher Zufall. Vielleicht hat Riperts Ermordung etwas mit Diebstahl und Ehebruch zu tun und nichts mit Loubet de Bayle.«

»Was sollen wir also jetzt unternehmen? Verhören wir Pavy? Sonia Féraud?«

»Warten wir die DNA-Ergebnisse ab. Wir müssen klarer sehen, bevor wir bei irgendjemandem aufkreuzen und indiskrete Fragen stellen.«

Während des Gesprächs war eine SMS bei Blanc eingegangen. Nachdem er die Verbindung beendet hatte, las er den Text: »*Mon Capitaine*, ich habe für zwanzig Uhr einen Tisch im Kot & Sushi bestellt, Boulevard de la République in Salon. Wir können bei Makis und Sashimis über bestimmte Analysen sprechen. Sie werden überrascht sein. FT«

Blanc hatte seinen Espace im Parkhaus am Bahnhof abgestellt und war die letzten Meter zu Fuß gegangen. Die meisten Menschen hatten um diese Zeit schon die Innenstadt von Salon verlassen, über den Boulevard fuhren nur noch wenige Autos, auf dem Bürgersteig war er beinahe allein. Ihm kam es so vor, als seien noch weniger Leute zu sehen als sonst, so als fürchteten sich die Menschen vor etwas und blieben lieber zu Hause. Oder als seien sie aus der Stadt geflohen. Das Kot & Sushi war ein modernes Restaurant in einem alten Stadthaus: graue Wände, grauer Boden, schwarze Tische, graue Stühle, getrocknete Baumstämme, die wie abstrakte Skulpturen im Raum standen, eine Wand war mit einer riesigen Fototapete beklebt, die dutzendfach das Gesicht einer rätselhaft lächelnden Geisha zeigte. Er war als Erster angekommen. Es waren nur sehr wenige Gäste da. Eine freundliche Asiatin führte ihn zu einem kleinen Tisch. Er bestellte für sich und die Rechtsmedizinerin grünen Tee.

Er musste nicht lange warten. Fontaine Thezan kam auf ihn zu und begrüßte ihn lächelnd. »Ich hoffe, Sie mögen asiatische Küche, *mon Capitaine.*«

»Ich würde sogar Hunde essen, wenn ich dabei die Ergebnisse zu hören bekäme.«

»Was hier aufgetischt wird, hat Schuppen, kein Fell. Sie wollen es aber unbedingt sofort wissen, habe ich recht?«

»Ich habe einen bestimmten Verdacht.«

Fontaine Thezan betrachtete ihn einen Moment lang nachdenklich. »*D'accord.* Ich will Sie nicht auf die Folter spannen. Ich werde Ihnen das wichtigste Ergebnis nennen, dann bestellen wir das Menü. Und beim Essen reden wir über die restlichen Ergebnisse.«

»Ich bin ganz Ohr.«

»Keiner von Ihren Kandidaten ist Philippe Loubet de Bayle.«

Blanc starrte sie einen Moment lang verwirrt an. Er hatte das Gefühl, als hätte sie ihm soeben ohne Grund eine Ohrfeige verpasst. »Wie bitte?«, brachte er schließlich heraus.

»Niemand von den Männern, deren DNA-Proben Sie mir gebracht haben, ist Philippe Loubet de Bayle. Keiner von ihnen ist auch nur entfernt mit ihm verwandt.« Sie hob leicht einen Finger und winkte damit die Kellnerin heran. »Zwei Menüs, bitte. Dazu für mich eine japanische Limonade. Und für meinen Begleiter einen Sake. Sie sind etwas blass um die Nase, *mon Capitaine*.« Fontaine Thezan lächelte.

Blanc kam sich wie ein Trottel vor. »Ich hätte Geld darauf gewettet, dass Bruno Féraud … oder vielleicht einer der anderen …«, murmelte er. »Ich hätte nicht geglaubt, dass es ein Schlag ins Wasser wird.«

»Das habe ich nicht gesagt«, erwiderte die Rechtsmedizinerin. Sie wirkte ziemlich zufrieden mit sich. Die Kellnerin brachte die Getränke. »*A votre santé.* Sie werden sich gleich besser fühlen, nicht nur wegen des Sakes.«

»*A la vôtre*«, erwiderte Blanc und führte die Schale an die Lippen. Sake war eigentlich keine schlechte Idee. Vielleicht sollte er sich an diesem Abend betrinken.

»Bruno Féraud ist zwar nicht Loubet de Bayle. Aber seine DNA ist in der Tat in der Datenbank«, fuhr Fontaine Thezan fort. »Er hat nämlich zwei Menschen getötet.«

Blanc verschluckte sich am Sake und hustete. »Entschuldigen Sie, ich lege hier wirklich einen peinlichen Auftritt hin«, keuchte er und wischte sich Tränen aus den Augen.

»Die meisten Männer, mit denen ich essen gehe, benehmen sich in der Tat anders.« Sie reichte ihm eine Serviette. »Aber normalerweise reden sie mit mir dabei auch über andere Themen.«

»Bruno Féraud ist ein Doppelmörder?«, vergewisserte sich

Blanc, nachdem er wieder frei atmen konnte. Er hatte unwillkürlich die Stimme gesenkt.

»Nicht ganz. Sagen wir so: Die DNA, die Sie mir gebracht haben, ist hundertprozentig identisch mit einer DNA-Probe, die von der portugiesischen Polizei in die Datenbank von Europol eingegeben wurde. Sie stammt von einem gewissen António Suau, 49 Jahre alt, geboren in der Nähe von Lissabon.« Sie holte ein Papier aus ihrer Handtasche. Blanc starrte darauf. Es war der Ausdruck eines Fahndungsplakats mit einem Text in Portugiesisch, Englisch und Französisch. Den Mann auf dem Foto kannte er. »Das ist wirklich Bruno Féraud.«

»Bis vor sieben Jahren hieß er offenbar noch António Suau. Die portugiesische Polizei fahndet nach ihm, weil er nach einem Abendessen mit Freunden betrunken über eine Landstraße gefahren ist. Er hat mit seinem Lastwagen zwei Fußgängerinnen überfahren und ist verschwunden. Fahrlässige Tötung, Unfallflucht, Fahren unter Alkoholeinfluss – ihm drohen mehrere Jahre Gefängnis. Doch Suau ist offenbar direkt nach dem Unfall weitergerast, er war nicht einmal mehr in seiner Wohnung. Die letzte Spur, die man von ihm hat, stammt von einer Überwachungskamera am spanisch-französischen Grenzübergang Le Perthus an der A9, einen Tag nach dem Unfall. Den leeren Lastwagen hat eine Streife zufällig etwa eine Woche später auf einem Parkplatz in einem Gewerbegebiet von Perpignan gefunden. Seither: nichts.«

»Vor sieben Jahren …«, sagte Blanc nachdenklich. »Deshalb haben wir nichts zum Vorleben des angeblichen Bruno Féraud gefunden. Er lebt erst seit sieben Jahren in Südfrankreich. Möchte wissen, wie Suau es geschafft hat, sich in die Familie Féraud einzuschleichen. Und warum diese Familie ihn überhaupt aufgenommen hat.«

»Eine Familie, die nicht ganz so eng verwandt ist, wie man das vielleicht denken würde. Oh, da kommen die Sashimis! Kosten Sie!«

Blanc, der sich bisher wenig aus Sushi gemacht hatte, merkte, wie hungrig er war. »Köstlich«, pflichtete er ihr bei, und das war nicht gelogen. »Sie wollten mich über die Familie Féraud ins Bild setzen«, erinnerte er die Rechtsmedizinerin zwischen zwei Bissen.

»Noch einen Sake? Zwei Sake, ich glaube, ich trinke auch einen, zur Verdauung.« Sie hob zwei Finger, die Kellnerin nickte.

»*Alors*«, fuhr Fontaine Thezan fort, nachdem die Schalen vor ihnen standen. »Bruno Féraud alias António Suau ist nicht mit den anderen Férauds verwandt, was Sie jetzt selbstverständlich nicht mehr überraschen wird. Baptiste und Dorothée Féraud sind ausweislich ihrer DNA Geschwister – aber nur Halbgeschwister. Sie haben nicht dieselben Väter, aber dieselbe Mutter: vermutlich Sonia Féraud. Hundertprozentig sicher ist das nicht, denn von Madame Féraud fehlt uns noch das Ergebnis ihrer DNA-Probe. Aber da sie in den Geburtsunterlagen beider Kinder als Mutter eingetragen ist, müsste sie schon eine ziemlich gewiefte Fälscherin amtlicher Dokumente sein. Ich glaube deshalb, dass sie wirklich die Mutter der beiden jüngeren Kinder ist.«

»Ah«, machte Blanc nur. Er musste mit diesem Sake aufpassen.

Fontaine Thezan lächelte fein. »Ich habe Ihnen ja erzählt, dass es gewisse Arten der DNA-Analyse gibt, die sich noch in einem experimentellen Stadium befinden, *mon Capitaine*. Ein Stadium, das es uns nicht erlaubt, sie als Beweismittel vor Gericht zu verwenden. Und eigentlich dürfte die Gendarmerie sie nicht einmal zu Fahndungszwecken nutzen. Ich habe mir erlaubt, trotzdem ein wenig mit der DNA zu experimentieren. Es gab ein interessantes Ergebnis bei Charles Féraud.«

»Nämlich?«

»Charles Féraud ist weder der Vater von Baptiste noch von Dorothée noch von irgendeinem anderen Kind auf dieser Welt. Er ist nämlich unfruchtbar.«

Vergangenheit und Zukunft

Dienstag, 24. Februar, elf Tage waren seit Riperts Ermordung vergangen. Blanc hatte sich zum Frühstück mit einem Espresso wieder vor das Haus gesetzt und blickte auf die Touloubre. Daran könnte er sich gewöhnen. Gestern Abend war er ziemlich spät zurückgekehrt, doch der Sake hatte in seinem Kopf keine Spuren hinterlassen, im Gegenteil: Er fühlte sich fit. Ab und zu blickte er die Platanenreihen hinunter, doch er sah keine Reiterin auf der Route Départementale, die an seiner alten Ölmühle vorbeiführte.

Er zwang sich, nicht an Paulette zu denken, und fragte sich stattdessen, was Fontaine Thezans Ergebnisse für die Ermittlungen bedeuteten. Vielleicht nichts. Vielleicht alles. Der Mann, der sich Bruno Féraud nannte, versteckte sich seit sieben Jahren vor der Polizei – und alle Férauds deckten ihn dabei, indem sie ihn als Sohn und Bruder ausgaben. Warum, zum Teufel? Hatte es irgendetwas damit zu tun, dass auch Baptiste in ein Gewaltverbrechen verwickelt war? War das vielleicht der Grund, warum er sich um de Romanet kümmerte? Aber warum ließ der ehemalige Lehrer das zu; musste er nicht wissen, dass Baptiste als einer der Tatverdächtigen galt? Welche Rolle spielte Dorothée dabei? Und welche Sonia? Immerhin schien sie ihren Ehemann nicht nur jetzt zu betrügen, sondern auch schon vor Jahren. Oder wie sonst hätte sie zwei Kinder von zwei Männern haben können, die beide nicht ihr angetrauter Mann waren? Und Charles Féraud? Konnte jemand wirklich so naiv sein? Über Jahre hinweg? War es tatsächlich möglich, dass Fontaine Thezan nach einer einzigen DNA-Probe mehr über seine Unfruchtbarkeit wissen konnte als er selbst? Und hatte er Sonias Untreue in dieser ganzen Zeit nie bemerkt? Dass er António Suau als seinen Sohn ausgab, ohne zu ahnen, was der in Portugal getan hatte? Und was hatte das alles mit Riperts Tod zu tun? Und mit dem Fall Loubet de Bayle?

Die Férauds, Loubet de Balye, Ripert, Pavy, Bazin … Sie alle kamen Blanc wie Spielfiguren vor, die nach irgendeiner Logik auf einem kompliziert aufgebauten Brett hin und her geschoben wurden. Aber da er die Regeln dieses Spiels nicht kannte, wusste er nicht, warum die eine Figur hier, die andere dort war, warum jemand einen Zug machte und jemand anderer nicht. Vielleicht würde sich die Sache klären, wenn er damit begann, einfach ein paar Figuren aus dem Spiel zu nehmen. Zum Beispiel António Suau. Es lag ein internationaler Haftbefehl gegen ihn vor. Es gab die DNA-Spur. Mehr brauchte er nicht, um ihm Handschellen anzulegen. Wenn er das älteste der drei angeblichen Féraud-Kinder erst einmal in der Zelle hatte, dann würde er auch den Rest dieser netten Familie unter Druck setzen können: Warum hatten sie Suau gedeckt? Allen Férauds drohte dann ein Gerichtsverfahren. Vielleicht würden sie deshalb aussagen – und wenn sie erst einmal anfingen zu reden, würden sie vielleicht auch über andere Dinge reden. Dann, hoffentlich, würde sich das Rätsel nach und nach entschleiern.

Blanc griff zum Handy und rief den Untersuchungsrichter an, den Aveline ihm als ihren Vertreter genannt hatte.

»Vincent Mattei«, meldete er sich. Seiner Stimme nach war er jung, und er hörte aufmerksam zu, als Blanc ihm erklärte, dass er einen seit Jahren gesuchten Täter verhaften wollte, auf dessen Spur er zufällig gestoßen war.

»Schnappen Sie sich António Suau. Großartig!« Mattei räusperte sich. »Bitte verzeihen Sie meinen möglicherweise etwas unangemessenen Enthusiasmus, schließlich geht es hier ja um die Freiheit eines Menschen. Aber ich bin neu am Gericht in Aix-en-

Provence, das ist mein erster Fall. Und da bringen Sie mir gleich einen Mann, der seit Jahren von Europol gesucht wird.«

Noch unverbraucht, enthusiastisch – Blanc glaubte, dass er es wagen konnte, Mattei eine nicht hundertprozentig dienstlich begründete Frage zu stellen. »Werden Sie das auch Madame Vialaron-Allègre mitteilen? Sie ist in Urlaub, aber vielleicht will *Madame le Juge* doch über so eine spektakuläre Verhaftung informiert werden.«

»Auf keinen Fall.« Mattei klang plötzlich sehr ernst, und vielleicht schwang in seinen Worten sogar ein Hauch Angst mit. »Madame Vialaron-Allègre hat mir eingeschärft, sie unter keinen Umständen zu stören. Zumindest nicht«, Mattei hüstelte verlegen, »nicht mit Ergebnissen, die mit Ihren Ermittlungen zusammenhängen, *mon Capitaine*. Sind Sie nicht gut auf die Untersuchungsrichterin zu sprechen?«

»Madame Vialaron-Allègre und ich verstehen uns ausgezeichnet«, log Blanc.

Eine halbe Stunde später klopfte er an Nkoulous Bürotür. Er hatte sich gestern Abend mit Fontaine Thezan noch eine Geschichte zurechtgelegt: Die Identifikation von Bruno Féraud als António Suau beruhte auf der DNA-Probe, die Blanc heimlich genommen hatte. Damit konnte er natürlich unmöglich bei seinem Chef aufkreuzen. Also würde die Rechtsmedizinerin bei eventuellen Rückfragen sagen, dass es sich bereits um die Analyse der offiziellen Probe handelte, die schneller als erwartet vorgelegen hatte. Blanc hoffte, dass niemand so genau nachforschte.

»*Entrez!*«

Blanc trat ein und setzte sich vor Nkoulous Schreibtisch. Der Commandant hatte seinen eleganten Ventilator eingeschaltet, der den Raum mit einem Luftfächer bestrich, obwohl es längst noch nicht so drückend heiß war, dass man ihn benötigt hätte. Trotzdem glitzerte eine Krone winziger Schweißperlen auf Nkoulous Stirn, er wirkte erschöpft. Blanc berichtete ihm von der Entwicklung, die der Fall genommen hatte. Zu seiner Erleichterung scherte sich der Commandant nicht eine Sekunde um die Herkunft der DNA-Probe. Er hatte eine ganz andere Sorge. »Inwieweit hat das Auswirkungen für Mademoiselle Féraud?«

Blanc war von der Frage nicht wirklich überrascht. »Wir können den Haftbefehl von Europol nicht ignorieren, *mon Commandant*«, antwortete er vorsichtig. »Und wenn wir erst einmal Suau alias Bruno Féraud verhaftet haben, dann wird der Untersuchungsrichter unweigerlich die Frage stellen, welche Rolle seine angebliche französische Familie gespielt hat.«

»Ich bin Monsieur Mattei schon begegnet«, erwiderte Nkoulou. »Ein höflicher Mann. Aber ich habe das Gefühl, er wird eine Spur, die er einmal aufgenommen hat, bis zum Ende verfolgen, koste es, was es wolle. Er wird in seiner Karriere noch sehr viele Menschen vor Gericht bringen. Aber einen Menschen nicht.«

»*Eh bien*«, Blanc war die Richtung, die das Gespräch nahm, unangenehm, »in erster Linie werden wir auf Matteis Anordnung hin vermutlich Charles und Sonia Féraud befragen, die vorgeblichen Eltern. Ich denke, dass Dorothée und auch Baptiste eher als Zeugen vernommen werden. Als Suau bei ihnen aufkreuzte, waren sie noch minderjährig. Niemand wird sie verhaften, niemand anklagen. Hoffentlich.«

»Auf hoher See und vor Gericht sind wir in Gottes Hand«, murmelte Nkoulou, dann straffte er sich. »*Mon Capitaine*, verhaften Sie diesen Suau und bringen Sie ihn her.«

Blanc rief Marius und Fabienne zusammen und schloss die Tür zu seinem Büro, bevor er die Kollegen informierte.

Marius pfiff durch die Zähne. »Deshalb lebt dieser Typ wie ein Mönch in der Einöde!«

»Ein portugiesischer Unfallfahrer«, meinte Fabienne missmutig. »Und ich dachte, wir wären dem geheimnisvollsten Mörder Frankreichs auf der Spur.«

»Ich auch«, gestand Blanc. »Und so ganz will ich auch noch nicht aufgeben. Wir müssen nicht mit der Kavallerie zum Mandelhof galoppieren. Nkoulou hat sowieso Angst, dass Dorothée in die Sache hineingezogen wird; er wird es begrüßen, wenn wir die Verhaftung diskret vornehmen. Und uns kann das nur recht sein. Denn falls Philippe Loubet de Bayle irgendetwas mit der Familie Féraud zu tun hat, dann dürfen wir ihn auf keinen Fall misstrauisch machen. Er soll nicht fürchten, dass wir ihn enttarnen. Denn dann würde er umgehend wieder verschwinden. Wir verhaften Suau und erzählen der Familie, dass es ein Zufallstreffer bei unseren Ermittlungen war. Sie werden das sowieso schon ahnen, nach den DNA-Proben. Nur wir drei gehen zum Mandelhof, keine Verstärkung, keine Kriminaltechniker. Wie du es gesagt hast, Fabienne: Wir verhaften einen Unfallfahrer, für den sich die portugiesischen Kollegen interessieren, wir aber eigentlich nicht. Wir werden niemanden von den anderen Familienmitgliedern festnehmen, wir werden nicht einmal damit drohen. Dieser neue Untersuchungsrichter Mattei wird das bestimmt anders sehen, aber es wird hoffentlich ein paar Tage dauern, bis er die Familie vorlädt, denn zuerst will er sicherlich auch Suau verhören. So lange können wir die Familie Féraud ungestört unter Druck setzen: Sie werden glauben, dass wir sie wegen der Affäre Suau befragen, doch tatsächlich sehen wir uns weiterhin unauffällig nach Hinweisen auf Loubet de Bayle um.«

Marius grinste breit. »Wenn wir schon mal dabei sind, können wir sicher auch Pavy und Bazin als Zeugen vorladen. Dann haben wir die ganze Bande im Visier.«

Unter der Platane vor dem Mandelhof parkte kein Auto, das Haus war verschlossen, niemand antwortete auf ihr Klingeln. Blanc fürchtete einen Moment, dass die ganze Familie doch untergetaucht war. Da tippte ihn Fabienne an die Schulter und deutete auf den Hain. Unter den blühenden Bäumen ging eine weiß gekleidete Gestalt, so schwerfällig wie ein Astronaut: ein Imker in einem Schutzanzug, das Netz verbarg das Gesicht. Er trug einen Bienenstock von einer Baumreihe zur nächsten, eine schwarze Wolke aufgeregt summender Insekten umhüllte seinen Oberkörper.

»*Allô!* Monsieur Féraud?«, rief Blanc und winkte.

Der Imker stellte den Bienenstock behutsam ab. »Ich bin der Sohn!« Seine Stimme klang dumpf unter dem Kopfschutz. »Meine Eltern sind in Arles.«

Blanc hatte nicht die geringste Lust, »Sie sind verhaftet« zu brüllen, solange dieser Mann von einem aufgeregten Schwarm Bienen umtost wurde. »Wir möchten mit Ihnen reden«, sagte er stattdessen laut und nicht sehr wahrheitsgemäß.

Sie mussten zehn Minuten warten, bis Bruno Féraud die Stöcke bis zum Ende des Hains getragen und nahe dem hässlichen Schuppen abgestellt hatte. Danach zog er sich einige Meter von den Bienen zurück, bevor er sich der wattierten Kleidung entledigte. Er kam durchgeschwitzt zu ihnen, was vielleicht an der schweren Schutzausrüstung lag, vielleicht aber auch an seiner Nervosität. Drei Gendarmen, so ein Anblick musste einen Mann mit seiner Vergangenheit unruhig stimmen.

Blanc deutete auf die Gartenstühle unter der Platane. »Setzen Sie sich, bitte.« Das letzte Wort hätte er sich sparen können, denn es war klar, dass dies ein Befehl war.

Bruno Féraud blickte sie der Reihe nach an, während er sich zögernd auf den Stuhl sinken ließ. »Haben Sie Neuigkeiten für uns?«

»Und wie! Ganz besonders für Sie«, erwiderte Marius und

setzte sich ihm gegenüber. Fabienne hatte sich möglichst unauffällig hinter Bruno Féraud gestellt, jederzeit bereit, ihn zu überwältigen, falls er aufspringen sollte. Blanc war vor ihm stehen geblieben. »Wir müssen Sie leider verhaften, Monsieur António Suau«, sagte er nüchtern.

Féraud alias Suau gelang es, den Schlag mit Haltung wegzustecken. Seine Kiefermuskeln spannten sich zwar, er schluckte schwer, seine Hände ballten sich zu Fäusten, bis er die Finger wieder entspannte, wie es schien, mit ungeheurer Willensanstrengung. »Das habe ich von dem Moment an befürchtet, als Sie das erste Mal bei uns auf dem Hof aufgekreuzt sind«, gestand er schließlich mit leiser, doch fester Stimme. »Ach was: Seit dieses verfluchte Bild verschwunden ist und mein Vater Himmel und Hölle in Bewegung gesetzt hat, um es wiederzubekommen, habe ich mich gefürchtet.« Er brachte ein schwaches Lächeln zustande. »Aber ich konnte meinen Vater einfach nicht davon abbringen.«

»Charles Féraud ist nicht ihr Vater«, erinnerte ihn Marius. In seiner Stimme lag durchaus Mitgefühl.

»Als Sie die DNA-Proben genommen haben, wusste ich, dass alles aus ist.«

»Warum sind Sie denn dann nicht sofort geflohen?«, fragte Fabienne. Auch ihr schien Suau leidzutun.

»Ob Sie es glauben oder nicht: weil ich hier Wurzeln geschlagen habe.« Suau deutete auf die langen Reihen der Mandelbäume. »Ich liebe es hier. Und für mich ist Charles Féraud wirklich wie ein Vater. Ich habe gespürt, dass es sinnlos ist, ein zweites Mal in meinem Leben wegzulaufen. Ich hätte nur nicht gedacht, dass Sie mir so rasch auf die Spur kommen. Ich dachte, mir bleibt noch die Zeit, mich um die Bienen zu kümmern.«

Blanc setzte sich nun auch zu ihm und legte die Hände auf den Tisch. »Sie sind uns ein paar Erklärungen schuldig. Wie haben Sie sich in diese Familie eingeschlichen?«

Für einen Moment blitzten Suaus Augen zornig, dann legte sich wieder eine Art resignierte Sanftmut in seine Züge. Sein Gesicht wirkte so weich, dass Blanc selbst jetzt nicht ganz glauben mochte, dass dieser Mann zwei Menschenleben auf dem Gewissen hatte. »Ich habe mich nicht eingeschlichen, sie haben mich aufgenommen! Nach meinem …« Suau stockte und atmete tief durch. »Nach meinem Unfall bin ich einfach nur gefahren, gefahren, gefahren. Ich wusste nicht, wohin, nicht, warum, ich wollte nur fort.« Er vergrub sein Gesicht in den Händen und sagte lange nichts. Aber er weinte nicht, bemerkte Blanc, nicht eine Träne. »Ich hatte nie einem Menschen etwas zuleide getan, ich habe mich nie geprügelt, ich mag keine Gewalt. Aber an diesem Abend habe ich diesen schrecklichen Knall vorne am Lastwagen gehört, ich musste beim Fahren eingenickt sein … Und dann sah ich die beiden Frauen im Rückspiegel, ihre Körper, das Blut – ich wusste sofort, dass ich nichts mehr für sie tun konnte. Ich war in Panik, ich war nicht mehr ich selbst. Dann habe ich Gas gegeben, und, nun ja, als ich wieder einigermaßen klar denken konnte, habe ich mich plötzlich in Südfrankreich wiedergefunden. Ich konnte mir ausrechnen, dass ich von der Polizei gesucht wurde. Ich habe auf der Straße gelebt, habe gebettelt und gestohlen, bin von Ort zu Ort gezogen. Irgendwann bin ich in der Provence gelandet und war noch immer nicht verhaftet worden. Da habe ich angefangen, bei den Bauern zu arbeiten. Kirschen, Pfirsiche, Oliven, je nach Jahreszeit. Hier arbeiten so viele Erntehelfer aus Portugal, Spanien, Osteuropa, Nordafrika, da bin ich gar nicht aufgefallen. Niemand hat nach meinen Papieren gefragt. Und, nun ja, mir hat die Arbeit Frieden gegeben. Sie hat mich zur Ruhe kommen lassen. Ich hatte Spaß daran. Deshalb war ich gut, so gut, dass ich meinem Vater – ich nennen ihn weiterhin so, denn für mich ist er mein Vater –, jedenfalls bin ich ihm aufgefallen, obwohl er mich zunächst bloß eingestellt hatte, um beim Einpflanzen der Mandelbäume zu helfen. Wir haben gearbeitet, Tag und Nacht, Seite an Seite. Er hat mir nach und nach immer mehr Verantwortung übertragen, und irgendwann hat er mich gefragt, ob ich nicht sein Erbe sein will.«

Blanc sah ihn erstaunt an. »Einfach so? Da kommt ein ehemaliger Werber, ein knallharter Geschäftsmann, in die Provence, kauft einen Hof und bietet einem fremden Landarbeiter das Erbe an? Also wollte er Sie damals schon adoptieren?«

»Ja.«

»Obwohl er selbst zwei Kinder hat? Wusste Monsieur Féraud denn überhaupt, wer Sie sind und was Sie getan haben?«

»Er ahnt, dass es eine dunkle Stelle in meinem Leben gibt, aber er hat mich nie nach Einzelheiten gefragt. Nie! Und im übrigen«, Suau seufzte, »kann ich es mir selbst auch nicht richtig erklären. Eines Tages – wir haben gemeinsam dahinten in dieser Hütte nach einem harten Tag zu Abend gegessen – hat er mich gefragt, ob er mich adoptieren darf. Er hat tatsächlich ›darf‹ gesagt; er hat mich gebeten, als würde *ich* ihm damit einen Gefallen tun, nicht umgekehrt. Zuerst habe ich gedacht, ich hätte mich verhört oder schon zu viel Rotwein getrunken, aber er war ganz ernst und bestand darauf, dass ich ihm eine ehrliche Antwort gebe. Ich habe eine Nacht darüber geschlafen – und dann war ich einverstanden. Mein Vater hat das mit den Adoptionspapieren geregelt, ich weiß auch nicht, wie er das geschafft hat. Er wollte es mir nie sagen.«

»Und Sie haben ihn nie gefragt, warum er das getan hat?«, wollte Marius wissen. Er schüttelte skeptisch den Kopf.

»Doch, oft. Papa hat mir erklärt, dass er nicht glücklich darüber ist, wie seine beiden anderen Kinder … nun ja, wie sie ihr Leben führen. Ihm bedeutet dieser Mandelhof sehr viel. Er will ihn aufbauen, etwas Richtiges schaffen, etwas, das Generationen überdauert, das sagt er immer wieder. Aber Baptiste und Dorothée … *eh bien,* Sie haben sie ja kennengelernt. Die würden den Hof niemals weiterführen können. Ich aber schon. Das traue ich mir zu. Es vergeht kein Tag, an dem ich nicht an jene beiden Frauen denke, in Portugal, auf der Landstraße. Ein Augenblick der Unachtsamkeit, den ich mein ganzes Leben lang bereuen werde. Ich habe das Gefühl, dass ich eine Schuld auf mich geladen habe, die ich bis zum Ende meiner Tage abarbeiten muss.« Er deutete auf die Bäume. »Und das ist meine Arbeit! Ich baue das auf: einen riesigen blühenden Garten voller Leben als Buße für die beiden Leben, die ich ausgelöscht habe. Ich werde das Erbe meines Vaters fortführen.« Er blickte sie stolz und trotzig an.

Du wirst erst einmal jahrelang im Gefängnis schmoren, sagte sich Blanc, und das nicht einmal in Frankreich. Er dachte an Charles Féraud: viel Geld mit Werbung gemacht, aber alles heiße Luft. Er verstand durchaus, dass ein kluger, ehrgeiziger Mann jenseits der sechzig irgendwann aus dieser illusionären Welt ausbrechen und etwas Dauerhaftes aufbauen wollte, etwas, das sich echt anfühlte. Und er verstand auch, dass man in jemandem wie Suau genau den Mann erkannte, der so einen Hof führen konnte. Was immer er einst in Portugal getan haben mochte: Er war sanft und inzwischen in diesem Land so verwurzelt wie einer seiner Mandelbäume. Warum sollte man ihn also nicht adoptieren und damit zum Erben machen? Und Blanc sagte sich auch, dass Charles Féraud wahrscheinlich doch nicht so naiv war, wie er gedacht hatte: dass er ganz genau wusste, dass sein vorgeblicher anderer Sohn und seine Tochter genauso wenig blutsverwandt mit ihm waren wie Suau. Indem er einen Fremden adoptierte, rächte er sich an seiner untreuen Ehefrau und den Kuckuckskindern.

»Was ich nicht verstehe«, sagte Blanc schließlich, »ist die Reaktion der Familie: Warum haben die anderen diese Geschichte akzeptiert?«

»Was blieb ihnen sonst übrig?« Für einen winzigen Moment hörte Blanc Verachtung aus Suaus Worten heraus. Charles Fé-

raud war nicht der Einzige, der hier die anderen demütigen wollte, vermutete er.

»Als ich anfing, für meinen Vater zu arbeiten, haben die anderen noch in Paris gelebt«, fuhr Suau fort. »Papa ist damals
zwischen der Hauptstadt und der Provence gependelt und hat
hier den alten Mas aufgebaut. Als seine Frau und die Kinder
nachkamen, da hatten wir die Sache zwischen uns schon geregelt. Vater hat mich als seinen Sohn aus einer, wie er das nannte, ›belanglosen und längst verflossenen Affäre‹ vorgestellt und
den anderen mehr oder weniger ein Ultimatum gestellt: Akzeptiert ihn – oder geht!« Suau hob die schwieligen Hände. »Papa
ist ziemlich klug und skrupellos, wenn es sein muss. Als er es
ihnen eröffnet hat, da hatte er bereits seinen Job in Paris aufgegeben und das Apartment verkauft. Sie saßen alle hier in der
Provence fest. Was hätte Sonia tun sollen? Sie hat Papa sehr
früh geheiratet und nie in ihrem Leben gearbeitet. Wenn sie
ihren Mann nun verlassen hätte, dann hätte sie zum ersten Mal
arbeiten müssen, und das nicht einmal in Paris, wo sie sich aus-
kannte und viele Freunde hatte. Sehen Sie sich doch um. Was
hätte Sie hier tun sollen? Wandergruppen durch die Alpilles führen? Ein Souvenirgeschäft in Les Baux eröffnen? Papa hatte sein
ganzes Geld in den Mandelhof gesteckt, er hat ihr gedroht, dass
er ihr niemals viele Alimente zahlen würde, dafür würden seine
Anwälte schon sorgen. Also hat sie die bittere Pille geschluckt
und so getan, als würde sie Papas Geschichte akzeptieren. Dabei war mir immer klar, dass sie das nie im Leben geglaubt hat.
Sie weiß ganz genau, dass ich nicht Papas leiblicher Sohn aus
einer früheren Verbindung bin.«

»Und ihre angeblichen Geschwister?«, hakte Fabienne nach,
als Suau nicht weiterreden wollte. »Warum haben die mitgemacht? Sie sind doch um einen erheblichen Teil ihres Erbes
betrogen worden. Vom emotionalen Schock mal ganz abgesehen.«

Suau rutschte plötzlich unruhig auf dem Stuhl hin und her. »Das habe ich mich auch immer gefragt. Ich habe mich aber nie getraut, mit einem der beiden darüber zu reden. Sie hassen mich, sie gehen mir aus dem Weg, wo sie können – aber sie haben mitgemacht. Ich weiß, dass Papa sie sehr großzügig aushält, und Sie sehen ja, wie beide leben. Ohne Papas Geld wären sie aufgeschmissen.«

Nein, dachte Blanc, es ist nicht Papas Geld … Die Erkenntnis überkam ihn blitzartig: Baptiste und Dorothée wissen, dass Charles Féraud nicht ihr leiblicher Vater ist, und sie wissen, dass er es ebenfalls weiß! Vielleicht erst seit ein paar Jahren, vielleicht schon immer. So oder so: Sie wussten, dass der alte Féraud jederzeit einen Vaterschaftstest machen und sie danach quasi mittellos vor die Tür setzen konnte. Es war eine Erpressung des Alten, womöglich ohne dass es je so klar ausgesprochen wurde: Akzeptiert Suau als Bruder und Erben, oder ihr fliegt aus dem Haus! Die beiden hatten deshalb die Illusion vom wiedergefundenen Bruder akzeptiert und waren zur Belohnung in der Familie geblieben. Doch sie hatten für diese Lüge einen seelischen Preis bezahlt: Baptiste war in der Schule und im Beruf gescheitert. Dorothée hatte sich in Drogen geflüchtet.

»Hat sich von den Freunden denn nie jemand über diese Geschichte gewundert?«, fragte Marius. »Etwa Doktor Bazin? Immerhin ist er ein alter Freund von Monsieur Féraud. War er denn nie misstrauisch über diesen angeblichen Sohn aus einer angeblichen früheren Beziehung? Einen Sohn, den Charles Féraud in all den Pariser Jahren Bazin gegenüber nie erwähnt hatte – der aber in der Provence plötzlich als Erbe präsentiert wurde?«

Suau zuckte mit den Achseln. »Thierry und ich stehen uns nicht sehr nahe, er hat mir gegenüber nie angedeutet, dass er misstrauisch ist. Entweder hat er Papas Geschichte geglaubt, oder …«, er zögerte und hob die Hände in einer Geste, die wohl andeuten sollte, dass nun sowieso alles gleichgültig war.

»Oder mein Vater hat Thierry unter Druck gesetzt, damit der nichts sagt. Papa weiß, dass sich Thierry an Mädchen vergriffen hat. Vielleicht hat er ihm klargemacht, dass jemand, der so viel Dreck am Stecken hat, besser nicht zur Gendarmerie geht.«

»Ich muss Ihnen jetzt Handschellen anlegen, Monsieur Suau«, sagte Blanc. »Nehmen Sie bitte Ihre Hände auf den Rücken.«

Suau gehorchte, ohne Widerstand zu leisten.

Sie führten den Verhafteten zum alten Mégane. Blanc ließ ihn hinten einsteigen. Danach warf er Fabienne den Autoschlüssel zu. »Du fährst.« Er wollte neben Suau auf der Rückbank sitzen und Marius auf dem Beifahrersitz platzieren. Sicher ist sicher, so könnten sie beide den Portugiesen unter Kontrolle behalten. Suau saß bereits, und Fabienne hatte die Fahrertür geöffnet, als Blanc, der um den Wagen ging, aus den Augenwinkeln eine Bewegung im Mandelhain wahrnahm. Einen Schatten. Eine Gestalt.

»Ist noch jemand hier?«, fragte er Suau. Der hob die Schultern, soweit das seine gefesselten Arme zuließen. »Klar, Baptiste. Der verkriecht sich doch ständig in seinem Zimmer und …«

»Da ist er nicht länger.« Blanc deutete auf die schlanke Gestalt unter den Bäumen. Baptiste musste durch einen Hinterausgang geschlüpft sein, oder vielleicht war er auch aus einem Fenster im Erdgeschoss gestiegen. Jedenfalls musste er in einem Bogen um sie herumgeeilt sein, während sie Suau verhört hatten. Etwas Großes, Schweres baumelte von seiner linken Schulter. Eine Sporttasche.

»Der Typ will abhauen!«, rief Blanc.

»Warum denn?«, wunderte sich Marius. »Wir sind doch nicht gekommen, um ihn zu holen.«

»Keine Ahnung, warum, aber der Kerl will verschwinden. Wir müssen ihn uns schnappen!« Blanc stieß Marius an. »Los!« Dann deutete er mit dem Finger auf Fabienne. »Stell den Wagen quer auf die Zufahrt zum Schuppen. Baptiste will mit dem Mercedes fliehen!«

Blanc rannte los. Er hörte noch, wie Marius hinter ihm herkeuchte, doch dann hatte er ihn schon abgehängt. Die ersten Mandelbäume. Blanc duckte sich, spurtete schneller, tastete im Laufen nach seiner Pistole und zog die Waffe.

»Halt, Gendarmerie!«

Die Sporttasche schlug Baptiste bei jedem Schritt gegen die Hüfte, doch er hatte einen zu großen Vorsprung. Blanc sah gerade noch, wie er im Schuppen verschwand. Ein paar Sekunden darauf brüllte ein schwerer Motor auf. Die letzten Mandelbäume. Die Bienenstöcke. Der staubige Feldweg vor dem Gebäude. Blanc sprintete wie noch nie in seinem Leben, er fühlte sich, als würde sein Herz bersten. Der rote Sportwagen schoss aus dem Schuppen, die Seitenscheiben waren heruntergelassen, aus dem Innern hämmerte Rap. Warum hört der jetzt Musik?, dachte Blanc einen absurden Moment lang, dann stellte er sich mitten in den Weg und hob die SIG-Sauer.

»Halt!«, schrie er wieder.

Eine Sekunde später realisierte er, dass Baptiste nicht anhalten würde.

»*Merde!*« Blanc warf sich im Hechtsprung zur Seite. Noch während er durch die Luft flog, traf der Kotflügel des Mercedes seine Schuhsohlen. Es tat nicht einmal weh, doch der Stoß wirbelte ihn herum, sodass er sich nicht abrollen konnte, sondern schwer auf den Erdboden schlug. Ihn schwindelte. Taumelnd richtete er sich auf. Den Sportwagen sah er bloß noch durch eine Staubfahne. Es stank nach Abgasen und Öl. Sand knirschte zwischen seinen Zähnen. Er hob die Rechte mit der Waffe. Seine Hand zitterte. In diesem Augenblick brachte Fabienne den alten Mégane mit kreischenden Reifen am Ende des Zufahrtsweges zum Stehen. Baptiste trat voll in die Bremsen und schleuderte in einem Halbkreis herum. Der Typ fuhr wie ein Profi. Baptiste wollte sich offenbar eine andere Fluchtroute suchen, zur Not durch den Mandelhain. Wieder heulte der Motor auf. Und wieder sah Blanc den Mercedes auf sich zurasen. Aus den Augenwinkeln bemerkte er Marius, der es endlich auch bis hierher geschafft hatte, das Gesicht rot und verschwitzt.

»Pass auf!«, brüllte Blanc. »Der Kerl überfährt dich!« Er warf sich erneut zur Seite.

Dann schienen sich die Sekunden zu dehnen wie in Zeitlupe. Der Motorenlärm wurde irreal dumpf und zugleich so laut, dass Blanc meinte, sein Schädel würde gleich platzen. Er spürte jedes verdammte Sandkorn im Mund. Die Hand mit der Waffe hob er so langsam, als müsste er sie durch flüssigen Beton ziehen. Und Marius … Marius hatte nicht einmal seine Pistole gezogen. Er stand immer noch aufrecht am Wegesrand. Sein Gesicht war so rot, als würde er gleich einen Herzinfarkt erleiden. Aber er grinste, *merde,* er grinste tatsächlich. Und dann, surreal langsam, war der Mercedes da, Marius wich einen einzigen Schritt zurück, packte einen Bienenstock und warf ihn durch das offene Seitenfenster in das Wageninnere.

Die Zeit flutete zurück, ebenso wie der Lärm – keine zehn Meter weiter krachte das Sportcoupé gegen einen Mandelbaum, umhüllt von einer schwarzen, zornig summenden Wolke. Baptiste stieß schreiend die Tür auf, taumelte heraus, mit den Armen wild um sich schlagend, die Sporttasche baumelte ihm noch immer vom Hals. Blanc stand auf, lief ihm hinterher, kam ihm aber nicht zu nah. Sollten die Bienen sich an ihm austoben. Erst als der Schwarm endlich von Baptiste abgelassen und er auf die Knie gesunken war, rannte er zu ihm und riss ihm die Handgelenke auf den Rücken.

»Sie sind festgenommen!«, keuchte er.

Blanc zog Baptiste Féraud bis zum Mégane. Der Kerl war halb bewusstlos, sein zerstochenes Gesicht schwoll bereits zu grotesken Dimensionen an, er musste den Wimmernden auf dem

Weg stützen, dann warf er ihn auf die Rückbank neben seinen vermeintlichen Bruder. Suau musterte ihn verächtlich, machte aber den Mund nicht auf.

»Guter Trick mit den Bienen!«, sagte Blanc zu Marius und schlug ihm anerkennend auf die Schulter. Marius hatte sich auf die Motorhaube des Streifenwagens gesetzt. Fabienne stand vor ihm, sie hielt eine Plastikflasche Wasser in der Linken und ein Papiertaschentuch in der Rechten. Sie benetzte es und tupfte ihm vorsichtig das Gesicht ab. Marius hatte einige Stiche an den Händen und drei im Gesicht. Er sah weniger schlimm aus als der junge Féraud, doch eine Biene hatte ihn genau ins rechte Augenlid gestochen, es schimmerte schon rotviolett und war vollständig zugeschwollen.

»Das sollte sich ein Arzt ansehen«, meinte Fabienne. »Da bin ich mal zehn Sekunden nicht da, um auf euch aufzupassen, schon seht ihr aus, als kämt ihr gerade aus dem Krieg.«

»Ohne dich wäre der Typ abgehauen«, lobte Blanc sie. »Also, zurück nach Gadet!«

Fabienne fuhr, Marius lehnte sich auf dem Beifahrersitz zurück und drückte sich das feuchte Papiertaschentuch auf das verletzte Auge, Blanc hatte sich zu den Verhafteten gequetscht.

»Warum wollten Sie abhauen?«, herrschte er Baptiste an. Der Kerl sah zwar mitleiderregend aus, aber Blanc hatte nicht vergessen, dass er ihn gerade zweimal hatte überfahren wollen.

Baptiste Féraud war nicht länger in einem Zustand, um Widerstand zu leisten. »Das tut weh«, flüsterte er. Man konnte ihn kaum verstehen, weil seine Lippen und Wangen stark geschwollen waren.

Blanc untersuchte seinen Hals. Dort hatte ihn nur eine Biene erwischt, dicht über dem eintätowierten Skorpion, die Schwellung würde ihm nicht die Kehle verengen. »Sie werden nicht ersticken«, beruhigte er ihn. »Die Schmerzen gehen vorüber. Sind Sie allergisch gegen Insektenstiche?«

»War das ein Witz?« Baptiste schüttelte erschöpft den Kopf.

Blanc kramte in seiner Jackentasche, bis er eine zerknautschte Packung Doliprane herausgefischt hatte. Er steckte Baptiste eine Tablette in den Mund und hielt ihm die Flasche, die Fabienne zwischen den Vordersitzen abgestellt hatte, an die verformten Lippen. »Also, was soll dieser Zirkus bedeuten?«, wiederholte Blanc, nachdem der Verhaftete das Schmerzmittel hinuntergeschluckt hatte.

»Das wissen Sie so gut wie ich«, erwiderte Baptiste Féraud resigniert.

»Sie haben damals Ihren Lehrer Anthony de Romanet zum Krüppel geschlagen«, sagte Blanc nüchtern.

»Zuerst machen Sie diese Scheiß-DNA-Tests mit uns. Dann kreuzen Sie bei uns auf und verhaften Bruno, ich habe Sie vom Fenster aus beobachtet. Ich habe Panik gekriegt. Ich habe wirklich gedacht, jetzt haben Sie mich an den Eiern.« Er versuchte zu lachen, doch es kam nur ein Krächzen aus seinem Mund. »Ich hätte einfach nichts tun sollen, stimmts? Wäre ich nicht abgehauen, dann wäre mir gar nichts passiert. Mein Problem ist, dass ich zuerst etwas tue und dann darüber nachdenke, das sagt meine Mutter zumindest immer.«

Suau wirkte einen Moment lang so, als wollte er dazu etwas sagen, hielt dann jedoch den Mund.

»Sie hätten auf Ihre Mutter hören sollen«, ließ sich Marius unter dem Taschentuch vernehmen. »Warum haben Sie Ihren Lehrer damals so fürchterlich zugerichtet? Und warum kümmern Sie sich jetzt um ihn wie Mutter Teresa?«

»Ich will meinen Anwalt anrufen.«

»Sieht das hier aus wie eine Telefonzelle?!«, rief Marius.

»Der Typ ist zu jung für eine Telefonzelle«, mischte sich Fabienne ein. Sie blickte Baptiste Féraud durch den Rückspiegel an. »Was haben Sie da eigentlich in Ihrer Tasche?«

»*Merde,* die habe ich beinahe vergessen«, sagte Blanc und

zog den Reißverschluss der Sporttasche auf. Einen Augenblick später pfiff er durch die Zähne. Er hielt ein Bild in der Hand: ein junges blondes Mädchen mit einem blühenden Mandelzweig.

»Ich fasse es nicht!«, rief Blanc. »Wie kommt das Porträt in Ihre Tasche?«

»Dorothée hat es mir gegeben«, murmelte Baptiste und lehnte sich erschöpft zurück.

»*Wer* hat es Ihnen gegeben?« Blanc wechselte Blicke mit seinen beiden Kollegen. Sie glaubten dem Typen kein Wort.

»Haben Sie noch eine Doliprane für mich?«

»Warum sollte Ihre Schwester Ihnen das Bild gegeben haben?« Jetzt musste sich auch Blanc anlehnen. Seine Gedanken rasten. Log ihn der Kerl bloß an? Aber warum? Oder sagte er die Wahrheit? Aber wieso sollte die Schwester dem Vater ein Kunstwerk stehlen, um es anschließend dem Bruder zu geben … Das war alles total absurd.

»Dorothée hat es gestohlen, Dorothée hat es mir gegeben. *Mon Dieu,* was ist daran so schwer zu kapieren?! Haben Sie nun eine verdammte Pille, oder nicht?«

Blanc gab ihm noch ein zweites Schmerzmittel, denn er wollte, dass Baptiste in der Lage war, seine Fragen zu beantworten. »Woher wissen Sie, dass Dorothée das Bild Ihres Vaters gestohlen hat?«

»Sie hat es mir selbst gesagt.«

»Wann?«, wollte Fabienne wissen.

»Vorgestern, nachdem Sie Ihre Show mit den DNA-Tests abgezogen hatten. Da hat sie genauso Panik gekriegt wie ich, nur aus einem anderen Grund. Sie hat Papa das Bild geklaut, aber nun hatte sie Angst, dass man es bei ihr findet. Sie hat mir gesagt, Sie haben schon ein anderes Bild bei ihr gefunden, in ihrer Bude in Saint-César. Das Porträt hatte sie in ihrem Zimmer hier auf dem Mas versteckt. Also hat sie es mir gegeben.«

Marius ließ das inzwischen aufgeweichte Papiertaschentuch

sinken. »Warum um alles in der Welt hat sie denn das Bild überhaupt gestohlen?«

»Dorothée würde Ihnen darauf antworten, dass sie es verkaufen wollte, weil sie Geld brauchte für Stoff. Sie bekommt ziemlich viel von Papa, aber es reicht trotzdem nicht. Scheiße, ich glaube aber, dass Dorothée es nur geklaut hat, um es *Maman* heimzuzahlen.«

»Was heimzuzahlen?«, fragte Blanc.

»Irgendwas. Alles. Was weiß ich. Dorothée hat sich noch keinen einzigen Tag ihres Lebens mit *Maman* verstanden, die haben sich wahrscheinlich schon bei der Geburt gestritten.«

Blanc musterte ihn aufmerksam. »Sie wussten also, dass das Porträt Ihre Mutter in jungen Jahren zeigt?«

»Das wussten wir alle. Papa hat uns das mal in einem schwachen Moment verraten«, mischte sich Bruno Féraud zum ersten Mal ein.

»Die verlogene Scheiße mit dem ›Papa‹ kannst du dir jetzt sparen, du Bastard«, zischte Baptiste.

»Beherrschen Sie sich!«, rief Blanc. »Warum hat Dorothée, als sie es mit der Angst bekam, gerade Ihnen das Bild anvertraut? Und warum haben Sie es angenommen, obwohl Sie doch mindestens genauso viel Angst vor uns haben mussten wie Ihre Schwester?«, fragte Blanc.

»Was sollte ich denn tun?!« Baptiste verzog das Gesicht. »Eine dritte Doliprane geben Sie mir wohl nicht, eh?«

»Das ist nicht gut für die Leber«, verkündete Fabienne.

»Ich vertrage eine ganze Menge von den bunten Pillen.«

»Das bezweifelt hier niemand«, brummte Blanc. »Aber mehr als zwei bekommen Sie nicht von uns. *Alors,* warum haben Sie Dorothée diesen Gefallen getan?«

»Sie hat mich erpresst«, gestand Baptiste Féraud resigniert. »Dorothée wusste, dass ich damals Anthony de Romanet verprügelt habe. Keine Ahnung, woher sie das wusste, sie wusste es einfach. Sie hat mich immer damit erpresst. Meistens aber erträglich. Ich musste ihr Stoff besorgen oder Geld zustecken. Das ist okay, dachte ich mir, wenn sie dafür nur den Mund hält. Als Dorothée dann aber mit dem Bild ankam, wollte ich das nicht haben. Das war mir viel zu heiß. Die Flics waren da. Dieser Detektiv war ermordet worden. Verdammte Scheiße, irgendetwas stimmt mit dem verfluchten Bild nicht. Aber da hat Dorothée behauptet, sie kennt einen Flic. Ein hohes Tier bei der Gendarmerie. Der würde mir die Hölle heißmachen und mich auf hundert Jahre ins Gefängnis bringen, sie bräuchte dafür bloß mit den Fingern zu schnippen, der würde alles für sie tun. Ich habe ihr zuerst nicht geglaubt, doch dann ist mir wieder eingefallen, dass sie vor ein paar Wochen auch mit dem Unfall davongekommen ist. Sie war mit Drogen vollgepumpt, das Auto war Schrott, die Flics haben sie festgenommen – und dann ist sie bei uns zu Hause aufgekreuzt und hatte nicht einmal ein Strafmandat bekommen. Da hab ich geahnt, dass die Geschichte mit dem Superflic stimmt. Also habe ich wohl oder übel das Bild bei mir im Zimmer versteckt.«

Mon Dieu, dachte Blanc, Nkoulou weiß gar nicht, in welcher Gefahr er schwebt, wenn Dorothée so etwas überall herumerzählt. »Und warum hatten Sie das Bild ausgerechnet bei Ihrer Flucht dabei?«, fragte er.

»Ich wollte es unterwegs wegwerfen. Wenn ich ohne das Bild abgehauen wäre, dann hätten Sie es beim Durchsuchen meines Zimmers gefunden. Dann hätten Sie mich glatt verdächtigt, dass ich irgendetwas mit Riperts Ermordung zu tun habe. Dann hätte ich wirklich in der Scheiße gesteckt. Aber damit habe ich nichts zu schaffen, gar nichts!«

»Haben Sie je mit Ripert gesprochen?«, fragte Marius. »War der Ihnen oder Ihrer Schwester auf den Fersen?«

»Keine Ahnung. Ripert hat nie mit mir geredet. Ich habe erst von ihm erfahren, nachdem Sie das erste Mal bei uns waren und uns von dem Mord erzählt haben. Erst später hat Dorothée mir gesagt, dass sie ihn bei Thierry gesehen hat. Ich habe keine Ahnung, ob dieser Schnüffler Dorothée als Diebin verdächtigt hat. Vielleicht war es ja kein Zufall, dass er genau dann bei Thierry aufgekreuzt ist, als meine liebe Schwester bei ihm war.«

Blanc fragte sich, ob Baptiste oder Bruno wussten, warum Dorothée den Arzt besucht hatte, doch das erwähnte er den beiden gegenüber nicht. »War es denn ein Zufall, dass wir einen ganzen Aktenordner voll mit Artikeln über Philippe Loubet de Bayle auf Ihrem Schreibtisch gefunden haben?«

Baptiste verdrehte die Augen, zumindest vermutete Blanc, dass er es tat, in seinem stark geschwollenen Gesicht waren die Augen zu zwei Schlitzen zusammengeschrumpft. »Wie oft soll ich Ihnen das denn noch sagen? Das ist ein Hobby von mir.«

»Hören Sie endlich mit der Scheiße auf!«, fuhr Fabienne ihn an. Offensichtlich konnte sie Baptiste' Gerede nicht länger ertragen. »Sie sammeln so etwas – und in dem Haus, in dem Sie wohnen, finden wir DNA-Spuren von Loubet de Bayle. Das ist ...«

»... ein verdammter Zufall!«, schrie Baptiste. Er war wütend, doch in seiner Stimme schwang auch Panik mit: die Angst davor, in einen Vierfachmord hineingezogen zu werden. »*D'accord*, mich fasziniert dieser Typ. Aber nur aus technischen Gründen sozusagen, das schwöre ich! Der hat vier Leute abgemurkst und verschwindet danach spurlos in der Provence. Wie hat er das hingekriegt? Ich habe Sie angelogen, ich glaube nämlich auch, dass Philippe Loubet de Bayle noch irgendwo hier lebt. So einer wie der bringt sich nicht um, das hätte er doch gleich tun und sich diese ganze Mühe sparen können, wenn er sich selbst kaltmachen wollte. Ich wollte nur nicht, dass Sie seine Spur verfolgen, weil ... nun ja, ich will irgendwie, dass der Kerl davonkommt. Ich meine: Wenn *der* es schafft, dann schaffe ich das auch. So habe ich mir das gedacht. Der Typ bringt seine Familie um und kommt davon. Dann komme ich auch mit Körperverletzung davon, so habe ich das gesehen.«

»Sie wollten von dem Monster lernen, wie man sich erfolgreich versteckt«, sagte Fabienne kalt.

»Ich hatte keine Ahnung, dass Sie DNA-Spuren von Loubet de Bayle in unserem Haus finden würden. Ich bin bald ohnmächtig geworden, als ich das gehört habe.«

»Wenn Sie schon so ein Spezialist sind: Haben Sie keinen Verdacht?«, fragte Marius. »Wie kommt die DNA vom Mörder aus Montmorillon ins Haus Ihrer Eltern?«

»Das frage ich mich auch. Eins ist sicher: Es war keiner von uns!«

»Wen meinen Sie mit ›uns‹?« Blanc blickte ihn streng an.

»Na, diese ganze beschissene Familie. Wir sind ja ein erbärmlicher Haufen, aber keiner von uns hat damit was zu tun, das schwöre ich!«

»Sie schwören ziemlich viel«, kommentierte Blanc. »Mir wären ein paar handfeste Beweise lieber.«

»Ich sage jetzt gar nichts mehr. Ich brauche einen Anwalt. Und einen Arzt. Es fühlt sich an, als würde mein Gesicht brennen.«

Auf der Station verbrachten Blanc und Fabienne die nächsten Stunden mit Verhören und Papierkram. Marius hatte sich mit einem Taxi zum Krankenhaus von Salon-de-Provence fahren lassen, um sein Auge zu behandeln. Fabienne befragte Suau noch einmal eingehend und informierte dann Europol und die portugiesischen Kollegen. Blanc kümmerte sich um Baptiste Féraud, dessen Gesicht langsam wieder normale Formen annahm. Anschließend sagte er dem Untersuchungsrichter, dass er im alten Fall Anthony de Romanet einen der vier Angreifer identifiziert und verhaftet hatte.

»Suau und de Romanet, gleich zwei seit ewigen Zeiten ungelöste Fälle!«, rief Mattei so laut und begeistert, dass Blanc den Hörer ein Stück weit vom Ohr weg halten musste. »*Mon Capitaine,* wir sollten uns wirklich einmal zum Essen verabreden.«

»Ich bin noch nicht fertig, *Monsieur le Juge.* Wir können auch einen Haftbefehl gegen Dorothée Féraud ausstellen. Sie hat das Bild ihres Vaters gestohlen, und damit spielt sie sicherlich auch irgendeine Rolle im Mordfall Ripert.«

»Passiert bei Ihren Ermittlungen immer so viel?«

Blanc lächelte müde. »Ich halte Sie auf dem Laufenden.«

Das gestohlene Porträt befand sich inzwischen in den Händen von Ben-Rouijal, aber noch lagen keine Ergebnisse aus dem Labor vor. Blanc ging hinüber zu Fabiennes Büro und öffnete die Tür. Sie telefonierte mit einem Kommissar in Lissabon, also flüsterte er ihr zu: »Ich verhafte Dorothée Féraud. Bis nachher.«

Das blieb allerdings ein leeres Versprechen – denn die junge Frau war verschwunden.

Blanc war mit ein paar Brigadiers zum Apartment nach Saint-César gefahren. Mehrere Uniformierte, die plötzlich im Streifenwagen in so einem Viertel vorfuhren, sorgten schlagartig für leere Wiesen, Bürgersteige, Flure, es war, als trügen sie alle das neue Coronavirus in sich. Dorothées Clio stand nirgendwo auf dem Parkplatz, sie öffnete weder auf Klingeln noch auf energisches Klopfen. Schließlich brachen sie die Tür auf: Die Wohnung war menschenleer und so peinlich sauber und aufgeräumt wie immer. So aufgeräumt, dass Blanc nicht wusste, ob Dorothée noch bis vor Kurzem hier gewesen war oder ob sie sich schon seit gestern Abend irgendwo versteckte. Er hatte einen Verdacht, doch den wollte er nicht vor diesen jungen Brigadiers äußern.

»Was machen wir jetzt, *mon Capitaine?*«, fragte einer von ihnen.

»Sie versiegeln die Wohnung und fahren wieder zurück. Ich werde noch etwas erledigen.«

Blanc wartete, bis die Männer abgefahren waren, dann rief er Nkoulou an. »Mademoiselle Féraud ist verschwunden«, meldete er.

»Ich bin sicher, dass sie bald wieder auftauchen wird.«

»Das hoffe ich, *mon Commandant*, Untersuchungsrichter Mattei hat nämlich einen Haftbefehl ausgestellt.« Er berichtete seinem Chef, was in den letzten Stunden vorgefallen war.

»Gute Arbeit«, kommentierte Nkoulou bloß. Er klang ungefähr so interessiert, als hätten die Beamten bei einer Verkehrskontrolle ein paar Raser geblitzt. Blanc bewunderte widerwillig seine Selbstbeherrschung. »Wie ich schon sagte: Ich bin sicher, auch Mademoiselle Féraud wird bald wieder erreichbar sein und sich auf der Station melden«, fuhr der Commandant fort.

Melden, dachte Blanc, nachdem er das Gespräch beendet hatte, aber klar doch. Nkoulou würde jetzt in seinem schicken Auto nach Hause rasen, um die Kleine zu warnen. Tut mir leid, Chef, aber früher oder später werde ich Ihre Freundin kriegen. Dann fragte er sich, wie er die letzten Stunden des Tages nutzen sollte.

Anthony de Romanet.

Er gab die Adresse des ehemaligen Lehrers in die Navigations-App seines Handys ein. De Romanet wohnte bei seiner verwitweten Schwester Lucie in Maussane-les-Alpilles, einer kleinen Stadt etwa zwei Kilometer von Les Baux entfernt. Er bog am Ortseingang auf die Route Départementale 5 ab und fuhr an ein paar modernen, hinter hohen Mauern und Hecken halb verborgenen Villen vorbei. Es war Dienstagnachmittag, Feierabend für die Einheimischen, und die Touristen strömten aus Les Baux. Blancs Espace war das schäbigste Auto auf der Straße. Die anderen Wagen, selbst die, deren Kennzeichen die Dreizehn des hiesigen Départements Bouches-du-Rhône zeigte, waren nicht bloß neu und luxuriös, kein einziger schien außerdem je in eine Karambolage verwickelt worden zu sein. Er fragte sich, wie man auf Dauer ohne Beulen und Kratzer über die engen Straßen des Midi fahren konnte oder ob alle diese Leute hier mit ihren Karossen ständig für Ausbesserungen von Lackschäden zur Werkstatt fuhren. Nach ein paar Hundert Metern führte die D5 durch Garrigues und Wälder. Zu seiner Linken ragte grauer Fels in die Höhe. Kiefern standen auf dem kargen Boden, alle waren auf dieselbe Art gebogen: So als seien sie in ihren ersten Lebensjahren schräg gewachsen und hätten sich dann erst entschlossen, doch besser senkrecht der Sonne entgegenzustreben. Ein aus weiß-grauen Steinen gemauertes Aquädukt überwölbte die Straße. Ein Warnschild zeigte an, dass seine Bögen nur vier Meter hoch waren, doch wirkte die Konstruktion so wuchtig, dass Blanc sogar in seinem kaum halb so hohen Minivan unwillkürlich den Kopf einzog, als er hindurchraste. Ein paar Augenblicke später erreichte er einen Kreisverkehr, an dem ein paar Landhäuser standen. Eines davon, ein relativ schlichtes ockerfarbenes, hinter einem bescheidenen Hain junger Olivenbäume gelegenes Anwesen, war sein Ziel.

Eine ältere Frau, die Lucie de Romanet sein musste, öffnete ihm. »Oh«, sagte sie nur, als Blanc sich vorstellte und ihr seinen Gendarmerie-Ausweis präsentierte. »Kommen Sie doch bitte herein.« Sie war zierlich, Blanc bückte sich, damit er nicht aus unhöflich wirkender Höhe auf sie hinabblickte; sie war ungeschminkt und trug ihre grauen Haare zu einem Zopf gebunden, was die Ähnlichkeit zu ihrem ebenfalls einen Pferdeschwanz tragenden Bruder noch verstärkte. »Wir hatten lange keinen Gendarmen mehr bei uns.«

»Früher waren meine Kollegen häufiger bei Ihnen?«, fragte Blanc, während er ihr durchs Wohnzimmer bis auf eine Terrasse folgte. Eine schmiedeeiserne Pergola, die vielleicht im Sommer mit Schilfgras oder Stoff bedeckt wurde, jetzt aber so kahl dastand wie das Gerippe einer ausgebrannten Halle, warf Schattenlinien auf den rot gefliesten Boden.

»Nun, wegen Anthonys ... Unfall. Viele Ihrer Kollegen waren damals hier und haben Fragen gestellt«, erklärte sie. Lucie de Romanet war eine jener schüchternen Frauen, die einem nie direkt in die Augen blickten, sondern gewissermaßen immer zehn Zentimeter daran vorbei, so als würde dicht hinter Blancs Ohr ein Insekt herumschwirren, das sie nervös machte.

»Verstehe«, murmelte Blanc, »nun, es geht auch jetzt wieder um den ... Unfall.«

Sie führte ihn von der Terrasse auf einen Weg, der an einigen Olivenbäumen vorbei bis zu einem Zierteich führte. Der Weg war schwarz asphaltiert und passte im Stil überhaupt nicht zum Haus und zum Hain, doch Blanc konnte sich denken, warum er so angelegt worden war. Am Ende des glatten Asphaltbandes sah er de Romanets Rollstuhl. Der ehemalige Lehrer musterte einen Gipfel der nahen Alpilles, als würde er dort irgendetwas beobachten, doch als er ihre Schritte hörte, drehte er den Kopf. »Was führt Sie zu mir, *mon Capitaine*? Ihrem Gesichtsausdruck nach nichts Gutes.«

»Wie man es nimmt. Wir haben einen der Täter verhaftet, der Ihnen das angetan hat.« Er deutete auf den Rollstuhl.

»Ich lasse euch besser allein«, sagte Lucie de Romanet leise. Sie trug Blanc noch einen Korbstuhl herbei, bevor sie sich ins Haus zurückzog.

De Romanet blickte ihr hinterher. »Meine Schwester ist wirklich ein Engel«, sagte er nachdenklich, »dass sie so ein Arschloch wie mich bei sich aufgenommen hat.«

»Sind Sie nicht zu hart gegen sich, Monsieur de Romanet?«

Er lachte freudlos auf und deutete auf den Stuhl. »Setzen Sie sich doch endlich hin, damit ich nicht mehr zu Ihnen aufblicken muss. Da kriegt man ja Genickstarre.« Er wartete, bis Blanc seiner Aufforderung nachgekommen war, dann fuhr er fort: »Rollstuhlfahrer sind Zyniker, die brutale Witze reißen, alle jammernden Nichtrollstuhlfahrer verachten und mit ihren

Rädern Gummispuren auf dem frisch gewischten Terrassenboden hinterlassen. Nur Heilige halten es mit uns aus.«

»Ich kenne Nichtrollstuhlfahrer, die einen schlimmeren Charakter haben«, sagte Blanc. »Wie zum Beispiel Bapstiste Féraud.«

Anthony de Romanet grunzte nur und sagte lange nichts. Er blickte wieder auf die Gipfel der Alpilles. »Wie haben Sie es herausgekriegt?«, fragte er endlich.

»Baptiste hat es uns gewissermaßen selbst verraten, wenn auch unfreiwillig.«

»Das ist typisch für ihn. Er ist eigentlich ein guter Junge.«

»Eine erstaunliche Aussage. Vor allem aus Ihrem Mund.« Blanc sah den ehemaligen Lehrer eindringlich an. »Sie wussten doch, dass Baptiste einer der Täter ist, der Sie zum Krüppel geschlagen hat. Warum, *mon Dieu*, sind Sie ausgerechnet mit ihm befreundet? Und warum haben Sie ihn nie angezeigt? Der Junge wollte mir das beim Verhör nicht verraten. Ich sollte Sie fragen, hat er immer nur gesagt.«

De Romanet starrte in die Ferne. Als er endlich antwortete, war es, als redete er mit den Bergen. »Wissen Sie, die Flics haben sich damals immer bloß gefragt, *wer* mir das angetan hat.« Nun wendete er sich Blanc zu. »Aber nie hat jemand gefragt, *warum* ich wohl überfallen worden bin.«

»Dann verraten Sie es mir jetzt«, bat Blanc.

Der ehemalige Lehrer schwieg lange. Schließlich schlug er wütend mit der rechten Hand auf die Armlehne des Rollstuhls, so heftig, dass Blanc erschreckte. »*Eh merde*, jetzt wird sowieso alles herauskommen. Ich mag Jungs«, sagte er unvermittelt, »mehr, als mir guttut.«

Blanc sah ihn erstaunt an. »Aber Sie waren ...«

»... verheiratet – ja, na und? Trotzdem fühlte ich mich zu Jungs hingezogen, immer schon, obwohl mir von Anfang an klar war, dass man mit dieser Vorliebe besser nicht Lehrer an einem Lycée werden sollte. Ich habe nie etwas Verbotenes gemacht! Ich hatte nie etwas mit einem Schüler!« Er hob abwehrend die Hände. »Aber ich hatte im Unterricht halt meine Favoriten und … nun ja, manche Jugendliche haben es irgendwie doch gemerkt, dass ich eine Schwäche für sie hatte – Baptiste zum Beispiel.«

Blanc war plötzlich so manches klar. »Deshalb haben die Jungen sie angegriffen …«

»Angegriffen, so kann man das nennen, ja.« Anthony de Romanet lachte bitter. »Ich habe ihnen nie etwas angetan, doch für sie war ich trotzdem ein Perverser. ›Du Schwuchtel!‹, hat einer geschrien. Ich habe Baptiste sofort erkannt, trotz des Stofftuches vor dem Gesicht. Die anderen drei übrigens auch.«

»Aber Sie haben meinen Kollegen nie etwas verraten«, sagte Blanc, »denn dann wäre auch Ihre angebliche Verfehlung bekannt geworden.«

»Im Rollstuhl saß ich sowieso, da konnte man nichts mehr machen. Aber wenn ich die vier Täter angezeigt hätte, dann hätten die doch vor Gericht ausgesagt, warum sie mich überfallen hatten. Ich hätte als Pädophiler dagestanden, obwohl ich gar nichts getan hatte, *ich* wäre in der Öffentlichkeit zum Täter geworden. *Mon Dieu,* ich war Lehrer auf einer katholischen Privatschule! Die hätten mich doch sofort entlassen, nach all den Skandalen in der Kirche.« Anthony de Romanet verzog traurig das Gesicht und deutete auf seinen Leib. »Untenrum spüre ich nichts mehr, und obenrum habe ich immer noch Schmerzen. Ich sage Ihnen, das ist ein beschissenes Leben. Aber wenigstens bekomme ich eine Rente von der Kirche. Wenn ich alles erzählt hätte, dann würde ich vielleicht nicht einmal die bekommen. Also habe ich das Maul gehalten.«

»Und Baptiste?«

»Der bereut jeden Tag, was er mir angetan hat. Ich sagte Ihnen ja: Er ist eigentlich ein guter Junge. Deshalb hilft er mir, wo er kann. Meine Frau hat mich verlassen, die meisten Freunde sind fort. Neben Lucie ist er der treueste Helfer, der mir geblieben ist. Für ihn ist das so eine Art Buße. Und irgendwie für mich auch. Wir sind beide durch unser schlechtes Gewissen aneinandergefesselt. Für immer. Wenn Sie deshalb glauben, dass ich Baptiste anzeigen werde, dann irren Sie sich!«

»Bei Gewaltverbrechen ermitteln wir von Amts wegen«, erklärte Blanc, »Sie können sich nur entscheiden, ob Sie Nebenkläger sein wollen oder nicht. Einen Prozess gegen Baptiste Féraud wird es auf jeden Fall geben. Und wenn er uns die Namen seiner Komplizen verrät, dann auch gegen die.«

»Er wird sie nicht verraten. Und ich werde das auch nicht tun.«

Blanc zuckte mit den Achseln. Er fragte sich, was er mit de Romanet machen sollte. Ein Lehrer, der sich in halbwüchsige Schüler verliebte – normalerweise hätte ihn so etwas, als Vater zweier Kinder, in heiligen Zorn versetzt. Aber er hatte eher Mitleid mit diesem Mann im Rollstuhl. *Mon Dieu*, dachte er, am Ende hat er sich keines Verbrechens schuldig gemacht, und das hat niemand verdient. Und de Romanet hatte ja recht: Wenn es erst einmal zum Prozess gegen Baptiste Féraud kommen würde, dann käme auch das Motiv des Täters zur Sprache …

»Verhaften Sie mich jetzt?«, fragte de Romanet resigniert, der seine Gedanken zu lesen schien. »Diese alten Geschichten sind ja noch nicht verjährt, ich habe mich erkundigt.«

»Nein«, erwiderte Blanc und stand auf. »Ihre Leidenschaften gehen keinen Richter etwas an, solange Sie sie nicht ausleben. Ich werde Sie in den nächsten Tagen als Zeugen vorladen. Wir werden dieses Gespräch auf der Station noch einmal führen und ordentlich protokollieren. Das kommt dann zu der Akte im Fall Baptiste Féraud. Wenn Sie tatsächlich niemals gegenüber einem Schüler übergriffig geworden sind, dann wird man Ihnen auch keinen Prozess machen.«

»Es ist wohl trotzdem besser, ich suche mir schon mal einen Anwalt. Wegen der Öffentlichkeit.«

»Ja«, sagte Blanc, »das wäre wohl besser, Monsieur de Romanet.«

Die Straßenlaternen tauchten Gadets Häuser in gelbes Licht. Vor der Unic Bar saßen zwei abgehärtete Pastis-Trinker an einem Tisch auf dem Bürgersteig und trotzten der Kälte, die vom Boden langsam in die Beine kroch. Im Innern drängten sich Gäste vor der Theke, auch nebenan im hell erleuchteten Blumenladen standen Käufer Schulter an Schulter zwischen Topfpflanzen und Sträußen. Fulignis Arbeiter mussten an diesem Tag damit begonnen haben, die Fassade der Gendarmerie-Station zu streichen. Die frisch angemalten Stellen strahlten in einem Rosa, das so künstlich wirkte wie die Farbe eines Himbeerbonbons. Hoffentlich ist das nur das Licht der Straßenlaternen, dachte Blanc, und morgen bei Sonnenschein sieht das alles viel dezenter aus. Auf der Station kontrollierte Blanc, wie es António Suau und Baptiste Féraud ging. Sie belegten jeweils allein die einzigen beiden Zellen. Suau schlief schon, vielleicht erschien ihm die Nacht in Haft kaum anders als all jene einsamen Nächte, die er in seinem kleinen Steinhaus verbracht hatte. Der junge Féraud hingegen tigerte von Wand zu Wand. Die Folgen der Bienenstiche sah man ihm kaum noch an, dafür spürte er wahrscheinlich jetzt die Folgen des erzwungenen Drogenentzugs – längst nicht so stark wie seine Schwester, doch Blanc glaubte, dass auch Baptiste Féraud abhängig war, sodass ihm nun eine sehr lange Nacht bevorstand.

Fabienne war nach Hause gefahren. Auf Blancs Schreibtisch klebten zwei gelbe Post-its. Auf dem einen stand in Sylvains kindlicher Handschrift: »Lieutenant Tonon lässt ausrichten, dass sein Auge wieder in Ordnung ist und er morgen zum Dienst kommt.«

Auf dem anderen entzifferte Blanc mühsam Wort für Wort, kaum leserlicher als das Gekrakel, das Ärzte auf Rezeptblocks hinterließen: »Kommen Sie in mein Labor, egal, wie spät es ist. S. Ben-Rouijal.«

Flötentöne wehten durch den nach Chemikalien stinkenden Laborkeller. Zwei Reihen Neonlampen tauchten ihn in weißes Licht, der Boden war weiß gefliest, die Türen der Metallschränke waren weiß lackiert. Ben-Rouijal trug einen weißen Kittel, hatte sich über einen Stahltisch gebeugt und räumte Pipetten und Glasröhrchen auf, obwohl der ganze Raum bereits peinlich aufgeräumt wirkte. Plastikhauben schützten zwei Mikroskope vor Staub, in einer Ecke stand ein Computer, der Monitor war schwarz, auf der Tastatur lag ebenfalls eine durchsichtige Schutzhülle. Der einzige Gegenstand, der unmodern und irgendwie ungepflegt aussah, war ein altmodischer Plattenspieler auf einem Wandregal. Eine LP drehte sich auf dem Teller, das Knistern des Tonabnehmers war leise zwischen den Flötentönen zu hören. Blanc hielt einen Moment lang inne und lauschte. Wann hatte er zum letzten Mal eine Langspielplatte gehört? War der Plattenspieler nach der Scheidung bei Geneviève oder bei ihm gelandet? Vermutlich bei ihm, vermutlich in einem der Umzugskartons, die noch immer unausgepackt auf seinem Speicher standen.

»Beruhigende Musik«, sagte Blanc.

»Carlos Nakai, Canyon Trilogy«, erwiderte Ben-Rouijal und schüttelte ihm zur Begrüßung die Hand. »Ein Navajo.«

»Sie interessieren sich für Indianermusik?«

»Wenn ich Rentner bin, werde ich mit einer Harley über die Route 66 cruisen. Falls Sie mich dann noch mit meinem Namen nach Amerika lassen.« Ben-Rouijal verzog keine Miene, es war nicht klar, ob er das wirklich befürchtete oder ob er nur einen Scherz machte.

»Was haben Sie für mich?«

»Kommen Sie mit.« Der Kriminaltechniker führte ihn zum Schreibtisch, auf dem der Computer stand. Neben der Tastatur lag, sauber in einem Plastikbeutel verpackt, das Porträt des Mädchens mit dem Mandelblütenzweig. »Schönes Bild, übrigens«, brummte Ben-Rouijal. Er zog einen Zettel hervor, der halb unter dem Kunstwerk gelegen hatte. Blanc sah beim flüchtigen Draufblicken nicht mehr als Zahlenkolonnen und irgendwelche Grafiken, deren Sinn sich ihm nicht erschloss.

»Das sind die Ergebnisse der DNA-Proben, die ich auf dem Bild sicherstellen konnte«, erklärte Ben-Rouijal und las vom Zettel ab: »Charles Féraud. Sonia Féraud. Dorothée Féraud. Baptiste Féraud. Und«, er machte eine Kunstpause, »Philippe Loubet de Bayle.«

»*Merde!*«, rief Blanc. Seine Gedanken überschlugen sich. »Können Sie mir sagen, wie alt diese Spur ist? Ist sie auf das Bild gekommen, als es noch bei Monsier Féraud im Haus hing? Oder ist sie ganz neu, aus den letzten Tagen?«

»Ein bisschen was müssen Sie auch noch selbst herausfinden, *mon Capitaine,* das kann man nicht eindeutig beweisen. Aber«, Ben-Rouijal grinste verschmitzt, »dem Zustand nach würde ich mein Geld auf die erste Variante setzen: Diese DNA-Spur klebt da schon ein wenig länger als ein paar Tage. Eher ein paar Monate oder sogar Jahre.«

»*Merci beaucoup,* Monsieur Ben-Rouijal. Machen Sie jetzt Feierabend.«

»Ich mache nie Feierabend.«

Während Blanc die Treppen wieder hinaufschritt, fragte er sich flüchtig, ob wenigstens das ein Scherz gewesen war. Dann aber dachte er an Dorothée Féraud. Er musste sie unbedingt verhören. Und es gab noch ein paar andere Menschen, die er unbedingt verhören musste.

Seine Ölmühle lag im Dunkeln, als er endlich zurückkehrte. Jacques war nicht da, manchmal verschwand der Hund für eine Nacht oder auch zwei, drei Tage. Blanc hatte nie herausgefunden, wohin er lief oder was er tat. Das Haus von Ange und Serge Douchy am anderen Ufer der Touloubre lag da wie ein schwarzer Block. Eine einzige ihrer Ziegen war noch so unruhig, dass hin und wieder ihre Glocke leise klingelte. Ansonsten war das Murmeln des Bachs das einzige Geräusch in der Nacht. Manchmal huschte ein Schatten durch das Mondlicht. Fledermäuse. Blanc fragte sich, welche Insekten sie wohl jagen mochten, denn es war empfindlich kühl geworden. Er schleppte Holz zum alten gusseisernen Ofen und entzündete ein Feuer. Er machte Licht in der Küche, im winzigen Salon, dann stieg er über die Treppe ins Obergeschoss und knipste auch die Lampen in seinem Schlafzimmer an. Er verspürte das irrationale Bedürfnis, Licht zu verbreiten. Er duschte lange und heiß, bis er das Gefühl hatte, sich endlich nicht bloß äußerlich, sondern irgendwie auch innerlich gereinigt zu haben. Als er die Treppe wieder hinunterstieg, hielt er auf der untersten Stufe inne.

Da war jemand in der Küche.

Vorsichtig trat er näher.

Paulette.

Seine Nachbarin hatte die gelb und lavendelfarben leuchtende Decke über den Tisch gebreitet, die sie ihm neulich geschenkt hatte. Baguette lag auf einem Holzbrett neben einer Käseplatte. In einer geöffneten Flasche von Bernard funkelte Rotwein. Paulette war dabei, den Tisch zu decken, als Blanc in die Küche trat: zwei Gläser, zwei Teller, Besteck. Er lächelte erfreut. »Das ist das Beste, was mir an diesem Tag passiert ist.«

Sie küsste ihn zur Begrüßung auf die Wangen. »Deine Ölmühle war so hell und einladend, dass ich gedacht habe, ich komme einfach vorbei. Zum Glück schließt du nie ab.«

Beim Essen plauderten sie über ihre Pferde, seine alte Leica, über Plattenspieler und welche LPs jeweils bei ihnen noch irgendwo herumstehen mussten und tausend andere Belanglosigkeiten. Blanc genoss es, leichthin zu reden, das tat er viel zu selten und, ja, er genoss es, Paulettes Lachen zu hören. Später standen sie am Fenster und blickten in den Nachthimmel.

»Weißt du, ich bin auch deshalb bei dir vorbeigekommen, weil ich an diesem Abend nicht allein sein wollte«, sagte sie leise.

»Da sind wir dann ja schon zwei«, erwiderte er. Er atmete den Duft ihrer Haut ein.

»Heute Abend haben sie wieder in den Nachrichten über dieses Virus berichtet«, fuhr sie fort. Sie lehnte sich nun gegen ihn. »Ich weiß, meine Töchter sind praktisch erwachsen, aber es macht mich doch unruhig, dass sie in solchen Zeiten nicht bei mir sind.«

»Sie sind in Aix. Das ist ja nicht am anderen Ende der Welt.« Er legte seine Hand auf ihre Schulter.

»Und du? Machst du dir keine Gedanken um deine Kinder?«

»Meine Tochter wohnt in Paris, was soll ihr da schon passieren? Und mein Sohn lebt in Kanada, da kommt das Virus sowieso nie hin.«

Paulette lächelte. »Du meinst, wir müssen uns keine Sorgen machen?«

»Ich weiß ein gutes Mittel gegen Sorgen.« Blanc nahm sie in den Arm und küsste sie.

Der Tote von Les Baux

Der erste Sonnenstrahl, der durch das Fenster fiel, beleuchtete Paulettes Gesicht. Sie hatte die Augen geschlossen, murmelte etwas im Schlaf und drehte sich auf die Seite. Wie schön sie ist, dachte Blanc. Wie schön diese Nacht gewesen war. Wie schön es war, an ihrer Seite aufzuwachen und ihren Atemzügen zu lauschen. Endlich hatte er einmal etwas richtig gemacht. Er küsste sie behutsam auf die nackte Schulter. »Ich muss los«, flüsterte er.

Paulette schlug die Augen auf und blickte ihn an. »Das gestern Abend ... Das war kein schwacher Moment, der uns jetzt peinlich ist, ja?«

»Das war ein starker Moment.«

Sie küssten sich lange. Dann murmelte sie: »Wie spät ist es eigentlich? Sechs Uhr? Warum musst du überhaupt so früh los?«

»Ich will einer jungen Frau nachstellen«, erklärte Blanc. Bevor Paulette noch etwas sagen konnte, setzte er grinsend hinzu: »Um sie zu verhaften.«

Als er aus der Ölmühle trat, musste er über Jacques' mächtigen Leib steigen. Der Hund lag quer vor der Tür und war zu faul oder zu müde, um aufzustehen. Er kraulte ihn kurz zwischen den Ohren. »Gut, dass du wieder da bist. Pass auf Paulette auf«, sagte er. Blanc blinzelte. Die Morgenluft war klar und trocken, doch irgendwie schienen trotzdem Schleier zwischen den Bäumen zu schweben. Pollen. Es waren kleine, bräunlich gelbliche Wolken, die von Böen aus den Zypressen geweht wurden, die weiter oben an der Route Départementale standen, jenseits seiner Allee. Als er einatmete, juckte es ihm in der Nase.

Er fuhr mit dem Espace über die enge Landstraße; um diese

Zeit war er beinahe noch der Einzige. Er hatte die Fenster heruntergelassen und hörte die Vögel im Wald singen. Er summte irgendeinen alten Song, dessen Text er vergessen hatte. Dann flüsterte er ihren Namen: »Paulette.« Ein-, zwei-, dreimal, als wäre er eine magische Beschwörung. Pinienduft wehte hinein. Er hatte Hunger, doch er wollte keine Minute verlieren, also verzichtete er auf einen Stopp in der Boulangerie von Gadet und, was ihm noch schwerer fiel, auf einen Espresso. Mit halbem Ohr lauschte er den Nachrichten aus dem Autoradio. Die Flüge nach China waren eingestellt worden. Er blickte während der Fahrt in den Himmel. Blanc hatte Kondensstreifen immer gemocht. Als Kind hatte er geglaubt, dass diese weißen Linien nicht dem Horizont zustrebten, sondern höher und immer höher bis in den Weltraum führten. Seine Mutter hatte ihm gesagt, dass man sich etwas wünschen durfte, wenn man sah, wie sich zwei Kondensstreifen kreuzten. Blanc suchte während der Fahrt den Himmel ab; es war immer noch so wenig los auf den Straßen, dass er sich diese Ablenkung gestattete. Endlich entdeckte er eine weiße, schon halb von irgendeinem Höhenwind zerfaserte Linie. Ein Flugzeug raste im rechten Winkel darauf zu, der Jet ein winziger Lichtpunkt, der eine helle Schleppe hinter sich herzog. Als sich die beiden Kondensstreifen endlich kreuzten, dachte Blanc an Paulette und wünschte sich, dass er sie wieder in den Armen halten durfte – und dass er es diesmal endlich einmal nicht vermasselte.

In Pélissanne fuhr Blanc im Schritttempo durch das Neubauviertel. Nkoulous schwarzer Peugeot 607 stand noch in der Einfahrt vor seinem Haus. Blanc sah sich um und entdeckte einen Bauwagen etwa dreißig Meter weiter die Straße hoch. Er parkte den Espace so dicht wie möglich dahinter und hoffte, dass er dem Commandant nicht auffallen würde. Blanc musterte vom Fahrersitz aus den Hauseingang und das Fenster daneben, das, wie er sich erinnerte, zur Küche gehörte. Von dort drang Licht ins Freie. Sein Chef war stets einer der Ersten auf der Station, oft sogar der Erste. Er würde nicht lange warten müssen.

Tatsächlich öffnete sich kaum fünf Minuten später die Tür. Nkoulou kam heraus, wie immer in Uniform, doch war sein Auftritt alles andere als dienstlich perfekt. Er hatte seinen Arm um Dorothée Férauds Schulter geschlungen. Blanc mochte nicht entscheiden, ob er sie hielt wie ein Mann seine Geliebte oder wie ein Flic, der eine widerspenstige Frau abführte. Vielleicht war es beides. Dorothée war blass und wirkte, als sei sie nicht ganz wach. Ob es an der frühen Stunde lag? Oder an den Drogen? Oder daran, dass sie eben keine Drogen genommen hatte? Es dauerte eine Weile, bis Nkoulou sie auf den Beifahrersitz platziert hatte, er musste ihr sogar den Anschnallgurt anlegen. Dann fuhr der Commandant los, so eilig, als wäre er auf der Flucht.

Blanc wartete trotzdem, bis die dunkle Limousine das Ende der Wohnstraße erreicht und dort auf die Route Départementale abgebogen war, bevor er ebenfalls Gas gab. Es gab so wenig Verkehr, und sein alter Minivan war so selten, dass er einen großen Abstand zu Nkoulou einhalten musste, wenn er nicht auffallen wollte. Zum Glück würde Nkoulou während der Fahrt wohl eher auf seine Beifahrerin achtgeben als auf seinen Rückspiegel. Nach ein paar Minuten entspannte sich Blanc ein wenig. Er hatte befürchtet, dass sein Chef die junge Frau womöglich in irgendein Versteck fahren und dass er dabei den schnellen Peugeot 607 doch aus den Augen verlieren könnte. Doch Nkoulou wählte die Landstraße, die ihn nach Saint-César führte. Eine knappe Viertelstunde später parkte er zwischen den Hochhäusern. Inzwischen waren die ersten Leute auf den Beinen, es kamen vor allem Arbeiter auf dem Weg zu den Fabriken aus den Häusern. Sie starrten den Uniformierten und die junge Frau erstaunt an, doch niemand redete mit ihnen. Nkoulou verschwand mit Dorothée Féraud im Treppenhaus. Blanc stoppte den Espace hinter einem Lieferwagen auf dem Parkplatz und wartete. Er hatte sich schon gedacht, dass Nkoulou die junge Frau in seinem Haus versteckt hielt, aber dies nicht allzu lange durchhalten würde. Sein Chef befürchtete sicher zu recht, dass sie früher oder später einem neugierigen Nachbarn oder einem Bauarbeiter auffallen würde, und dann würden Gerüchte die Runde machen. Deshalb brachte der Commandant Dorothée nun in ihrer eigenen Wohnung unter. Er musste dazu das Gendarmerie-Siegel an der Tür aufbrechen, doch hatte ihr Chef selbstverständlich solche Siegel dabei. Er würde hinterher einfach ein neues anbringen. Vermutlich glaubte er, dass er damit das perfekte Versteck gefunden hatte. Denn welcher Beamte würde ausgerechnet in der versiegelten Wohnung nach Dorothée suchen? Beinahe genial, dachte Blanc, aber eben nicht ganz. Er duckte sich, um nicht gesehen zu werden, als Nkoulou wieder aus dem Haus kam – allein. Sein Chef blickte sich einmal um, strebte dann zu seiner Limousine und brauste davon. Zur Sicherheit wartete Blanc noch zwei Minuten. Dann stieg er aus und lief auf das Hochhaus zu.

Er ging den Flur hinauf bis zu ihrem Apartment und klopfte. Sicher würde Dorothée glauben, dass Nkoulou etwas vergessen hatte. Arglos öffnete sie die Tür und zerbrach damit das frische Siegel.

»*Bonjour,* Mademoiselle Féraud«, sagte Blanc höflich und stellte den Fuß in die Tür, bevor sie sie wieder schließen konnte.

Dorothée hatte sich schon ihre Jacke und ihre Schuhe ausgezogen, sie war barfuß. Sie blickte ihn eher erstaunt als beunruhigt an, sie schien noch immer nicht ganz in dieser Welt angekommen zu sein. Drogen, dachte Blanc, sie hat irgendetwas genommen. Entweder schon bei Nkoulou oder gerade erst, in den letzten Minuten.

»Schickt Nicolas Sie?«, fragte Dorothée.

»Nein«, erwiderte Blanc. Er sah, dass sie ihr Handy in der

linken Hand hielt. Mit einem raschen Griff entwand er es ihr. Er wollte nicht, dass sie ihren Beschützer alarmierte. »Folgen Sie mir bitte auf die Gendarmerie-Station«, befahl er.

»Aber Nicolas hat gesagt …«

»Commandant Nkoulou wird von mir zu gegebener Zeit informiert werden«, erwiderte Blanc. »Ziehen Sie sich bitte wieder Strümpfe und Schuhe an. Und eine Jacke. Es ist frisch draußen.«

»Und ich habe immer geglaubt, Sie sind nett«, beschwerte sich Dorothée Féraud resigniert. »Nett für einen Flic, meine ich.«

»Ich bin nett zu Ihnen, Mademoiselle«, erwiderte Blanc.

Auch er musste sie auf dem Weg nach draußen stützen und hatte einige Schwierigkeiten, sie in den Espace zu setzen, ohne dass sie sich irgendwo den Kopf stieß. Als sie Gadet erreichten, standen Fuligni und seine Arbeiter schon auf dem Gerüst. Die Gendarmerie-Station leuchtete tatsächlich wie ein Himbeerbonbon. »Das verblasst nach ein paar Tagen Sonneneinstrahlung«, versicherte der junge Bauunternehmer, der Blancs entsetzten Blick bemerkt hatte. Er musterte die Frau, die Blanc am Arm festhielt, sagte aber nichts.

Blanc führte Dorothée Féraud im Eilschritt durch den Empfangsbereich und den Flur hinunter. Er wollte nicht, dass die Kollegen ihnen über den Weg liefen, und sein Chef schon gar nicht. Als sie bei ihm im Büro waren, atmete er durch und schloss die Tür.

»Der Tag fängt ja gut an«, brummte Marius. Sein Auge wirkte immer noch, als wäre ihm ein Veilchen geschlagen worden, doch war die Schwellung wenigstens so weit zurückgegangen, dass er es wieder öffnen konnte. »*Bonjour*, Mademoiselle«, sagte er, erhob sich und schob ihr einen Stuhl hin. »Kaffee?«

»Mit Zucker«, erwiderte Dorothée und ließ sich erschöpft fallen, als hätte sie eine Weltreise hinter sich.

Marius verschwand Richtung Kaffeeautomaten. Als er zurückkehrte, hatte er Fabienne im Schlepptau. Beim Eintreten warf sie Blanc einen fragenden Blick zu und deutete in Richtung Nkoulous Büro. Blanc schüttelte den Kopf und führte den Zeigefinger an die Lippen. Er bedeutete ihr und Marius, ihm kurz auf den Flur zu folgen. Vor dem Büro steckten sie ihre Köpfe zusammen. Flüsternd erzählte Blanc, wie er Dorothée Féraud ausfindig gemacht hatte. Und er berichtete von der DNA-Spur Loubet de Bayles auf dem Bild, das die junge Frau gestohlen hatte. Dann gingen sie zurück. Blanc setzte sich ihr gegenüber, Marius und Fabienne postierten sich an den Seiten.

»Sie haben Ihrem Vater das Bild gestohlen«, begann Blanc ohne Umschweife mit dem Verhör. Er wollte es so rasch wie möglich hinter sich bringen. Erst wenn sie es ordentlich aufgenommen und im Computer der Gendarmerie registriert hatten, würde er Nkoulou hinzuziehen. Dann war es für den Commandant zu spät, das Verhör noch zu vertuschen. Diesmal müsste er Ermittlungen zulassen.

»Na schön«, antwortete sie und schien dabei nicht sonderlich schuldbewusst zu sein. »Und? Deshalb veranstalten Sie diesen ganzen Zirkus? Mit Baptiste? Mit mir? Wegen eines blöden Bildes? Haben Sie nichts anderes zu tun?«

»Doch«, entgegnete Blanc, »wir haben anderes zu tun: Wir ermitteln in mehreren Mordfällen.«

»Mehreren?« Dorothée setzte sich auf. »Ich weiß nur von einem. Bei Ripert habe ich Ihnen schon alles gesagt, was ich weiß. Ich habe damit nichts zu tun.«

»Dann überzeugen Sie uns davon«, fiel Fabienne ein.

»Erzählen Sie uns erst einmal alles über dieses Bild«, ergänzte Marius freundlich. Bei ihm klangen Verhöre meistens so, als säße man im Beichtstuhl, und hinterher müsste man drei Vaterunser beten, und die Sache wäre geregelt.

Dorothée zuckte mit den Achseln. »Ich habe es genommen, weil es Papas Lieblingsbild war. Das hat er mir mal gesagt.«

»Wollten Sie sich an Ihrem Vater rächen?«, fragte Blanc erstaunt.

»*Mais non!* Das ist ein Porträt meiner Mutter, als sie jung war, obwohl man ja kaum glauben mag, dass sie mal jung war. Es wird sie ärgern, wenn ausgerechnet dieses Bild verschwindet, habe ich mir gedacht. Hauptsächlich ging es mir aber ums Geld, so wie Papa. Der denkt nämlich auch immer nur ans Geld. Weil das sein Lieblingsbild ist, habe ich halt gedacht, dass es das Teuerste von allen ist. Deshalb war ich auch mal in der Galerie von Madame Chevilliet und habe mich erkundigt. Adry Novoli hat viel mehr Bilder mit Häusern und Bergen gemalt als mit Menschen. Porträts sind selten, und seltene Dinge sind teurer, oder?«

»Also wollten Sie das Bild zu Geld machen und hatten keine weiteren Hintergedanken?«, resümierte Blanc.

»Ich brauche halt Schotter. Papa hat mehr als genug, aber Bruno wird alles kriegen. Das ist nicht fair.«

»Zumal Ihr Halbbruder erst vor wenigen Jahren ganz überraschend auf der Bühne aufgetaucht ist«, sagte Fabienne. »Das muss ein harter Schlag für Sie und Baptiste gewesen sein, dass Monsieur Féraud plötzlich Bruno vorgezogen hat. Und Sie haben dabei auch noch mitgemacht.«

»Blieb mir ja nichts anderes übrig!«, rief Dorothée trotzig. »Wenn Sie das rausgekriegt haben, dann wissen Sie doch auch, was passiert wäre, wenn ich den Mund aufgemacht hätte.«

»Sie hätten erwachsen werden müssen, und das ist anstrengend«, meinte Marius. Er klang noch immer verständnisvoll.

Dorothée schnaubte bloß.

»Können Sie sich daran erinnern, ob Ihr Vater oder irgendjemand anderer dieses Bild einmal von der Wand genommen und in den Händen gehalten hat?«, wollte Fabienne wissen.

»Was ist das denn für eine Frage? Warum sollte man ein Bild in die Hand nehmen?«

»Um es zu betrachten«, erklärte Blanc geduldig. »Also: Haben Sie so etwas mal bemerkt?«

»Nein. Das heißt: vielleicht. Jetzt, da Sie es ansprechen, erinnere ich mich wieder. Ich glaube, Papa hat es manchmal abgenommen und angesehen. Meistens dann, wenn wir nicht da waren. Ich habe das nur mal zufällig mitgekriegt, als ich reinkam. Da hat er mir gesagt, dass er es gerne betrachtet. Er war richtig nervös dabei, als hätte ich ihn bei irgendeiner Dummheit ertappt.«

»Nur Ihr Vater hat sich das Bild auf diese Art angesehen? Niemand sonst?«

»Hören Sie: Wollen Sie mich nicht einfach gehen lassen? Ich habe das Bild geklaut, ich gebe es zu, was wollen Sie noch mehr? Dafür kommt man doch nicht ins Gefängnis. Mein Vater wird mich schon nicht anzeigen, und Nicolas wird den Rest regeln. Wieso machen Sie das eigentlich, ohne dass Ihr Boss weiß, dass ich hier sitze?« Sie blickte Blanc an, ihre Augen waren plötzlich klarer als zuvor. »Ich will mein Handy zurück«, forderte sie.

»Nur Geduld, Mademoiselle. Wir sind hier beinahe fertig. Nachdem Sie das Bild gestohlen hatten, haben Sie es ihrem Bruder Baptiste übergeben, damit der es versteckt. Haben Sie es sonst noch jemandem gezeigt? Etwa Ihrem … neuen Freund aus Marseille?«

»Nein, dem nicht.«

»Wem dann?« Blanc merkte, dass er sich unbewusst vorgebeugt hatte, so als wollte er die Wörter aus dem Mund der jungen Frau herausziehen.

»*Eh bien,* ich war bei Thierry für Sie-wissen-schon.« Dorothée wedelte resigniert mit der Hand. »Na ja, kostenlos hat Thierry es nicht tun wollen, da habe ich Sie angelogen. Also habe ich ihm das Bild gezeigt. Das wollte er aber nicht haben. Ich sollte ihn mit was anderem bezahlen.«

»Womit?«, fragte Marius.

Sie verdrehte die Augen. »Ich habe ihm jedenfalls nicht die Steuererklärung gemacht.«

»Unmittelbar vor der Abtreibung hat Thierry Bazin Sie …« Fabienne war blass geworden vor Zorn und konnte nicht weitersprechen.

»Ist ja auch egal«, antwortete Dorothée, die das nicht bemerkt zu haben schien. »Jedenfalls habe ich das Bild wieder mitnehmen müssen.«

»Aber als Sie es Bazin gezeigt haben – hat er es da angefasst?« Blanc musste sich zwingen, diese magere junge Frau nicht an den Schultern zu packen und zu schütteln.

»Ja«, erklärte sie zögernd, »ja, ich glaube schon. Doch, ganz sicher. Thierry hat das Bild in die Hand genommen und es sich näher angesehen, er hat sich dafür sogar extra Gummihandschuhe übergestreift. ›Hübsch‹, hat er gesagt. Da hab ich einen Augenblick gehofft, er nimmt es. Aber dann hat er es mir zurückgegeben.«

Blanc wechselte Blicke mit seinen beiden Kollegen. »Macht das Verhörprotokoll fertig und speichert es ab. Und dann besorgt ihr euch schon mal einen Streifenwagen und wartet auf mich«, ordnete er an. »Ich komme gleich nach.« Anschließend wandte er sich Dorothée zu. »Mademoiselle Féraud, wenn Sie mir bitte folgen wollen?«

Er führte sie zu Nkoulous Büro. Dorothée war plötzlich verlegen. »Nic…«, begann sie, besann sich dann aber anders. Sie reichte dem Commandant die Rechte zum Handschlag, zögerte erneut und ließ sie auf halbem Wege sinken. Schließlich stand sie einfach nur mit gesenktem Haupt da wie eine ertappte Schülerin beim Rektor. Nkoulou hingegen bewahrte seine eiserne Selbstbeherrschung. Er musterte Blanc und die junge Frau kühl, als wäre er nur gelinde überrascht und mäßig interessiert, sie so plötzlich vor sich zu sehen. Aber wenn er genau hinsah, erkannte Blanc den Ring feinster Schweißperlen auf der Stirn seines Chefs. Der Commandant schaltete den Ventilator ein und setzte sich. »Ich höre«, sagte er tonlos.

Blanc erzählte selbstverständlich nichts von der morgendlichen Beschattung. In seiner Version hatte er auf dem Weg zur Arbeit spontan einen Abstecher nach Saint-César gemacht, um das Apartment zu kontrollieren, und Dorothée zufällig am Fenster erkannt. Also hatte er sie mitgenommen und mit zwei Kollegen verhört. »Das Protokoll«, schloss er, »können Sie bereits im Computer nachlesen.«

»Im Computer, selbstverständlich«, murmelte Nkoulou, und für einen Augenblick hörte er sich an wie ein besiegter Mann. Dann straffte er sich. In diesem Moment war Fuligni auf dem Gerüst draußen vor dem Fenster zu sehen. Er trug einen Eimer mit rosa Farbe und hatte sich einen langen Pinsel zwischen die Lippen geklemmt; er sah aus, als spielte er in einem Sketch mit. Eine Sekunde lang bedachte der Commandant ihn mit einem Blick voll blankem Hass, all seine angestaute Wut schien sich auf diesen Mann zu entladen. Dann schluckte er, stand ruckartig auf, ging ans Fenster und öffnete es. »Würden Sie bitte zunächst einen anderen Abschnitt der Fassade streichen? *Merci.*« Nkoulou klang außerordentlich höflich. Er schloss das Fenster behutsam wieder und ging zurück zu seinem Schreibtisch, so gerade, wie auf einer Parade – und doch hatte Blanc den Eindruck, dass er taumelte.

»Ich glaube nicht, dass es nötig ist, Mademoiselle Féraud in Untersuchungshaft zu nehmen«, soufflierte Blanc.

Der Commandant gestattete sich einen Moment lang ein trauriges, erleichtertes Lächeln. »Es freut mich, dass Sie das auch so sehen, *mon Capitaine.*«

»Ein Brigadier könnte sie zurück nach Saint-César fahren. Wenn der Untersuchungsrichter Fragen hat, kann er sie ja jederzeit einbestellen.«

»Falls es überhaupt zu einer Anzeige und einer Anklage

kommt.« Nkoulou griff zum Telefonhörer. »Ich kümmere mich darum«, verkündete er bestimmt.

Blanc wusste nicht, was er noch tun oder sagen sollte, zögerte kurz, nickte zum Abschied und drehte sich um. Er sah Dorothée nicht an, als er an ihr vorbeiging und den Raum verließ, damit die beiden allein waren.

»Glaubst du, dass dieser schmierige Arzt in Wirklichkeit doch Philippe Loubet de Bayle ist?«, fragte Fabienne ihn, als sie im Streifenwagen saßen und Richtung Les Baux rasten. »Obwohl seine DNA nicht mit der von Loubet de Bayle übereinstimmt? So etwas kann man doch nicht fälschen, oder?«

»Ich weiß es nicht«, gestand Blanc. »Die DNA-Probe stammt von Bazins Schal, der ein paar Minuten in der Kirche herumgelegen hat, ohne dass ich dabei war. Theoretisch könnte den jemand angefasst und kontaminiert haben. Vielleicht haben wir also noch gar nicht Bazins DNA analysiert? Vom Alter her könnte Bazin Loubet de Bayle sein, aber das Äußere passt zugegebenermaßen nicht. Loubet de Bayle sah aus wie ein Buchhalter, Bazin wirkt eher wie ein Fotomodell. Und die Férauds sowie die Galeristin haben ausgesagt, dass er so etwas wie ein Hausarzt der hiesigen Künstler ist. Loubet de Bayle hat aber nie Medizin studiert. Wie könnte der sich in der Provence so lange als Arzt ausgeben?«

»Wir warten einfach das Ergebnis von Bazins offiziellem DNA-Test ab, dann sehen wir weiter«, meinte Marius. »Wegen dieser illegalen Abtreibung können wir ihm auf jeden Fall schon mal etwas anhängen.«

»Und sexuelle Nötigung kommt noch dazu«, rief Fabienne empört. »Dorothée ist wirklich keine Heilige, aber dieser Typ hat sie doch mehr oder weniger vergewaltigt. Dafür muss er ins Gefängnis!«

Blanc warf ihr einen kurzen Blick zu und sagte nichts. Keine

Heilige, genau das war der Punkt. Was war, wenn Dorothée, sobald sie sich körperlich und seelisch ein wenig erholt hatte, keine Lust mehr verspürte, die Details ihres verkorksten Lebens vor einem Richter auszubreiten, und bei einem Prozess alles bestritt, was sie der Gendarmerie gegenüber gestanden hatte? Ohne ihre Aussage hatten sie nicht viel gegen Bazin in der Hand, eigentlich gar nichts. Er fragte sich, ob der Arzt seinerzeit in Paris, als sich die schmutzigen Geschichten um ihn und die Mädchen herumsprachen, auch so davongekommen war.

In Les Baux fuhren sie direkt bis vor das mittelalterliche Stadttor, das den weiteren Zuweg versperrte. Sie eilten durch die Gassen, die Blanc heute weniger belebt vorkamen. Er brauchte einen Augenblick, bis er den Grund dafür erkannte: Die asiatischen Touristen mit ihren Gesichtsmasken und Selfiesticks fehlten. Erst jetzt, da sie fort waren, wurde ihm bewusst, wie viele Asiaten normalerweise die provenzalischen Städte bevölkerten. Sie gelangten auf den kleinen Platz zwischen Kirche und Kapelle. Der Himmel wölbte sich weit über Les Baux und die Ebene der Crau, als wäre er eine Kuppel aus hellem Glas. In der Crau glänzten frisch bewässerte Wiesen sattgrün, Olivenhaine waren dunkle Rechtecke, der Mandelhain der Férauds leuchtete wie ein weißer Pinselstrich, den der große Künstler mitten durch das Tableau aus Blau und Grüntönen gezogen hatte. Sie liefen durch den Torbogen die enge Gasse bis zu Bazins Haus hoch und klingelten.

Aber niemand öffnete ihnen.

»Was machen wir nun?«, fragte Marius. »Ohne Durchsuchungsbefehl kommen wir hier nicht rein. Das kann Stunden dauern, bis wir den bekommen.«

»Ich habe ein mieses Gefühl«, murmelte Blanc. »Als würde uns die Zeit davonlaufen. Wir können nicht warten.« Er sah sich um. Dann ging er kurz entschlossen zum Nachbarhaus und klopfte gegen die Tür. Ein paar Augenblicke später stand eine junge Frau vor ihm, die ein schlafendes Baby in den Armen wog.

»Gendarmerie«, flüsterte Blanc, der das Kind nicht wecken wollte, und zeigte seinen Ausweis. »Bitte erschrecken Sie sich nicht, Mademoiselle. Es geht nicht um Sie, sondern um Ihren Nachbarn.«

»Den Doktor?«

»So ist es. Befindet sich hinter Ihrem Haus ein Garten?«

»Ja.«

»Dann führen Sie uns bitte dorthin. Wir müssen von Ihrem Garten in den von Monsieur Bazin gelangen.«

»Ist etwas passiert?«

»Genau das wollen wir nachprüfen«, erwiderte Blanc und setzte sein vertrauenerweckendstes Lächeln auf.

Sie folgten der Frau quer durch das kleine Haus bis in einen winzigen Garten zwischen der Terrasse und der Felswand. Zu Bazins Grundstück hin versperrte eine mannshohe Lorbeerhecke die Sicht, dahinter ragte eine zwei Meter hohe Steinmauer auf.

»Wir werden nichts kaputt machen«, versprach Marius halblaut. Dann zwängten sie sich zwischen den Zweigen hindurch, Blanc und Fabienne zogen sich die Mauer hoch und halfen Marius dann unter Ächzen und Stöhnen ebenfalls hinauf. Schließlich schwangen sie sich von dort in den Garten des Arztes. Es war sehr still hier. Bazins Terrassentür war nur angelehnt.

»Zieht eure Waffen«, flüsterte Blanc, der seine SIG-Sauer schon in der Hand hielt.

Vorsichtig schlichen sie auf die Tür zu. Behutsam drückte Blanc sie weiter auf. Und noch während er das tat, ahnte er, was ihn erwarten würde – er hörte Fliegen summen.

»*Putain!*«, flüsterte Marius.

Bazin lag auf dem Rücken, mitten in seinem Wohnzimmer, die leeren Augen zur Decke gerichtet. In seiner Stirn klaffte ein kreisrundes Loch, die Ränder der Wunde waren rot und schwarz. Sein Hinterkopf sah aus, als wäre er explodiert, er lag in einer riesigen Blutlache.

Eine Viertelstunde später waren Gendarmen in jedem Zimmer von Bazins Haus. Kriminaltechniker in weißen Schutzanzügen suchten nach Spuren, Uniformierte sicherten das Anwesen. Blanc hatte schon die Nachbarin befragt, so rücksichtsvoll wie möglich, das Baby schlief immer noch. Sie und ihr Mann hatten nichts gehört, was vielleicht ein Indiz dafür war, dass der Mörder einen Schalldämpfer auf seine Waffe geschraubt hatte – vielleicht aber auch nicht.

»Unser Kleiner schläft nachts noch nicht durch«, erklärte die junge Mutter schüchtern. »Wir sind manchmal so müde, wir nicken im Sitzen ein. Das Einzige, was uns dann weckt, ist Babygeschrei.«

Fontaine Thezan kniete neben Bazin.

»Können Sie uns etwas sagen?«, fragte Blanc, nachdem sich die Rechtsmedizinerin endlich von der Leiche erhoben hatte.

Sie deutete auf kleine schwarze Punkte, die wie eine feine Wolke um das Einschussloch in die Stirnhaut gebrannt waren. »Das sind Pulvereinsprengungen«, erklärte sie, »unverbrannte Schießpulverkörnchen, die mit der Kugel geflogen sind, bis sie auf die Haut trafen. Andererseits zeigt das Opfer keine Schmauchspuren um die Wunde herum. Wir nennen so etwas ›weiterer relativer Nahschuss‹ – die Mündung der Waffe muss zwischen dreißig Zentimetern und höchstens anderthalb Metern vom Kopf des Opfers entfernt gewesen sein.«

Blanc betrachtete die Lage des Toten, die offene Terrassentür, versuchte, Entfernungen zu schätzen. »Der Mörder hat nicht von draußen geschossen, sondern ist bis in diesen Raum gekommen«, vermutete er. »Bazin steht im Wohnzimmer, der Täter legt an, tötet ihn gezielt, Bazin kippt nach hinten um. Der Mörder ist seinem Opfer so nahe gekommen, dass er es nicht verfehlen kann – aber berührt hat er es nicht.«

»Das ist Spekulation, *mon Capitaine*. Wir werden den Körper noch eingehend untersuchen.«

Blanc schüttelte den Kopf. »Sie werden auf der Leiche keine DNA-Anhaftung oder die Stofffaser eines Kleidungsstücks oder sonst etwas finden, das vom Täter stammt.«

Er begleitete Fontaine Thezan nach draußen. Auf der Gasse vor dem Haus standen einige Schaulustige, Touristen vor allem, vermutete Blanc, doch waren sie so ruhig, dass zwei Gendarmen ausreichten, um sie weit genug vom Tatort fernzuhalten. Noch war kein Reporter da, aber das war sicher nur eine Frage der Zeit. »Ich weiß, dass Rechtsmediziner diese Frage hassen«, sagte Blanc, »aber …«

»… wann ist das Opfer erschossen worden?«, vollendete Fontaine Thezan und lächelte nachsichtig. Sie zündete sich eine Mentholzigarette an und dachte kurz nach. »Die Tat ist mindestens vor einigen Stunden verübt worden, höchstens vor einem Tag. Das ist meine persönliche Spekulation. Offizielle Schätzungen bekommen Sie in meinem Bericht – nachdem alle Untersuchungen abgeschlossen sind.«

»Irgendwann zwischen gestern Abend und heute Morgen«, murmelte Blanc. Bazin trug Jeans, Hemd und lederne Slipper an den Füßen, nicht gerade die Kleidung, in der man nachts im Bett lag. Er war nicht durch irgendein Geräusch aus dem Schlaf gerissen worden, nicht hinuntergegangen, um nachzusehen, und dabei seinem Mörder begegnet. Bazin war wach und im Wohnzimmer gewesen, als der Unbekannte kam. Kein Einbruch, dachte Blanc, bei dem der Täter vom Hausbewohner überrascht wird und in Panik schießt. Sondern ein gezielter Mordanschlag.

»Kennen Sie schon das Ergebnis von Bazins zweiter DNA-Probe? Der, die wir offiziell genommen haben?«

»Ja, das Ergebnis ist heute Morgen gekommen. Es stimmt

mit dem ersten überein. Sie haben mir die heimliche Probe unkontaminiert übergeben. Herzlichen Glückwunsch, *mon Capitaine*.«

»Bis später, Doktor Thezan«, erwiderte Blanc. Auf dieses Lob hätte er gern verzichtet – bedeutete es doch definitiv, dass Bazin nicht Philippe Loubet de Bayle sein konnte.

Als die Rechtsmedizinerin die Gasse hinunterging, kam ihr Fabienne entgegen. Blanc hatte sie zur *Mairie* von Les Baux geschickt. Sie hielt einen USB-Stick hoch. »Das sind die Aufnahmen aller Überwachungskameras der Stadt aus den letzten vierundzwanzig Stunden«, erklärte sie. »Ich habe mir noch in der Sicherheitszentrale im Rathaus ein paar Filme im Schnelldurchlauf angesehen. Es könnte langweilig werden, sie in allen Einzelheiten zu analysieren. Tagsüber Touristen, nachts Tauben. Ich habe niemanden erkannt, der mir auf Anhieb verdächtig vorgekommen wäre.«

Blanc erinnerte sich, dass Dorothée Féraud von ihrem Auto bis hierher gegangen war, ohne von einer einzigen Kamera erfasst worden zu sein. Und er dachte an den steilen Fußweg, der ihn zu einem versteckten Tor in der alten Stadtmauer geführt hatte. »Es ist leider möglich, dass der Mörder auf keinem einzigen Film zu sehen ist«, erklärte er. Die Kriminaltechniker hatten in Bazins Schlafzimmer ein Notebook gefunden, das mit dessen privater Überwachungskamera über der Eingangstür verbunden war. Auch auf diesem Film war niemand zu sehen gewesen.

Sie gingen zurück ins Haus und dann quer hindurch bis auf die Terrasse, auf der sie Marius im Gespräch mit Saad Ben-Rouijal entdeckt hatten. An der Terrassentür machten sie einen Bogen um einen knienden Kriminaltechniker, der dort gerade Fingerabdrücke abnahm. Auch Ben-Rouijal steckte in einem weißen Schutzanzug, hatte aber die Kapuze zurückgestreift und den Mundschutz abgenommen.

»Was gibt es Neues?«, wollte Blanc wissen.

»Wir haben die Kugel gefunden«, erklärte Ben-Rouijal. »Sie steckte in der rückseitigen Wand des Wohnzimmers, sie muss Bazins Kopf durchschlagen haben. Der Aufprall auf die Steine hat sie ziemlich verformt, ich glaube aber, dass es eine Pistolen- oder Revolverkugel ist. Wir werden im Labor mehr herausfinden. Eine Patronenhülse haben wir nicht gefunden. Entweder hat der Täter eine Waffe benutzt, die solche Hülsen gar nicht auswirft, oder er war so sorgfältig, sie aufzusammeln, bevor er verschwunden ist.«

»Es scheint im Haus nichts zu fehlen«, ergänzte Marius. »Das ist natürlich bloß eine Vermutung, wir wissen ja nicht, was alles hier drin war. Aber es scheint kein Schrank oder Schreibtisch durchwühlt, nirgendwo ein Bild oder Kunstwerk mitgenommen worden zu sein. Brieftasche, Handy, Fernseher und Computer des Opfers sind noch da, und im Schlafzimmer haben wir hinter einem Bild einen verschlossenen Wandtresor entdeckt. Unsere Spezialisten bemühen sich immer noch, ihn zu öffnen – der Tresor ist ganz sicher nicht aufgebrochen worden.«

»Welchen Weg hat der Mörder genommen?«, fragte Fabienne.

Marius deutete auf die Felswand am Ende des Gartens. »Les Baux ist in die steile Seite eines Berges gebaut worden. Bazins Haus gehört zur äußersten Reihe der Gebäude, dahinter ragt der Berg auf. Vermutlich ist der Unbekannte von dort gekommen. Auf den Steinen findet man keine Spuren, aber die Blumen direkt an der Felswand sind niedergetrampelt worden. Der Felsen ist zwar steil, aber nirgendwo so steil, dass nur noch ein Bergsteiger weitergekommen wäre. Wenn man ein bisschen sportlich ist, kommt man dort ganz gut voran. Der Täter konnte entweder etwas tiefer am Berg, nämlich auf dem Platz vor der Kirche, oder etwas höher, von der Burgruine aus, auf den Felsen klettern und auf diesem Weg unerkannt bis in den Garten gelangen. Von dort hat er die Terrassentür aufgebrochen, sie ist nicht sonderlich solide. Den Spuren nach hat ihm dafür ein großer Schraubenzieher oder ein ähnliches Werkzeug gereicht.«

»Wollen Sie sich das ansehen, *mon Capitaine*?«, sagte der Kriminaltechniker auf der Terrasse, der offenbar zugehört hatte. Sein Gesicht war unter Kapuze und Maske kaum zu erkennen, zudem trug er eine große Brille. Sein Namensschild wies ihn als »Gustave Perrin« aus. Er deutete auf einige keilförmige Macken im Türrahmen in Höhe des Schlosses. Dann zeigte er auf die Klinke. »Vielleicht war der Typ unvorsichtig. Ich habe jedenfalls eine *Paluche* gefunden.« *Paluches,* »Pfoten«, nannten die Kriminaltechniker Fingerabdrücke. Blanc und seine Kollegen traten hinzu.

Perrin strich Cyanoacrylate auf die Klinke, einen Flüssigkleber, der sich den Formen des Fingerabdrucks anpasste. Danach sprühte er eine Spezialfarbe auf und beleuchtete alles aus einer Art Taschenlampe mit fluoreszierendem Licht. Nun war der Fingerabdruck klar zu erkennen.

»Vermutlich gehört der zu Bazin«, brummte Marius.

»Wir werden sehen«, murmelte Perrin. Er holte eine Digitalkamera aus einem Aluminiumkoffer und fotografierte den Abdruck. Danach verband er den Fotoapparat mit einem Notebook. »Ich jage den Fingerabdruck durch den FAED«, erklärte er, »das wird ein paar Augenblicke dauern.«

Blanc blickte ihm über die Schulter. Im *Fichier Automatisé des Empreintes Digitales* waren mehr als sechs Millionen in Frankreich genommene Fingerabdrücke digitalisiert gespeichert. Sechs Millionen Digitalfotos von Fingerabdrücken wie jenes, das Perrin soeben angefertigt hatte. Der Computer würde sie nun Linie für Linie vergleichen. »Bazin ist nie straffällig geworden«, informierte er den Kriminaltechniker. »Sollte das sein Fingerabdruck sein, müssen Sie warten, bis Doktor Thezan die Abdrücke in der Rechtsmedizin genommen hat, um sie zu vergleichen.«

»Wir müssen doch nicht so geduldig sein, *mon Capitaine*«, sagte Perrin nach einer Weile. »Ich habe einen Treffer! Das ist …« Trotz Maske und Brille sah Blanc, wie der Kriminaltechniker plötzlich blass wurde, »… das ist doch nicht möglich …« Blanc verstand sofort, was los war. »Sie haben einen Fingerabdruck von Philippe Loubet de Bayle gefunden«, flüsterte er.

Am Abend fuhr er Fabienne und Marius zurück nach Gadet. Kriminaltechniker hatten Bazins Haus von oben bis unten auseinandergenommen, hatten Türgriffe Millimeter für Millimeter abgesucht, Schubladen geöffnet, sogar in der Küche jeden einzelnen Löffel und jede Tasse analysiert: Es gab keinen zweiten Fingerabdruck von Loubet de Bayle, keine DNA-Spur, nichts sonst von ihm. Ein Toter, ein Fingerabdruck, das war alles, was sie hatten.

»Theoretisch«, meinte Marius, »bedeutet das nicht zwingend, dass Loubet de Bayle Bazins Mörder ist. Loubet de Bayle könnte irgendwann früher diesen Türgriff berührt haben.«

»Es war der Griff außen an der Tür«, erinnerte ihn Blanc. »Er ist Regen und Tau ausgesetzt. Und jedes Mal wenn Bazin selbst in den Garten gegangen ist, dann hat er sicherlich diesen Griff angefasst. Nein, dieser Fingerabdruck muss erst vor ganz kurzer Zeit dorthin gekommen sein, sonst wäre er längst verwischt.«

»Aber wenn Loubet de Bayle der Mörder ist: Warum hat er Bazin getötet?«, rief Fabienne. »Und warum gerade jetzt?«

»Weil wir ermitteln«, erwiderte Blanc düster. »Genauso, wie Ripert ermittelt hat. Die Familie Féraud hat irgendetwas mit dem verschwundenen Mörder zu tun. Sobald jemand bei ihnen nachforscht, schlägt Loubet de Bayle zu. Bazin war ein Freund der Férauds, ihr Arzt, vielleicht sogar so etwas wie ihr Vertrauter – egal, was er mit Dorothée gemacht hat. Vielleicht kannte er ein Geheimnis dieser Familie. Möglicherweise musste Bazin deswegen sterben, weil er der Mann ist, der uns auf die Spur von Loubet de Bayle hätte bringen können.«

»*D'accord*«, sagte Fabienne, »dann haben wir ja keine große Auswahl mehr. Zu dem Zeitpunkt, als der Mörder Bazin erschossen hat, saßen Bruno Féraud alias António Suau sowie Baptiste Féraud bereits in der Zelle. Dorothée hat den gestrigen Tag und wahrscheinlich auch die letzte Nacht bis zu diesem Morgen bei unserem Chef verbracht, danach war sie bei uns in Gadet. Es bleiben also nur noch Charles und Sonia Féraud übrig.«

»Und aus dem Umfeld dieser netten Familie auch noch Maurice Pavy«, ergänzte Marius.

»Genau das ist mir auch schon durch den Kopf gegangen«, sagte Blanc. »Sobald Perrin den Fingerabdruck identifiziert hatte, habe ich Brigadier Sylvain losgeschickt. Er sollte von allen dreien die Fingerabdrücke nehmen. Vor ein paar Minuten hat er mir das hier geschickt.« Während er mit einer Hand den Espace durch die Serpentinen der Alpilles steuerte, holte er sein Nokia aus der Tasche und zeigte ihnen eine SMS: »CF, SF und MP ließen sich die Fingerabdrücke willig abnehmen. Alle drei waren verwundert, aber keiner hat sich verweigert, sie schienen mir nicht einmal sonderlich nervös zu sein. Analyse: Keine der drei Personen ist im FAED verzeichnet. Sylvain«.

»*Putain*«, fluchte Marius, »jetzt stehen wir ohne Hosen da!«

»Also ich habe meine Hose noch an«, entgegnete Fabienne und tippte auf ihren Rucksack. »Die Kriminaltechniker haben mir Bazins Notebook übergeben. Bin gespannt, was ich auf der Festplatte finde.«

»Hoffentlich ein Geständnis, das uns direkt zu Philippe Loubet de Bayle führt«, sagte Blanc, doch daran glaubte selbstverständlich niemand im Wagen.

In seiner Ölmühle fand Blanc einen Zettel auf dem Küchentisch: »Bei mir oder bei dir? Paulette«.

Stunden später wachte er in ihrem Bett auf. Es musste früher Morgen sein, im Dämmerlicht war alles grau. Blanc erblickte die massige Form eines alten Bauernschranks, ein fünfarmiger Kristalllüster hing von der Decke. Einen Moment lang war er verwirrt, wusste nicht, wo er war, ob er noch träumte, dann spürte er Paulettes Körper an seinem. An der Wand neben dem Fenster hing ein kleines Bild, auf das ein Lichtstrahl der Straßenlaterne fiel. Ein dunkelhaariges Mädchen, das einen Strauß Mohnblumen in Händen hielt. Blanc kannte die Malerin – und das Modell. Er lächelte selig und wollte Paulette küssen, doch dann kam er endlich so weit zu sich, dass er sich fragte, warum er überhaupt um diese Zeit die Augen aufgeschlagen hatte. Irgendwo brummte etwas. Er unterdrückte einen Fluch, richtete sich behutsam auf und tastete vor dem Bett den Boden ab. Seine Jeans hatte er achtlos fallen lassen, dabei musste sein Handy aus der Tasche gerutscht sein. Nun lag es auf den Dielen und vibrierte. Auf dem Display leuchtete die Nummer der Gendarmerie-Station.

»*Allô?*«, flüsterte Blanc.

»Sylvain hier. Monsieur Féraud ist bei uns. Er hat seine Gattin als vermisst gemeldet. Und er behauptet, dass er versucht hat, bei Monsieur Pavy anzurufen. Der ist aber wohl auch spurlos verschwunden.«

»Ich bin in einer Viertelstunde bei Ihnen«, sagte Blanc und beendete das Gespräch. Als er sich Paulette zuwandte, blickte er in ihre offenen Augen.

»Ist es etwas Ernstes?«, fragte sie leise.

»Ja.«

»Ist es gefährlich?«

»Nein.« Blanc küsste sie. »Paulette, es tut mir wirklich leid, ich ...«

»Es muss dir überhaupt nicht leidtun. Ich werde mich daran gewöhnen.«

Blanc brauchte einen Augenblick, bis er die Bedeutung ihrer Worte verstanden hatte. Und dann war er der glücklichste Mann der Welt.

Familiengeheimnisse

Als er vor Paulettes Haus trat, schnitt die Luft wie mit kleinen Messern in sein Gesicht, so überraschend kalt war es in dieser Nacht geworden. Im fahlen Licht wirkten die Zypressen am Straßenrand wie Friedhofsbäume, um deren weiche Nadeln Schleier schwebten. Die Straße, die er nach Gadet nahm, war ein schwarzes Band in einem düsteren Wald, und irgendwo an ihrem Ende lauerte ein Mörder wie ein Phantom, ein Henker, der seinen Namen und sein Gesicht verborgen hatte.

In Gadet jedoch wartete bloß Sylvain auf ihn. Der Brigadier hatte gestern bei der Durchsuchung von Bazins Haus mitgemacht und anschließend Nachtdienst gehabt, doch er wirkte so frisch und rosig wie immer. »Entschuldigen Sie den frühen Anruf, *mon Capitaine*«, begrüßte er ihn, »aber ich dachte, es ist besser, Sie kommen vorbei. Monsieur Féraud hat gestern Abend seine beiden Söhne hier besucht. Sie werden heute ins Gefängnis von Luynes verlegt, und er wollte sie vorher noch einmal sehen. Er ist vor allem lange bei António Suau geblieben, den er weiterhin ›Bruno‹ und ›meinen Sohn‹ nennt.« Sylvain räusperte sich. »Nun ja, als Monsieur Féraud schließlich die Zelle verließ, war er, wie soll ich das nennen? Aufgelöst, das war es. Er ist mir mehr oder weniger in die Arme gesunken und hat mir sein Herz ausgeschüttet. Ich wusste nicht, was ich tun sollte, also habe ich Sie angerufen.«

»Sehr gut, Brigadier. Wo ist Monsieur Féraud?«

»In Ihrem Büro.«

»Und die beiden Häftlinge?«

»Denen geht es gut. Das heißt, Baptiste Féraud scheint mir

ziemlich unruhig zu sein, aber das liegt wohl nicht am Besuch seines Vaters. Und dieser Suau schläft wie ein Baby.«

»Fein. Und, Sylvain?«

»*Mon Capitaine?*«

»Wissen Sie, wie man diesen verdammten Kaffeeautomaten einschaltet?«

»Sie müssen den Schalter auf der Rückseite umlegen und danach zweimal dagegen treten. Ich bringe Ihnen und Ihrem Gast zwei Becher.«

Charles Féraud saß auf Marius' Stuhl und starrte aus dem Fenster. Die Straßenlaternen tauchten die Häuser in gelbes Licht. Die kleine *Mairie* gegenüber wurde wie ein Schloss angestrahlt, seit der Bürgermeister einige Scheinwerfer in das Pflaster des Bürgersteigs hatte einsetzen lassen. Eine Katze überquerte die Straße, sonst war niemand zu sehen. Allerdings leuchtete es aus der Backstube der Boulangerie schon bis hin zu den am Bordstein parkenden Autos. Férauds Augen waren rot und verquollen, was von seiner exzentrischen Brille grotesk betont wurde. Er sah müde zu Blanc auf. »Ich habe mir schon einen guten Anwalt genommen«, begrüßte er ihn ohne weitere Vorrede.

»Er wird einiges zu tun bekommen«, erwiderte Blanc und setzte sich Féraud gegenüber. »Ihnen droht ebenfalls eine Anklage. Ich nehme an, Sie haben António Suau die falschen Papiere besorgt, mit denen er sich eine Existenz als ›Bruno Féraud‹ aufbauen konnte?«

Féraud ignorierte seine Frage. »Mein Anwalt wird dafür kämpfen, dass Bruno nicht nach Portugal ausgeliefert wird.«

»Der Mann heißt nicht Bruno, und er hat in Portugal zwei Frauen getötet.«

»Er hat sie überfahren. Es war ein tragischer Unfall. Bruno wird es jeden Tag seines Lebens bereuen. Was ändert das jetzt noch, wenn er verurteilt wird?«

»Wenn wir alle so denken würden, dann müssten wir überhaupt keinen Täter mehr verfolgen.«

»Dorothée werden Sie jedenfalls in Ruhe lassen. Ich ziehe meine Anzeige wegen des gestohlenen Bildes zurück. Auch das wird mein Anwalt regeln.«

»*Bien*«, erwiderte Blanc. »Werden Sie sich wenigstens mit Ihrer Tochter aussprechen?«

»Ich werde es versuchen.« Féraud seufzte, nahm die Brille ab und strich sich über die Augen. »Es war für mich schon immer sehr schwer, nun, bis zu ihrem Bewusstsein durchzudringen. Verstehen Sie, was ich meine? Ich sage ihr irgendetwas, aber ich habe dabei den Eindruck, das kommt gar nicht bei ihr an. Als würden meine Worte irgendwo in ihren äußeren Gehirnwindungen stecken bleiben.«

Blanc dachte daran, dass er selbst erst nach zwanzig Jahren begriffen hatte, dass er viel zu selten vernünftige Gespräche mit Eric und Astrid geführt hatte. Er räusperte sich. »Ich kann Ihnen dazu leider keinen Rat geben.«

Sylvain brachte den Kaffee. Blanc nickte dankbar und schickte ihn mit einem Kopfnicken wieder fort. Féraud achtete nicht auf den Becher, der vor ihm auf dem Schreibtisch stand.

»Monsieur Féraud«, fuhr Blanc fort, »Brigadier Sylvain hat mich gerufen, weil Sie bei ihm, ich will nicht sagen: eine Vermisstenmeldung aufgegeben haben, es war ja eher vertraulich, aber im Prinzip war es doch so, oder?«

Er nickte. »Sonia hat mich verlassen. Sie ist abgehauen. Mit Nounour, vermute ich. Die beiden sind fort.«

Blanc dachte daran, dass Sonia Féraud zwei Kinder von zwei unterschiedlichen Männern hatte. Und dass Maurice Pavy auf dem Mandelhof gewesen war, ohne dass die Férauds es wussten. Er hatte sich schon immer gefragt, was Pavy da wohl zu suchen gehabt hatte. »Bei einem verschwundenen Kind würden wir sofort Alarm geben«, erklärte er behutsam, »aber ein erwachsener Mensch darf in Frankreich tun und lassen, was er will. Jeder hat das Recht zu verschwinden. Erst wenn es beunruhigende Anzeichen gibt, die auf ein Verbrechen hindeuten, wird die Gendarmerie aktiv. Gibt es solche Anzeichen?«

Féraud schüttelte den Kopf. Ein geschlagener Mann, am Ende seiner Kraft. »Sonia hat mich sitzen lassen, das ist alles. Sie hat zwei große Koffer gepackt. Ihr Schmuck fehlt ebenfalls, ihre Kosmetika, der ganze Kram halt, den Frauen so brauchen. Sie muss gestern außerdem bei der Bank gewesen sein, jedenfalls hat sie zehntausend Euro von unserem gemeinsamen Konto abgehoben. Der Nissan ist aber noch da, also vermute ich, dass sie mit Nounour weggefahren ist.«

»War das eine Überraschung für Sie? Oder hatten Sie Ihre Gattin schon länger im Verdacht, eine Affäre zu haben?«

»Mir ist schon seit Monaten aufgefallen, dass Sonia und Nounour sich … gut verstanden haben. Aber so etwas? Nein, ich hätte nie geglaubt, dass Sonia mich verlässt.«

Die beiden haben schon länger etwas miteinander, dachte Blanc, doch ausgerechnet jetzt verschwinden sie. Was für ein Zufall. »Haben Sie irgendeine Idee, wohin Ihre Frau und Monsieur Pavy gefahren sein könnten?«

Féraud zuckte mit den Achseln. »Vielleicht nach Paris? Sonia hat es nie wirklich akzeptiert, dass wir fortgezogen sind. Für sie waren die zwanzig Arrondissements von Paris die Welt und jenseits davon begann Afrika.«

»Welches Auto fährt Pavy?«

»Einen schwarzen Geländewagen, irgendeinen Toyota, das genaue Modell kenne ich nicht.«

Blanc machte sich inzwischen Notizen auf seinem Block. Es würde nicht allzu lange dauern, das herauszufinden. »Wissen Sie, ob Ihre Frau oder Pavy irgendwo Familienangehörige haben? Oder Freunde?«

»Über Nounour weiß ich eigentlich nichts, wenn ich so darüber nachdenke. Sonias Eltern leben noch in Paris, ebenso wie eine Tante und eine Cousine.«

Blanc klopfte mit dem Kugelschreiber auf den Block. »*D'accord*. Ich kann eine untreue Ehefrau und ihren Liebhaber nicht zur Fahndung ausschreiben, wir leben schließlich nicht mehr im 19. Jahrhundert. Aber Ihre Gattin und Pavy sind Zeugen in einem ungelösten Mordfall. *Deshalb* werde ich nach ihnen suchen lassen. Und wenn ich sie finde, werde ich sie fragen, warum sie verschwinden wollten. Ich werde sie zwingen, mir stets ihren Aufenthaltsort zu nennen, falls ich noch weitere Fragen an sie haben sollte. Aber ich kann und will Ihre Frau nicht zwingen, zu Ihnen zurückzukehren.«

Féraud nickte und erhob sich mühsam. »Ich weiß auch gar nicht, ob ich das will«, murmelte er.

Blanc hätte ihn gern noch länger verhört, doch der Mann sah aus, als würde er gleich kollabieren. »Warum haben Sie Monsieur Ripert wirklich engagiert?«, fragte er.

»Ich hätte es nie tun sollen«, seufzte Féraud. »Wäre er nie hergekommen, hätte sich meine Familie nicht aufgelöst.« Féraud sah aus dem Fenster und brauchte eine Weile, um sich so weit zu sammeln, dass er weiterreden konnte. »Es stimmt schon, was ich Ihnen erzählt habe, *mon Capitaine*: Dieses Bild von Adry Novoli hat mir sehr viel bedeutet, weil es die beiden Dinge zeigt, die mir am meisten im Leben bedeuteten: Sonia und die Mandeln.«

Was jeder in dieser Familie wusste, dachte Blanc.

»Ich ahnte sofort«, fuhr Féraud leise fort, »dass eigentlich nur jemand aus der Familie das Porträt gestohlen haben konnte. Meine Freunde habe ich Ihnen und auch Ripert bloß als Verdächtige genannt, weil sie theoretisch ebenfalls die Gelegenheit dazu hätten. Aber eigentlich habe ich immer entweder Baptiste oder Dorothée verdächtigt. Sie kennen die beiden ja; es wird Sie nicht wirklich überraschen, dass ich so dachte, oder? Vermutlich glaubten die beiden, dass ich den Diebstahl mehr oder weniger hilflos hinnehmen würde. Aber ich hatte es satt, dass sie mir auf der Nase herumtanzten, so satt! Deshalb habe ich einen Ermittler aus Paris kommen lassen, auch wenn der mich ein Vermögen gekostet hat.« Féraud tigerte nun ruhelos durch das Büro. »Ich weiß sehr wohl, dass Baptiste und Dorothée nicht meine Kinder sind. Nicht sein können. Ich weiß um meinen … meinen Zustand. Ich hatte als junger Mann Krebs. Ich bin geheilt worden, aber damals haben mich die Ärzte sehr gründlich untersucht. Deshalb war mir auch schon immer klar, dass Sonia …« Seine Stimme verklang, er straffte sich und blickte Blanc herausfordernd an. »Sie verstehen das nicht, oder? Ich habe die Kinder als die meinen akzeptiert, obwohl ich genau wusste, dass sie von den Liebhabern meiner Frau stammen. Ich habe endlose Demütigungen ertragen. Sonia weiß nichts von meiner Unfruchtbarkeit, sie glaubt bis heute, dass sie mir Baptiste und Dorothée als unsere gemeinsamen Kinder untergeschoben hat. Aber die beiden sind klüger, als sie wirken, *mon Capitaine*. Ich habe Dorothée einmal an meinem Schreibtisch überrascht, noch in Paris, während sie in meiner alten Krankenakte geblättert hat. Sie wollte nie mit mir darüber reden, aber ich glaube, dass sie deshalb auf die schiefe Bahn geraten ist. Jedenfalls habe ich kurz danach zum ersten Mal Drogen bei ihr gefunden. Und sie hat Baptiste mitgerissen, der Junge hat einfach einen schwachen Charakter.«

»Ich verstehe allerdings immer noch nicht ganz«, sagte Blanc behutsam, »warum Sie nach dem Diebstahl Ripert haben kommen lassen. Was sollte denn geschehen, wenn der Ermittler Erfolg gehabt hätte? Wollten Sie Ihre Kinder anzeigen? Sie enterben? Sie öffentlich demütigen? Jetzt haben Sie ja den Beweis, dass Dorothée und Baptiste in den Diebstahl verwickelt sind – aber Sie haben mir vorhin gesagt, dass Sie Himmel und Hölle in Bewegung setzen werden, damit die beiden gerade nicht angeklagt werden.«

»Ich wollte sie nie vor Gericht bringen«, erklärte Féraud traurig. Er setzte sich wieder und sackte erschöpft auf dem Stuhl zusammen. »Baptiste und Dorothée verachten mich, seit sie wissen, dass ich nicht ihr wirklicher Vater bin. Sie gehen mir aus dem Weg, sie antworten mir kalt, *mon Dieu*, sie sehen mich oft nicht einmal an! Als wäre ich ihnen peinlich. Und Sonia hat mir nie gesagt, dass sie das Mädchen auf dem Bild ist. Als ob ich keine Augen im Kopf hätte. Als ob ich nicht wüsste, dass sie in ihrer Jugend für Adry Novoli Modell gesessen hätte. Einmal habe ich sie direkt gefragt, ob sie weiß, wer das ist. Sie hat bloß gelacht und den Kopf geschüttelt, als sei das eine unsinnige Frage. Ich weiß nicht, warum sie nie die Wahrheit gesagt hat. Vielleicht glaubt sie, dass ich sie irgendwie … besitzen würde, wenn ich wüsste, dass es ihr Porträt ist.« Charles Féraud strich sich über die Augen. Dinge, sagte sich Blanc im Geist, wahrscheinlich lag dieser Mann mit der Vermutung gar nicht so falsch. Das Porträt war wie ein Symbol: Sonia Féraud *war* ein Objekt, eine Trophäe, ein Besitz, den ihr Ehemann stolz präsentierte.

»Für mich war dieser Diebstahl – gerade dieses Bild, ein Porträt ihrer Mutter, der Frau, die ich trotz allem liebe! – die eine Demütigung zu viel«, fuhr Féraud leise fort. Dann schlug er unvermittelt mit der Faust auf den Schreibtisch. »So nicht! So nicht, das habe ich mir gedacht. Jetzt hole ich mir einen Privatdetektiv, und der macht euch die Hölle heiß! Sie sollten einmal Angst haben vor mir. Einmal Respekt haben. Mehr nicht, mehr wollte ich wirklich nicht.«

Blanc dachte an seine eigenen Kinder, daran, dass sein Sohn Eric in Kanada war und dass das vielleicht nicht nur mit seinem Job in der Biotechbranche zu tun hatte, sondern auch mit der Scheidung seiner Eltern und damit, dass er nicht weniger als einen Ozean zwischen sich und Vater und Mutter haben wollte. »Sie müssen sich jetzt erholen«, sagte er. »Brigadier Sylvain fährt sie zum Mandelhof.«

»Ich habe meinen Wagen hier.«

»Sie können ihn später abholen. Schlafen Sie ein paar Stunden. Ich werde nachher bei Ihnen vorbeischauen.«

Die nächsten Stunden verbrachte Blanc mit dem bürokratischen Aufwand, den es bedeutete, jemanden um fünf Uhr morgens in ganz Frankreich zur Fahndung auszuschreiben. Irgendwann kreuzten Marius und Fabienne auf. Er brachte sie auf den neuesten Stand. Fabienne verzog sich danach in ihr Büro, um sich Bazins Notebook vorzunehmen.

Blanc spürte die Folgen der kurzen Nacht, doch war er zugleich auf seltsame Art klar im Geist, ja geradezu euphorisch. Es war das Glück, Paulette in den Armen gehalten zu haben und zu wissen, dass er sie wieder in Armen halten würde. Aber es war auch eine ihm nur halb bewusste Unruhe, ein Gespür dafür, dass bald etwas geschehen würde. Eigentlich hatte er keine echte Spur mehr, wusste weder, wer Ripert ermordet hatte, noch, was mit Philippe Loubet de Bayle geschehen war. Doch er wähnte sich unmittelbar vor dem Ziel, hatte das Gefühl, er müsste bloß noch ein einziges Hindernis überwinden, um beide Rätsel zu lösen.

Telefonklingeln schreckte ihn aus seinen Gedanken auf.

»Brigadier-Chef Béatrice Esposito von der Police Nationale in Straßburg«, meldete sich eine freundliche Frauenstimme. »Wir haben Ihre Leute.«

»Im Elsass?!«, rief Blanc verwundert. »Besten Dank, Kollegin. Ich frage mich, was Sonia Féraud und Maurice Pavy da wollen.«

»Sie können sie selbst fragen, *mon Capitaine*. Sie sitzen bei mir im Büro. Sie sind einer Streife kurz vor dem Grenzübergang Kehl aufgefallen. Einen Moment, bitte.« Blanc vernahm dumpfes Stimmengewirr, vermutlich hatte Béatrice Esposito die Hand über die Hörermuschel gelegt. Dann war sie wieder dran. »Madame Féraud lässt sehr entschieden ausrichten, dass sie Ihnen nichts zu sagen hat. Wir könnten sie ein paar Stunden festsetzen, vielleicht überdenkt sie dann noch einmal ihre Haltung. Monsieur Pavy ist glücklicherweise bereit, den Hörer zu nehmen.«

»Dann geben Sie ihn mir bitte, *ma Brigadier-Chef.* Danach werde ich sehen, was wir mit den beiden anfangen.«

»Es sind bloß Zeugen in einem Mordfall, keine Verdächtigen, nicht wahr?«, vergewisserte sich Béatrice Esposito.

Blanc hörte die winzige Spur Unsicherheit in ihrer Stimme.

»Vermutlich. Aber es kann nicht schaden, wenn Sie beide gut im Auge behalten.«

»Danke für den Hinweis. Hier haben Sie Ihren Mann.«

»Monsieur Pavy, ich bin nicht bei der Sitte«, begann Blanc, »Ihr Verhältnis zu Madame Féraud geht mich überhaupt nichts an. Aber Sie können nicht einfach verschwinden, solange der Mordfall Ripert ungeklärt ist. Der Mann ist schließlich in den Carrières de Lumières umgebracht worden, wo Sie verantwortlich sind.«

»Der alte Steinbruch ist während der Umbauarbeiten für die nächste Ausstellung geschlossen. Ich habe Urlaub genommen, das ist ja nun nicht verboten. Sie können sich bei allen Fragen an meinen Stellvertreter wenden.«

»Monsieur Pavy, provozieren Sie mich nicht!«

Pavy seufzte schwer. »Sie waren wohl noch nie verliebt, was, *mon Capitaine?* Da tut man schon mal unvernünftige Dinge.«

»Das war nicht unvernünftig, sondern verdächtig. Es geht um Mord, *mon Dieu,* Monsieur Pavy, da haut man nicht einfach mit seiner Geliebten ab! Monsieur Féraud vermutet, dass Sie schon länger eine Affäre mit seiner Frau haben. Warum sind Sie nicht längst mit ihr durchgebrannt? Oder warum haben Sie nicht noch ein wenig gewartet? Warum ausgerechnet jetzt?«

»Hören Sie denn gar keine Nachrichten? Wegen dieser verdammten Seuche werden immer mehr Flüge gestrichen und Grenzen dichtgemacht. Sonia und ich wollten schon lange unsere Beziehung, *eh bien,* offiziell machen. Sonia wollte zu mir ziehen. Wir hatten sogar schon unseren ersten gemeinsamen Urlaub geplant, in Thailand am Strand, in ein paar Wochen. Aber es sind schon so viele Flüge ausgefallen, dass wir uns spontan dazu entschlossen haben, den Urlaub vorzuziehen, bevor wir überhaupt keine Verbindung nach Asien mehr buchen können. Wir haben einen Last-Minute-Flug reserviert, der von Frankfurt abgeht. Abging. Dank Ihrer vollkommen unnötigen Aktion haben wir ihn nun verpasst.« Er seufzte wieder.

»Sie werden Ihren Traumurlaub ein anderes Mal nachholen«, brummte Blanc. »Monsieur Pavy, wie gut waren Sie wirklich über den Diebstahl des Bildes informiert? Sie waren dabei, als Charles Féraud seiner Familie nach der Tat eine Standpauke gehalten hat, auch wenn Sie es zunächst geleugnet haben. Konnten Sie Monsieur Féraud belauschen?«

»*Mon Dieu*, nein! Es stimmt, ich war im Hof, als Charles geredet hat – aber ich habe gemacht, dass ich davonkam. Ich bin nämlich nicht angekommen, sondern habe mich, so schnell es ging, davongeschlichen. Die Stunden davor war ich, nun ja, Sie können sich denken, in wessen Zimmer ich war.«

»Wussten Sie, dass das gestohlene Bild Ihre Geliebte zeigt?«

Es blieb sehr lange still am anderen Ende der Leitung. »Nein«, stammelte Pavy schließlich. »Sonia? Warst du das auf dem Bild?« Blanc hörte aus der Ferne die Stimme von Madame Féraud, doch er verstand kein Wort. Es schien eine kurze, heftige Diskussion zu sein.

»Nun«, meldete sich Pavy schließlich wieder, »das wusste ich nicht, offenbar im Gegensatz zu Sonia. Mir hat das Bild schon gefallen, aber das war reiner Zufall. Oder vielleicht habe ich unbewusst Sonia erkannt, wer weiß? Jedenfalls hat Sonia mir in der Galerie Chevilliet ein Bild von Adry Novoli mit einem Mandelzweig gekauft, weil sie wusste, dass mir das gefiel. Wir werden es in unserem Schlafzimmer aufhängen.«

»Als Ripert dann nach dem Bild gesucht hat – ist er dabei

zufällig Ihrer Affäre mit Sonia Féraud auf die Spur gekommen?«

»Ich glaube nicht. Warum sollte er? Warum fragen Sie?«

»Er ist in den Carrières de Lumières ermordet worden, gewissermaßen in Ihrem Haus. Ich frage mich, warum ein erfahrener Kunstdetektiv, der in seinem Leben sicherlich Hunderte originale Meisterwerke gesehen hat, ausgerechnet während eines Auftrags Zeit findet, sich Van-Gogh-Dias in einem ehemaligen Steinbruch anzuschauen.«

Pavy atmete tief durch. »Ich habe Sie angelogen.«

Blanc nickte. »Das habe ich mir schon gedacht. Als ich Sie im Oppidum des Bringasses getroffen habe, sagten Sie mir, dass Sie Ripert nicht kennen.«

»Ja doch, Ripert war mit mir in den Carrières de Lumières verabredet«, gestand Pavy. »Er hatte mir am Telefon ein Bild von Adry Novoli angeboten. Ich war schon daran interessiert. Aber ich wusste ja, dass Charles ein Werk der Malerin gestohlen worden war. Da kam mir der Verdacht, dass Ripert der Dieb sein könnte; zuerst verschwindet ein Bild, dann bietet mir ein Unbekannter eines an … Ich habe bei Madame Chevilliet angerufen und sie gefragt, ob sie, als Adry Novolis Galeristin, davon gehört hat, dass ein Unbekannter ein Werk ihrer Malerin anbietet. Sie hat gesagt, dass ein seltsamer Besucher bei ihr war, sie aber nicht viel über ihn herausgefunden hatte. Madame Chevilliet riet mir, mich als Interessent auszugeben und mich mit Ripert im Steinbruch zu treffen, wo er und ich uns in meinem Büro das Bild ansehen könnten. Genau das habe ich getan: Ich habe Ripert am Freitagmorgen in mein Büro neben dem Kassenraum gebeten. Sicherheitshalber hatte ich schon einen Mitarbeiter der Security neben den Eingang postiert. Wenn Ripert mir das Bild angeboten hätte, das man Charles gestohlen hatte, dann hätte ich ihn sofort festgehalten und die Gendarmerie angerufen.« Pavy lachte unvermittelt. »*Mon Dieu*, ich kam mir eine

Zeit lang vor wie ein richtiger Geheimagent! Es war dann gewissermaßen eine Enttäuschung, als Ripert in mein Büro trat. Ein kultivierter, freundlicher Mann, der mir leider ein vollkommen unspektakuläres Bild von Adry Novoli auf den Schreibtisch legte. Adieu, Traum vom gestohlenen Meisterwerk! Adieu, Geheimagent Pavy! Ripert sagte mir, er habe das Bild von einer verstorbenen Tante geerbt und sich bei Madame Chevilliet nach Sammlern von Adry Novoli erkundigt. So sei er auf mich gestoßen. Ich habe ihm geglaubt und dankend abgelehnt, das Werk war wirklich zu unbedeutend. Dafür habe ich ihn an Charles verwiesen, er sollte bei ihm sein Glück versuchen. Danach habe ich ihn eingeladen, sich nun, da er schon einmal da war, unsere Ausstellung anzusehen, was Ripert auch getan hat. Ich bin im Büro geblieben, bis der Alarm losging … Es war ein Schock, das können Sie sich gar nicht vorstellen!«

»Warum haben Sie mir das nicht alles schon bei der ersten Befragung erzählt?«

»Weil Sie mich dann gefragt hätten, woher ich überhaupt wusste, dass Charles ein Bild gestohlen worden war. Ich hätte zugeben müssen, auf dem Hof gelauscht zu haben, eins wäre zum anderen gekommen, und schließlich hätte alle Welt von meinem Verhältnis mit Sonia erfahren.«

»Sie haben vorhin gesagt, dass Sie es sowieso bald öffentlich machen wollten.«

»Bald ja, aber noch nicht jetzt! *Mon Capitaine*«, Pavy senkte die Stimme zu einem beschwörenden Flüstern, so als wollte er nicht, dass die Polizistin mithörte – oder vielleicht auch seine Geliebte nicht, »Charles ist nicht bloß ein sehr reicher, sondern auch ein sehr gewiefter Geschäftsmann. Sein Vermögen gehört ihm, und Bruno wird es erben. Obwohl Sonia seit Jahren mit ihm verheiratet ist, besitzt sie kaum einen Euro. Der Mandelhof, die Aktien, die Kunstwerke – alles ist auf Charles eingetragen. Ich kenne mich allerdings auch mit Vermögen und Gesetzen aus, und ich habe einen Anwalt hinzugezogen. Wir wollten ein paar Schritte einleiten, die Sonia einen besseren Zugriff auf das Vermögen erlaubt hätten. Das musste allerdings heimlich geschehen, und es hat Zeit gekostet. Deshalb durfte Charles nicht zu früh von unserer Affäre erfahren.«

»Sie wollten also lieber mit einer reichen Frau durchbrennen statt mit einer armen«, sagte Blanc nüchtern.

Pavy räusperte sich. »Das ist doch nur gerecht, oder? Nach zwanzig Jahren Ehe! Charles hat seine Frau, nun, sagen wir: all die Jahre über vernachlässigt. Aber am Ende hat unser Plan nicht funktioniert. Dieser verfluchte Mord ist dazwischengekommen, es gab Ihre Ermittlungen … *eh bien*. Wir hätten keine finanziellen Manöver starten können, ohne dass es nicht irgendjemand bemerkt hätte. Also haben wir uns vor ein paar Tagen gesagt: Was solls? Keine Geheimnisse mehr. Und so bin ich doch mit einer armen Frau durchgebrannt, *mon Capitaine*. Das heißt, ich wäre gerne mit ihr durchgebrannt, wenn Ihr langer Arm mich nicht festgehalten hätte.«

Blanc dachte nach. »Eine Frage habe ich noch, Monsieur Pavy: Als Sie am Freitagmorgen mit Ripert in Ihrem Büro saßen, direkt neben den Kassen – haben Sie bemerkt, dass Doktor Bazin die Ausstellung besucht hat?«

»Eine fensterlose Tür trennt mein Büro vom Kassenbereich. Es tut mir leid, ich habe wirklich nichts gesehen. Ob Thierry da war, das müssen sie ihn schon selbst fragen.«

Pavy weiß noch nicht, dass Bazin ermordet wurde, dachte Blanc. Er hatte nichts gegen Pavy in der Hand: ein Zeuge, der aus Verliebtheit seine Auflagen ignoriert hatte – deshalb würde kein Richter einen Haftbefehl ausstellen. Außerdem glaubte Blanc nicht länger, dass Pavy oder Sonia Féraud in diesem verworrenen Fall eine wichtige Rolle spielten. Es war bloß ein gewöhnlicher Ehebruch, aber keine Verwicklung in einen Mord.

»Monsieur Pavy«, sagte er, »es werden schon nicht alle Flüge dieser Welt ausfallen. Gedulden Sie sich also noch ein paar Tage mit Ihrem Urlaub in Thailand und bleiben Sie in Frankreich, sodass ich Sie jederzeit erreichen kann. Werden Sie nach Les Baux zurückkehren?«

»Sonia und ich nehmen uns erst einmal ein Hotel in Straßburg.«

»Geben Sie Brigadier-Chef Esposito die Adresse, sobald Sie eingecheckt haben. Und keine weiteren romantischen Fluchtversuche, ja?«

Blanc sprach noch ein paar Augenblicke mit Béatrice Esposito, bedankte sich bei ihr und legte auf.

Marius hatte einen zweiten Hörer am Ohr und das ganze Gespräch mitgehört. »Ich glaube auch, dass das ganze Geheimnis dieser beiden ihre Affäre ist«, meinte er. »Sie haben nichts mit dem Mord oder Loubet de Bayle zu tun. Wieder zwei Figuren weniger auf dem Spielfeld.«

»Bleibt nur noch Charles Féraud«, erwiderte Blanc.

Er fuhr mit Marius nach Les Baux. Obwohl nur wenige Tage vergangen waren, seit Blanc das letzte Mal auf dem Mandelhof gewesen war, kam ihm das Anwesen schon vernachlässigter vor. Einige lange, dünne vertrocknete Zweige waren vom Wind aus der Platanenkrone geblasen worden und lagen nun verstreut auf dem Kies im Hof. Im ersten Stock war ein Fensterladen nur halb geöffnet und ragte wie eine hölzerne Fahne aus der Wand. Die Bienenstöcke, die bislang stets in einer penibel ausgerichteten Reihe im Mandelhain aufgestellt worden waren, standen nun mal hier, mal dort zwischen den Stämmen. Und die offene Tür zu Brunos Hütte am Ende des Grundstücks bewegte sich manchmal in einer Böe. Da niemand auf sein Klingeln antwortete, die Haustür aber unverschlossen war, trat Blanc schließlich ein. »Monsieur Féraud?«, rief er.

Marius folgte ihm. Niemand antwortete ihnen. Doch sie fanden den Hausherrn am Küchentisch, vor sich ein Glas und eine halb leere Flasche Whiskey. Charles Féraud stierte auf die Tischplatte und schien sie erst einige Augenblicke später zu bemerken. Blanc sagte nichts, suchte in den Schränken, bis er ein zweites Glas fand, füllte es mit Leitungswasser und stellte es vor Féraud hin. »Trinken Sie erst einmal das. Haben Sie Hunger?«

Féraud blickte ihn mit schweren Augenlidern an. »Machen Sie Witze? Meine Frau hat mich verlassen und …«

»… und Selbstmitleid wird Ihnen nicht weiterhelfen, glauben Sie mir.« Blanc fand eine Plastiktüte mit Milchbrötchen vom Supermarkt.

Féraud verzog das Gesicht. »Baptiste isst solchen Mist immer zum Frühstück.«

»Momentan versorgt Vater Staat Ihren Sohn. Essen Sie!«, befahl Marius.

Féraud kaute ein Milchbrötchen und spülte es mit Wasser hinunter. Danach griff er zur Whiskeyflasche, stellte sie jedoch wieder hin. »Letzte Woche war alles noch ganz normal«, murmelte er fassungslos. »Und jetzt ist meine Frau mit einem anderen Mann zusammen, und meine Söhne sitzen im Gefängnis. Dorothée hätte es auch beinahe noch erwischt, wahrscheinlich wird sie zum Entzug zwangsweise in eine Klinik eingeliefert.«

»Wissen Sie, wo Ihre Tochter ist?«, fragte Marius.

»In Saint-César vermutlich. Sie gehört nicht zu den Mädchen, die ihren Vater täglich anrufen. Sie wird sich erst in drei Tagen wieder bei mir melden.«

Blanc blickte den Hausherrn erstaunt an. »Was macht Sie da so sicher?«

Féraud lachte hart und freudlos auf. »Dann ist der 29. Februar, Monatsletzter. Sie erinnert mich immer am Tag vor dem Monatsersten an den Scheck, den ich ihr ausstellen soll.«

»Wir haben Ihre Frau und Monsieur Pavy lokalisiert«, informierte ihn Blanc und blickte taktvoll nach draußen, während er sprach. »Sie sind in Straßburg, ich habe mit Pavy gesprochen. Wenn die beiden klug sind, werden sie eine Weile dortbleiben.«

»Straßburg, eh? Geschieht ihr ganz recht. Sie hat es da oben im Norden noch nie gemocht.« Féraud griff nun doch zur Whiskeyflasche, doch Marius entwand sie ihm und stellte sie außerhalb seiner Reichweite auf die Arbeitsplatte der Küche. Er tat das so behutsam, als enthalte die Flasche Nitroglyzerin. »Eigentlich geht es mich nichts an«, sagte er freundlich, »aber ich kapiere immer noch nicht, warum Sie einen portugiesischen Flüchtling Ihren eigenen Kindern vorziehen.«

»Meinen Kindern, pah!« Féraud setzte seine Brille ab, holte ein Taschentuch aus seiner Hosentasche und putzte die Gläser. Seine Hände zitterten dabei so stark, dass der Stoff sich in dem eckigen Brillengestell verhakte. Schließlich gab er es auf und legte Brille und Tuch vor sich auf den Tisch. Er blinzelte sie an, Blanc war nicht sicher, ob er ihre Gesichtszüge jetzt noch erkannte. »Sonia hat mich geheiratet, weil ich vermögend bin und ihr ein sorgenfreies Leben ohne Arbeit ermöglichen konnte. Und ich habe sie geheiratet, weil ich geglaubt habe, dass eine jüngere, attraktive Frau an meiner Seite meine Selbstzweifel zerstreuen würde. Wenn man in jugendlichen Jahren an Krebs erkrankt, dann ist das, nun ja, demütigend. Ich habe mich minderwertig gefühlt. Für mich war eine schöne Frau wie Sonia der lebende Beweis, dass ich doch kein Versager bin. Ein Irrtum.« Er lachte bitter. »Genauso, wie es ein Irrtum war, dass ich Baptiste und Dorothée alles erlaubt habe, obwohl ich früh erkennen musste, dass sie niemals in meine Fußstapfen treten werden. Die beiden sind so ganz anders als ich.«

»Das sind meine Kinder auch«, brummte Marius. »Das ist ganz normal.«

Féraud bedachte ihn mit einem schiefen Grinsen. »Für mich

war Bruno der Sohn, den ich gerne gehabt hätte. Also habe ich ihn meiner Familie aufgezwungen. Was hätten Baptiste und Dorothée schon tun sollen? Ich habe ihr Lotterleben weiterhin finanziert, in gewisser Weise habe ich Ihnen sogar einen Gefallen getan. Dadurch dass Bruno das Erbe sichert, so hoffte ich, wird auch in Zukunft genug für Baptiste und Dorothée übrig sein. Alleine würden sie den Besitz doch nach meinem Tod in weniger als einem Jahr durchbringen. Und Sonia? Sie liebt das Luxusleben so sehr, dass sie diese Kröte schlucken wird, dachte ich. Das war wohl ein Irrtum.« Er vergrub sein Gesicht in den Händen.

Blanc und Marius wechselten über den Kopf des Hausherrn hinweg einen Blick. »Monsieur Féraud, unsere Ermittlungen im Fall Ripert stecken in einer Sackgasse«, verriet Blanc. »Und wir haben keine Ahnung, wie Spuren des mysteriösen Philippe Loubet de Bayle in Ihr Haus gelangen konnten. Wenn Sie uns noch irgendetwas sagen wollen, das Sie uns bislang verschwiegen haben, dann ist das jetzt der richtige Moment dafür.«

Féraud setzte sich die Brille wieder auf und starrte sie an. »Was wollen Sie denn noch von mir? Ich verfluche den Tag, an dem ich Ripert angerufen habe! Ohne seine Schnüffeleien läge mein Leben jetzt nicht in Trümmern. Und diesem Loubet de Bayle bin ich garantiert nie begegnet.«

Auf der Rückfahrt schwieg Blanc lange. Er hatte eine neue Liebe gefunden und träumte von einem Neuanfang. Und da war dieser Mann, dem der Herr des Schicksals mit einem Fingerschnippen Frau und drei Kinder genommen hatte. Er fühlte sich irgendwie mitschuldig daran. Absurd. »Es sind keine Figuren mehr auf dem Spielfeld«, murmelte er schließlich.

»Ja«, erwiderte Marius und nickte düster. »Féraud ist ein gehörnter Ehemann, und sein Verhältnis zu den Kindern ist noch beschissener als meines zu meinen eigenen Kindern. Wer hätte gedacht, dass so etwas möglich ist? Aber der Typ hat Ripert selbst engagiert und hatte weder Gelegenheit noch Motiv, ihn umzubringen. Er ist auch definitiv nicht Philippe Loubet de Bayle oder hat irgendeine Verbindung zu diesem Mörder.«

»*Merde!*«, rief Blanc und schlug frustriert auf das Lenkrad. »Das ist mir noch nie passiert: Wir haben keine einzige Spur mehr!«

Philippe Loubet de Bayle

Am nächsten Morgen erschien Blanc etwas später als gewöhnlich auf der Gendarmerie-Station. Er hatte sich Zeit genommen, mit Paulette zu frühstücken, und er glaubte, noch immer einen Hauch ihres Duftes auf seiner Haut zu spüren. Seine Geliebte wollte mit ihren Pferden zeitig ausreiten, um danach pünktlich nach Les Baux zu fahren.

»Heute wird die Sonderausstellung in der Kapelle eröffnet«, erinnerte sie Blanc. »Seitdem du mit mir über Adry Novoli geredet hast, denke ich wieder öfter an sie. Jetzt habe ich Lust, ihre Bilder zu sehen. Wirst du auch auf einen Sprung vorbeikommen?«

»Ich fürchte nicht«, erwiderte er. »Aber morgen ist Samstag, wenn es dir nicht zu langweilig ist, können wir die Kapelle noch mal zusammen besuchen.«

»Soll das heißen, dass du dir tatsächlich am Wochenende freinehmen willst? Ich kann mein Glück nicht fassen!« Sie küsste ihn.

Blanc lächelte noch, als er längst im Auto saß. In der Nacht war der Mistral über die Provence gekommen wie ein wildes Tier. Eisige Böen, hundert Stundenkilometer und mehr, rauschten durch die Baumkronen. Quer auf der Route Départementale lag ein fünf, sechs Meter langer Pinienast, den der Wind abgerissen hatte. Blanc musste anhalten und ihn beiseitewuchten, er war so schwer, dass er ihn nicht heben, nur hinter sich her bis zum Straßengraben zerren konnte. Danach klebten seine Hände vom Harz, das er mühsam löste, indem er trockene Erde zwischen seinen Fingern zerrieb. Als er endlich vor die Station

einbog, waren Fulignis Arbeiter dabei, das Baugerüst zu demon-
tieren, eine lebensgefährliche Kletterpartie bei diesem Wind, die
sie ohne irgendeine Schutzausrüstung bewerkstelligten.

»Schön, nicht wahr?!«, rief ihm der junge Bauunternehmer
über das Heulen der Böen hinweg zu.

Im Mistral war der Himmel makellos blau, das Licht so unbe-
stechlich klar, dass jede Farbe in ihrer reinsten Form erstrahlte – was für die Station von Gadet nicht gerade vorteilhaft war,
fand Blanc. »Dieses Rosa gibt es in Frankreich kein zweites
Mal«, antwortete er, und vermutlich stimmte das auch.

Blanc fand sich allein im Büro wieder. Er blickte gedanken-
versunken nach draußen. Nun, da er vor den Schlägen des Mis-
trals geschützt war, bewunderte er in Ruhe seine Farben: das
Blau des Himmels, das Gelb der Fassade gegenüber, das Ockerrot des Daches, sogar der Asphalt der etwas heruntergekomme-
nen Hauptstraße von Gadet leuchtete. Das waren Adry Novolis Farben … Er fragte sich, ob die Lösung des Rätsels am Ende
nicht doch in ihren Bildern versteckt war. Ob all die Geheimnisse der Familie Féraud und all die angeblichen Spuren Philippe
Loubet de Bayles letztlich nicht doch Irrwege gewesen waren.
Ob Ripert nicht doch wegen des Porträts einer kaum bekannten
Malerin ermordet worden war.

Das Telefon schreckte ihn aus seinen Grübeleien. Er erkannte
Marius' Nummer auf dem Display.

»Du glaubst es nicht, aber die Quacksalber haben mich gewissermaßen eingesperrt!«, rief sein Freund und Kollege.

Das klang verärgert oder fröhlich oder auf eine seltsame Art
beides zugleich, und Blanc fragte sich eine Sekunde lang erschrocken, ob Marius wieder angefangen hatte zu trinken. »Ich kapiere kein Wort«, gestand er.

»Vermutlich habe ich mich im Krankenhaus angesteckt, als
ich wegen des blauen Auges in der Notaufnahme war. Meint
zumindest mein Arzt.«

»Angesteckt? Womit?«

»Diesem neuen Coronazeug. Ich fühle mich, als hätte ich eine Erkältung, Fieber, Kopfschmerzen, Husten, so was. Aber der Doktor meint, dass mich dieses Virus erwischt hat. Ist nicht weiter schlimm, aber ansteckend. Deshalb muss ich für vierzehn Tage in Quarantäne. Ich darf nicht aus meiner Bude. Eine Nachbarin wird mir die Einkäufe vor die Tür stellen, das habe ich schon geregelt. Aber das ist doch trotzdem wie zwei Wochen Gefängnis! Wird sicher eine interessante Erfahrung für einen Flic wie mich. Kommt ihr ohne mich klar?«

»Nein«, sagte Blanc. »Ich habe keine Ahnung, was ich in diesem beschissenen Fall noch tun soll. Vielleicht gehe ich auch einfach nach Hause und schließe mich zwei Wochen ein.« Mit Paulette, setzte er im Geiste hinzu, doch er war noch nicht so weit, dass er das seinen Kollegen erzählen mochte.

»Wenn Ihr irgendetwas habt, sagt mir Bescheid, und scheiß auf die Quarantäne.«

Blanc blickte zur Tür. Fabienne kam herein. »Wird gemacht«, versprach er, »und gute Besserung.« Er legte auf und sah sie an. »Ich hoffe, du hast dir nicht auch dieses neue Virus eingefangen.« Er erzählte ihr kurz von Marius.

»Die einzigen Viren, die ich mir einfange, sind Computerviren.« Fabienne setzte sich ihm gegenüber und legte ein paar Blatt Papier auf den Schreibtisch. »Ich habe Bazins Notebook gehackt. Das war nicht sonderlich schwer, und vermutlich hat sich dieser halbseidene Doktor keine besondere Mühe mit dem Schutz seiner Daten gegeben, weil es dort nichts zu schützen gibt. Ich dachte ja, ich würde auf irgendwelche Nacktfotos stoßen oder so etwas. Fehlanzeige. Der Typ war mit seinem Rechner ab und zu im Internet, hat ein paar Mails geschrieben und mit einer Buchhaltungssoftware seine recht beachtlichen Finanzen verwaltet. Außerdem hat er noch eine Patientendatei geführt: Name, Geburtsdatum, Daten der Konsultationen, Krankheiten, Rezepte. Ich habe alles überflogen, doch nichts entdeckt. Aber ich weiß, dass du dir alles lieber auf Papier ansiehst, also habe ich die Liste ausgedruckt.« Sie schob ihm die Blätter über den Tisch. »Sieh selbst.«

Blanc studierte die Liste, sicherlich weniger als hundert Namen, trotzdem genug. Sie würden nun jeden einzelnen Patienten überprüfen müssen: Wie sah das Verhältnis zu Bazin aus, wann hatte der Betreffende den Arzt zuletzt gesehen, gab es mögliche Motive? Erschöpfende Routine, die sie wahrscheinlich nicht einen Schritt voranbringen würde. Er seufzte ohne große Hoffnung, Fabienne hatte recht. Immerhin kannte er ein paar dieser Namen schon: »Féraud, Charles ... Féraud, Dorothée ... Féraud, Sonia ... Chevilliet, Valéria ... de Romanet, Anthony ...«

Blanc hielt inne. Es war, als würde er plötzlich eine Stimme von oben vernehmen, als hätte er eine Vision. Auf einmal war alles ganz klar. Die Zusammenhänge. Die Tat. Das Motiv. Der Täter.

»Was ist mit dir los?«, flüsterte Fabienne und sah ihn besorgt an.

»Wir müssen los!«, rief Blanc und sprang auf.

»Wohin?«

»Den Mörder verhaften!«

»Verdammt, Roger, welchen Mörder?«

»Philippe Loubet de Bayle!«

»Bist du ganz sicher, dass wir nicht gerade eine Riesendummheit begehen?«, fragte Fabienne, als sie neben ihm im Streifenwagen saß. Blanc hatte Blaulicht und Sirene angeschaltet und raste über die Landstraßen. Freitagvormittag, er überholte im Slalom Autos und Lastwagen. Er hatte ihr in hastigen Worten erklärt, wo sie hinwollten – und warum.

»Du hättest ja auf der Station bleiben können«, erwiderte er scheinheilig.

Fabienne schüttelte den Kopf. »Das ist irgendwie irre«, murmelte sie.

»Das ist die einzig mögliche Erklärung. Es ist alles logisch«, beharrte Blanc. »Ruf Marius an, er soll sich ins Auto schwingen und auch kommen.«

»Ich denke, er ist krank.«

»Nur Quarantäne. Scheiß drauf, wenn er uns mit diesem Schnupfen ansteckt. Er sollte besser dabei sein.«

Während Fabienne ihren Kollegen anrief, lenkte Blanc den Mégane über Serpentinen hinauf. Sie waren nur noch ein paar Hundert Meter unterhalb von Les Baux, die Autos parkten links und rechts an der Landstraße, Touristen stiegen aus, und Blanc bremste ab, um niemanden zu überfahren. Die Besucher sahen dem Streifenwagen verwundert hinterher. Am Tor zur alten Stadt hielt er mit quietschenden Reifen, sie sprangen hinaus.

»Loubet de Bayle wird schon nicht weglaufen«, rief ihm Fabienne hinterher, die kaum folgen konnte. »Der Kerl ahnt doch nicht, dass wir kommen.«

Aber Paulette ist dort, nur ein paar Meter neben dem Mörder, dachte Blanc, und das machte ihn wahnsinnig.

Sie eilten die Gassen hinauf. Fabienne hatte sich im Laufen irgendwie das rote Band mit dem Aufdruck »Gendarmerie« um den Oberarm gestreift. Blanc hingegen war so nervös, dass er sich davon nicht ablenken lassen wollte. Eine Gruppe älterer Touristen kam aus einem Souvenirladen, blockierte den Weg. Er wollte sich zwischen ihnen hindurchschlängeln, stieß einen Mann um, rannte einfach weiter. Fabienne, die ihm dichtauf folgte, rief eine atemlose Entschuldigung und deutete auf ihr Armband.

Die Chapelle des Pénitents Blancs. Niemand stand auf dem Platz davor, doch sie hörten Stimmengemurmel aus dem Innern. Jemand sprach in ein Mikrofon. Sie erkannten die raue Stimme von Valéria Chevilliet.

»Was nun?«, keuchte Fabienne. »Gehen wir da etwa rein wie ein Überfallkommando?«

»So ungefähr«, erwiderte Blanc und zog seine SIG-Sauer.

»Du kannst da nicht rumballern!«

»Dadrin ist ein sechsfacher Mörder!«

Blanc öffnete die schwere Tür. Und dann war es wie in einem seltsamen, schrecklichen Traum. Die Worte waren bloß noch ein Rauschen, er sah alle Details wie unter einer Lupe, und jede Bewegung war unfassbar langsam. Graue mannshohe Stellwände waren in der alten Kapelle aufgestellt worden, zu beiden Seiten und auch quer in der Mitte, so als hätte man ein Labyrinth in das alte Gotteshaus hineingebaut. Adry Novolis Bilder hingen daran, Bauernhäuser, ein Fischerhafen, Zypressen, Oliven, ein Hain blühender Mandelbäume … Zwischen den Stellwänden standen Menschen, Dutzende, vielleicht mehr als hundert. Sie drehten die Köpfe, musterten ihn erstaunt. Er sah ein bekanntes Gesicht. Lukas Rheinbach, der verständnislos blickte. Blanc entdeckte Paulette. Sie lächelte unwillkürlich, als sie ihn erkannte. Dann sah sie die Pistole in seiner Hand, und ihre Augen weiteten sich.

Blanc stürzte nach vorne, stieß links und rechts Gäste beiseite. Am anderen Ende der Kapelle, unter dem großen Fresko von Jesus, war ein erhöhtes Stehpult aufgebaut worden. Es wurde von einem barocken Altar aus weißem Marmor überwölbt, der von den Köpfen dreier junger Engel bekrönt wurde – Engelsköpfe, die auf makabere Weise wirkten, als wären sie abgeschlagen und dort hingelegt worden. Valéria Chevilliet hatte am Pult ins Mikrofon gesprochen, innegehalten, sie blickte ihn eine Sekunde lang fassungslos an.

Und dann war sie verschwunden.

Die Zeit beschleunigte sich wieder, der Lärm flutete zurück. Leute riefen etwas, eine Frau schrie. Irgendwo hinter seinem Rücken fiel eine Stellwand krachend zu Boden. Blanc hielt inne und blickte sich hektisch um. Wo war Valéria Chevilliet? Sie musste sich hinter den Besuchern oder einer Stellwand verborgen haben. Fabienne war direkt hinter ihm.

»Zurück!«, rief er keuchend. »Stell dich an den Eingang, sie darf nicht entkommen!«

»Zu spät!« Fabienne deutete verzweifelt auf das Portal.

Blanc fluchte. Sie hatten sich wie Anfänger benommen, nur weil er keinen kühlen Kopf behalten hatte. Sie waren blindlings mitten in den Raum gestürmt, Valéria Chevilliet hatte sich einfach zwischen Stellwänden und der Mauer der Kapelle versteckt und war unentdeckt um sie herum zum Ausgang gelaufen. Sie musste verdammt schnell sein. Blanc hob seine Pistole. Doch da waren Menschen in der Schusslinie. Er sah Paulette. Rasch ließ er die Waffe wieder sinken und lief der Flüchtenden nach.

Der Platz. Blanc sah sich hektisch um. Sie war schon jenseits des Lavoirs, würde in die Gasse einbiegen, die am zerstörten Haus vorbeiführte. POST TENEBRAS LUX. Sie würde sich zwischen den Touristenmassen verbergen, aus Les Baux entkommen, und nur der Teufel wusste, wohin sie dann verschwinden würde. Er fluchte wieder. Doch in diesem Moment kam Marius die Gasse hoch. Valéria Chevilliet erkannte ihn und zögerte.

»Sie ist es!«, schrie Blanc mit aller Kraft.

Marius begriff blitzschnell und zog seine Pistole. Valéria Chevilliet sprang in eine Seitengasse. Ihr blieb nur noch ein Weg: hinauf zur Burgruine.

Blanc rannte ihr nach. Sie ist in der Falle, dachte er grimmig, da oben fällt der Felsen zu allen Seiten in die Tiefe, wie will sie da noch weg? Marius hatte ein paar Pfunde zu viel auf den Hüften und war langsam, doch Blanc hörte Fabiennes Schritte hinter sich, sie hielt mit. Zwei gegen eine, und wenn Marius sich doch zusammennahm, dann sogar drei.

»Stehen bleiben, Gendarmerie!«, rief er. »Sie haben keine

Chance!« Doch die Flüchtende drehte sich nicht einmal um. Sie hatte die schluchtartige Gasse erreicht, die zur Burg führte, und riss im Laufen mit einer raschen, brutalen Armbewegung eine Frau um.

»Tut mir leid!«, keuchte Blanc ein paar Augenblicke später und sprang über die Stöhnende hinweg. Er hatte trotzdem wertvolle Sekunden verloren. Valéria Chevilliet stürmte bereits an der Kasse vorüber. »He!«, schrie ein Mitarbeiter, aber er war viel zu langsam, um sie aufzuhalten. Er wollte sich Blanc in den Weg stellen, sah die Pistole und warf sich im letzten Moment zur Seite.

Der Mistral traf Blanc auf dem felsigen Plateau wie ein Schlag. In den Gassen hatte er den Wind zwar gespürt, aber hier erst war er ihm schutzlos ausgeliefert. Manche Böen waren so stark, dass er ins Taumeln geriet. Hier waren nur wenige Besucher, verhüllte Gestalten, die im Laufschritt über die ungeschützte Fläche eilten. Blanc hielt einen Moment inne und hob die Hand mit der Pistole. Doch bei diesem Wind würde er den Arm nicht ruhig genug halten können für einen gezielten Schuss, er ließ ihn wieder sinken und rannte weiter. Fabienne war nun an seiner Seite, Marius hingegen nicht mehr zu sehen.

Valéria Chevilliet erreichte die Burgruine. Blanc fürchtete einen Augenblick, sie würde in einem der zahllosen halb verfallenen Gewölbe verschwinden oder hinter einer Mauer in Deckung gehen. Doch sie hatte einen anderen Plan, oder sie war in blinder Panik – sie stürmte die steile Treppe auf den Tour Sarrasine hoch.

»Wir haben sie!«, rief Fabienne atemlos.

Sie konnten die schmalen, schief getretenen, tückisch glatten Stufen nur hintereinander erklimmen. Blanc sprang die Stufen hoch, musste sich am verrosteten Geländer festhalten und dafür seine SIG-Sauer von der rechten in die linke Hand nehmen. Er hatte die Hälfte der Treppe bezwungen, als er hinter sich einen halb unterdrückten Schrei hörte. Fabienne. Aus den Augenwinkeln sah er noch, wie sie auf einer Stufe ausglitt, dann knallte sie auf die Treppe, fiel zwei, drei, zehn Meter tief, schlug immer wieder hart auf die Stufen, bis sie auf einem Absatz liegen blieb. Blanc zögerte eine Sekunde, dann steckte er die Pistole weg und rannte wieder hinunter.

»Alles in Ordnung?«

Fabienne richtete sich mühsam auf, ihr Gesicht war schmerzverzerrt und schweißüberströmt. »Kümmere dich nicht um mich!«, zischte sie zwischen zusammengebissenen Zähnen. »Ich komme zurecht. Du musst sie kriegen!«

Blanc stürmte erneut nach oben, erreichte den Mauerkranz und duckte sich. Keine Deckung, nicht gegen den Mistral, nicht gegen Kugeln, falls Valéria Chevilliet eine Waffe hatte. Hier war der Wind so stark, dass er sogar Schwierigkeiten hatte zu atmen. Der Gipfel der Sainte Victoire stand so klar am Horizont, als wäre der Berg über Nacht zwanzig Kilometer näher an Les Baux herangerückt. Unten in der Ebene leuchteten die Kronen der Olivenbäume grünsilbern, und die Mandelbäume wirkten wie verwehter Schnee, denn der Wind riss Wolken von Blütenblättern aus dem Geäst. Ein aufgeregt flatternder Taubenschwarm stieg wie ein Gespenst aus der Ruine auf, wurde von Böen zerrissen, die Vögel stürzten sich zwischen die Mauern in Sicherheit zurück. Der Mistral heulte so stark, dass Blanc nichts anderes mehr hörte als die Böen. Niemand war hier oben zu sehen – nur eine Gestalt, die am Ende der Mauer den Tour Sarrasine noch höher erklomm ...

Blanc folgte ihr. Wenn Valéria Chevilliet eine Waffe gehabt hätte, dann hätte sie ihm damit am Ende der Treppe aufgelauert. Blanc fühlte sich sicherer, und zugleich war ihm schlecht vor Angst. Hier oben gab es nur noch einen Ausweg: den Himmel, die Luft, den Abgrund. Er verlangsamte seine Schritte, atmete durch, musste noch ein paar Stufen bis zur Plattform auf dem Tour Sarrasine hinaufsteigen. Niemals hatte er den Mistral mit solcher Gewalt gespürt wie hier, tausend kalte Nadeln, die durch die Kleidung bis auf die Haut drangen. Seine Augen tränten, sein Mund trocknete im Luftstrom aus, seine Hände wurden zu Eis; mit der Rechten umklammerte er die Pistole, nicht mehr sicher, ob er noch den Abzug durchziehen könnte, die Linke hatte sich um einen Stein der Mauer gekrallt, damit er unter dem Anprall der Böen das Gleichgewicht halten konnte.

Valéria Chevilliet war am äußersten Ende auf den Mauerkranz gestiegen, er war vielleicht zwanzig oder dreißig Zentimeter breit. Sie schwankte gefährlich im Mistral, ihre Haare flogen wie ein Schleier vor ihrem Gesicht. Blanc wagte es, die linke Hand vom Stein zu lösen. Er hob sie zu einer beruhigenden Geste, mit der Rechten steckte er betont langsam die Pistole in den Gürtel.

»Ihr Weg ist hier zu Ende, Monsieur Loubet de Bayle!« Er musste beinahe schreien, um das Heulen zu übertönen. Vorsichtig näherte er sich weiter dem Mauerkranz.

»Bleiben Sie, wo Sie sind!«

»Sie haben keine Chance mehr.« Er hielt kurz inne. Wenn man erst einmal wusste, dass Valéria Chevilliet ein Mann war, dann merkte man es ihr auch irgendwie an, dachte Blanc und fragte sich, wie er so lange blind und taub gewesen sein konnte. Der Körper, der unter wallenden Kleidern verborgen war, die raue Stimme, die er immer bloß auf ihre Zigaretten zurückgeführt hatte. Valéria Chevilliet war vor sieben Jahren in die Provence gekommen – aber nie war er auf die Idee gekommen, zu überprüfen, was sie in der Zeit davor getan hatte. Lukas Rheinbach hatte geglaubt, dass sie die Witwe eines Malers war, der so unbekannt gewesen war, dass selbst seine Künstlerkollegen nie von ihm gehört hatten. Und die DNA-Spuren auf den drei Bildern ... Valéria Chevilliet alias Philippe Loubet de Bayle hatte die Kunstwerke verkauft. Wahrscheinlich hatte er sich Mühe gegeben, so wenig Spuren wie möglich zu hinterlassen, doch als

Adry Novolis Galeristin hatte er alle ihre Bilder in Händen halten müssen, und niemand war zu hundert Prozent fehlerfrei. Loubet de Bayle hatte schließlich doch Spuren hinterlassen, auch wenn er selbst es lange nicht geahnt hatte.

»Wenn Charles Féraud nicht zufällig Patrick Ripert engagiert hätte, dann wären Sie vielleicht nie aufgeflogen, Monsieur Loubet de Bayle«, sagte Blanc. Er war möglichst unauffällig weitergegangen und ihm inzwischen so nah, dass er nicht mehr schreien musste.

»Man kann alles planen, nur den Zufall nicht«, erwiderte Loubet de Bayle und schüttelte resigniert den Kopf. »Ich habe wirklich geglaubt, meine Tarnung sei perfekt. Wissen Sie, ich habe mich wohlgefühlt, so, wie ich war.«

»Patrick Ripert war der jüngere Bruder jener Frau, die Sie kaltblütig erschossen haben, und der Onkel ihrer hingerichteten Kinder«, erwiderte Blanc scharf.

»Ja, ich habe ihn sofort wiedererkannt. Er ist mit dem kleinen Bild von Adry Novoli in meiner Galerie aufgekreuzt. Er hat mir sogar seine Visitenkarte gegeben, ich konnte seinen Namen schwarz auf weiß lesen.« Loubet de Bayle atmete durch. »Es war ein Schock, als wäre der Leibhaftige zu mir in die Galerie gekommen. Patrick hat mich nicht erkannt. Zumindest nicht sofort. Doch je länger wir miteinander geredet haben, desto seltsamer hat er mich angesehen. Da wusste ich, dass er mir auf die Spur kommen würde. Er hatte einen Verdacht. Ich musste ihn beseitigen, bevor er mir gefährlich werden konnte.«

»Er war näher dran, als Sie vielleicht ahnten. Er wollte einen DNA-Test machen, wussten Sie das nicht?«

»Nein.«

»Warum haben Sie ihn ausgerechnet in den Carrières de Lumières umgebracht?«

Loubet de Bayle lachte höhnisch. »Um Sie in die Irre zu führen, warum sonst? Geben Sie zu: Es ist mir gelungen!«

Blanc ging ein Licht auf. »Pavy hatte Ihnen gesagt, dass Ripert ihm ein Bild von Adry Novoli anbieten wollte – und Sie haben ihm dann geraten, ihn in den Carrières de Lumières zu treffen.«

»Wo Nounour Direktor ist, ja genau«, bestätigte Loubet de Bayle. »Und ich habe bei der Vernissage Thierrys Kreditkarte gestohlen, um mit ihr eine Eintrittskarte zu kaufen. Schon haben Sie Pavy und Bazin mit Patricks Tod in Verbindung gebracht, *mon Capitaine*. Manchmal seid ihr Flics so einfach zu durchschauen.«

Der will provozieren, ermahnte sich Blanc. Vielleicht war das ein Ablenkungsmanöver. Er zwang sich, kühl zu bleiben, analytisch, aufmerksam, nicht an die sechs Leben zu denken, die dieser Mann zerstört hatte, sondern jetzt nur Spuren nachzugehen, Fragen zu stellen, Rätsel zu lösen und vor allem: diesen Mörder zu verhaften. In der Zelle werde ich mir diesen Kerl richtig vornehmen, und dann werde ich auch Zeit haben zu trauern. Denn in gewisser Weise war er, wenn auch unwissentlich, am letzten Mord mitschuldig.

»Wie sind Sie ungesehen in die Carrières de Lumières gekommen?«, fragte er. »Sie mussten doch fürchten, dass Pavy Sie jederzeit entdecken könnte, ob Sie nun mit einer gestohlenen Kreditkarte zahlen oder nicht.«

Loubet de Bayle grinste. »Ich habe mich einfach wieder als Mann ausgegeben. Jeans, Mantel, Hut, eine Brille – Nounour ist tatsächlich einmal nur ein paar Schritte entfernt an mir vorbeigelaufen, aber er hat mich nicht erkannt!«

»Ripert haben Sie im Steinbruch getötet, um einen Zeugen zum Schweigen zu bringen«, stellte Blanc fest. »Und bei Bazin war es genauso, oder? Ein Zeuge, der nicht mehr reden sollte?«

»Ich bin damals zufällig auf Thierry gestoßen, als ich mich gerade erst ein paar Wochen in der Provence versteckt hatte. Ich hatte in Montmorillon schon Geld beiseitegeschafft und mir die Galerie in Miramas-le-Vieux gekauft. Ich wollte mir eine neue Existenz aufbauen, ich fühlte mich einigermaßen sicher – aber eben nicht ganz sicher. Sie haben Miramas-le-Vieux gesehen, da leben keine hundert Menschen. Ich bin Thierry bei der Eröffnung meiner Galerie begegnet. Einem plastischen Chirurgen! Es überkam mich wie eine Erleuchtung. Ich freundete mich mit ihm an, nahm ihn eines Tages beiseite und gestand ihm, dass ich mich schon immer mehr als Frau denn als Mann gefühlt habe. Thierry mochte die wilde Szene der Künstler. Männer, die sich für Frauen, und Frauen, die sich für Männer hielten, fand er nicht ungewöhnlich. Er selbst hat mir vorgeschlagen, dass er mich umoperiert. Nicht den ganzen Körper, das hätte er in seiner Praxis in Les Baux nie machen können, aber immerhin mein Gesicht. *Voilà*, so habe ich fortan als Frau unbehelligt gelebt, weil alle Flics Frankreichs einen Mann suchten.«

»Bis Bazin durch unsere Ermittlungen erfahren hat, dass DNA-Spuren des berüchtigten Mörders Philippe Loubet de Bayle auf Bildern von Adry Novoli gefunden worden waren«, ergänzte Blanc. »Da hat er plötzlich geahnt, wen er damals wirklich operiert hatte.«

»Ich weiß nicht, ob Thierry tatsächlich die Zusammenhänge begriffen hat, aber ich konnte kein Risiko eingehen.«

Blanc begriff, dass dieser Mann ein Monster war. Jemand, der andere Menschen kalten Herzens umbrachte, weil sie ihm im Weg waren – oder vielleicht auch nur, weil sie ihm lästig wurden. »Warum mussten Ihre Frau und Ihre drei Kinder sterben?«, fragte er.

Plötzlich verschwand Loubet de Bayles Maske höhnischer Überlegenheit. Er blickte Blanc auf einmal traurig an, beinahe, als würde er ihn um Verständnis bitten, gar – was absurd war – um Vergebung. »Was wissen Sie schon?« Er straffte sich und wiederholte: »Was wissen Sie schon?«

»Ich weiß nichts«, gab Blanc zu. Nur noch drei Schritte trennten ihn von Loubet de Bayle.

»Ich habe es einfach nicht mehr ertragen. Alles. Familie kann wie ein Gefängnis sein. Schlimmer als ein Gefängnis. Ich fühlte mich, als würde ich langsam ersticken. Ich habe …«, er schluckte schwer, »ich habe meine Frau und meine Kinder schließlich aus tiefstem Herzen gehasst. Sie können sich gar nicht vorstellen, wie ich sie gehasst habe.«

Blanc nickte langsam. Er schob seinen linken Fuß unauffällig vor. »Da haben Sie recht: Ich kann mir so etwas nicht vorstellen.« Noch zwei Schritte. »Sie hätten sich doch einfach scheiden lassen können.«

»Damit jemand anderer meine Frau und meine Kinder kriegt?! Niemals!«, schrie Loubet de Bayle. Sein Gesicht war jetzt zornesrot. Es hatte alles Weibliche verloren.

Blanc starrte in diese Fratze eines wütenden Mannes. »Deswegen löschen Sie Ihre ganze Familie aus?« Es war nicht allein der Mistral, der Blanc frösteln ließ. Nur noch ein Schritt.

»Und lieber lösche ich mich selbst aus, als für immer in einer Zelle zu vermodern.«

Dann sprang Philippe Loubet de Bayle in den Abgrund. Blanc, der zu ihm stürzte, packte ihn am Ärmel – doch der Seidenstoff glitt ihm aus der Hand.

Der Duft von Teer und Fischen

Am späten Nachmittag spazierten Paulette und Blanc Hand in Hand durch Martigues. Die Stadt lag an dem Kanal, der den Étang de Berre mit dem Mittelmeer verband, ein provenzalisches Venedig, über das sich allerdings eine aberwitzig hohe Autobahnbrücke spannte. Die Häuser waren alt und schmal, doch leuchtend bunt verputzt: gelb, grün, rot, blau, eine Stadt, als hätte sie ein Kind ausgemalt. In den Kanälen zogen weiße Motorjachten und bemalte Fischerboote an ihren Leinen, der Mistral riffelte das graugrüne Wasser und schüttelte Blätter und winzige weiße Blüten eines Geißblatts durch, das fast fünf Meter hoch eine Fassade überwucherte. Der Schatten von Sainte Marie-Madeleine lag wie ein schwarzer Balken über dem Bürgersteig neben dem Kanal, ein eckiger Kirchturm wie der Donjon einer Burg – aber keine Ruine, dachte Blanc, immerhin das.

Er hatte keine Lust mehr auf Ruinen und schroffe Hügel, auf Felsen und düstere Gassen, er wollte am Hafen sein, dessen Duft von Teer und Fischen einatmen, wollte durch eine Stadt flanieren, die, ja doch, hübsch aussah, in der sich aber keine Künstler verirrten oder Touristen, Galeristen, Pariser Exilanten – oder gar untergetauchte Mörder.

Blanc hatte Paulette vorgeschlagen, ihr die *Aotearoa* zu zeigen, die betagte kleine Segeljacht, die er sich vor ein paar Monaten gekauft hatte und die im Hafen von Martigues lag. Er hatte sie nach der dramatischen Szene an diesem Vormittag in Les Baux einmal kurz in die Arme geschlossen, mochten Marius, Fabienne und alle Kollegen denken, was sie wollten. Sie hatte ihn fest an sich gedrückt und ihm ins Ohr geflüstert: »Kaum habe ich dich, muss ich schon wieder Angst haben, dich zu verlieren.«

»Ich bin unverwundbar«, hatte Blanc geantwortet und im Stillen gehofft, dass das Schicksal ihn diese Übertreibung nicht irgendwann bereuen lassen würde. Dann hatte er sich von seiner Geliebten gelöst und sie schweren Herzens auf später vertröstet. Die Gendarmerie war mit großen Aufgebot nach Les Baux gekommen und hatte die Burg stundenlang abgesperrt. Es war kompliziert gewesen, den zerschmetterten Leichnam fünfzig, sechzig Meter unterhalb der Mauern auf einem Felsvorsprung zu bergen. Doch auch wenn der Körper schrecklich zugerichtet war, konnte Fontaine Thezan den Leichnam untersuchen und ihm Fingerabdrücke abnehmen – und so war rasch klar gewesen, dass der Tote tatsächlich Philippe Loubet de Bayle war. Nun lag er in der Gerichtsmedizin; Doktor Thezan würde sicher die ganze Nacht über seinen Körper gebeugt arbeiten, doch was mochte die Obduktion ihnen noch verraten? Die Lösung des größten Rätsels hatte Loubet de Bayle mit ins Grab genommen.

»Warum hat er das bloß getan?«, sagte Blanc nachdenklich, während er mit Paulette zwischen den Häusern promenierte. »Aus seiner Sicht waren die Morde an Ripert und Bazin so etwas wie Notwehr. So verabscheuungswürdig das auch ist, ich verstehe zumindest die Logik dahinter. Aber warum löschst du deine Familie so brutal aus? Wirklich nur, weil du dich gedemütigt fühlen würdest, wenn du sie ziehen lässt?«

»Das fragst du dich, weil du niemals gegen irgendwen die Hand heben würdest. Aber ich war mit einem Mann verheiratet, der ohne irgendeinen Grund mit den Fäusten auf meine Töchter und mich losgegangen ist, wenn er getrunken hatte«, erklärte Paulette bitter. »Auf mich wirkt Loubet de Bayles Griff zum Gewehr nicht ganz so abwegig. Es ist eine Steigerung des Üblichen, mehr nicht.«

Er nahm sie in den Arm – was sollte er dazu auch sagen? Schweigend schlenderten sie die Kanäle entlang. Der Mistral hatte die meisten Einwohner vom Bürgersteig geweht, sie kamen sich vor, als seien sie die einzigen Menschen in dieser Stadt. »Aber Loubet de Bayle hatte seine Morde über Wochen oder gar Monate vorbereitet. Das war kein cholerischer Alkoholiker. Der war ein kaltherziger Henker.«

Paulette stellte sich vor ihn, sodass er stehen bleiben musste. Sie blickte ihm in die Augen und schlang ihre Arme um seinen Nacken. »Dieser Kerl war einfach ein Psychopath«, sagte sie entschieden. »Ein Wahnsinniger. Ein Mensch ohne Gefühle. Er hat sechs Leben ausgelöscht. Aber er wird dein Leben nicht vergiften. Und meines auch nicht.« Sie küsste ihn leidenschaftlich. »So«, fuhr sie hinterher fort, »und jetzt reden wir über schöne Geschichten! Geschichten mit Happy End.«

Blanc dachte nach, nahm ihre Hand und führte sie in die nächste Gasse, wo sie besser gegen den Mistral geschützt waren. »Ich habe drei Geschichten für dich«, meinte Blanc. »Ob sie ein Happy End haben, weiß ich noch nicht, aber sie fangen immerhin gut an. Die erste: Fabienne hat sich nichts gebrochen. Ihr linker Knöchel ist verstaucht, sie ist ein paar Tage krankgeschrieben. Sie hat mir am Telefon gesagt, dass sie diese so unverhofft geschenkte freie Zeit mit ihrer Frau verbringen will. Die zweite: Marius ist vom Arzt zurück in Quarantäne geschickt worden, während der ihn eine Nachbarin mit Einkäufen versorgt. Ich habe den Eindruck, er lässt sich sehr gern versorgen. Vielleicht tut das dem alten Schwerenöter mal ganz gut. Die dritte Geschichte lautet«, Blanc schüttelte verwundert den Kopf, »mein überkorrekter Chef hat früher als jemals zuvor Dienstschluss gemacht, weil er sich um eine junge, sehr verlorene Frau kümmern will. Das ist der reine Wahnsinn, aber es ist irgendwie schön zu sehen, dass jemand aus Liebe wahnsinnige Dinge tut.«

»Alter Romantiker«, sagte Paulette. Plaudernd gelangten sie zum Jachthafen. Wie herrlich es war, dachte Blanc, mit einer Frau Hand in Hand durch eine Stadt zu flanieren. Er führte sie zu einem Ponton, einem langen Steg aus Plastik und Stahlrohren, der auf dem Wasser schwamm und im Rhythmus der Wellen auf und ab wippte. Der Mistral wehte so stark, dass die gespannten Drahtseile der Wanten wie schrecklich falsch gestimmte Harfensaiten heulten und pfiffen. Auf einem Boot schlug eine lose Leine gegen den Aluminiummast.

»*Voilà*«, sagte Blanc, plötzlich etwas verlegen. Die *Aotearoa* war sechseinhalb Meter lang, kleiner als die vertäuten Jachten links und rechts von ihr. Der Kunststoffrumpf war meerblau gestrichen, doch war die Farbe alt und an manchen Stellen kreidig weiß ausgeblichen, das weiße Deck hatte Macken und Beulen.

Doch Paulette lächelte und sagte nur: »Sehr schön!« Sie sprang an Bord.

Blanc kletterte ihr hinterher und schob die Holzluke zurück. Drei Stufen führten von dort in eine winzige Kajüte: eine Doppelkoje, ein Campingkocher, eine winzige Spüle, ein paar Schapps und ein altertümliches Funkgerät. Unter Deck war es so niedrig, dass sie sich dort nur tief gebückt bewegen konnten.

»Ich würde ja gerne mit dir aufs Meer segeln«, sagte Blanc, »aber der Mistral ist viel zu stark.«

»Das macht nichts«, erwiderte Paulette und blickte auf die Koje. »Mir fällt da etwas anderes ein, was wir tun können.«

Personnage

ROGER BLANC
Capitaine der Gendarmerie, dessen Karriere und dessen Leben
in der Provence unsanft aus der Kurve getragen werden

MARIUS TONON
Ewiger Lieutenant, erfahrener Kollege und der beste Freund,
den Blanc in der Provence gefunden hat

FABIENNE SOUILLARD
Computerspezialistin, die der Himmel oder die Bürokratie
in den Midi geschickt hat

NICOLAS NKOULOU
Commandant der Gendarmerie, der seinen Blick von Gadet
aus fest auf eine viel größere Stadt gerichtet hält – und auf eine
junge Frau

SYLVAIN
Brigadier und Babyface, ein Gendarm, den man besser nicht
unterschätzen sollte

BARRESSI
In Geist und Körper nicht der schnellste Brigadier von Gadet

SAAD BEN-ROUIJAL
Der Kellergeist der Gendarmerie-Station, ein Spezialist für
unsichtbare Spuren

JEAN-CHARLES VIALARON-ALLÈGRE
Staatssekretär in Paris mit mehr Verbindungen in die Provence,
als Roger Blanc guttut

AVELINE VIALARON-ALLÈGRE
Untersuchungsrichterin, die das Risiko liebt; Gattin des
Staatssekretärs

FONTAINE THEZAN
Rechtsmedizinerin in Salon-de-Provence, raucht eine sehr
spezielle Marke

PAULETTE AYBALEN
Nachbarin von Blanc, die ihr Dorf, ihre Töchter, ihre Pferde und
den freien Himmel liebt und vielleicht noch jemanden mehr

PATRICK RIPERT
Ein Kunstdetektiv, der fatalerweise nicht nur nach Kunst fahndet

NATASHA
Sie merkt sich jeden Gast und ist erleichtert, dass die Gendarmen
sich nicht für sie interessieren.

CHARLES FÉRAUD
Er weiß, dass Mandeln ein Vermögen wert sind, Adry Novoli
eine gute Künstlerin ist und dass man über manche Dinge besser
schweigt.

SONIA FÉRAUD
Die Gattin von Charles, die nicht gerade glücklich ist, dass
Gendarmen auf ihrem Hof auftauchen

BRUNO FÉRAUD
Der älteste Sohn von Charles und Sonia Féraud, ein Mann,
der wie ein Mönch lebt, und jeder fragt sich nach dem Grund dafür

BAPTISTE FÉRAUD
Der zweite Sohn, ein junger Mann mit einem sehr seltsamen Hobby

DOROTHÉE FÉRAUD
Eine haltlose junge Frau, die dort Halt findet, wo man es kaum
vermuten würde

MAURICE »NOUNOUR« PAVY
Der Direktor des erstaunlichsten Steinbruchs der ganzen Provence

THIERRY BAZIN
Ein Schönheitschirurg in Les Baux und ein Künstler, gewissermaßen

ANTHONY DE ROMANET
Ein ehemaliger Lehrer, dessen bisheriges Leben bei einem Unfall,
der gar keiner war, zerstört worden ist

VALÉRIA CHEVILLIET
Die Galeristin von Adry Novoli, bei der sich Kunden einfinden,
die sich für Kunst interessieren – und Kunden, die sich eigentlich
gar nicht für Kunst interessieren

LUKAS RHEINBACH
Deutscher Maler, dessen Bilder in viele Teile zerlegt werden – oder
endlich auch einmal nicht

MANUEL BONATI
Ein Taschendieb, der zur falschen Zeit am falschen Ort die falschen
Taschen leert

SOLANGE
Eine junge Beamtin, erstaunlicherweise sogar jünger als Blancs
Tochter

JEAN-LOUIS SANMARCO
Chef eines Gentechniklabors in Lyon, der vergebens auf einen
Kunden wartet

HUGUES DUBOIS
Ein kultivierter älterer Herr aus Marseille

MURIEL THANH
Eine Kollegin aus Montmorillon, deren sanfte Stimme niemanden
täuschen sollte

MAÎTRE PETRARUCCI
Ein Mann mit furchterregend guten Verbindungen, was Blanc aber
auch nicht glücklicher macht

VINCENT MATTEI
Avelines Vertreter. Ein Untersuchungsrichter, der begeistert zuhört

GUSTAVE PERRIN
Ein aufmerksamer Kriminaltechniker

BÉATRICE ESPOSITO
Brigadier-Chef in Straßburg, ihre Leute machen einen guten Fang

Nachbemerkung

Adry Novoli war eine sehr geschätzte Künstlerin und Nachbarin, die leider viel zu früh verstorben ist. Sie hätte ein eigenes Museum verdient, nicht bloß diese Hommage in einem Roman.

Im Coronajahr fiel der 13. Februar tatsächlich auf einen Donnerstag – ein Freitag, der Dreizehnte, hätte aber viel besser gepasst, weshalb ich mir diese kalendarische Freiheit erlaubt habe.

Die Carrières de Lumières zeigen jedes Jahr von März bis Anfang Januar ein neues Kunstprogramm. Ein wundervoller Ort, an dem tatsächlich meines Wissens noch nie jemandem ein Haar gekrümmt wurde. Die Burg von Les Baux ist beeindruckend, hier rate ich jedoch wirklich von einem Besuch ab, wenn der Mistral wütet. Beide werden von *Culture Espace* verwaltet – das echte Personal des Unternehmens hat selbstverständlich absolut nichts mit irgendeinem Gewaltverbrechen zu tun.

Das Kot & Sushi mag einen für Deutsche leicht befremdlich klingenden Namen haben, ist aber ein sehr gutes Restaurant in Salon-de-Provence. Allerdings ist es, anders als im Roman, montags geschlossen.

In Miramas-le-Vieux stand lange am beschriebenen Ort neben der Burgruine eine Galerie: Galerie Doris et Guy Salomon. Noch schöner als im Roman und garantiert in keinerlei Bluttat verstrickt.

Dasselbe gilt auch für das Eiscafé danebens: Glacier le Quillé.

Und das Oppidum des Bringasses liegt in der Tat versteckt und von der Welt vergessen auf einem Hügel oberhalb von Les Baux. Um es zu entdecken, folgen Sie einfach den Spuren von Capitaine Roger Blanc.

CAY RADEMACHER

GEHEIMNISVOLLE GARRIGUE

Ein Provence-Krimi mit Capitaine Roger Blanc

DUMONT

CAY RADEMACHER

GEHEIMNISVOLLE GARRIGUE

Ein Provence-Krimi
mit Capitaine Roger Blanc

LESEPROBE

DUMONT

Der Fluss in die Unterwelt

Die Luft über dem Tunnel du Rove war so klar, als würde kein Mensch mehr auf der Erde leben. Die Morgensonne leuchtete weich auf die nahen Dächer von Marignane, verwandelte das stille Wasser des Étang de Bolmon am Horizont in flüssiges Gold; ein schmeichlerisches Licht, drei Monate entfernt vom gnadenlos grellen Leuchten, mit dem sie im Sommer die Provence ausdörren würde. Ein Graureiher segelte lautlos dicht über das Wasser, seine Federn hatten die Farbe von Asche. Winzige Wellenlinien riffelten den flaschengrün schimmernden Kanal, vielleicht von einem unmerklichen Wind modelliert, wahrscheinlicher jedoch von einer verborgenen Strömung – einer Strömung, die es gar nicht geben dürfte, dachte Capitaine Roger Blanc, weil sie gegen alle Naturgesetze zu verstoßen schien.

Er stand am Ufer eines Kanals, der mitten in der Stadt Marignane aus einem steilen Berg trat und in gerader Linie bis zum Étang de Bolmon führte, einem flachen See, den nur ein schmaler Damm vom viel größeren Étang de Berre trennte. Doch das Wasser zu Blancs Füßen strömte nicht etwa vom Berg fort Richtung Horizont, so wie ein Fluss, der einem Hügel entspringt – sondern es strömte auf den Berg zu und verschwand dort in einem riesigen finsteren Tunnel. Auf Blanc wirkte das, als würde das Wasser vom Schlund der Unterwelt angesaugt.

Ausgerechnet hier war wenige Stunden zuvor eine junge Frau spurlos verschwunden.

Beinahe spurlos.

Der Tag hatte schon schlecht begonnen: Sonntag, 15. März, Kommunalwahlen in Frankreich, alle Gendarmen waren wie immer mobilisiert worden, um die Wahllokale zu schützen. Nur dass diesmal nichts wie immer war. Die Seuche beherrschte das Land, Covid-19, in den Krankenhäusern erstickten die Patienten. Die Kinder durften ab morgen nicht mehr zur Schule gehen, damit sich die Pandemie nicht noch rascher ausbreitete. Blanc hatte Gerüchte gehört, dass der Präsident die Nation in den Ausnahmezustand versetzen würde, und wer wusste schon, was dann geschah? Vielleicht würde es ihnen allen so ergehen wie seinem Kollegen Lieutenant Marius Tonon, denn der steckte schon seit beinahe zwei Wochen in häuslicher Quarantäne. Er hatte sich vielleicht schon im Februar angesteckt, vielleicht auch nicht, niemand wusste das so genau, denn es gab zu wenige Tests. So wie es auch nicht genügend Alkohollösung gab, um sich die Hände zu desinfizieren. So wie es auch nicht genügend Masken gab, für niemanden.

Blanc hatte den Morgen über in Caillouteaux Dienst geschoben, wo man das Wahllokal in der Kantine der Grundschule eingerichtet hatte. Für die Wahlhelfer hatte es irgendwie doch noch Masken und Desinfektionslösung gegeben, nicht jedoch für die Flics vor dem Gebäude. Zum Glück war die Ansteckungsgefahr nicht sonderlich groß gewesen, denn die meisten Bürger waren aus Angst vor dem Virus erst gar nicht erschienen.

Kurz vor Mittag hatte es plötzlich Alarm in der Gendarmerie-Station von Gadet gegeben: Eine junge Frau namens Laetitia Fabre wurde seit dem frühen Morgen vermisst. Für Blanc war es, trotz dieser beunruhigenden Meldung, eine Erleichterung gewesen, als ihn sein Chef Commandant Nkoulou von dem langweiligen Job am Wahllokal abzog und ihn mit den Ermittlungen betraute.

Laetitia Fabre hatte mit ihrem Mountainbike eine Runde durch die Region gedreht, ihr war die Seuche offenbar egal gewesen, doch sie war bislang nicht zurückgekehrt. Eine zweiundzwanzigjährige Studentin an der Kedge Business School in Marseille; ihr Freund hatte den Beamten ein Foto der jungen Frau geschickt. Blanc hatte das Bild lange auf dem Handy betrachtet. Laetitia Fabre war mittelgroß, schlank, sie hatte braune lange Haare, trug eine dünne Brille – der Typ Frau, bei dem erst auf den zweiten Blick auffiel, wie hübsch sie war. Laetitia wohnte zusammen mit ihrem jüngeren Bruder noch bei der verwitweten Mutter in Pélissanne. Es waren aber weder Mutter noch Bruder, die sie vermisst gemeldet hatten – das hatte Yves-Laurent Sylvain getan, der klügste und ehrgeizigste der jungen Brigadiers, die auf der Station von Gadet Dienst taten. Denn Sylvain war der Freund der Vermissten.

Sylvain hatte sich bei Nkoulou gemeldet. Laetitia Fabre, so sagte er, hätte spätestens um zehn Uhr von ihrer Tour zurück sein müssen. Sie hatte die Nacht bei ihrer Mutter verbracht, er in der Wohnung seiner Eltern. Sie hatte sich auf der Gendarmerie-Station von Gadet melden wollen, um gemeinsam mit ihrem Freund wählen zu gehen. Jetzt war es zwölf Uhr, Laetitia Fabre war weder in Gadet noch bei ihren Eltern aufgetaucht, und wenn Sylvain sie auf dem Handy anrief, wurde er sofort an die Mailbox weitergeleitet.

Kurz nachdem Sylvain die Vermisstenanzeige aufgegeben hatte, ein Kollege tippte noch die Daten in den Computer, war die Meldung einer Streife eingegangen. Ein älterer Mann, der seinen Hund ausführte, hatte ein Mountainbike – genau das Modell, das Laetitia fuhr – in einem verwilderten Grünstreifen gefunden, an einer Stelle, wo man gar nicht mit dem Fahrrad hätte hinfahren können. An einer Stelle, deren Betreten verboten war.

Am Tunnel du Rove in Marignane.

Blanc hatte seiner Kollegin Sous-Lieutenant Fabienne Souillard das Steuer des Streifenwagens überlassen, damit er auf der zwanzigminütigen Fahrt bis Marignane auf seinem alten Smartphone wenigstens ein paar Informationen zu dem Ort finden konnte, an den sie gerufen wurden. Der Tunnel du Rove war ein

Projekt wie aus einem Roman von Jules Verne. Damit die schwerfälligen Frachtkähne, die über die Rhône Marseille mit dem Norden verbanden, nicht länger die gefährliche letzte Etappe über das Mittelmeer auf sich nehmen mussten, hatten Ingenieure eine wahnwitzige Abkürzung ersonnen: Die Binnenschiffe sollten vom Étang de Berre, dem Étang de Bolmon und dem Tunnel du Rove aus *unter* der mehrere Hundert Meter hohen schroffen Hügelkette Chaîne de l'Estaque hindurch direkt bis nach Marseille fahren. Und so wühlten sich ab 1911 Arbeiter aus Italien, Spanien, Portugal, später auch Kriegsgefangene aus Deutschland und Österreich mit Spitzhacken und Dynamit von Marignane und Marseille aus durch die Chaîne de l'Estaque. Hunderte starben unter den Bergen, niemand hatte sich je die Mühe gemacht, die Opfer zu zählen, niemand hatte ihnen je ein Denkmal errichtet oder auch nur einen würdigen Friedhof. 1926 war der Tunnel du Rove vollendet: mehr als sieben Kilometer lang, die steinernen Bögen des Gewölbes zweiundzwanzig Meter weit und über fünfzehn Meter hoch, vier Meter tief war das trübe Wasser – es war der längste Kanaltunnel der Welt. Schiffe fuhren von nun an durch den Berg bis zum Großen Blau – bis in einer Frühsommernacht 1963 tief im Innern Tausende Tonnen Gestein das Gewölbe zerschmetterten und in den Kanal stürzten. Seither hatte niemand je das Geld, die Kraft oder einfach nur den Mut gehabt, diese Barriere zu beseitigen. Und so hatte sich der Tunnel du Rove in den Styx der Provence verwandelt, einen Unterweltfluss, der vom Étang de Berre aus in die Schwärze der Berge floss, ein vergessenes Gewässer, das nichts mehr nützte und das jedermann mied. Das technische Wunder von einst war nun bloß noch ein Monument gescheiterter Träume. Kein Boot, kein Schwimmer durfte sich auf dem Kanal in den Berg hineinwagen, kein Wanderer an seinen schmalen, tückisch brüchigen Ufern entlanggehen.

Blanc fragte sich, was eine zweiundzwanzigjährige Business-School-Studentin mitten in einer Pandemie an so einem Ort verloren haben könnte. Er hatte Brigadier Sylvain befohlen, im Streifenwagen mitzufahren, um ihn unter Kontrolle zu behalten. Der junge Beamte saß auf der Rückbank, er war kaum älter als Laetitia. Er hatte blonde Haare, rosige Haut, sanfte Züge, ein Mann, dem eine Priestersoutane oder eine Pfadfinderkluft besser gestanden hätte als die blaue Uniform der Gendarmerie. Blanc musterte ihn unauffällig im Rückspiegel. Sylvain, der sonst so lieb und harmlos wirkte, war rot und schwitzte. Er knetete unablässig seine Hände. Nervös, dachte Blanc, Sylvain ist nervös. Aber das war nicht alles. Der Mann war seltsamerweise auch verlegen, vermutete er, so als ob er sich für etwas schämte.

»Fuhr Mademoiselle Fabre mit ihrem Mountainbike öfter durch Marignane?«, fragte Blanc und wandte sich während der Fahrt nach hinten.

»Hin und wieder«, antwortete Sylvain fahrig.

»In Marignane liegt der Flughafen Marseille. Daneben stehen die riesigen Werkshallen von Airbus Helicopter. Warum fuhr Mademoiselle Fabre ausgerechnet dort herum?«, mischte sich Fabienne ein. »Es ist nicht gerade der schönste Ort der Provence.«

»Aber einer der flachsten.« Sylvain rang sich zu einem gequälten Lächeln durch. »Ich habe Laetitia schon hundertmal gesagt, sie soll sich ein richtiges Rennrad kaufen. Sie hasst es nämlich, mit ihrem Mountainbike Berge hochzufahren. Sie rast jedes Wochenende wie eine Verrückte über Nebenstraßen. Sie steigt schon in der Morgendämmerung aufs Rad. Sonntagmorgens fährt dort kaum ein Auto, da ist es ungefährlich.« Er merkte, was er gesagt hatte, und seine Stimme verlor sich. Dann räusperte sich Sylvain und fuhr fort: »Jedenfalls fährt Laetitia am liebsten um den Étang de Berre herum, Vitrolles, La-Fare-les-Oliviers und eben Marignane. Da ist es topfeben. Marignane ist übrigens gar nicht so hässlich. Der Eingang zum Tunnel du Rove liegt mitten in einem Wohnviertel, schicke Lage, total ruhig.«

Schickes Wohnviertel, dachte Blanc, total ruhig, *eh merde*.

Das bedeutete wahrscheinlich: keine Zeugen. In solchen Gegenden sah niemals jemand irgendetwas. Er sagte nichts mehr und starrte aus der Frontscheibe, bis sie Marignane erreicht hatten. Fabienne wirkte, als müsste sie sich auf den Verkehr konzentrieren, obwohl kaum ein anderer Wagen zu sehen war. Das Schweigen war wie ein Gewicht, die Fahrt nach Marignane lang wie eine Weltreise. Ein zweiundzwanzigjähriges Mädchen, dachte Blanc, korrigierte sich: eine Frau selbstverständlich. Und doch … Seine Tochter Astrid war zwanzig, und sie war doch gewissermaßen auch noch ein Mädchen, oder? Wenn Astrids Fahrrad irgendwo in einem Gebüsch gefunden worden wäre … Blanc schüttelte sich unwillkürlich. Professionell bleiben, ermahnte er sich, und vielleicht klärt sich das alles rasch auf, und es ist ganz harmlos. Hoffentlich ist alles ganz harmlos. Es muss harmlos sein, *merde*.

Sie parkten in der Rue Robert Schuman, einer schmalen, geraden, mindestens einen Kilometer langen Straße mit staubigem Randstreifen, zernarbtem Asphalt, fehlenden Markierungen – als hätte sich nie jemand die Mühe gemacht, sie zu vollenden. Doch an ihrer linken Seite reihten sich Grundstücksmauern nahezu nahtlos aneinander, lauter kleine Burgen, ockerfarben, rot, rosa oder grau verputzt, die Tore aus eingefärbtem Aluminium, Edelstahl oder Holz, alle geschlossen. Darüber erkannte Blanc Dächer und Veranden von Villen, bei denen sich die Besitzer sehr wohl die Mühe gemacht hatten, sie bis zur letzten Dachschindel zu Ende zu bauen. Ein gepflegtes Viertel, die Häuser stammten aus den Siebziger- oder Achtzigerjahren, nicht wirklich alt, aber auch nicht mehr modern. Und nirgendwo war ein Bewohner zu sehen.

Auf der anderen Seite der Rue Robert Schuman erstreckte sich ein schmaler, verwilderter Grünstreifen. Gräser hoch wie Weizen, Disteln, Ginster, dazwischen ein Trampelpfad. Blanc entdeckte ein Warnschild mitten im Gestrüpp, die Schrift schreiend rot: *Danger! Accès Interdit – Risque du Chute.*

Chute, dachte Blanc, »Absturz«, wo sollte man hier abstürzen? Die Navigationsapp seines Handys zeigte ihm, dass er nur ein paar Meter neben dem Kanal stehen musste, er bemerkte auch den Geruch von Süßwasser, aber er sah nur Villen auf der einen und Wildnis auf der anderen Straßenseite. Zwischen den Gräsern blitzte ein seltsam eckiges, mannshohes metallenes Messgerät. Sie gingen dorthin. *Sixense* stand auf dem Sockel des Geräts, was ihn auch nicht klüger machte. Einige orangefarbene Holzpflöcke steckten zu beiden Seiten im weichen Erdboden, wo sich ein fünfzig Meter langer Riss auftat. Und da erst erkannte Blanc, dass der Grünstreifen die Kante eines sehr steilen Abhangs verbarg – eines Abhangs, der offenbar jederzeit in die Tiefe rutschen konnte. Das Gerät und die Holzpflöcke waren nichts anderes als eine Art Alarmanlage, die wahrscheinlich mit einer Zentrale verbunden war und ein Zeichen geben sollte, wenn sich Hunderte Tonnen Erdreich und Sand in Bewegung setzten. Denn hinter dem Gestrüpp und den Warnschildern versteckte sich der Kanal, der zum Tunnel du Rove führte.

Blanc fand sich plötzlich an einer wohl dreißig Meter in die Tiefe fallenden Böschung wieder, so steil, dass jeder, der sie hinuntergehen wollte, sich im Boden festkrallen musste. Verkrüppelte Kiefern, Wacholdersträucher und Brombeeren wuchsen aus der abfallenden Flanke, Büschel mit hohem Bambus hatten mal hier, mal dort ein paar Quadratmeter erobert und bewegten sich sanft im Wind. Direkt vor ihm ragte ein schwarzer, knotiger toter Baum in den Himmel. Weit unter Blanc war der alte Kanal ein gerader, in rissigen Beton gefasster Wasserlauf, mehr als zwanzig Meter breit. Das Wasser war trüb und grün. Sein Blick folgte einem Reiher, der wie ein lautloser Geist über den Kanal glitt. Einst waren zu seinen beiden Seiten aus Beton schmale Uferstreifen gegossen worden, vielleicht für Treidlerpferde, vermutete Blanc, die früher Frachtkähne zogen. Doch diese Betonwege waren längst von Schlamm überkrustet, aus dem Sträucher wuchsen.

Zu seiner Rechten verlor sich der Kanal irgendwann im goldenen Dunst, dort, wo Étang de Bolmon und Étang de Berre lagen. Etwa hundert Meter links von ihm verschwand er in einem Portal, das wie ein Eisenbahntunnel aussah, so als seien das hier ursprünglich einmal Schienenstränge gewesen, die durch irgendeine seltsame Katastrophe überspült worden waren. Das Portal war ein gewaltiger Bogen in einem grün überwucherten Felshang, ein Gewölbe aus Steinen mit wuchtigen eckigen Vorbauten zu beiden Seiten. Die Steine waren sorgfältig zurecht gehauen, manche waren sicherlich so groß wie der Oberkörper eines Mannes. Sie schimmerten grau unter einem Schleier aus Grünspan hindurch. Von seinem Standpunkt aus am oberen Rand der Böschung konnte Blanc nur wenige Meter tief in den Tunnel hineinblicken. Dort war das Gewölbe schwarz von Feuchtigkeit und versintert, von der Decke hingen zahllose kaum mehr als fingerlange bräunliche Stalagmiten.

»Wie gruselig«, murmelte Fabienne.

Blanc warf ihr einen warnenden Blick zu und deutete unauffällig zu Sylvain hin, der auf der Straße stehen geblieben war und zwei Gendarmen ein Handzeichen gab, die ein Stück weit die Rue Robert Schuman hinunter im Schatten eines Baumes gewartet hatten. Blanc blickte genauer hin. Ein älterer Mann stand bei den beiden Kollegen, zu seinen Füßen hatte sich ein Hund undefinierbarer Rasse zusammengerollt, vielleicht erschöpft vom Spaziergang oder der Sonne, oder vielleicht war ihm auch einfach bloß langweilig. Ein paar Meter hinter den Gendarmen und dem Hundehalter lehnte ein schwarzes Mountainbike an der Stange eines Warnschildes, als hätte jemand es dort nachlässig abgestellt.

»Dann wollen wir mal«, sagte er und straffte sich. Blanc begrüßte die Beamten und den älteren Mann, der sich als Jacques Bameule vorstellte. »Monsieur Bameule, wann ist Ihnen das Fahrrad aufgefallen?«

»Das ist mir gewissermaßen zweimal aufgefallen, am frühen Morgen und vor einer Stunde wieder.«

»Das verstehe ich nicht«, sagte Fabienne. Sie hatte ihr iPhone gezückt und nahm das Gespräch auf. Blanc hatte einen alten Block in der Hand und machte sich Notizen.

»*Eh bien.*« Bameule kratzte sich verlegen auf dem kahlen Kopf. Er war mittelgroß und ziemlich massig, über seine Oberlippe wölbte sich ein schon lange nicht mehr gestutzter schwarzer Schnauzbart, die Haut auf seinem Schädel und seinen Unterarmen sah aus wie altes Leder. Er roch nach Zigaretten. Blanc schätzte ihn auf etwa siebzig Jahre, ein Mann, der sein ganzes Leben im Freien gearbeitet haben musste und nun seine Rente genoss.

»Eigentlich bleibe ich in diesen Tagen am liebsten zu Hause.« Bameule deutete auf eine der Villen, die hinter einer hellrosafarbenen Mauer kaum zu sehen war. »Mein Arzt hat es mir geraten, weil ich es auf der Lunge habe. Ich soll nicht unter Leute gehen, bis diese Covid-Seuche abgeflaut ist. Aber Poupet muss halt ab und zu vor die Tür.« Die ältere Hündin hob müde den Kopf, als sie ihren Namen hörte, und rollte sich dann mit einem leisen Knurren wieder zusammen. »Also war ich morgens draußen.«

»Wann genau?«, unterbrach ihn Blanc.

»Gegen sieben Uhr, vielleicht auch Viertel nach sieben, es war auf jeden Fall noch nicht richtig hell. Ich habe das Fahrrad gesehen, das am Schild lehnte, und mich kurz gewundert, aber auch nicht sehr. Da macht halt jemand eine Pinkelpause und ist hinter dem Busch verschwunden, habe ich gedacht. Na, um elf musste Poupet wieder raus – und da stand das Fahrrad immer noch da. Das hat mich stutzig gemacht. Ich bin näher heran und habe gesehen, dass es nicht mal abgeschlossen war. Also habe ich mich ein wenig im Unterholz umgesehen, doch da war niemand. Aber nur ein paar Meter hinter dem Schild, an dem das Fahrrad lehnt, fällt die Böschung ja steil ab zum Kanal. Und da ich das Fahrrad schon in der Dämmerung gesehen hatte, habe ich mir gedacht, vielleicht ist sein Fahrer bei dem schlechten Licht am frühen Morgen zu nah an die Böschung getreten und ist abgestürzt. Aus dem Kanal da unten kommt man nicht mehr so leicht raus, wenn man erst einmal reingefallen ist. Also war es besser, ich rufe die Gendarmerie an.«

»Das haben Sie sehr gut gemacht, Monsieur Bameule«, versicherte Blanc. »Haben Sie das Fahrrad angefasst?«

Der alte Mann kratzte sich schon wieder am Kopf. »Das weiß ich nicht mehr. Kann sein, kann auch nicht sein. Ich habe es mir auf jeden Fall näher angesehen. Aber ich habe es nicht bewegt! Das stand die ganze Zeit genau da, wo es jetzt noch steht.«

»Ist Ihnen sonst noch irgendetwas Ungewöhnliches aufgefallen?«, hakte Fabienne nach.

Bameule überlegte lange, bevor er antwortete. »Beim ersten Mal, als ich mit Poupet draußen war, habe ich einen Augenblick lang geglaubt, dass ich ein Licht gesehen habe.«

»Ein Licht?«

»Na, wie eine Taschenlampe.« Er deutete vage Richtung Kanal. »Irgendwo da unten.«

»Auf dem Wasser?«, fragte Blanc. »Oder im Tunnel? Oder am Hang?«

»Das weiß ich nicht. Morgens ist der Kanal wie eine schwarze Schlucht, da sieht man nichts. Und einmal kurz war da ein Licht. Nicht im Tunnel, das glaube ich nicht. Vielleicht auf dem Wasser. Aber nur ganz kurz. Kann aber auch sein, dass es die Spiegelung einer Straßenlaterne war.«

Blanc wandte sich Sylvain zu, der vor dem Mountainbike in die Knie gegangen war, um es genauer zu untersuchen, ohne es jedoch anzufassen. »Nun?«

Sylvain war blass geworden und deutete auf den Rahmen. »Da ist ein langer Kratzer im Lack. Laetitias Rad hat genau so einen

Kratzer, genau an dieser Stelle. Sie ist vor einem halben Jahr mal damit gestürzt.« Seine Stimme war kaum noch zu verstehen.

Blanc und Fabienne wechselten einen Blick. »Dann rufen wir wohl besser die Kriminaltechniker«, sagte Blanc seufzend. »Sie sollen das Fahrrad mitnehmen und im Labor auf Spuren untersuchen.« Er nickte Fabienne zu, die bereits ihr Handy am Ohr hatte. »Sag ihnen, dass sie sich so viele Leute nehmen sollen, wie sie auftreiben können. Wir müssen die ganze Böschung absuchen.«

»Und den Kanal«, ergänzte Fabienne düster. »Ich alarmiere auch die Taucher.«

Blanc deutete auf Sylvain. »Geben Sie den Kriminaltechnikern bitte auch die Adresse von Laetitia Fabre. Sie sollen einen Kollegen vorbeischicken, der von einem Kleidungsstück eine DNA-Probe nimmt, mit der wir die Spuren auf dem Fahrrad vergleichen können. Apropos Fahrrad: Das Mountainbike hat kein Licht. Sie sagten, dass Ihre Freundin schon in der Dämmerung losfährt. Wie hat sie da etwas sehen können?«

Der junge Brigadier strich sich mit einer unbewussten Geste über die Wange. »Laetitia steckt sich immer LED-Lampen an den Helm. Vorne eine mit einem weißen Lichtstrahl, hinten eine, die rot blinkt.«

Blanc wandte sich an den Rentner. »Welche Farbe hatte das Licht, das sie gesehen hatten?«

Der alte Mann sah unsicher auf den Kanal, als würde dort irgendwo die Antwort schwimmen. »*Eh bien*, es war hell. Weiß, würde ich sagen, oder grünlich. Eher grün, ja. Also, rot geblinkt hat es auf jeden Fall nicht.«

Blanc bedankte sich bei Bameule, der erleichtert zu sein schien, dass er sich wieder hinter seiner Grundstücksmauer vor den Viren verschanzen durfte. »Bleiben Sie beim Fahrrad, bis die Kollegen von der Spurensicherung da sind«, befahl Blanc den beiden Gendarmen. »Wir sehen uns schon mal am Kanal um.«

»Falls wir uns beim Abstieg nicht den Hals brechen«, ergänzte Fabienne und sah skeptisch in die Tiefe.

»Es gibt da eine Treppe, *mon Capitaine*«, erklärte der ältere der beiden Uniformierten. »Sie beginnt direkt vor dem Portal zum Tunnel. Sie ist ziemlich versteckt, gehen Sie einfach durch die Büsche. Aber seien Sie vorsichtig: Die Stufen sind schmal!«

Sie kehrten zum Streifenwagen zurück, um ihre Taschenlampen zu holen. Kurz darauf standen Blanc und seine beiden Kollegen auf der ersten Stufe einer vom Regen und von der Zeit zermürbten Betontreppe, die unmittelbar vor dem Tunnelportal steil bis zum Treidlergang hinunterführte. Disteln und Brombeeren hatten ungefähr die Hälfte der Treppe zugewuchert; leere Bierflaschen und weggeworfene Feuerzeuge bewiesen jedoch, dass die Gendarmen nicht die Ersten waren, die diesen Weg entdeckt hatten.

Sie stiegen vorsichtig hinab. Je tiefer sie hinunterkamen, desto intensiver wurde der Geruch nach Süßwasser und desto leiser wurden die Geräusche von oben. Wenn, was selten genug vorkam, mal ein Auto über die Rue Robert Schuman fuhr, hörte man dessen Motor kaum noch, und man sah nichts anderes mehr außer dem verwilderten Abhang, dem Kanal, dem riesigen Tunnel und dem hellen Himmel weit über sich. Vögel zwitscherten, und irgendwann, beinahe schon auf der untersten Stufe, vernahm Blanc noch einen anderen Laut: den von Wassertropfen. Unablässig klatschten sie aus dem feuchten Gewölbe auf den Kanal, ein leises Plätschern. Manchmal blitzten einzelne fallende Tropfen für einen Sekundenbruchteil auf, wenn sie zufällig ein Sonnenstrahl traf. Blanc musste an Bameules Aussage denken: Ob das jenes Licht gewesen sein mochte, das der Rentner gesehen hatte?

Als er unten angekommen war, erblickte Blanc links neben der Treppe eine Art Betonkammer, feucht und dunkel wie ein alter Bunker. Ein zerstörter Kinderwagen lag zwischen den Spuren erloschener Lagerfeuer auf dem Boden. Blanc nahm seine Maglite und leuchtete hinein, dann atmete er erleichtert auf: kein Körper einer jungen Frau, kein Blut, nichts.

Von unten wirkte das Portal noch gewaltiger, ein Gewölbe wie eine Fabrikhalle und so tief, dass es sich nach Hunderten Metern in der Schwärze verlor. Eine verschweißte Stahltür, die in einem Beton- und Eisenrahmen steckte, sperrte den Treidlergang ab, sodass man von diesem schmalen Weg aus eigentlich nicht in den Tunnel hineingehen konnte. Doch eine Reihe leuchtend bunter Graffiti in seinem Innern ließ darauf schließen, dass diese Sperre sehr wohl irgendwie überwunden werden konnte. Allerdings war der Treidlergang dahinter nach wenigen Metern ins Wasser gestürzt, und dort endete auch die letzte gesprayte Zeichnung. Am gegenüberliegenden Ufer schien der Betonstreifen am Tunnelrand jedoch tiefer in den Berg hineinzuführen.

Blanc seufzte und deutete auf eine zweite schmale Treppe, die am gegenüberliegenden Hang bis zum Tunnel führte. »Wir gehen hoch, klettern über den Tunneleingang und gehen dort wieder runter«, befahl er.

»Das Fahrrad ist aber an diesem Ufer gefunden worden«, gab Fabienne zu bedenken.

Blanc hob bedauernd die Hände. »Irgendwie müssen wir in diesen verdammten Tunnel hinein.«

Ein paar Minuten später standen sie auf der anderen Seite wieder vor einer in ihrem Rahmen verschweißten Stahltür. *Danger Passage Interdit* stand auf einem Warnschild, die Buchstaben waren verwittert, das letzte Wort hatte ein Sprayer zudem fast gänzlich zugesprüht.

»*D'accord*«, sagte Blanc und steckte die Taschenlampe in den Gürtel, um beide Hände frei zu haben. »Brigadier Sylvain, machen Sie eine Räuberleiter für mich.«

Er schwang sich mit Sylvains Hilfe auf den oberen Rand der Absperrung, Fabienne folgte ihm. Gemeinsam zogen sie den jungen Beamten nach, dann sprangen sie jenseits der Barriere auf den Gang hinunter.

Es stank jetzt nach Schimmel, ab und zu klatschte Blanc ein Tropfen auf die Haare. Außer dem Plätschern gab es nun keinen anderen Laut mehr. Auf dem rissigen Beton des Treidlergangs stand hier und da braunes Wasser in großen Pfützen. Kabel und eiserne Klammern ragten aus der gemauerten Wand und alle paar Meter kopfgroße verrostete Ringe, in denen einst vielleicht Bootsleinen festgemacht worden waren. In kleinen Wandnischen standen steinerne, von der Feuchtigkeit zerfressene Poller. Sie wirkten wie die Sockel längst verschwundener antiker Götterstatuen. Auf dem Boden hatte das über die Jahre auf immer dieselben Stellen tropfende Wasser bereits winzige gelbweißliche Sinterhügel gebildet, die aussahen wie zerlaufener Käse. Mit jedem Schritt wurde es dunkler. Blanc ging vorsichtig über den schmalen Betonweg voran. Wie mochte es früher gewesen sein, als die Treidler ihre schweren Lastkähne sieben elend lange Kilometer durch den Berg zogen? Gab es Fackeln? Petroleumfunzeln? Oder schon von Anfang an elektrisches Licht? Sie hatten nun nichts als ihre Taschenlampen.

Nach einigen Hundert Metern gelangten sie an eine Stelle, wo der Treidlergang auf etwa zwanzig Metern kollabiert war. Dort waren stattdessen relativ modern aussehende Stahlträger in die Wand gesetzt worden, sie sahen aus wie übergroße Regalhalter – nur dass es dort kein Brett gab.

»Merde«, murmelte Blanc. Er nahm die Taschenlampe zwischen die Zähne und stieg vorsichtig vom zerbröselten Ende des Treidlergangs auf den ersten Stahlträger. Er trat darauf und nickte den anderen zu: Das Eisen hielt sein Gewicht. Er klammerte sich mit beiden Händen an der feuchtigkeitsschmierigen Wand fest und balancierte dann in großen Schritten von Träger zu Träger, bis er wieder auf dem Treidlergang stand, die Taschenlampe aus dem Mund zog und tief durchatmete.

»*D'accord*«, rief er Fabienne und Sylvain zu. »Das ist stabiler, als es wirkt.«

»Das sah aus wie eine Zirkusnummer«, erwiderte Fabienne, doch sie schien durchaus Spaß daran zu haben, dieses Hindernis zu überwinden. Sylvain sagte nichts, ging als Letzter, sprang dann aber schnell und sicher von Eisenträger zu Eisenträger. Entweder ist der Brigadier ein sehr guter Turner, oder er macht das nicht zum ersten Mal, dachte Blanc unwillkürlich.

Der Tunnel schimmerte nun grau, an den Seiten schwarz, voraus finster. Wenn Blanc sich im Gehen umblickte, war die Öffnung nur noch ein kleiner halbrunder Fleck Licht, der immer winziger wurde. Die drei zitternden Lichter ihrer Taschenlampen reichten irgendwann nicht einmal mehr, um das immense Gewölbe auszuleuchten. Bald schritten sie durch nahezu vollständige Finsternis. Es war so schwarz, dass Blanc das Gefühl hatte, es wäre Tinte in der Luft, die er mit jedem Atemzug mühsam einsog. Er wusste nicht, wie lange sie so durch die Dunkelheit schritten. Und sie entdeckten keine Spur der verschwundenen Frau.

Irgendwann endete der Kanal abrupt bei einem Wall aus Felsbrocken und Schutt. Blanc leuchtete das graue Geröll mit seiner Maglite ab. Es war eine gewaltige Barriere quer im Tunnel, höher als das Wasser, höher als der Treidlergang. Er richtete den Strahl nach oben: Die Trümmer ragten nicht bis ganz nach oben, das Gewölbe schien noch intakt zu sein.

»Das müssen die kleineren Brocken des Felssturzes sein«, sagte Fabienne. Sie hatte unwillkürlich angefangen zu flüstern. »Sie sind wahrscheinlich bis zu diesem Ort gerutscht. Der eigentliche Felssturz muss noch tiefer im Berg liegen.«

»Sehen wir uns das auch noch an, und dann lasst uns hier wieder verschwinden«, erwiderte Blanc. Er glaubte nicht, dass sie so tief im Tunnel eine Spur der Vermissten finden würden, aber er wollte sichergehen, nichts zu übersehen.